U0644217

FOREWORDS AND AFTERWORDS

[英] W.H.奥登 著 黄星烨 胡怡君 译

奥登序跋集

上海译文出版社

图字：09-2010-115 号

图书在版编目(CIP)数据

奥登序跋集 /（英）W. H. 奥登(W. H. Auden)著；黄星烨，胡怡君译. —上海：上海译文出版社，2023. 8
（奥登文集）
书名原文：Forewords and Afterwords
ISBN 978-7-5327-9280-1

Ⅰ. ①奥… Ⅱ. ①W… ②黄… ③胡… Ⅲ. ①随笔-作品集-英国-现代 Ⅳ. ①I561.65

中国国家版本馆 CIP 数据核字(2023)第 132018 号

奥登序跋集
［英］W. H. 奥登 著 黄星烨 胡怡君 译
责任编辑/顾真 装帧设计/周伟伟

上海译文出版社有限公司出版、发行
网址：www. yiwen. com. cn
201101 上海市闵行区号景路 159 弄 B 座
浙江新华数码印务有限公司印刷

开本 889×1194 1/32 印张 22 插页 8 字数 369,000
2023 年 9 月第 1 版 2023 年 9 月第 1 次印刷
印数：0,001—5,000 册

ISBN 978-7-5327-9280-1/I·5779
定价：138.00 元

1945年的奥登

a few hours and managed to get into Southampton under an escort. She was put into drydock and it was found that she was torn from the bows to beyond the middle of the ship, but the sand ballast acted as a sort of cement and so the ship kept afloat. The chief officer shot himself. We arrived at Freshwater to find only an old growler which was engaged, but the man who engaged it said we could come too.

31st M, W + J went out shopping at Totland and then walked over by the fields to Freshwater Church (All Saints) to find out the services. Came back home in time for dinner. After dinner we walked onto Headon Hill and after we had seen the Tumulus we walked down into what looked like an old disused fort but when we got in there an Orderly turned us out saying that it was an Isolation Camp.* There were two large muzzle-loader guns there. Then we walked down into Alum Bay but it was High Tide so we could not go and see the different coloured rocks. Then we came home. We had by that time almost discovered the shortcuts etc. It was a lovely evening and the sun set was beautiful. We saw some larks and Robins and several other birds. The rooms are very nice. For the sitting-room see drawing on the first page, Mothers room is a nice large one other the sitting room. J&W's room is a nice one also with 2 beds in it. F. B's room is a small one about the size of

*. M. heard it was cerebro-spinal meningitis. so felt anxious!

奥登童年日记（1917年）

奥登与衣修伍德在纽约中央公园（或摄于1938年7月）

奥登与E. M. 福斯特在多佛

舒米希（Anton Schumich）所绘奥登生前最后一晚的速写

导读

亲爱的 A 先生

奥登在《一个务实的诗人》中开门见山地指出："我敢说，每个评论家一定都意识到，他不得不以快于正常阅读的速度看书。"这句话显然是肺腑之言，尤其当我们意识到这篇书评写于他人生的最后时光，而且在时间线索上是《序跋集》的收官之作。《序跋集》中的四十六篇序言、导言和书评，不仅见证了奥登的阅读速度，也展现了奥登遨游书海的广度和深度，从中我们可以管窥这位诗坛"顽童"在散文领域极具个性化的演绎。

笔者翻阅《序跋集》，首先存疑的是篇目的选择和排序。奥登多年来浸润于书香，写下的散文非常多，其文学遗产受托人门德尔松教授推出的《奥登全集：散文卷》，足足有六大卷。而在如此浩繁卷帙之中，可以归为"序跋"范畴的篇章委实不少。编者为何独独青睐这四十六篇？笔者给编者（即门德尔松教授）去信，得到的回答让人始料未及：

> 《序跋集》付梓之际，奥登坚持把我的名字放在封面页，尽管整个编选工作几乎是由他独立完成的。我仅仅提议了几篇他可能遗忘的文章（比如，写吉卜林的那篇）。

既然《序跋集》篇目的选择乃是奥登主导，那么，篇目的排序呢？这四十六篇散文既没有分门别类，也没有按照时间顺序排列，可见笔者的疑问绝非空穴来风。我们在此不妨抽出几篇来看看：第一篇《希腊人和我们》是奥登为自己编选的《袖珍希腊读本》撰写的导言，1948 年面世；第二篇《从奥古斯都到奥古斯丁》是他为加拿大历史学家、哲学家科克伦的著作《基督教与古典文化：从奥古斯都到奥古斯丁的思想和行动》撰写的书评，1944 年 9 月 25 日发表于《新共和》杂志；第三篇《异端邪说》是他为英国古典学家 E. R. 多兹的著作《焦虑时代的异教徒和基督徒》撰写的书评，1966 年 2 月 17 日发表于《纽约书评》……第四十六篇《依我们所见》是他为英国作家伊夫林·沃的自传《一知半解》与英国政治理论家及出版商莱昂纳德·伍尔夫的自传《从头再来》撰写的书评，1965 年 4 月 3 日发表于《纽约客》。

乍看之下，似乎真的毫无章法可言。不过，笔者很难相信这是奥登的任意所为。奥登虽然背负“顽童”之名由来已久，却是一个非常讲求“秩序”和“规则”的人。他在评价英国女作家弗吉尼亚·伍尔夫时说：“尽管他们对自己生于维多利亚时期的父母的浮夸和俗套极尽反叛之能事，尽管痛恨教条、惯例和虚伪的情感表达，然而，他们还是继承了那个时代的自律和一丝不苟的精神……”（《对真实的自觉》）奥登从自己的“生于维多利亚时期的父母”那里继承的东西，显然也包括了“自律和一丝不苟的精神”。熟悉奥登生平的人都知道，他几十年如一日地维持着自己的生活秩序，按照严谨的作息时间表工作、进餐和休息。斯彭德回忆说，如果有人在他工作的时间来访，他会很不客气地让他吃闭门羹。进餐的时间也有严格的规定，哪怕是在别人家做客，他也会看着时钟说："哎呀，亲爱的，现在是12:56，你肯定不会推迟午餐时间吧？"到了晚上睡眠的时间，即使高朋满座，他也会赫然站起身，走向卧室；如果那个时间点正在外面会客，他会匆匆离开，"就像赶着去赴重要的约会"。在艺术上，奥登倡导"游戏"的精神。他有一句关于诗歌的著名论断——"诗歌是知识游戏"，脱胎于他对瓦雷里诗歌创作的认识。此论断还有后半句——"却是一场严肃、有序、意味深远的游戏"。所谓游戏，必然涉及规则，否则只会沦为胡闹。他不止一次地说："玩游戏的时候，他是一个坚持规则的人；在他看来，规则越复杂，对游戏者的技能便越有挑战性，游戏也就越精彩。"如此自律的游戏精神贯穿了奥登的生命始终，绝无可能在编选最后一本自选集时发生颠覆性的改变。

此外，笔者还有一个参照物，即《染匠之手》。这本散文自选集的选篇和排序一目了然，根据主题分成了八个章节。虽然奥登在前言中直截了当地说，体系化的批评往往死气沉沉，甚至错漏百出，所以他会将自己的批评文章缩减为系列笔记，但他不忘提醒读者一句——"章节的排序是深思熟虑的，我希望人们逐篇阅读它们。"从生活到艺术，再到编辑工作，奥登处处表现出规则的意识和严谨的态度，这让笔者自一开始捧读《序跋集》时，就燃起了"解密"章法的附加诉求。解密，即在奥登释放出的书籍、人物、概念等一系列文字符码中探寻他的排序逻辑，就仿佛潜入四十多年前的奥登寓所，观察他整理这些篇章时偶尔流露的戏谑笑意。

从而今呈现的篇目顺序来看，唯一类似次序的逻辑，在于它们被分成了不对等的前后三个部分。第一篇至第四十篇关涉我们的内在生活,依据探讨对象的所属时期进行排序,从欧洲文明的滥觞古希腊文学开始(第一篇《希腊人和我们》),接着是中世纪的欧洲宗教(第二篇《从奥古斯都到奥古斯丁》、第三篇《异端邪说》),随后是文艺复兴时期的宗教与文学(第四篇《新教神秘主义者》、第五篇《伟大的觉醒》、第六篇《莎士比亚的十四行诗》),然后才涉及十八世纪以降的作家、哲学家和艺术家。第四十一篇到第四十五篇关涉我们的外在生活,包括探讨自然科学的《物种夫人的公正性》和《关于不可预知》,探讨人与自然关系的《偏头痛》、《黛博拉山》和《生活的厨房》。第四十六篇《依我们所见》是奥登将"个人史"融入他人自传的尝试,可以视为奥登的浓缩版自传。

这种排序,不啻为一个绝妙的隐喻。从人类的内在生活延续到外在生活,最后以人类成员的"我"作为整合,暗含了奥登的二元性思维模式和对人类双重属性的认识。在二元性思维模式下,奥登倾向于做出一分为二的分类(或分组)。比如,他认为每一个诗人心里都住着"唱歌的阿里尔和思考的普洛斯彼罗",而每一首诗歌都体现了阿里尔与普洛斯彼罗的竞争关系和暂时性胜利。再比如,他谈我们的神秘体验时,不忘以多兹教授为启示,将这些神秘体验分为"外向型"和"内向型"。由此,我们不难理解他将时间划分为自然时间和历史时间两种,把人类的愿景划分为"伊甸园"和"耶路撒冷"两类。而谈到人类自身的属性时,他仍然延续了这样的分类法:"人的创造被描述为双重过程。首先,'神用地上的尘土造人'。也就是说,人是自然造物,如其他所有的造物那样遵循自然秩序的法则。

其次,‘神将生气吹在他鼻孔里,他就成了有灵的活人’。这意味着,人是承载神的形象的独一无二的造物,具有自我意识和自由意志,因而能够创造历史。”人的存在,是双重过程和随之带来的双重属性的统一,是“内”与“外”的结合。《序跋集》作为奥登的最后一部自选集,其排序方式可以视为他对自己长期以来的思维模式的总结性陈词。

奥登在《染容骑士》里说,“按主题对条目进行分类,而不是按时间顺序刊印”是一个明智之举。事实上,他一再表达了对按照时间顺序排列文稿的不信任,认为知晓艺术品的创作时间与欣赏艺术品的内在价值之间没有必然的联系。因此,他生前自编的诗集、诗选、散文集等,往往不是按照时间顺序排列的。但是,例外也是有的,比如,他谈论莎士比亚的十四行诗时,一方面替莎翁庆幸他留给后世解读的个人生活资料甚少,另一方面又不能免俗地推测那些十四行诗的创作时期。这种似是而非的模糊态度,给了笔者以写作时间为轴线排列《序跋集》篇目的理由。

重新排序,就好像重新洗了一次牌,带来了一个不小的惊喜。且看首尾两篇文章:写作时间最早的散文《被包围的诗人》,是奥登为英国诗人 T. S. 艾略特的编撰作品《吉卜林诗选》撰写的书评,1943 年 10 月 24 日发表于《新共和》杂志;写作时间最晚的散文《一个务实的诗人》,是奥登为詹姆斯·波普·亨尼西的著作《安东尼·特罗洛普》撰写的书评,1972 年 4 月 1 日刊于《纽约客》。也就是说,《序跋集》的选篇范围,在 1943 年至 1972 年间,是奥登步入艺术成熟期的后三十年,文风已经颇为不同。早期奥登急切地想要占领

“文学的中心舞台”，而且沉迷于文学的拯救性力量，热切地希冀对“行动”有所指引，因而行文带有年轻人虚张声势的果敢、犀利，措辞颇为煽动性，语调也偏于尖锐。比如，1933 年他为 F. R. 利维斯和德尼斯・汤普森合著的《文化与环境》写了一篇书评，断言“我们正处在一个所有以往的标准瓦解，同时集中传播思想的技术已经成熟的时代”，呼吁“革命不可避免”，相信“少数人必然会自上而下地推动这场革命”，思想激进，言辞激烈，真可谓“语不惊人死不休”。但是，经过二十世纪三十年代的沉潜，奥登逐渐放弃了自己的政治信仰（或者说，政治激情），甚至觉察到曾经主观促成的政治信仰是一种不负责任的行为、一种有损名誉的选择。他不再相信文学参与政治、改变世界的观点，将自己把文学沦为宣传工具的做法定性为“不诚实”。伴随着主观认识的改变，奥登的题旨、语言和文风都悄然发生了变化，宗教性题材更多了，语言表达多了一份谦和，文风亦庄亦谐，让人备感亲切。奥登编辑《序跋集》时，舍弃了早期的文章，显然是对自我的一个清醒认识和把握。而且，依据笔者的观察，“玩游戏”的奥登埋藏了一条副线在首尾两篇文章里，它们遥相呼应，间接地传达出奥登诗学主张的核心内容。

作为时序上的第一篇，《被包围的诗人》暗示了艺术与生活、艺术家与读者群的关系。奥登认为，艺术并非魔术，艺术的功用在于祛魅，我们可以根据艺术这面“镜子”展示的诸多细节，明白自身的真实处境。然而，只要成为艺术家，便无法阻止别人把自己的作品当成魔术。他说，通过吉卜林举起的那面“镜子”，我们能看到“一些模糊危险的形体”，我们“只能通过无休无止的行动躲开它们，却无法最终永远地战胜它们”。在读者奥登眼里，吉卜林的镜子照出了人类生活中的战争、混乱、疾病和衰亡。那么，我们能从艺术家奥登举起的“镜子”里看到什么呢？

奥登曾直言艺术“是一个既成事实”（出自长诗《新年书简》），“将在活人的肺腑间被改写”（出自诗篇《诗悼叶芝》）。在一定程度上，我们在奥登的“镜子”里，只能看到他的世界和他设想的世界，更进一步的体验，是发现隐匿的自我和生活的真相。从这个角度而言，阅读是私人性的。奥登在撰写书评时，也毫不掩饰自己的私人的、个性化的感受：他眼里的丁尼生——“关于忧郁这个话题他几乎无所不知，除了忧郁之外他却几乎一无所知”（《丁尼生》）；他认为大卫·塞西尔爵士的《马克思传》篇幅冗长，应该再花上大半年时间认真删减才达到出版的水准（《家庭一员》）；他论及列昂提耶夫对基督教信仰和教会的态度时，义愤填膺地直指他“一边过着放荡不羁的生活，一边为自己的罪孽掩面哭泣，只不过并非出于真心懊悔，而是害怕以后会下地狱”，后来干脆用“呸”（原文为“Faugh!”）表达内心的不齿（《一位俄国美学家》）；他捍卫个人的隐私权，认为通常情况下不应该为别人立传，不应该未经许可公开他人的日记和信件，甚至说到自个儿已经嘱咐朋友们烧毁了他们的来往信件（《伍斯特郡少年》、《文明的声音》等）；他对王尔德与波西之间的相互吸引的精妙解读，明眼人应该能看出，实乃他与卡尔曼的不对等关系的透彻领悟（《不可思议的人生》）；他后期毫不避忌地谈论同性恋话题，在细节描写上甚至十分大胆，俨然是一份“出柜”宣言书（《老爸是个聪明的老滑头》）。

如此戏谑的语调、鲜活的措辞和个性化的阐释贯穿了《序跋集》的绝大多数篇章。对于自己的这种解读方式，奥登在评价瓦雷里时有过自辩："假如我所欣赏的瓦雷里在很大程度上是我本人创造出来的形象，那么那个曾写过'思想的合宜对象是不存在之物'的人会第一个领会这个笑话。"(《一位智者》)在这里，充满游戏精神的"顽童"形象再一次跃然纸上：他既是严肃的，也是轻松的。摆在他面前的，是那些作家、哲学家、艺术家的一面又一面的"镜子"，而他的序言、导言和书评，是"镜子"对"镜子"们的投影。笔者在此想谈谈两个有趣的现象。

现象一：奥登着墨最多的前辈是歌德、克尔恺郭尔和豪斯曼，这或多或少可以看到哈罗德·布鲁姆所谓的"影响的焦虑"。奥登对歌德的喜爱自不待言。他曾戏称歌德为"求知若渴的学生"，对他在文学、音乐、绘画、科学等领域表现出的才华惊叹不已。但如果仅仅是"成为闻名国际的旅游景点的"歌德的话，奥登只会称呼他为"伟大的 G 先生"，而不是"亲爱的 G 先生"。歌德之"真"在于他的复杂性，"有时候人们觉得他傲慢自大，是个令人讨厌的老家伙，有时又觉得他满嘴谎言，是个虚伪的老人家"，但所有的缺点都掩盖不了他的"诗"性，没有人能否认"他是个优秀的诗人，也是个伟大的人物"(《G 先生》)。奥登在晚年撰写的诗歌里自我期许要做"大西洋的小歌德"(a minor Atlantic Goethe)，未尝不是因为他在这位十八世纪文学巨匠身上看到了自己的"诗"与"真"。

至于克尔恺郭尔，这是奥登很难恰如其分进行评述的对象。奥登坦承："我们初次阅读这些作家的作品时会为他们的独创性(他们以我们闻所未闻的语气来阐述自己的观点)和深刻洞见(他们谈论前人从未论述过的事情,任何读到它们的读者从此便不会忘记)所折服。但我们的疑虑会随着不断的阅读而增长,我们会开始质疑他们过分强调真理的某个方面而忽略所有其他方面的做法,最初的热忱极有可能转变为同样强烈的反感。”(《愁容骑士》)奥登对克尔恺郭尔的才华无比钦佩,对他的质疑主要集中在他的神学观点的正统性,以及他要求别人殉道而自己却不曾身体力行的正当性。或许正因为如此,奥登才会涂鸦一首关于克氏的轻体诗:“塞壬·克尔恺郭尔/极其努力地/尝试向上‘跳跃’/却跌成了一团。”

而豪斯曼,这位写有《西罗普郡少年》的诗人启迪了少年奥登的诗歌之路,青年奥登写下了以他命名的诗歌和散文(十四行诗《A.E.豪斯曼》、书评《耶和华豪斯曼和撒旦豪斯曼》),对他的感谢和批评相伴而生,但只有到了晚年再度开口谈论豪斯曼时,语调才显得淡然。在奥登眼里,豪斯曼“学术排第一位,然后才是诗歌”,说他是二流诗人,倒不是因为他的诗歌成就不高,而是因为“他的诗歌主题与描写的情感范围较窄,他的诗歌创作经年累月也不见长进”(《伍斯特郡少年》)。关于小诗人与大诗人、小艺术家与大艺术家的区别,奥登评判的重要标准之一就在于“有无进步”,即是否达到一定的成熟程度之后就停止发展了。对于奥登来说,“唱歌的阿里尔和思考的普洛斯彼罗”的竞争关系永远不会停歇,真正的大师是在两者之间不断探索新的可能,攀登新的高峰,创造新的价值。

现象二:奥登为四位平生好友写了文章。《颂词》既是颂扬,也是悼念,奥登在音乐家斯特拉文斯基离世不出一个星期便刊登了这篇原题为《匠人，艺人，天才》的文章，赞誉他为“一流艺术家”。另外两篇写给外交家达格·哈马舍尔德和作家阿克莱的文章也算公允。倒是他为亲密伴侣切斯特·卡尔曼的诗集撰写的书评，颇有难以卒读之感。卡尔曼的诗才自然不算上乘。在奥登眼里，豪斯曼都不过是二流诗人，更何况卡尔曼呢！因此，奥登开篇即为自己的徇私护短找理由——“我和卡尔曼先生已经是三十多年的老朋友，我找不出任何理由为什么不能评论评论他”（《重要的声音》）。双重否定句式（原文为“no reason”、“debar”）只是加强了奥登的虚张声势，紧接其后的表态欲语还休——“我见过三个诗人，我很喜欢他们的诗，可是在我看来他们人格低劣。反过来也有类似的例子，我能想到若干与我私交甚好的诗人，但是，唉！他们的诗歌我无法欣赏。”奥登经常在文中推导和诠释别人的话语，笔者在此不妨模仿奥登，也来推导他的言下之意——他并不欣赏卡尔曼的诗歌，虽然他俩私交甚好。定下了这个基调之后，奥登后文对卡尔曼的称赞全都显得过于“克制”和“吝啬”了，比如，他认为卡尔曼的一首诗很难理解，但又补充说“我肯定不是因为作者无能才造成这种阅读困难”。不管怎么说，年逾六十的奥登还有什么需要避忌的呢！想想骨子里流淌着英国人的血液的奥登，晚年居然会耍起性子来趿着拖鞋上街，那么为伴侣写篇无伤大雅的书评再收进最后一部自选集里，也就不那么稀奇了。

我们通过《序跋集》的投影，看到了奥登的“镜”中世界。那么，按照常理推断，时序上的收官之作《一个务实的诗人》，该是总结了。但是，且慢，我们先来看看《一个务实的诗人》的蹊跷之处。这篇书评的谈论对象是小说家安东尼·特罗洛普。他“不只是小说家”，还写过戏剧、散文和传记，而且如奥登所言，“他还是一个实干家，一个相当成功的实干家”，但偏偏不是一个诗人！奥登不但阅读了詹姆斯·波普·亨尼西为特罗洛普撰写的传记，而且还读过特罗洛普的巴彻斯特郡系列小说以及其他几部作品，对特罗洛普不可谓不熟悉，怎么可能在界定特罗洛普的身份问题上闹乌龙？更何况《序跋集》的编者还有门德尔松教授。笔者向教授提及自己的小小疑惑，教授除了对笔者的观察表示感谢之外，赞许笔者以写作时间排序后的发现非常细致，还用了一个词“illuminating”（富于启发的）。言下之意，已经一目了然。看来《序跋集》的编辑工作当真是由奥登主导，教授也的的确确只是提议了几篇文章而已。笔者只能如此思量：奥登此处有深意。

最合理的推测莫过于认为奥登是借评论特罗洛普的传记来抒写自己，而对于奥登来说，诗人身份无疑是第一位的，其次才是书评家、批评家，等等。由此推导，奥登盛赞特罗洛普的“务实”（原文为“actual”），事实上也是对自身的定位。在奥登看来，特罗洛普的“务实”主要表现在“对普通人的充分理解”，充分认可亨利·詹姆斯对特罗洛普的一句评价：“尽管在帮助人类了解自身的作家中，特罗洛普算不上最口若悬河的那类，但他将永远是他们当中最可靠的作家之一。”作为诗人的奥登，秉持艺术的功用在于祛魅，认为“诗歌的责任之一是见证真理”——“道德的见证者会尽最大能力说出真实证词，因此法庭（或者读者）才能更好地公平断案；而不道德的见证者的证词则是半真半假，或者根本谎话连篇，但如何判案则不是见证者的分内事。"(《C.P.卡瓦菲斯》)奥登,如卡瓦菲斯,如特罗洛普,当属"道德的见证者"之列,即便后期皈依了基督教,其关注点仍然放在现世。在他眼中,"基督教信仰凭着它关于创世、人的本性和历史进程中神意的显现的教义,是一个比它的任何竞争对手都更为现世的宗教,尽管从表面来看恰恰相反"(《异端邪说》)。在生前最后一首诗歌里,他说"他仍然热爱生活"。如此"务实",难怪布罗茨基会宣称他是"二十世纪最伟大的心灵"、"本世纪(二十世纪)的批判者"。

《一个务实的诗人》还涉及一个"务实"的话题——金钱。奥登判定特罗洛普"务实"的依据之一在于他"对金钱的理解最为到位",那么,奥登呢?笔者不由得想到奥登在《染匠之手》里坦言自己写评论性文字不过是因为缺钱;长期以来眼巴巴地追着出版商、制片人、杂志社要稿费;六十岁以后多次表示希望获得诺贝尔文学奖,理由不是名誉而是那份可观的奖金……奥登真的如此缺钱吗?这样一位在某些人眼里"视钱如命"的家伙,却毫不声张地把现金、支票、手稿送给了急需用钱的朋友,甚至是陌生人,如若不是门德尔松教授无意中发现了他的那些善举,估计奥登就要把他的慷慨和悲悯留给沉默的自然时间了。奥登说,"现代世界的各种现实里最为实际的无疑是金钱","金钱是一种牵动我们与他人关系的交换手段"。在笔者看来,奥登对金钱的理解和由此牵动的人际关系也颇为"务实"。正如他读到歌德的逸事——"歌德突然从马车里出来,开始端详一颗石头,我听到他说:'好啊,太好了!你怎么到这儿的?'——这个问题他重复了一遍又一遍……"——不由得称呼歌德为"亲爱的G先生”，笔者读到他的诗句“金钱无法买到/爱的燃料/却能轻易将它点燃”，也想直呼他为“亲爱的A先生”。

笔者推测了《序跋集》的两条编辑线索，一是依据主题分类、排序，二是依据写作时间选篇、埋线。那个说了“仍然热爱生活”的奥登，还说了一句“多么希望/上帝来带走他”。他留下来的最后一部自选集，永远不会再发出邀请，永远不会再接收回执。如果笔者所欣赏的奥登和所理解的《序跋集》“在很大程度上是我本人创造出来的形象”，那么，那个写了《一个智者》的人会“第一个领会这个笑话”。是吧，A先生。

蔡海燕

2015年7月15日于浙江财经大学

献给汉娜·阿伦特

目 录

奥登序跋集

Forewords and Afterwords

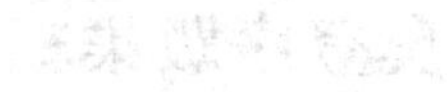

希腊人和我们*

一

从前有个小男孩。在他识字之前，他父亲就给他讲希腊人和特洛伊人之间的战争故事。赫克托耳和阿喀琉斯对他而言，仿佛兄弟一般熟稔，而当奥林匹亚的诸神发生口角时，他想起的是自己的叔叔阿姨。七岁那年，他去了一所寄宿学校，此后七年的大部分时间埋头于希腊语、拉丁语和英语的互译。之后，他进入另一所寄宿学校，那里的教育分古典和现代两方面。

后者遭到男生们和老师们的鄙薄，其程度正如在一个军国主义国家，庶民不受军官待见一样：历史和数学就像专业人士，大有可为；自然科学则不然，它们一并被贴上"滥学问"的标签，与商人无异。古典的一面同样层级分明：希腊语，就像海军，是高级的贵族军队。

而今，人们很难相信这不是童话，而是对三十五年前英国中产阶级教育的历史记述。

对于任何一个这样长大的人来说，希腊和罗马与他对童年和课堂的个人记忆完全掺杂在一起，以至于他很难客观地看待这些文明。就希腊而言，尤为如此。在十八世纪末以前，欧洲向来认为自己不是欧洲，而更多的是一个西方的基督教世界，是罗马帝国的后裔，其教育体系植根于对拉丁文的研究。古希腊研究的崛起，继而获得同等乃至更高的地位，则是十九世纪的现象，它同欧洲国家和民族主义情绪的发展不谋而合。

值得一提的是，如今在晚宴之后致辞的人在谈及我们文明的渊源时，总不免提到耶路撒冷和雅典，却很少提到罗马，因为后者是一个已经不复存在的宗教和政治统一体的象征，很少有人相信或渴望它的复兴。希腊文化与我们的文化在历史上不连续，我们的文化多个世纪以来未曾受到其直接影响，这就使它在被重新发现时更容易被每个民族塑造成自己的形象。有德国的希腊，法国的希腊，英国的希腊——甚至还有美国的希腊——它们之间千差万别。打个比方，如果荷尔德林碰上乔伊特[1]，两人十有八九无法理解对方，只好以冷淡的告辞收场。

即便在同一个国家，也存在着不同的希腊。例如，这里有两幅英国漫画：

X 教授：道德哲学系的里德主任，五十九岁，已婚，有三个女儿。宗教信仰：圣公会(公教会派)。政治立场：保守。住在一栋摆满维多利亚饰品的郊区小房子里。不娱乐。抽烟斗。不注意自己吃什么。爱好：园艺和独自长途漫步。憎恶：外国人，罗马天主教，现代文学，喧嚣。目前的担忧：妻子的健康。

---

* 本文是作者为其选编的《袖珍希腊读本》(*The Portable Greek Reader*)(纽约：维京出版社，1948 年)所作的导言。

1. 本杰明·乔伊特(Benjamin Jowett，1817—1893)，英国学者，古典学家和神学家，以译介柏拉图作品而闻名于世。

Y 先生：古典学导师，四十一岁，未婚。宗教信仰：无。政治立场：无。住在大学里。有私人收入，为得意门生举办精致的午餐会。爱好：旅行和收集旧玻璃。憎恶：基督教，女孩，穷人，英国烹饪。目前的担忧：自己的体形。

对 X 而言，希腊这个词意味着理性，中庸之道，情绪控制，不受迷信的束缚；对 Y 而言，它意味着快乐和美，追求感官享受的生活，打破禁忌的自由。

当然，作为优秀的学者，他们都知道各自的观点有失偏颇：X 无法否认许多希腊人钟情于神秘的异教，并沉迷于某些习惯，而对这些习惯，"文明人最起码的道德感早已作出过无须证明亦不容置辩的判断"；Y 同样清楚，写《法律篇》的柏拉图就跟任何一个苏格兰长老一样具有清教徒气质；但这种与他们梦想中的希腊的情感联系是从小形成的，并为多年的钻研和热爱所强化，其程度比他们意识到的更强烈。

希腊文化吸引着各种个性的人，没有什么比这更能证明它的博大精深。据说，每个人生来不是柏拉图主义者就是亚里士多德主义者；但在我看来，有比这反差更大、更重要的区分，比如，在热爱爱奥尼亚和热爱斯巴达的人之间，在信奉柏拉图和亚里士多德的人和比起这两者更钟爱希波克拉底和修昔底德的人之间。

二

古典研究作为高级学问的核心的时代已经过去，而且在我们可以预见的未来也无望复返。我们不得不接受这样一个既定事实：如今和往后受过教育的人既不懂拉丁文也不识希腊文。我想，这意味着倘若古典学要继续发挥任何教育作用，那就必须改变罗马和希腊研究的重点和方向。

如果希腊文学只能以译本的形式被阅读，那么我们便无法从美学的角度去欣赏。在一门语言被翻译成另一门语言的过程中，美感的损失总是巨大的；当源语和目的语在语言和文化上的差异如希腊语和英语那样显著时，这种损失几乎是致命的；甚至可以说，被翻译成英语的希腊诗歌译得越好，它就越不像希腊诗（如：蒲柏翻译的《伊利亚特》），反之亦然。

首先，这里有一个作诗法的困难；定量[1]的无韵诗和定性的有韵诗之间，除了都有一定的节奏模式外，毫无共同之处。英语诗人如果尝试用定量的方法作诗，将之作为一种技巧训练或虔敬的行为，诚然乐趣无穷：

言罢，赫尔墨斯匆匆返回高耸的奥林波斯：
普里阿摩斯毫无畏惧地走下战车，
命伊代俄斯留在原地，看守
牲畜：老国王英勇地阔步向前

（罗伯特·布里奇斯[2]，《伊利亚特》，第24章，468－71）

1. 原文为“quantitative verse”，一种基于组成音步的音节的长短而非重音的诗歌韵律体系，故而极少用于抑扬鲜明的英语诗歌。
2. 罗伯特·布里奇斯（Robert Bridges，1844—1930），英国桂冠诗人，精通韵律学。

可人们只会把这当成一种怪异的定性的格律诗来读，而怪异绝非荷马的风格特点。

其次，还有词序和措辞的问题：希腊语是一种屈折语，不同于英语，它的意义并不取决于词语在句子中的位置；希腊语多复合修饰语，英语则不然。

最后且最重要的是，两种文学流露的诗性情感截然不同。较之英语诗，希腊诗歌更加原始，亦即它处理的情感和主题比我们的来得更简单和直接，另一方面，语言的*表现方式*则要比我们的更错综复杂。原始的诗歌用迂回的方式述说简单的事情，现代诗歌则试图以直截了当的方式言说复杂的事情。历代英语诗人旨在重新发现"一种真正为人类使用的语言"的不懈努力，在希腊人看来却不可理喻。

达德利·费茨[1]在他给《希腊戏剧的现代翻译》撰写的序言中引用了一小段《美狄亚》里被翻译过来的轮流对白。

> 美狄亚：你为何前往地球的预言中心？
>
> 埃勾斯：去求问生儿育女的种子如何能为我所有。
>
> 美狄亚：天啊！你至今仍膝下无子？
>
> 埃勾斯：我无儿无女，也许这是神的意旨。
>
> 美狄亚：你是已有妻室，还是未曾见识过床第？
>
> 埃勾斯：不，我并非不曾有过床第之欢。

1. 达德利·费茨（Dudley Fitts，1903—1968），美国中学教师，批评家，诗人和翻译家，同时也是古典学者。

如费茨所言，这简直荒唐可笑，但可怜的译者能奈它何？试想，假如他把最后两行译成现代习语，他必须这样写：

美狄亚：你是已婚还是单身？

埃勾斯：已婚。

这样虽不显可笑，但完全失去了原作风格的一个基本要素，用谜语的形式包装简单问答的诗意点缀。

值得注意的是，尽管过去许多英语诗人都熟悉并极其欣赏希腊诗歌，但写作风格上真正表现出受其影响的则寥寥无几——弥尔顿，或许还有勃朗宁受过悲剧作家的影响，霍普金斯受过品达的影响，这是我能想到的仅有的几个名字。

将诗歌从一种语言翻译成另一种语言对诗人而言是很可贵的训练。我们期盼每一代都会产生荷马、埃斯库罗斯、阿里斯托芬、萨福等人作品的新译本，但它们的诗学影响可能不大。

在阅读史诗或戏剧时，普通的现代读者会发现从历史或人类学的视角要比从美学视角去解读收获更大。

他不会去问"《俄狄浦斯》是一部多好的悲剧？"或者"柏拉图的这个或那个论点正确与否？"，他会试图将希腊人活动的所有方面，他们的戏剧、科学、哲学和政治看作一个完整而独特的文化中相互联系的部分。

因此，在为这部文集挑选素材时，我尽量使它成为对希腊文化而不是希腊文学的介绍。在一部文学选集中，只选取埃斯库罗斯来代表希腊悲剧而忽略索福克勒斯和欧里庇得斯的做法无疑是荒谬的，但如果有人想了解希腊悲剧的形式和理念，选择

《俄瑞斯忒亚》[1]这样的三联剧要比选三位剧作家三部独立的作品来得好；这本集子中的其他选篇也是遵循同样的原则，选择它们是因为它们作为某种文学形式的代表性特征，而不是因为个体的诗学价值。

同样，在对哲学著作的节选中，我的意图不是要完整地呈现柏拉图和亚里士多德的思想，而是要展现希腊思想家如何对待某些问题，比如宇宙论的问题。

最后，医学和数学是希腊文化中不可或缺的部分，即使对于初学者也是不容忽视的。

由于篇幅所限，很多重要材料未能收入这本选集，但我有意排除的作家仅有一位，完全出于个人好恶。然而，我相信不只我一个人认为卢西安[2]——最受欢迎的希腊作家之一——对于被魔鬼缠身的我们这代人来说过于“开明”了。

三

没有任何一部独立的希腊文艺作品像《神曲》那样伟大；也没有任何一位希腊文艺家现存的作品集像莎剧全集那样扣人心弦；作为一段时期里以一种形式进行的持续的创造活动，历时七十五年多、涵盖了埃斯库罗斯最早的悲剧和阿里斯托芬最后的喜剧的雅典戏剧，被从格鲁克的《奥菲欧》到威尔第的《奥赛罗》、长达一百二十五

1. 又译《奥瑞斯提亚》，古希腊悲剧作家埃斯库罗斯所作的三联剧。
2. 卢西安(Lucian，约 125—180)，古希腊修辞学家、讽刺作家。

年的欧洲歌剧的黄金时代所超越：然而，任何公元前五世纪的雅典人对从但丁到如今的我们社会的充满困惑且日趋尖刻的评论必定是："是的，我能看到一个伟大文明的全部作品；可我为什么遇不着任何文明的人呢？我遇到的只是些专家，对科学一无所知的艺术家，对艺术一窍不通的科学家，对上帝毫无兴趣的哲学家，对政治漠不关心的牧师，以及只了解同行的政客。"

文明是怀特海教授[1]所说的介于野蛮的含混和琐碎的秩序之间的危险平衡。前者统一但不加区分；后者虽有划分，却缺乏核心的统一；文明的理想是将最大数量的不同人类活动在最小张力下融合成一个统一体。

例如，我们不可能说清一个原始部落的丰收舞蹈是能给参与表演者带去表演快感的审美活动，还是外在地表现对主宰收获的力量的内心虔诚的宗教仪式，抑或是确保获得更好丰收实效的科学方法。用这些术语来思考问题着实愚蠢，因为舞者们还没学会做这样的区分，也无法理解它们的意义。

另一方面，在我们这样的社会里，当一个人去看芭蕾舞演出，他就是为了让自己愉悦，他所要求的就是编舞和表演给人以审美的满足；当他去望弥撒的时候，他知道弥撒唱得是好是坏无关紧要，重要的是他对上帝和邻人的态度；当他犁田时，他知道拖拉机好看与否，以及他本人是诚心忏悔还是不知悔改的罪人都与收成无关。他的问题和野蛮人的问题很不一样；他所面临的危险是，他无法每时每

1. 艾尔弗雷德·诺思·怀特海(Alfred North Whitehead，1861—1947)，英国数学家、哲学家和教育理论家。

刻作为一个完整的人而存在，他将分裂为三个互不相干、竞相争夺支配地位的分身：去看芭蕾的审美分身，去望弥撒的宗教分身，以谋生为本的实用分身。

如果用这个双重标准去衡量一个文明，即它所达到的多样性的程度和它保持的统一的程度，那么据此断言公元前五世纪的雅典人是迄今存在过的最文明的人并不为过。几乎所有我们用来定义人类活动和知识分支的词语都源自希腊语，如化学、物理、经济、政治、伦理、美学、神学、悲剧、喜剧等，这一事实就是他们拥有自觉的辨别能力的证明；他们的文学和历史证明，他们有能力保持一种对事物之间普遍的相互关联的感觉，我们在很大程度上丧失了这种感觉，而他们也在较短的时间里丧失了它。

就像他们的祖先，
那些古老的海盗，他们四处流浪劫掠
在克里特的废墟上建立海岛统治，
当他们独立城邦之间不共戴天的仇恨
摧毁了他们长达一百四十年的同盟
在马拉松和伊苏斯之间；直到他们从击溃
薛西斯和他不同凡响的军队的自豪中堕落，
让那最令人难忘的战绩在亚历山大的荣耀面前
相形见绌，在其异国王权的统治下，他们密谋扩张
他们的野心，赢得辽阔得难以统治的疆域，
并以他们的气概，在分散之后

重铸伟大的、日趋坚硬的罗马合金

（罗伯特·布里奇斯,《美的契约》,第一章,758－70）

希腊的地形特点——贫瘠的山脉将小块丰饶地区隔开——促进了多样性、向新殖民地的迁徙,以及非自给自足的交换经济。因此,在首度入侵爱琴海时,和其他族长制武装部落差别不大的希腊人——《伊利亚特》和《贝奥武甫》中描绘的生活极其相似——在相对较小的区域内迅速发展出多种社会组织形式：爱奥尼亚的专制和制宪城邦,比奥提亚的封建寡头政治,斯巴达尚武的警察国家,雅典的民主制度,事实上几乎所有可能的类型都存在,只有像埃及或巴比伦那样在主要河流—盆地地区特有的广阔的中央集权国家除外。因此,促成理解、质询、思索和实验的原动力并没有丧失;但这不能解释希腊人在各种活动中展现出的天赋异禀和他们博采众长的能力：不同于罗马人,希腊人从不给人折衷的印象;他们的一言一行都烙上了他们鲜明的个性。

正如这篇导言结尾处的年表所示,希腊文化曾先后拥有三个中心,爱奥尼亚沿海地区,雅典和亚历山大。长期处于僵化的原始状态的斯巴达置身于这场普遍的文化发展之外,引起邻邦的恐惧、厌恶和歆羡。然而,无论结果好坏,她[1]像希腊文化中的任何其他成分一样,通过柏拉图间接地作出了影响世界的贡献——即国家为臣民制定有计划的教育;事实上,国家有别于统治阶级、个人和社群这

1. 原文如此。英语中的“她”(she),常用来表示拟人化的国家、文化、轮船、月亮等。

一概念可以说源自斯巴达。

荷马是希腊文学的滥觞。如果说《伊利亚特》和《奥德赛》比其他民族的史诗更胜一筹，那不是因为它们的内容，而是因为它们有更瑰奇的想象——仿佛原初的素材在远为文明的情况下（比如和日耳曼民族相比），在英雄时代尚未相距太远而显得失真之前，就被反复加工成了现在的形态。然而，很难对两者作出客观的比较，因为关于日耳曼史诗鲜少有更深入的记载；荷马通过罗马人成为欧洲文学基本的灵感来源之一，没有它就没有《埃涅阿斯纪》、《神曲》、《失乐园》，也没有阿里奥斯托、蒲柏和拜伦的喜剧史诗。

荷马之后的文学发展主要发生在爱奥尼亚，并且多半发生在暴君的宫廷内外，当然，这些暴君更像美第奇家族而非现代独裁者。

爱奥尼亚的科学家和抒情诗人有一个共同点：反对多神崇拜的神话。前者以规律而非独断的意志来看待自然；后者认为他们的感情是自己的，它属于单独的个性，而不是上天的赐予。

泰勒斯对万物由水构成的猜测是错误的，但其背后存在着这样一个洞见，无论自然中有多少不同的领域，它们必然相互关联。如果没有这个基本前提，我们所知的科学就无从谈起。同样有影响力的是毕达哥拉斯从他的声学研究中得出的论断，即一切事物都是数字，换言之，事物的“本质”，它们赖以存在和运行的基础不是构成它们的材质，而是它们本身的结构，这可以用数学术语来描述。

希腊人有关自然的概念和此后人们对于自然概念的巨大差别在于：希腊人认为宇宙类似于他们的城邦，所以对他们而言，自然法则就像人类的律法，它们不是**描述**事物如何运行的规律，而是**规**

定事物如何运行的法则。当我们谈论一个落体“遵循”万有引力定律时，我们无意中应和了希腊人的思想；因为“遵循”暗示着“违背”的可能性。对希腊人来说，这不是一个死隐喻；所以他们的问题不是思想对物质的关系，而是内容对形式的关系，也就是说，物质如何被充分地“教育”以符合规律。

抒情诗人在他们的领域具有同样重要的影响，因为西方文明通过他们才学会将诗歌同历史、教育学和宗教区分开来。

希腊文明最引人注目的阶段自然是与雅典相联系的时期。任何一个普通人都听说过这些名字：荷马、埃斯库罗斯、索福克勒斯、欧里庇得斯、阿里斯托芬、苏格拉底、柏拉图、亚里士多德，即便除了这些名字他对他们别无所知；假如他见识再稍广一些，还会知道伯里克利、德摩斯梯尼和修昔底德。除了荷马，他们都是雅典人。

雅典时期分为两个阶段：第一阶段始于梭伦和克利斯梯尼建立的政治和经济的雅典商业民主城邦，它的实力通过抵抗波斯入侵的胜利得以显现；第二阶段是政治失利的产物，先是被斯巴达打败，后又被马其顿征服。前一阶段的典型表现形式是戏剧，后一阶段是哲学。

同之前的爱奥尼亚文化相比，雅典戏剧的特点表现为从浮华轻佻到严肃质朴的风格转变和对神话的回归。最为重要的是，戏剧作为一门艺术成了整个民族占主导地位的宗教表达方式，剧作家则成了其精神生活中最重要的人物，这在历史上是空前绝后的。同希腊悲剧作家相比，荷马和品达更像世俗作家，其作品对于少数统治者无疑具有教育价值，但他们根本上仍然是艺人，其地位逊于祭司和神使。正如现代戏剧发轫于复活节和圣体节这样的宗教节日，雅典戏剧则与榨酒节和酒神节这样的节日相伴而生。现代戏剧起先从属于宗教仪式，而后脱离节日的形式，发展出自己的世俗生命；而雅典戏剧则不同，尽管它显然是艺术品（其价值可通过投票来评判），但它却成了比献祭和祈祷更重要的主导性宗教仪式。在十九世纪和我们这个世纪，单个的艺术天才有时宣称自己享有至高无上的地位，甚至还说服了一小部分唯美主义者；但这只有在雅典才成为一个普遍的社会事实，于是，那个时期的天才不是为自己声张独特权利的孤独者，而是受人拥戴的社会精神领袖。

与雅典戏剧最接近的现代产物不是任何戏剧作品，而是球赛或斗牛。

希腊悲剧回归神话，但它不再是荷马时代的神话；爱奥尼亚的宇宙学家们对此做出了贡献。诸神不再必然强大，也不再偶尔代表正义；他们的力量已变得次要，成了他们施行自己所遵从和代表的律法时诉诸的手段。于是，神话受制于一种张力；这是由于其一神论倾向愈是明显，宙斯的重要性就愈突出，其他神祇的个性就被削弱，同时其寓言色彩则会加重。此外，宙斯背后还出现了极其非神化的命运的概念。此时，要么让具有人格的宙斯和不具人格的命运合二为一变成犹太人的创造者上帝（这一步是希腊人的宗教想象力从未迈出的）；要么，到头来，宙斯成为造物主——一个代表自然秩序的寓言式人物，而命运成为真正的上帝，并以运数或者非人格化的理念或首因的形式存在，在这种情况下，戏剧不再是教授上帝本质的天然工具，它被神学所取代。

上述原因或许可以解释从埃斯库罗斯的虔诚到欧里庇得斯的怀疑主义为何发展如此迅疾，属于希腊悲剧的时期为何如此短暂。正如瓦纳尔·耶格尔[1]所指出的，索福克勒斯与另外两位剧作家有所不同，尽管他们的兴趣基本一致，但他更关注人的个性而不是宗教或社会问题。希腊悲剧若要进一步发展，就不能止步于索福克勒斯，而应摒弃它与神话和节日的关系，成为一门彻底的世俗艺术；或许过去的辉煌让它被神话和节日束缚住了手脚，以至于难以取得伊丽莎白时期的戏剧获得的突破。因此，尽管希腊悲剧作家受到后世作家的极大敬仰，但他们并未对后世的文学产生多大直接影响。相形之下，哲学家的影响要显著得多，这是由于柏拉图和亚里士多德建立了智性生活的基本前提，真理的统一性和多样性；此外，我们习以为常的对世界的特定划分也应归功于他们。比如，假如我们试图阅读印度哲学，影响我们理解的最大障碍，在于他们对于人和自然接合处的分割迥然不同。我们的划分是希腊式的；我们发现自己很难相信还存在其他方式。

希腊文化的最后阶段又称希腊化时期或亚历山大时期，重返爱奥尼亚的享乐主义和物质主义，但与政治和社会生活并无联系。重要的成就在科技方面。如希腊文选所昭示的，这一时期的文学极度高雅、精致，但却由于它对文艺复兴以来的次要诗歌的巨大影响而总体上显得缺乏生气，至少对我们这个时代而言是这样。“古典主义”遗留下的糟粕皆拜其所赐，丘比特这个小淘气，花卉的目录，西

---

1. 瓦纳尔·耶格尔（Werner Jaeger，1888—1961），德国古典学者，著有《通识教育：希腊文化的理想》。

莉亚的酥胸，诸如此类。

基督教世界是犹太人的历史宗教经验和非犹太人对之思索和组织的产物。希腊人的思想是典型的非犹太思想，与犹太人的意识格格不入。作为一个希腊人的基督徒常常会在凡尘琐事和虚假的精神上的超尘脱俗之间摇摆不定，究其本质，两者都流于悲观；作为一个犹太人的基督徒则易于受到一种错误的严肃和偏执的蛊惑，视异己为邪恶而非愚蠢的化身而加以迫害。宗教裁判所是非犹太人对理性的兴趣和犹太人对真理的热爱相结合的产物。

最显而易见的历史佐证是耶稣受难。在《谈论迪克·威丁顿》一书中，作者赫斯凯茨·皮尔森和休·金斯密尔记载了一篇希莱尔·贝洛克[1]的访谈，他谈及犹太人：

> “可怜的人儿，生来就知道自己属于人类的敌人……因为耶稣被钉十字架。那种感觉一定糟透了。”

我不认为贝洛克先生是个愚不可及的人，但他的观点和亚当“我的确偷吃了苹果，因为我受了那女人的哄骗”如出一辙。他不可能不知道把耶稣钉死在十字架上的是罗马人，或者把故事移植到当代，那就应该是法国人（英国人说：“噢，上帝啊！”，然后颔首赞同；美国人说：“太不民主了！”，随即派摄影师前往），而这么做只是出于耶稣在政治上不受欢迎这样一个草率的原因。而同样要求这么做的

1. 希莱尔·贝洛克（Hilaire Belloc，1870—1953），出生在法国的英国评论家、诗人。

犹太人则是出于严肃的原因：在他们看来，耶稣犯了亵渎罪，即谎称自己是弥赛亚。显然，每个基督徒既是彼拉多[1]又是该亚法[2]。

四

如果说与以前的时代相比，我们这个时代对希腊人的反应有任何独特之处，我想那就是我们觉得他们的确是一个非常古怪的民族，他们是如此古怪以至于当我们遇上他们所写的与我们的思维方式相似的东西时，我们马上会怀疑是自己理解错了。希腊人和我们之间的差异，他们作出的假设和提问与我们的假设和提问之间的巨大分歧比任何其他事物都令我们着迷。

不妨以《蒂迈欧篇》中的一段为例：

> "这便是永恒之神为有限之神(即上述生命体)所做的设计。根据这一设计，神把它造得平滑一致，从中心到边缘处处相等，完全，完善，诸完善的完善体。他把灵魂安置在中心，并使它扩展到整个身体，把整个身体包围起来。这样，造物者就建立了一个唯一的世界，圆形，作圆周旋转，独自一个但能与理性做伴，无需他者而自我满足。就这些性质来看，他所创造的世界是尊贵的神。"[3]

1. 彼拉多：判处耶稣死刑的罗马执政官。
2. 该亚法：犹太人的大祭司，谋害耶稣的主谋。
3. 引自柏拉图《蒂迈欧篇》第23页，谢文郁译，上海人民出版社，2005年。

显然，这种思维方式在我们看来就跟某个非洲部落的习俗一样令人惊叹。

即便对于我们当中数学知识最贫乏的人而言，认为数字是解释自然的工具这一现代概念已经根深蒂固，我们不可能回到过去的思维状态，把数字看作物质的或形而上的实体从而认定数字还有优劣之分，正如我们也无法再度对交感巫术产生信仰。柏拉图关于神的道德本质的假设对我们而言就和神的形状一样奇特。神的存在，我们也许相信也许不信。但唯一能让我们想象自己去信仰的神是一个受难的神，就像基督教的神因为爱他的造物而不由自主地和他们共同受难；那种自给自足、对人类疾苦袖手旁观的神不足以引起我们探问其存在的兴趣。

擅自闯入众多伟人穷其一生研究的领域实属冒昧。为了减少这种冒犯，我唯有尽量将我的评论限制在相较于希腊思想的其他方面而言我好歹略有所知的那个范畴，也就是希腊人对英雄的各种概念和我们对英雄的概念的比较，以此阐明两种文化之间的差异。

五

荷马式英雄：荷马式英雄具有杰出的军人的美德——勇敢、足智多谋、胜利时的宽宏大量和失败时异乎寻常的尊严。他的英雄主义表现在超凡的行为中，别人对之进行评判时不得不承认“他取得了我们无法取得的成就。”他的动机是要从与他同等地位的人那里赢得钦佩和荣耀，不论他们是敌是友。他遵循的人生准则是荣誉的法则，那不是像法律一样的普遍要求，而是个人的要求：我这样要求自己，鉴于我所取得的成就，我也有权这样要求别人。

他不是一个悲剧人物，换言之，他并不比别人遭受更多的苦难，但他的死却极具感伤力——伟大的勇士和低贱的草民落得同样下场。他仅仅存在于与另一个英勇的个体发生碰撞的那一刻；他的前途成为后世眼中过去的传统。与荷马式英雄最相近的现代对等物是王牌飞行员。由于他频繁卷入单打独斗，他能认出敌方单个的飞行员，战争于是成了个体之间的较量而不是政治问题；事实上，他和敌方王牌飞行员的关系比他和己方步兵团的关系更密切。他的人生充满了冒险和死里逃生，而且几乎肯定难逃一死。好运或厄运、突发的引擎故障或者无法预料的天气变化的影响如此之巨，竟使得偶然性化身为个人干预力量的方方面面。受到庇佑应是命运垂顾，遭人暗算则是时运不佳，这些感觉和命中注定自己有朝一日会死的信念，几乎成了他无可避免的人生态度。

然而在战斗机飞行员和荷马式英雄之间还是有一个根本区别；为使这个类比更贴切，我们必须想象世界各国已持续交战多个世纪，并且战斗机飞行员成了世袭的职业。因为《伊利亚特》和所有早期史诗一样，有这样一个在我们看来相当奇怪的假设，那就是战争是人类的常态，和平只是其间偶然喘息的片刻。在前景里是身陷鏖战、相互厮杀的人们，远处是他们焦急等待结果的妻儿和奴仆，头顶上方是对悲伤和死亡一无所知的神祇，他们饶有兴味地注视着这场景，偶尔出手干预，而在他们周围是天空、海洋和大地的自然世界，它一成不变，对眼前的一切全然无动于衷。这就是当时的情况，过去如此，将来也是这样。

因此，任何冲突的结果都不可能有道德或历史意义；它给胜利者带来喜悦，给失败者带去悲伤，但任何一方都无法想象自己提出有关正义的问题。如果有人拿《伊利亚特》和莎士比亚的《亨利四世》或者托尔斯泰的《战争与和平》作比较，他会看到现代作家首先深切关心的是历史问题："亨利四世或拿破仑是如何掌权的？""内战或国际战争的起因是什么？"其次会考虑普遍的道德问题："战争对人类道德有怎样的影响？""同和平相比，它会催生什么善行和罪恶？""不考虑双方的个别人物，霍茨波和拿破仑的战败是促进还是阻碍了一个公正社会的建立？"这些问题对荷马来说没有意义。荷马的确为特洛伊战争给出了一个理由——那只引发不和的金苹果；但这既是一个和神有关的理由，即它超出人类的掌控，也是一个琐碎的理由，也就是说，荷马只是信手拈来把它作为让故事开始的文学手法。

他并非不对他笔下的英雄人物做出道德评判。阿喀琉斯本不应该因为他和阿伽门农的争吵而长期拒绝向希腊联军施以援手，他本不应该那样对待赫克托耳的尸体，但这些缺点无伤大雅，它们既不影响战争结果，也不妨碍其英雄气概的最终证据，那就是他战胜了赫克托耳。

赫克托耳的死令人动容是容易理解的：高贵的人物被打败了；霍茨波的死引起的悲伤则带有讽刺意味：他比哈尔王子更讨人喜欢，却死于捍卫错误的事业。

再者，在以战争为常态的荷马的世界里，不可能出现这样的对战争英雄的批评。阿喀琉斯的愤怒绝不可能像莎士比亚笔下克里奥兰纳斯的愤怒那样成为其性格中的悲剧性缺陷。荷马可能描述过阿喀琉斯洗澡，但那也仅仅是对该场景的简单刻画，而不像托尔斯泰描绘拿破仑沐浴那样，为的是揭示这个军事豪杰和因他而丧命的无数凡夫俗子一样不堪一击。

尽管将荷马式的英雄人物描述成神的玩偶有失偏颇，但他自由选择和承担责任的范围的确很有限。首先他是生来如此而非后天养成（通常他的父亲是神），因此虽然他举止英勇，但不能用通常意义上的勇敢来形容他，因为他从来不感到害怕；其次他展现英雄气概的情境是给定的；他偶尔能够选择是否和这个或那个对手交战，但他无法选择他的职业或立场。

荷马的世界悲伤得让人不堪忍受，因为它从未超越当下；人们快乐、难过、战胜、失败，最后死去。这就是全部。欢乐和苦难仅仅是人们当下的感受；超出这一范围便没有了意义；它们倏忽即逝；它们没有方向；它们什么也不改变。它是一个悲剧的世界，但同时也是一个不知罪恶感为何物的世界，因为它的悲剧性缺陷不是人性的缺陷，更不是单个人物的缺陷，而是存在本身的缺陷。

悲剧英雄：荷马史诗中的勇士—英雄（他在平民中的对等物是品达颂歌中的运动员）是贵族阶级的理想。他是每个统治阶级成员应该力图效仿的对象，是每个被统治阶级成员应该心悦诚服地钦佩和毫无怨恨地服从的对象。在人类能够想象的范围内，他无限接近于神——被看作无比强大的神圣存在。

另一方面，悲剧英雄不是理想而是警告，这警告不是针对贵族的观众（其他有潜力成为英雄的个体）的，而是针对城邦平民（即集体合唱队）的。在戏剧的开头，他在一片荣耀和好运中出场，他拥有高贵的血统和非凡的成就，并且已经显露出荷马所谓的“卓越品质”[1]。临近尾声时，他会突然遭受非同寻常的苦难，也就是说，他比合唱队员们受苦更多，后者是 默默无闻的平民百姓。他受苦是因为他陷入了冲突，不是和别的个体而是和普遍的正义法则的冲突。但通常来讲，他实际犯下的罪过不是他自觉做出的选择，即他无法避免它。典型的希腊悲剧英雄的处境是无论他做什么都是错的——阿伽门农要么杀死他的女儿，要么背弃他对军队的义务；俄瑞斯忒亚要么违抗阿波罗的命令，要么犯下弑母的罪行；俄狄浦斯要么坚持提问，要么让底比斯遭受瘟疫的肆虐；安提戈涅要么抛弃对她死去的兄弟的义务，要么背叛她的城邦，如此等等。他发现自己身陷不知不觉或不由自主地犯罪的悲惨境地，这一事实意味着他所犯的是神认为他应该对之负责的另一种罪行，即妄自尊大，这种目空一切的自信让他相信具备“卓越品质”的自己是俨然不可侵犯的神。他有时（但并不总是）在行动中显露出这种狂妄自大——阿伽门农走在紫色地毯上，大流士试图在达达尼尔海峡架桥——但即便他不表现出来，他也必定被认为是这样，否则神就不会让他犯有其他罪行并借此惩罚他。通过目睹悲剧英雄从欢乐坠入痛苦的经历，民众得知荷马式英雄不是他们应该效仿或崇拜的理想对象。相

1. 原文为拉丁文 arete。

反，强大的人受自己力量的引诱而成为受神责罚的不敬之人，因为神之所以为神不是因为他们无比强大，而是因为他们无比公正。他们的力量只是他们维护正义的工具。

每个民主社会的成员都应该努力成为的理想人物不是高贵英勇的个人，而是温和守法、不妄图比别人更强大或更光荣的公民。

在这里，正如在荷马的世界里，我们再次发现自己身处一个奇异的国度。一个人的行为通常是他对之负有责任的自由选择和他无法对之负责的环境因素的混合产物，对此观点我们已经习以为常，所以我们无法理解单凭一个处境就能使人获罪的世界。以俄狄浦斯的故事为例。有个人听说自己将会弑父娶母的预言，试图阻止它应验，但徒劳无功。一个现代剧作家会如何处理这个题材呢？他会推断出，唯一能让俄狄浦斯逃脱预言的方法便是永不杀人和娶妻。于是他会以俄狄浦斯离开底比斯并做出这两个决定的场景开场。接着他会让俄狄浦斯卷入这两种处境：首先让他在某人手里遭受致命的伤害，然后让他狂热地爱上一个也爱他的女人，总之，创造充满诱惑的处境，让他在随心所欲和背弃决心这两种选择之间左右为难。

他屈从了这两种诱惑，杀了那个男人并娶了那个女人，这么做的同时还以自欺欺人的谎言为自己开脱，他没有对自己说："无论可能性多小，都不能排除他们是我父母的可能，所以我不能冒这个险，"相反，他说："他们几乎不可能是我的父母，所以我可以违背我的决定。"当然，不幸的是，那个微乎其微的可能成了事实。

在索福克勒斯那里，这样的事绝不会发生。俄狄浦斯在路上遇见一个老人,他们为了小事争吵起来,他把那个老人杀死了。他来到底比斯,解答了斯芬克司之谜,然后结了一场政治婚姻。他对这两个行为并不感到愧疚,也没有人期望他为此负疚。直到他发现那两个人是他的父母时他才变得有罪。他从头到尾都不曾意识到自己是受了诱惑去做他知道本不该做的事,所以任何时候都不能说:"那就是他犯下致命错误的地方。"

希腊悲剧英雄的原罪是狂妄,认为自己和神一样。只有异常幸运的人才会受引诱滑入狂妄自大。他有时会直接表现出他的狂妄自大,但这丝毫不改变他的性格,只是神通过让他不知不觉或不由自主地犯罪来惩罚他。

现代悲剧英雄的原罪是骄傲,即拒绝接受自身的局限和弱点,决意要**成为**他所不是的神。因此,一个人无须特别幸运就可能受到诱惑而变得骄傲;不幸同样能诱惑人变得骄傲,比如格罗斯特的理查德的驼背。骄傲永远不可能直接被表现出来,因为它是纯粹主观的罪。自我反省能让我意识到我的淫欲和嫉妒,却不能让我意识到我的骄傲,因为我的骄傲(如果它确实存在的话)恰恰存在于那个正在自省的"我"中;然而,我可以据此推断我是骄傲的,因为我从自身觉察到的淫欲和嫉妒正是由骄傲引起,而且仅仅由它引起。

因此,我们这个时代的悲剧英雄所犯的导致他堕落的次要罪过,不是神对其原罪的惩罚而是由它产生的诸多后果,他应对它们负责,正如他对他的原罪负有责任一样。作为罪人他并非不知情而是自欺欺人,拒绝接受良心的谴责。当俄瑞斯忒亚杀死克吕泰墨斯特拉时,他没有预料到复仇女神的到来;当麦克白夫妇策划谋杀时,他们试图说服自己他们不会受到负罪感的折磨，尽管他们心里知道他们会那样。

在希腊悲剧里苦难是天谴，是外界强加于英雄的惩罚。他通过受难来赎罪并最终顺从律法，尽管何时完成赎罪是由神而不是由他自己决定。另一方面，在现代悲剧里，这种击败伟大但犯了错的人们并使之忏悔的外部苦难并不可悲。真正可悲的苦难是由英雄自己造成并执拗地坚持加诸自身，这种苦难不会让他变好只会让他变坏，以致他临死时并没有顺从律法而依旧桀骜不驯，即受到了诅咒。李尔王不是悲剧英雄，而奥赛罗是。

希腊悲剧和现代悲剧在概念上有两个区别，首先体现在英雄人物主观的原罪(狂妄或者骄傲)和其次要罪行之间的关系上，其次体现在苦难的本质和作用上，它们导致了对待时间的不同态度。

在希腊悲剧里，时间的统一不仅可能而且是正确和恰当的，因为人物不会改变，改变的只是他们的处境，所以所需的戏剧时间就是处境改变所需的时间。而在现代悲剧里，时间的统一作为一种炫技是可行的但并不可取，因为剧作家的主要任务之一是展示他笔下的人物如何随着处境的变化而变化以及如何积极地参与创造这些处境，要在一段单独连续的时间里表现出这一点几乎是不可能的。

色情英雄：大约四分之三的现代文学都与男欢女爱的主题有关，并且假定恋爱是人类最重要、最宝贵的经验。我们对这种态度习以为常，往往忘了它的出现不早于十二世纪。比如，它在希腊文学中就不存在。我们在希腊文学中发现两种态度。一种存在于大量的小夜曲式的抒情诗中——类似于“迁延蹉跎，来日无多，二十丽姝，请来吻我”[1]之类的诗句，表达了一种单纯、温和和轻松的色情。另一种态度则见于萨福的诗歌或伊阿宋和美狄亚的故事中对严肃炽烈的情欲的描绘，但它并不被视为值得骄傲的东西，相反，它是灾难，是冷酷无情的阿芙洛狄忒的诡计，一种让人丧失尊严和背叛朋友的骇人的疯狂，任何理智健全的男女都避之唯恐不及。我们认为性爱可以改变爱人的性格进而把他变成英雄的浪漫观念在希腊人那里闻所未闻。

直到读到柏拉图，我们才发现对于类似我们所谓浪漫爱情的东西的肯定描述，但两者间仍然差异大于相似。首先，它假定这种爱情只可能存在于同性关系中；其次，它仅仅是作为灵魂发展所必需的首要阶段而被肯定。至高的善，是视非个人化事物为普遍的善的一种爱；对一个人来说最好的事莫过于他直接爱上善，但是鉴于他的灵魂纠缠于物质和时间的事实，他只能循序渐进地抵达善：首先他得爱上一个美的个体，进而发展到对一般的美的爱，然后是对正义的爱，依此类推。倘若情欲能够或者说应该以这样的方式被转换，那么让柏拉图把异性恋排除在外的不单是古希腊情色生活的文化范式，而主要是他缜密的心理学的洞见。因为异性恋的爱超越自身后导向的不是普遍的事物而是更多的个体，亦即对家庭的爱和责任，但就同性恋而言，这种关系本身是没有任何指向的，它所激发的爱可以由恋人自主选择其发展方向，这种爱应该朝着智慧的方向发

1. 此句出自莎士比亚的《第十二夜》，梁实秋译。

展，一旦获得了智慧他们就能教会以正常方式繁衍出来的人类如何组建良好的社会。因为爱情应该由它的社会和政治价值来评判。婚姻提供原材料，男性的爱欲则提供将那原材料铸造成适当形式所需的欲望和知识。

有两部伟大的现代情色神话，希腊文学中没有可与之匹敌的作品。一部是特里斯坦和伊索尔德的神话，或者叫《因爱而失落的世界》，另一部是登徒子唐璜的反神话。

特里斯坦和伊索尔德的处境是这样的：两人都具有史诗意义上的英雄的**卓越品质**；他是最英勇的武士，她是最美丽的女人；两人都出身高贵。他们不能结婚，因为她已经是他所效忠的国王和朋友之妻，但他们坠入了爱河。在有些版本里，他们无意间服了一种催情剂，但它的作用不是让他们相爱而是让他们意识到他们已经相爱，并把它作为命中注定和不可更改的事实来接受。他们的关系并非传统意义上的“柏拉图式的”，但婚姻和际遇的障碍并没有给他们多少同床共枕的机会，而每次幽会时他们都无法确知是否还会有下次。他们对对方的爱如同宗教般绝对，也就是说，彼此是对方的至善，在这种情况下非但肉体出轨不可想象，而且所有同他人乃至整个世界的关系也变得无足轻重。然而，尽管他们的关系对他们而言是唯一的价值，但它也是一种折磨，因为他们的性欲只是他们真正的激情的象征性表达，这种激情渴望两个灵魂合而为一，但只要他们有身体，这种圆满就无法企及，于是他们的最终目标就是在对方的怀抱里共赴黄泉。

另一方面，唐璜则不是史诗性的英雄；在理想情况下，他的外表应该一点不引人注目，因为他实在相貌平平。作为一个具有英雄意志和成就的人，他应该在普通人眼里像个凡夫俗子，这对整个神话很重要。

如果唐璜长得很英俊或者很丑陋，那么在他展开攻势之前，女人们就会对他有所臧否，这样他的勾引就会显得不彻底，也就是说，不是他的意志的纯粹胜利。为达到这个目的，有一点十分必要，即他的猎物对他不应怀有任何主观的感情，直到他决定去唤起她们的感情。反之亦然，对他而言，重要的不是她的长相，而仅仅是她作为女人的身份；丑陋的和年老的女人与年轻貌美的女人无甚差别。特里斯坦和伊索尔德的神话是非希腊的，因为把绝对价值归于另一个个体是希腊人无法想象的，他只能从比较的角度来思考，这个人比那个人美，这个人的行为比那个人的行为更伟大，等等。唐璜的神话是非希腊的，正如克尔恺郭尔[1]指出的，不是因为他猎艳无数，而是因为他有一份猎艳清单。

希腊人可以理解一个男人因为觉得一个女孩迷人而去勾引她，之后又因为遇到了更迷人的女孩而抛弃之前那个；但希腊人无法理解一个人出于算术原因这样做，因为他决心要做世界上每一个女人的初恋情人，而某个女孩恰好是这个无穷级数里的下一个整数。

特里斯坦和伊索尔德痛苦不堪，因为他们渴望合二为一，却被迫作为两个人存在；唐璜同样备受折磨，因为无论他成功地使多少女人就范，这个数字终归是有限的，除非它达到无限，否则他没法

---

1. 克尔恺郭尔(Kierkegaard，1813—1855)，丹麦神学家、哲学家及作家，被视为存在主义之父。

罢手。

两者的劲敌都是时间：特里斯坦和伊索尔德惧怕时间，因为它暗含了变数，他们希望那个激情时刻能够永驻，所以催情药和他们处境中无法消除的障碍成了抵抗变化的防御手段；唐璜惧怕时间，因为它预示着重复，而他希望每一刻都是充满新奇的，所以他坚持在选择猎物时确认这是对方第一次发生性关系，而且只跟她睡一次。

两个神话都基于基督教思想，也就是说，它们只可能产生于一个有着如下信仰的社会：1）每一个个人，不论其在这个世界上社会地位的尊卑，在上帝那里都具有独特和永恒的价值；2）将自我奉献给上帝是自由选择的行为，一种出于无限热忱、与感情无关的绝对承诺；3）一个人既不能让自己受制于倏忽即逝的瞬间，也不要企图超越它，而要对它负责，把时间变成历史。

两个神话都是基督教想象力的疾病。尽管它们为大量优美的文学作品提供了灵感，它们对人类行为的影响几乎完全是负面的，尤其是在浅薄的、被删减了的现代版本中，它们掩饰了这样一个事实：那对浪漫情侣和那个孤独的猎艳者都郁郁寡欢。当一对夫妇因为彼此在对方心目中的形象不再神圣而劳燕分飞，当他们无法忍受不得不去爱一个逊于自己的真实的人的想法时，他们就中了特里斯坦神话的魔咒。当一个男人自忖道“我一定是老了。我已经一个星期没做爱了。要是我的朋友们知道了，他们会怎么说”时，他是在重新演绎唐璜的神话。同样重要的是——这可能会让柏拉图感兴趣，尽管不会让他感到意外——现实生活中和这两个神话原型（不论哪个)最为吻合的例子都不是异性恋;现实生活中的特里斯坦和伊索尔德会是一对女同性恋,而唐璜则是一个鸡奸者。

沉思的英雄:希腊史诗中的理想人物是强大的个人;希腊悲剧中的理想人物是对正义的律法怀有敬畏之心的谦卑公民;希腊哲学中的理想人物与两者都有共同之处:他像后者一样遵纪守法,但如同前者,他是一个出类拔萃的个人而非芸芸众生中的一员,因为学会如何遵守律法已成为一项普通人力所不能及的壮举。对于"什么是邪恶和苦难的原因?"这个问题,荷马只能回答"我不知道,也许是神的一时兴起";悲剧的回答是"狂妄强大的人对公平正义的律法的违背";哲学的回答是"对律法的无知,它致使头脑听命于身体的激情"。

荷马式的英雄希望通过英勇的行为在死前赢得荣誉;悲剧里的群众希望通过谦卑地生活使自己一生免遭劫难;沉思的英雄希望当他成功领悟真正和永恒的善,进而使灵魂摆脱身体和时间的流变的羁绊后,其灵魂能获得至福;除此以外,他必须教导社会如何摆脱不公从而获得同样的自由。

理论上,所有人应该都能做这件事,但实际上能胜任者仅限于那些有幸被天国的爱神赋予对知识的渴求,而尘世际遇又允许其毕生致力于追寻智慧的灵魂们;愚钝的人无能,浅薄的人无意,贫穷的人无暇去领会,因而被排除在外。他们或许有某些重要社会职能要履行,但他们无权制定社会的律法。那是哲学家的责任。

这一理念对我们而言比它乍看起来更奇怪。我们熟悉两种类型的沉思者：第一种是以各种级别的僧尼或单个神秘主义者为代表的宗教沉思者。他旨在了解隐秘的上帝，所有现象背后的真实，但他把这个上帝视作一个人，换言之，他所谓的知识不是关于某物的客观知识（客观知识对所有头脑都一样，像数学的真理，一经领会便可通过教学传授给他人），而是对每个个体都具有独特性的主观关系。关系是无法被教授的，它只能由主体自愿达成，而说服别人照此行事的唯一方法是身体力行。假如乙是甲的朋友而丙不是，乙无法通过描述甲使丙成为甲的朋友，但如果乙因为和甲的友谊而成为丙想成为但还没成为的那种人，丙就可能会决定去结识甲。

客观知识是另一类沉思者的领域，他们包括知识分子、科学家、艺术家，等等。他们所寻求的知识无关任何先验的事实而和现象有关。和宗教沉思者一样，知识分子也需要个人的激情，但在后一种情形中，这种激情被限于对知识的探求；而对于他所探求的对象，或者说事实，他必须不带任何感情。

关于希腊人对沉思的英雄的概念，令我们困惑不解的是，这两种行为密不可分地混杂在一起，有时他谈论一个超验的神，就仿佛他是一个被动的客体；有时他谈论类似于行星运动的可被观察到的现象，就好像它们是我们能对之怀有个人情感的人。比方说，关于柏拉图，最叫我们费解的是他的这种方式：在辩证过程中，他会引入一则神话并且他自己承认这是神话，却丝毫不感到这种做法的古怪。

很难说希腊人和我们谁在思维上更拟人化。一方面，在希腊的宇宙论中，自然界的万物都被认为是有生命的；自然法则不是对事物实际上如何运行的描述，即不是**描述性**的法则，而是和人类的律法一样，是**规定性**的法则，即事物应该遵循却可能没有严格遵循的法则。另一方面，在希腊的政治理论中，人类被当作手艺人一政治家通过自己的**技艺**来塑造美好社会的材料，就像陶工用黏土制造花瓶。

对希腊人来说，人和自然的本质区别在于前者如果愿意，可以理性地思考，而对我们来说，两者的本质区别在于人有自我，也就是说，就我们所知，除了上帝，只有人能意识到自己的存在，而且这种意识不以他的意愿或智力为转移。因此希腊人没有区别于欲望的关于意志的真正概念，这就导致尽管他们显然注意到了有关诱惑的心理学事实，即人可以觊觎他知道不该得的东西，他们却对如何解释这一现象不知所措。希腊伦理学最大的弱点是它对选择的分析。由于政治是希腊哲学的核心而非外围，这点就显得尤为严重；建立美好社会是首要任务，其次才是寻求个人救赎，探求关于物质的科学真理或是关于人心的想象性的真理。他们将善的积极的源头等同于理性而不是意志，这就无异于将寻找社会的理想形式这项注定不可能完成的任务加诸自身，所谓社会的理想形式就如同理性的真理（倘若存在）无论在哪或对于何人都是成立的，与个人性格或历史境遇无关。

一个概念非对即错。一个抱有错误概念的头脑也许可以通过层层推论而接受正确的概念，但这并不意味着错误的概念变成正确的了；在辩证过程中总是存在这样一个点，它类似于悲剧中的认知时刻，在这一刻将发生革命性的变化，错误的概念会随着主体意识到它一直是错误的而被摒弃。辩证过程可能会费些时间，但它发现的真理却亘古不变。[1]

将政治问题看作寻找社会组织的真正形式的问题，这要么导致政治上的绝望（如果一个人知道他没能找到这种形式），要么导致对专制的捍卫（如果一个人认为他已经成功地找到了这种形式），因为假如我们预先假设生活在错误的社会秩序中的人不可能有好的意愿，生活在正确的秩序中的人不可能有坏的意愿，那么不仅建立那种秩序需要政治高压，将之付诸应用也将是统治者的道德责任。

《理想国》，《法律篇》，甚至《政治篇》都应该和修昔底德的著作一同阅读；只有像这位历史学家所描绘的那样令人绝望的政治处境才能在寻求疗救的哲学家心中同时产生一种同过去彻底决裂以便重新建立社会的激进主义和一种对分裂和改变的病态的恐惧。像我们这样生活于一个在世界范围内处于类似停滞状态的时代，我们目睹了类似症状重现于左派和右派，以及经济和精神病学的中心。

此外，我们目睹了创造性政治学理论被付诸实践，那景象和乌

---

1. 当我阅读《柏拉图对话集》时常常想起悲剧中的轮流对白，我不知道两者间是否存在某种历史关联。在苏格拉底的辩证法对智育的作用和自由联想对心理分析式的情感教育的作用之间似乎也存在着某种相似性。两者都是由“美德无法被教授”这一观察所得发展而来，也就是说，真理不能单靠老师陈述和学生死记硬背的方式来习得，因为学习的结果和每个个体必须亲身体验的探寻过程密不可分。

苏格拉底的方法和心理分析的技巧都容易因为相同的理由遭到反对。它们都要求个别指导，而且费时很长，这就使得它们对多数人而言代价过高。它们还预先假定学生或者病人对真理或健康怀有真挚的热情。当寻求真理的热情匮乏之时，辩证法便成了避免得出结论的把戏，正如当追求健康的热情缺失时，自我反省成了为神经官能症辩护的手段。

伊索克拉底对柏拉图学园的评价有失公允，并且高估了他本人自成一格的教育方式的价值，但就确信其方法更适合普通学生的需求和普通教师的才能这点来说，他并非全无道理。无论如何，为罗马人所采纳并被西方人继承的是他的教育方法而非柏拉图的。——原注

托邦全然不沾边。我认为这一经验迫使我们严肃地对待柏拉图的政治对话而不是把它当作逻辑游戏，它改变了我们对待其他对话的态度。如果在他的形而上学和政治观点之间存在一种本质而非偶然的关系，既然后者在我们看来谬之千里，那么前者也必然存在致命舛错。我们若要提供一种柏拉图式的解决政治危机方案的切实可行的替代品，发现这一舛错便成了当务之急。

喜剧英雄：亚里士多德说："喜剧是对逊于普通人的人们的模仿；但逊色并不是指任何或每一种错误，而仅指一种特殊的错误，即荒谬可笑，它是丑陋的一种形态。荒谬可笑可以被定义为一种不会对他人造成痛苦和伤害的错误或畸形。"

最原始的喜剧形式似乎是这样的，在那些故事里首先是神，其次是英雄和统治者行事有失尊严、滑稽可笑，也就是说，还不如缺乏他们的**卓越品质**的普通人，实际上，比他们更糟。这样的原始喜剧与以放纵为目的的节日联系在一起，在此期间弱小者可以恣意发泄对强大者的愤恨，以便第二天恢复尊卑秩序时能够气氛肃然。

在一些地方，例如雅典，当日渐抬头的理性主义使人们认识到诸神按着自己的律法行事，政治权力集中于少数人的手中时，喜剧找到了新的牺牲品和主题。

被嘲笑的对象不再是作为一个阶级的统治者而是特定的公众人物；主题不再是当局而是时事政治问题。观众的笑声不是弱者对于凌驾于法律之上的人的补偿性爆发，而是了解自己力量的人们发出的自信的嘲笑，也就是说，这笑声要么是大多数普通人对于性情古怪或傲慢的个人(他们的行为不在法律之上而是越出了法律的边界)的嗤之以鼻,要么是一个政党对其敌手的论战激情。这类喜剧的靶子是那些因为不相信伦理规范具有约束力而违背它的人;换言之,他没有社会良心。于是他陷入了冲突,不是和法律本身——让法律去关涉不承认它的人是对法律的亵渎——而是和同他一样逍遥法外的人。他受苦,但观众并不感到痛苦,因为他们不认同他的行为。他的苦难同样有教育意义;通过受苦,他的个人主义狂热被治愈,他也学会了遵守法律,即便只是出于谨慎而不是出于良心。

这第二种喜剧由希腊人发明并在欧洲发展为脾性喜剧[1](比如本·琼生的剧作)、风俗喜剧和社会问题剧。倘若忽略其缺乏真正的诗意这一因素,吉尔伯特与萨利文的轻歌剧是英语中与阿里斯托芬式的喜剧最为接近的艺术形态。

然而,还有希腊人所没有的第三种类型——最著名的例子是堂吉诃德——在这类喜剧中喜剧人物同时也是英雄;观众钦佩和嘲笑的对象是同一个人。这类喜剧基于这样一种观念:个人和社会之间的关系以及两者同真正的善之间的关系包含了无法化解的矛盾,这些矛盾与其说是滑稽的,毋宁说是反讽的。喜剧英雄之所以滑稽,是因为他和周围的人不同;要么像堂吉诃德,因为他拒绝接受他们的价值,要么像福斯塔夫,因为他拒绝像他们那样假称接受一套价值而实则按着另一套价值行事;他同时也是英雄,因为他是一个

1. comedy of humor,这类喜剧系阿里斯托芬首创,由英国剧作家本·琼生等人在十六世纪末普及,剧中人物的个性、欲望和行为往往受其性格中某一最为明显的特征或"脾性"所支配,故名"脾性喜剧"。

个人，而放弃个人的身份，在思想和行动上随波逐流同样是一种可笑的疯狂之举。

悲剧英雄受苦，观众出于敬仰而认同他们，所以感同身受；喜剧嘲讽的对象也受苦，但由于观众自觉高他一等，因而并不感到痛苦。另一方面，喜剧英雄和观众与苦难之间的关系具有反讽意味；观众看到英雄受挫失败，目睹他们视为苦难的种种经历，但重点在于这些经历对于英雄本人根本算不上苦难；相反他们以此为荣，要么因为他没有羞耻感，要么他认为那是他正确的证明。

希腊人中与这样一个人物最接近的无疑是苏格拉底。在他身上他展现了一种为尼采所深恶痛绝的东西，即他的灵魂具有主观的**卓越品质**，而又明显缺乏客观的**卓越品质**，这两者之间构成了矛盾；他这个最优秀的人也是最丑陋的人。而且，他被社会判处死刑却不认为自己命运悲戚。然而对希腊人而言，他要么是阿里斯托芬眼中罪有应得的喜剧嘲讽对象，要么是柏拉图眼中恶势力当道的社会背景下的悲剧殉道者和代表正义社会的个人。任何声称自己与众不同的个人都犯了骄傲之罪，所有社会和政党不论好坏都有过错，仅仅因为他们是集体。这样的概念希腊人无法理解，正如他们无法理解基督徒的这一主张，即耶稣要么是上帝的化身要么就不是好人，以及对他的定罪是依据罗马法律的正当程序。

六

我强调了希腊文明和我们的文明之间的种种差异，因为，首先，这在我看来是探讨一个无法穷尽的话题的一种可能途径，而我们不可能试遍所有途径；其次，除了勾画差别，我想不出更好的办法来揭示希腊文明对我们的影响，因为在所有智力活动中，那也许是最具希腊特点的做法。

是他们教会我们，不是去思考——那是全人类已然在做的——而是去思考我们的想法，去问类似这样的问题："我是怎么想的？""其他的某个人或某个民族是怎么想的？""我们同意什么，不同意什么？为什么？"他们不仅懂得对思考发问，而且还发现了如何假定某种情况成立，再据此推断出可能的结果，而不是直接给出答案。

要进行上述两种思想活动的任何一种，一个人必须首先具备非凡的道德勇气和自制力，因为他必须学会如何抵制情感和身体的直接需求，并学会忽视常人都有的对未来的焦虑，这样他才能以一个陌生人的眼光来看待自身和世界。

即使希腊人提出的某些问题表述有误，即使他们给出的某些答案被证明是错的，这都无伤大雅。倘若希腊文明从未存在过，我们可能会敬畏上帝并公正地对待邻人，我们也许会从事艺术，甚至学会设计比较简单的机器，但我们永远不会充分自觉，换言之，我们永远不会成为完整的人，无论结果是好是坏。

从奥古斯都到奥古斯丁*

自 1940 年该书首版面世以来，我已经读过许多遍。每次重读，我都愈加确信它不仅对于理解它所描绘的时代，而且对理解我们这个时代都具有重要意义。

书分为三个部分。第一部分“重建”，描述了元首制为证明自己是实现古典哲学所构想的尘世间美好生活的理想政治形态所作的尝试。它追溯了新秩序的命运——从奥古斯都对它的创立（伴随着所有文明人类的希望）到戴克里先死后它的瓦解。第二部分“革新”始于公元 313 年的《米兰敕令》[1]，止于 403 年颁布的授权个人“行使对罪犯实施公共报复的权力而免受责罚”的敕令，描述了帝国末期的统治者（新柏拉图主义者朱利安除外）以基督教取代哲学的国教地位以期给摇摇欲坠的帝国注入新生命的徒劳无功的努力。最后一部分，“再生”，是对圣奥古斯丁著作的阐述，尤其是他关于三位一体、国家和历史演进中神意的见解。

古典思想的显著特征是它认为自由没有任何正面价值，并且把神意和必然或法定的概念等同起来。它将秩序和自由截然二分，并预先假定两个永远相互对立的本原；一方面是代表纯粹思想、唯一、中立和固定不动的上帝，另一方面是代表物质、多样和处于无序运动的俗世。作为纯粹秩序的上帝绝对自足，不需要尘世；而俗世却需要上帝，因为处于自由状态的俗世本是一片无意义的混沌，唯有放弃自由、遵从律法才能获得意义。根据亚里士多德的观点，俗世确有此意，它用它力所能及的方式模仿上帝，即通过呈现典型的形态和获得有规律的运动；而柏拉图的看法是俗世孤立无援，需要一个充当中介的造物主，他热爱神圣的理念并以之为原型来塑造世界。柏拉图未说明这是造物主自愿的行为还是一项因为他深谙各种理念所以被强加的义务，但无论如何，人类将要了解的不是造物主本尊而是其自足的理念。人同样由两个要素构成，理性的灵魂和有限的身体，前者是不朽的，它闪烁着"微弱的神圣原型的火花"，它能认识到真理的必然性故而无懈可击，而后者终会衰朽并且无可挽回，但理智可以通过强加一种合理的秩序来限制其自由。

荷马的最终论调透着绝望：尘世间的恶源于诸神，人类无法逃脱他们一时兴起的怪念奇想。另一方面，古典唯心主义将恶等同于有限的物质的自由，并认为人可以通过对强制其服从的真理变得有意识而得以解脱。它同意荷马的观点，认为历史是邪恶的，但相信人类有这样一个终极目标，即通过将真正的秩序强加于他的天性从而使自己幸免于时间的流变。古典教育（耶格尔的三卷巨著应该和这本书一起阅读）的目标是创造一个超历史的社会，在这个社会里

---

* 本文于1944年9月25日发表于《新共和》杂志，是奥登为加拿大历史学家、哲学家科克伦(Charles Norris Cochrane)的著作《基督教与古典文化：从奥古斯都到奥古斯丁的思想和行动》(*Christianity and Classical Culture: A Study of Thought and Action from Augustus to Augustine*)撰写的书评。

1. 罗马帝国皇帝君士坦丁一世和李锡尼于公元313年在意大利米兰颁发的一个宽容基督教的敕令，它承认了基督教的合法地位，是基督教历史上的转折点。

世世代代在对法律的绝对服从这点上毫无二致。创造，不论在政治、教育还是艺术方面，都是单方面将普遍或典型的意义加诸顺从或勉强的无意义的个体：所有的主动性均源于创造者或头脑；受造物或身体不由自主地听命于它。因此古典唯心主义原则上无法反对暴政；它只能以其建立的秩序不是真正的秩序为由反对某位暴君。由于它不能赋予个性以任何意义，因此无法给强制执法的个人以应有的地位，结果往往将之奉为超尘脱俗的造物主。

它也无法在亲情的纽带和对正义的热爱之间建立任何明白易懂的联系，因为友爱或爱欲的显著特征是它的个人性——亲人和情人爱的是彼此而不是彼此的美德；他们相互同情和谅解，也就是说，他们允许彼此不受普遍的正义法则的约束。

到奥古斯丁的时代，按照这些原则建立社会的尝试已经彻底失败；基督教的引入未能阻止帝国的崩塌；如果说有什么影响，反倒是加速了它的灭亡。

在他的著作中，他并不试图提供一个能确保人们健康、富足和睿智的更有效的替代物，而是试图说明基督教信仰可以解释人的私人和社会经验，而古典哲学则不能。

古典主义认为上帝是非人格化的、恒定不变的存在和实践智慧的目标，针对这一主张，奥古斯丁提出上帝是从无中创造世界的、具有三个位格的统一体的基督教教义：

> 第一个位格或存在，或更恰当地说，创造本原在严格的意义上是未知和不可知的，它只会在第二和第三位格中呈现自身；第二

> 个位格(即理智的本原)可以表现为逻各斯、理性或宇宙秩序;而第三个位格即圣灵是其中的运动本原。说这几个位格是非被造的,只是表明他们是作为本原而存在的。它们的位格不会相互混淆,存在不会变成秩序,秩序也不会变成过程。同时,他们作为实质上的整体或实质的整体,是不可能被分割的,即它们不会相互排斥或对立。换言之,他们的对立纯粹地、仅仅地是一种关于内在的、必然关系的对立。[1]

三位一体的教义是基督教信仰"上帝即爱"的神学表述,所谓爱,指的是博爱而非爱欲[2],换言之,它并非占有所缺之物的欲望,而是一种互惠关系,它不是一种永久的"领受"状态,而是能动的自由表达;恒常不变的爱是不断决定去爱的内心活动。这一表述是对意志的冒犯和有悖理智的愚蠢之举,因为意志只服膺于所有弱势对象必须遵从的至高权力的必然性,而理智则仅尊崇逻辑的必然性,比如几何学上的永恒真理。意志可以接受一个或三个位格,"长着红头发的大个子男人们",但无法接受三位一体;理智可以把后者当作概念(就像一个三角形)来理解,却无法领会三个位格的教义。

庞大的一神教向来认为,上帝若非躁狂抑郁的权力化身就是自相矛盾的真理典范。作为前者,它可以解释俗世的存在,但不能解

---

1. 译文引自科克伦《基督教与古典文化》第482—483页,石鹏译,道风书社,2011年。
2. 奥古斯丁致力于将基督教建立为一个把"爱"作为最高信条的宗教,并试图解答四种爱的问题:爱欲(Eros)、友爱(Philia)、忠爱(Nomos)和博爱(Agape)。

释世间的恶;作为后者,只要存在俗世,它就可以解释世间的恶,但它无法解释这个俗世的存在。

从三位一体的教义可以推知,说上帝决定创造世界和说他不得不这样做别无二致,因为爱(也就是上帝),根据定义,是一种创造性的爱。化身权力的上帝可以创造世界并且可能爱它,但他不需要它也爱他,因为对他而言这种互惠没有意义;而代表真理的上帝是完满自足的,对他而言创造无甚价值。基督教有关创世的教义除其他主张外还声称:事物在本质上都是善的,自然秩序内在于万物中,个性和运动具有意义,以及历史不是必然不能掌控偶然的不幸,而是人类选择的对立统一。

古典主义学说视人类为禁锢于有限的肉身凡胎中的不朽的、神圣的理性,奥古斯丁提出了与之针锋相对的基督教教义,认为人是按照上帝的形象被创造而后堕落的受造物。

反差不在身体和头脑,而在肉体和精神之间,前者即指存在于人受奴役的自恋状态中的所有身体和心理机能,后者在人的心中见证了迄今为止其存在的全部价值以及尚未实现的价值,能够像上帝爱他那样爱上帝。

因此,当一个像奥古斯丁那样的基督徒谈论伦理时,他不是由某个理智的行为或愉快的行为开始,而是从某个无缘无故的行为着手,这个行为既不合理也不能令感官愉悦,只是对绝对自治的纯粹断言。如陀思妥耶夫斯基《地下室手记》中的主人公所言:

你们会对我大声嚷嚷(假如你们肯如此纡尊降贵的话),说谁

> 也没有侵犯我的自由意志，他们所关心的只是怎样才能使我的意志自觉地同我的正常利益，同自然法则和算术相一致。老天啊！诸位，当我们沦落到使用表格和算术，当所有事情都变得跟二二得四一样，还有什么自由意志可言？没有我的意志的参与，二二照样得四。说得好像自由意志真是那么回事似的。

也就是说，人的行为要么是以取乐为目的的自恋，要么是为了死后升入天堂的爱神，概莫能外；他的理智和欲念是次要动机。人要么选择生要么选择死，但选择由他做出；他所做的每件事，从如厕到数学推导，都是一种或是对上帝或是对自己的宗教崇拜行为。

最后，针对古典主义“人—神”的典范，奥古斯丁提出了对于“神—人”耶稣基督的基督教信仰。前者是个赫拉克勒斯式的人物，他通过为芸芸众生建立他们无法为自己建立的法律、秩序和繁荣等诸项伟绩和对其拥有的至高无上的权力的彰显来博得认可；后者向堕落的人类揭示上帝通过承受苦难来爱人，换言之，他拒绝博取认可，而选择做人类自恋的牺牲者。作为祭品的牺牲者这个主意本身并无新意；但牺牲者自愿成为祭品而献祭者却否认存在任何献祭行为的情况却史无前例。

奥古斯丁在对地上之城和上帝之城的描述中由基督教信仰得出了某些政治结论。个人应该被这样来看待：

> 他不是宇宙物质中的一颗微粒（像流星一般划过太空，瞬间照亮天际，直到黑暗再次合拢），也不仅仅是生物、种族、文化或政

> 治群体中的一个样本，而是用德尔图良的话说，是灵魂的容器，一个真正的意志主体，即有心智的、进行有意识活动的主体。[1]

与此同时，若不与他人相联系，个性便无从想象；“他的生与死都同邻人紧密相连。”每个社会，从最小的到最大的，都是“基于其成员喜好这一共同纽带而相互联系的理性存在群体”。假如一个社会的成员只爱他们自己，它就是一个地上之城，其秩序是借由暴力和对混乱的恐惧来维持的，在自由和法律的矛盾下迟早会土崩瓦解；假如他们如同爱他们自己那样爱上帝和邻人，同样的社会就会成为上帝之城，它的秩序仿佛是自由自然而然产生的结果，而不是外在或逻辑的强力使然。

> 这也许是神秘的，但不是神话的或假想的。它意味着完全相同的人类意愿没有使自身和超验对象(他们把这留给柏拉图主义)相联系，而是使之跟那种将全新的面貌给予对象世界，从而使得万物皆新的本原相联系。[2]

要领会这一点也就是要意识到：首先，任何尘世政权都无法迫使人们去爱；它只能迫使人服从，直到它被推翻；一切立法和强制手段，无论它们多么必要，有的只是副作用；品行端正可以是习惯使然，但不会长久；爱永远不会成为习惯。其次，不存在完美的社会形

1. 译文引自科克伦《基督教与古典文化》第 591 页，略作改动。
2. 同上。

态；最好的形态无非如此：无论处于哪一历史时刻或地理位置，对邻人的爱都能以最大程度的自由被表达，换言之，它是一个实际问题，而非意识形态问题。对基督徒而言，个人领域和政治领域之间并不存在区分，因为他的所有关系都是两者兼而有之；每个婚姻都是一个城邦，每个统治区域都是一个家庭；他必须学会宽宥敌人，甚至像对待妻儿那样，为了他们牺牲自己。

他既不应成为无政府主义者，也不应沦为与政治无涉的“白痴”，而应该立即行动，同时他不应过分感伤地沉湎于过去或是不着边际地憧憬某种理想未来，而应着眼于永恒——“赎回时间”——用西德尼·史密斯[1]的话来说，他应该“信仰上帝，关注当下”。

我们的时代和奥古斯丁时代并非全无相似之处：计划经济社会、暴徒或官僚机构的专制独裁、通识教育、知识、宗教迫害，所有这些都存在于我们的时代。甚至出现新的政教合一制度也未可知；建议学校对学生进行宗教教育以解决青少年犯罪问题的信件已开始见诸报端；科克伦先生对狄奥多西治下的“基督教”帝国的骇人描述应该会让寄希望于用基督教教义提振地上之城精神的人们感到沮丧，描述可能借用了主祷文的祷词，但将之转换成了它本来的古典意义，后又被威廉·布莱克令人叹服地译成了粗俗直白的英语：

> 我们在天上的父奥古斯都·恺撒，愿人们尊你的名为圣，向你的影致敬。愿你的王权先临在地上，后行在天上。每日赐给我

1. 西德尼·史密斯(Sydney Smith，1771—1845)，英国牧师和哲学家。

们用我们交纳的税款买的面包;从圣灵那里解救出无税可征的东西;因为债务和税收是我们和恺撒之间以及我们相互之间仅有的东西;不要带领我们阅读《圣经》,让我们把维吉尔和莎士比亚当作《圣经》吧;救我们脱离耶稣带来的凶恶的贫穷。因为王权或寓言式神权、权柄或战争、荣耀或律法世世代代都是你的;因为上帝除了王的象征什么也不是。

异端邪说*

七十年前，在抗议自己行为正派、信奉基督教的父母的声浪中，大学生们曾欢呼雀跃地齐声吟诵：

加利利人，你会征服一切吗？
可你却无法将这些占有：
荣耀，胜利和赞歌，
林中仙女的酥胸，
那比鸽的胸脯还要柔软
并伴着更为纤弱的呼吸而颤动的双乳；
以及爱的所有羽翼和
死亡来临前的全部喜悦。[1]

在史文朋的诗行中，快活漂亮、性感活泼的异教徒和沉郁内敛、为负罪感折磨得形销骨立的基督徒之间的对比一目了然。可惜，如这些演讲[2]所昭示，这一对比是诗人缺乏史实根据的虚幻构想。从公元 161 年马可·奥勒留继位到 313 年君士坦丁改宗这段时期，无论是异教徒还是基督徒，他们的著作似乎都表明，“人们在停止对外部世界的观察，不再试图去理解、利用或改善它。他们被迫返诸自身……关于天空和世界的美的观念已不复流行，取而代之的是对上帝的信念”。

关于他本人对这一题材的立场，多兹教授如是说：

> 作为一个不可知论者，我无法赞同将基督教的胜利视为标志整个宇宙发展方向的神圣事件这个观点。可我同样无法将它视为普罗克洛[3]所称的“野蛮的通神学”对希腊文化光芒的抹杀。如果这些讲座更多地提及异教徒而不是基督徒，不是因为我更喜欢前者，而仅仅因为我对他们更了解。我置身于这场特定斗争之外，尽管并不凌驾于其上。比起那些致使交战双方分道扬镳的问题，我对把他们联系在一起的各种态度和体验更感兴趣。

作为他的书评人，唯一妥帖的做法是效仿作者，表明自己的立场。作为一名圣公会教徒，我不认为基督教曾经获胜或者已经赢了这场斗争。因此，尽管我认为四世纪基督教教义对新柏拉图主义、摩尼教、诺斯替教、密特拉教等异教的胜利是历史教科书过去常称之为“好事”的事件，但我认为在国家强制力的支持下定基督教为国

---

* 本文于1966年2月17日发表于《纽约书评》，系作者为英国古典学家E. R. 多兹(E. R. Dodds)的著作《焦虑时代的异教徒和基督徒》(*Pagan and Christian in an Age of Anxiety*)撰写的书评。

1. 出自英国诗人史文朋(A. C. Swinburne)的《普罗塞尔皮娜颂歌》(Hymn to Proserpine)。
2. 此书由E. R. 多兹围绕奥勒留时代到君士坦丁时代的宗教体验这一主题发表的四次演讲集结而成。
3. 普罗克洛(Proclus，410—485)，古罗马新柏拉图主义哲学家。

教的做法，无论在当时看来多么可取，是一件“坏事”，或者说，一件有悖基督教精神的事。就多兹教授提及的那些作家来说，他笔下的异教徒远比他笔下的基督徒让我喜欢，然而，就他保持中立的决心而言，我认为他似乎忽略了这样一个事实：如果按照随后几个世纪对正统性的定义，他所提到的基督徒中只有一个能被称作正统的基督徒，即亚历山大的革利免。那一时期我最喜爱的神学家是爱任纽，让我意外的是，多兹教授却对他惜墨如金。他告诉我们爱任纽曾替孟他努派教徒辩护，原因自然不是他赞同他们的观点，而是像他这样的温和人士对迫害深恶痛绝，即便是对思想怪异者的迫害。但书中没有论及他的著述。最后，尽管没有明确声明，我认为多兹教授此书的寓意是，在任何只可能有一方正确的严肃论战中，双方一致赞同的观点很可能恰恰是后人眼中双方共同的错谬之处。

在第一篇演讲里，多兹教授考察了那个时代对现象世界和人体所持的态度，以及当时提出的用以解释恶的存在的各色理论；在第二篇中，他论述了人和魔界（即由被认为是沟通人和神的媒介的灵魂组成的世界）的关系；在第三篇中，他探讨了严格意义上的神秘体验，亦即人和神的直接相遇。

无论正统柏拉图主义和正统基督教对上帝和宇宙关系的理解存在多大分歧，它们都认为宇宙的存在是一种善，在某种意义上是上帝仁爱的表现。《诗篇》的作者说：“诸天述说神的荣耀，苍穹传扬他的手艺。”柏拉图说宇宙是“一个超感觉的形象，是可见的神，它的伟大至高无上，它的完美无可比拟，它独一无二。”正是这一共识使得基督教世界得以接受亚里士多德和希腊化时期的天文学家提出的宇宙模型，同时也为中世纪诗人提供了永恒的欢乐和灵感的源泉，尽管这一模型假定的亚里士多德学派的上帝和基督教的上帝大相径庭——前者超然冷漠，为他的造物所爱却无法回报这种爱，后者道成肉身，在十字架上替人类受过。（正如 C. S. 刘易斯[1]在《被遗弃的画面》里指出的，尽管该模型在中世纪的诗歌中司空见惯，但却鲜见于中世纪的宗教和神秘主义著述。）

即便在安东尼统治的和平时期，既非柏拉图学派也非基督教思想的激进二元论开始崭露头角，而随着帝国政治和经济状况的江河日下，其影响日益彰显。一些人认为宇宙或是由邪灵创造，或是由无知的灵创造，又或是由“厌倦了冥想上帝而转向下界的无形灵智体”所为；另一些人则断言，宇宙已经以某种方式堕入星体—恶魔的掌控中。人类灵魂化作肉身，在尘世经历生生死死，在许多人看来是一种诅咒而非幸事，并被解释为若非“对早先在天堂所犯罪行的惩罚，便是灵魂本身错误选择的结果”。因此，越来越多的人视肉体为厌恶和憎恨的对象。“普罗提诺[2]似乎以拥有肉身为耻；圣安东尼每每为自己不得不进食和满足其他身体机能而感到羞愧难当。”在一些基督徒中——异教徒似乎较少受这方面的困扰——通奸正逐渐取代骄傲被视为原罪，而粗暴的禁欲则是通往救赎的唯一道路。

从相关文献来看，公元三世纪基督教似乎面临被诺斯替教取而

1. 刘易斯(C. S. Lewis，1898—1963)，英国知名学者、作家及神学家。
2. 普罗提诺(Plotinus，205—270)，罗马帝国时代最伟大的哲学家，新柏拉图主义的奠基人。

代之的严重危险。它最终未被取代,这表明那些叫嚣最甚、最为巧舌如簧者并非他们基督徒兄弟的代言人。不是所有人,甚至不是大多数人,都能接受马吉安[1]有关创世的教义,或者像俄利根[2]那样自阉,或者像孟他努[3]那样沉浸在谵言妄语中,又或者像西门・斯泰莱特[4]那样行事。诚然,正统基督教承认撒旦的存在,但否认他能创造任何事物。当新约提及"这世界的王",它指的当然不是宇宙之王,也不曾断言只要人类灵魂尚在尘世,它们除了向撒旦俯首称臣,别无选择。我猜想这世界指的是利维坦[5],那个社会怪物。我们可以归咎于撒旦,也可以不这么做,但假如纵观人类历史上有组织的大型社会团体的行为,有一点可以肯定:它既不具备爱的特征也无逻辑可言。至于让人更为反感的、好通过自我表现来引人注目的种种禁欲主义,教会当局很快就颁布了针对它们的限制措施,例如,谴责那些在宗教节日里戒绝酒肉的人,指责其行为是"具有渎神性质的对创世说的猛烈抨击"。

多兹教授的第二篇也是最有趣的那篇演讲,很大篇幅都在描写

1. 马吉安(Marcion,约 85—160),早期基督教神学家,因贬斥《圣经・旧约》的神而被基督教会判为异端,开除教籍。

2. 俄利根(Origen,185—254),生于埃及亚历山大的早期基督教教会领袖,经文批判学的始祖。据传他因对《圣经・新约・马太福音》第 19 章第 12 节的误读而实行自阉,历史学家对此说的真实性多有争议。

3. 孟他努(Montanus,二世纪),孟他努教的创始人,该教派重视圣灵行神迹的恩赐,崇尚厌世,主张苦修。

4. 西门・斯泰莱特(Simeon Stylites),公元三四世纪著名的修士,因其在一根柱梁上修道三十年而为人所知。

5. 原为《圣经・旧约》中记载的一种海怪,此处应该是指托马斯・霍布斯的政治哲学著作《利维坦》,它在书中的喻义是绝对的威权,即一个足以维持内部和平和进行外部防御的强势国家。

梦，尤其是一个叫艾利乌斯·阿里斯泰德的人写的一本关于梦的书——在E.M.福斯特眼中，他无疑是个令人着迷的“疯子”和绝佳的写作题材——和年轻的基督教皈依者佩尔培图阿在狱中等待殉道时所做的梦。无论社会环境如何，从古至今，向来是未受过良好教育的人认为梦有意义，我想只有到了十八、十九世纪，有教养的人才将梦视为无意义的东西而不予理会。然而从弗洛伊德开始，我们又再次达成共识，认为“梦具有目的性”。

另一方面，我觉得对占星术、通灵术、巫术等“神秘学”的痴迷通常是一种和社会疏离的表现。在三世纪，无论是异教徒还是基督徒，都很重视占星家、神使和灵媒。基督教的“魔法师”，不论男女，都自称先知[1]，但多兹教授对他们的论述无法使我相信他们的预言具有丝毫价值。不管是在艺术还是宗教表达中，真正的启示可能神秘玄幻，但绝不至晦涩难解。关于孟他努派的文献《第三本圣经》，多兹教授说：“只有一些残篇断简留存下来，不得不承认，这些残篇断简就像大多从不可知的彼岸传来的消息一样令人沮丧。”他还引用了格林斯莱德教授对孟他努的定论：“圣灵似乎没有向他传达任何具有宗教或思想价值的讯息。”后来那些先知被教会当局适时地镇压，但我们不能因为我们对古板守旧的主教们天生的反感而就此臆断镇压造成了巨大的精神损失。

多兹教授将神秘体验分为“外向型”和“内向型”：前者通过感官传达到主体，后者通过否定之路[2]：一种让头脑清空所有感官意

1. 原文为希腊文 prophetes。
2. 原文为拉丁文 via negativa。

象的训练。

两种典型的外向型异象是自然异象和情色异象。三世纪还没有对上述任何一种体验的记载。除了柏拉图曾描述过情色异象，直到十二世纪普罗旺斯诗人对之进行刻画前未见其他论述。至于自然异象，欧里庇得斯的《酒神的伴侣》中对此略有暗示，不过就我所知，在十七世纪后期特拉赫恩[1]对它进行描绘前尚没有过明晰的探讨。

关于内向型异象，特别是宗教的神秘体验，颇为奇怪的是没有从三世纪留存下来的基督教范例。普罗提诺和波菲利[2]——这两人的著作后来对基督教神秘主义者有过巨大影响——都是新柏拉图主义者。所有对神秘体验的描述都提出了这样一个问题，即无法确知神秘主义者的思想和神学预设在多大程度上限定了体验本身。对于新柏拉图主义者，关于太一[3]的异象必然是单方面的：他所见的看不见他。对基督徒而言，这一异象必定类似两个人相遇的感觉。像一些神学家那样声称在神秘体验中“是上帝迈出了第一步”，这在我看来纯属无稽之谈，除非它只是意味着：是神的恩典让某个个人渴望并谋求通过克己苦修和定期祷告来获得这种体验。假如他失败了，他可以用“上帝不想对他显现”来解释。新柏拉图主义者则无法说这样的话；他面临着解释为何在发现了冥想的奥秘后仍无

---

1. 托马斯·特拉赫恩(Thomas Traherne)，十七世纪英国玄学派诗人。
2. 波菲利(Porphyry，约233—约305)，新柏拉图主义创始人普罗提诺的弟子、基督教的反对者。
3. 新柏拉图主义创始人普罗提诺认为，有“三个首要本体”：太一、理智和灵魂，其中太一是神本身，或者说善本身，它既是无所不包的统一性，又是单一、唯一的神。

法使这个异象招之即来的问题：终其一生，普罗提诺有过四次这样的体验，波菲利仅有过一次。

多兹教授说他同意费斯蒂吉埃[1]的名言："痛苦和神秘主义相伴相生。"但总是如此吗？我同意当神秘主义**理论**大行其道，并在派对上被那些根本无意献身实践该主义所必需的艰苦修行的人们谈论时，社会很可能处于一种不太健康的状态，但是我们所知道的多数神秘主义实践者似乎并不是一副苦大仇深的样子，相反，他们往往是兴高采烈、活跃而且讲求实际的组织者。

事实上，现在看来，对外向型神秘体验的培养——自然异象似乎可以由致幻剂产生——在实践中比内向型体验更易导致对他人的冷漠。

在最后一讲中，多兹教授探讨了异教徒和基督徒看待彼此的方式。作为一个籍籍无名的教派，基督徒们像所有特立独行的怪人一样不受欢迎，他们被怀疑举行骇人的秘密仪式，任何受过教育的人都对他们不屑一顾，然而到马可·奥勒留统治时期，基督徒的队伍已经发展壮大，无论在数量还是影响力上，都不容统治当局和知识分子小觑。此前时断时续的零星迫害到了马可·奥勒留、德西乌斯和戴克里先的统治下，变成了一项有计划的深思熟虑的国策。像塞尔索斯和波菲利那样的知识分子认为基督教对古典文化构成了严重威胁，理应遭到打击，而在基督徒这边，有像德尔图良和俄利根那样受过良好教育的皈依者来解释和捍卫他们的信仰。对执政者来

1. 费斯蒂吉埃(André-Jean Festugière，1898—1982)，法国哲学家、语文学家和新柏拉图主义学者。

说，基督徒对正式敬拜神一帝的断然拒绝使他们成了社会的公敌。如今看来，统治者们未免有些小题大做，因为没有人真的相信皇帝是神圣的，但同样令人奇怪的是，那些罗马皇帝竟然认为社会秩序的稳定取决于臣民们能否出于礼数承认他们的神圣性。比较容易理解的是，他们改变他人信仰的热忱激起了义愤：他们当中较为狂热和冒失者为了所谓的拯救灵魂，随时准备葬送他人的婚姻和怂恿孩子忤逆父母。

在有教养的异教徒看来，他们对**信实**[1]或盲目的信仰的重视和对**推理**[2]或理智的信念之淡漠几近荒谬，尽管随着世纪的推进，双方都转变了立场。德尔图良可能会说出那句离经叛道的"吾之信彼，因其悖理"[3]，但俄利根和革利免承认了学问、文学和哲学辩论对于护教学的价值，同时新柏拉图主义者们开始意识到他们的立场并不单单基于逻辑，他们也会仅凭信仰持有某些绝对的假设。双方的这些争论现在往往让人觉得它们似乎主要围绕着一些无关紧要的问题。双方存在分歧的基本教义——上帝和宇宙的关系，神灵显形的可能性——则极少被严肃地讨论。相反，他们就神迹和预言争执不休，而这毫无益处，因为双方都同意神迹是可以创造的，以及非但善灵有预言能力，邪灵和人也有。他们指责对方（尽管可能理由充分）在解读文本时添油加醋，但实则双方都喜欢对文本作寓言式阐释，比如基督徒对《圣经》，新柏拉图主义者对荷马。

---

1. 原文为希腊文 pistis。
2. 原文为希腊文 logismos。
3. 原文为拉丁文 credo quia absurdum est。

一种宗教或世界观[1]为何会为一个社会接受，而与之相对的宗教或世界观却没有，关于这点从来没有确定或完整的解释。多兹教授是第一个指出他的建议是尝试性和不完全的。首先，他认为是基督教殉道者给人留下的印象。

> 显而易见，卢坎、马可·奥勒留、盖伦和塞尔瑟斯都不由自主地对基督徒面对死亡和痛苦时的勇气感到钦佩……由我们对政治殉道的现代经验可知，殉教者的血的确是基督教会的种子，只要种子落在合适的土壤上并且播撒得不是太密集。

其次，基督教会愿意接纳任何人成为其会员，不论其社会阶层、教育背景或过往经历。虽然在大多数情况下教会更乐于接受知识分子、艺术家和神秘主义者，但它从未将其会众限于文化精英，也从不认为神秘体验是灵魂得救的必经之路。此外，尽管存在等级森严的教阶制度，高级教职在理论上（如果实际情况不总是如此）可以由任何德才兼备的人担任，与家世门第无涉。再者，比起与之竞争的教派，基督教在赋予其皈依者群体归属感方面更为成功。它不仅关怀寡妇、孤儿、老人、病患和失业者，为之提供社会保障的必需品，还给予"流离失所的孤独者、被城市化的部落成员、进城务工的农民、复原的士兵、因通货膨胀而破产的食利者和被解放的奴隶人性的温暖：此生和来世都有人关心他们"。

1. 原文为德语 Weltanschauung。

我想斗胆提出第四种解释。基督教信仰凭着它关于创世、人的本性和历史进程中神意的显现的教义，是一个比它的任何竞争对手都更为现世的宗教，尽管从表面来看恰恰相反。正因为如此，在此后的几个世纪里，当机遇随着西方文官政府的垮台来临时，是基督教会承担起创建当时社会秩序和保护文化遗产的使命。从基督教的历史来看，它似乎向来比伊斯兰教或佛教更易受俗世名利和对金钱与权力之爱的蛊惑。针对基督教会可能的合理指责，不是它不切实际或无关政治，而是它常常太过政治化，并且随时准备与任何世俗政权进行不法交易，只要后者愿意推动它认为属于它的利益。

对于大多数人而言，生活总是充满着未知和痛苦，但不是每种未知和苦难都会导致焦虑，只有那些出乎意料的才会。人类对于大多诸如饥荒和洪涝这样的自然灾害都能泰然处之，因为他们知道收成不会年年如意，河水也总有决堤的时候。但是类似瘟疫这样的传染病却能给人类造成极大的心理创伤，这是因为尽管人们知道自己终有一死，但他们现在突然要面对的是一种始料未及的死法。

还有一种更深刻和更广泛的焦虑。当一个社会所发明的、迄今为止屡试不爽的应对生活的手段突然失效时，它便产生了。罗马帝国曾制定法律、军事和经济手段以维护国内的法律与秩序，抵御外敌和管理商品的生产和交换；到了三世纪，这些手段已无法胜任防止内战、蛮族入侵和货币贬值的使命。在二十世纪，要在我们的社会过一种人性化的生活正变得日益困难，而这样一个社会的缔造者不是我们生产技术的失败，而正是它的巨大成功。我们对此作出的回应和三世纪罗马人的举措有着许多相似之处。与诺斯替教徒相对应的是存在主义者和神死神学家；与新柏拉图主义者相对的是倡导人文主义的教授；与遁世修行者相对应的是瘾君子和垮掉的一代；和对贞洁的顶礼膜拜相应的则是自慰指导手册和虐恋题材的情色作品。和那时一样，在当今时代似乎不太可能在冷漠和执着之间找到或维持一种恰如其分的平衡。两者都导致恶。性格内向者一心只想完善自我，对邻人的呼救置若罔闻；性格外向者则一心想改造世界，不惜以邻为壑。正所谓“人之初，性本恶”。

新教神秘主义者*

一

冯·许格尔[1]在其著作《宗教的神秘因素》中将现存的宗教定义为存在于制度、智力和神秘力量这三个要素之间的一种统一的张力。这条定义适用于人类生活的各个领域。任何一个动物种群都是由有生命的物质构成的肉体凡胎，作为其中的个体成员，我们所有人一律受到相同的物理和化学法则的支配。就我们存在的这一方面而言，*我们*这个代词是单数而不是复数，因为*我*这个代词没有意义。说*我*有一个四室的心脏毫无意义。如果把人类和其他物种比较，除了呼吸、消化和发育等基本生理过程，最为显著的差别是我们指导行为的本能似乎并非与生俱来；即便是生存和繁衍所要求的最基本的行为也必须由我们每个人通过对他人的模仿或他人对我们的指导才能学会。如哈兹里特所说："如果没有偏见和习俗，我甚至不知道如何从房间这头走到那头。"当我们将人同那些社会性与之相当的生物——群居昆虫——比较时，这一区别尤为醒目，因为正是在它们中间，本能行为几乎无所不能，而学习能力几乎不起作用。蜜蜂或蚂蚁社会自然而然地世代更迭，生生不息；而人类社会只有通过有意识的努力——将传统由年老的一代传给年轻的一代——才得以延续。换言之，人类社会向来是制度化的，受权威而非本能或武力的支配。作为知识和方向感都依靠后天获得的人类成员，每个个体面对权威的根本态度只能是信仰；如果一开始就怀疑，我们将寸步难行。一位父亲指着一个动物对他年幼的儿子说："瞧，狐狸。"可以想象这位父亲因为从未读过自然史方面的书，并且很少出没乡间，因而将獾认作了狐狸，但除非儿子相信父亲并认定他知道所有动物的名字（如果他一开始就持怀疑态度），他将永远无法开口说话。

一切宗教开始于过去而不是现在，这是因为当我们探询自身和宇宙存在的意义时，我们和宇宙已然存在；因此一切宗教必定发端于宇宙进化论、神谱和创世神话。此外，我们带着可憎的势利称之为高级宗教的东西将其主张建立在某个业已发生的事件之上；它们中的每一个都声称某种神启已在某时某地通过某人作出，而这一历史启示对于将来任何时刻都具有神圣性和救赎性。为了使后世对这一事件记忆犹新（从而不至于对它的发生全然不知）以及为了表明它所具有的重要救赎价值（以避免后世将之与无数其他历史事件相提并论而不加区分），一个以此为专门职责的机构不可或缺。

基督教会作为公共机构的职能不是使人皈依基督——让人改宗不是人而是圣灵的职责——而是通过不断以言辞和礼拜仪式传

---

* 本文是奥登为安妮·弗里门特（Anne Fremantle）主编的《新教神秘主义者》（*The Protestant Mystics*）（波士顿：小布朗公司，1964 年；伦敦：韦登费尔德&尼科尔森出版社，1964 年）撰写的序言。

1. 弗里德里希·冯·许格尔（Friedrich von Hügel，1852—1925），奥地利宗教作家、现代派神学家和天主教平信徒。

播福音从而使改宗变得可能。为维持这一可能性，她必须不断地重复自己，无论这种重复是激情澎湃，还是信仰低落时的沉闷呆板。弗罗斯特的这几行诗对于不同民族、不同世代和个人都同样适用：

> 我们的生命依赖于万物的
> 往复循环，直到我们在内心作出回应。
> 第一千次重现或许能证明其魅力。

对于任何教会或世俗机构，在所有涉及那些我们知道自己对此一无所知的事实和理论的问题上，在所有行为的统一显然必要或合宜的问题上，我们是或者应该是包容并蓄的开明人士。为怀疑而怀疑、为不同而不同是傲慢。私人判断是个无甚意义的词，因为没有人全知全能，我们的大多数想法、观点和原则都或多或少得自他人。服从某个权威不可避免；倘若我们罔顾传统的权威，我们就必须接受地方性的习俗。

我们是天资聪慧的造物，也就是说，我们不能满足于仅仅去感受，而必须设法弄清它，了解它的缘由和意义，发现隐藏在粗暴事实背后的真相。尽管一些人在智力和求知欲方面比别人略高一筹，但智力就其本质而言并无个体差异。并不存在这样的情况：某件事对一个人是正确的，对另一个人是错误的。换言之，如果我们当中两个人意见相左，要么其中一个人是对的，要么我们两个都是错的。

在我们作为智慧生物而存在的彼此的关系中，探求双方都认为必须同意的真理的“我们”并不是传统意义上那个代表集体的单数的“我们”，而是一个意味着对真理共同的热爱而联结在一起的“我和你”的复数形式。在与彼此的关系中，我们是抗议者；在与真理的关系中，我们是包容并蓄者。我必须时刻准备怀疑你所作的每项表述的真实性，但同时我必须对你的智力健全程度抱有绝对的信心。

激发智力的基本因素是怀疑——一种认为经历的意义并非不证自明的感觉。我们从来不会就一件我们认为不证自明的事情发表看法。这就是为何一个命题的正面，即它声称正确的东西，永远不如它将之排除为错误的部分来得清晰。举例来说，教义神学的诞生更多是为了排除异端而不是定义正统，而神学必须继续存在和发展的一个原因是，每个时代都有不同于另一个时代的异端邪说。基督教信仰向来为肉身的想象力和理智所不齿，但它让人最不堪忍受的方面则取决于一个时代或文化的主流思想。因此，对于四世纪的诺斯替派教徒和十八世纪的自由人文主义者，十字架都是一种冒犯，但原因大相径庭。诺斯替派教徒说：“基督是上帝之子，所以他不可能真的被钉十字架。耶稣受难不过是幻觉。”自由人文主义者说：“基督的的确确被钉了十字架，所以他不可能是上帝之子。他的申明不过是虚妄之言。”在我们这个时代，妨碍信仰的绊脚石又有所不同。我认为大多数基督徒会发现自己不知不觉地认同西蒙娜·韦伊[1]的困惑：“假如福音书只字不提基督的复活，信仰对我来说会更容易些。十字架本身就足以令我信服。”

1. 西蒙娜·韦伊(Simone Weil，1909—1943)，法国哲学家、神秘主义者和社会活动家，其作品深刻地影响了战后的欧洲思潮。

除了抵制异端对教会的冲击，神学还有另一项长期使命要履行，即向虔诚的教徒（包括神职人员和大部分平信徒）讲授上帝的物和恺撒的物的差别。除了我们因着信仰而自觉认为是获得救赎必不可少的绝对预设外，我们所有人还持有许多其他观点，比如关于什么构成了艺术中的美，什么是社会结构的合理形式，宇宙的本来面目是什么样，等等，让我们抱有这些观点的不是信仰，而是习惯——我们对这些观点习以为常，无从想象它们会是别的样子。当出现一种新的艺术风格、社会变革或科学发现时，我们本能地认为这些变化和我们的信仰背道而驰。神学家的任务之一就是证明实际情况并非如此，我们的忧惧纯属杞人忧天。倘若没有神学家的功劳，我们很快便会发现自己如果不是改变了信仰，就是改变了上帝。

不论正在被讨论的话题属于什么领域，参与辩论的双方不仅必须相信彼此的真诚，还必须相信对方获取真理的能力。智力辩论只可能在学问和才智旗鼓相当的双方之间进行。理想情况下，他们不应该有观众，但如果非要有观众在场，他们也应该在学识才能上不输辩论者。若非如此，辩论双方会不由自主地渴望博得掌声，他们不再期望获取真理，击败对手成了他们唯一的愿望。公众对辩论的关注造成的严重后果从未像十六世纪时那样明显。正如刘易斯教授写道的：

> “信仰和行为”沦为商业戏剧的老套噱头的过程正是我们称之为宗教改革历史的整个悲剧性闹剧的特征。除了在灵性生活的某个层面，即高级层面，那些备受争议的神学问题并无意义；关于

> 这些问题的辩论，只有当它们在明白事理、圣洁善良的人士之间展开，并且在极度私密、双方都从容不迫的情况下，才可能富有成效。在上述条件下，才有可能找到公正对待新教主张同时不损害基督教其他要义的方案。然而，实际情况是这些问题一经提出就立即成为众矢之的，和一大堆与神学无关的问题纠缠在一起，并因此招致政府和暴民的关注。这好比人们被安排在集市上进行一场形而上学的辩论，他们不仅要同叫卖小贩和旋转木马较量或者被迫与之合作（这种情形更糟），还要受到虎视眈眈、摇摆不定的武装警察部队的监视。双方对彼此的误解不断加深，对驳倒对方不曾持有的立场而洋洋得意：新教徒将天主教徒误称为贝拉基主义者[1]，而天主教徒则把新教徒歪曲为反律法主义者。

我们是被赋予智慧的物种成员，除此以外，我们每个人都是上帝按照自己形象创造出来的，换言之，每个人都是独一无二的，他或她可以宣称，拥有独特宇宙观的我绝无仅有。作为人，我们中的每一个都有自己的传记，一个有着开头、中间和结尾的故事。圣奥古斯丁追随圣詹姆斯说："人被创造出来，以便有一个开端。"全人类由同一祖先亚当脱胎而来的教条不是并且永远不应被当成关于人的生物进化的声明。它断言，每个男人和女人，无论其种族、民族、文化和性别，只要他或她是一个独一无二的人，都是亚当——全人类

1. 贝拉基主义是五世纪初不列颠修士贝拉基（Pelagius，约 360—约 430）提出的学说。他认为人本来无罪，上帝赋予人选择善恶的能力即自由意志，行善或作恶取决于各人的自由意志，罪是对自由意志的滥用。该主义多次被斥为异端。

的化身;作为具有人格的人,我们的诞生不是借由任何生物进程,而是因着其他人、上帝、父母、朋友和敌人的召唤。正是作为具有人格的人,而不是一个物种的成员,我们背负了罪孽。当我们谈及"生来有罪"或继承亚当的原罪时,在我看来这不可能意味着(恕我愚昧)罪恶是存在于我们的肉体和基因中的有形物质。我们的肉体就其本身来说,当然是无罪的,但我们每一个身体动作、触摸、姿势和语调都带上了罪人的印迹。一个婴儿自其意识在体内初次觉醒(这可能发生在出生前)的那一刻,它就发现自己处在一群罪人中间,它的意识遭到一种无法预防的传染病的侵袭。

作为个人的"我"必然是排他的,因为其他任何人都不能代替我拥有我的感受或者为我的过往负责。然而,这个"我"只存在于当下这一刻:我对过去的回忆从来不是自发的。对于眼前的经历,我需要的既非信念也非疑虑,而是对这一仅仅属于我的经历(因为它被给予了我而不是别人)的一种忘我的专注。这个我,只有当它对经历的专注达到忘了自身的存在,才是它的本真。我不能询问眼前的经历是和别人的相似还是不同,是幻觉还是客观事实,是意料之中还是意料之外,是令人愉快还是痛苦恼人。所有这些问题应该事后提出,这是由于假如我因为心不在焉而未能充分体验,那么得出的答案必然是错误的。当然,当我真的提出这些问题时,我通常会发现无论这一经历对我而言多么新奇,大多数人都曾有过类似的经历,而对它的解释及其意义也早已为人所知。但偶尔也会有新奇元素出现。在那种情况下,我必须留心不能仅仅因为我碰上了这一经历而夸大其重要性,但我也不能拒不承认或秘而不宣,而应该广而告之，纵使遭到全天下权威（无论是行政领域的还是知识界的）的耻笑甚或刑罚的威胁。无论如何，只有通过分享重要或琐碎的个人体验，我们同他人的关系才不再是一个社会物种中一个成员与另一个成员的关系，而变为一个人与另一个人的关系。我和上帝的关系也是如此；正是个人体验使我能够把“我再次相信”的抗议精神加诸“我们仍然相信”的包容精神。

当冯·许格尔把所有非制度或非智力范畴的经历统称为神秘体验时，他显然将许多严格意义上不属于神秘主义的经历也纳入此列。任何直接的宗教体验都被他归入其中。然而神秘体验——无论关乎上帝还是他的造物——是所有体验中最有权被称为直接的，因为它受传统或非个人色彩的推理的影响最少。

二

似乎存在四种不同类型的神秘体验：

自然异象

情色异象

博爱异象

上帝异象

在探讨四者的区别前，我们应该先考虑它们的共同点，这样才能对它们进行比较。

（1）这种体验总是“被给予的”，换而言之，它无法依靠意志的努力获得。就自然异象而言，在有些情况下它似乎可以通过化学手段、酒精或致幻剂产生。（我本人曾服用过酶斯卡灵[1]和 LSD 各一次。除了“我”和包括我身体在内的“非我”有过轻微的精神分裂式的脱离外，根本什么也没发生。）至于上帝的异象，任何没有经历长期自律和祷告的人似乎无缘遇见，但是自律和祷告本身却无法催生这一异象。

（2）在主体看来，这样的体验不仅比他在“正常”状态下的任何经历都重要，而且还是对现实的揭示。当他回到正常状态后，他不会说：“那是个令人愉快的梦，不过，它当然只是个幻觉。现在我醒了，看到了事物的本来面目。”他会说：“有那么一刻，面纱被揭去，我看到了真实。现在面纱重又被盖上，真实再度离我而去。”他的结论跟堂吉诃德的断言类似——后者在阵发性精神错乱中把风车当作巨人，而在神志清醒的间歇看到风车时却说：“那些该死的魔法师作弄我，先用事物的本来面目将我诱入危险丛生的奇遇，旋即又随心所欲地将它们改头换面。”

（3）该体验与在梦中或醒着的幻象中“看见东西”全然不同。就前三种与可见之物有关的异象而言，这些形象极为逼真且意味深长，但它们的外形并不扭曲；方的不会变成圆的，蓝的也不会变成红的，主体看见的物体在异象消失后必然还在那里。我们不禁又想起堂吉诃德。他也许将风车看成了巨人，但如果没有风车存在，他不

1. 一种致幻剂，下文的 LSD 也是。

会看见巨人。至于上帝的异象(无论人们对此给出怎样的解释,主体遇到的都不是可见之物),神秘主义者们一致表示他们未看见任何有形物体。因此圣德兰[1]说在她见到的真正异象和听到的惯用语中,“她的肉眼从未看见过任何事物,肉耳也未曾听见任何动静”。有时他们的确会“目睹和耳闻”什么,但他们向来认为这些只是偶然发生,与真正的体验无关,并对之抱以怀疑。当圣菲利普·尼利[2]的追随者向他讲述他们见到圣母的绝妙异象时,他吩咐他们下次碰上类似情况时朝她脸上啐唾沫,据说他们照此行事后,眼前立刻浮现出魔鬼的面孔。

(4) 尽管这样的体验向来可遇不可求并且往往出乎意料,然而它的本质并非完全独立于主体。以自然异象为例,它更多地见于童年和青春期而不是成年时期,而且异象的实质内容、被转换之物的类型以及它们的重要性等级似乎都因人而异。对某个人颜色最为重要,对另一个则是形态,如此等等。就上帝的异象来说,主体的宗教信仰似乎起了作用。因此,如果要比较基督教、伊斯兰教和印度教神秘主义者对各自神秘体验的叙述,我们无法确定它们是对不同体验的描述,还是不同的神学语言对同一体验的呈现,如果是前者,个中差别是否该归因于神秘主义者的信仰。例如,如果一个信奉印度教的神秘主义者皈依了基督教,他的神秘体验是否会随之

1. 即亚维拉的德兰,又称耶稣的圣德兰,十六世纪西班牙神秘主义者、天主教修女、通过默祷过沉思生活的神学家。她因对上帝的虔诚在死后被当时的罗马教宗册封为圣人。
2. 意大利天主教神父,“罗马十二使徒”之一,于十六世纪创立祈祷会,以谦恭和幽默在信徒中著称。

改变？

为了说明将观察所得和对体验的阐释区分开来的难度，让我举一个普通的个例。许多人都描述过他们在吸入笑气之后的拔牙经历，这些描述惊人地相似。于是威廉·詹姆斯说：

> 它的基调始终是调和。仿佛世界的各种对立——我们的一切困难和麻烦均源于它们的矛盾和冲突——融合为一。[1]

和他的经历类似，我的体验也涉及两个对立面——博爱意义上的爱与恨，不过对我而言，它们没有融为一体。我对两件事抱有绝对信念：(a) 爱的力量终究大于恨的力量；(b) 另一方面，任何人，无论怎样高估恨的力量都不为过。宇宙间仇恨的实际总量远远超出我们的想象。但是，爱的力量更为强大。我自问，假如我不是在一个信奉基督教的家庭长大继而成为一个谙熟基督教博爱观念的人，我是否会有相同的经历，对此我无从断言。

(5) 从基督徒的观点来看，上述四种体验就其本身而言都是恩赐和良善；任何一种都丝毫没有与基督教教义相抵牾之处。可另一方面，它们都具有危险性。但凡主体认识到自己全然不配领受这样的恩惠，并出于感恩之心认为自己有责任尽己所能创造出同类作品中的佳作，那么这些体验便会将他引向光明。可假如他听凭自己将这种体验看作自身自然或超自然的无上功德的象征，或是把它当作

1. 出自美国著名心理学家和哲学家威廉·詹姆斯的《宗教经验种种》，该书是作者从个人经验角度观照宗教经验的著作。

偶像，认为离开它就没法活，这样他就只会堕入黑暗和毁灭。

三　自然异象

这一异象的客体可能是无生命的（如山川、河流、海洋），也可能是有生命的（如树木、花卉、野兽），但它们都是非人类——尽管建筑物等人造物品也可能包括在内。偶尔也会涉及人类，但在这种情况下，我认为他们对于主体始终是陌生人——比如，在田间劳作的人、路人、乞丐，等等，主体和他们之间没有私人交情，因而对他们也就缺乏个人层面的了解。主体的基本感受是生发了一个压倒一切的信念，即认为他遇到的事物具有神圣的意义，他意识所及的万物其存在都是神圣的。他的基本情感是一种纯真的喜悦，尽管这种喜悦中当然也可能包含了敬畏。在"正常"状态下，我们评价物体的标准无外乎它们给予我们感官的直接审美快感——这朵花的颜色赏心悦目，这座山的形状讨人喜欢，但那朵花、那座山却不堪入目——或者它们随后可能带来的对我们欲望的满足——这只水果尝起来很可口，那只却很糟糕。在自然异象中，美和丑、有用和无用的区分不复存在。只要异象不消失，自我便处于"被取消"状态，因为它的注意力完全融入它所冥想的事物中去了；它不作任何判断，除了和杰拉尔德·曼利·霍普金斯[1]所称的事物的"内景"保持沟通外，它别

1. 杰拉尔德·曼利·霍普金斯（Gerard Manley Hopkins，1844—1889），英国诗人、罗马天主教皈依者、耶稣会牧师。他首创了"内景"（inscape）一词。下文的诗句出自他的十四行诗《当翠鸟着了火》，此诗很好地阐述了诗人关于"内景"的看法。

无所求。

> 每个生命都在做着一件事，同样的事：
> 将那个居于其间的本质呈现；
> 活出自我——按自己的方式行事；它讲述、阐明自己
> 大声说我所做的便是我：我为此而来。

在有些情况下，主体谈及这种交融的感觉，仿佛他和万物难分难解、互为表里。华兹华斯在《废毁的茅舍》中这样写道：

> ……感觉、灵魂和形式
> 在他身上融合为一。它们吞没了
> 他的肉身存在；他居于它们当中
> 他靠它们而活。

在《神秘主义：神圣与亵渎》一书中，扎纳教授将这一境界称为"万物为一"，并认为它是自然神秘主义者的确切标志；在他看来，不谈及身份融合的叙述不可能是对真正神秘体验的描绘。我认为扎纳教授的观点有失偏颇。基督教神秘主义者在对上帝异象的描述中，有时近乎在说他们成了上帝——他们当然不可能这么认为；他们可能是在试图描绘这样一种意识状态：他们的意识完完全全被上帝的在场占据，以致无法独据一隅来超然地观察这一体验。持"万物为一"论调的自然神秘主义者并不是表示他变成了树或树变

成了他。举例来说，尽管理查德·杰弗里斯[1]也是该论调的支持者，然而没有人比他更确信“自然毫无人性可言”。他无疑会说，在异象中他感到自己能够运用想象进入一棵树的生命，但这并不意味着他变成了一棵树，正如通过想象进入另一个人的生命并不意味着主体不再是自己而变成了那另一个人。

自然神秘主义者所感到的快乐也许可以被称作天真无邪。当异象持续时，自我和它的种种欲望被彻底抛诸脑后，因此事实上主体没有能力犯罪。另一方面，与宗教神秘主义者不同，他没有意识到罪是过去的事实和将来的可能，因为他的神秘体验对象是非人的造物，因此无法对之进行道德上的臧否。出于同样原因，爱欲在意识层面不起任何作用。任何关于自然异象的描述，不同于对上帝异象的叙述，都不用两性结合的经历类比。

当然，对自然异象的阐释甚至用以描绘它的语言根据主体的宗教信仰而变化，但体验本身似乎并不受其影响，尽管我认为也不完全独立于主体的个性或文化。在我们自己的文化中，许多人在童年和青春期都有过这样的经历，只是强度不同而已，但它在成人中却很鲜见。在所谓的原始文化中，它可能留存得长久些。在我看来，凡·德·普斯特上校[2]关于非洲布须曼人的叙述表明，该经历在他们中间可能会持续一生。即使在我们西方文化中，它出现的频率在不同地区也不是均匀分布的。人们将会发现，几乎所有叙述都是由

1. 理查德·杰弗里斯（Richard Jefferies，1848—1887），英国散文家和博物学家，擅长描写自然景象和乡村生活。
2. 1906年生于南非联邦，身兼作家、探险家、人类学家、语言学家和哲学家。

北部民族的成员所写——地中海国家对此贡献甚少——这意味着事实上大部分关于该体验的叙述是由有新教成长背景的人撰写的，尽管这一事实可能无关紧要。我个人对此现象的尝试性解释是，在地中海诸国，对神圣自然的个人体验被吸收并转换为一种社会经历，表现为在地中海地区司空见惯的对当地圣母和圣人的习俗化祭拜。在形式上显而易见的多神崇拜习俗是否有可能在精神层面上完全被基督教化，对此我无法妄下论断。如果我心存疑虑，那是因为这样的祭拜给予我的极大审美快感和我在缺乏它们的国家所感到的略带怀旧的遗憾。

尽管自然异象非基督教所特有，但它与基督徒对上帝的信仰毫不冲突——上帝用爱创造了物质世界和万物，并认为它们是善的：万物在自然神秘主义者眼中的光环必定臻于上帝眼中它们的荣耀。没有任何东西阻止他把这种体验当作上帝的恩赐来领受，无论这种恩赐多么间接。对于认为物质是邪灵之创造物的诺斯替教徒，它当然无异于恶魔造访；对于视现象世界为幻象的一元论者来说，它无疑更加是一个幻象，也许无伤大雅，但迟早会被看破。而对认为荣耀这一概念无甚意义的唯物主义者而言，它必定是一种很可能源于神经官能症的个人妄想，并会因其反常和可能致使患者产生更严重、对社会危害更大的某种有神论妄想而被加以制止。当理查德·杰弗里斯这样坚定的无神论者在谈及祷告时说，“我或许能触及比神更高级的无以名状的存在”，人们独自漫步乡间的危险也就不言而喻了。

曾遭遇这一异象的虔诚的基督徒们对“它不是什么”向来直言

不讳。华兹华斯于是吟道：

> 他没有感觉到神；他感觉到他的造物；
> 思想不复存在。它在欣喜中消亡。
> 在祈祷或赞颂中度过的时刻超尘脱俗，
> 他既不祷告，也不表示感谢或赞美，
> 他的头脑对于创造他的力量充满感恩。
> 它是幸福和爱。

因此，乔治·麦克唐纳[1]说：

> 我住在万物里；万物进入并住在我里面。意识到某样事物就是同时了解它的生命和“我”的生命，了解它从哪里来，我们在哪里最自在——也就是知道我们本来什么样就是什么样，因为那另一个便是上帝。

他们为此感谢上帝，不仅因为与这一体验相伴的快乐，还因为它使他们免受诺斯替派对受造物的低估——这点连上帝的异象也无法做到。即便在上帝的异象中，基督徒也必须记住这一点，就像苏索[2]说的：

1. 乔治·麦克唐纳(George Macdonald，1824—1905)，苏格兰作家、诗人和牧师。
2. 亨利·苏索(Henry Suso)，中世纪德国神秘主义者。

> 万物在上帝中的存在不同于它们在物质世界中的存在，每个受造物的受造性因其存在于上帝中的那部分而变得高尚，同时又比它在上帝中的存在更有用。因为一块石头、一个人或者任何作为受造物的生物——就它们的一部分永远存在于上帝中的事实来看——有什么优势可言呢？

对那些从未信过基督或者因某种原因丧失信仰的人来说，这一体验的单纯性可能会造成差错。由于它既不涉及智力又无关乎意志，因而难免会发生智力上的误解和意志上的滥用。智力可能会把和神秘造物的相遇当作与神的邂逅，于是有了泛灵论、多神教、偶像崇拜、巫术和各种所谓的自然宗教——后者认为包括人与其他生物共享的种种自然和生物的要素和力量在内的非人类创造是权力和意义的终极源头，因而对人类负有责任。而我们在歌德和哈代作品中读出的泛神论实际上是一种复杂和敏感的人本主义。就目前和我们所知的情况来看，人类是自然界唯一拥有意识、道德良知、理性、意志和目的的生物，因此一个完全内蕴于自然的神或女神必然只能听任人类摆布，除非他能造出新的物种；只有人能告诉他他的意志是什么或将它付诸实施；人可以向偶像祷告，但很难想象人如何向内在于万物的神祷告——尽管人可以敬畏神。

另一个诱惑——在我们文化中比在异教徒世界里更危险，因为这一体验在我们的文化中可能更少见，持续时间也更短——是将体验本身当作至善来崇拜，要么郁郁不乐地为它的逝去抱憾终身，从而堕入百无聊赖的状态，要么终其一生试图借助酒精和药物等人为手段以重获并延长这一体验。就我们所知，致幻剂不会使人成瘾，不过迄今还没有人有过持续数年每天服用它们的习惯。当这样的情况发生后——它毫无疑问会发生，我猜想人们会发现它们与较为传统的人工辅助手段一样受制于收益递减规律[1]。倘若情况不是这样，倘若任何人想随时领略自然异象的愿望成为可能，后果也许更不堪设想。该异象所揭示的世界有这样一个特点：它唯一的人类居民就是体验主体，一味沉湎其中只会使主体对他人的存在和需求变得日益冷漠。

天地万物的光华，如同所有其他种类的异象一样，赋予领受它的幸运儿一项当仁不让的职责——尽其绵薄之力创造出与其所见相称的作品。许多人听从了这一召唤。我非常确定，它是促成一切名副其实的艺术作品和科学探索与发现的首因，因为诚如柏拉图所言，奇迹是一切哲思的开端。

四　情色异象

过去四百年里诞生于西方的文学作品——不论高雅还是大众——有一半是基于这样一个错误假设：一段非比寻常的经历有或者应该具有普遍性。在这一假设的影响下，无数人让自己相信他们“坠入了爱河”，而他们的经历实则可以用更直白的四字真言来充

1. 经济学术语，指人类经济活动中超过某一水平之后边际投入的边际产出下降，即产出的增加赶不上投入增加的现象。作者借此喻指通过长期服用致幻剂来获取这一神秘体验最终可能事倍功半。

分且精确地形容，于是他们有时不禁怀疑这一经历的真实性，即便或者尤其是当它发生在他们本人身上时。然而，读罢诸如《新生》、莎士比亚多首十四行诗或《会饮篇》等文献，我们不可能把它们当作虚情假意的拙作不屑一顾。所有对这一经历的记述对本质的看法一致。和自然异象一样，情色异象揭示了受造物的光辉，但前者展示的是众多非人类受造物的光辉，而后者呈现的则是单个人的光辉。此外，虽然自然异象中从不存在有意识的性行为，但在情色异象中它却贯穿始终——阉人无法感受它（尽管它可能发生在青春期前），也没有人会倾心于他们眼中缺乏性吸引力的人——然而在一个神圣的存在面前，甚至不需要意志的努力，肉体的欲望总是屈居于敬畏感：无论爱慕者欲望多么强烈，他总是感到自己不配受到心上人的注意。这样的叙述不可能被当作对我们熟悉的三种非神秘色情体验的任何一种的奇特的诗意描写。它不是单纯的色欲——不带感情地将另一个人看作令人觊觎的性对象，因为我们对于任何被我们视为物体的东西会有一种优越感，而爱慕者在心上人面前则感到自卑。它也不是性迷恋——“维纳斯整个地缠住她的猎物”[1]的体验，欲望在其中侵占了整个自我，直到它渴望的不仅仅是性满足，而是将另一个自我整个儿地纳入它自身；在这种情况下，占支配地位的感情不是觉得自己配不上，而是求而不得的痛苦、愤怒和绝望。同样，它也不是彼此对对方的肉欲和*友爱*的有益结合——后者即基于共同兴趣和价值观的相互吸引，它是幸福的婚姻最为牢固的

1. 原文为法文 Vénus toute entière à sa proie attachée，拉辛名剧《费德尔》中的台词。

根基，因为在这一状态下，占主导的感情是地位同等者之间的相互尊重。

再者，所有记述一致认为倘若双方发生实实在在的性关系，情色异象便难以为继。普罗旺斯诗人宣称夫妻之间不可能真心相爱，这不仅因为他们身处一个由父母包办婚姻的时代的社会环境中。这并不意味着在任何情况下，我们都不能同那个曾向自己显现光辉的人结婚，但如此行事的风险和异象的强度成正比。当目睹了对方在异象中被美化的形象后，我们很难年复一年地跟一个和自己相差无几的普通人朝夕相处，同时不把异象的消失归咎于这个人。较之其他种类的异象，情色异象似乎受社会环境的影响最大。适度的闲暇和相对宽裕的经济条件貌似是必要条件；一个为了糊口而不得不每天劳作十小时的男人显然无暇他顾：为满足实际需求而疲于奔命的他，除了能有一个满足他性需求的女人以及一位符合他经济需求的贤妻良母外再无他求。此外，心上人似乎必须属于这样一个阶层：爱慕者从小就被教育要将其当作和他社会地位同等或更高者来看待的群体。看来我们不可能爱上一个被我们的习惯思维认定为“物性”比我们多而“人性”比我们少的人。于是柏拉图——尽管他后来不赞成同性恋——只得将心上人想象成处于青春期或刚刚成年的男子，因为在那个时代的雅典，妇女本质上被看作低等生物。

该异象对爱慕者行为的影响不光体现在他对心上人的举止表现。即使在与他人的关系中，在他爱上对方之前看来自然得体的举止，若用新标准——他认为要配得上她应该达到的标准——来评判，则显得低贱卑劣。而且在大多数情况下，和人们的可能预期相反，该体验不会导致一种情爱层面的寂静主义[1]——对心上人全神贯注、心无旁骛的冥想。相反，它通常释放出一股精神能量，敦促主体采取和心上人毫无直接关联的行动：恋爱中的士兵作战更骁勇，恋爱中的思想家思路更清晰，恋爱中的木匠手艺更精巧。

在制度和思想方面，基督教会对于性事的主要关注点是并且必然是婚姻和家庭，因而她对情色异象向来极度存疑便不难理解。她不是把它当作天方夜谭不予理会，就是在未经核实的情况下武断地将之斥为对造物的盲目崇拜和对基督徒对上帝之爱的亵渎性模仿。由于了解婚姻制度和该异象格格不入，教会担心后者——正如经常发生的那样——会被用作通奸的借口。然而，缺乏理解的谴责往往苍白无力。假使爱慕者崇拜仰慕他的心上人，那并非我们通常所说的偶像崇拜——崇拜者将其生存的意义寄托在偶像身上。这种偶像崇拜当然有可能存在于两性关系中。因"流水有意，落花无情"或爱恋对象心有他属而饮弹自尽或枪杀对方的痴男怨女的事例几乎天天见诸报端，但我们立刻就明白他们不是真心相爱。真正的爱慕者自然希望自己的爱能得到回报而不是被拒绝，他希望她活着而不是死去，希望看见她而不是见不着她，但倘若她无法回报他的爱，他不会通过暴力或情感勒索来逼她就范，倘若她死了，他不会自杀而会继续爱她。

在剖析情色异象并赋予其神学意义方面作出过最严肃尝试的两人是柏拉图和但丁。两者在以下三点上看法一致：(a) 这一体验

1. 一种神秘的灵修神学，指信徒在灵修中，追寻被动的寂静与弃绝个人的主动，以便与神相通甚至合一。

是真正的启示，不是错觉；(b) 该异象的情色风格预示了这样一种爱——其中性的成分被转换并被超越；(c) 曾目睹造物主的荣光间接显现于受造物的光辉中的人，任何亚于与前者直接邂逅的体验便再也无法完全满足他。在所有其他方面，两者则持论轩轾。他们之间最显著的分歧之一被我们词汇的贫乏掩盖了。当我说"X 的侧影很美"和说"伊丽莎白有一张美丽的脸庞"或者"玛丽的面部表情很美"，我不得不用同一个形容词，虽然我指的是全然不同的两件事。在第一个命题里，美是物体的一个特定公共属性；我谈论的是该物体所*具有*的一个属性，而不是它*是*什么。当且仅当若干物体属于同一种类时，我才能对它们进行比较，并按照它们的美的程度从最美到最丑来排列。这就是为什么即便在人与人之间也有可能举行选美比赛来评选美国小姐，以及经验丰富的雕塑家能精确地说出理想的男女身材比例的原因。美在这个意义上是自然或命运的一种馈赠，它可以被收回。一个女孩要成为美国小姐，一定继承了某种特定的基因组合，并且设法躲过任何可能损毁形象的疾病或导致伤残的意外，但她无论怎样节食，都无法永远保有美国小姐的身份。这样的美所激起的情感是一种客观冷静的仰慕；而当对象是人时，它也可能唤起不带个人感情的性欲。我也许想跟美国小姐上床，可我并不想听她谈论自己和她的家庭。

当我说"伊丽莎白有一张美丽的脸庞"，那完全是另一回事。我指的仍然是外形——如果我双目失明，我就不会作此论断——但这个外在特征不是自然的馈赠，而是一种在我看来应该归功于伊丽莎白本人的个人创造。这一外在美似乎向我揭示了某种无形之物——那个我看不见的人。这个意义上的美在任何情况下都是独一无二的：我无法比较伊丽莎白和玛丽，说哪个人的容貌更美由此激起的情感是一种带有个人色彩的爱，同样它也因人而异。就我爱伊丽莎白和玛丽的程度而言，我无法说更爱哪个。最后，说某人在这个意义上很美从来不只是一种称许的审美判断；它还一直是一种道德褒奖。我可以说"X 的侧影很美，但他或她是个恶人"，但我不能说"伊丽莎白有一张美丽的脸庞，但她是个恶人"。

作为受造物的人类具有两面性。作为有性繁殖的哺乳类物种成员，我们每个人生来或者雄性或者雌性，并被赋予一种与异性成员交配的不带个人色彩的需求；任何成员都可以作为交配对象，只要他或她不是发育未全或老态龙钟。作为独一无二的人，我们能够——但不是被迫——自愿地同他人开始一段独特的恋爱关系。因此，情色异象也具有两面性。心上人总是多多少少具有自然天成之美。一个两百磅重的姑娘和一个八十岁的老妇，就外表而言，也许拥有姣好的容貌，但男人不会爱上她们。爱慕者当然意识到了这点，但对他而言远为重要的是把心上人作为人看待的觉悟。至少但丁这么认为。柏拉图的描述最令人费解的地方是，他似乎没有意识到我们所说的人的意义。他所谓的美总是非个人的美，他所谓的爱也总是与个人无关的仰慕。

> 为了达到绝对的美，爱慕者应该从爱尘世之物开始，一步步上升——从一个美的形体到另一个美的形体，再到所有美的形体；然后从美的形体到美的行为，从美的行为到美的本原，直到从

美的本原达到那个终极本原，最终明白什么是绝对的美。

我越是研究这段话，就越感到困惑不解，我发现自己在跟柏拉图的亡魂对话：

“(1) 关于尘世之物，我同意可以比较两匹马，两个人，或者同一条数学定理的两种证明方法并说出哪个更美，但能否请你告诉我，如何比较一匹马、一个人和一个数学定理的证明并说出它们中哪一个最美？

“(2) 如果如你所言——存在不同程度的美并且越美的事物应该被爱得越多，那么在人类这个层面，爱上我们所知的最美的人就成了我们所有人的道德义务。对相关各方而言，我们未能履行这一义务无疑是件幸事。

“(3) 诚如斯言，美的本原不会谢顶、变胖或和别人私奔。但另一方面，美的本原在我走进房间时不会对我报以欢迎的微笑。如你所说，对人的爱与对本原的爱相比，或许是一种低级形式的爱，但你必须承认它绝对是个更有趣味的景象。”

但丁的描述是多么的不同，又多么易懂。他看见贝雅特丽齐，一个声音说道：“现在你已见到了至福之境。”但丁当然认为贝雅特丽齐的美是公认的——任何陌生人都会认为她是美的，他压根不会想到去问，她和与她年龄相仿的佛罗伦萨姑娘谁更美。她是贝雅特丽齐，这就足够了。他确信关于她最本质的一点是，她是蒙受上帝恩宠的人，因此她的灵魂在她死后将得到救赎、升入天堂，而不是陷于地狱，与迷失者为伍。作为虔诚的基督徒，他对此深信不疑。他没有明确告诉我们险些使他万劫不复的罪孽和过错是什么，当他和贝雅特丽齐再次相遇时，后者也没有明说，但两人都将之归为对她的不忠，换言之，假如他对出现在他异象中的人——贝雅特丽齐——始终如一，他就不会冒犯他们共同的造物主。虽然对她的形象不忠，但他从没彻底忘记它（柏拉图式的爱情阶梯使忘记处于较低梯级的“形象”成为一项道德义务），而正是因为她记起了他从未完全停止爱她的事实，身在天堂的贝雅特丽齐才得以出面拯救他的灵魂。最后，当他们在地上乐园再度相遇时，他重新经历了他们初次在尘世相遇所见到的异象，只是这次的感受要强烈得多。她陪伴他，直到他最后转向“永泉”的那一刻，而即便在那一刻，他知道她的目光也投往同一个方向。按照但丁的观点，情色异象不是长梯的第一个梯级：从拥有爱和被爱能力的个人受造物到本身即爱的个人造物主，只需迈出一步。在这最终异象中，爱欲被升华但并未被取消。在此世，我们把“爱”置于性欲或无性的友谊之上，因为它要求我们全身心的投入，不像后两者只涉及我们存在的一部分。有关肉身复活的教义确立了肉身的神圣地位，无论它还主张了别的什么。如塞伦西亚斯[1]所言，我们比起天使有一个优势：只有我们能成为上帝的新娘。诺维奇的朱利安[2]曾说过：“在我们的灵魂被赋予感官的那一刻，它便被判定日后将进入上帝之城，而这一判定在尚未有时间存在时就已由上帝作出。”

---

1. 十七世纪德国天主教教士、神秘主义者。
2. 中世纪英国女隐士、基督教神秘主义者，著有《神爱之启示》，引文即出于此。

五　博爱异象

有关该异象的基督教经典案例自然是圣灵降临节[1]，但存在一些非典型基督教的做法。由于我无法在这些选篇中找到确切描述，我将引用一段未发表的叙述，它的真实性我可以担保：

> 1933年6月的一个清朗夏夜，晚饭后我和三个同事(两女一男)坐在草坪上。我们彼此十分欣赏，但肯定谈不上知己，我们当中也没有人对其他人有性兴趣。顺便说一下，那天我们滴酒未沾。就在我们闲聊日常琐事时，突然出乎意料地发生了一件怪事。我感到一股难以抗拒(尽管我屈从了它)又绝非来自我本人的力量向我袭来。我平生第一次体会到爱邻如己的确切含义，因为——多亏这股力量——这正是我当时在做的。虽然谈话照常进行着，但我确信三位同事正在经历同样的感受。(我后来跟其中的一位证实了这点。)我对他们的个人感情没有发生任何变化——他们仍然是同事，不是知己——但我感到他们作为自我的存在无可比拟，并为此喜不自胜。
>
> 我不无羞愧地回想起我曾经在诸多场合表现出恶意、势利和自私，但是当下的喜悦盖过了羞耻，因为我知道只要我被这个灵魂附体，我就绝对不可能故意伤害他人。我也知道，这股力量迟早会

1. 基督教节日，又称五旬节，在复活节后第五十天为纪念耶稣复活后差遣圣灵降临而举行的庆祝节日，标志着基督教会的诞生。

> 消退,那时我的贪婪和利己又会卷土重来。在我们互道晚安、上床睡觉后,这一体验以其最大强度持续了约莫两小时。当我第二天早晨醒来时,它的影响仍然存在,只是有所减弱,直到大约两天之后才完全消失。对该体验的记忆并未阻止我经常不择手段地利用他人,但它让我在如此行事时很难再对自己的险恶意图自欺欺人。若干年后我重新皈依了我自小耳闻目染的基督教信仰,对这一体验的记忆和关于其意义的反思是最关键的因素之一——尽管在它发生时,我以为我从此和基督教绝缘。

同其他种类的异象相比,博爱异象有几个特点。在自然异象中,有这么一个人,即主体,和众多存在方式与之相异的生物,因此他和它们的关系是单方面的;虽然在他眼中它们的形象发生了变化,但他不认为他对于它们也发生了变化。情色异象涉及的对象是两个人,但他们之间的关系是不对等的:爱慕者感到自己配不上心上人。倘若两者同时看到与对方有关的异象,他们还是会觉得彼此地位悬殊。上帝异象涉及的仍是两个人——主体的灵魂和上帝,受造物和造物主的关系完全不对等,但他们之间的关系却是双向的;灵魂意识到它对上帝的爱,同时也意识到上帝对它的爱。和自然异象一样,博爱异象也涉及众多对象,但后者的对象是人;如情色异象,它只涉及人;又如上帝异象,它体现的是一种双向关系;然而,和其他任何异象不同的是,这种关系涉及的各方是完全平等的。

让人颇为不解的是,大多在方式上与之最为接近的体验(涉及人的多元性、平等性和相互性)都是魔鬼附身的明证——数以千计的人歇斯底里般地为人—神欢呼,或是惨无人道地呼吁把神—人钉死在十字架上。然而,没有它,基督教会也许无从谈起。

六 上帝异象

没有人比我更不适合谈论我手头大部分文选所涉及的主题,即人的灵魂和上帝的直接相遇。首先,因为我过着一种普通的世俗生活,因此我从未见过迄今为止无人见到过的上帝——福音书告诉我们这一异象是为内心纯洁的人预留的——这个事实并不让我吃惊。其次,因为我是一名圣公会教徒。在包括罗马天主教在内的所有基督教派中,圣公会最为强调宗教的制度方面。仪式的统一对她而言似乎永远比教义的统一更为重要,而对其成员私下的祷告,她则听之任之,既不指导也不鼓励。其智性特征被一名主教总结为"正统就是缄默",而她对任何宗教"狂热"的漠然接纳则可概括为C.D.布劳德[1]说过的这么一句话:"对正直的健康嗜好,倘若受制于良好的举止,诚然可嘉;但'如饥似渴'地追求它往往只是精神糖尿病的症状。"

说圣公会完全忽视智力是有失公允的:她曾做出过巨大贡献,尤其在《圣经》批评领域,因为与罗马天主教学者不同,圣公会学者的质询自由未曾受到教阶法令的限制;而她用以熏陶子民的精神节制的氛围使他们不至像德国新教学者那样时不时耽于不切实际的

1. C.D.布劳德(C.D.Broad,1887—1971),英国哲学家,主要从事认识论、科学哲学、道德哲学、哲学史及精神现象等方面的研究。

遐想。

同时她还鼓励众多男女过一种内心祷告的生活。在诸如乔治·赫伯特、兰斯洛特·安德鲁斯和查尔斯·威廉斯等人的著作中，我们可以看到一种圣公会所特有的虔诚——它不同于天主教和福音派的虔诚，却带有不容置疑的基督教色彩。在理想情况下，它展现了精神上的得体（这一品质在宗教生活中和在社会生活中一样重要，尽管不是它们的最终标准）、不带狂热的崇敬和幽默（这最后一个特点与犹太教风格的虔诚类似）。和所有风格的虔诚一样，当爱情之火熄灭时，它就变得面目可憎。说圣公会教义是绅士的基督教教义诚然是一种褒奖，但我们知道，在绅士和附庸风雅的势利小人之间只有一线之隔。

无论在生活的哪个领域，当我们读到或者听到对我们完全陌生的经历时，我们往往不是流露出厌烦的情绪，就是——假如它们令我们嫉妒的话——试图通过解释把它们一笔勾销。作为一个世俗者，我在阅读基督教神秘主义者（天主教徒或新教徒）的著作时不得不时刻警惕上述倾向。而作为一名圣公会教徒，我持有普通圣公会教徒所怀有的偏见，我不能佯称我没有这些偏见，但我必须祈祷这些作家提供的证据能消除它们。

困扰我的第一件事是遭受不良健康和各种身心紊乱的神秘主义者的数量之多。当然，我意识到这个世界上因其在艺术、科学和政治领域取得的成就而被称作伟人的人，他们中的许多或者大多数都曾遭受身体和心理病变，据此把他们的成就视为“病态”而嗤之以鼻是最卑劣的市侩庸人的妒忌。然而，我不禁感到在伟人和神秘主义者之间存在着一个根本差别。就后者而言，重要的当然不是他或她表面上“取得”的成就——上帝异象不可能成为类似一首诗那样的“作品”——而是他们是什么样的人。这一异象只被赐予那些在效仿基督的实践中修为很高的人。在福音书里，没有任何迹象表明基督的人性中存在身体和心理方面的异常，也没有类似我们在穆罕默德生平中读到的有关任何精神危机的记载。更重要的是，由于神一人是独一无二的，因而他选定的十二使徒看来也和他同样健康。神秘主义者们似乎并不认为他们身体和精神上遭受的苦难是神恩的显露，但不幸的是，最能煽动民众宗教狂热的恰恰是各种外在表现。一个女子可能花费二十年照料麻风病人而仍然不为人所知，但她只消展示身上的圣痕或是长期只靠圣体和水为生，群众很快便会强烈要求教会为之宣福。

此外，另一件让我略感不安的事是神秘主义者对其经历的叙述和躁狂抑郁症患者对自身经历的叙述有时呈现出惊人的相似。当然，它们之间的差别也显而易见。躁郁症患者膨胀的自我主义总是昭然若揭：无论在他兴高采烈时还是消沉沮丧时——当他处于前一阶段，他认为自己与众不同是因为他是上帝；当他处于后一阶段，他认为自己与众不同是因为他冒犯了圣灵。另一方面，真正的神秘主义者总是将他们的狂喜解释为他们根本不配领受的上帝的恩赐，而对于其灵魂经历的暗夜，他们则不认为那是自己罪大恶极的证据，而是一段时期的磨炼和净化。于是，阿拉伯神秘主义者库萨伊里在谈及上述两个阶段时说：

> 存在这样的情况，即主体无法轻易确定其原因的情绪“收缩”……针对这一状况的唯一疗法是完全服从上帝的意志，直到它消散……另一方面，情绪的“扩张”会突如其来，令主体猝不及防，因此他无法弄清个中缘由。这让他因喜悦而战栗，又让他恐慌。应对它的方法是保持平静并遵守传统礼节。

然而，仍然存在相似性。我从中看到两种可能性。躁郁症患者是否有可能身负他们没有意识到或被他们弃之不顾的*否定之路*的天命？毫无疑问，中世纪末期的男女修道院里住着许多游手好闲之辈，这些人本该在修道院外靠正当手段谋生；如今可能有许多在俗世中努力谋生的人因为失意发疯而被迫住进精神病院，可他们真正的归宿应该是修道院。其次，但凡在现世见到上帝异象的人无不是通过长期祷告和克己禁欲从而达到灵性生活的较高层面，尽管如此，对精神修为达到同一等级的人，某些具有精神—身体疾患的人是否更有可能拥有这样的经历？无论事实是否如此，教会权威和神秘主义者们始终坚持认为神秘体验并非通往救赎的必经之路，它本身也不是圣洁的证明。比如，圣十字若望说：

> 一切异象、启示、神圣的感情以及任何比这些更伟大的事物，为得到它们而表现出丝毫的谦恭是不值得的，因为它们是仁爱的产物。这种仁爱既不自视甚高也不追逐私利，它总是认为别人（而不是自己）很好……许多从未见过异象的人在修为上远比那些多次经历异象的人完美。

当然，在阅读选择*否定之路*的人士的早期生活时——无论他们的选择后来是否让他们见到了异象，我们多少次读到这样的人：一个无论从才华还是气质来看都注定会在世俗或精神领域发号施令、大展拳脚的男人或女人，一个基督经受的第三次试探对其可能是真正诱惑的人——对我们大多数人来说，这构不成诱惑。（如果撒旦允诺只要我对他俯首称臣，他便将地上的万国赐给我，我会一笑置之，因为我知道鉴于我有限的能力，他无法兑现这个承诺。）他们对别人认为属于他们的天命的弃绝可能源于这一意识：就他们的情况而言，他们在权力和统治上的天赋如果得到发挥，只会给别人和自己带来灾难。对*否定之路*持鲜明反对态度的歌德这样评价圣菲利普·尼利：

> 只有自视甚高和妄自尊大的人才会出于原则去选择品尝一个总是与善和美好背道而驰的世界的敌意，迫不及待地将盛于杯中的苦涩的经验之酒一饮而尽。

在这本新教教徒（持有信仰或不再信仰）的著作选集里，我几乎找不到一处天主教徒读来会感到和自己的经历迥异或与自己的信仰和道德观相悖的叙述。（他可能会觉得斯威登堡[1]的观点难以消化，但身为新教教徒的我也这么认为。）许多著作涉及自然异象，在这一层面神学教义无关紧要，尽管对上述异象意义的阐释离不开

---

1. 伊曼纽·斯威登堡（Emanuel Swedenborg），十八世纪瑞典科学家、神秘主义者、哲学家和神学家。

它。在那些直接涉及人与上帝关系的著作中,正如我们所预料的那样,使徒保罗皈依基督的经历较之它在天主教徒撰写的类似文集里受到更多的关注,因为它是大多数新教教会团体主张的基石。有两种类型的皈依:由一种信仰——可能是无神论——归附另一种信仰,由一种不加思考的传统信仰转化为一种个人信仰。在这里我们只关心第二种皈依。要说天主教徒不曾有过这一经历,或者天主教会出于制度和神学方面的原因,不希望这种情况发生或当它发生时无法欣然接受,那纯属无稽之谈:她当然不希望也从未希望她的信众毕生按照她的规定望弥撒和做告解,并且始终停留在没有任何个人体验的例行公事般的仪式表面。但所有直接体验中都存在某种精神隐患,比如认为自己与众不同因而不受普通法则约束的诱惑,以及在智力方面作出如下假设的诱惑——因为某个体验对自己是全新的,因而对全人类也是史无前例的,过去的思想家无法对之进行阐释,所以有必要创立一套属于他本人的全新哲学体系。如果说新教教会对这些隐患意识不够,那么天主教会对它们则过于警惕。

然而,至少在后特伦托会议[1]时期(所幸如今已经结束),天主教会似乎多多少少认为最适合其抗议者们的归属是在教堂担任神职或在修道院隐修——在那里她可以密切监视他们,她认为除了服从她的规章制度,无法对平信徒作更多要求。另一方面,新教教会对普通平信徒的要求很可能超出了人力所及的范围。身为新教徒的克尔恺郭尔言简意赅地表述了两者的差异:

---

1. 罗马教廷于 1545 年至 1563 年期间在意大利的特伦托城召开的大公会议,旨在阻止马丁·路德和加尔文的宗教改革运动,是天主教反改教运动的重要工具。

> 天主教教义有一个普遍前提，即我们人几乎同恶棍无异……新教的基本信条则跟这样一个特殊前提有关：无论哪一代人，只有少数处于死亡引起的痛苦、恐惧、战栗和深重的苦难中。

除了着重点不同，主要差别似乎在词汇上。天主教神秘主义者使用的语言体现了他们对整个神秘主义文学传统的谙熟，而新教神秘主义者的语言则几乎全部源自《圣经》。生活在修道制度和告解神父灵修指导下的前者，有一套高度发达的专业神学术语供其支配，这是后者（不包括加尔文教徒）所缺乏的。因此，人们可能会说天主教徒的著作颇具专业水准，而新教徒的著作则显得业余。

业余者的优点是文风鲜明朴实，缺点则是表达稚拙；专业人士的难处是他可能没有意识到他所继承的传统术语致使他文不达意。我们有时会读到天主教神秘主义者撰写的片段——要是脱离作者的全部著作及其生平背景来看，仿佛它们并非出自基督徒而是出自一元论者或摩尼教徒之手，我认为造成这种现象的原因很可能是某些作家（特别是身为新柏拉图主义者而非基督徒的普罗提诺和伪丢尼修）对天主教词汇的影响。

七

如今即使在最无知的人当中，也鲜有认为罗马天主教会是娼妓的新教徒，或者像歌德在意大利遇到的军官那样认为新教徒可以和自己的姐妹通婚的天主教徒。而在更有思想的人当中——无论他们属于哪个教派，很少有人不把十六、十七世纪导致西方教会分裂为相互仇恨鄙视的天主教徒和新教教徒的一系列事件看作是有关各方都对之负有责任的宗教悲剧。回顾过去，似乎没有**合理的**原因能说明给予新教徒极大力量和精神鼓舞的《圣经》阅读和家庭祷告的习惯为何不能与使天主教徒获益良多的圣礼习俗结合，从而避免出现双方认为它们两相对立的局面。似乎也没有**合理的**原因可以说明对圣保罗和圣奥古斯丁思想的回归为何无法将神学从对唯实论和唯名论徒劳无益的争论中解救出来，同时不导致加尔文宗的诞生和罗马教廷出于防卫将托马斯主义定为天主教官方哲学的做法——尽管无可厚非，但我始终认为欠妥。然而，历史既无理性可言，也不可重复。（整件事最让我捉摸不透的方面不是神学或政治，而是文化。为何皈依新教的民族和国家恰恰是那些在耶稣出生前受罗马异教文化影响最小的群体？）

新教教徒和天主教徒不再相互仇视，为此我们应该感谢上帝，但同时也该为自己身为基督徒却并未对营造这一更融洽氛围做出多少贡献而感到汗颜。如果说我们认识到对异教徒施以世俗的惩罚和用恐吓手段使人们信教是邪恶的，那么这应该归功于像哈利法克斯伯爵那样对宗教抱怀疑态度的理性主义者——他们认为“大多数人对于宗教的愤怒就好比两个男人为了一个他们并不钟情的女人争执不休”。即便在火刑被废除后，宗教少数群体——无论是天主教徒还是新教教徒——仍然继续饱受种种世俗限制，这确保了宗教界限在很大程度上和国家边界重合，并彻底阻止了普通新教教徒和天主教徒碰面。笛福说在他那个时代的英国“有十万个人准备同天主教会抗争到底，虽然他们尚不清楚天主教会是人是马”，天主教国家的情况也好不到哪去。同样，敦促世俗当局不论公民的宗教信仰一律赋予其平等权利的运动，其主力军自然也不是基督徒。即使法律上的平等最终得以实现，阶级壁垒依然存在，它们直到我所生活的年代才出现消亡的迹象。在英国中产阶级中，多亏社会地位无可指摘的古老天主教家庭的存在，信奉天主教也许古怪甚至悖德，可却不像当一名异见分子那样有失身份。在我年轻的时候，一名圣公会教徒若“改信罗马天主教”就好比怀了私生子，虽是家门不幸，却也可能发生在上等家庭。但是一名圣公会教徒成为浸礼会教徒却是无从想象的：那时浸礼会属于旁门左道，不算正统教派。在反抗社会不公和势利方面，基督徒们再次扮演了无足轻重的角色。最后，不论我们是否愿意，我们之间的联系正因某种单纯的、实实在在的恐惧而变得更加紧密。如今世界上存在大片这样的区域，在那里无论你是哪个教派的基督徒，在世俗意义上都是一种严重劣势，有时还会招致危险，而这些区域很可能会扩大。

当所有世俗环境都倾向于增进相互理解时，我们自身表现出的仁爱的缺失就愈发不可原谅。在我写作此文时，离圣灵降临节这个普世基督教节日只有几天时间，这一年被教皇宣布为基督教各派大联合年。作为初步表态，我们或许可以从对彼此和双方都大张挞伐的现代世俗文化表示感谢开始，因为它们带来了竞争。知道周围存在其他信仰的教会和电影院，知道单凭一厢情愿地认为没有其他做礼拜的场所或不参加礼拜仪式会招致社会非议是留不住教众的——这对新教牧师和天主教神父是有益的。我常常注意到天主教和新教的宗教仪式在多种宗教信仰共存的国家比在以一种宗教为主导的国家更具活力。在这番互相恭维之后，我们应该一起重读《使徒行传》的第二章节。圣灵创造的奇迹通常被称作口才的天赋：难道它不同样也是听力的天赋吗？在利比亚昔兰尼附近地区的人和来自罗马的异乡人能够倾听加利利人，这和加利利人能对他们说话一样不可思议。巴别塔的诅咒不是人类语言的多样性——多样性对于生命不可或缺——而是存在于我们每个人身上的傲慢，它使我们认为那些发出不同言语声响的人不具备人类的语言能力，因此和他们交谈根本不可能；由于任何两个人的说话方式都不尽相同（语言不是代数），这种傲慢将不可避免地导出这样的结论：人类的语言天赋"唯我独享"。正是基于这一诅咒——如威廉·奥斯勒爵士所言，"我们中的半数人是瞎的，只有极少数人能感觉，而我们所有人都是聋的"，学会如何倾听和如何翻译是我们目前迫切需要并应该热切祷告以求获得的两项天赋。

伟大的觉醒*

心理分析学家向来搞不清传记和病史的区别，埃里克森医生[1]则是个令人欣喜的例外。作为一种治疗，精神分析的目标是将患者从非个人行为的奴役中解放出来以便他能做出个性化的行动。行动是动作，实施者通过它自愿向他人袒露自我；行为是非自愿的，它揭露的不是独一无二的自我，而是那些人类共同的自然需要或与同类型患者共有的可被确诊的情结。当我们认为我们在表现自我时，其实我们往往只是在展示行为——多亏精神分析学，如今这已是人所共知的事实，精神分析学家的任务之一就是使患者透过幻觉看到本质。

从专业角度来讲，精神分析医师所关心的以及他每天在诊疗室面对的是行为而非行动。但传记作者关心的是行动，那些使其传主的人生与众不同的事件。精神分析学家对伟大人物的生平研究总是留给读者这样的感受："唔，倘若此人一生不过尔尔，何谈伟大？"大多数做出影响历史进程的行动或说出不朽言论的伟人在其人生的关键时期都曾表现出极度神经质的行为，但罹患神经官能症并不能充分解释他们的伟大之处。举例来说，如果荷尔德林不曾患有精神分裂症，他的诗歌会完全是另一番面貌——他甚至可能不会留下只言片语——但他的精神分裂无法解释为何他的诗歌如此优美并带上了诗人独有的标签。

在对路德四十三岁前经历的精神危机的研究中，埃里克森医生从不允许他关于神经质行为的专业知识掩盖他的这一意识，即历史人物路德超越了病人路德。同时，他以精神分析学家而不是神学家、政治经济学家或文学评论家的身份来对待路德的历史，无疑是非常正确的。

> 本书作为一部历史著作，宗教将主要以这种形式占据我们的注意力，即作为向那些寻求同一性的人提供意识形态的来源。在描述一个伟大年轻人的身份认同困境时，比起那些对其产生影响的教条的合理性或影响其系统思想的哲学体系，我更关心的是他那个时代的各种主义（这些主义必须是宗教方面的）为他狂热的探究营造的精神和智力环境。……在本书中，意识形态意味着隐藏于宗教、科学和政治思想背后的一种不自觉倾向：在某一特定时间使事实和观念互为表里的倾向，以便创造一个足以令人信服的世界观来维持集体和个体认同感……在历史的某些时期和生命周期的某些阶段，人类需要对意识形态重新定位，其确定和迫切程度正如他必须有光和空气一样。

---

* 本文于1960年6月发表于《世纪中期》，系作者为美国精神学家埃里克·埃里克森（Eric Erikson）的著作《青年路德：对精神分析和历史的研究》（*Young Man Luther: A Study in Psychoanalysis and History*）撰写的书评。

1. 埃里克·埃里克森（Eric Erikson，1902—1994），德裔美国精神病学家，发展心理学家和精神分析学家，提出了著名的人格社会心理发展理论。他的专著《青年路德》被公认为心理史学的奠基之作。

根据埃里克森医生的观点，在那些值得作为传记对象的人的一生中，通常存在三个阶段的心理危机：认同危机、生育危机和整合危机。大体来说，它们分别出现在青年、中年和老年，但它们往往相互重叠，每种危机的强度和时长则因人而异。

在认同危机中，年轻男女试图寻找“不同于别人认为或期望我成为的人的那个我到底是谁”这一问题的答案。这是意识层面的危机。生育危机是良心层面的危机。此时需要回答的问题是：“我做了许多事；我的行为以这种或那种方式影响了别人。我做得好还是不好？我是否能证明我对别人造成的影响（不论有意或无意）是合理的？”认同危机和生育危机关注的是自由和选择。老年阶段的整合危机关注的则是命运和必然。如埃里克森医生所言，它要求“主体将自己唯一的生命周期看作势必会发生且不容替代的事件，并明白个体生命只是一个生命周期和一段历史环节的偶然巧合。”

埃里克森医生在《青年路德》中追溯了路德在遭遇生育危机前的成长历程，该危机始于他成为一名丈夫、父亲和举世闻名的公众人物之时。他发表的一两句评论表明，他认为路德在解决这一危机时不如他在解决认同危机时那样得心应手，但他将他的研究范围限于后者。

路德在晚年常常把自己称作贫农的儿子。但如埃里克森医生所证明的，这在很大程度上是幻想。汉斯·路德的确是农民出身，但他后来弃农从矿了。

> 那个年代矿工的生活很艰苦，但值得尊敬、井然有序。罗马

> 的律法还未渗入他们的生活；与苦役完全不同，最长工时、卫生法以及最低工资的规定使它具有一种自我调节的尊严。汉斯·路德在采矿业获得的成功不仅帮他逃脱了没有土地的农民和缺乏技术的劳工被无产阶级化的命运，还为他在矿产股东和铸造厂共同领导者的管理阶层赢得一席之地……因此，把汉斯·路德称作农民要么流于感伤要么出于鄙夷。他是早期的小实业家和资本家，他先通过实干挣得足够的钱进行投资，然后以一种凛然不可侵犯的姿态对其投资对象严防死守。他死后留下一栋在城里的住宅和1250金古尔登。

和多数白手起家的父亲一样，他急切地盼望儿子能走得更远。他送马丁去拉丁学校和大学念书，希望他成为一位法学家，甚至成为一名市长。

对孩子寄予厚望的父母很少会对他们放任纵容，在体罚是常规教导方法的文化环境中，他们对孩子毫不姑息。汉斯·路德脾气暴躁，但并没有证据显示他比其他父亲更具施虐倾向。儿子关于自己挨父亲打时的反应的叙述透露了隐情。“我从他那逃脱了，心中因为对他的怨恨而感到悲伤，直到他逐渐让我再度习惯他。”埃里克森医生指出，这句话揭露了父子关系的两个趋势。“即便处于极度惊恐中的马丁也**无法真正憎恨他父亲**，只能暗自哀伤；而汉斯，尽管他在怒不可遏时不能让孩子接近他，而且时常大发雷霆，但他**做不到长期撒手不管**。”

许多关于培养孩子的现代书籍告诫父母不要把自己的抱负投

射到孩子身上和对他们将来的成就设置过高标准。在我看来，这一告诫只在父母的抱负和孩子的实际天赋无关的情况下才有其价值。如果孩子资质鲁钝，做父母的因为他在班里未能名列前茅而生气或羞愧则显然于事无补，正如一个父亲试图强迫在工科方面很有天赋的儿子接手家族食品杂货业是错误之举。但也有很多情况下，父母的抱负相当合乎情理——倘若孩子的才能与父母认为的相一致。就我个人经验而言，我认为在大多数情况下，父母对之期望较高的孩子往往比较成功，无论它可能导致怎样的冲突和错误，在之后的生活中他们会意识到他们的成功在很大程度上归功于父母对其成就定下的高标准。在认为马丁应该从事世俗职业这点上，汉斯的看法有所偏差，但除此以外他对儿子的性格了若指掌。当马丁确信修道士的独身生活是其天职时，他却不这么看，果不其然，马丁后来适时地离开了修道院并结了婚。他希望看到儿子成为公共生活领域的成功人士，而马丁的成功则超越了他最炽烈的梦想。

新教时代也许可以被称为"逆子时代"，但这种叛逆针对的是神父们而不是一个父亲。新教初始便以个人信仰的内在声音取代传统这个集体的外部声音，而由于个人信仰内在于主体，因而和主体基本处于同一时期。在宗教上，它将重心从人的理性（一种我们和我们的邻人共有的能力）和身体（它能和其他人的身体共同参与礼拜仪式）转向人的意志（它为每个个体所私有且独一无二）。

由于父权信仰的内化是每个人必须亲身经历的过程，因此在新教时代，父亲的性格和行为在决定孩子的发展上比此前属于神职阶层的父亲更有影响力。

在更接近潜意识的层面,新教暗示了一种对母亲的拒绝——拒绝与叛逆不是一回事。导致上帝意志的践行全然脱离人类观点的教义或预定论使得必然性的概念失去了意义,从而否认了我们通过自然的必然过程从娘胎里诞生这个事实具有任何精神上的意义。

在对待肉体的态度上,新教的虔诚即使是在最严格的意义上也不如天主教的虔诚来得禁欲克己,这恰是因为前者赋予肉体较少的精神层面的意义。一个人对支持或反对斋戒和体罚无论持有怎样的观点,这样的做法表明他们相信在灵性生活中身体是灵魂的同伴。

因信称义的教义含蓄地否认了这一合伙关系,因为受制于自然必然性的肉体既不可能拥有也不可能缺乏信仰,但唯有借助肉体才能积德行善。

在遭遇认同危机期间和后来的人生中,路德意识到自己执迷于他和父亲以及一个过于男性化的上帝的关系,但关于他的许多事情表明,母亲在他生命中扮演的角色远比他自己意识到的重要。关于路德的母亲我们知之甚少,除了她有些异想天开的迷信且性情温顺——据说她曾给她年幼的儿子哼过一首小曲:"没人关心我和你。那是我们共同的过错。"但如埃里克森医生所言,一个人在婴儿期如果没有与母亲保持基本的信任关系,日后便很难成功地找到认同感。路德的职业生涯显示他的婴儿期必定是快乐安稳的,同时和大多数父亲一样,汉斯·路德把对马丁早年的关爱和教导留给了他母亲。然而,后来当他接手监管和训导儿子的任务后,他那过于驯顺的妻子在"爸爸"有失公允时没能加以干涉或站在孩子这边。假如克拉纳赫[1]的肖像画酷似路德本人的话，路德和他母亲之间相互认同的亲密程度一定超乎寻常，因为画中的路德看上去像中年妇女。我们还知道路德后来发福——一个肥胖男子的外表总是介乎幼儿和孕妇之间。其次，无论人们关于路德神学和行为的看法如何不同，没人否认过他对母语的精通娴熟，即他作为传道士给予听众"言语乳汁"的能力。（路德本人曾说："你必须像母亲给孩子哺乳那样讲道。"）就人类活动的三种方式（劳动、虚构和行动）而言，我们可以说劳动是无性别的，虚构是女性的，行动是男性的。布道是一门艺术，或者说是一种虚构而不是行动；一切"编造"都是对母性而非父性的模仿。假定路德的父亲在其青春期早期去世进而推测路德可能从事何种职业的想法颇具吸引力。我的猜测是，他可能会成为一名伟大的非宗教作家（很可能是喜剧作家）而不是神学家和宗教领袖，并且肯定不会成为新教教徒。但"爸爸"没死，于是教皇成了敌基督，圣母成了幻象，而路德能够提供的唯一女性典范——用埃里克森医生的机智妙语来描述——就是"如果无法成为牧师的妻子就志在成为像牧师那样的女性。"

路德遭遇认同危机的起始日期可以被确切断定。1505 年 6 月 2 日，十七岁的路德突遇一场雷暴雨。一道闪电击中他身旁的地面。他惊呼："救我，圣安妮！［矿工们的守护神］我想成为一名修道士。"不久，他告诉朋友他决定遁入修道院，但没有告知他父亲。这个决定是采用实验性面具的一个鲜明例证。（埃里克森医生将此同

1. 克拉纳赫，德国文艺复兴时期重要画家，曾为马丁·路德绘制肖像。

弗洛伊德立志成为一名研究型神经病学家的决定比较。）在那个年代，进修道院对于年轻人来说是件非常稀松平常的事。

> 成为修道士不过意味着在明确的职业层面找到通往天主教帝国神职教阶的入口，它的职责包括外交，国家、郡县、城市和城镇社会福利的管理，宗教仪式，通往个人救赎所必需的清心寡欲式的修行培养……当马丁加入奥斯定会[1]时，他成为教会中产阶级的一员，该阶级与其父希望他在其中占有一席之地的阶级相符并且重叠。

这一举措并非不可撤销；要抽身离开总是可能的，只需谨慎行事。

从理性的角度来看，其父的愤怒似乎不合情理，但汉斯认为儿子犯了个错误，并且是为激怒他而犯的错误，就直觉而言他是对的。

> 最后的宣誓意味着两点：马丁成了另一位“父亲”的仆人，他永远不会成为汉斯孙儿们的父亲。圣职授任将赋予儿子某些象征性职务——神父、灵魂的守卫者和指引教众通往永生的引路人，并将亲生父亲降格到纯粹的肉身存在。

一旦进入修道院，麻烦便接踵而至。在意识层面，路德下决心

1. 指遵从奥古斯丁所倡守则的天主教隐修士团体，与加尔默罗会、方济各会、多明我会合称天主教四大托钵修会。

要向他自己和父亲证明他是对的；在潜意识层面，他知道他不是为隐修生活而生。于是，他力图表现得比所有其他修士更虔诚，他成了告解室的讨厌鬼，一个备受良心折磨的人。他二十多岁时，发生了一件事，这件事表明他曾经如何与灾难擦肩而过。一天，在修道院唱诗班里，他突然摔倒在地，用公牛般的嗓音咆哮："不是我！"命运或神意救了路德，他被调到维滕贝格的修道院，并被引荐给那个省的代理主教施道比茨博士。施道比茨没有特别引人瞩目的个人成就，但他对路德视如己出，路德平生第一次感到自己被一个年长者郑重其事地对待。此外，施道比茨鼓励路德演讲和布道，使他真正的才能得以发挥。无论路德继续遭受着怎样的内心冲突，自那以后，他的自我因发现自己的一技之长而得到满足。此外，面对一群观众讲道使他能够将个人问题客观化——不再把它们看作他本人独有的问题，而是看作他那个时代典型的精神层面的问题。

当一个年轻人拥有自己的思想和行动时，他就发现了自己真正的个性。假如他是个杰出的年轻人，他的思想和行动也将不同凡响，并被公认为新颖独特、别出心裁的典范。因此弗洛伊德之所以是弗洛伊德，因为他萌生了恋母情结的观念；达尔文之所以是达尔文，因为他发觉了高级物种必定是由低级物种进化而来的规律；路德之所以是路德，因为他在圣保罗"义人必因信得生"的话语中听到了上帝的声音。而该启示降临于他如厕时的事实虽然吸引人，但在我看来又在意料之中。对许多人来说，宗教、智力或艺术上的顿悟也必定发生在同样的地点，因为排泄既是原始的创造性行为（每个孩子都是自己粪便的母亲），又是表现对过去的反叛和弃绝的主要行为(曾经的美食变成了污物,必须清除)。打那以后,路德成了自己命运的主人。

埃里克森医生的这本书充满了智慧的言论——它们不仅关于路德本人,还涉及人生,任何引言都是断章取义:你必须通读此书。在我看来,它极富启发性和重要性,因为我认为新教时期——在那个时期,占主导地位的意识形态带有反抗性,而与之对立的普遍意识形态则对其加以限制和批判——业已结束,我们进入了天主教时期——在这一时期,两种意识形态的相对位置互换,因为如今认同危机(无论是个人的还是集体的)的本质发生了变化,而促成变化的正是各种形式的抗议精神的成功。抗议的手段无法解决我们面临的难题,因为正是抗议精神导致了这些难题。

就宗教历史而言,纽曼于 1845 年皈依天主教标志着我们这个时代的开始。新教强调的基督教教义是每个人,无论其家庭、阶级或职业,在上帝面前都是独一无二的;而天主教强调的、与之互补并且同样具有基督教精神的教义是,我们所有人都同是地上之城和天国之城的成员。

或者有人可能会说,在对动词*是*(to be)的现在时进行变位时,包容精神侧重复数形式,抗议精神侧重单数形式。但人类真正的生存方式要求我们赋予单数和复数、三个人称和三种性别以同样的意义和价值。因此,抗议精神的可取之处是,它确信“*我们是社会的一部分*”表达了一种错误的认同感,除非每个社会成员都会说“*我是*”;包容精神的可取之处在于,它断言不愿或无法像别人那样说出“*我们*”的人不懂得“*我*”的意义。

无论你考虑自己，或是友邻，还是过去数百年的历史，显然，认同感面临的主要威胁来自我们对他人的缺乏信任和对他人存在的拒斥。这便助长了各种极权主义运动骇人听闻的成功，魔鬼之所以能够诱惑我们是因为他向真正的需求提供虚假的解决方案，而我们的需求之一是让个人权威在统率的同时兼能服从（武力是罪大恶极的非个人手段）。抗议精神在今天的作用不在于解决我们的问题，而在于告诫人们对一切看似无所不包实则不然的解决方案保持警惕和抵制，在于指出具有包容精神的宗教团体只有通过每个信奉路德教的个体都致力于营造它的意愿才能实现。这里所说的具有包容精神的团体不是指十三世纪的基督教王国，同样，信奉路德教的个体也并非指十六世纪的路德会教友：如利希滕贝格[1]所言，“*仍然*相信某事和*再度*相信它之间存在着巨大的差别。”

---

1. 伯恩哈德·利希滕贝格（Bernhard Lichtenburg，1875—1943），德国天主教神父和神学家。

莎士比亚的十四行诗*

比起世界上任何其他文学著作,莎士比亚的十四行诗也许是被谈论和书写得最多、耗费智力和情感能量最多的作品,但大部分评论都是徒劳无益的无稽之谈。事实上,它们成了我所知的区分评论者优劣的最佳试金石——它们将热爱诗歌本身且理解其本质的人和那些认为诗歌的价值仅仅在于它们是历史文献或恰好表达了读者所认同的感受或信念的人区分开来。

偏巧我们对莎士比亚写作十四行诗的历史背景知之甚少:我们不知道诗写给谁,以及它们的确切写作时间,除非出现全新的证据(这不太可能),我们将永远无法确知。

这并未阻碍众多有识之士通过臆测来展现他们的学问和智识。尽管在我看来,在既无法证实也无法证伪的推测上大费周章相当愚蠢,但这并不是我反对他们这样做的真正理由。我真正反对的是他们的那种错觉,即以为假使他们成功,假使那位朋友、黑女郎、诗敌等人的身份能被确定无疑地查实,这将有助于我们对诗歌本身的理解。

他们的这种错觉在我看来,如果不是暴露了他们对艺术和生活关系本质的完全曲解,就是揭露了他们意欲为自己庸俗无聊的好奇心寻找合理借口的企图。

无聊的好奇心是人类头脑根深蒂固的恶习。我们所有人都热衷于发掘身边人的秘密，尤其是那些不可告人的秘密。这一倾向由来已久，而且很可能会永远持续下去。不过比较新近的趋势——它在十八世纪后半叶以前很少出现——是使对真理的渴求和无聊好奇心之间的界限变得模糊，直到今天它被彻底抹去，于是我们可以在大肆满足后者的同时不感到丝毫的良心不安。如今许多看似学术研究的工作实则无异于趁当事人不在房间时偷读他的私人信件，而假如当事人不在房间是因为他已就木，这也不会让此类行为变得更道德。

就活动家而言——统治者、政治家、将军——其本人和传记是互为表里的。但就任何属于创造者而非实干家的艺术家而言，其传记（即他的生平）与他作品的历史则是两回事。对于活动家，我们能够大致区分他的个人生活和公共生活，但由于两者都与行动有关，因而会相互影响。例如，一个国王对于国家政策的决断会受其情妇政治兴趣的影响。因此，历史学家为寻找真理而调查活动家的私人生活是合理的，只要调查发现有助于澄清他所处时代的历史（他的参与部分影响了历史走向），即便受害者不希望他的隐私被公之于众。

艺术家的情况则完全不同。艺术史——对一件作品与另一件作品、一个艺术时期与另一个艺术时期的比较，对风格的影响和流变的研究——是正当合理的研究。已故的 J. B. 利什曼的著作《莎士比亚十四行诗的主题及其变体》便是此类研究的绝佳例证。甚至

---

* 本文是奥登为威廉·伯顿（William Burton）所编的印章经典系列（Signet Classics）《十四行诗》（纽约：新美国图书馆，1964 年）所作的序言。

艺术家的传记(如果此人的生活足够有趣)也是被允许的,只要传记作者及其读者认识到此类叙述丝毫无益于阐明艺术家的作品。他的生活和作品的关系一方面太过显而易见而无需解释——每件艺术品在某种意义上都是一种自白——另一方面又太过复杂而无法阐明。因此,很显然,卡图卢斯对莱斯比亚的爱是赋予其情诗灵感的经历,假如他们两人任何一个的性格不是原来的样子,这些诗歌就会是另一番面貌,但无论对他们的生活进行怎样深入的研究,我们都无法确知卡图卢斯为何写下传于后世的这些诗而不是大量与之相似的其他诗,甚至他为何写诗,或者他的诗为何能被视为上乘。即便我们有幸询问诗人本人他的某首诗和激发他写下此诗的事件这两者间的关系,他也无法给出令人满意的答案,因为哪怕是歌德所谓的最"即兴而为"的诗,也不仅涉及激发诗兴的具体场合,还包含诗人全部的人生经历,即使他本人也无法确认促成其创作的所有要素。

此外,我们应该记住大多数名副其实的艺术家不希望别人为其作传。真正的艺术家相信,他来到这个世上是要履行由他的天赋所决定的某项职责。他的个人生活自然是他本人和他朋友(他希望)所关心的事,但他认为它不是也不应成为公众关注的对象。例如,作家希望自己的作品拥有一丝不苟的读者。他希望他们阅读文本时能巨细靡遗,连印刷错误都不放过。莎士比亚倘若在世,会感激以马隆[1]为首的诸多学者,因为是他们提出对早期四开本进行合理

1. 埃德蒙·马隆(Edmond Malone, 1741—1812),爱尔兰学者、批评家和莎士比亚著作的编辑。

修订。他希望读者能以足够的耐心和智慧来阅读,以便从文本中挖掘出尽可能多的意义。倘若莎士比亚的亡魂读了威廉·燕卜荪教授对"有力量伤人却选择不这样做的人"(第 94 首)一句的解释,他可能会自忖:"唔,我真的说过那样的话吗?"但他无疑会因燕卜荪先生的关爱而心存感激。

多数名副其实的作家非但不喜别人为自己作传;如果实际操作上可行,甚至希望他们的作品能匿名发表。

事实上,莎士比亚能匿名出版剧作,实属幸运。于是有人穷其一生试图证明他的剧本由他人代撰。(弗洛伊德竟会成为"牛津伯爵说"[1]的笃信者,何其怪哉!)

关于十四行诗,只有两点确定无疑。其中两首,"当我的爱人为她的忠诚赌咒发誓"(第 138 首)和"我有两个爱人:安慰和绝望",于 1599 年刊于《热情的朝圣者》这本诗歌汇编,以及整部诗集由乔治·埃尔德为托马斯·索普初版于 1609 年,卷首献词为"献给下面刊行的十四行诗的唯一促成者 W. H. 先生"。米尔斯曾在 1598 年提到的莎士比亚"甜美的十四行诗"并不能使人信服:"十四行诗"这个词常被用作抒情诗的统称,即便米尔斯是在严格意义上使用该词,我们仍然无从知晓他所指的十四行诗是否就是我们今天读到的那些。

除了文本本身,这就是我们目前确知以及可能获知的全部。就

1. 自 1920 年代,一些西方学者提出,莎士比亚戏剧是牛津伯爵爱德华·德·维尔(Edward de Vere)所作,他们被称为"牛津派",与主张莎剧作者是出生于斯特拉福的莎士比亚的"斯特拉福派"相对。

语文学的角度来看，我倾向于赞同认为促成者[1]一词意为“获取者”[2]的学者们的观点，这样 W. H. 先生就不是那个赋予大部分十四行诗以灵感的朋友，而是为出版商获取诗人手稿的人。

关于诗的写作时间，我们唯一确知的是莎士比亚和那位朋友的关系持续了至少三年：

> 四月的芬芳三度为六月的骄阳炙烤
>
> 而你却明艳貌美如初。（第 104 首）

这些十四行诗的风格更接近作者的早期剧作而不是后期剧作，这个事实不能令人信服地证明它们与前者的写作时间相同，因为诗人的风格向来深受他所使用的诗体的影响。如 C. S. 刘易斯教授所言：“如果莎士比亚创作《李尔王》和一首十四行诗前后相隔一小时，这首诗就可能和《李尔王》风格不同。”大体而言，我认为猜测诗作写于早期而非后期更合乎情理，因为诗歌描绘的种种经历在我看来更可能发生在年轻人而非年长者身上。

不过，让我们把莎士比亚其人抛诸脑后，把有关当事人、已经提及或将会提及的名字——扫桑普顿、彭布罗克、休斯等等——留给愚蠢的好事之徒，让我们就诗论诗。读罢这 154 首十四行诗，第一件显而易见的事是它们不是按既定顺序排列的。唯一类似次序的

1. 原文为 begetter。
2. 原文为 procurer。

东西是它们被分成了不对等的前后两部分——第 1 首到第 126 首是写给一个男青年的，假定诗的倾诉对象只有一个男青年（这很有可能，但并不确定），第 127 首到第 154 首则是写给一位黑女郎的。两个部分都提及了三角恋——莎士比亚的朋友和情人背着他偷情，这证明了这些诗的排布顺序并不是按时间先后。第 40 首和第 42 首，“把我的爱都带走吧，我的爱人，都带走”、“你占有了她，这不是我的全部悲伤”，一定是跟第 144 首和第 152 首大致同时，“我有两个爱人：安慰和绝望”、“为了爱你，你知道我背信弃义”。

即使分开考虑这两部分，也无法认为诗是按时间顺序排列的。有时，显然同属一个主题的十四行诗扎堆出现——例如，在开篇 17 首诗中，诗人敦促那位朋友结婚，然而，即便在这组诗中，第 15 首似乎另有归属，因为它没有提及婚姻。其他时候，主题相近的十四行诗在排布上又相隔甚远。举一个非常细节的例子。在第 77 首中，莎士比亚谈到赠予他朋友一本记事簿。

> 瞧，你的记忆无法容纳的事，
> 把它们交给这些纸页的空白处。

在第 122 首里，他提及朋友送给他的一件类似礼物，

> 你送我的留言本珍藏在我的记忆里。

想必他们互赠了礼物，这两首十四行诗应该归在一起。

然而，早期四开本印刷的第1首到第126首十四行诗的排列顺序遭到反对的真正理由是基于心理层面的考虑。表达纯粹快乐和挚爱的诗作和另一些流露悲伤和隔阂的诗作混杂在一起。一些讲述诗人的朋友对其造成的伤害，另一些提到那个朋友卷入的某个丑闻，还有一些是关于莎士比亚本人的不忠，它们踵趾相接，有悖常情。

任何炽烈的感情都能历经磨难而重生，并因此变得愈加坚固。正如莎氏在第119首里写到的：

> 噢，恶的好处，我现在算是明白了：
> 善因为恶而愈加彰显；
> 支离破碎的爱待到破镜重圆时，
> 变得比原先更美好、更坚固、更伟大。

但是宽宥与和解无法抹去对往事的回忆。要重拾阴云出现前的纯真的快乐已无可能。在我看来，常人难以相信莎士比亚在遭受了第40首和第42首十四行诗所描述的经历后还能写出第53首，

> 一切外在的优雅妩媚都有你的影子，
> 但谁的心都不如你的忠贞。

或第105首，

> 不要把我的爱叫作偶像崇拜，

也不要把我的爱人看作偶像，
既然我全部的歌颂和赞美
都献给一人、关于一人，向来这样，永远如此。
我的爱人今天仁慈，明天也仁慈，
拥有非同寻常的美德，始终如一。

如果诗歌的排布不是按时间顺序，那也不可能按莎士比亚为发表而拟定的顺序。任何具有读者意识的作家都知道在一组诗的最后须以点睛之笔压轴。而我们所读到的这组却是以这些十四行诗中最拙劣的两首结尾，它们看似是关于去巴斯洗温泉的平庸比喻。同样，一个作家在作品发表前也不会对一看就是初稿的文字不加修改，例如第 99 首有十五行。

许多学者试图重新排列这些十四行诗，以使其更符合逻辑，但这样的尝试永远只是猜测臆断，因此最好安然接受现有的这团“乱麻”。

如果说这些十四行诗给人的第一印象是它们的杂乱无章，那么仅次于这一特点的是它们在诗学价值上的良莠不齐。

1609 年首版后，这些十四行诗在此后的一个半世纪里几乎无人问津。1640 年，本森出版了一部收录了 146 首十四行诗的奇特大杂烩，它们被合编成 72 首，并被冠上标题，其中部分“他”被改成了“她”。直到 1780 年才有了马隆撰写的正儿八经的评论。那时正值评论家对十四行诗这一体裁大加挞伐之际。于是史蒂文斯在 1766 年这样写道：

古怪、晦涩和冗赘应被视作这种奇异文体的组成部分……我是本该希望它在它的诞生国寿终正寝的人之一……[一首十四行诗]的创作笔调集矫揉、迂腐、冗长和荒谬于一身。

关于莎士比亚以这一形式创作的短文[1]：

议会所能制定的最强有力的法案也不能迫使读者履行他们的职责。

即使后来类似上述对十四行诗的偏见开始减弱，莎士比亚崇拜开始抬头，针对这些十四行诗的负面评论仍未停歇。

华兹华斯——他和其他浪漫派诗人一样为十四行诗的复兴做出过贡献(虽然他使用的是彼特拉克体而不是莎士比亚体)——这样评论道：

从第127首开始的那些写给情人的十四行诗比拼图插钉还要糟糕。它们粗糙、晦涩、毫无价值，以致令人生厌。其余大部分诗篇要比这好得多，华彩辞章俯仰皆是。同时许多地方富于激情。它们的主要缺点——这些缺点不容小觑——是单调、乏味、古怪和故作艰深。

1. 即他的十四行诗。

哈兹里特：

> 假如莎士比亚除十四行诗之外什么也没留下……他会……被归入冷漠、造作的作家行列：他们不知自然或热情为何物。

济慈：

> 诗中充斥着言不由衷的华丽辞藻——产生于诗人绞尽脑汁构思奇思妙喻之时。

兰德：

> 没有一首值得称道的……它们热烈而躁动：凝练有余，精巧不足；像没有奶油、面包屑或面包来削减其黏稠度的覆盆子酱。

本世纪，我们重拾对奇喻的爱好，正如我们对巴洛克风格的建筑再度产生兴趣。我们开始认为技巧和激情可以并行不悖。即便如此，没有一位严肃的诗歌评论家会认为这些十四行诗都一样好。

在通读这 154 首十四行诗的过程中，我发现其中 49 首从头至尾都堪称完美，余下的多首有那么一两句让人印象深刻的，但还有几首若非出于责任感则不忍卒读的。对这些下乘之作，我们没有权利指责莎士比亚，除非我们打算相信——没有证据支持这种观点——他预备或计划发表所有诗歌。

从抽象层面来讲——它们好比柏拉图所谓的理念——彼特拉克体在审美方面似乎比莎士比亚体更赏心悦耳。八行诗节和六行诗节各有两个不同韵脚，每部分受韵脚约束而自成一个封闭统一体，8行和6行的不对称关系令人愉悦。另一方面，含有七个不同韵脚的莎士比亚体几乎无可避免地成了由三段对称的四行诗组成，并以一副警句式对句结尾的抒情诗。一般说来，莎士比亚是遵循这一结构来展开修辞论辩的，即在诗的第四行、第八行和第十二行之后通常有明显停顿。只有一处例外，在第86首“难道是他雄浑壮丽的诗句扬起的鼓胀风帆”中，主要停顿出现在第二节四行中间，这样这首诗即按六、六、二编排。

莎士比亚体的结尾对句尤其可能落入弄巧成拙的陷阱。诗人极易将它用作对前十二行诗句的总结(这多此一举)，或是借此得出信口开河、老生常谈的寓意。就莎氏本人的十四行诗而言，尽管偶有出彩对句，例如第61首的结尾，

> 我为你守夜，而你却在别处彻夜不眠，
> 与我相隔天涯，和别人相依相偎。

或者第87首的结尾，

> 就这样，我曾拥有你，好似一枕黄粱梦，
> 梦里我称王称帝，醒来却是一场空欢喜。

但通常情况是，即便在一些最上乘的作品中，对句也是全诗中最虚弱乏力、沉闷无趣的部分，它们在诗的末尾出现，给读者一种颇为败兴的突降之感。

尽管如此，莎士比亚选择了莎体而没有选择彼特拉克体，在我看来是明智之举。与意大利语相比，英语的成韵之难使得用它创作一首读来巧夺天工的意体十四行诗几无可能。比方说，即使是在弥尔顿、华兹华斯、罗塞蒂的最佳诗作中，你几乎肯定可以找到至少一句诗行，它的结尾单词并非不可或缺，即它不是那个能确切表达诗人意图的唯一词语；你感到它之所以出现在此只是出于押韵的需要。

此外，莎士比亚体具有泾渭分明地分为八行和六行的彼特拉克体所不具备的优势。在第 66 首“厌倦了世间的一切，我呼唤静谧的死亡”和第 129 首“精力耗尽，空余耻辱”中，莎氏能以一种渐强的力量在前十二行的每一句给出描绘人世疾苦和可怖肉欲的例证。

以这样的风格写成的十四行诗有两大特点引人注目。首先是它们的*轻柔流畅*。它们的创造者拥有完美无缺的听觉。在后期的无韵诗中，莎士比亚成了精通声音和节奏的复杂效果并善于将之与感官对应起来的大师；但在十四行诗中，他坚持要让他的诗歌动听悦耳，因此几乎找不到一句——即便是在那些沉闷无聊的诗中——听起来刺耳或别扭的诗行。间或会有诗行预示其后期诗作展现出的自由。例如：

无论是我自己的恐惧还是这大千世界

梦到未来事物的预言之魂。(第107首)

但通常来说,他会使诗的节奏紧密贴合于格律。倒装——除非出现在第一音步——和三音节的替代很少见。最常见的音律技巧是头韵——

倘若当时没有留下夏日之精华,
将之提炼成香露锁进玻璃瓶(第5首)
让我承认,两颗真心的结合
是阻挡不了的……(第116首)

和长短元音的精心排布——

多少圣洁、哀悼的眼泪(第31首)
也不敢埋怨离别之苦(第57首)
离家甚远,来窥探我的行动。(第61首)

这些诗表现出的另一特点是诗人对每一种可能的修辞手法的谙熟。譬如,对同一单词或者同形异义词的重复——

爱算不得真爱,
倘若人家变心它便变心
或者人家离开它便掉头。(第116首)

或者通过对主题或例证巧妙的算数变化来避免单调。

在此，我唯有引述（并在恰当之处插入诗行）C. S. 刘易斯教授对第 18 首十四行诗的评论。“像通常那样，”他说，主题由第 9 行引入，

> 但你永恒的夏日不会凋敝，

占了四行，寓意则蕴于对句：

> 只要人们能够呼吸，眼睛能够看见，
> 只要此诗长存，你的生命便会永驻。

第 1 行

> 我是否该把你比作夏日

使用了一个明喻。第 2 行

> 你比它更可爱、更温婉

对此进行了修正。之后有两个单行的例证来支撑这一修正

> 狂风会吹落五月的娇蕊，

夏日又总是稍纵即逝：

接着是一个双行的关于太阳的例证

苍天之眼有时太过炽烈耀目，
他的金色容颜时而又遭遮蔽：

接着的两句

但凡美好的事物都终将凋残
被机缘或无常的天道所摧折

并未如我们预期的那样补充第四个例证，而是进行了概述。这样一来，末尾两段变奏的同等长度，就能与功能上的不同形成反差。

视觉意象通常取自外表最美的自然之物，但在许多首诗中，单个奇喻被有条不紊地铺展开，比如第87首，

再会！你如此华贵，我无法占有，

与此同时，情感关系的性质通过法律契约的术语得到阐明。

在那些下乘诗作中，这样的技巧也许会给读者过分雕琢的印象，但他必须考虑到，如果没有技巧，它们可能会比现在更糟。我觉得最不堪的评论莫过于此：修辞技巧使诗人写出缺乏真正灵感的

诗作。但如果诗人不具备技巧，就根本写不出这样的诗作。

另一方面，那些表达强烈情感——无论是爱慕、愤怒、悲伤还是憎恶——的十四行诗其效果在很大程度上应归功于莎士比亚娴熟的技巧，倘若没有修辞手法提供的限制和间离，强烈和直接的情感产生的可能不是一首诗，而是一份令人难堪的“人类档案”。华兹华斯将诗歌定义为“平静中回忆起来的情感”。但要说这些十四行诗中的许多首是莎氏出于“回忆起来的情感”写就的，这种可能性似乎微乎其微。就后者而言，技巧弥补了“平静”的缺乏。

如果说产生这些十四行诗的含混历史环境使得那些受无聊好奇心驱使的人大受鼓舞，它们的题材则给了那些受意识形态奴役者一个展示其热爱简化、罔顾事实倾向的绝佳机会。面对这些诗所讲述的离奇故事以及莎士比亚在许多首诗中向一位男青年倾诉衷肠的事实，心智健全、头脑清晰的国民会想到我们的杰出诗人可能有过对他而言全然陌生的经历而为之震惊，他对此的反应要么是难以置信并希望莎氏从未写过这些诗，要么是无视常识并试图说服自己莎士比亚只是在以伊丽莎白时期诗人惯用的夸张言辞表达一个正常男子对同性朋友的情感。另一方面，具有同性恋倾向的读者执意要让我们的杰出诗人成为“同性恋国际联盟”[1]的保护神，他们对前126首十四行诗不加批判地大加赞赏，却有意忽略写给黑女郎的那些直白表露情欲的诗，以及莎士比亚是有妇之夫和人父的事实。

---

1. Homintern是模仿Comintern（共产国际）的生造词，意指同性恋者组成的团体，为奥登所创。

达格·哈马舍尔德[1]曾在日记(它是在作者死后被发现并于近期在瑞典出版)中发表过如下言论,上述两类人不妨听听:

> 对于令人费解的谜团,我们往往会给它贴上标签,将之归入常见反常行为的行列而不屑一顾,心理学使这种做法变得何其容易。

我们在这些十四行诗中遇到的是谜团而不是反常行为,我认为这么说是有根据的:那些性趣味完全正常、热爱并且理解诗歌的男男女女总能将之解读为诗人对他们所理解的爱这个词的词意表述,那个阳性代词不会给他们的解读造成障碍。

我认为催生这些写给爱友的十四行诗的**最初**体验——尽管后来变得复杂——带有神秘主义色彩。

一切能被称为神秘的体验具有某些共同特征:

> 1. 这一体验是“被给予的”。换言之,它无法通过意志的努力获得或延长,尽管任何个体接受该体验的开放程度部分取决于他所处的时代、他的心理构造和他的文化环境。
>
> 2. 无论体验的内容是什么,主体坚信它是对现实的揭示。当体验结束时,他不会像一个从睡梦中醒来的人那样说道:“现在我醒了,又再次感知到真实的世界。”相反,他会说:“有那么一刻,面

1. 二十世纪瑞典外交家、经济学家和作家。

纱被揭开了,在我'正常'状态下被隐匿的真实呈现在我眼前。"

3. 无论异象涉及的是什么,物体、人类或是上帝,它们都被作为神秘事物来体验,笼罩在一片荣光中,充斥着强烈的彼世感。

4. 面对异象,主体或敬畏、或喜悦、或害怕,他的注意力完全沉浸在冥想中;在异象持续的过程中,他的自我及其欲望和需求被彻底抛诸脑后。

自然神秘体验——也就是与造物而非造物主相关且不带明显宗教内涵的异象——分为两类,我们可以把它们称作自然异象和情色异象。

对第一类神秘体验的经典描绘无疑可以在华兹华斯的诗歌中找到,例如《序曲》、《不朽颂》、《丁登寺杂咏》和《废毁的茅舍》。它涉及许多有生命和无生命的造物,但不涉及人,尽管可能包括人工制品。如果人类在其中出现,我相信他们对主体而言永远是全然不相干的陌生人,于是他们在他眼中也就算不上人。在我们的文化中,这种异象在童年时期似乎并不鲜见,但成人却很少遭遇。

另一方面,情色异象涉及单个的人,他或她被作为具有无限神圣性的存在呈现在主体面前。对它的经典描述见于柏拉图的《会饮篇》、但丁的《新生》以及莎士比亚的部分十四行诗。

它似乎可以在青春期前被体验。倘若它发生在青春期之后,尽管主体意识到它的情色性质,但他个人的欲望总是彻底从属于心上人的神圣性,他觉得那个人要比他本人崇高千百倍。求爱者最渴望的就是心上人的幸福。

情色异象很可能是一种比我们文化中多数人所想的要罕见得多的体验，但当它确实发生时，我认为用异性恋或同性恋这样的术语去描述它丝毫没有意义。这类术语只能被合理地用来描述我们所熟悉的世俗的爱欲体验，例如，色欲（纯粹把另一个人当作性对象而对之生发的兴趣）以及性欲和*友爱*（基于共同的兴趣、价值观和经历的相互爱慕，它是幸福婚姻最坚实的基础）的结合物。

在情色异象中，情欲的对象是媒介而不是动因，这点在我看来已被这样一个事实所证实，即它持续的时间不会比真正的性关系更久，所有就这一异象作过权威论述的人都一致认同这点。事实上，该异象是否可能是双向交互的这点大可存疑：特里斯坦和伊索尔德的故事是神话，而不是历史上确实发生过的事件。要接纳这一异象，主体似乎必须具备超凡的想象力。阶级感情似乎也起了作用；显然，如果一个人所属的阶级是主体自小被教育应将之视为低自己一等的社会团体，从而该团体的成员对主体而言算不上完整意义上的人，这样的对象是无法令人产生上述异象的。

然而，该异象的媒介无疑能激起情欲。一个人若是对自己的色欲无所察觉，是不会使用莎士比亚在谈论其爱友对女人的专注兴趣时所运用的直白，如果不是赤裸裸的，性意象的。

> 既然造化造你是供女人享乐，
>
> 那就把你的爱给我，把你的肉欲留给她们当作珍宝。（第20首）

心上人总是美的，无论“美”这个词是否带有个人色彩。

莎士比亚在多首十四行诗中使用了彼特拉克对肉欲之爱和心灵之爱的区分，我认为这么做的目的旨在表达这两种美的区别以及我们对它们的回应。

在情色异象中，两者始终同时存在。但对求爱者来说，第二种美更重要。但丁当然认为贝雅特丽齐的美是为举世公认的，但他绝不会想到拿她的美跟和她同龄的佛罗伦萨姑娘比较。

柏拉图和但丁都试图对这个异象作出宗教上的解释。也就是说，两人都认为由某个受造的人所激发的爱意在指引爱慕者爱上一切美的非受造的源头。两者的区别在于柏拉图对我们所说的人(无论是人性的还是神性的)毫无概念；他只会从个体和普遍的角度进行思考，美对他而言永远是非个人化的。因此，在柏拉图式阶梯上，对个人的爱在对普遍的爱面前必须被遗忘；我们本该称为不忠的行为反而成了道德义务。但丁的诠释则与此大相径庭。他和贝雅特丽齐都没有告诉我们，他究竟做了什么才使自己濒临万劫不复之境，但两人都认为是但丁对贝雅特丽齐的不忠造成的。在天堂里，她一直陪伴着他，直到最后他离开她转向“永泉”，即便在那一刻，他知道她的目光和他投往的是同一个方向。和柏拉图式阶梯的层层梯级相反，求爱者只需迈出一步，即从他爱慕的受造物转向他们共同的造物主。

正如我们在其戏剧中领会到的，我们无法确定莎士比亚对任何话题的个人观点，这些十四行诗也不应包含任何关于爱情的见解：莎翁满足于单纯地描绘这一体验，这与他的总体思想一致。

尽管我认为催生它们(这些十四行诗)的最初体验是情色异象，但这显然不是它们所要表达的全部。要使这异象保持鲜活，无论对方多么美好，求爱者和心上人保持距离或许是必要的。毕竟但丁也只见过贝雅特丽齐一两次，而她很可能对他知之甚少。在我看来，这些十四行诗所讲述的故事是关于莎士比亚如何殚精竭虑地试图保存他在一段感情中被赐予的异象的荣耀，这段感情持续了至少三年，而对方似乎执意要用他的行为玷污这一异象。

作为局外人，我们对他那位朋友的印象是：一个并不怎么友善的年轻人，对自己俊朗的外貌甚是得意，并能随时施展魅力，但本质上轻佻、冷酷、自我中心，很可能知道自己对莎翁有一定的影响力——如果他曾考虑过这个问题，他对此无疑给出了愤世嫉俗的解释——但对自己无意间激发的感情强度浑然不觉。事实上，他很像《威尼斯商人》里的巴萨尼奥。

那些写给黑女郎的十四行诗描绘了所有情色体验中最令人羞于启齿的性迷恋——维纳斯整个地缠住她的猎物。

单纯的性欲是非个人化的，也就是说，追求者把自己看作人而把他追求的对象看作物，他对她的个人品质漠不关心。如果得手，他期望一旦感到厌倦就能安全脱身。然而，他有时也会深陷其中。这时他不是感到厌倦，而是在性方面变得无法自拔；女郎对他不是权宜地作为一个物体而存在，而是成了一个真实的人——一个他不仅不爱而且极度讨厌的人。

对这一不幸状况所产生的痛苦、自卑和愤怒的描绘，没有诗人——包括卡图卢斯——能超出莎士比亚在一些十四行诗中的成就，例如，第 141 首，“说实话，我并非用我的眼睛来爱你”，或者第 151 首，“爱神太幼小，不知良心为何物”。

除了开篇敦促朋友结婚的 16 首十四行诗——如一些学者提出的，它们可能是应这位男青年家人的提议而作——除了这些和少量简洁的杂诗外，这些十四行诗令人惊讶之处（尤其是当人们想起它们的写作年代时）在于它们给读者留下的赤裸裸的自白印象。伊丽莎白时代的文人并没有写自传或“敞开心扉”的癖好。多恩创作情诗的灵感固然源于个人的激情，但这是隐藏在公开表演背后的。直到卢梭和狂飙突进的年代，自白才成为一种文学体裁。继十四行诗之后，我想不出在梅瑞狄斯[1]的《现代爱情》问世之前英语诗歌中还有过自传性如此鲜明的作品，但即使在那个时期，作者在“展示”个人经历时似乎仍然是小心翼翼的。

我们无法相信莎士比亚希望这些十四行诗被发表，或者他可能曾把其中多首给男青年和女郎——不管他们是谁，总之是诗的呈献对象——欣赏。假设你写了第 57 首十四行诗，

> 既然成了你的奴隶，我又该做什么，
> 除了时时刻刻满足你的欲望？

你能想象把它拿给你心中所想的人看吗？反过来，如果你认识的某个人把这首诗交到你手中并对你说：“这是关于你的？”，你究竟

1. 乔治·梅瑞狄斯（George Meredith，1828—1909），英国维多利亚时代诗人、小说家，他的诗歌多取材于现实和个人经历。

会作何感想？

尽管莎士比亚可能给一两个文坛挚友看过这些诗——看来他确实这么做过，但我十分确定他创作它们的动机就跟我们写日记的动机一样，只为自娱，未曾想要发表。

这些十四行诗的艰涩之处就跟日记的艰涩之处一样，作者不会特意去解释那些对他而言不证自明、但在外人看来却颇为费解的典故。比如，第 125 首的开头两句，

> 我高擎华盖，用我的外表
> 来歌颂你的美貌，这于我有何益处？

读者无从知晓此处莎士比亚仅仅是打个比方，还是指涉他确曾参加过的某个仪式，如果是后者，那又是什么样的仪式。又如，第 124 首结尾的对句至今令人费解：

> 我召唤被时间愚弄的人来为此作证，
> 他们活着作恶，死了却是善事一桩。

一些评论家提出，这是对被控重大叛国罪而遭处决的耶稣会会士的隐晦指涉。他们也许是对的，但文本中没有任何证据能证明这点，即便果真如其所言，我仍然无法理解他们如何能证明莎翁那种任何灾难或私心都无法影响的爱。

这些十四行诗是如何付梓的——是莎士比亚把稿件给了某位

朋友后遭其出卖，还是他的仇敌盗取了文稿——我们可能永远无从知晓，但有一件事我很确定：当莎翁得知它们被出版后，一定会大感震惊。

伊丽莎白时代的人无疑和我们一样精于世故，并且不比我们更宽容，或许更狭隘。无论如何，鸡奸在那时仍然是死罪。那一时期我们所知的同性恋诗人，如马洛和邦菲，在表达情感时都极其谨小慎微，他们避免使用第一人称，而是借助古典神话。文艺复兴时期的意大利以对这一话题的宽容态度而闻名。尽管如此，当米开朗琪罗的侄子将他写给托马索·卡瓦列里[1]的十四行诗（它们要比莎氏的十四行诗含蓄内敛得多）交付出版时，为了他叔叔的名誉，改变了对方的性别，正如本森在 1640 年出版莎士比亚十四行诗时所做的[2]。

莎士比亚一定知道他的十四行诗在 1609 年会招致许多读者非议，正如它们今天仍令众多读者侧目。虽然我相信这样的反应源于一种误解，但我们不能说它不合情理。

在我们的文化中，如果有人声称体验过情色异象，我们完全有理由表示怀疑，甚至质疑它是否真的发生过，因为自从普罗旺斯派诗人犯下试图把神秘体验变为社会风尚的致命错误后，我们半数的文学作品（无论通俗还是高雅）都基于这样一个假设，即看似罕见的经历实则是几乎每个人都有过或应该有的；假如他们不曾遇到，那

1. 一位贵族青年，米开朗琪罗的疑似情人。
2. 约翰·本森在 1640 年出版第二版《莎士比亚十四行诗》时把原作的部分代词“he”改为“she”，从而使所有诗歌都成了献给女性的爱情作品。

一定是他们的问题。我们深知当一个人谈到与某人“坠入爱河”时，有多少次他或她的真实感受实则可以用更直截了当的语言来描述。如拉罗什福科所言：“真爱好似鬼魂，人人谈论，但几乎无人得见。”

然而，我们不能就此断定真爱或者鬼魂不存在。或许诗人比其他人更有可能体验真爱，或者说因为拥有这一体验而成为诗人。也许汉娜·阿伦特[1]是对的：“爱只有对于诗人才是至关重要而且不可或缺的体验，这赋予了他们把它当作一种普遍体验的权利。”莎士比亚与他的爱友和情妇之间到底发生了什么？他们的关系是在一次争吵中突然终止，还是渐行渐远，尚无定论。他后来是否感到最终的痛苦相对最初的异象的荣耀而言并不算太大的代价呢？我希望并相信是这样。不管怎么说，诗人是坚韧顽强的，他们能从最可怕的经历中获益。

《两位贵族亲戚》中有一幕场景，该剧被大多数学者认为出自莎士比亚之手，如果真是这样，这很可能是他的封笔之作。剧中有一段巴拉蒙向维纳斯祷告求助的台词。这段台词的不同凡响之处，首先在于它所选择的关于这位女神威力的例证——它们几乎无一不是令人颜面尽失或惊惧不已——其次则在于他对男性在性方面的虚荣所流露出的强烈厌恶。

向您致敬，至尊的秘密的女王，您有使最凶悍的暴君中止愤

---

1. 汉娜·阿伦特(Hannah Arendt，1906—1975)，美籍犹太裔，原籍德国，二十世纪最伟大、最具原创性的思想家、政治理论家之一，以其关于极权主义的研究著称西方思想界。

怒，转而对一个姑娘哭泣的力量。您有只在顾盼之间让战神的鼓声喑哑，把战斗的呼号变作喁喁私语的力量。您不须阿波罗的药饵便妙手回春，让残废者挥起拐杖的力量。您能使国王在他的子民前俯首称臣；您能使老朽庄重的人婆娑起舞。秃顶的单身汉虽能在青年时代跳过爱情的火苗有如淘气的顽童越过篝火，可到了七十岁的高龄，您仍能叫他屈服，让他乱唱起青年人的情歌，不顾他沙哑的嗓子徒然惹人讪笑。哪一种神道般的力量不受您的力量的左右！……

请保佑我，您矢志忠诚的士兵，我把您的辕轭看作是玫瑰的花环，虽然它比铅块还沉重，比荨麻还螫人。我从没有口头不干净，违背您的律法，也从没有泄露过秘密，因为我不知道秘密，即使全部知道也不愿意泄露。我从没有引诱过别人的妻子，也绝不读放荡才子们诽谤性的作品。我绝不在盛大的筵席上散布有关漂亮妇女的谎言，别人偷偷地嗤笑，我却满面通红。我对自夸情场得意的人态度生硬，气冲冲地责问他们是否也有母亲——我是有母亲的，她是个女人，而他们污辱的正是女人。我告诉他们我认得一个已度过八十个冬天的老翁，他讨了一个十四岁的新娘。他现在因老年人常患的抽筋病而两腿弯曲；因痛风而指关节肿大；因为痛苦的抽搐弄得球状的眼睛几乎从眼眶里鼓了出来。过去的生命已成了他今天的折磨。可您却有使尘土萌发出生命的神力！这架骷髅竟叫他那年轻美貌的妻子给他生了个儿子。我相信那是他的孩子，因为她为此发了誓，谁能不信？总之，夸夸其谈、放荡胡来的人跟我格格不入；信口雌黄、向壁虚构的人我瞧不起；心虽向往、却无能为力的人我倒为他们庆幸。是的,我不喜欢满嘴肮脏述说别人秘密的人,也不喜欢出于放肆揭人阴私的人。我是这样一个人,我发誓,在情人们的叹息中以我的叹息最为真心。啊,最温柔甜蜜的女神,让我在这场斗争中获得胜利吧,那是纯真的爱情理应获得的报偿。请给神示,表明您十分欢喜。

(音乐声起,鸽子扑腾着翅膀飞翔。众人重新匍匐在地,然后欠起身子跪定。)

啊,神明啊,您统治着诗人的情怀,从十一岁直到九十岁。茫茫世界是您的猎场,芸芸众生是您的猎物。您给了我这美好的神示,我谨向您致谢。这神示到了我诚恳天真的心里,一定能鼓舞我,给我力量,让它参加斗争。全体起立,向女神鞠躬致敬。时间快到了。(众鞠躬,下。)[1]

1. 译文引自《莎士比亚全集·传奇卷、诗歌卷(上)》(译林出版社,1999 年),孙法理译。

文明的声音*

一般说来，了解艺术家的生活，未必就能理解他的作品。但在我看来，蒲柏却是个特例。大多数他的优秀诗作属“应景之作”，也就是说，那些作品不描绘想象中的人物或事件，却与历史现时、与蒲柏政界文学圈的敌友相关。于是，不了解这些人物，我们就无法正确地理解他写作的对象和原因。（毋庸说，这些知识无法解释为何他写得如此出色。）比如，这首诗大概写于1715年以前，在末尾几行里，蒲柏（或者我过去是这么认为）这样来形容艾迪生[1]：

政客，却是真理之友！灵魂真诚，
行动诚挚，名声清白；
从不食言，毫无私心，
不为名利，众人之友；
他凭自己高贵，众人不吝赞美，
他钟爱的缪斯，夸耀他，不带嫉妒。

结果我弄错了。这几行虽然出自“给艾迪生的信”，却是说与詹姆斯·克拉格斯听的。克拉格斯继蒲柏之后担任国务卿一职，这首诗口吻上却很友好。

接着，那之后到1735年间，蒲柏改了主意，这样来描述艾迪生：

这样的人，热衷独裁，
就像土耳其人，不堪宝座旁的手足
拿轻蔑、妒忌的双眼瞧他，
憎恨原本抬高他的艺术，
明褒实贬，苟合大众，
不带嘲讽地教会他人嘲讽。

要明白这个转变，必须知道，在蒲柏的《伊利亚特》译本面世之际，几乎同时蒂克尔的译本也付梓印刷，当时，艾迪生动了点花花肠子[2]。

蒲柏与玛丽·沃特利夫人之间的恩怨往来就更难以捉摸、也更悲情得多。她是他一生唯一所爱，他爱得轰轰烈烈，激情荡漾，而她虽不作回应，却显然也是十分倾慕于他，至少开始时是这样。两人为何疏远对方，无人知晓。坊间传闻有诸多版本：一说玛丽夫人从

* 本文于1969年2月22日发表于《纽约客》，系作者为英国传记作者及历史学家彼得·昆内尔(Peter Quennell)的著作《亚历山大·蒲柏：天才的教育 1688—1728》(*Alexander Pope: The Education of a Genius 1688—1728*)撰写的书评。

1. 约瑟夫·艾迪生(Joseph Addison, 1672—1719)，英国散文家、诗人、辉格党政治家。曾在牛津大学求学和任教，并去欧洲大陆旅行多年。担任过南部事务部次官、下院议员、爱尔兰总督沃顿伯爵的秘书等职。与斯梯尔合办《闲话报》(1710)和《旁观者》(1711)等刊物。为英国散文大师之一。写有诗篇《远征》、悲剧《卡托》以及文学评论文章等。

2. 艾迪生对托马斯·蒂克尔翻译的《伊利亚特》(1715年)第一卷赞赏有加，这使亚历山大·蒲柏认为艾迪生想贬低蒲柏的译本，蒲柏为此写了一首诗报复艾迪生。

蒲柏母亲处借了两床床单，一时疏忽，脏兮兮的就拿来还了；一说蒲柏不等时机成熟就疯狂示爱，她当场哈哈大笑。但这些大抵不过是谣传。彼得·昆内尔在《亚历山大·蒲柏：天才的教育，1688—1728》一书中曾提及此事，他的版本或许最接近真相：

> 他们之间若真吵起架来，也许不是单个事件引起，而是因为两人之间那种怪异且不对等的友谊关系本身，私底下互相给对方各种紧张和压力。对玛丽夫人来说，这种友谊是文学消遣，逗乐子玩，对蒲柏来说，则是一往情深。蒲柏天资过人，自然傲慢，玛丽夫人也是才华横溢，除了能人常有的自负之外，还免不了加上女性角色教养中灌输的过分轻浮与不经意间显露的冷酷无情。

他们的决裂大概从1722年开始，蒲柏深受其害，这从他写给盖伊的诗来看基本能猜出几分：

> 啊朋友，这是真理——你们这些情人们懂这个真理——
> 我的架构徒劳出现，我的花园徒劳生长，
> 美丽的泰晤士河徒劳地映射这两重景色
> 高悬的群山与倾斜的草地：
> 这里没有欢乐；欢乐飞去更愉悦的地方，
> 它只在沃特利目光所在之处常驻
>
> 欢乐的花坛，斑驳的树影，

清晨的凉亭,黄昏的柱廊,
这些莫非不是心神不宁之人休憩之处
悄无声息地叹息,向着那过路的风儿?
受伤的小鹿也是这样,在某个隐匿之处
躺下迎接死亡,心口受着箭伤。

既然悲痛至此,想起若干年后他疯狂的报复,虽不能说可以宽恕,却也在常理之中。

所以,不了解一点当时文人墨客们日常所思所想,就无法完全理解蒲柏和他同时代的作家。在他们那个年代,谈起那些受过教育的精英阶层,说他们关于自然、人与社会的看法一致,在艺术品好上也志趣相投,总不会有错。而这一点在其他历史时代并不多见。所以那个年代,天才的标志不是"独创"或"异化"。就拿宗教信仰来说,当时未受教育的民众都是狂热的反教皇制度者。笛福曾说,在他生活的时代,成千上万的人抵死反对罗马天主教会,却连罗马天主教会是人是马都弄不明白。罗马天主教徒虽未遭受实质性的迫害,却也得了惩罚:他们只能住在伦敦城十里以外区域,无法接受高等教育,也不能在公共事务部门任职。可是有点文化的普通信众,无论是新教徒还是天主教徒,都觉得信仰分歧不至于损害到社交关系。蒲柏自出生之时起就是罗马天主教徒,可他一生中多数密友均是新教徒。若要他们说清楚两种信仰之间的差别,恐怕没人答得上来。

否则，罗马教廷无法通过蒲柏的信仰宣誓，也不会赞成他关于中世纪天主教的观点：

> 对他们（新教徒）来说，直言无法救赎所有人，除了他们自己，这过于狂妄蛮横，又看似缺乏善心，比起这个没有更令他们感到可怕的事情了……在教会里除了少数几个真正的基督徒，我们必须再一次分立教派，詹森主义[1]信徒被耶稣会信徒批得一无是处，反之亦然，严苛的司各脱主义[2]在托马斯主义者口中分文不值，如此等等。我觉得有什么不对劲，可是我想不到会有这么严重的后果，连人类的慈悲心都完完全全毁了，而上帝正是通过我们的慈悲心把我们相互联结在一起……

我不反对教皇制度，因为我放弃世俗对于教皇权力的各种侵扰……

> 接着迷信便结合了暴虐的行径；
> 那个奴役了肉体，这个奴役了心灵。
> 人们相信的太多，明白的又太少，

---

1. 詹森主义(Jansenism)是罗马天主教在十七世纪的运动，是由康内留斯·奥图·杨森(Cornelius Otto Jansen，1585—1638)创立，他是荷兰乌特勒支省人。其理论强调原罪、人类的全然败坏、恩典的必要和宿命论。
2. 司各脱主义(Scotism)中世纪基督教神学家邓斯·司各脱的神学学说。与托马斯主义相对。主张哲学不从属于神学。认为哲学的对象是上帝创造的宇宙万物，神学的对象则是上帝本身；研究哲学依靠理性，研究神学则靠教会权威，而理性无法解释信仰问题。

结果驽钝被说成是优点；
于是大洪水再度泛滥了学术界，
哥特人开始的，僧侣们来帮它完结。
最终，伊拉斯谟，那个受辱的大名，
（整个教士阶级的荣耀，及其羞耻！）
阻断了那股野蛮时代的狂野潮流，
而把那些神圣的枉道者赶下了舞台。[1]

我想，事实上当时所有受过教育的人，无论他们知道与否，他们信仰的并不是基督教，而是自然神教。他们的政治热情日益高涨，可是甚至在政治活动上他们也表现出对于秩序的喜爱，而不是思想上的信守。威廉三世上台以来，辉格党中的富豪财阀大行其道，蒲柏和他的大多数友人都是保守党，他们痛恨财阀阶层。蒲柏自己甚至私底下支持过詹姆斯二世党[2]，但 1715 年和 1745 年二世党人起义失败后，有人说蒲柏为此数夜未眠，倒也不可信。他曾坦言自己希望的"不是辉格党的国王，也不是保守党的国王，而是英格兰的国王"，"求上帝垂怜，赐予我们这样的君主"。

1. 诗歌部分引自蒲柏早期代表作《论批评》。
2. 詹姆斯二世，1633 年 10 月 14 日出生于英国伦敦圣詹姆斯宫，1701 年 9 月 16 日逝世。从 1685 年到 1688 年是英格兰、苏格兰和爱尔兰的国王。他是最后一位天主教的英国国王。他的臣民不信任他的宗教政策，反对他的专权，在光荣革命中他被剥夺王位。王位落到了他新教的女儿玛丽二世和女婿威廉三世手中。詹姆斯二世退位后受到法国国王路易十四的保护。路易、他的儿子詹姆斯·弗朗西斯·爱德华和孙子查尔斯·爱德华·斯图亚特还继续策划恢复詹姆斯派的王位，但最后也没有成功。

昆内尔先生的书既是一本优秀的诗人传记，又是一部上佳的历史著作，他敬仰那位诗人，也热爱且了解那段历史。书写得漂亮，既有学术价值，又朗朗上口。我很感激他没写什么龌龊的琐碎内情。蒲柏为人常有狡黠之处，处事上无所顾忌，但令人称奇的是，他一生没有丑闻缠身。年轻时他可能不时去趟烟花柳巷——但他身子孱弱，又能指望有多少风花雪月的奇遇发生？——他只是摆出一副花花公子的派头，实际上则要本分得多。他也没经历过什么大起大落。却逃过三次死劫：

> 第一次是在宾菲尔德，一头疯牛差点用角刺死他；第二次，他还年幼，有个马车夫莽撞得很，涉水蹚过一条湍急的河流时，差点把他和车上其他人拖进河床上一个深坑里；最后一次，他差点在伯林布洛克勋爵疾驰的六马大车下毙命。

昆内尔先生也写了一两件趣事，比如有一次蒲柏在哈利法克斯勋爵面前读了一小部分他翻译的《伊利亚特》。尊贵的勋爵大人打断了他四五次：

> “对不起，请原谅，蒲柏先生，”他这么说，“可是那一段里有些地方我听着不怎么爽快。请你标记一下……我相信你会修改好的。”蒲柏又是疑惑又是羞怒；在回家途中，坐在盖斯博士的马车里，他抱怨起来，又仔细想了想挨批评的那些段落，实在搞不懂大臣为何会有异议。这时盖斯会心一笑……“你什么也不用做，”他

说，“只消不管它们就是。三两个月后再去拜访哈利法克斯勋爵，先感谢他对那些段落的好心点拨，接着再读一遍给他听，就说是已经修改过了。”蒲柏遵照博士的指示做了，果然“勋爵大人非常开心”，看来他的批评意见起了作用，他嚷嚷着说那些他挑出来的段落终于像那么回事了。

接着，是蒲柏与伏尔泰的会面，这次交往不怎么成功。

时光荏苒，道别的时刻就要到来，蒲柏提议他留下来共进晚餐；饭桌上他见到了蒲柏太太，那是一个长相平庸，谨慎端庄的圆脸老太太；如今她不止八十四了。那时，蒲柏太太表现得就像个母亲（欧文·鲁夫海德[1]这么写道），她注意到外国客人“身形消瘦憔悴”，似乎消化力也不好，就“示意关心了一下他的胃口”，而伏尔泰则给她“描述了他在意大利染上的疾病，用词颇为粗鲁不雅，可怜的太太不得不立马离开了饭桌”。

但蒲柏的生活中甚少流言蜚语。大多数时候他都在写作、翻译、料理庭园、画画、与狗玩耍或者招待朋友，日子过得平静勤勉。（我很好奇他的画作有多少遗存了下来。我曾亲眼见过他的一张油画自画像，堪称一流。）

说起艺术家的私生活，蒲柏在公开发表私人信件前做了修订，

1. 欧文·鲁夫海德（Owen Ruffhead），蒲柏的传记作者。

我不得不说我完全赞同他的做法，纵使那也是徒劳。他删减了部分，把一些信的收件人姓名改了，又把一些原本单独的部分串在一起，形成单个的文本，这样就更引人入胜一些：

> 就像拜伦一样，蒲柏认为他的信件一定会流芳后世；即使是在最稀松平常的信里，他也明显怀有二心：除了和心爱的朋友互通有无之外，他意图在自己与未面世的读者间建立起关联。但他不像拜伦那样轻率鲁莽，一旦提起笔，他就警惕起来，成了一个真正的创新艺术家。他的文体感觉一下子就被调动起来，接着影响到他的语言和他对主题的整体把握。一旦发现哪一处需要修改，他就停下来做适当的调整。

对于那些要公之于众的私人信件（我在遗嘱里嘱托我的朋友把信烧了），做点修改并非见不得人的事，那就跟修改一首诗一样。

时至今日，读到这样一位作家，承欢膝下，恪守孝道，是少有的令人愉悦的事情。老蒲柏正是诗人理想中父亲的样子。他鼓励儿子坚持高水准的创作。“这些韵律可不怎么好听，”这么严肃的话都成了他的口头禅，接着小蒲柏就躲到一边再做修改。“老蒲柏夫妇晚上唠嗑时儿子总是插话，他们并不责打他。有时蒲柏没心没肺自顾自地从楼梯上往下翻筋斗，老夫妻俩也随他去……在其他事上父亲也由着他，他想学什么就学什么，要读什么有趣的书就径直读去。”我想普通孩子没点外来的规矩，单凭自己可学不了什么，但蒲柏绝非平庸之辈，所以这么放羊式的教育方法在他身上取得了很好的效果。他通过手抄书籍自学。一个叫班内斯特的牧师教他基础拉丁语和希腊语。后来这位学生这么写道：

> 要不是那样的话我应该什么语言也没学会：后来我上的那些小学校什么也没教会我。

之后他就按照自己的方法来学这些语言了：

> 我不学语法，反倒去读一些作家的作品，从中找到我自己的句法规律：接着在最优秀的古希腊古拉丁文诗作里，只要读到我特别喜欢的部分，我就着手翻译：由此形成自己的品位。那时我差不多十六岁，我可以肯定地说，那时我的审美水平已经和现在非常接近了。

日期记录总是件有趣的事，虽然有时令人惊奇。提起蒲柏，说他是十八世纪的诗人，是再正常不过的事，可谁又知道他在十八世纪上半叶就辞世了。人们也不怎么记得他如何早慧早熟，还有他的才华多快就得到认可。六十四的威彻利[1]竟然找时年十八岁的蒲柏修正诗稿，这听起来简直耸人听闻。虽然不及兰波早慧，蒲柏可是在二十一岁的年纪就写了一首重要的长诗，《论批评》，二十六岁时他出版了《秀发遭劫记》第二版，这无疑是一部伟大的作品。（可

1. 威廉姆·威彻利（William Wycherley，c. 1640—1715），复辟时期英国戏剧家，代表作为《村妇》（*The Country Wife*）与《诚实的商人》（*The Plain Dealer*）。

是，与其他伟人不同，他的诗才一直到很晚才枯竭。“书信集”和“仿贺拉斯”这两部晚年作品堪称是蒲柏的上乘佳作。）只有肯定自己的才华，又意识到自己当下极高的名望，才会在二十四岁时就开始收集自己的信件，二十五岁时又开始翻译《伊利亚特》，因为他自信能找到足够多的读者，才会花六年时间潜心翻译，而不至于穷困潦倒。

福祸总相依，蒲柏天资聪颖，家庭和睦，身子骨却不怎么好。十二岁那年，因为喝了一头感染肺结核的奶牛产的奶，蒲柏患上卜特病——一种脊椎结核病，结果一个好端端的孩子成了残废，“女人们笑话着小蒲柏。”想象一下他因此遭受的残酷冷遇、伤痛屈辱，所以他偶尔表现得不理智，疑心病重，有时又满肚子坏心眼，这些都很正常，但令人称奇的是他竟然还能时不时友善待人，宽宏大量，甚至还交了不少朋友。相同处境的人极少有勇气能写出“小矮人俱乐部”这样的文章：

> 我们一伙人组成社团，宣誓**不怕变矮**，在那些人类的庞然大物鼻子底下勇敢地表露身为矮人的尊严，那些超然巨人人种，那些轻视我们的高个子……若有团员因为自己的假发更饱满或更长一些，或是因为自己的帽子高一些，就以为自己变壮变高了，那么他就得穿上红色高跟鞋，在帽子上插上红色羽毛，教他看看清楚自己到底有多矮。

真正重要的是他的诗歌，也许读懂他诗歌的最好方法是看看他关于庭园园艺的一些见解。十八世纪上半叶的英格兰，人与自然的关系十分和谐，古往今来都很少见。一方面野性的自然被驯服了，另一方面机械仍未玷污奴役她。十八世纪之前，人们眼中的自然是一片危险的领土，人类必须与其抵御抗争，后来，自然又成为自由的乐土，个体逃脱社会的樊笼，归隐自然。欧洲巴洛克式的花园体现了前一种对于自然的看法。它们被塑成各种几何形状，树枝几经修剪，全然没有了外头大自然的模样。而在英格兰，像威廉姆·肯特这样的园艺师则认为他们的本职工作只是“替自然刷刷袍子”，在最后果断做点润色而已，比如在这边立一根胸像柱，在那边放一尊狮身人面像或者方尖碑，或者把花园一角“修饰一番”，看上去就像洛兰或者普桑的画了。蒲柏是肯特热切的追随者。他能写出“比起披着加冕礼服的王子，一棵树显得更为高贵”这样的句子，就一定不会惧怕自然，而且他对巴洛克式的那一套老旧礼数极尽揶揄：

> 接着他的园子叫你艳羡，
> 你端详每一边，看那堵墙！
> 没有加入讨人喜欢的错综景象，
> 没有做作的野性让情景复杂化；
> 树林相互颔首，小道如同手足，
> 这一半平台只是映射另一半。
> 遭罪的眼睛注视着反转的自然，
> 树木修剪成雕塑，雕塑则粗壮如树木。

可是他也不否认只有人类才能帮助自然实现完全的美：

求教所有场地设计的天才
他规定潮涨潮落，
或者帮助野心勃勃的山登天顶
或者在环形剧场中挖出山谷，
召集国民，紧抓林间空地，
交合顺服的树林，造出不同的阴影，
一时打破、一时引领流动的线条，
种植时描绘，劳作时设计，
仍旧不忘理智，所有艺术的灵魂，
交相呼应的部分融合成整体，
周边美景自发而出，
开始时甚至困难重重，偶然间锤炼而成。

真是恰如其分的描述，这也表达了蒲柏在诗歌里的追求，以及在最好的作品里所要实现的目标。比较了德莱顿和蒲柏之后，昆内尔说：

通常德莱顿的文字，读一段我们就知道他是天才，而蒲柏的文章一读再读，总能从中找到一些意料之外的微妙之处。德莱顿的品格流于表面，蒲柏的诗则是压缩了多层意义，最终形成一个整体的印象。他诗里的意象有一种变幻莫测的魅力，在读者眼皮底下不断变化，不断成长。

他第一部出版的诗集是《牧歌》，其中自然在能工巧匠前俯首称臣，这一点毫无疑问。他过于注意音律和谐上的细枝末节，诗句里的描述语言既抽象又保守，就像浪漫主义诗人眼中所有的拉丁文诗歌一样：

当羊群甩干夜间的露水，
两个情郎因为爱而无眠，他们与缪斯
将金羊毛般的爱怜倾注于泛白的山谷，
如晨曦一般新鲜，如这个季节一般美丽。

但后来他就能写出双韵体诗，既形象生动又极富韵律，让人过目难忘：

移动的群山听见那有力的呼喊，
冲锋的溪涧高悬在瀑布里倾听！

从《论批评》一直到晚年的诗歌写作，蒲柏作品里的传统语言越来越少，诗里的描述性语言通常是具体的词汇，亦不乏原创性。读过他的成熟作品，我所能发现的唯一技术上的不足就是他的双韵体思维模式太过根深蒂固，而双韵体诗行都是独立的组成部分。结果，有时候他没注意到上下两个双韵体诗行的韵律过于相似：

伯纳德伸展双臂滑动他的国度，

使左腿的雅各布似乎也尽力赶**路**。
正当中路上躺着一片**湖泊**，
碰巧是柯尔的科琳娜那日早晨**所作**。

到了十八世纪末，英雄双韵体走到了尽头，这是很自然的事情，诗人们纷纷抛弃了这种文体，寻求新的长诗和抒情诗诗体形式。可是，如果华兹华斯在建议诗人们"用真正的人的语言"写作时，还把蒲柏假想成自己的敌人，那他就大错特错了。把蒲柏最好的作品和浪漫主义诗人包括华兹华斯最好的作品比较一番，会发现真正以普通人的对话风格写作的正是蒲柏，而浪漫主义诗人们使用的则是"诗性"语言。华兹华斯按照自己的理论写诗，结果却往往平淡无奇，他必须忘记那些理论，否则就出不了好作品。而蒲柏的理论与实践相一致。让我们来比较看看：

快，快锁上门，好约翰！太累了我说。
系紧门环！说我病了，我死了。（蒲柏）

她从歌剧、公园、集会、玩乐中脱身，
开始晨间散步，每日祷告三个小时；
把时间花在阅读与红茶上，
沉思，倒出孤寂的茶水，
或者在冰冷的咖啡上用小匙翻搅，
计算缓慢的时钟，恰正午时分用餐。（蒲柏）

对于我，最平淡的野花也能启发
最深沉的思绪——眼泪所不能表达。（华兹华斯）

在赫布里底——天边的海岛，
春光里，听得见杜鹃啼叫，
一声声叫破海上的沉静，
也不及她的歌这样动听。[1]（华兹华斯）

要在十九世纪早期诗歌里找到“日常语言”，就去翻翻那些骨子里最不“浪漫主义”，最最蒲柏式诗人的作品吧。比如拜伦的《唐璜》，还有汤姆·摩尔的《巴黎闲扯一家门》。

在我看来，蒲柏的主要作品中只有一部是个败笔，即《论人》。当然偶尔也有几行写得特别漂亮，比如：

在芬芳的疼痛中玫瑰死去

但这些都无法弥补诗中的自然神教调调，即不可信又无聊透顶。

说说他的《伊利亚特》译本。一直以来有两种意见。不喜欢它的人说蒲柏是戴着维吉尔的眼镜去理解荷马，这是事实（他笔下的

1. 华兹华斯的诗歌部分引用杨德豫先生的译文，前两行选自《颂诗：忆童年而悟不朽》，后四行选自《孤独的割麦女》。《华兹华斯抒情诗选》，长沙：湖南文艺出版社，1996 年。

武士更多带有罗马式的庄严肃穆，而不是他们原本青铜器时代的样子），所以荷马悲剧的部分在蒲柏那儿也显得宏伟壮丽，别无其他。另外，英语英雄双韵体诗的韵脚和结构也与古希腊语的六步格律风马牛不相及。但是尽管这些评论家竭尽全力恶意中伤，我们无法否认蒲柏的英语“译诗”极为出色，后来的译者，无论在语言学或考古学方面如何博学，都无法再译出如此值得一读的作品。至于韵脚的问题，我觉得也没什么完全令人满意的解决办法。一些二十世纪的译者放言最好的对应体是六拍子的无韵体诗，我还是同意卡恩罗斯先生的说法，他在最近出版的《得洛斯岛》中写道：

> 我觉得那些主张……被炒作得有些过了。长度上是相当，但六拍子无韵体诗节奏迟缓笨拙，根本无法与荷马那些清晰灵活的诗行相提并论。大多数情况下仅仅因为排版像诗才称之为诗，它的韵律太不明了，一旦碰上其他格律就乱了阵脚，失了阵地。

如今再提起《笨伯咏》，我已经没有十八年前写到它时那么激动。我尤其不喜欢第二卷，读起来邋里邋遢的，就像我们同时代的一些“地下”作品。头三卷里最好的章节不外乎是《论批评》的附录部分，蒲柏停止了人身攻击，用漂亮的语言谈起拙劣的写作：

> 她看见隐喻的乌合之众前行，
> 陶醉于迷阵舞步的癫狂……

时间之神如何伫立不动，听她指挥，
国土改变位置，海洋变为陆地。
这里埃及用阵雨取悦欢快的描述；
或者献上忍不拉岛的果实，巴萨的鲜花……
寒冷的十二月芬芳的花冠盛开，
沉甸甸的庄稼在雪地上垂下头。

整个第四卷却好得出奇，就像一部预言，道出了我们如今不得不忍受的种种。蒲柏从未见过所谓的"行为主义者"，也不知道什么"社会学家"，可他对这些人物的刻画十分精准：

"那是我的任务(阴沉的牧师回答道，
他是神秘事物的死敌，却像神一样阴暗；
他虔诚地希望见到那天的到来
那时道德证据将要腐朽，
诅咒含蓄的信仰与神圣的谎言，
迫不及待强加信仰于他人，
乐于把一切教条化)：
让他人缓慢匍匐于地，步子怯懦，
把卑微的基础建立于普通经验之上，
借由常识生成常识，
最后，通过自然导向自然因。
在你的迷雾里一切澄明，我们无需向导，

傲慢之母，骄傲的源泉！
我们走这荣耀高尚的先验之路，
抛下理性，直到我们怀疑上帝：
仍旧让自然破坏他的计划；
将他赶走，到最远的地方：
把某种机械因塞进他的地盘；
或者用物质捆绑，或者在空间弥散。
或者，一下子逾越所有他的律法，
用人的形象创造上帝，人是终极因，
美德只在局部，所有人嘲讽关联性，
在自我里见到一切，为了自我而生：
最确定的是我们的理性，
最可疑的是灵魂和意志。”

如果只让保留蒲柏的一首诗，我会挑《秀发遭劫记》。昆内尔先生描述了这首诗如何诞生，任何关心作诗过程中各种因素如何加入的人都会对这一段感兴趣。第一个因素是一个历史事件——两个古老的天主教家庭，分别是费尔莫和彼得家族，他们之间积怨已久，因为彼得勋爵七世从阿拉贝拉·费尔莫那里偷了一缕秀发，多年的宿怨一触即发。彼得勋爵是蒲柏的朋友约翰·卡莱尔的护卫，他于是向诗人提议，也许他可以就此事写首打油诗，两家人读了之后可以一笑泯恩仇。第二个因素是讽刺史诗这种文体，类似于《青蛙与老鼠之战》（一度被认为是荷马的作品），或1622年出版的塔索尼[1]的《被偷的水桶》，布瓦洛[2]完成于1683年的《诵经台》等，所有这些蒲柏都应该读过。把这个叫作第二个因素并非因为它第二个出现。考虑到蒲柏的文学品位和才能，写一部讽刺史诗的念头也许早已在他心中形成，他只是在等一个合适的主题。第三个因素是当时的社会风气。诗里面那段关于男爵与贝琳达玩纸牌游戏的段落写得最为出色，如果不是上个世纪英格兰从西班牙引进了这种奥伯尔牌戏，也许就不会有这一段了，如今这种牌戏也成了风靡一时的消遣。最后是一本奇怪的书，蒙特福孔修道院院长写的《卡巴拉伯爵》。蒲柏偶然间读到这本书，或者是原版或者是英语的译本，并从中俘获了小气仙[3]们和其他"较低等级的空中军团"。《秀发遭劫记》第一版出版时里面还没有这些形象，所以我猜他刚动笔时还没有读过这本书。无论如何，他可真够歪打正着的，严肃史诗里头有些神明之类的角色，正巧那些气仙之类的在讽刺史诗里起了类似的作用。另外，那些小不点又完全符合蒲柏的想象，因为他一直着迷于小玩意儿。

《秀发遭劫记》是首很美的诗，也展示了蒲柏的奇思怪想，他比我们惯常以为的要古灵精怪得多。我刚才说他的诗就像他的园艺功夫。他在特肯汉姆的花园从整体格局来看，与当时的大众审美品

1. 塔索尼(Tassoni，1565—1635)，意大利诗人、作家。
2. 布瓦洛(Boileau，1636—1711)，法国诗人、文学批评家。1666年发表一组讽刺诗，针砭教士、妇女及巴黎的生活，成为莫里哀、拉辛等文豪的朋友。1674年发表《诗艺》，阐明了文学的古典主义原则，对当时法国和英国的文坛影响很大。还撰有打油叙事诗《读经台》，并且翻译了朗吉努斯的《论崇高》。
3. Sylph，气仙，十五到十六世纪瑞士医师Paracelsus假想中体态苗条轻盈、生活在空气中的精灵。

位一致,但是里面有个地方十分特别——即约翰逊博士提到过的那个洞穴,博士一脸严肃:"只需挖条通道的地方,虚荣心驱使,他却弄成了洞穴。"

> [蒲柏]给通道包上一层粗糙的发光矿石马赛克,尽是些康沃尔钻石、一些金属瘤石、成团的紫水晶、珊瑚的尖枝、彩色巴西卵石、水晶和石英石、打磨过的厚火石板,还有罕见有趣的"化石"标本,这些矿石周围又包了满满一圈手工贝壳制品,其中还夹杂着玻璃镜的碎片,都切割成了有棱有角的形状。顶上一面五角星形状的镜子闪闪发光,从中垂下一盏吊灯——"一个薄薄的雪花石膏石裹成的球体"——在周边投下"万丈光芒"。每一个表面或闪耀着光芒,或摇曳着微光,或散发出如水面下的柔光。正当我们沉迷于这些陆离炫目之物时,美妙悦耳的水上音乐响起,那是工人掘洞时发现的一个地下泉,泉水"幽幽滴落的呢喃",整日整夜回荡在洞穴中。

所以,蒲柏在他的诗中会突然陷入某种"癫狂"的状态,和刘易斯·卡罗尔[1]一样:

> 这里站着活茶壶,它两条胳臂
> 弯的是茶柄,伸着的便是壶嘴;

1. 刘易斯·卡罗尔(Lewis Carroll,1832—1898),英国数学家、逻辑学家、童话作家、牧师、摄影师。代表作为《爱丽丝漫游仙境》。

小小瓦锅，走得像荷马三足鼎；
坛子叹气，讲话的是鹅肉馅饼；
有力的想象能使男人怀孩子，
姑娘变瓶子，高声喊着要塞子……[1]

她又说了几句，可是哈欠连天——自然万物领首应和：
凡人如何能抵御神明的哈欠？
它瞬息之间就抵达教堂与礼拜堂；
（首先是圣詹姆斯教堂，因为沉闷的吉尔伯特正在讲道）
接着紧抓学校的孩童，礼堂的听众几乎都沉睡过去；
毕业典礼上的人们咧开嘴，却无法说话……
温和的气体在每个委员会上空爬行；
未完成的论述在每间办公室里沉睡；
没了将领的军队靠打盹打发战役；
海军在大海上听到指令也哈欠连天。

昆内尔先生的书主要还是一本传记，而不是文学批评，所以最后我来聊聊蒲柏这个人本身也是应该的。在一个许多作家都是政府雇员的年代，他的正直令人钦佩。虽然不至于像大多数穷人街住客那般穷困潦倒，蒲柏却也称不上富人，至少在《伊利亚特》出版前是这样。似乎也有向他提出诱人条件的。蒲柏自己给我们讲了这

1. 引自黄果炘先生的译文。《秀发遭劫记》，湖北教育出版社，2007 年，第 97 页。

么一段，我们也没有理由去怀疑他。据说在 1717 年，当时的战争部长詹姆斯·克拉格斯曾提议给他：

> 一份三百英镑的年金，而且他完全不用插手任何公务，因为克拉格斯打算从由自己自由支配的情报局基金里给他拨这笔款，“没人知道我这笔钱。”这件事克拉格斯提了好多次，“还总是强调要给我安排辆马车，这样会方便一些。”

蒲柏全身心投入诗歌的事业，却从不以美学家自居，这也是令人赞赏的。他从来不把自己的事业看作高人一等。事实恰恰相反，就如他写的：

> 文章要写得漂亮，文字要永存，要不朽，难道不需要离开父母，转投入缪斯女神的怀抱吗？……成为作家，勉强有时间成为别人的好邻居、好朋友，怎还会有时间去种树，更别提什么拯救灵魂了。

诗歌不是逃离生活的借口，但是它却可以让我们暂时远离当下的许多问题，对疲惫的灵魂来说，它是提神之物，对紧张的神经来说，它是松弛之道。我年岁越来越大，世道也愈加黯淡艰难，像贺拉斯和蒲柏这样的诗人，我发觉自己越发需要他们，正是他们给了我所需要的活力。

《维特》与《中篇小说》*

就我所知，在作家或艺术家中，歌德是第一个成名的。诗人、画家或是作曲家彼此熟知、相互尊重的情况并不少见，但对于大众来说，无论多么喜欢艺术家们的作品，他们私底下可不愿意和艺术家有什么交往。可是在歌德生命的最后二十多年中，任何一个有点教养的年轻人，在遍历欧洲的旅行日程上，绝对少不了去一趟魏玛拜会下这位伟人，聆听他的教诲。晚年时前来拜访他的人数不胜数，但他们中的大多数其实只读过他的一本书，也就是他二十四岁时写的那本。歌德对此的感受也许从他第一版的《罗马第二挽歌》可以猜出几分：

> 美丽的女士们，上流社会的先生们，去问你们愿意问的人吧，现在我可不受你们管了！“可是真有叫维特的人吗？真有那样的事吗？那么可爱的绿蒂住在哪个小镇呀？”天哪，我常常咒骂那些愚钝的追随者，他们把我年轻时的悲惨经历弄得路人皆知！如果维特是我兄弟，我又弄死了他，即使他的幽灵满是忧伤，伺机报复，我也不会受到这般的迫害。

传记作家告诉我们《维特》是歌德追求夏洛特·布夫不得而写

成的作品，可这么断言确实过于简化事实了。作者在写小说时自然会利用自己的个人经历，但是小说不是自传。比如说，歌德不会像小说的男主人公一样自杀。而且歌德笔下的维特是个游手好闲的业余文艺爱好者，读一点书，画一点画，却无法认真专注。这里面有点自我描写的意味：歌德自己，要么因为性格急躁，要么因为爱好过于广泛，也很难完成一件作品，但他绝没有游手好闲的恶习。写《维特》的时候他可能心绪不太安宁，小说出版一年以后，他这么写道："我总是不断地陷入困惑之中。"这本小说在我看来是这样的艺术作品，小说作者的意识与无意识动机构成矛盾。意识动机表现在歌德对男主人公的赞同态度，但是他的无意识动机却是为了治疗：他要光用语言来尽情放纵自己，让自己陷于主观情绪，就像狂飙突进运动标榜的那样，这样那种自我放纵的缺陷才会从他的体系里消失，他才能找到真实的诗性自我，就像拜伦在写完《恰尔德・哈罗德游记》之后，可以把缺乏幽默感的悲伤情绪抛诸脑后，转而激发自己作为喜剧诗人的真正才华。歌德中年时写过几行这样的诗句，那些《维特》的仰慕者们读了一定会不知所措：

若徒有放任习性，
则永难至境遨游。

---

* 本文系作者为美国翻译家伊丽莎白・迈耶(Elizabeth Mayer)与美国诗人露易丝・博根(Louise Bogan)合译(诗歌部分由奥登翻译)歌德作品《少年维特的烦恼与中篇小说》(*The Sorrows of Young Werther and Novella*)(纽约：兰登书屋，1971年)撰写的序言。

非限制难见作手，

惟规矩予人自由。[1]

大多数歌德的同时代人并没有读过他的晚年作品，可生活在二十世纪而不是十八世纪的我们读过，但我们还是为《维特》着迷，虽然是以不同的方式。对我们来说它读起来不像是爱情悲剧，反倒是对一个彻头彻尾的自我主义者全面精妙的刻画，就像被宠坏的小屁孩一样，维特没有爱的能力，因为除了他自己他什么人、什么事也不关心，他自说自话，才不管给别人造成什么伤害。这个自我主义者把自己想象成狂热的恋人，歌德明显很喜欢这一主题，三十年后，他在《亲和力》里又刻画了一个相同的人物，及丈夫爱德华一角。

歌德是否从内心深处真的期望读者仰慕维特这个人物？他为什么要讲仆人爱上守寡的女主人的故事？偷偷爱了她很久之后，他终于向她表露心迹，却被她兄弟的举动吓到，最后可想而知，他被解雇。过了不久，他枪杀了顶替他位置的那个仆人，他这么做毫无道理，我们所能猜到的原因就是那个仆人的成功见证了他的失败。歌德不仅创造了这样一个角色，还让后来将要自杀的维特把自己代入了那个杀人犯的处境，这样一来，读者们便无法把自杀与“高贵”联系起来。另外，如果歌德确实期望我们成为维特的拥护者，在维特—绿蒂—阿尔贝特这段三角恋情中支持维特，那么我们会希望歌德把阿尔贝特描写成没有教养的粗俗之辈，绿蒂与他之间的婚姻根

1. 引自辜正坤先生的译文，选自《简论诗歌翻译与语言艺术问题》一文，发表于《英语世界》，2012 年第 12 期，商务印书馆。

本就不幸福，但事实却非如此。阿尔贝特的确是个“死脑筋”，欣赏不来克罗普斯多克[1]和奥西恩[2]，可他是个好人，深情、勤劳、顾家，绿蒂对他也很满意。她从来没有表达过要嫁给维特的意思。她很喜欢他，但明显只是把他看作“弟弟”，一个能交谈、能谈笑风生的弟弟。她不喜欢面对惨淡的事实，这是她的弱点，也是最终造成悲剧的原因之一：她一直都期待维特的激情可以退却，他们可以只做朋友，却没有意识到这根本不可能发生，对她来说唯一的明智之举就是把他拒之门外。

为了逃避自己的情感困惑，歌德去魏玛宫廷做了公务员，很快被委以重任。同样的，维特在清醒的时候，通过朋友威廉的好心帮助，意识到自己能做的唯一一件明白事就是放弃绿蒂，去找份工作，显然也是诸如公务员之类的职位。他发现自己所处的社会古板沉闷，谄上欺下，保守俗套，可他的顶头上司伯爵大人却很喜欢他，看起来他就要飞黄腾达了。后来却有了一段令人不快的小插曲：

> [C伯爵] 昨日邀请我去他家赴宴。城里整个贵族阶层，那些先生们小姐们，都习惯在那天晚上聚在他家。我完全忘了这件事，也不曾想过像我这样的小职员其实在那儿是不受欢迎的。

那些贵族到了，他觉得气氛开始变冷，可是他没有走，反倒是呆

1. 克罗普斯多克(Klopstock，1724—1803)，德国浪漫主义诗人，在诗歌上受弥尔顿的《失乐园》影响极大。
2. 奥西恩(Ossian)，传说中三世纪爱尔兰英雄和吟游诗人。

在那儿，一副目中无人的样子，结果就是大家对他公然无视，最后伯爵不得不亲自请他离开。

关于这个也许还可以再说几点。首先，作为一名职业的外交或行政工作者，他不应忘记自己所处社会的各种行为惯例。第二，维特早已充分了解这样的事实，贵族阶层自认为高人一等，自然也比他优越，因为他出身中产阶级，不够高贵。最后，如果有人觉得自己所处那个年代、那个地方的社会风俗愚蠢可笑，不大恰当，那么他大可以自行其道，赢一个局外人的美名。有两种做法，要么保留自己的观点，置身事外，随意遵守那些风俗习惯，要么故意打破那些习惯，令他人惊愕不已，自己却乐在其中。维特惹了一桩丑闻，却自得其乐。虽然人们不欢迎他，但他留了下来，偏要违抗那群人的意愿。可是他的宝贝自我却因为他们的反应受了伤害，他随后离职，把所有希望都寄托在绿蒂还有灾祸身上，他毁了自己，毁了绿蒂和阿尔贝特的生活。多可怕的小怪物！

《中篇小说》1828 年出版，四年后歌德离世，这本小说是牧歌这种文体的极佳范例，而德语作者，比起其他语种的同行，总是更擅长写牧歌。(我想不出有什么英语作品确切说来算是牧歌。)《中篇小说》读起来像是他某部最杰出作品的附言，即那首发表于 1798 年的史诗《赫尔曼与窦绿苔》。和田园诗一样，牧歌预设了人与自然、欲望与理性的和谐关系，但是在牧歌里对人与自然的描写则要贴近现实得多，它不像田园诗那样过于理想化。牧歌和喜剧一样，必须有一个圆满的结局，但是又和喜剧不一样，它里面的情绪总是严肃稳重的。

在《中篇小说》里有两个重要的地点，小镇的市场和老城堡，还有两种重要的人物类型，猎人和驯兽师。市场这个意象意味着美好的人类社会，平和、勤劳、协作、富饶。

> 王子的父亲挺长寿，能见到这一天，善用这一点，那时，显而易见所有的国民都知道要勤勤勉勉过日子，每个人都竭尽所能工作生产，都知道先苦后甜。

> 山民们的家在岩石、冷杉和松树中间，他们从静谧的家中出来，和平原上的人们，和那些小山、田野与草地间的居民混在一起，还有小镇来的商人，其他一些人，大家都聚集在此。悄悄打量了人群一番过后，公主问她的随从，所有这些人，无论他们来自何处，他们的衣着怎么都这么华丽，真是没必要，他们身上边边角角多了许多布料、亚麻线和缎带。“看起来女人似乎特别愿意把自己填塞起来，男人们也是，要把自己裹得鼓鼓囊囊才算满足。”
>
> “我们还是别因为他们那种快乐而愤愤不平了，”那位老先生说。“人们有点闲钱就打扮打扮自己，这时候他们很开心，真的特别开心。”

老城堡则早已变成废墟，藏匿在森林里面。现在正在修缮，似乎不是要重新住人，而是建一个新的旅游景点。如果我读懂了歌德的话，他是在讲一个关于野性的、未驯服的自然与人类工艺或是技巧之间关系的寓言。人必须尊重自然，而不是要奴役她，另一方面，自然需要人的协助来完全实现自己的潜能。自然恶魔般毁灭性的一面通过火的故事表现出来，市场里起了两场大火，第二次的时候似乎就要把它吞噬。可是，我们注意到，在这样一个场合发生火灾也许是人的疏忽造成，而并非“上帝之举”。人可以也应该驯服火，就像他如果够灵敏耐心的话，也一样可以驯服狮子老虎。但是他总是把野兽当成杀戮的对象，或者为了取乐而利用它们。在描述王子狩猎过程时，歌德用了军队的暗喻，这一点意味深长。

> ……计划是要深入群山，来个偷袭，打破那些森林住客的安宁。

逃脱的猛虎靠近公主时，她恐惧万分，这是很自然的反应，而奥诺里奥射死了老虎，这也很自然，虽然后来他们了解到，除非受了惊吓，不然老虎不会伤害他们。奥诺里奥再三考虑，后来动手时就要迟疑得多。

> “快给它最后一枪！”公主大喊。“恐怕这头野兽还会拿爪子伤你。”
>
> “很抱歉，可它已经死了，”年轻人这么回答，“我不想弄坏它的皮毛，明年冬天你滑雪橇时可以用来做装饰。”

城堡堡主的态度也是一样，因为无法射杀狮子他有点恼羞成怒：

> “我为什么昨天要把枪拿到镇上去清洗！如果枪在我手里的话，那头狮子早就死翘翘了。那张兽皮也就是我的了，我还可以拿这件事炫耀一辈子，唉真是的！”

王子，公主，还有奥诺里奥人本不坏，但还需要给他们再上几课，他们要学会尊重生命。是那些粗人，那些男人、妻子和孩子给了他们生命，而狮子老虎这些野兽正是粗俗存在的一员。因为他们还不坏，他们甚至会愿意从下等人那里学点什么。把孩子当成主要的老师，这是歌德极好的艺术构思，就让他把这个想法歌唱出来吧，而不是写成无韵文。

意大利游记*

众所周知，欧洲文坛一直是由三大巨头执掌，《芬灵根守灵夜》里把他们称作“胆提”、“膏弟”和“小铺客仆”[1]。但对大多数英语读者来说，这第二个仅仅是个名字而已。比起意大利语，德语学起来要难得多，而且显而易见，莎士比亚的作品很容易译成德语，但歌德的文章要翻成英语却异常困难。相比之下，翻译荷尔德林和里尔克的作品就要容易得多。读一读《浮士德》的译本，任何人都会发现歌德是个特别智慧的作者，可是也许也会留下这样的印象：他太过智慧、太过冷静。这是因为没有译本能准确抓住歌德的文风，他处理各种诗体，无论是俗诗谐曲，还是抒情或肃穆的诗歌，都游刃有余。

另一方面，懂点德语、慢慢开始接受歌德的读者又会遇到另一个文化壁垒。德国的教授和批评家们把歌德捧上肃穆的神坛，把他说的每一个字都奉为圣言。即使我们的文学传统也是这般尊崇伟大的作家，但如果说要把莎士比亚这人当作偶像就要困难得多，因为我们对于他的生平一无所知，而歌德的作品几乎都是自传体的，活着的作家中关于他的生活有最多的记载，比起歌德，甚至约翰逊博士都只能算默默无闻之辈。

那些不懂德语无法读懂歌德诗作的读者，或者那些生来就对某一领域的圣哲抱有偏见的人，或许刚开始时读一读《意大利游记》比较好。首先,数以千计的英国人、美国人亲自去过意大利,对他们中的一些人来说,就像歌德一样,能欣赏到意大利的自然景观和人文艺术算是他们重要的人生经历,所以无论这本书是谁写的,他们都会对书的主题感兴趣,而且他们也乐意比较一下他们熟知的二战后的意大利和歌德经历过的法国大革命前的意大利。(我觉得两者惊人地相似。在欧洲还有其他国家的国民如此不受政治变动和技术变革的影响吗?)

歌德去意大利不是为了搜集奇闻轶事,他不是记者,可是《意大利游记》里最美的篇章却少不了新闻记者的好运气,当然也因为他文采出众。歌德在给马尔切西内一处废旧的堡垒画素描时差点被当作奥地利间谍抓起来;住在那不勒斯时遇上维苏威火山大爆发;从西西里岛返程时倒好,乘的那条船又差点在卡普里岛那儿失事。旅途中他遇到很多奇奇怪怪有趣的家伙,比如毒舌的那不勒斯王子,容易发脾气的墨西拿行政官,还有哈特小姐,她后来嫁给了汉密尔顿,好像是她——上帝宽恕她!——发明了现代舞。还有一次,他偶尔打探到消息,后来居然因此遇上了卡里奥斯特罗伯爵[2]的几个仆人,那可是当时闻名世界的大骗子。通常在人们的印象中歌德是个不苟言笑的人,但是在这些奇闻轶事的描写中他展示了喜剧天分,也许更令人吃

---

* 本文系作者为美国翻译家伊丽莎白·迈耶与作者本人合译歌德作品《意大利游记》(*Italian Journey*)(伦敦:柯林斯出版社,1962 年;纽约:万神殿出版社,1962 年)撰写的导言。

1. 三者的英文为 Daunty、Gouty 和 Shopkeeper,分别是"令人畏惧的"、"痛风病的"、"小店主"的意思。一望便知这三者是但丁、歌德和莎士比亚。

2. 卡里奥斯特罗伯爵(Cagliostro,1743—1795),西西里炼金术士、庸医。

惊的是，把这些事情写出来，看来他早已有把自己当作小丑的觉悟了。

要把旅行书籍写得好看，就必须有敏锐的观察力，以及细致刻画的能力。歌德对于如何描述事物一定有他自己的见解，在 1826 年给一位年轻作者的回信中他这么写道：

> 直到目前为止他都自顾自只写主观的现代诗，一直沉迷于此。只要是和内心体验、情感、性情相关的内容，或者是关于这些的思考，他都很拿手，与这些相关的主题他也能处理得很出色。可是处理任何与实际客观物相关内容的能力他还很欠缺。和现今所有年轻人一样，他一直在逃避现实，却不知想象必须建立在现实的基础上，而理想也必须回到现实。我给这个年轻人布置的题目是：假设他刚回到汉堡，如何描绘一下这个城市。他一开始的想法是写写他多愁善感的母亲，他的朋友，他们之间的亲情友情，如何有耐心、互帮互助等等。易北河还是静静流淌，也没城市和停泊港口什么事，他甚至连拥挤的人群都没提一句——这样的汉堡和农伯格、和梅泽堡又有什么区别。我直截了当把我的想法告诉了他，如果他面面俱到写写这个伟大的北部城市本身，另外加上对家庭的情感，那么他就成功了。

歌德自己的写作实践很特别，奇怪的是，他的作品总让我想起现在一些法国小说家的非文学实践。描述事物的传统方法是把对于对象的感官认知与由对象引起的主观情感通过比喻或暗喻结合在一起。歌德不这么干。相反，他故意把感知与情感的部分分开，尽全力堆砌一个个修饰形容词,来描写物体的确切形状与色彩,以及相对其他物品的确切空间位置。相对这样一种精确性,在表达情感时他所用的形容词却总是模糊且平庸的,比如漂亮的,重要的,宝贵的,这些词重复出现。

这样的写作过程有一个难点,因为语言本身是一个很抽象的媒介。无论作者多么细心,都无法完成对某个独特物品的语言描述,最好的情况下,也只能是对某一类物品进行描述。唯有视觉艺术和摄影才能展现一个具体物品的独特性。当然歌德对这一点了然于胸,他这么说:

> 我们应该少说话,多画画。我自己都不愿意开口了,我希望自己能像有机的自然一样,用画笔而不是嘴巴进行交流。

当然他也知道这有点夸张了。事物总有一些特质是极其客观的,就如同他们看起来那样,只有通过语言才能表达出来。绘图能呈现物体的某一瞬间,却无法展示它的变化过程,以及它的未来,只有语言能做到这点。歌德的描述方式的价值并非在于他的“以字刻画”能力,他不像 D. H. 劳伦斯那样能把风景或建筑呈现在读者眼前,但是他对于历史进程有强烈的兴趣,比起其他作家,他更关注事物如何发展到当下的状态。他总是拒绝把美与必要性分开,因为他相信要欣赏万物的美,必须得理解事物美的原因与过程。对歌德来说,如果见到美丽的白云,却不知道,或者不想知道任何气象学知识,见到美丽的风景,却没有地理知识,见到一株植物,却不去研究它的构造与生长方式，见到一具人体，却不懂什么解剖学，观察者就作茧自缚地把自己锁进主观审美的情绪里，他认为这是同时代作家易犯的恶习，总是对此进行谴责。

歌德描写自然的作品很成功，描写艺术作品时却不然。事实上，有时候他的读者指望他更多一些亲身实践，而不是像他鼓吹的那样："艺术是观察而非评论的对象，除非是在一件艺术品面前，可能有例外。"这么说的原因之一当然是歌德对自然历史了然于胸，却对艺术史知之甚少。另一个可能的原因是这两种历史互不相同。自然历史有连续性，和社会史、政治史一样，每一时每一刻都有事件发生。而艺术史没有连续性，艺术史学家能说明某个画家愿意画画时，他的某种作画方式可能受到某种环境的影响，但他无法解释画家为何要画画。正如歌德所说，我们会觉得大自然的作品与伟大的艺术作品都必然会存在，但是自然是*必定会*存在，而艺术是*应当*存在。

三十年后，《意大利游记》的第一部分出版，当时罗马的德国艺术家圈子一片哗然。他没提到的那些人觉得受了冒犯。有些作品他没机会看到，看过的又下了主观评价，那些艺术家借此下定论说歌德一定是闭着眼睛在意大利旅行的。

这么说不公平。不要说是歌德，每个人都有自己的品好，因为每个人脾性不同，所处的年代也不尽相同。歌德在帕多瓦参观阿雷那小礼拜堂[1]时也许乔托的壁画没有展出，我们都知道他想看来

1. Scrovegni 教堂，也被称为阿雷那小礼拜堂（Arena Chapel），是帕多瓦著名银行家斯克罗维尼于 1303 年斥资所建，里面装饰着举世闻名的乔托在 1305—1306 年创作的 38 件壁画。

着。但是说起来阿西西那两个教堂，他却是故意没去的。对歌德来说，阿西西的教堂里没有古希腊、古罗马到曼坦那[1]时期的绘画或雕塑作品。

可是，歌德在意大利游记前看过的绘画、雕塑和建筑艺术少之又少，如果我们了解这一点，那么他评论艺术时不偏不倚的态度着实叫我们吃惊。比如说，他理想中的现代建筑家是帕拉迪奥，可是对于巴洛克建筑他也有极大的鉴赏能力，甚至比大多数十九世纪的后来者还要有眼光。起初他对基督教的绘画主题嗤之以鼻，后来他改变了态度。虽然在他看来观景阁的阿波罗这尊雕塑仍然代表了古希腊艺术的最高成就，可他也学会了欣赏帕埃斯图姆神庙[2]这样的古风建筑。虽然他承认见到帕拉戈尼亚[3]王子奇形怪状的别墅时感到震惊，可是在描述这栋建筑时他又满怀热忱，表明他也为之着迷。而且不管怎样，歌德从未夸口要写一部意大利艺术导览，他只是告诉我们他的所见所闻，以及他的偏好。他不曾断言他的判断就绝对正确。即使在我们看来，他也许高抬了一些绘画作品，但我想他从没诋毁过任何我们眼中的上乘佳作。

我们都喜欢阅读旅游书籍，因为一次旅行就是一个原型符号。

---

1. 曼坦那(Andrea Mantegna，1431—1506)，意大利画家、雕刻家。
2. 帕埃斯图姆(Paestum)，原名波塞冬尼亚，是纪念海神波塞冬的。由希腊移民建于公元前六世纪，前273年沦为罗马殖民地。在古罗马帝国期间是重要的贸易港。疟疾的周期性爆发以及撒拉逊人的野蛮骚扰使人们无奈放弃了这座城市。十八世纪修路工人又“发现”了这座城市。帕埃斯图姆有三座保存完好的古希腊神庙。帕埃斯图姆和韦利亚考古遗址已经被列入联合国教科文组织世界文化遗产名录。
3. 意大利卡塔尼亚省的一个市镇。

在火车或飞机上，很难不去幻想自己是探寻之旅的主人公，正在生命之水[1]上找寻被下了魔咒的公主。而且很多旅行，包括歌德的，确实是探寻之旅。

《意大利游记》不仅仅描绘了风土人情，还记录了歌德遭遇第一次重大人生危机时的心理状态，我们在三十来岁四十出头时或多或少也经历过类似的危机。

歌德的第一次人生危机发生在1775年，当时他二十六岁，早已因写作《葛兹·冯·伯里欣根》和《维特》而名声大振。虽然这么说有些粗泛，可歌德当时领导的狂飙突进运动确实代表了情感的自发性，他们喜欢莎士比亚和奥西恩的作品，喜欢温暖的情感，他们反对传统礼法，拉辛和高乃依读来乏味，他们反感冰冷的理性。类似的运动在历史上常有发生，结局都大同小异：那些接受狂飙突进理念的人早年还能创作出卓越的作品，可后来如果不酗酒甚至自杀就日渐低落，许多人都是如此。一件艺术品如果让自然与艺术对立，那它一定会弄巧成拙。克尔恺郭尔口中的美学信仰指的是对于当下那一刻情绪的信任，按照波德莱尔的说法，这种信仰首先会让人"乐于培养自己歇斯底里的能力，但同时又带着恐惧"，最终会让人绝望，所以，后来歌德也走到崩溃的边缘。他在1775年4月写道："我总是不断地陷入困惑之中。"他的父亲建议他去意大利旅旅行，他就计划着去了。十一月初他到了海德堡，年轻的魏玛公爵用马车去接歌德，邀请他与他共事，一两天后歌德答应了。

1. 这里借用了格林童话中《生命之水》的传说。

很难想象这个年轻的诗人，生活上足够富裕，爱干什么就干什么，却选择去一个小小的宫廷当公务员，而不是去意大利散心。歌德出于本能做出这样的选择，他天生就知道正确的前进方向，这种出色的能力伴随了他一生。在政府谋职，他不能随心所欲，只有限制自由才能从以往无意义的存在中脱身。这样一来，他的主观情绪就得到了控制，因为除了他自己以外，他还要为他人负责、要替他人办事，这就是魏玛给他的财富。大公和大公夫人年仅十八，除了他们，歌德是宫廷里最年轻的职员，可一年后，他升职为枢密院顾问，接下来的十年间，又担任了矿务官、公国国防部长、公国财政官等要职。除此之外，他还开始认真地学习科学，这使他变得更加理智。1784 年 3 月，他有了一个重要发现：他能证明人与其他哺乳动物一样拥有颚间骨。

在魏玛的头十一年也见证了歌德的柏拉图式爱情。他与夏洛特·冯·斯泰因在此期间一直互传音讯、互通信件。斯泰因相貌平平，年长他十一岁，而且已经是三个孩子的母亲。这个二三十来岁的小伙子又一次有了惊人之举，他竟然对这段“精神的”纯洁关系如此满意，也许这又一次证明了他那种与生俱来的能力。在担任枢密院顾问一职时，他已经做好了不受个人情感影响担负起责任的准备，却仍旧没有做好在情感上为他人负责的准备，那时候他需要的不是情感责任，而是情感上的安全感，而这只有在柏拉图式的关系里才能得到，就像与母亲、与姐姐之间的关系一样。

在旁人看来，歌德在 1786 年时的生活境况一定令人羡慕。他身居要职，受众人喜爱景仰。可是实际上他正处于崩溃的边缘。在魏玛的稳定生活渐渐变成一个樊笼。虽然那种生活也让他把《维特》抛诸脑后,但是他却无法得到任何灵感,他不知道接下来要写些什么,因为他来到魏玛是为了摆脱《维特》带来的烦恼,可他在魏玛受欢迎的身份正是《维特》的作者,魏玛的圈子一直这么看待他。他的职场生活是个安慰,但是他并不把公共事务看作自己的使命,他的工作变得日益无趣,无法激发他的想象,却又耗费了他大把的精力。他最大的成就要算科学研究上的发现,但同样的,他又不是科学家,他是诗人。即使他要写的那一类诗歌里科学知识不可或缺,但只要他留在魏玛,他的科学探索与他的诗歌也不会有任何实际交集,只能是不相干的两种活动而已。还有他在魏玛的朋友们,在他们眼里歌德正开始超越他们——这正是天才的不幸所在。赫尔德[1]在斯特拉斯堡时还给过年轻的歌德诸多教导,但是他已经不能再教他些什么,也许赫尔德那种喜欢教条的校长做派也开始使他厌倦。对于夏洛特来说,歌德早年似乎是个性欲冷淡的男人,一直到1786年相对年长的时候他才有一些身体上的欲望,这一点和叶芝很像。

我们无法知道他什么时候有了离开魏玛逃去意大利的想法。他告诉我们是因为他特别渴望那片"古典之地",他都不敢读经典作品了,因为一读心里就不安宁。可是实际上他是到了最后一刻才下的决定。8月28日,他在卡尔斯巴德庆祝三十七岁生日,一大群宫里的人正在那儿泡矿泉疗养。两三天后,歌德因为必须要到山里做

1. 赫尔德(Herder,1744—1803),德国哲学家、路德派神学家、诗人。其作品《论语言的起源》(*Treatise on the Origin of Language*)成为狂飙运动的基础。

一次短期地质考察，所以和大公一起回了魏玛，其他人还留在原地。他们离开后，歌德向大公请了假，接着，9 月 3 日那天凌晨三点，歌德跳上一辆马车，没有带上随从，也没带什么行李，顶着“莫勒”的假名，突然就逃走了。似乎他对大公也没有特别讲明自己的计划，否则大公就不会在他走了以后才收到他 9 月 2 日写的信了：

请原谅我，向您辞行时我真不清楚自己是否要离开，又要去向何处，甚至现在我仍旧对未来一无所知。

您是幸运的，您朝着自己设定与选择的目标前进。您的内政管理井井有条，治理有方。我想您会允许我现在多考虑一下自己。事实上，您总是这么待我。目前我当然不是不可或缺，我手头那些特别的事务有些时候没管了，这样一来，没了我它们照样可以正常运转一段时间。我也许死了也没人会感到震惊，真的。我不想提现在我的条件多么优越，只恳求您给我一段假期。这两年来泡温泉调养好了我的身子，我希望自己的脑子也得到更多的锻炼，只要我能独自呆着，多看看这大千世界。

头四卷书我终于写完了。赫尔德不遗余力地帮我，他是我忠实的伙伴。现在我需要休息，才有心思完成剩下的四卷。我以前把它想得太轻松了，现在才开始意识到要费大力气才不会把事情弄得一团糟。所有这些那些都迫使我去到一个完全陌生的地方，这样我才能忘我。我要独自去旅行，给自己取个别名，我特别期待这次冒险，虽然这听起来有些奇怪。但是过后请不要告诉任何人我要离开的消息。我的每位同仁或下属，每个和我有牵扯的人，他们都会一礼拜一礼拜地盼着我回去，而我就不管它了。即使我不在，我也希望自己能像人们任何时候期待的那样做出点成绩……

歌德在罗马只有蒂施拜因这一位笔友，他是个德国画家，通过他歌德结识了当地的德国艺术家们。虽然他一直跟魏玛那边抱怨自己如何如何孤独，但显然他已经在社交圈里玩得风生水起。在罗马他是自由身，在魏玛却不尽然，如今他可以隐姓埋名，选择自己的交际圈，虽然过不了多久大家就都知道了他是歌德。他与那群同胞走得很近，这是他自愿的选择，也是因为意大利人不好接近的缘故。罗马大多数的同乡人，除了安琪莉卡·考夫曼以外，都比他年轻，相反，在魏玛大多数朋友都较他年长。歌德三十七岁时，蒂施拜因才三十五，凯泽、克内普和舒茨三十一，莫里茨二十九，李普斯二十八，迈耶二十六，而布里只有二十三岁。他们中只有莫里茨是作家和知识分子，没有诗人，也没有牧师，同样，除了安琪莉卡以外，所有人都比不上他富有。对于这个阶段的歌德来说，这样一群伙伴再好不过。来意大利前他见过的原版建筑、雕塑和绘画，无论是古典的还是文艺复兴时期的，都是少之又少。他不违背常情，知道只有亲眼见了这些艺术品，才算是完全理解或领会。他还想要学习绘画，不是为了成为画家——他从来没妄想过自己会成为严肃的艺术家——而是为了学会遵守规则。绘画是训练思想专注于外部世界的最佳方法。为了锻炼自己的观察力，为了学习绘画，他需要专业画家的帮助，而在罗马的大多数朋友都是画家。另外，如果他要成为更优秀的诗人，当下对他来说最好的伙伴不是像席勒那样与他真正旗鼓相当的文学家，而是不懂文学的一群人，至少他不用太过于理会他们关于文学的任何言论。当然他们也都知道他是个著名诗人，安琪莉卡还是个随和的女性听众，但是他们不会假装自己是诗歌方面的评审专家，如果他们有什么不满，他可以置之不理，而魏玛的圈中人如果给他的诗歌下点评判，他可无法这么泰然。他承认从莫里茨的诗歌创作理论那儿受益匪浅，但其他刺激想象的灵感并非来自与人交谈或者阅读，而是来自对于意大利人一举一动的观察，以及在意大利一草一木中的生活本身。那里的气候，各种形状和色彩与他所知的北方世界全然不同。歌德一定要从魏玛的文学氛围中脱身，这一点从他关于新版《伊菲革涅亚》和《埃格蒙特》的书信中能猜出几分，魏玛那边显然更欢迎老的版本，也不会照顾到他新学会的古典做派。

最后要说的是，这个有些我行我素的艺术圈像是一个伟大城市中的外邦殖民地，歌德从中获得自由，他的私生活无拘无束，而在一个德国的地方宫廷，这完全不可能。因为只能看到他的信件，我们只好猜测一下魏玛那边是如何回应他这整个意大利冒险之旅的。显而易见，那些人感觉受了伤害，他们怀疑他，否定他，妒忌他。如果读者读到歌德不停强调自己如何如何**用功**、强调意大利给他带来多大的**好处**，觉得有点不耐烦，那么一定要理解他，因为他得要安抚一下那些朋友们，离开他们他显得太过欢天喜地、容光焕发了。他对于罗马经历的描述，尤其是他第二次的旅行，比起《意大利游记》的其他部分要索然无味一些，原因之一是我们觉得歌德身上一定有过极其重要的遭遇，他不愿意与大家分享。歌德在罗马的生活与拜伦在威尼斯的日子没有任何可比性，但也不是什么光彩的经历，歌德并非日日想着什么阳春白雪，显然他只是在寄回乡的信中这么瞎扯罢了。去意大利之前那张过分精致、纤细敏感甚至有些神经衰弱的脸孔已经不在，取而代之的是一张有着男子气概、自信满满的脸庞，这一来一去的表情有着千差万别：从意大利回来后，歌德获得了性的满足。

如果歌德隐瞒了一些东西，那么他坦白的内容倒是千真万确。他确实很刻苦，意大利也确实给他很多好处。每个读过《意大利游记》的作者都会发现歌德关于自己工作方式的那一段描述很有意思。他写作速度惊人，常打腹稿——如果不马上记下就会忘记——随时随地都可以写上几笔：没有多少诗人在病痛缠身时仍可以坚持写作。对他来说，最大的困难是无法坚持完成一部作品，因为他脾气有些急躁，想法太多，兴趣又太过广泛。刚开始改写《陶里岛上的伊菲革涅亚》时，他心里又想着另一部戏《德尔菲的伊菲革涅亚》；正在巴勒莫的公园逛着，构思着一部关于娜乌西卡的新戏，突然他又有了什么"原始植物"的想法，看来植物仙女赶走了缪斯女神。

所以他有许多未完成的作品。他 1779 年动笔写《伊菲革涅亚》，写完的时候那部 1775 年开始创作的《埃格蒙特》还没有完成。后来他终于完成《埃格蒙特》，却又有两部更早之前的歌唱剧需要改写。等这些都完成之后，他掏出已经搁置了十八年之久的《浮士德》手稿，稿纸已经泛黄，他又加了一两幕戏。还有那部写了九年的《塔索》，从罗马出发去别处游玩时他一直带在身边。除了写作他还忙于社会交际，四处游玩，他的爱好还包括钱币、珠宝、矿石和石膏模型收藏。他还得学习绘画和透视法，另外还要做点植物学实验。这样精力充沛的生活读上去就让人觉得精疲力竭了，可我们知道歌德却乐此不疲，这倒很有意思。

我们[1]试着翻译《意大利游记》，不是字句摘抄的简写本，那只能算作是给视力差的人配副眼镜。我们要翻译的是整本书，是盲人都可以读懂的布莱叶[2]文字。也就是说，译者必须假设读者现在无法、以后也永远无法读懂原文。这就意味着读者根本不是研究原作者的专家。一方面，他们也许对他不甚了解，另一方面，他们想要的也许不是那些卖弄学问的注脚。

对于译者来说最大的困难并非原作者说了什么，而是原作品说话的口吻如何。一个写作思考都是用德语的人如何能用英语写作思考，而且还能保持他作为歌德的独特个性？向大众推出译本就意味着译者确实理解了歌德，知道歌德的母语如果是英语，他会如何写作。事实上，译者还借此表明自己有通灵的本领。而众所周知，巫师都是些见不得人的角色。

《意大利游记》一书在何种情况下写成又出版，这其中有个挺特别的问题。书里大多数的内容是基于当时写的一些书信和一本日记，可是过了二十五年后歌德才将它们整理成书，另外，书里的第三部分出版时歌德已经接近耄耋之年。这样的编撰方法就牵涉到编辑的问题，必须承认，歌德不是一个合格的编辑。如果有人同时给

1. 作者注：《意大利游记》英文版由奥登与伊丽莎白·梅耶合译。
2. 布莱叶(Louis Braille, 1809—1852)，法国盲人教育家，盲文点写法的设计者。

两个人分别写了两封信，唯一的结果就是这两封信必定有一些重复的部分。如果一天欢愉下来疲惫不堪，又着急在日记里记上一笔，那么在叙事过程中自然有些头绪不清的地方——比如搞反前后顺序——但是如果真决定用这样一些素材写一本书，那么就要把重复的部分删除，把混乱的叙事理理顺，把模糊的部分说清楚了。

即使是在《意大利游记》的头两部分，歌德也有一些疏忽的地方。比如说，根据1787年4月13日、14日的日记，歌德写了一段关于拜访卡里奥斯特罗伯爵家亲戚的文章。可后来冷不丁读者又会发现，作者第二次提到这件事时把时间设定在1789年。实际上，歌德只是把1792年自己在魏玛做的关于卡里奥斯特罗伯爵的讲话抄了一遍，那篇讲稿倒是基于日记写成的。说到第三部分，我们只能推断是歌德把材料直接交给了秘书，也没有重新审读一遍，而秘书也迫于那位伟人的威慑，没有提出任何指正。

所以我们觉得有必要自己做点编辑工作。以前的英语译者中有一位圣公会牧师，他把歌德提到的对于罗马天主教会的赞誉全略去了，而我们只是在文风上做了点修正。我们把看起来不恰当的一些重复段落删除，而一些他的通信者才懂的暗示，普通读者只有对照长长的注解才能弄明白，我们把这些也删了。我们还四处颠倒了一些句子的顺序，使文章更符合逻辑。《论美的图像式模仿》一文也不得不整篇删除，场面上我们可以说这篇文章里的一些思想源自莫里茨，而不是歌德，但真正的原因是它太过冗长，废话连篇，听上去就像是对德国“深奥”散文的戏仿。

如果有人觉得我们这样修修补补是亵渎圣物，那我们只好引用

大师自己的一段话来做回应(引自1827年给斯特克夫斯的信):

> 如果译者真正理解了原作者,他就能用自己的方式不仅呈现出作者的所有,还能呈现出作者的意图以及作者应做而未做之事。虽然我不能说这是真理,但至少我在翻译时一直遵循这样的路数。

G先生*

这本集子[1]编译得很出色，碰巧作者又说是献给我的，我可不会因为得了这样的褒奖就不去把它吹捧一番了。

许多作家、曲作者和画家生前就举世闻名，可是在生前，甚至在人生的最后二十五年，自己本人就成为闻名国际的旅游景点的，我能想到的就只有歌德。每个去欧洲旅游的人，无论男女老少，无论是德国人、法国人、俄国人、英国人还是美国人，都不免在自己的旅行日程上写下"拜访"歌德这一项，这与"观览"佛罗伦萨和威尼斯是同样的性质。

如果说大多数人拜访他就因为他是那本书的作者，也就是他年轻时写的《少年维特的烦恼》，这显得更加古怪。即使在德国国内，他晚年的作品也只有那几本大获成功，比如《赫尔曼与窦绿苔》，还有《浮士德》第一部分，而他的一些最优秀的作品，比如《罗马哀歌》和《东西合集》，却无人问津，更别提受人欢迎了。《浮士德》的第二部分出版时歌德已经过世，有书评家曾这么说过："歌德从我们眼前消失时，这本书出现在我们眼前，同样的，即使歌德的精神才华消失了，这本书的精神内容仍不会消失。"

歌德如何从不甚了解他的人群中得到这样的名誉，他又为何会有这样的名声？人们将他看作圣哲，像一个公共的神谕传达者，这一点对我来说至今仍是关于他的谜团之一。歌德的个性中有令人惊讶的一面,并不是说有人拜访他时他摆出一副冷若冰霜的面孔,人们满心期望能从他那儿得到一些金玉良言,可往往除了一句“哼!”或者“你真这么认为吗?”之外,一无所获,我指的是歌德居然会同意和他们见面。不时有愚蠢的访客上门,偶尔也有特别逗人的,譬如那个英国人,把德语的“那个呜咽的孩子”读成“那个十八岁的孩子”,还告诉歌德他吃了一惊,因为“民谣《魔王》里那位父亲被刻画得对孩子如此体贴入微,而毕竟他很有福气,有那么一大家子人”;但是多少都是平庸之辈,无聊至极啊!

年复一年,究竟歌德怎么才能忍受下来?也许《交谈与会面》里的一段话能说明部分问题,路加和匹克先生在序言里引用了歌德自己的话:

> 独处时我会想象把一个熟人叫到跟前。我会请他坐下,和他讨论那时候我脑子里想的话题。他偶尔也会回应,用他惯常的方式表示同意或反对……奇怪的是,我这么召唤来的人都不是我的好朋友,而是些很久没见的人,有一些甚至还住在地球另一边,我和他们也只是打过照面而已。但是一般情况下他们都不是写作的人,他们善于接受他人,乐于倾听,总是兴趣盎然,不带偏见,接受

* 本文于1967年2月9日发表于《纽约书评》,系作者为大卫·路加(David Luke)和罗伯特·匹克(Robert Pick)合编作品《歌德:交谈与会面》(*Goethe: Conversations and Encounters*)撰写的书评。

1. 作者注:《歌德:交谈与会面》,由大卫·路加和罗伯特·匹克联合编译。

他们能理解的事物。虽然偶尔我也会召唤一些天生爱反驳的家伙,来做一些辩证练习。

从这番坦白中可以清楚地看出交谈对于歌德的意义,那不过是独白而已。他是和想象中的对象交谈,同样他也可以和实际的人对话。给他一瓶红酒,几个认真的听众,他也可以高谈阔论一番自己的想法,但那不是为了和听者交流,只是为了自己抒发一番。当然,和实际的听众交谈不无风险,因为他们总是会提些问题,或表示几声反对,独白式的演说则大可不必理会这些,可是实际上,看起来歌德只要一开口就很少被打断。所以有一次有人不但直截了当反驳了歌德,他还心怀感激承认了错误,当然他费了一番力气才有这样的态度,读到这样的事还真是头一遭:

……有一次,大伙在魏玛大公家用晚膳,歌德就火炮的学问发表长篇大论,尤其是炮兵连如何排兵布阵才最有效云云……我说:"我亲爱的议员先生!恕我冒昧,我们博美拉尼亚人都比较直接,我冒昧插一句嘴可以吗?在我们国家有句老话:各守各业,各安各职!您谈些戏剧文学,还有其他艺术方面的学问知识,我们自然洗耳恭听……但您开始聊火炮时可以说完全是另外一回事,更不要说教我们军官如何使枪唤炮;请您原谅,但我不得不说这方面您确实完全是门外汉。"……歌德听了我这番话一开始脸色绯红,可能是生气了,也有可能是感到尴尬,不得而知……但是很快他就平复了心情,笑着说:"好吧,你们博美拉尼亚人都是绅士,你们是直接爽快,我刚刚听得可够清楚的,您那个也许不是直接,而是粗鲁吧。但是我们还是别吵来吵去的,我亲爱的上尉!您刚刚彻彻底底给我上了一课,下次您在场时我再也不提火炮的事情啦,也不会教军官们他们的分内事。"这么说着,他还非常诚挚地与我握了握手,我们后来一直是最要好的朋友;真的,对我来说,歌德现在比以前更需要我的陪伴啦。

(摘自《一个普鲁士炮兵军官》)

两个自说自话的人碰面会有什么遭遇?见到斯达尔夫人[1]后,歌德这么对他的朋友说:

"这一个小时过得很有意思。我插不上嘴;她很能说,可是有点啰嗦,是很啰嗦。"——与此同时,一群女士想知道我们的阿波罗大神给这位访客留下怎样的印象。她也承认说她说不上话。"可是,"(据说她边说还边叹了口气)"有人这么健谈,多听听也是美事一桩。"

(摘自《阿马利亚·冯·哈尔维格[2]》)

歌德喜欢交谈,却不会像西德尼·史密斯或者奥斯卡·王尔德

1. 斯达尔夫人(Madame de Staël,1766—1817),法国浪漫主义女作家、文学批评家。她在拿破仑在任期间,沦亡德国,对德国的浪漫主义十分熟悉,写出《论文学》、《德意志论》等,猛烈抨击矫揉造作的贵族沙龙文学和束缚个性创作的古典主义法则,传播浪漫主义文学。

2. 阿马利亚·冯·哈尔维格(Amalie von Helvig),德国浪漫主义诗人。

那样能说些诙谐的箴言警句。他曾说过:“想想肩上承担的对自己对他人的巨大责任,还敢有什么幽默感。但是,”他接着说:“我无意非难那些幽默作家。人到底需要良知么?谁这么说来着?”此外,也有清晰的证据表明歌德一旦认真起来,也可以逗乐其他人。历史学家海因里希·卢登就记得歌德讲过的一桩趣事,是关于一个古怪的奥地利老将军:他的讲述不可能比歌德当时讲得更生动,可是我们也被他逗得乐不可支。

歌德与约翰逊博士一样,说话从不言简意赅。不管是记载下来的言论,还是他的书面作品,你都无法找到一句这样过目难忘的句子——“周日应该不同于其他日子:人们可以散步,但不能向鸟扔石块。”(这是说他的无韵文作品。他的许多诗歌里有的是警句名言。)

可以说歌德和亨利·詹姆斯很像——詹姆斯也很严肃,晚年时也口授他人完成自己的文学作品——他们说话非常咬文嚼字,只需这样补述:“(他们)说一口漂亮的书面语。”也就是说,歌德的口头表达已经具备了我们寻常在书本上读到的书面表达的一些特质。他思考的单位不是句子,而是段落,他能毫不迟疑地吐出几个句子,每句都符合完美的句法,互相之间合乎逻辑。歌德是历史上少数几个人们认为演讲时就能当场录音的人,他们的语言用不着通过第三方回忆来再现。

当然,我们手头的材料无法涵括他所有的言谈。席勒是歌德生命里唯一一个智力相当的好友,虽然我们能读到他们的书信往来,但是却无法知道他们私底下相互都谈些什么。歌德与他妻子克里斯蒂亚娜私下如何聊天我们也不得而知。我们手头大多数都是些与歌德不怎么相称的人写的东西，无论他们和歌德私交多好，歌德和他们谈话时必定会自命不凡。如果就某些话题歌德要和他们吐露心声，那么他们一定会震惊不已，议论他脑子有问题。

歌德死后出版的诗作中，有一些对性欲和宗教主题的处理直截了当，令人吃惊（顺便推销一下：在企鹅丛书的《歌德诗选》中可以找到一些，选编者也是大卫·路加），我们知道歌德有时候说话也用同样的调调。那些听他这么聊过性和宗教的人都不会把这次交谈和人分享，因为他们确实感到震惊，更加可能的原因是他们觉得自己有教养，仍然能区分公共演说和只能私下聊聊的话题，而如今人们把这一点全忘得差不多了。《交谈与会面》里有一段小故事，描述了歌德如何一开始就要惊世骇俗。讲法语的瑞士人索雷对歌德说，如果他生在英国，他应该是个自由党人。

> “你把我看成什么了？”歌德跟他顶嘴，带着他的魔鬼梅菲斯特那种似是而非的嘲讽口吻，以此把谈话带到新的方向上。无疑他不想谈政治，因为他不喜欢政治。“如果我出生在英国——哦感谢上帝我不是英国人！——我应该会是个坐拥百万家产的公爵，或者年收入三万英镑的主教！”
>
> “太好了！”我回答说，“但是假设你没那么走运？这世上厄运可多的是。”
>
> “我亲爱的朋友，”歌德答道，“我们并非每个人生来就会走运。你真的认为我会干那种自找苦吃的蠢事？……我本应在诗歌散文里长篇累牍夸下海口，谎称自己确实有三万一年的收入。人只有

> 谋得高位才不会被欺，而一旦名声大振了也不能忘了周围那群乌合之众不过是一群傻瓜白痴。如果不能把他人的辱骂变为自己的优势，那你也只会沦为那群人中的一个。那些辱骂正是拜他们的愚蠢所赐，我们自己不去利用，他们就会坐收渔利。”

路加先生和匹克先生很妥善地处理各方材料，比如里默尔和艾克曼[1]编撰的歌德作品集——在序言中见到他们有勇气顶着目前对《交谈》一书大加责难的风气，坚持对此书给予支持，我很高兴——他们还挖掘了很多大多数读者不熟悉的内容。

我自己对亚历山大·斯特罗加诺夫伯爵日记的节选内容特别感兴趣。斯特罗加诺夫心里早就看歌德不顺眼，因为他厌恶文学爱好者的圈子，本人也不怎么爱读歌德的作品，可是到头来他却完全折服于歌德的魅力。

另外，我听说歌德讨厌戴眼镜的人，可是我以前从来不知道原因。

> 我总觉得戴着眼镜的陌生人会把我当成仔细端详的对象，他们凝视的眼神就是他们的武器，穿过我层层最最隐蔽的思想，在我一张老脸上四处搜寻最最细小的皱纹。可是想要通过这种方法了解我无异于破坏我们之间那种原本公正平等的关系，因为他们正在阻止我反过来了解他们。

1. 两人都是歌德作品的编者。

如果歌德那个年代有太阳眼镜的话他的日子该多难过啊?

歌德不喜欢狗,这一点众所周知,也无伤大雅,不过这倒让我们惊讶于一个人兴趣如此之广的同时,还看到一个对他来说相对冷门的领域。歌德热衷于研究人类、天气、石头、蔬菜,不过在动物的领域,虽然他有过重要的解剖学发现,却没有表现出太大的兴趣。他给里默尔的理由听起来非常古怪:动物不会说话。

> 他唯一对动物感兴趣的一点是动物在组织结构上或多或少与人类相近,人是造物中最终无可争辩的统治者,而动物则是暂时的先行者。他不轻视动物,事实上他甚至会研究它们,但大多数时候他还是会怜悯它们,因为它们无法清晰恰当地表达自己的感觉,只不过是不见天日、受到压抑的生物罢了。

歌德曾说过他生命中唯一真正幸福的时光是在罗马的那几个月。他可能有点夸张,但是要说在意大利的日子是他成年后唯一真正自由的一段时光,倒并不假。那时他没有义务做任何事、见任何人,除非是他自己的选择。在魏玛,无论是身为公务员,还是剧院经理,或是社交名流,他都有诸多令人厌烦的义务要完成。

> 我真正的快乐来自诗意的冥想与创作。但是世俗的职务总是来打扰、限制并妨碍那样的生活。如果我可以多一些置身事外,不去理会那么多公共事务,过一种更隐士的生活,那么我会更快乐,也可以做更多作家该做的事。

然而他的世俗职务却都是他自己的选择，如果他决定退隐，过更加隐士的生活，没有人会阻止他。

我自己的感觉是歌德也许受忧郁症的困扰更多，他不愿向别人承认这一点，在他的谈话和作品中都没有提及，因为有忧郁症他才害怕独处。另外，因为他讨厌政党政治里的盲从现象，所以他也用自己的一套方法说服自己写作需要“根据一定的政治观点”，说服自己纯粹的文学生涯对人来说不够完满，用古希腊人的想法来说，因为每一个人都是“政治动物”，都有自己的社会责任，他无法违背本性而忽视那些责任。

歌德是个特别复杂的人，至少许多英国人、美国人对他是既爱又恨。有时候人们觉得他傲慢自大，是个令人讨厌的老家伙，有时又觉得他满嘴谎言，是个虚伪的老人家，就像拜伦说的，“一只不愿离开洞穴的老狐狸，在洞中喋喋不休大道理说得好听。”可是，虽然人们会抱怨，最终却不得不承认他是个优秀的诗人，也是个伟大的人物。而且，当我读到下面这段逸事时：

> 歌德突然从马车里出来，开始端详一颗石头，我听到他说：“好啊，太好了！你怎么到这儿的？”——这个问题他重复了一遍又一遍……

我不由得大叫一声，不是“伟大的G先生”，而是“亲爱的G先生”。

一个辉格党人的画像*

一

西德尼·史密斯生于1771年，两年前，瓦特发明了蒸汽机，一年前，戈德史密斯[1]发表了长诗《荒村》，诗里生动描述了圈地运动带来的恶果。那个年代，夜行伦敦仍是件危险的事情，没有防水帽、吊带裤，没有甘汞、奎宁[2]，没有俱乐部，也没有银行，整个城市都掌握在大地主手中，上流社会的绅士先生们有三分之一总是醉醺醺的。他死于1845年，同年恩格斯出版了《英国工人阶级状况》，纽曼进入罗马天主教会。美国独立战争、法国大革命、拿破仑战争、浪漫主义运动都在那时候爆发，房子里有了煤气灯，全国各地都铺上了铁路，到处竖起牢固的维多利亚式建筑（1818年包德勒[3]的《莎士比亚集》也出来了），迫于公众压力，议会不得不缓和一下对市场不管不顾的态度（1833年通过第一部《工厂法》）。

西德尼·史密斯的母亲玛利亚·奥利尔是法国的胡格诺教徒[4]；他的父亲罗伯特·史密斯性格古怪，喜欢折腾，结婚当天在教堂门口就抛下新娘子去了美国，几年都没回来，余生也一直走在路上，搞一些没有名堂的投机生意，他还要求一家子黄昏时坐在餐桌旁，一坐就是几个钟头。但是他的几个孩子都混得比他好：三个儿子去了印度（唯一的女儿自然留在家中），一个不幸英年早逝，另外两个发了大财；西德尼是次子，最终成为圣保罗大教堂的教士，成了他那一代人中最负盛名的急智者。

他皮肤黝黑，比较壮实，后来变得肥胖，所以晚年时饱受痛风之痛。精神上，他和其他许多风趣的人一样，不得不一直同忧郁症作斗争：对他来说早上起床是件难事，他无法呆在昏暗的房中——他写过这样的句子，“比起在蜡烛旁吃野牛肉，还不如在亮堂堂的煤气边上啃干面包”——小调音乐让他不安。他曾写信给同病相怜的朋友，告之如何克服低落情绪，他有自己的秘方：

> 1. 用少量的水冲个淋浴，调低水温到75度或80度，让身体稍稍有冷的感觉。
>
> 2. 考虑人生时就要目光短浅——想想晚餐吃点什么、什么时候喝喝茶就够了。
>
> 3. 越忙越好。

---

* 本文系作者为《西德尼·史密斯选集》(*Selected Writings of Sydney Smith*)（纽约：法勒-斯特劳斯-卡达希出版社，1956年）一书撰写的导言。经柯提斯·布朗有限公司批准再版，版权归属：1956年，W. H. 奥登。

1. 戈德史密斯(Oliver Goldsmith，1730—1774)，十八世纪英国剧作家。

2. 甘汞为常用杀虫剂、杀菌剂。奎宁是疟疾用药。

3. 托马斯·包德勒(Thomas Bowdler，1754—1825)，英国编辑和医生。在《家庭版莎士比亚集》(*Family Shakespeare*)（1807年版4卷，1818年版10卷）中，包德勒将莎士比亚作品中自己认为粗俗、淫秽或亵渎的字词和句子都删掉，并进行编辑。

4. 胡格诺派，十六到十七世纪法国新教徒形成的一个派别。该派反对国王专政，曾于1562—1598年间与法国天主教派发生胡格诺战争，后因南特敕令而得到合法地位。后又遭迫害，直到1802年才得到国家正式承认。

4. 多多拜访尊重你、喜爱你的朋友,还有有趣的熟人。

5. 注意茶和咖啡对你的影响。

6. 不要读诗,不要看戏(除了喜剧),不要听音乐,不要看严肃小说,不要和多愁善感的人打交道,凡是可能激发情感的事都要避免,处理事情最后不可大发慈悲。

7. 把火生旺。

8. 宗教信仰要理性、坚定、持之以恒。

这足以说明他想法中的优点以及缺陷。这样的人会一直牢牢抓住具体的、垂手可得的事物,但不要指望他能有什么深邃的洞见。西德尼·史密斯的宗教信仰完全发自内心,可是当我们发现他年轻时却渴望读个法律系,就用不着大惊小怪了。他只是因为缺钱才不得不从了圣职。关于宗教的排他性他写过多篇檄文,令人赞赏,读者一定觉得他对所有神学教条都持怀疑态度,可是读者又会有这样的疑问,西德尼·史密斯如何解释他的英国国教徒身份,他为什么不是,比如,唯一神教派教徒呢?他批判卫理公会教徒和皮由兹主义教徒[1]时语气如此尖锐,人们不禁感到他奚落怀疑的对象不仅仅是宗教"狂热"造成的愚蠢行为,而是那种"狂热"本身。

---

1. 皮由兹(Pusey, 1800—1882),英国神学家。十九世纪中期牛津大学部分教授发动宗教复兴运动,又称牛津运动,或书册派运动。该运动主张恢复教会昔日的权威和早期的传统,保留罗马天主教的礼仪。宣扬英国国教奉行罗马天主教和福音教派之间的中庸之道,并回击各种批判、倡导恢复宗教改革以来在英国国教中被放弃的各种仪式。皮由兹是运动领导人之一,皮由兹主义即运动中体现的以上思想。

二

有形教会的经济来源一直是个有趣的话题。英国国教是国家教会，收入部分来自自有财产，部分来自税收，相比之下，信众捐赠的都是小钱。王室并非唯一的赞助者，主教们也提供了部分生计，大教堂分会也会捐一部分，私人赞助者也有部分功劳。这些钱都用在教堂的日常维持和神职人员的薪俸上，教会还要尽量给每个教区都配备一名品格端正、受过教养的牧师。除此之外，因为大多数英国国教神职人员都是已婚人士，他们也需要足够多的钱养家糊口、支付孩子的教育费用。

在西德尼·史密斯生活的年代，他曾计算过教会的全部收入，他认为如果平均分配的话，那足以支付每位牧师（助理牧师除外）每年 250 英镑的所得——“相当于上层贵族的家庭开支。”当然，没有平均分配一说，像坎特伯雷大主教就比较富有，有 25 000 英镑的收入，而乡下教堂的牧师最多也只能拿到 150 英镑。为了争夺一个肥缺，那些有办法自己筹钱度过神职生活最初几年的艰辛岁月的，还有那些有良好的社会关系、能说服捐助者送钱的，自然要有优势得多。但是，出身寒门者也不是没有成功的机会。西德尼·史密斯曾刻画过这样一个神职人员的形象，那人是面包师的儿子：

> 小科朗佩特被送去学校——爱上了读书——和所有杰出的英国人一样，最好的年华都用在了写拉丁文诗歌上——学会自己

名字中的“科朗”要发长音,“佩特”得发短音——上了大学——因为一篇关于犹太人大流散的文章得了奖——接受圣职——成了大主教的专职教士——收了一个贵族学生——发表了一部没什么价值的经典著作,算是给未归正之人的忠告——接着在天国世界从受俸牧师、教长、高级教士一步步高升,持柄执权,长享荣华富贵。

从这番描述来看,不难推断此人能从默默无闻之辈坐上主教的位置,一定有一些必备的个人品质:有点小聪明,善于考试答题,却缺乏思想,嗜好权力,天生会谄媚巴结,外表庄严,最重要的是,赞同保守党派的政治主张。

这些品格西德尼·史密斯一个都不具备;他足智多谋,可是太过聪明,反倒有些危险;虽然他有些权贵朋友,但他从来不是势利小人,也从未溜须拍马;相反,他倒是总拿他们开开玩笑。最糟糕的是,他是个坚定的辉格党人。可是,他还是从底层——年薪 100 英镑,朋友没有权势——升到了圣保罗教堂驻堂教士的位置,虽然比不上主教的职位,却也有 2 000 英镑的年薪。看看他的成功之路,倒也未必无趣。他的职业生涯一开始就一帆风顺:年轻时,他在威尔特郡乡下做助理牧师,当地一位乡绅很喜欢他,请他做了儿子游学欧洲时的督导。西德尼·史密斯建议去魏玛,可是那时战争爆发,无法成行,他们就去了爱丁堡。在那儿他认识了杰弗里,布鲁厄姆,弗朗西斯·霍纳,并和他们一同办起了《爱丁堡评论》的报纸,刊登同时期的文学批评,还宣扬辉格党的一些政策方针。这份报纸立即取得了成功，史密斯开始成为公众话题。1800 年他娶了自己钟爱的姑娘，婚姻生活看起来一直特别幸福。他送给新娘的唯一一件礼物就是六把老旧的银茶匙，而她虽然有点微薄收入，不久之后就不得不变卖娘家的珠宝过活。1803 年这对夫妻搬到伦敦，他在一间孤儿院布道，在皇家学院讲授道德哲学，靠这点收入养家。通过兄长的介绍他进入"荷兰屋"的圈子，那是辉格党人的社交中心，很快他变得受欢迎起来，人们对他交口称赞。但是他的经济状况还是很差，连买把雨伞的钱也没有，更别提什么马车了。另外，他新结识的那些朋友虽然温文尔雅，又生活富有，却不过是在野党的成员，而且看起来也没有太多成为执政党的机会。后来，他又走了好运，皮特[1]死后，辉格党上台执政了几个月，那段时间里他被派去约克郡的福斯通村担任牧师，领 500 英镑一年的俸禄。自从查尔斯二世统治以来福斯通就没有自己的常驻牧师，但史密斯无意离开自己喜欢的伦敦社交圈子跑到乡下去，他把福斯通叫作"有益健康的坟墓"，对他来说，"似乎所有的创造力在茶点时间就丧失了。"然而，1808 年，保守党政府通过"神职人员居留条例"，史密斯被流放到"离一株柠檬树有十二英里远"的一个小村子，当时他三十八岁，村子里给牧师提供的住所就是一间地上铺砖的厨房，第二层再加一个房间，在那儿他一干就是二十年。

史密斯要不是有远见卓识，又曾经出没于各种社交场合，恐怕早已畏缩不前，放弃前程了。他是《彼得·普利姆雷书信集》的匿名

1. 小威廉·皮特(William Pitt, the Younger)，是十八世纪末到十九世纪初英国政治家，两度出任英国首相。

作者，此书震惊了大众，也惹恼了政府。人们已习惯读到最可口的晚宴、最入耳的交谈、最最优雅的绅士淑女，而这本书读起来就像世界末日，陌生人一定认为他落魄沮丧，只能借酒浇愁。但他根本不是那样。他坚持读书论道，坚持和别人高频通信；他给自己设计了新的牧师住所，请来当地的木匠装修；他发明各种灵巧的小玩意——在壁炉上凿槽的工具，防止烟囱堵塞的设备，节省蜡烛的羊油灯，给所有动物设计的某种特别的抓扒杆子，诸如此类。他还没有疏忽神职，据记载，他是最好的乡村牧师，是教区居民的偶像。教会服务只是他职事的一小部分：他开始辟小块地做菜园，以极低的租金租给农民，以此增加他们的食物供给；他尝试各种日常食物，要找出既便宜又营养的；他还是村民的医生和地方法官，替许多人申冤，使他们免遭牢狱之灾。

在福斯通的前半段时间，他一直受经济问题困扰——比如，1816 年粮食歉收，他和教区居民一样，连买白面粉的钱都拿不出——可是 1820 年的时候他一个婶婶过世，出人意料地留给他一笔遗产，减轻了他的负担，到 1828 年，就像 1808 年那时候一样，辉格党人和保守党组成临时联合政府，他们记起了他，给他谋了份布里斯托尔牧师的差事，于是他去萨默赛特郡的库姆洛里村拿牧师俸禄了，虽然收入没有增加，却也算是在神职上升官一等。

从那时起他的生活开始一帆风顺：他领头的两件事大获成功——1829 年《天主教解禁法》通过，1832 年《修正法案》通过。在六十一岁那年因为服侍勤奋，他获得圣保罗大教堂牧师的职位，接着他那个终身未娶的弟弟死了，留下大笔的遗产，其中三分之一归了他。如今他变得富有，声名鹊起，远近闻名。去世前他写下一封信，很好地说明了他生命中最后十四年的光景：

> 因为既是伦敦圣保罗教堂的牧师，又是乡下一个教区的教区牧师，我的时间一半在城市，一半在农村度过。在大都市里我身边聚集了最优秀的人，环境自在安适；我的身体状况还过得去，作为一个温和的辉格党人，我也是宽容的国教教徒，多数时候谈笑风生，也爱热闹。在伦敦时我和富人们一同进餐，在乡下替穷人们诊疗看病；我在富豪的酱料和穷人的伤口间流转。总的来说，我是个幸福的人，世界对我来说是个娱乐场，感谢上帝，赐予我这一切。

三

西德尼·史密斯妙语连珠，其中的一些已经众所周知。诺维尔·史密斯给他编撰的书信集应该算是权威版本，1953 年由牛津大学出版社出版，读过此书的人大多都会承认西德尼·史密斯是书信体艺术的大师，可是他的另外一些出版著作似乎仍然无人问津。这一点可以理解，因为史密斯不是诗人，也不是小说家，自始至终他写的都是杂文，完全是英国“介入作家”[1]的表率。

一般说来，一旦杂文作者口诛笔伐的目的达到，他议论的事件已经过时，那么他只能接受被遗忘的命运。年轻人很难相信会有例

1. “介入”的概念由法国哲学家、作家萨特提出，他认为作家须通过作品介入社会，对当代社会、政治事件表态，从而保卫日常生活中的自由。

外，其实有些杂文作家和记者，才华卓绝，魅力十足，阅读他们的文章会觉得开心，充满崇敬之情，即使文章的主题本身平淡无奇。

文学批评家也不怎么拿杂文作家当回事，因为关于他们也没什么话题可讨论的。诗人、小说家、剧作家等等都是“纯”文学创作者，可是杂文作家在文体和意识形态方面并没有太多的“长进”。他们的思维与表达方式基本上很早就确定了，他们作品里的任何变化大多数只是讨论话题变化的结果。

然而有少数几位这样的作家，即使在文学圈他们也应该享有盛名，我首先想到的几位包括胡克，斯威夫特，西德尼·史密斯和萧伯纳。弥尔顿的杂文过于粗鲁，恣意谩骂，而朱尼厄斯[1]虽然才华横溢，却充满偏见。

在这些作家中，也许西德尼·史密斯对所要面对的读者群最敏感，他的语调也最多变。他很会说话，和受过教育的普通人他这样说——

> 坎特伯雷的大主教有必要举办盛宴招待伦敦的贵族，高级牧师的家仆们应当佩剑、包上假发，周转于猪肉、鹿肉、火鸡肉之间，可以说，他们要保卫那些东正教的美食家们，抵御凶悍残忍的唯一神教徒与浸信会教友，还得提防挨饿的异教徒孩子们。
>
> （节选自《给执事长辛格尔顿的信》）

---

1. 朱尼厄斯(Junius)为笔名，他于1769年至1772年间在伦敦一家报纸上发表一系列抨击英国内阁的信件。

他和目不识丁的乡巴佬也聊得来——

我不喜欢那样的红鼻头和模模糊糊的眼睛，瞧那副愚蠢气馁的模样。你是个酒鬼。再来一品脱，再来；杜松子酒兑水，朗姆酒兑牛奶，苹果酒掺点胡椒，外加一杯薄荷油，酒鬼们把所有这些鬼东西都倒进他们的喉咙……说什么没有麦芽酒、杜松子酒，没有苹果酒还有啥子其他酒就干不了活了，那简直是胡说八道。你说狮子们、拉货车的马儿们喝麦芽酒吗？那就是个习惯而已……你们看看，我也不反对喝点麦芽酒或其他酒，只要你们付得起钱。可是你们付得起钱吗？所以我才反对。你们花在酒上的每一分钱都是从可怜的孩子的口粮里、从你们老婆的穿戴钱里挤出来的？

和孩子说话他也是有模有样——

露西，我亲爱的孩子，留心你的算术学习。你知道，我看的第一道加法题里就有个错误。你进了两位(马车倒是可以带两个人)，可是亲爱的露西，你应该只进一位的。这不值得大惊小怪吗？如果生活里没有了算术，只是乱糟糟的一团呢？……现在我给你几句临别赠言。不要嫁给那些不能理解你，不包容你的男士，也不要嫁给那些每年赚不了一千英镑的男士。上帝保佑你，亲爱的孩子。

对他的对手来说，他总是表达清晰，见多识广，为人又公平公正。他擅长写长句子，短句也很拿手，辞藻华丽，有时又很朴实，他还是修辞大师，能正话反说，极尽嘲讽——

> 他们的目标是能继续狩猎；如果两者可以共存的话，他们也不反对保护其他动物的生命；如果无法共存，牺牲的只能是造物里最无价值的那个——没有灵魂的乡下人——不是基督徒一样的鹧鸪——不是不朽的野鸡——不是理性的丘鹬，也不是靠得住的野兔。

他还会以茶余饭后的轻松语调描写骇人的事情，达到讽刺的效果——

> 用了一个夏天的鞭子，就一个夏天：时间不长的季节就用翼形螺钉；天使报喜节（3 月 25 日）到米迦勒节（9 月 29 日）的这段日子折磨少点，轻松一些。

还有一些简单的比喻，但他用得很好——

> 尊敬的亚伯拉罕，也许你自己没有意识到，但是你夺走天主教徒的自由，和你太太莎拉拒绝交出火腿或醋栗水饺的配方是一样的。她不交出配方，并非因为那些配方保证了水饺的独特风味，而是因为她意识到邻居们想要得到配方：一个女祭司有这样的想法令人可笑，同样男祭司有这样的想法也让人羞愧；如果因为这种想法他失去神的祝福，那也是情有可原，如果这种想法限制了天赐

的宗教自由，那真算得上是暴君行为，可恶至极。

这段结论干脆有力，充满了正义与愤怒——

如果我住在汉普斯特德，嚼着炖肉，喝着红酒；如果我每个周日走去教堂，领着自己生养的十一个年轻人，他们脸上清清爽爽，头发梳得一丝不苟；如果万能的那位赐予我在世的诸多恩典——在烧杀掳掠爱尔兰那些慷慨勇敢、坦诚直率的贫穷农夫时，我得多下不去手啊……我要努力找出那些愤愤不平的受屈者，给他们带去慰藉，我要研究清楚一个民族的脾性与天赋所在，改变他们的偏见，挑选正派人领导管理他们，我要消除每一种特定的不满情绪，让他们过上幸福的生活，这是个艰巨困难的任务，必须警惕……可是在珀西瓦尔先生看来，这是低劣愚蠢的行为：不再有人破门而入——女人不再忍受屈辱——人们看起来都很幸福；他们不再受马踏鞭伤。这是努力的方向吗？这还是政府吗？

他掌握喜剧效果的能力很强，是这方面的大师。人们至今仍记得他的一些即兴双关语，比如在爱丁堡一条窄街的对面楼上听到两个女人尖叫着相互辱骂时，他说了这样一句话：

那两个女人死都不会达成和解：她们的前提[1]不同。

1. “前提”的英语是 premise，复数的 premises 也有处所的意思，所以这个词是双关。

也许他有个优点很特别，他能把类似的情况说成相同的；在勒德分子[1]暴动时他给朋友写了这样的话：

> 这些火烧暴行你怎么看？你听说过新型的烧火方式吗？女佣们喜欢给女主人们点点火。上周她们烧了两个阔太太，得了不少钱！他们还发明一些小灭火设备放在梳妆台上，用来喷薰衣草香水！

最后我得说的是，他的描写栩栩如生，风格是我们称为滑稽的巴洛克式的那种，和蒲柏一样稳妥：

> 主教们在拆房子，约翰老爷和他们见面见得很勤快；他们每天拆下的废料堆积起来，他对此赞不绝口；他们相遇总是甜美一笑，聊起气象学、黏膜炎之类的话题相谈甚欢，还会聊聊目前他们正要拆毁的那座大教堂；直到有一天早上，天气晴好，内政大臣告诉他们政府要接管所有的教会财产，拿那个发工资，剩下的再分发给那些合法的所有人。大臣语调温和，脸上洋溢着热情，比起看着母鼠啃食的公鼠还要柔情蜜意。他们说剧场里也没见过这样假惺惺的。很快教会的委员会遭到解散：伦敦政府紧握拳头，准备大干一番；牧师们匆匆撤出天主教势力，钻进热被窝避风头；教堂城市格洛斯特空空如也，萧条肃穆；一阵狂风骤雨之后，林肯市沦陷了。

1. 1811—1816 年英国捣毁纺织机械抗议资本家的团体成员。

四

西德尼·史密斯是辉格党思想的完美体现，即自由主义思想的英国版本。欧洲大陆左翼、右翼的观察者们总是对自由主义困惑不解，有时又为此愤怒不已。而欧洲那些通常是反教权、拥护共和政体、信奉唯物论的自由主义者也看不懂英国的社会改革，因为英国人的改革竟然很大程度上归功于宗教——比如说，英国的工党竟然和福音运动[1]牵扯在一起，而英国国教高教会派与青少年犯罪及城镇化带来的其他文化问题日益相关——赞成废除王权和上议院的英国自由主义者十分罕见。像戈德温和H.G.威尔斯这样与欧洲思想接近的自由主义者少之又少。

懂点历史的欧洲人会更加感到迷惑，因为他了解到，伏尔泰和法国启蒙时期的百科全书编撰者们提出了自由主义，他们受洛克，自然神教教派以及1688年光荣革命时的辉格党派作家影响很深，也从这些大家那里汲取了很多思想。支持教会的君主制主义者会有这样的结论，即英国的自由主义者内心深处是唯物论者，他们只不过借宗教情感放烟雾弹罢了，《三十九条信纲》[2]内容含糊不清，这就证明英国国教徒根本不知道自己信仰的对象是什么；反对教会的理性主义者同样也会怀疑英国自由主义者的信仰，因为他们的政

1. 福音运动(Evangelical Movement)，是自十八世纪初期到十九世纪八十年代中期的新教运动，该运动强调因信得救赎和个人归正的重要。
2. 英国国教的教义纲领。

治制度毫无理性可言。

分歧的产生在于"革命"一词在1789年法国大革命与1688年英国光荣革命中的不同含义。法国的革命是一场彻底的社会变革,新型的社会诞生了,而英国的革命是一个巨大的隐喻,意味着恢复平衡。

法国大革命意义上的彻底变革对于英国社会来说,与都铎王朝有关。处决查理一世和处决路易十四一样,都算不上是割裂历史的变革,而是恢复某种保守的甚至是中世纪的思想,也就是说,统治者无法超越自然法,在自然法面前他不得不臣服。接着,经历了摄政王朝的统治过后,英国人明白了专制政权的威胁靠废除王权一件事未必就能解除,因为有人自封圣人,声称受到神启,知道怎样才是幸福的生活,并有权力把自己的想法灌输给那些不信神的人,这和君权神授是一回事,同样都是威胁。1688年革命中的辉格党人和他们的后来者度过了这样一段历史,他们的社会经历了一个半世纪的激烈纷争和重大变迁,这些都是个人或少数人引起的,却要由公众来承担。所以英国自由主义中最基本的概念是有限主权论,主要观点大约是这样:

1. 每个人都有不同的性格脾气,所以任何强制绝对一致性的企图都是暴政。另一方面,除非社会成员有共同的信仰,有共同认可的某些行为准则,否则根本就无社会生活可言。

2. 因此,必须共同遵循的规则应该允许有不同的强调重点,规范社会行为的法律也应该得到公众的一致同意。就强制的一致性来说，这应该仅对外部行为有效，与私人想法无关，首先，因为毋庸置疑，个人要么遵守规则，要么违抗规则，其次，即使人们不完全认同自己的行事方式，但比起被迫相信一些错误的东西，前者更容易承受。因此，英语的公祷书里有关于礼拜仪式确切的规章条例，相比《三十九条教纲》的含义却有意模糊化了。

3. 改革实施的方式与改革本身一样重要。暴力革命与不作为一样，都是对自由的伤害。

4. 空想家们是人民公害。改革家们应关心具体的、可能发生的事。

法国启蒙时期的作家们处境完全不同，他们的社会是一个静态的社会，事物毫无变化。所以，对法国自由主义者来说，除了发生一场剧变，好像一切都无所谓，威胁自由的并非绝对统治权，而是把大众束缚在一个专制的社会里。毫无疑问，像圣加斯特那样的雅各宾派可以接受绝对统治权的概念，只要它不是绝对王权，可以是人民的绝对统治。唯物主义是法国自由主义者采用的自然哲学，因为他们的对手是那些因出身高贵就享有特权的贵族（十八世纪的英国贵族爵位几乎没有超过两百年历史的）。这种唯物主义成为教条式的武器也是理所当然，因为欧洲自由主义者眼中与社会及政治制度相关的哲学，还有罗马天主教会的神学，本身都是固执刻板、不懂变通的。

西德尼·史密斯是英国自由主义鼎盛期的代表人物。他从来不空想，也不泛泛而谈，总是有的放矢。他提议的改革有详细的内容,也能实现。此外,他还有这样的想法,在他看来大多数人自私自利,一些人愚钝乏味,少数几个不是疯子就是假模假样的地痞无赖,根本听不进道理。

因此,在反驳狩猎法时,他不会提一些有关私人财产不均等分配正义与否的终极问题,而是紧紧抓住诸如捕人陷阱、弹簧枪之类的直接问题。他假设正常人都会承认自己的残酷,指出要达到目的不必非得那样;可以通过人道的方法防止非法狩猎行为,比如,无论大地主还是小地主都有狩猎的权力,也可以把像鹅或鸭子那样的猎物作为私有财产,或者允许猎物的所有人把猎物卖给他愿意卖的人,因为只要有买卖猎物的禁令在,又有有钱人想要购买,那么非法狩猎的黑市就必然存在。

他不仅了解富人的世界,也了解穷人的世界,在这两个世界他都是受欢迎的,所以他知道穷人受到很多不公平待遇,这并非因为有钱人故意要行事不公,而是富人在自己的世界从未感同身受。他反对剥夺重罪囚犯请辩护律师的法律,认为这是封建时代的流毒,那时候囚犯都是皇家定的罪,替囚犯辩护就意味着对王权不忠。如今虽然不忠的感觉已经消失不再,为何那样的法律在法令全书上仍旧能找到,他简明扼要地说了下原因。

> 若要问为何现在没有上诉了——为何恶行没那么显眼了,都不过是议会的无稽之谈和内阁搞的把戏。很少见人上绞刑架了。如果有绞刑的话,就会一直有诉讼的请愿了。

有一种职业的自由主义者，无论谈到什么事情，他们都觉得应该采取左翼的自由主义态度。西德尼·史密斯可不会被这些人耍，比较下他的两本主要的小册子，《彼得·普利姆雷》和《给执事长辛格尔顿的信》，就可以清楚地看出来。在前一本中他的对手是保守党。有法律禁止罗马天主教徒参加投票，也不允许他们担任公职，当初通过这样的法律时也许有一定的正义可言——也许有人会支持召回斯图加特王朝的倡议——这样的危险早已经排除，但是这样的法律却仍在执行。西德尼·史密斯认为如果他能证明废除这些法律不会带来任何危险，那么大多数反对废除法律的人就能看到自己的不合理之处。对少数那些生来愚钝或是习惯煽风点火的人，他又有另一番说辞；他提醒他们如果不摸着自己的良心做事的话，会造成自己的财物损失。

在《给执事长辛格尔顿的信》里他的敌人不再是那些放弃改革的人，而是那些急着自上而下强加改革、根本不考虑公正问题的人。他问道，主教们有什么权力不考虑低级牧师就做出改变，而那些改变影响最多的还是低等级的神职人员，他们有教区生活经历，所以在具体评判权力滥用方面有更多发言权，不会笼统地下结论。另外，他还抱怨说许多改革计划都过于理想主义，而实行计划会需要一笔钱，教会却正缺钱。

他反对无记名投票，过后事实证明他错了，因为他没有预见有这样一天——这一点上他的对手们也没有先见之明——独党执政政府准备把手头高压政治的一切手法都用上，以确保得到压倒性的票数。即使如此，在他的小册子中有两点自由民主人士不可以忘

记;首先,自由投票者必须为自己的投票结果负责:

> 是谁把那个捣蛋放荡的恶棍安排进议会的?让我们来瞧瞧那些真正支持他的人的姓名吧!是谁站出来对抗高举的那只强壮的权力之手?是谁发现了这个至今仍默默无闻的优秀人才?……这个系统难道不黑暗不使人意志消沉吗?它对人的行动避而不谈,给大众这样的教导:卑鄙者不会遭人轻视,胜利者不会受人爱戴——

其次,自由投票者的投票不为其他,而是为了他心目中祖国能得到的最大利益。

> 如果一个深受欢迎的有钱人获得门客的欢心并赢得他们的选票,那么激进分子就会很满意;可是这不是和胁迫行为一样糟糕的事吗?选举真正的目的是选出称职的政治家,而不是好人或和蔼可亲的人:无论我对舞弊的结果一笑置之,还是愁眉不展,这样做对国家来说仍是无益。

五

现如今西德尼·史密斯代表的辉格党传统风光不再。因为不够优美,思想又够浅薄,而遭到抨击。

……什么是辉格党原则？

一种不加区分、充满敌意的理性思想

圣人眼中从来不会遇到

醉汉眼里也见不着。

可是，即使许多自由主义者让人感觉毫不起眼、思想肤浅，在处理任何具体的社会事件时，采取自由主义的态度却极少出错。而且，哦，这些真正的哲学家、作家曾经多少次用他们对人心、对人的存在的深邃洞见打动我们，又有多少次因为他们对日常生活事务的愚蠢错误判断，我们深感沮丧。

自由主义也因为不起作用而遭受批评。既然我们还得和那些不讲理的对手对着干，因为双方争论的绝对前提完全不同，那么这些批评还算有些道理。我们中的一些人似乎忘了最理想的交谈方式是理性对话，也忘了自由不仅仅是我们承认的某种抽象价值，这是很危险的事，但是，真实必须体现在个人行为和日常事务上。事实上，收到越多的批评，与行动相比，一个人的言论就越不起作用。在这件事上，不说别的，稳重的辉格党和狂野的存在主义者会达成一致。会有第二个兰多[1]出来，写一篇《给执事长辛格尔顿的信》的幽灵作者和《讨伐基督教国度》的作者之间“假象的对话”，这是多大的挑战啊。

1. 沃尔特·萨维奇·兰多（Walter Savage Landor，1775—1864），英国诗人、散文家。他曾完成多部头的散文作品《臆想对话》中的绝大部分，其中包括了古代和现代名人间近150次对话。

如果他们能比我们想象的更能理解对方，我不会感到惊讶。他们都憎恨抽象的体系，都是特别喜欢独创性的名人，也都可以非常有趣。克尔恺郭尔抨击中产阶级的主要论点是他们是对信仰骑士的戏仿，我觉得他会欣赏西德尼·史密斯定义**好人**时用的一套中产阶级话语的：

> 好人身材不高也不矮，穿戴整洁，神情愉悦，没有显著特色，也不表达异议，好人从不流离失所，他们在夹缝里生存，从不犯傻被人冒犯，也不矫揉造作……好人没有无谓的浅薄情感，他们巴结上级，乐见能人，为人谦卑，宽恕恶行，谅解别人的缺陷不足，他们尊重所有人的权利，从不劝人戒酒，说话不多，从不犯错，他们总是记得日期，记得桌上每个人的名字，他们从不伤害他人……好人从不撞倒酒瓶，也不弄翻化了的黄油，不乱踩狗腿，也不骚扰家里的猫，好人喝汤不发声响，言笑得体，为人细心谨慎。

索伦·克尔恺郭尔*

我并不代表与基督徒的宽容相反的基督徒的严厉。我只代表……人性的坦诚。

——克尔恺郭尔

尽管克尔恺郭尔的文章常常诗才横溢、哲思隽永，但他既不是诗人，也不是哲学家，而是一个传道者和基督教教义与行为的阐释者和捍卫者。在与他同时代的人中，能拿来和他相比较的不是陀思妥耶夫斯基或黑格尔那类人，而是十九世纪另一位伟大的传道者约翰·亨利，他后来成了枢机主教纽曼：两人都面临一个问题，即向国教仍是基督教的世俗化社会传道。两人都不是天真的信徒，因此读者无论阅读他们当中哪个人的著作，都会意识到他们是在对两拨会众——教堂内和教堂外的团体——讲道。两人都受到思想抱负的引诱。也许纽曼更为成功地抵制了这一诱惑（不得不承认，克尔恺郭尔偶尔会给人在精神层面唯我独尊的印象），但他并未遭遇克尔恺郭尔所面临的特殊处境——绝无仅有的苦难。

克尔恺郭尔似乎难逃受苦的命运。他父亲因幼时诅咒上帝而为负罪感所困扰；母亲是其父在婚前诱奸的女仆；遗传而来的衰弱的神经质体质因一次意外坠树而变得愈加脆弱。智力上的早熟加上父亲强烈的宗教熏陶让他在童年就拥有了成人的觉悟。最后，在命运的安排下，他没有住在振奋人心的牛津或巴黎，而是生活在知识分子群集的哥本哈根，没有竞争，也不被理解。像帕斯卡（他在许多方面与其相像），又像他时常惦记的理查三世，他注定无论做什么都是异类和受难者。正如帕斯卡不可能成为蒙田，他也永远成不了随和或精明的中产阶级。

受难者命中注定被某种殊异的方式所诱惑；如果他专注于自身，他就会相信，上帝并不仁慈而幸灾乐祸于让无辜者受苦，换言之，他在诱惑的驱使下选择了恶魔般的反抗；如果他相信上帝是仁慈的，那么他会认为自己有罪，但又不知道罪在何处，也就是说，他在诱惑下陷入了恶魔般的绝望；如果他是基督徒，他又会以另一种方式被诱惑，这是由于受难在基督教信仰中看似自相矛盾的地位。福累斯（Forese）悔过的幽灵对但丁所说的话很好地概括了这种矛盾性：

> "绕着这条路前行，
> 我们的痛苦周而复始：
> 我用了痛苦，但我应该用慰藉。"

因为，尽管基督教最终向世人传达的信息是福音："在至高之处荣耀归于神，在地上平安归于他所喜悦的人"，"凡劳苦担重担的人，

---

* 本文是奥登为《克尔恺郭尔的现存思想》（纽约：大卫·麦凯，1952 年）所作的序言。

可以到我这里来，我就使你们得安息”；但这句对于人类的自爱近乎噩耗：“背起你的十字架跟从我。”

因此，摆脱苦难在某种意义上就等同于主动承受苦难。如卡夫卡所言：“此生的快乐不是生命本身的，而是我们对上升至更高生活境界的恐惧；此生的痛苦不是生命本身的，而是我们出于那种恐惧的自我折磨。”

假如这两种意义的苦难被混为一谈，那么受难的基督徒很容易认为，这证明了他比那些受苦较少的人更接近上帝。

克尔恺郭尔的论战文章——他的所有著作都是论战风格的——朝两个方向同时展开：表面上反对他那个时代丹麦的资产阶级新教，内心则同自己所受的苦难作着斗争。对于前者，他说，“你们认为自己都是基督徒并感到心满意足，因为你们忘了你们每个人都是一个存在着的个体。当你们记起这点时，你们将被迫意识到自己不过是陷于绝望的异教徒。”对他自己，他说，“只要你的苦难使你反抗或绝望，只要你将你的苦难等同于作为存在着的个体的自身，并且由于反抗或绝望成了例外，你就不是基督徒。”

克尔恺郭尔和存在主义

无论存在主义在其发展过程中变得多么复杂和晦涩，它最初是基于一些非常简单的看法。

a）一切命题都是以其条件的存在为前提，也就是说，我们不能问：“X 是否存在？”而只能问：“这个存在的 X 具有特征 A 还是特征B?”

b)“我存在”这个主观预设独一无二。它显然不是一个可以通过实验被证实或证伪的预设,但不同于所有其他预设,它是不容置疑的,与之对立的观点不可能成立。我们似乎很难抗拒存在类似我们自我的其他自我的想法,至少与之相反的预设前所未有。但我们并不总是认为自然世界——即一个万物在其间自行发生的世界——客观存在。它不是魔术师创造的。(基督教对于这一预设的表述见于这一信条:“起初上帝创造天地。”)

c)我对于“我存在”这个看法的绝对把握并非它的唯一特征。对存在的意识也是完全私人和无法言传的。我的感受、欲望等可以成为我的认知对象,因此我能够想象别人的感受。我的存在却无法成为认知对象,因此如果我有必要的戏剧想象力和天赋,我可以去扮演另一个人,逼真到连他的知己都无法识破,但我永远无法想象作为那个人*存在*是怎样一种感受,我始终只能是假扮成他的我自己。

d)假如我从我的存在感中抽去所有可能成为我意识对象的东西,还剩下什么?

(1)对我的存在并非源于自我的认知。我可以正当地谈论我的感受,但我无法恰当地谈论我的存在。

(2)对我能自由选择的意识。我无法客观地观察选择这一行为。如果我试图那么做,我就无法选择。约翰逊博士对宿命论的反驳,to kick the stone and say,(“我们知道我们是自由的,但这是有限度的”)是对的,因为对自由的意识是主观的,即客观上无法证明。

(3) 与时间**共存**的意识,即把时间当作过去与未来参照系的永恒现在来感知,而不是对我的主观感受和外部世界**在**时间**中**推移或改变的认知。

(4) 焦虑(或忧虑)、傲慢(神学意义上的)、绝望或信仰。这些情感有别于恐惧、色欲或愤怒,因为我无法客观地认识它们;只有当它们激起上述可以被观察到的感觉时我才能了解它们。这里的焦虑是关于存在的焦虑,傲慢是因存在而生的傲慢,我无法置身于它们之外去观察它们。我也无法从别人身上观察它们。一个贪婪成性的人在我面前或许可以暂时掩饰他的贪婪,但如果我能每时每刻注意他,他迟早会原形毕露。然而,我可以观察一个人一辈子,但我永远无法确知他是否傲慢,因为我们称之为傲慢或谦卑的行为可能另有原因。傲慢被称为万恶之源是有道理的,因为有此特性的人觉察不到它,他只能根据结果推断自己是否傲慢。

这些有关存在的事实在基督教关于人类的受造和堕落的教义中已被表述过。人是按上帝的形象被创造的:之所以是形象,是因为他的存在不是自我生发的;而之所以是神圣的形象,则是因为如同上帝,每个人都意识到自己的存在独一无二。人类堕落是由于傲慢——想成为上帝和想从自身获得存在的愿望,而不是因为肉欲或者他“天性”中的任何欲望。

克尔恺郭尔的三种存在方式

克尔恺郭尔说,每个人的生活方式或审美,或伦理,或宗教,三者必居其一。既然他主要致力于描述这些生活方式如何适用于基督教或后基督教社会,那么我们或许可以从历史的角度来探讨这三种方式,从而更清楚地了解他的意图。所谓历史的角度,即指在审美和伦理作为一种宗教存在的阶段对其进行考量,而后将它们与基督教信仰进行比较,以便理解以下差异:首先是两种相互对立且无法调和的自然宗教之间的差异,其次是它们和启示宗教之间的差异,在后者中,两者既未被摧毁也没被忽略,但审美宗教失去了地位,伦理宗教得到应验。

审美宗教
(例如,希腊众神)

促发审美宗教的体验,或者说它试图战胜的事实,是自我在面对一个无比强大的非自我时表现出的外在软弱。为了生存,我必须坚定果断地行动。是什么给我这么做的力量?激情。审美宗教认为激情不属于自我,而是神的显现,是自我要生存就必须设法吸引或抵制的力量。

因此,在审美宇宙论里,诸神受造于自然,之后升入天堂,具有人类的外形和有限的数量(和激情一样),相互之间有血缘关系。尽管他们的形象代表某种激情,但他们本身并不受制于他们的激情——阿芙洛狄忒没有恋爱,马尔斯也不愤怒——假如他们的行为看上去确实富于激情,那也只是逢场作戏;就像演员,他们并没有真的受苦或者改变。他们随心所欲地赐予、扣留或从人类那里收回力量。他们对大多数人不感兴趣,只对少数超凡的个人感兴趣,他们对这些人恩宠有加,有时甚至会和凡间女子生下子嗣。这些与神有关系的超凡个人是英雄。如何知道一个人是英雄呢?通过他充满力量的行动和好运。英雄是光荣的,但他的成败并不是靠他本人。比如,奥德修斯的成功应归功于他的朋友帕拉斯·雅典娜;他的失败应归咎于他的敌人波塞冬。美学意义上的非此即彼不是好或者坏,而是强大或弱小,幸运或不幸。尘世的一连串事件没有意义,因为所发生的不过是神根据自己的意愿随意选择的结果。希腊人必须和特洛伊人打仗,因为这是"心存积怨的阿瑞斯的命令"。对审美宗教来说,一切艺术都是仪式——意在求神赐福以使自我变得强大的行动。仪式是人类在其中有行动或不行动的自由并因此对之负有责任的唯一活动。

审美宗教被摧毁继而在临终痛苦中产生悲剧基于这两个事实:人对善恶的分辨和他对凡人终有一死的确信,即最终并不存在强大或弱小的非此即彼,再杰出的个人也难逃绝对软弱的厄运。审美宗教试图用自己的术语作出解释,结果失败了。它设法将善与恶同幸与不幸、强大与弱小联系起来,并断定一个人如果遭逢不幸,他一定有罪。俄狄浦斯的弑父和乱伦并不是他的罪过,而是神对其傲慢的惩罚。荷马式英雄不可能犯罪,悲剧英雄必须犯罪,但两者都未受到引诱。很快,恶人走运而好人不得善报的现象让人开始怀疑神是否真的善良,直到埃斯库罗斯在《普罗米修斯》里公开声称权力和善良不是一回事。此外,审美宗教还试图从美学即个人角度将我们对普遍死亡的意识表述为连神都不得不敬畏的命运三女神,而用三个来替代一个的做法则暴露了它无法想象带有普遍性的失败。

伦理宗教
(希腊哲学的神)

为解决人类的死亡和软弱这个问题,伦理宗教在其发端时便提问,"在人类所知的范围里,是否存在不像激情那样来去如风的东西?"答案是肯定的,那就是人确凿无疑并且独立于时空和个体的理性,因为一个人无论健康还是生病,是国王还是奴隶,这种确定性是不变的。

为取代审美宗教被夸大的激情,伦理宗教将理念、首因和普遍性立为上帝。对前者而言,世界产生了诸神,他们又反过来统治世界,因为他们比其他任何造物都要强大,而在后者那里,上帝和世界永远是共存的。上帝没有创造物质世界;他只是物质世界秩序的诱因,但这并非由于他的任何行动——中性会更适合他——因为具有神性意味着自给自足,"不需要朋友"。相反,是物质想要从它所处的时间流的内在混乱中逃脱,从而"爱上了"神,并竭力通过有规律的运动模仿他的恒常不变。(柏拉图对一个神秘第三方——热爱理念并将之强加于物质的造物主——的引入使宇宙论趋于复杂,但没有根本改变它。)然而,被赋予理性的人类能直接将上帝理解为理念和法则,超越有限的身体激情,变得和神一样。

伦理宗教用对善的知识或无知来代替审美宗教强大或弱小、幸运或不幸的非此即彼。对审美派而言,恶是对这个有限世界的缺乏控制,因为一切有限性和激情都是软弱,通过超越这个有限的世界并掌握关于理性永恒、普遍的真理——如果你不遵循,就不可能知道——才能获得善。对审美派来说,时间没有意义,令人不知所措;对伦理派而言,时间是一种能够被看穿的表象。审美派信徒完全仰仗神同他建立关系;伦理派信徒通过自己的努力主动与上帝建立关系,他一旦成功,这种关系就是永久的,任何一方都无法破坏它。伦理英雄不是拥有力量的行动者,而是拥有知识的哲学家。

不过,和他的前任一样,伦理英雄没有受到诱惑,也不做出选择,因为只要他处于无知的状态,他就受制于激情,也就是说他必须屈服于当下的强烈感情。但一旦他认识到善,他就必须用意志践行它;他无法再拒绝认同善,正如他无法否认几何学的真理一样。

正如审美宗教中发生的情形,伦理宗教也面临一些它无法应对并可能动摇其根基的事实。它的前提"罪恶即无知;认识善就是用意志践行它"面临这样一个事实:人人生来无知,因此每一个个体需要有认识普遍的善的意愿,以便用意志去践行它。这个意愿无法从伦理层面予以解释,首先因为它不是一个理性观念,这样伦理宗教不得不转而依赖"天堂之爱"[1]这个美学概念对其作出解释。其

1. heavenly eros,初见于柏拉图《会饮篇》,与俗世之爱(vulgar eros)相对。

次，它不具普遍性；只对一部分个体有吸引力，于是伦理宗教不得不请来美学英雄，向他传授善的知识，然后由他凭借武力伸张正义。艺术对于被拣选的人不再是一种宗教仪式，而是一种有违道德的骗术，其用途只在于，它在唆使无知民众遵守他们所不理解的美德时是一种虽具欺骗性却富有实效的方法。

最后，我们发现，对善的认识不会自然而然地让认知主体用意志去践行它。他也许知道法则，但他不仅可能受诱惑违背它，还会屈服于诱惑。他甚至可能出于怨恨故意违背法则，只为表明他是自由的。

启示宗教(犹太教和基督教)

启示宗教是一种上帝在其中不以意识的客体(即一种感受或一个命题)而存在的宗教。他不是由世界所生，也不将秩序强加于与之永远共存的流动的万物，而是从“无”中创造了世界，因此虽然上帝和世界每时每刻都相互关联，但他作为对象是不可知的。尽管审美宗教所说的感受和伦理宗教所说的理念*曾是*上帝的在场，但现在它们只是*我的*感受，*我的*理念。如果我相信我所感受到的(比如，上帝在场)或者我所想到的(比如，上帝是正义的)是由我和上帝的关系产生的，这个信念便是一种启示，因为原因在我的意识之外。作为一种关系的一方(另一方是上帝)，我无法客观地、居高临下地看待整个关系，我只能用与之最接近的人类关系来近似地描述它，比方说，假如我最确定的感受是我大概会用父子关系来形容的那类体验，那么我可能会把上帝称为父亲。

在上帝和我本人之间建立联系已不再是问题，因为作为我的创造者，他必定和他的受造物有关，这一关系以我的存在为前提；唯一的问题是怎样的关系是正确的关系。这一关系的独特性在于，它是一种对他者的关系，但同时跟我和我自己的关系一样绵延不断、无可逃脱。审美派信徒同他所信奉的诸神的关系时断时续，并取决于他们的喜好——他们根本不必与他取得联系。伦理派信徒同理念的关系时断时续，或者不以他的喜好为转移。如果他愿意，它们总是在那儿等着被人思索，正如河流总是在那儿等着口渴的人去饮用，但假如他不愿意思考它们，那么也就不存在任何关系。然而，信徒同启示宗教的造物主上帝的关系却是牢不可破的：我，他的受造物，可以忘记这层关系，就像我在思考其他事情时会忘记我同我自己的关系，但如果我试图将它从我的意识中永久地驱逐出去，我不会成功摆脱它，它会变成愧疚和绝望来折磨我。上帝的愤怒不是对处于某种情感状态的上帝的描绘，而是当我歪曲或否认同他的关系时感受上帝的方式。所以但丁在地狱的入口题词道："神圣的力量创造了我，无上的智慧和原初的爱"——兰道(Landor)中肯地评价了炼狱，认为里面的人不想出去。在审美宗教和伦理宗教那里，恶是缺乏与上帝的关系，这在前一种情况下是由于上帝的旨意，在后一种情况下是因为人类的无知；而对启示宗教，恶是一种罪行，即人类的意志对于这一关系的反叛。

审美指令无法被编成法典，因为它们是神随意发出的命令，而且总是在不断更新。伦理指令应该能完全被编纂成一套普遍的道德法则。启示宗教告诉我们这为何不可能。一条法则要么是**描述性**的，要么是**规定性**的。**描述性**法则，比如科学法则，是客观公正的旁观者观察到的常规行为模式。对规则的遵守是它赖以存在的前提，一旦发现例外，规则就必须被改写，以使得例外变成模式的一部分，因为科学的一大预设前提是自然事件都遵循某种法则，也就是说，自然事件总是与某项法则有关，即使这项法则目前还不为科学家们所知。**规定性**法则，比如人类的法律，是强加于此前缺乏规律的行为的模式。这些法则要诞生，至少得有一些不遵守它们的人。不同于必须对事件发生过程彻底作出解释的**描述性**法则，**规定性**法则只关乎要求或禁止它们所指涉的那类行动的执行，只有当涉及执行或不执行属于该类别的某个行动时，人们才会和法则扯上关系；当他的行动不被任何法律涵盖时，例如，当他独自一人坐在自己的房间里，他和法律之间就没有任何关系。

如果上帝的命令对人类是**描述性**法则，那么违抗就是不可能的；如果它们对人类是**规定性**法则，那么人类同上帝的关系就不是永久的，而是间断的。上帝的命令既不是"听从你的直觉"的审美指令，也不是"这些是你可以或者不准做的事"的道德律令，而是"去做此时此刻我吩咐你做的"的使命召唤。

"罪人"基督

对于相信耶稣是其本人所称的作为存在个体的上帝之子的化身(他由他的父亲在天地诞生前所生，万物皆由其父所造)的人，他的出生、生平和死亡首先同时揭示了上帝无限的爱——正义意味着爱——和人类近乎无限的罪——没有圣灵的恩赐，他就不可能接受真理；其次，它们揭示了上帝和所有人都是有联系的，但对于他们中的每个人，他是独一无二的存在个体，也就是说，上帝是全人类而不单是某个被选中民族的父亲，所有人都是独特的存在，并非从审美层面，而是作为存在个体——使得他们中的每个人与众不同的是他们的存在，而不是他们的本质；再者，揭示了生命不是美学赞赏的对象，真理也不是论理挪用的对象，而是应该被沿袭的道路、内心的向往和指引一切行动的精神。只要整体上他们认为自己同上帝的关系在美学意义上独一无二，个体上把它看作同上帝律法的伦理关系，这一揭示就冒犯了犹太人；只要它宣称圣父不是**某个**上帝而是**唯一的**上帝，以及基督不是传授真理的导师而是真理本身，它就冒犯了异教徒。

犹太人会欢迎一位专属于他们的救世主，却不会接受这样一个救世主——要求他们放弃自己是上帝独特选民的声明或者上帝的律法包含个人的全部职责的信念；异教徒的想象力能够接受壮大其文化英雄队伍的新文化英雄，他们的理性能够接受为其增添知识储备的新导师，却无法接受一个逆来顺受、置信仰于理性之上并要求追随者只崇拜自己的导师。犹太人将耶稣钉死在十字架上，依据的是他犯有渎神罪这项严肃指控，异教徒这么做，则出于他是众人唾弃的对象这一轻率理由。

向非信徒传道

纽曼曾说："想通过论证使人信教跟试图通过酷刑让人信教一

样荒谬可笑。”无论论据多么具有说服力，论证者多么虔诚圣洁，信仰始终是别人无法替你做出的选择。帕斯卡的“赌注”[1]和克尔恺郭尔的“跳跃”[2]都无法充分描述这一现象，因为他们一个显示出深思熟虑的审慎，另一个则透着有悖常情的随意。但两者都有其价值：前者让人们注意到这一事实，即他们在人生所有其他领域时常凭着信仰行事，也乐于这么做，因此他们无权认为宗教是例外；后者提醒他们，他们无法全无信仰地生活，当他们所持的信仰破灭，他们赖以立足的基石崩塌时，要避免毁灭的命运，他们不得不跳跃，即便是跃入不可知的深渊。

因此，能够和非信徒争论的基督教命题只有两个：

(1) 耶稣存在；(2) 不信耶稣是救世主的人必陷于绝望。

一个人如果不是因为相貌不佳或道德意志薄弱——无力履行自己的职责——而丧失“勇气”，是不会真正皈依基督的，这很可能千真万确。克尔恺郭尔的大量著述是为焦虑不安的人写的，通过鼓励他更仔细地审视自己，向他证明他的状况比他所想的更严重。克尔恺郭尔强调最多的观点是，首先，任何曾接触过基督教的人，无论是信徒还是非信徒，都无法若无其事地回归审美或伦理宗教。当

1. Pascal’s wager，十七世纪法国思想家布莱兹·帕斯卡在其著作《思想录》中假定所有人类对上帝存在或不存在下注：如果上帝存在而我信上帝，那么会受到奖赏；如果上帝不存在而我信上帝，不会有什么损失；如果上帝存在而我不信上帝，那么会受到惩罚；如果上帝不存在而我不信上帝，不会有什么损失。他据此认为每一个趋善避恶的人都应该信上帝。

2. Kierkegaard’s leap，克尔恺郭尔认为人面临抉择的时候会引发焦虑，而这种决定是一种跳跃的动作，它无法用逻辑方法来推演，人的堕落也是一种非理性的跳跃。然而另有一种跳跃，就是信仰的跳跃，同样不能从处境中推演出来。当人面临致死的疾病或是无法克服的焦虑时，信仰却能帮助人克服。

然,如果他失去基督教信仰,他仍将回归之前的信仰,因为他无法全无信仰地活着,但他将不再是天真的信徒:他不再真正相信自己树立的偶像,但他不愿直面这一事实,于是他变得异常狡猾。

因此,审美个体不再满足于异教的消极节制;他将不再仅仅服从于他本性中的激情,而是为了有所遵从而不得不用意志力不断唤起自身的激情。那个对异教时而热情时而冷淡的浅薄追随者成了唐·乔万尼[1]——将其征服的女子列成清单以防遗忘的勾引家。同样,道德哲学家将不再满足于做一个只求弄清他所发现的、不求甚解的单纯的科学家;他必须成为一个能够解释一切存在之物的系统哲学家,当然,他自身的存在除外,因为他对此也束手无策。众多的普通男女无法回归希腊歌舞队那样一个自得其乐的团体,因为他们无法摆脱他们是个体的意识;他们只能通过把自己并入抽象,没入人群和受时尚统治的公众,来设法消除这一意识。正如鲁道夫·卡斯纳[2]在他引人入胜的著作《数与脸》中写道的:

"前基督教时期的人以恰到好处的中间状态(Mitte)过着反对平庸、令人艳羡的生活。比起他们,基督徒更容易变得平庸。如果我们记着理念,即基督徒声称自己与之相关的绝对原则,一个平庸的基督徒就变得滑稽可笑。前基督教时期的人可以做到平庸的同时不显得滑稽,因为对他而言,他的平庸就是中间状态(the Mean),

---

1. Don Giovanni,即唐璜。他本是一个历史人物,一个活在十五世纪的西班牙贵族,曾诱拐一个少女并将其父亲谋杀,后被用来借指为满足男性虚荣而追求占有最大多数女性肉体的好色之徒。

2. 鲁道夫·卡斯纳(Rudolf Kassner,1873—1959),奥地利作家、译者和文化哲学家,曾译介威廉·布莱克的诗歌,并著有关于面相学的文字。

基督徒却做不到。”

让非教徒明白,他陷于绝望是因为他无法相信**他的**神,然后向他证明基督不可能是人造的神,因为他处处为难人类,这对于克尔恺郭尔来说是唯一正确的基督教护教学。与他同时代的基督徒们企图通过证明基督徒所信仰的事实上恰好是每个人所信仰的,或者暗示信仰基督教能带来世俗意义上的回报,比如使人们健康、富裕、睿智,使社会稳定,年轻人安分守己等等,来弱化基督教和自然宗教之间的差异,这种错误的护教学正是克尔恺郭尔所谴责的。他说,这个方法非但错误而且行不通,因为那些安于此世的人不会感兴趣,而那些对此世不满的人则在寻觅这样一种信仰,它的价值观不属于此世。

向信徒传道

在一个官方宗教是基督教的社会,基督徒面临的危险是,他可能当真认为自己是基督徒。但事实上,除了基督以及临终前的圣徒们,没有人是**真正的**基督徒。当我们说“我是一名基督徒”的时候,我们实际表达的意思是“我这个罪人被要求成为像基督一样的人”。他可能认为自己信仰基督是凭借他个人的力量,可事实上他所做的不过是相信他父母所说的,也就是说,如果他们信奉的是伊斯兰教,他就会成为伊斯兰教徒。因此,基督教传道者的任务首先是申明基督教的诫命和唤起罪感意识,其次是使个人与基督之间的关系变得真实,即使其具有当代性。

世界自克尔恺郭尔的时代以来发生了巨大的变化，他的许多预言式洞见已经实现。他所痛斥的自命不凡的资产阶级基督教王国崩塌了，留下了由流亡者和优柔寡断、丧失行动力的人组成的散漫、绝望的人群。当今时代无处不在的暴力并不是真正的狂热，而是从思考倒退到激情（而不是向前跳跃至信仰）的一种绝望的尝试。比如，纳粹对犹太人的大屠杀最可怕的特征不是残忍而是轻率；他们并不真的相信犹太人是一种威胁，就像宗教裁判所也不真的认为异教徒是祸害一样；是的，这就好比："我们必须做点什么。为什么不杀了所有犹太人呢？"

和众多论辩式作家的命运一样，克尔恺郭尔的著作似乎注定会被错误地解读或被错误的受众阅读。满足于现状的人们不会去读他的作品，或者至多从科学的角度将其当作有趣的个人档案来读。对现状不满的人们——多半是持不可知论的知识分子——会读他的作品，但他们会只局限于他的心理分析著作如《致死的疾病》或者他的哲学杂文如《最后的非科学附言》，诗意地把它们解读为对其感受和想法充满同情和振奋人心的反映。对于诸如《基督教的训练》或《爱的作为》那样的著作，他们选择逃避，要么因为他们并没有他们声称的那样苦闷，要么他们对获得慰藉彻底绝望，倔强地抓着痛苦不放。

克尔恺郭尔尤其容易遭受这样的误解，因为唯一能迫使我们以作者所希望的方式去阅读作品的力量是他的某个行为——倘若我们以任何其他方式去阅读他的作品，这个行为就会变得令人费解，纽曼皈依天主教便是一例。就克尔恺郭尔来说，的确存在这么一个行为，但这个行为是他写的另一本书——《讨伐“基督教国度”》。在这部写于生命末年的作品之前，他的全部著作，甚至那些布道都极富诗意，也就是说他是作为一个才子而不是传道士在创作，因此，和他的许多作品一样，这些文字本来都应该匿名发表。另一方面，《讨伐“基督教国度”》是一种自相矛盾的说法，一本“关于存在”的书。作者眼中他此生最重要的著作对我们读者而言恰恰是最不重要的，因为对我们来说，重要的不是书的内容，而是克尔恺郭尔写了此书的事实。出于这个原因，这里不会出现该书中的选段。

愁容骑士*
（再议克尔恺郭尔）

克尔恺郭尔成了经典作家，他的著作将以权威版本出版，配以齐全的学者阵容。虽然这样的命运对于一个“存在主义”作家来说颇有些滑稽，但这迟早会发生。他的《日记与文稿》的英译本将分五卷发行，其中第一卷已由印第安纳大学出版社出版。译者兼编辑霍华德·洪和埃德娜·洪——顺便提一句，他们的翻译读起来相当流畅——决定按主题对条目进行分类，而不是按时间顺序刊印。这个决定在我看来很明智，原因有二：首先，日记是对想法而不是事件的记录；其次，它篇幅恢宏、内容重复。但我们没有权利为此责怪克尔恺郭尔，因为他并非为了发表而创作，但我也无法想象任何人会通读此书。按主题分类是编辑依据个人判断做出的决定，因此势必在某种程度上具有随意性。例如，此卷以“抽象概念”开头，以“例外”收尾。在“C”这个门类下，我以为会找到几条谈论克尔恺郭尔本人总是称为“天主教”概念的条目，却一条也没找到；我猜想它们会在之后的卷册中出现，归在“R”这个门类下。

正如我们很难公正评价帕斯卡、尼采和西蒙娜·薇依，对于克尔恺郭尔，我们同样很难作出公正评价。我们初次阅读这些作家的作品时会为他们的独创性（他们以我们闻所未闻的语气来阐述自己的观点)和深刻洞见(他们谈论前人从未论述过的事情,任何读到它们的读者从此便不会忘记)所折服。但我们的疑虑会随着不断的阅读而增长,我们会开始质疑他们过分强调真理的某个方面而忽略所有其他方面的做法,最初的热忱极有可能转变为同样强烈的反感。对于所有这类作家,可以说,我们无法把他们想象成孩子。我们读他们的作品越多,就越感到他们的情感生活出现严重偏差——一种很可能包括性神经官能症但又远远超出性的边界的精神错乱;我们不仅无法把他们中的任何一个想象成幸福的丈夫或妻子,我们也无法想象他们拥有哪怕一个能够让他们敞开心扉的密友。值得注意却令人遗憾的是,尽管克尔恺郭尔是他那个时代最为才华横溢的丹麦人、一个声名显赫乃至臭名昭著的人物,但就我所知,他同时代人的回忆录中丝毫没有提及他,没有一点关于他在别人眼中的形象的描述,不管是友善的还是怀有敌意的。我们关于他的全部知识就是他本人告诉我们的那些。

我希望很快会有人就《海盗》[1]事件写一篇翔实可信的记载。对于这一事件,我所知道的就是该报的经营者梅耶·戈德施密特此前一直对克尔恺郭尔的文章赞赏有加,但在后者的挑衅下,他同意对其进行攻击。我所知道的关于这一攻击性质的唯一信息来源于大卫·斯文森在《克尔恺郭尔事略》中对该事件的记述:

---

* 本文系奥登为克尔恺郭尔的《日记与文稿》(第一卷,由霍华德·洪和埃德娜·洪编辑)撰写的书评,刊载于1968年5月25日的《纽约客》。

1. 当时丹麦一家著名的讽刺性报纸。

> 此后的几个月里,《海盗》上连续出现针对那些匿名文章的某个特征冷嘲热讽的小文章。这些文章配有插图,画的是克尔恺郭尔在街上散步,胳膊底下夹着伞,一个裤管比另一个长了许多。这场运动的结果是,克尔恺郭尔只要出现在大街上,身后就必然跟着一群张着嘴、大叫大嚷的男孩和年轻人。这场攻击已深入哥本哈根民众的意识,我们甚至从勃兰兑斯[1]那听说这样的故事,每当他衣服穿得不妥帖,他的奶奶就会伸出一根指头给予警告,责备道:"索伦! 索伦!"把他从错误中拽回来。

这起事件想必令人很不愉快,但它能否像克尔恺郭尔本人想的那样,被看作一个正直的人以身殉道的例子? 作为桃色小报的《海盗》显然是个社会公害,持这一观点的不止克尔恺郭尔一人。对一个作家来说,消除社会公害的通常方法是撰写檄文,用引语和事实证明它所代表和施行的罪恶。作家越是努力隐藏自己,越是让自己看上去是代表公众良知发言,这样的声讨就越有力。然而,克尔恺郭尔没有选择撰文声讨,而是要求对方把自己当靶子,我必须承认,我觉得这种做法过于自负、令人厌恶。此外,戈德施密特一定是个蠢人:只消稍加思考,他就该想到如果他真想折磨克尔恺郭尔,就应该无视他的挑衅,继续大肆吹捧他的作品。

> 假如通过受苦,我变成暴民攻击的对象,人们对我的景仰就

1. 格奥尔格·勃兰兑斯(Georg Brandes,1842—1927),丹麦文学评论家、文学史家。

> 会增加。但我自己要求当靶子这件事却让人们感到震惊。任何超出他们理解范围的事都会令他们产生隔阂。

克尔恺郭尔在他的《日记》中这样写道。但人们对此感到震惊难道不在情理之中吗？而且，除了他本人的声明，是否有任何证据表明在他遭受的这场迫害中没有人同情他？

然后还有迫害本身的问题。如果一个报纸经营者和某个人过不去，通常的做法是发表影射此人私人或公共道德品质的文字（或事实，如果他能获得它们的话）：有消息称他喜好年轻女孩，又或者卷入了某起不法金融或政治交易。戈德施密特能做的却只是嘲笑他的文章——你会好奇这些批评文字是否真有可笑之处——和调侃他的外貌。讽刺漫画具有夸大的性质，但前提是存在某个值得被夸大的特质。假如《海盗》的讽刺漫画描绘的是克尔恺郭尔的一个裤管明显比另一个裤管长，那么在我看来他一定是和我一样不修边幅的人。一种结果是他可能付之一笑道："不错，我是不修边幅，可我不在乎。"另一方面，如果他的感情受到重创（表面看来似乎是这样），那么他只需日后在着装上多下些功夫，这些漫画自然就会失效。庸俗小市民当街嘲笑他，是因为他们认出他是那些讽刺漫画的原型。他试图殉道的第二次尝试——他对明斯特和马坦森主教的抨击——更不成功。公众可能感到震惊，认为他的文章格调低下，但他们仍然会读。没有人设法让他噤声。尽管他鄙视报纸，但也利用它，《祖国报》的编辑非常乐意发表他的文章。他上了头条，靠的既不是嗑药也不是入狱。克尔恺郭尔殉道未果，我们不能把这次失败看作是他的个人耻辱，那样未免刻薄且有失公允，这样做是因为他没完没了地抨击他那个时代的丹麦神职人员，责备他们未能达成某些由于时代环境所限他自己也无法达成的目标。

关于他所谓的基督教的"凋敝"，克尔恺郭尔是这样说的：

> 它最容易出现在缺乏与之相抗衡的天主教的新教国家。此外，容易出现在小国家，"小"就意味着它近乎卑微、平庸、缺乏活力；再者，容易出现在语言不被其他国家所知、也不通过本国语言参加别处宗教活动的小国家。还很可能出现在这样的繁荣小国，在那里贫富差距很小，人们享有共同且合法化的富裕，这很容易和世俗安全感联系起来。它也很容易出现在和平美好的年代，或者作为和平美好年代的成果展现自己。

让我们暂且把第一句话放在一边，先来看看这段的其余部分。谴责一个社会小而落后不是指责它世俗，而是指责它不够世俗：一个落后的社会缺乏较为国际化的社会所展现的开明旷达和有所保留的宽容这样的世俗美德。克尔恺郭尔只会用丹麦语写作，他认为这严重限制了他的潜在读者数量，这样的抱怨是合理却世俗的抗议。再者，我不认为在克尔恺郭尔生活的年代丹麦的文化环境和今天那里或者荷兰、瑞典或匈牙利等任何其他国家的文化环境有很大差异——在那些国家，你无法指望陌生人懂他们的母语：在这样的国家，无论是知识分子还是生意人，都跟克尔恺郭尔一样，不得不学习更国际化的语言。比如，如果有人和我说马坦森主教或丹麦教会的任何其他神职人员只懂丹麦语，我会大为诧异。他继而责备丹麦，因为它具有某些常理看来纯属幸事的特质——即没有赤贫，不存在鲜明的阶级差异，不卷入战争；换言之，他因丹麦不存在重大社会弊病而指责它。情况是否果真如此，我不得而知，但上述评论无疑是克尔恺郭尔的观点，因为他在抨击丹麦教士身上那种世俗化的谨慎怯懦 时自始至终没有列举出一个在他看来基督徒理应义不容辞抗议的具体问题。而在十九世纪上半叶的英国，我们却能想到一系列问题——奴隶贸易、贫困的矿工和纺织工的待遇、刑法、天主教徒遭受的不公——可耻的是，除了少数不惜牺牲晋升机会勇于抗议的教士外，大部分圣公会成员对此缄口不言。丹麦真的没有类似问题吗？我不安地感到，就算存在类似问题，克尔恺郭尔也会认为它们无足轻重。

至于天主教作为一种“平衡力”的看法，克尔恺郭尔还是颇有见地的。在天主教国家，正如在所有国家，你会发现追名逐利甚至道德败坏的高级教士，但你也会发现由宣誓贞洁、清贫和服从的男男女女组成的教团：教区神父可能比他会众中的许多人更愚蠢和无趣，但他是一个献身宗教的独身者，他们知道他所作的牺牲是他们自己不愿或无法作出的。路德和加尔文取消了修道和斋戒，不仅允许还鼓励教士结婚，废除了一切可见的自我牺牲的“修行”，从而使虔诚成了内心良知的体现。C.S.刘易斯这样评论加尔文：

> 他的规定在道德上的严苛……并不意味着他的神学在本质上比天主教更强调苦行。之所以如此，是因为他拒绝像天主教那

样对“宗教”生活和世俗生活、劝谕[1]和诫命作出区分。加尔文对完全意义上的基督徒生活的构想不如费舍尔[2]的构想那般对快感和肉体充满敌意,但他要求每个人都必须严格按照基督徒的标准去生活。用学术术语来说就是,他降低了获得荣誉学位的标准,废除了普通学位。

克尔恺郭尔对路德也有类似的评述:

> 路德设立了最高精神原则:纯洁的内在……因此在新教中可能会出现这样的情况:世俗性像虔诚那样备受推崇和重视。我断言天主教不可能出现这种情况……因为天主教有这样一个普遍前提,即我们所有人都是恶棍。那为什么新教会出现这种现象?因为新教的原则与一个特定前提有关:无论哪个年代,倍受对死亡的恐惧的煎熬、成天惶惶不可终日的人都不会太多。

克尔恺郭尔似乎忽略了新教的另一方面——它使得新教牧师的地位比天主教神父的地位更含混和脆弱,即在路德宗和加尔文宗那里,布道(运用言语的神职工作)的地位高于圣事(宗教崇拜的仪式)的地位,这一趋势随着时间的推移愈发明显。当然,天主教神父

1. 福音劝谕(Evangelical Counsels),即贞洁、清贫和服从,是追求圆满、以耶稣为道德典范的信徒应遵循的准则,但天主教认为它超出了《圣经》中“十诫”的范围,并非对所有人都有约束力,也并非得永生的必要条件。
2. 约翰·费舍尔(John Fisher,1469—1535),亨利八世在位时期英国的一位罗马天主教主教、枢机和殉道者。

也讲道，但他的主要职责是主持弥撒、聆听忏悔和给予赦免。他履行这些职责的权利不是由他的道德品格或信仰赋予的，而是取决于他受主教任命的事实。但当一个人布道时，会出现各种各样的问题。打听某位神父，询问“他弥撒主持得好还是差”无甚意义，但“他布道布得好还是差”却是一个有真正答案的实际问题。布道好似演讲，需要艺术天赋：一个传道者自己可能是个伪君子，但这不妨碍他拥有煽动会众的力量；相反，他也可能是个圣人，但由于缺乏语言表达的天赋而无法打动听众。同时，布道者在对他的会众演讲时必须把他们当作群体而不是个人。只要他的布道局限于教义讲授，告诉他们教会的信仰及其信条的含义，就不会出现问题，但一旦他转而对他们进行道德训诫，告诉他们当下应该做的或者不该做的，他就碰上麻烦了，因为会众中的每一位成员都有与别人不同的宗教方面的问题。神父在聆听告解时可能会给予告解者愚蠢甚至有害的建议，但至少这是针对某个具体的罪人，不是普遍意义上的罪人。但在讲坛上的布道者面对的却是普遍意义上的罪人。假如他打算避免会让大多数人完全无动于衷的笼统论调，他就必须谈及一些他所知的大家都同样负罪的具体情景，而这在实际操作中通常意味着这样的情景：他们非但不为此感到愧疚，甚至觉得自己理直气壮。就像潘霍华[1]说的：

传道者必须注意将当代情形包含在他对与实际情况相关的

---

1. 迪特里希·潘霍华(Dietrich Bonhoeffer)，德国信义宗牧师、神学家和认信教会的创始人之一，曾参加反纳粹主义的抵抗运动，并计划刺杀希特勒。

诫命的阐述中。他不应当说"战争是邪恶的",而应当说"打这场战争"或"别打这场战争"。

无论上述两种表述方式中的哪种,他都不太有机会用,除非他确定这会让他的会众大感震惊:在第一种情况下,他们出于懦弱愿意满足暴君的欲望;在第二种情况下,他们是口中喊着"为了祖国,无论对与错"的极端爱国主义者。这么做,他便冒着殉道的危险。抨击一般意义上的罪恶总是万无一失,因为每一位听众都会认为被抨击的对象不是他自己,而是普通人。只有当传道者批判某个具体的世俗性案例时,他才会陷入麻烦。密西西比州的某位牧师可以责备他的会众不爱上帝和邻人,他们会坐在那里微笑着表示赞同,但如果他告诉他们上帝要求他们像爱自己那样去爱黑人,气氛马上会变得紧张。

至于他那个时代的丹麦神职人员,克尔恺郭尔这样抱怨道:

> 就像孩子们玩战争游戏一样(在客厅的安全保障下),整个基督教世界(或者作为演员的牧师们)也以同样的方式以基督教嬉戏;在世俗性的保护下,他们假装基督徒被迫害(但没有人迫害演讲者),假装真理被压制(但演讲者本人已和法官同流合污)。

这番抱怨似乎表明,要么他们只讲授诸如"卖掉你所有的财产,赠给穷人"和"世人若恨你们,不要以为稀奇"这类文本(这与实际情况不相符),要么此类文本是一个真正的基督徒唯一可以讲授的(这就成了异端思想)。其次,这席话缺乏渲染力,因为克尔恺郭尔没有或者说无法举出能让他们履行实施迫害和刑罚职责的具体问题。

令人不解的是,《重复》的作者——他能如此细致地剖析人类在日常生活中不得不在时间的裹挟下随之前行的困难——竟然未意识到任何教会,作为世间可见的组织,也面临着同样的问题。当然在理想情况下,无论是教士还是平信徒,每一个自称基督徒的人都应该是使徒,但据此认为在历史上的任何时期,实际情况就是或可能是这样,这就纯粹是多纳图派[1]幻想。诚如克尔恺郭尔所言,“基督教不可能像绵羊育种改良技术那样被‘引进’一个国家”,但是如果个人要成为基督徒,就必须有人向他介绍基督教信仰,而这就是教会的职责之一。丹麦的路德宗也许的确如克尔恺郭尔想的那般世俗,但假如它不曾存在,他就永远不会知道福音书,也不会找到他用来批判该教派的标准。事实上,是他的父亲而不是路德宗把基督教“介绍”给了还是孩子的他,如他本人模糊地意识到的,再没有比这更不幸的介绍了:

> 就宗教而言,一个孩子面临的最大危害不是他的父亲或家庭教师是个自由思想家,甚至不是他是个伪君子。不,危害在于他是个虔诚敬神的人,而孩子随了他的信仰,但他会发现在他的灵魂深处潜藏着一种不安,即使对上帝的敬畏和虔诚也无法减轻这种不

1. 多纳图派(Donatism),公元四世纪创立于北非的一个基督教派别,该派拒绝接纳早先在戴克里先迫害教会时期的叛教者再次进入教会,这一激进立场使得教会产生严重分裂,因而被斥为异端。

安。危害在于处于那种情况下的孩子极易得出这样的结论，即上帝的爱并非无穷无尽。

然而，他没有意识到自己究竟有多么特殊和不幸。在论述在基督教信仰背景下抚养孩子的困难时，他把在正常基督教家庭长大的孩子从不会有的想法归于普通的孩子：

> 基督教预设了自觉有罪的真实性；基督教里的上帝接纳罪人是个好消息……可是轮到孩子：他没有真正的罪感意识。那又怎样？一切关于上帝和基督有多好的谈论——他对此一定有自己的看法——他注意到这里有个“但是”[1]：如果你犯了罪的话。打个比方。向一个孩子描述家庭医生，说他是一个杰出、可爱的人，会发生什么呢？孩子会这么想：没错，很有可能有这么个杰出的人。我很乐意相信，但我情愿不要见到他，因为我一旦成了他特殊关爱的对象也就意味着我生病了——生病可不是什么乐事；所以一想到他被叫来，我就高兴不起来。

但是有哪个理智健全的基督徒父母会对孩子讲述基督教里的上帝接纳罪人这样的事？他们如果聪明，就会明白孩子的初次宗教生活体验应该是审美的，而非沉思的，应该伴有激动人心的仪式，而不是布道。他们会尽可能避免对孩子谈论上帝，因为正如费迪南·

1. 原文为德语 aber。

埃布讷[1]所说，他们知道“这就好比告诉他他是由一只鹳带到他母亲身边的”。但如果他们无法绕开上帝，他们会把他描述成爱他所有造物的造物主，但绝不会提及他作为救世主或审判官的所作所为。教会向来认为，尽管我们都生而有罪，但不足七岁的孩子不可能犯有本罪。因此，跟孩子谈论罪过或罪感是缺德的。我们只能谈论好男孩和坏男孩的差别。好男孩在便盆前会乖乖做大人要他做的事，他们不会扯妹妹的头发。好男孩有糖吃；坏男孩没有。

鉴于他特殊的家教，克尔恺郭尔成为摩尼教[2]徒——在情感上而不是思想上——也就不足为怪了。也就是说，尽管他绝不会否认上帝创世的正统教义或声称物质由邪灵创造，但读他的著作，我们感觉不到这样的观念，即一个人不管承受怎样的悲痛与苦难，活着就是奇迹般的幸事。和所有异教徒一样，无论他自己是否意识到，他是一位挽歌作者：他能以独特的灵敏听出《新约》的一个主题——就他而言，是苦难和献身这个主题——却对它的复调置若罔闻。一个人通过对《新约》进行汇编——选择吸引他的篇什而忽略具体语境，略去他不感兴趣的章节，能随意创造出贝拉基派、加尔文派、孟他努派或诺斯替派版本的福音书，并宣称他具有对《圣经》的权威：他所说的就其本身而言千真万确，但它无形中被他省去的内容篡改了。譬如，比起耶稣降生和显灵，克尔恺郭尔更喜欢基督受

1. 费迪南·埃布讷(Ferdinand Ebner)，奥地利小学教师，哲学家。
2. 又称明教，是公元三世纪中叶波斯人摩尼(Mani)在拜火教的理论基础上，吸收了基督教、佛教等教义所创的一个世界性宗教。摩尼教主张善与恶的二元论，认为宇宙间充满善与恶、光明与黑暗的斗争，并且有严密的教团组织和宗教制度。

难。正如他抱怨的那样，过分强调圣诞节的欢快而无视耶稣受难日的悲伤会让人对基督教产生过于温馨舒适的错觉，但是将圣诞节弃之不顾则等同于声称福音故事给予它的重要性不符合基督教精神。当你读到克尔恺郭尔对普通人出生的描述时，你便不再怀疑他对圣诞节的憎恶：

> ……这个房间[尘世生命]的入口是一段肮脏、泥泞、简陋的阶梯，要通过它，就非得把自己弄得脏污不堪，而通行证就是你的卖身契约。

对此，潘霍华以一个真正殉道者的权威(克尔恺郭尔在这点上无法企及)有着恰如其分的修正：

> 我们应该永远全心全意地爱上帝，但不能因此损害或贬低我们的尘世感情，而应将之作为生命这一乐曲的定旋律，该乐曲的其他旋律则是它的复调。尘世感情是这些复调主题之一，一个享有独立地位、不受其他旋律干扰的主题。

克尔恺郭尔说，“性爱是自恋，友情亦是自恋”，这至少有一定的道理，但根据福音书，基督从未把性爱和友情斥为罪恶；他只是说既然它们是人类“与生俱来”的，世间的男女就不该在道德上把它们归功于自己。

潘霍华还说：

> 当你在妻子怀里，心里却渴望超脱，说得委婉一点，这是缺乏品位，这绝不是上帝希望看到的……假如上帝乐意赐予我们压倒一切的尘世幸福，我们不该表现得比上帝本人还要虔诚。

克尔恺郭尔无法这么坦诚地谈论自己，但在他对信仰骑士的出色描绘中，我们惊喜地发现他自知(上帝保佑他!)无法言说在他身上是一个缺陷而不是美德。他所描绘的理想基督徒婚姻幸福，看上去像个快活的杂货商，并且受到邻居们的尊敬。克尔恺郭尔说："那就是一个人应该成为的样子，唉，可惜这样的人我无法理解：我唯一理解的是愁容骑士。"

即使读他作品的英译本，我们也能看出克尔恺郭尔深谙自己的母语，他能以同样娴熟的程度驾驭各种文风——无论是华丽还是质朴，抽象抑或具体——但他的写作存在一个孤独的天才通常具有的明显弊病：他从不知道何时收笔。孤独的人往往会像纳西索斯迷恋自己的倒影一样爱上自己的声音，这并非出于自命不凡，而是出于找不到愿意倾听和回应的对象的绝望。哈马舍尔德曾写道：

> 纳西索斯倾身望向湖水，被水中的那个人深深吸引，唯有在他的眼中，他胆敢——或者说被给予了机会——忘却自我。

一个相信自己的作品拥有或将会拥有读者的作家在他的文字里总会流露出一种分寸感；他知道何时停顿，以便让读者有机会作出回应。但认为自己曲高和寡的作家却不敢停笔，因为害怕随之而来的令人茫然的沉默。此外，他会倾向于认为真正的作家是无法与他的同胞沟通的，如果一个作家表面上看来拥有一批理解他的读者，那么这一定是错觉：

> 试想一个诗人。我不否认作为诗人的他确实是伟大的：但他受到同代人如此高的尊敬和崇拜很可能不是出于这个原因。是的，他也是个软弱怯懦的人：他和那些嫉妒的声音保持良好的公共关系，用牢靠的关系巩固自己的地位，诸如此类——所以他才备受推崇和尊重。

这番言论有些道理，但过于绝对。任何已经获得一定公众认可的诗人都遭遇过对其一无所知的崇拜者，但他也遇到过以他所希望的方式阅读其作品的人。尽管众所周知，有些诗人是狡猾的文学政客，但许多诗人（包括最优秀的那些）并不是。

又如：

> 在集镇上曾住着一小群舞蹈演员；他们当中只有一个能腾空跳跃两英尺，而其他人都只能跳半英尺。但在这些人中有一个能跳八英寸，他受到大家的钦佩和赞赏。而那个能跳两英尺高的却被认为怪异疯狂而遭到嘲笑。

这个比喻在我看来简直离谱。克尔恺郭尔本可以说集镇市民无法看出许多跳半英尺高的和那个跳八英寸高的以及那个跳两英尺高的舞蹈演员之间的差别——所有观众能达到的共识仅仅是他们都是舞蹈演员。但那些舞蹈演员不会嘲笑那个能跳两英尺高的舞者;他们可能妒忌他,甚至暗中挤对他,但他们之所以妒忌是因为他们认可了他的卓越。

克尔恺郭尔曾说,假如路德活在十九世纪,他会说出与他在十六世纪所说的截然相反的话,我们不禁要猜想:假如今天克尔恺郭尔生活在被哈维·考克斯[1]称作"世俗城市"的地方,他又可能会有怎样的言论。他所熟悉的宗教和文化格局持续到将近1914年。在那以前,官方的基督教王国一直存在;也就是说,地球上有许多地区,在那里尽管人们对基督教有着不同程度的理解,但多数民众都真诚地信奉基督教,并在主日和节日时参加公共礼拜。这意味着这样一个社会事实:在世俗意义上,做一个基督徒和经常去做礼拜的人是有利的,而做一个公开的无神论者或自由思想家是不利的。当然,这并不是说人们*因为*它有利而去教堂。其次,这意味着担任天主教神父或新教牧师是各种可能的世俗职业的一种。在天主教国家,贫农们聪明的儿子可能上升到红衣主教,即便他只成为一名教区神父,他也享有了他父母所没有的权力和声望。在新教国家,担任神职的主要是中产阶级家庭的儿子;在我还是个小男孩的时候,孩子们还常常玩占卜未来的游戏:一边数盘子里的梅核或樱桃核,一边口中念叨"陆军、海军、法律、教会"。但是如果把以这种方式成为牧师的人称为虚伪的人,未免有失偏颇;那时几乎所有人都一心

---

1. 哈维·考克斯(Harvey Cox, 1929—),美国哈佛大学神学院教授、神学家和宗教社会学家,著有《世俗城市》、《世俗时代的人》等。

敬神，大部分人都非常认真勤恳。

今天，在我们这儿，社会对一个人的信仰漠不关心；信奉基督在多数人看来是一种相当愚蠢却又无伤大雅的怪癖，古怪程度堪比支持莎剧是培根写的或者认为地球是平的。但在其他许多地方，基督教是被严肃对待的，在那些地区基督徒只能从事最低等的工作，甚至可能丢掉性命。克尔恺郭尔对这一切会发表怎样的看法？也许他会认为铁幕[1]背后的格局比那时丹麦的情形要可观。但对于西方教会的现状，他又会作何感想呢？天主教和新教牧师的世俗威望下降了，结果如何？想要成为圣职候选人的人数减少了，而有志担任圣职的人智力水平普遍低下，这让天主教或新教神学院的执教者们烦扰不堪。在这些候选人中，有一小撮（事实上总是有那么一小撮）是具有真正的使徒般的使命感的，其余大多数都是些资质鲁钝因而根本不可能在更有利可图和地位更高的世俗职业上取得成就的人。圣职是他们迫不得已的选择；他们不会挖地，但又羞于乞讨。

有一个叫作“炼狱冤家”的室内游戏，我经常和朋友们一起玩。每个玩家必须说出两个人的名字——这两个人的性情之迥异使他们一见面就立刻强烈地憎恶对方，他们被迫在炼狱中共处，直到他们能够相互理解和关爱。他必须让参与游戏的其他人信服这两个人最终会冰释前嫌。比方说，托马斯·艾略特和沃尔特·惠特曼，

1. 西方国家对欧洲社会主义国家的一种描述性用语。最早由法国总理克列孟梭在一战后使用，声称“要在布尔什维主义周围装上铁幕”。丘吉尔在1946年的富尔敦演说中变其意公开使用该词，指责苏联和东欧国家把自己“用铁幕笼罩起来”。此后，铁幕国家成为西方对苏联和东欧国家的通称。

托尔斯泰和奥斯卡·王尔德。我为克尔恺郭尔挑选的“炼狱冤家”是最终获得圣保罗大教堂牧师职位的英国圣公会教士西德尼·史密斯。我能想象克尔恺郭尔在倾听这位身材魁梧的当权派人士陈述他关于有形教会[1]财政状况的观点时脸上浮现出的惊恐表情：

> 贫穷的教士能否像有钱的教士一样履行一切宗教义务？我深切觉得实际情况不是这样。……有人描绘过一个年薪一百三十英镑的教士，他集所有的道德、外表和智力方面的优势于一身，全心投入教区管理工作。他举止迷人、仪态庄重；身高六尺二，体型匀称，面容华贵，让人想起基本美德和十诫。有人得意地问，这样一个人会不会因为贫穷而遭人鄙视？但如果找一个普通、平庸、乏味的牧师替代他；后者体态肥硕矮胖，脾气不好也不坏，行事作风多变；有个庸俗的妻子——蓬头垢面，总是泛着潮气——和四个目光短浅的孩子，满嘴教义问答和柴米油盐；或者让他坐着那种闪—含—雅弗牌轻便马车在他唯利是图、口齿伶俐、满口恭维的教区居民中驶过。任何具有常识的人会说所有这些关于牧师的外部条件和宗教本身没有一点关系吗？

我能够想象当西德尼·史密斯想到要和一个连谈话的基本礼数都不懂的狂热异见分子独处时最初的惊恐。但我相信两人在经

1. 有形教会(Visible Church)，基督教神学教会论用语之一，指教会的可见方面，与“无形教会”相对。认为教会是耶稣基督及其使徒在世上亲手所建，具有有形可见的组织、教义、法规、礼仪等信仰标记，能使人以有形的方式参加而成为其成员。

过一两百年的沉默后会放下架子。他们会发现他的同伴和他自己一样是个才子，而且和多数风趣的人一样，常受忧郁症的侵扰。他们很快就能让对方开怀大笑并且彼此交换提振精神的妙方。经过一段时间后，克尔恺郭尔会发现他那老于世故、热衷社交的同伴在三十八岁时曾被流放到约克郡的一个乡村教区；在那儿，他没有借酒浇愁，而是一心一意为他的乡村教众服务了二十年。他还会发现西德尼·史密斯曾毫不留情、一针见血地抨击英国国教和政府，指责它们对待天主教徒和狩猎法的不公等种种具体恶行，他为此付出了代价：尽管所有人都知道他是他那个时代圣公会里最聪明能干的人，可就连辉格党政府也不敢任命他做主教。另一方面，西德尼·史密斯会发现克尔恺郭尔不是一个狂热的思想家，作为思想家的他是严肃的，在后者的影响下他最终会认识到他的"福音书缺乏热情"的论断是错误的。

克尔恺郭尔拥有并且永远会有这样一群听众，对他们而言，聆听他是必须的。他最根本的警告不是对普通人发出的，也不是对资产阶级或教士发出的，而是针对天赋异禀的人，即天生在艺术、科学或哲学上才能出众的个人。这样的天赋被赐予了某个人而不是所有人，这意味着它在伦理上是中立的，因为只有那些适用于全人类的要求才跟伦理扯上关系。说艺术家或者科学家的职责是施展才华无甚意义，因为他最渴望施展的就是他的才华。只有当他身处的情形要求他不要施展才华时，职责的问题才得以成立：假如他是一个画家，而他的国家正遭受侵略，他就应当投笔从戎。因为就人力而言，才华是偶然事件，一个人的才华和性格之间并不存在必然联系。“某某是个优秀诗人还是蹩脚诗人”和“某某是个好丈夫或坏丈夫”这两个问题没有任何关联。

才华横溢的人面临着两种精神危险。他往往觉得自己毫不费力获得的天赋是他理所应得的，进而断定既然他在艺术或科学方面比其他大多数人更优异，所以他是一个不受伦理和宗教规范约束的异数。他还容易认为他所擅长的那项特定活动比其他任何事都重要，世界和所有居于其间的事物，只有当它们能为艺术、科学或哲学思考提供素材时才具有价值。

克尔恺郭尔比其他任何人都更善于揭露这种自命不凡；事实上，他是这方面的先知，他呼吁有才华的人忏悔。但凡读过他文章的天才都会意识到，比起百万富翁，天赋异禀的人才是那个难入天国的富人。

在这个话题上，克尔恺郭尔拥有绝对权威；你可以怀疑他神学观点的正统性，你可以质疑他要求别人殉道而自己却不曾身体力行的正当性，但他是一个天才的事实不容置疑。

格林和安徒生*

一

现代生活遭人诟病的众多特征——非理性主义、民族主义、对群情民意的盲目崇拜——或许能追溯到反抗启蒙运动与古典教育的浪漫主义运动；但这一运动同时成就了雅各布·格林和威廉·格林的作品，他们以及他们的继承者使童话故事成为大众教育的一部分，这是一项造福民众的功绩。同样，十九世纪中产阶级家庭生活也存在诸多弊病，但在严苛的道德训诫、马毛沙发和难以下咽的饭菜中长大的普通孩子被允许甚至被鼓励在想象世界里过一种激动人心的生活。我们这个时代的葛擂硬[1]比那时还要多，二十世纪有待产出能与汉斯·安徒生童话集、爱德华·李尔的《胡诌诗集》、两部《爱丽丝》[2]、《蓬头彼得》或儒勒·凡尔纳科幻小说匹敌的儿童读物。

住宅小了，仆人少了，妈妈们给孩子念故事的时间少了，或者说她们认为少了，而连环漫画和收音机尚未成功取代真人讲述的故事，后者容许重复和被打断。

当今任何从事与专业教育有关工作的人都意识到，越来越多的人期望学校取代父母，完全接管孩子的成长，这是一项非但不可能而且极其危险的任务。

有人说当代每个国家所面临的巨大威胁是政府权力对公民个体的侵犯,如果他们果真这么认为,他们就不该拒绝为教育孩子出力而邀请政府在孩子最易受影响的年纪来塑造他们的思维。

笔者希望,格林与安徒生童话故事以较为廉价的一卷本出版,将是一项把教育子女的权利和义务交还给父母的举措。部分出于他们自己的过失,部分由于外部环境,他们正面临着永远失去此项权利和义务的危险。

二

反对儿童接触童话的大有人在,他们给出的理由各异。让我们先以看似最合理的理由为例:我们通过阅读格林和安徒生所熟悉的童话在现代文化中难以为继。他们认为,这样的童话脱胎于一个相信巫术的封建主义架构的社会,和我们这样的工业化民主社会格格不入。所幸的是,可行性测试倒是简单易行。假如一个故事受读者或观众喜爱,它就是可行的;假如读者或观众认为它无趣或费解,则不然。比方说,一个没有自然科学及相应方法论的文化群体不太可能弄懂福尔摩斯;一个相信前途完全被命定的社会不太可能明白

---

* 本文系奥登为《格林与安徒生童话集》(纽约:现代文库,1952年)所作的序言。

1. 英国作家狄更斯的小说《艰难时世》中的主人公,比喻专讲实际的功利主义信徒。

2. 英国童话作家刘易斯·卡罗尔的两部代表作品《爱丽丝漫游仙境》和《爱丽丝镜中奇遇》。

以愿望为主旨的故事;欧洲童话故事中的某些细节可能无法移植到美国。玛格丽特·米德[1]女士告诉我在欧洲,传统意义上的继母是心理学对恶毒母亲的委婉称呼,在这里却容易引起误解,因为有太多真正的继母;同样,人们怀疑和在父权训导的阴影下长大的我们相比,在一个父亲只是次要角色的社会,比如美国,童话里的巨人就不是一个那么令人胆战心惊的重要人物。然而,要知道哪里需要改动(如果有什么地方要改动的话),我们只需要讲故事,同时观察听众的反应。

一般而言,一旦孩子喜欢一个故事,他会希望大人用一模一样的话复述它,但父母不应为此把印刷的童话故事奉若《圣经》。讲述一个故事总是好过直接照着书念,如果父母能依照所处时代和孩子的实际情况对刊印文本做出改进,则善莫大焉。

针对童话的另一项指控是,它们吓唬孩子,或唤起其施虐冲动,以此给孩子造成伤害。要证明后一点,必须通过对照实验证明读过童话的孩子比没读过童话的孩子通常更具虐待倾向。好斗、破坏和施虐冲动存在于每个孩子的身上,总的来说,他们象征性的言辞流露与其说是挑起其公然采取行动的一种刺激,不如说是一个安全阀。至于恐惧,即孩子被某些童话故事严重惊吓,我认为确实存在真实可靠的案例,但这通常是因为这个孩子只听过一遍故事。通过重复讲述,在孩子熟悉故事后,因恐惧而生的痛苦往往会变成直面并征服恐惧的快乐。

1. 二十世纪美国人类学家。

最后，还有一种人，他们反对童话的理由是，它们不具客观真实性，即巨人、女巫、双头龙、魔毯等都是子虚乌有；他们认为孩子应该通过学习历史和机械学学会如何适应现实，而不是终日沉浸在童话的幻想中。我必须承认，我觉得持这种想法的人冷漠古怪至极，我不知道怎样同他们论理。假如他们的理由站得住脚，这个世界就会充斥着堂吉诃德式的疯子——他们不是试图骑着扫帚从纽约飞到费城，就是对着电话一通狂吻，认为那是他们被施了魔法的女友。

从没有童话故事声称自己是对外部世界的描绘，也从没有心智健全的儿童那么认为。当然，有孩子（还有成人）相信魔法，也就是说，他们指望毫不费力就能实现愿望，但那是由于他们的父母给予他们的爱太少，对他们过分宠溺所致，即便他们从未听过“魔法”一词，也仍然会如此行事。根据我的个人经验，一个内向的孩子，无论是给他一匹飞马还是一个水轮机，他都能轻易从外部世界抽身。

我认为童话里存在的妨碍孩子健康成长的唯一危险是内在于所有艺术作品中的危险，即读者容易在主人公春风得意时感同身受，而在其遭遇逆境时全身而退。故事的读者知道故事的结局是圆满的，但他忽略了故事中的主人公并不知道它将结束的事实，因而无法切身体会主人公所遭受的磨难。和理智一样，想象力也是人类的一种能力，因此不可能万无一失。

三

与欢乐故事或动物故事不同，童话是以人类为主人公、有着圆满结局的严肃故事。主人公的发展轨迹和悲剧英雄的发展轨迹相反：在故事开头，他要么籍籍无名，要么因为愚蠢、平庸、缺乏英雄美德而遭人鄙视，但在结尾处，通过展现英雄气概并赢得名誉、财富和爱情，他让所有人大跌眼镜。尽管他最终取得了成功，但他的成功之路并非一帆风顺，因为和他作对的不仅有如玻璃山或火焰屏那样的自然阻碍，还有敌对的邪恶力量、继母、嫉妒的兄弟和女巫。事实上，在许多情况下，如果没有友善力量的帮助——给他指点或替他完成他本人力所不能及的任务，他就不可能成功；换言之，除了自身力量，他还需要运气，但运气不是平白无故的，而取决于他的性格和行动。故事以正义的确立收场；好人终得善报，恶人受到惩罚。

以"生命之水"为例。三个兄弟为寻找能使国王（他们生病的父亲）恢复健康的生命之水，分别踏上了一段艰难的旅程。每个人都在途中遇到了一个询问他们去向的小矮人。两位兄长的回答粗鲁无礼，被囚禁在深谷受罚。老三的回答谦恭有礼，作为回报，小矮人告诉了他哪里能找到生命之水，以及如何安抚守卫它的狮子，并告诫他必须在时钟敲十二点前离去。他到达被施了魔法的城堡，在那儿遇见了一位公主，后者让他一年后回来娶她。在这个节骨眼上他差点功亏一篑，因为他睡着了，勉强在钟敲响十二点时逃脱，当铁门合上时，他的鞋跟被切去一块。在回家的路上他又遇见了那个小矮人，他恳求他放了他的两个哥哥，他照做了，但告诫他他们心术不正。两个哥哥从他那儿偷走生命之水，把它偷换成海水，结果他父亲下令私下将他射杀。被赋予这一使命的猎人动了恻隐之心，让小王子躲进了森林。接着展开了一场追求公主的争夺。她派人筑了一条用黄金铺成的路来考验她的追求者。那个骑着马沿着路面直抵宫门的人将被允许入内，而骑着马从路旁边抵达宫门的则不被允许。两个哥哥来到这条路前，心想“骑着马在这么漂亮的路上跑未免太可惜了”，于是没能通过考验。一年的期限到了，被放逐的老三也骑着马来到王宫前，但他一心只想着公主，压根没注意金子铺的路，直接从上面跑了过去。有情人终成眷属。老国王得知两个哥哥当年如何出卖小王子的真相。为逃避惩罚，他们乘船出海，从此再也没回来。

主人公地位卑微。（小儿子继承的财产最少。）[1]有两个探索任务，每个任务都涉及一项考验，主人公能顺利通过，而他的哥哥们则不能。

第一项考验是遭遇小矮人。两位哥哥忽略他，1）因为他看上去最不像可能帮助他们的人；2）他们缺乏耐心，急于求成；3）他们对任务的专注错在，第一，对自己能力的过分自信，第二，动机的自私。他们并不真正爱自己的父亲，而只想得到他的奖赏。

另一方面，主人公 1）谦恭有加；2）非常关心父亲的康复；3）对所有人亲切友善，所以他向小矮人求助，并得到了帮助。

第二项金子路的考验和第一项考验正相反：这一次正确的做法是无视它。对小矮人置之不理的哥哥们因为金子路的世俗价值而在意它，对他们而言，它比任何公主都重要；而关注小矮人的主人公却无视那条路的存在，因为他对公主是真爱。

---

1. 我现在觉得我搞错了。在许多普遍早婚的农民群体中，继承农场的正是幼子。

生命之水和公主由狮子守护；在这个故事里，它们并非凶神恶煞，只是为了确保没有掌握正确方法的人与成功无缘。主人公在这里差点功亏一篑，因为他忘了小矮人的警告而睡着了；而且，正是因为他睡着了没有留心两个哥哥，才差点使他们毁灭他的阴谋得逞。易于入睡表明主人公对人的信任和无畏，正是这样的品质给他带来了成功；同时作者也指出，过于轻信和胆大也会给他造成危险。

四

如果这样一个故事不是历史，那它是关于什么的？概括地讲，在多数情况下，童话是精神生活以象征性意象为形式的戏剧投射，每当它所传达的信息适用于人性，它就可以从一个国家传播到另一个国家，从一种文化跨越到另一种文化，尽管两种环境存在差异。只要虚构正当合理，无论叙事艺术价值的高低，故事情节和它的基本意象就会吸引人；真正的虚构，比如卓别林扮演的小丑，总能因为其雅俗共赏的吸引力被公众认可。此外，任何刻意的分析都无法穷尽其意义。但既然意识到这点，那不妨尝试给出一种分析。

于是，读“生命之水”让我想到，这两个探索任务——寻找治愈老国王疾病的水和追求公主（与她成婚就能开始新生活）——其实是同一件事，虽然只有通过复原过去才能发现未来的道路。一个人真正的实力往往不在于他引以为豪的能力和才干，而在于他视为不重要甚至弱点的能力和才干。单凭主观意志的活动是不可能取得成功的；成功总是需要恩典或运气的合作。但恩典不会随意降临；

对任何懂得祈求恩典的谦卑之人，它总会施以援手，而那些拒绝恩典的人在做出这一行为时便将它转化成了一股负面力量；他们最终得偿所愿。没有冒险和苦难，就没有喜悦和成功。企图逃避苦难的人不但得不到快乐，而且仍旧要遭受磨难。最后也是最重要的一点，我们不应为最终成败而忧虑，而应该只关心眼下必须做的事。看似在一段时间内持续进行的故事事实上每时每刻都在发生；甚至现在骄傲和妒忌的人仍穿着炽热的鞋在跳舞或者被装在布满钉子的桶里滚下山；而对他人充满信任和关爱的人已经与公主喜结连理。

五

格林兄弟是最早尝试如实记录民间故事，而不向资产阶级的道貌岸然或者高雅文学经典妥协的人，但很遗憾，其译者未能继承这个榜样(至少在反对假道学方面)。

就我所知，汉斯·安徒生是把童话当作一种文学形式并有意谋求创造新形式的第一人。他的有些故事像佩罗[1]的那些童话，是对民间素材的改编——例如，“野天鹅”是基于格林童话集里“六只天鹅”和“十二兄弟”这两个故事——但他最出色的童话，比如“冰雪皇后”、“坚定的锡兵”或“冰姑娘”不仅题材新颖，而且明白无误地带上

1. 夏尔·佩罗(Charles Perrault，1628—1703)，法国诗人、作家，被誉为“法国儿童文学之父”，《格林童话》、《安徒生童话》等在内容和风格上都不同程度地受到佩罗童话的影响。

了安徒生风格，仿佛现代小说一般。

与格林童话相比，它们具有自觉的文学艺术的优缺点。首先，比起神话，它们更像是寓言。

> “小凯伊冻得又青又紫，但是他自己却浑然不觉，因为冰雪皇后的吻赶走了因寒冷而起的哆嗦，他的心也变成了一团冰。他开始拖动一些又尖又扁的冰块，把它们拼成各种图案，试图用它们拼出什么来，就好像我们在家会用一些小木板来拼图案，我们管它们叫‘七巧板’。
>
> 凯伊拼出的图案简直巧夺天工，因为它们是‘理智的冰块拼图’。在他眼中，它们棒极了，而且意义非凡：这是因为他眼睛里还有玻璃残渣。他用冰块拼出各种文字，但就是拼不出他最想拼出的那个词‘永恒’。冰雪皇后告诉过他，如果他能拼出这个词，他就自由了，她会给他整个世界和一双新旱冰鞋。但他怎么也找不出这个词的拼法。”

这样的段落绝不可能出现在民间故事中。首先，因为它所关注的人类境况是由笛卡儿、牛顿及其继承者创造的历史情境；其次，没有民间故事会去分析自身所包含的象征，并解释说冰块游戏实质上是理智的游戏。再者，故事中承诺的奖赏，“整个世界和一双新旱冰鞋”不仅具有民间故事无法企及的惊奇和微妙，而且带上了作者风格的独特标签。

因此，不用原话复述安徒生的童话几乎是不可能的。在读过民间故事里坚强乐观的冒险者后，我们可能会对安徒生笔下一些主人公敏感的植物气质和多愁善感的基督徒特性感到厌烦，但我们会为了作者机智敏锐的社会观察力和次要人物的魅力而容忍他们。我们可能对民间故事里成百上千的巫婆和小女孩印象模糊，但我们却清晰地记得“冰雪皇后”里帽子上缀满花的老奶奶和强盗的女儿。比较一下描写无生命物体的故事，个中差别一目了然。

> “不久……他们来到一条小溪边，那里没有桥，也没有踏板，他们不知道该怎么过去。稻草想出了一个好主意，说：‘我躺在河上做桥梁，你们可以从我身上走过去。’于是稻草把身子从这边岸上伸到那边岸上，煤炭是个急性子，迈着轻快的步子大胆地走在新造的桥上。但当她走到河中央，听到水在底下潺潺流淌时，害怕起来，站住不敢再往前走了。这时，稻草开始燃烧，断成两截，跌入河中。煤炭跟着滑下去，掉到河里发出嘶嘶声，然后咽气了。谨慎地留在岸上的豆子看到此番情景，忍不住狂笑不止，她笑得太厉害，结果把肚皮笑破了。如果不是运气好——一个正在找活的裁缝恰巧坐在河边休息，她也就一命呜呼了。裁缝心肠好，拿出针线，把她的肚子缝上了。豆子非常感激他，但因为裁缝用的是黑线，所以从那时起，所有的豆子都有一条黑缝。”

一看就知道是格林的。这个想象出来的故事基于一个事实性问题：为什么豆子都有条黑缝？对稻草、煤炭和豆子的性格刻画仅限于他们各自外形特征所要求的最低限度。所有关注点集中在事件本身。

另一方面，安徒生的故事“织补针”则没有对主人公预设任何问题。

> “织补针继续保持着她骄傲的姿态和得意的心情。各种东西从她身上漂过，碎屑啦、麦秆啦、旧报纸的碎片啦。
>
> ‘瞧他们游过去的神气！’织补针说。‘他们不知道下面有样什么东西！……看呀，一片碎屑漂了过去，他脑子里除了他自己什么也没想——一片碎屑！现在漂来一根麦秆。看他摇头晃脑和扭动腰肢的样儿！别只想着你自个儿，当心撞上石头。一张破报纸游过来了。它上面印的东西早就被人们忘了，可瞧它那神气活现的样子。我安静耐心地坐在这儿。我知道我是谁，我要永远做我自己。’
>
> 有一天，紧挨着她躺着的某样东西闪闪发光；于是织补针认为它是颗钻石；但事实上它只是破瓶子的碎片；因为它发光，织补针便对它说话，介绍自己是一枚胸针。
>
> ‘我想你是一颗钻石吧？’她说。
>
> ‘嗯，是的，就是这类东西。’
>
> 于是它们都相信对方价值不菲；它们开始谈论世人以及他们是如何自命不凡。
>
> ‘我曾在一位女士的匣子里住过，’织补针说，‘这位女士是个厨子。她每只手有五个指头，我从没见过像那五个指头那样自负的东西。然而他们的作用不过是将我从匣子里拿出来再放回去。’

‘他们出身很高贵吗?’瓶子的碎片问。

‘完全不是,但却傲慢得很……他们互相之间除了吹嘘还是吹嘘,所以我离开了。’

‘而我们坐在这儿光彩夺目!’瓶子的碎片说。”

在这里,行动听命于角色,为它们提供展现个性的合适场合,换言之,我们很容易想象另一根织补针和另一块瓶子碎片之间截然不同的一番对话。无生命物体不像在格林童话中那样被拟人化;相反,人类被转化成了无生命体,以便我们能不带成见地评价他们,跟斯威夫特试图通过改变大小获得客观视角是一个道理。这一差别也是区分早期文学(“早期”指的是态度,而不是技巧)和现代文学的准绳。

正如希腊史诗和悲剧,民间故事里的情景和人物几乎密不可分;一个人通过他的行为揭示出他自己是一个怎样的人,或者说他所经历的事揭示了他是一个怎样的人。在现代文学中,一个人的本质包括所有他可能成为的,因此他的实际作为绝不是对其人的完整揭示。早期文学的缺陷就是早期人类的缺陷,类似于想象力匮乏、带有宿命论色彩的缺失希望。现代文学和现代人面临的危险则是想象力泛滥导致的行动瘫痪,无限可能性的虚空对行动的禁锢。这也许就是为何最令当代小说家头疼的就是故事情节,因为我们,即他们笔下的人物,觉得驻足思考要比采取行动并承担相应后果容易得多。很多时候,比早期文学的主角更麻木不仁的我们只是听天由命地等待着厄运降临。

六

总会有一所教师学院。

“大群大群的著名游侠骑士，那么多皇帝……女士骑的马匹、游荡的姑娘、毒蛇、怪兽、巨人、闻所未闻的冒险、各种各样的魔咒，稍有理性的人怎么可能对这些东西信以为真？就拿我自己来说吧，我承认我在读这种小说的时候，如果没有想到它们是一派胡言，倒还觉得有趣；可一旦想起，我会把它们中最上乘的作品扔得远远的，如果旁边碰巧有炉火，我会将它们付之一炬……假如您偏爱读英雄豪杰、丰功伟绩这类题材的故事，您可以读《圣经》里的《士师记》，您会发现妙不可言的真相和不容置疑的光荣事迹。它们寓教于乐，读来能让最有见地的读者又惊又喜。”

“很好，”堂吉诃德叫道，“那么那些书一定都是不可信的了，尽管它们是由国王特许，审查合格，并且不论好人坏人、富人穷人、有学问的和没学问的人读了都感到津津有味并一致赞赏的……”

“住嘴吧，先生，别再大放厥词了。您且听我刚才的话，读读这些书，您就会知道它们能驱走心头烦闷之人的所有哀愁，让性情粗暴的人变得随和。”

埃德加·爱伦·坡*

每位作者都希望后世能给予自己公正的评价，但这一希望时常落空。除了被人遗忘，一个作者最害怕遭遇两种命运，一是成为一个仅仅因其两三篇名作而为人所知、其余作品均无人问津的作家，二是成为某个小圈子的偶像，圈内人士以如出一辙、不加批判的崇敬之情阅读他的每句话。第一种命运不公平，因为即使那些名篇确实是他最优秀的作品，读者也没有权力这么说；第二种命运有些尴尬，因为没有作者相信自己有那么好。

坡的亡魂一定比大多数已故作家更失望。他的某些作品——他一定极其痛恨这些老战马——比起其他任何美国作家的作品，非美国人可能更熟悉。在“乌鸦”和“钟声”前，我本人不记得听说过任何其他诗歌；《陷坑与钟摆》是我读过的最早的短篇小说之一。同时，任何与坡的地位及创作力相当的作者，他们为人所知的作品都不像他的那般凤毛麟角和一成不变。比如，在策划这本选集时，我问了许多我认为阅读广泛但并非专攻美国文学的人是否读过《戈登·皮姆》和《我发现了》，在我看来坡最重要的作品中的两部；结果他们当中没有一人读过。另一方面，所有人都告诉我略去《一桶阿蒙蒂亚度酒》（一个在我看来并不高明的故事）无异于商业自杀。可怜的坡！当初完全被人们遗忘，以致他的坟墓二十六年没有墓碑——而当终于有人为他竖立墓碑时，唯一前往悼念的美国作家是惠特曼；如今他却面临成为一些教授终生研究对象的危险。当然，这些教授不可或缺，因为正是通过他们的潜心研究，坡才可能最终抵达每个作者梦寐以求的读者群——他们会阅读他的全部作品，费力却饶有兴味地通读许多枯燥或下乘的篇什，只为发现新奇而令人赞叹的文字时的那份乐趣。

小说：坡的小说主题、写作手法、风格各异，但它们有一个通病。无论哪部作品，都没有实际存在于空间和时间的人类个体的位置，即同时以情感上受自然秩序影响和制约的自然生物和通过自由选择创造新意和联系并被他人的选择以无法预料的方式改变的历史人物这两种身份而存在。

坡主要的小说大体分为两类。第一类是关于执拗之人的生存状态，空虚寂寞的自我渴望与另一个自我融合的毁灭性激情（《丽姬娅》），具有自觉意识的自我渴望达到客观以及通过纯粹的理性发现隐匿于感官表象和情感之中的真正关系（《失窃的信》），自我和自己强烈敌对的自我毁灭状态（《反常之魔》），甚至诡异的激情，即一个丧失所有激情的自我剧烈的躁动不安（《人群中的人》）。恐怖小说和推理小说可归入一个大类，因为它们的主人公都是以单一状态存

---

* 本文是奥登为《埃德加·爱伦·坡：散文、诗歌和"我发现了"选集》（纽约：莱因哈特出版社，1950 年）作的序。

在的——罗德里克·厄舍极少思考,正如奥古斯特·杜邦[1]不易动情。当然,体现这类状态的人物既不能通过改变自身也不能通过改变环境在强度上发生变化。创作这类小说的困难在于要防止读者想起历史的存在,因为一旦他想到现实中的人——他们的激情被吃午饭的需求打断,或者他们的美可能因为感冒而暂时略有减损,人物状态的强度和永恒马上会变得滑稽可笑。坡有时因其散文的歌剧特性和小说的布景陈设遭到抨击,但它们对于维持幻觉至关重要。他笔下的主人公只有一种存在方式,那就是歌剧式的。比如,出自《威廉·威尔逊》中的以下这句:

> 毋庸说,作为一个败家子,我比起希律王有过之而无不及。我首创了众多新奇的愚行,给那时常见于欧洲最放荡大学的一长串恶习增添了篇幅不小的附录。

作为散文语句,孤立地来看,它糟糕、含混、冗长,以韵害意。但就戏剧性而言,又是多么贴切;它很好地揭示出以本色讲述故事的威廉·威尔逊是一个不愿并且拒绝触及现实的空想家。坡的一些继任者,比如 D. H. 劳伦斯,在描写存在状态的短篇小说中尝试用现实笔法,结果是毁灭性的。

在第二类小说中——包括《莫斯肯漩涡沉浮记》和《戈登·皮

1. 罗德里克·厄舍是坡的恐怖小说《厄舍府的倒塌》中的主人公,奥古斯特·杜邦是坡的推理小说中的名侦探。

姆》——意志与环境的关系正好相反。在第一类故事里，发生的一切都是意志作用于没有自然限制的自由的结果，而在这些纯粹的历险故事里，主人公和梦境中的"我"一样完全陷于被动；没有一件事是他个人选择的结果，一切都降临到他头上。主体的感受——兴趣、激动、恐惧——由全然不受其控制的事件引起。第一类故事中的主人公没有历史，因为他拒绝与时俱变；这一类型的主人公没有历史，因为他无法改变，只能经历。

历险故事的作者面临的难题，是如何创造出一连串有趣又各不相同的事件并让它们的顺序显得合理。要做到确保多样性的同时不损害连贯性或者在保证连贯性的同时兼顾多样性，比看起来困难得多，《戈登·皮姆》——文学史上最杰出的历险故事之一——是此类题材的典范：各种历险相继登场——由自然因素引起的历险如沉船，由熟悉的人导致的历险如叛变，再如在岛上遭遇的、由陌生的当地人造成的历险，最后，还有梦魇般的超自然事件——但每一个历险都令人信服地导向下一个历险。在关于激情状态的故事中，略带含糊的描述对于幻觉必不可少，但在历险故事里，可信性是通过最精微的细节、数字、图表及种种其他手段获得的，如同坡对神秘幽谷的描绘。

这个峡谷始于起点 a，绕过角落 b，一直延伸到尽头 d，总长为 550 码。

坡这两种类型的故事都产生了非同寻常的影响。他对反常或自我毁灭状态的刻画为陀思妥耶夫斯基的创作奠定了基础，他的推理故事主角是夏洛克·福尔摩斯及其众多后继者的始祖，他的未来小说启发了 H. G. 威尔斯，而他的历险故事则成了儒勒·凡尔纳和史蒂文森的模板。耐人寻味的是，像这样缺乏历史个体的小说，它的发展竟然和作为科学的历史发展、其自身法则以及十九世纪伟大历史学家的出现同步；此外，两者的发展都伴随着社会生活的工业化和城市化，而个人在社会生活中越来越像历史力量的创造物，与此同时他本人对通过自己所作的历史选择来指引生活越来越感到力不从心。

坡的次要小说也可分为两类。第一类小说不是由故事组成，而是由对伊甸园、《阿恩海姆乐园》这个绝好地方的客观描述构成。这样的描述无论出自何人笔下，作为对作者的揭示必然比它们本身更有趣，因为除非用私密的幻想和他那个时代的高雅品位，没人能想象那个理想之地和理想家园。对坡来说尤其如此，他对时髦和奢华的观念必须以他的历史和十九世纪上半叶的美国为背景来解读，才不至显得略微粗俗可笑。最后，还有一类这本选集未收录的幽默讽刺作品。虽然坡在这些作品中不如他在文学评论中那样风趣，但至少有一个故事——《绝境》——颇为有趣。它是对《布莱克伍德杂志》[1]刊载的那类颇受欢迎的恐怖故事的戏仿，在某种意义上也是对坡自己这一风格的严肃作品的戏仿；事实上这则故事用了他日后会在《陷坑与钟摆》里使用的“摇晃着下落的刀”这一概念。

1. 由威廉·布莱克伍德创办，起先叫《爱丁堡杂志》，曾以刊载耸人听闻的哥特式恐怖小说著名。

诗歌：坡最优秀的诗歌不是他最典型或最具独创性的。《致海伦》和兰德的诗风相近，《海中之城》有胡德诗歌的特点，但这两首却比带有坡鲜明个人色彩的《尤娜路姆》更成功。

作为诗人，他面临的难题，就他能分配给诗歌的时间而言，是他同时对太多诗学问题和实验感兴趣。为使结果与意图吻合，作家必须笔耕不辍以保持创作力，而且意图越具试验性，就越是如此。必须靠写作为生的散文作家具有这个优势，即便最纯粹的蹩脚作品也是对其技艺的训练；而对身无分文的诗人而言则没有与此对应的练习。没有闲暇写作和改写，他就无法获得应有的声望。当我们对坡的诗歌寻瑕索瘢时，我们决不能忘了他本人写的读来颇令人伤感的前言。

> 为了捍卫我本人的品位，我必须声明，我不认为这本集子的任何内容对公众有很大的价值或者于我本人有什么值得称道的地方。如果处境快乐，我本可以在我自己选择的领域作些严肃的尝试，然而一些无法控制的事件阻止了我在任何时候作任何这样的尝试。

它们的确存在缺陷。例如，《乌鸦》的问题在于它宏大的主旨和作诗的趣味不相契合甚至常常相互抵牾。

在《创作的哲学》中，坡谈论了为了使该诗不至变得可笑造作而遇到的困难。情人抛出一连串适合以叠句作答的问题，要避免其中的矫揉造作，唯有把主人公变成一个自虐者。不过借谁之口说出叠句这一难题一直悬而未决，直到诗人想到非人类。然而，除非故事的叙述(有别于问答形式)自然流畅,其效果仍然会有所折损;而坡选择的格律频繁使用英语诗歌中鲜见的弱韵[1],这妨碍了他的创作意图,有时甚至事与愿违。

他没向我致意问候;也未作片刻停留;
而是以王公贵妇的姿态,栖息在我房门上头。

这里,冗赘的选择性表述"停/留"和"王公/贵妇"是由韵律本身造成的,与说话者或情境无关。

类似地,《尤娜路姆》是对发音的一次有趣实验,但仅仅是一次实验,这是因为元音的使用致使意义遭到舍弃,诗的主旨未被明确表达。如果一个地名的发音与它唤起的情感相符,这也只是偶然,而偶然是滑稽的特征。爱德华・利尔——显然是唯一一位直接受坡影响的诗人——成功地造出了诸如"钦克利波的小山岗"这样的名字,因为他明摆着在创作"无厘头"诗歌,但是《尤娜路姆》具有严肃的主题,滑稽成分与之格格不入。《钟声》虽然在构思上不如《尤娜路姆》有趣,但却比后者成功,原因是它的主题只是为制造拟声效果所找的借口。

然而,坡还写过《我发现了》。他曾断然宣称,任何诗在长度上都不应大幅超出一百行——"音乐(在它对节奏和韵律的限定方面)对诗歌的重要性不应被任何真正具有诗人气质的人忽略",诗歌的

1. 一种押韵方式,押韵的双音节或多音节词的末尾音节为非重音。

领域既不是真理(智性的满足)也不是激情(心灵的激荡)而只是美,以及世界上最具诗学价值的话题是美女的死亡——正是这样一个人在他人生末期创作了一部他坚持称为诗歌的作品,并在后人面前公开自诩为其巅峰之作,但该诗同他的诗学原则完全背道而驰。它长达数页,用散文写成,探讨诗人狂热信奉的真理所包含的科学观点,主题是宇宙的起源和命运。

这首诗在法国以外的地区遭到冷遇,但我不认为坡赋予它的重要性有什么失当之处。首先,选择最古老的诗歌主题——甚至比史诗英雄的故事更古老——宇宙起源论,即关于物质是如何形成并演化成它们现在这样的状态的学说,并用完全当代的方式来处理它,或者说在十九世纪用英语来呈现赫西俄德和卢克莱修在几个世纪前用希腊文和拉丁文探讨过的话题,这是一个极其大胆创新的想法。其次,它充满了不同寻常的直觉猜想,它们被后来的科学发现所证实。如保尔·瓦雷里所言:

> 承认坡在他的一致性理论中曾相当明确地尝试依据宇宙的**内在属性**来描述它,这毫不为过。在《我发现了》的结尾能找到如下命题:“每一条自然法则在各个方面都与所有其他法则息息相关。”该命题如果不被当作定理,也很容易被看作近于广义相对论的一种表述。
>
> 当我们在这首诗中发现诗人对物质、时间、空间、地心引力和光之间**对称**和相互关系的断言时,它对最新科学构想的趋同便一目了然。

最后，它在一部作品中糅合了几乎坡所有的独特痴迷：渴望与类似《丽姬娅》故事中的核心人物融为一体的欲望，对支配侦查和密码研究的逻辑的酷爱，对贯穿他大部分诗歌忧郁氛围的最终解释与和解的热衷——所有这些都被融进了这首诗中，它使用的散文语言和坡最优秀的评论文章一样明晰平实。

评论文章：对于坡的评论作品，就像任何重要批评家的作品一样，必须被放在促成它们的文学内容中考量。一个评论家，无论他的语气多么狂傲，都不会真的企图规定关于艺术的永恒真理；他总是能言善辩，与同时代人所持的典型误解、愚见和软弱作斗争。一方面，他总是不得不同这两类人抗争以捍卫传统，即对传统一无所知的门外汉和认为应该将传统扫地出门以便由他来开创真正艺术的怪人，另一方面，他又不得不维护当下真正的创新，并向那些误以为继承传统即模仿的学者证明现代的任务和成就丝毫不比过去的那些逊色。

坡对长诗和说教诗或真正的诗歌的谴责实则是他对他那个时代的诗人所提的要求：希望他们遵从自己内心的声音，承认史诗般的主题和思想或道德观念事实上并没有激发他们的诗才，以及真正让他们感兴趣的是忧郁、怀旧、略带困惑的渴望等既无法在史诗也无法在警句而只能在长度适中的抒情诗中得到恰当抒发的情感。坡迫于自己的原则，不得不抨击所有长诗，对诸如《失乐园》和《论批评》等作品评价偏颇，为的是撼动诗人和公众的先入之见，他们认为一个诗人要想声名卓著，就必须写长诗和发表诗学意见。

他对激情的拒斥实则是华兹华斯言论的翻版，后者认为平静中回忆起来的情感才能在诗歌中得到体现；当下的激情太过迫切，带上了过多的自我色彩。坡的批评矛头进一步指向"作诗全凭灵感"这一普遍而业余的看法，他提醒读者，最富灵感的诗歌也是一项发明，一件制作出来的东西。

> 我们毫不迟疑地说，一个极富因果推断能力的人——也就是一个哲思敏锐的人——即便想象力贫乏，也要比一个想象力出奇但思辨能力欠佳的人会作诗，因为诗歌不是诗才，而是激发人类诗才的手段。

坡的总体美学标准通过对法国人的影响而广为人知。他的大部分评论文章（以及也许最有价值的那些）与作诗技巧和对细节的实用批评有关。在他那个时代，他在这方面投入的精力和洞见无人能及，这样做是为了使他同时代的诗人严肃对待他们的技艺，知道如何处理韵律，以及避免措辞马虎和意象不当等本可以通过警觉和刻苦防止的错误。

如果说坡从未充分发挥他作为评论家的全部潜能，那么这完全是他的不幸，而不是他的过错。他的许多最出色的评论永远不会被广泛阅读，因为它们湮没在对无聊作家的评论中。如果说他有时谬赞了奥斯古德夫人这样的二流作家，或者把时间和精力浪费在击垮英格里希先生这样的小人物上，那么考虑到一个为消化最粗粝难咽的饭食而生的批评头脑迫于环境只能以文学稀粥为食，这样的结果无可避免。一流的评论家需要一流的评论素材,而坡却得不到它们。想想波德莱尔的评论对象——德拉克罗瓦,康斯坦丁·居伊,瓦格纳——再看看分配给坡评论的书籍:

《梅菲斯特在英国,或一个首相的忏悔》

《信奉基督的花商》

《女人的高尚行为》

《一个苦恼绅士的人生沉浮》

《得克萨斯的历史》

《四季的神圣哲学》

《法国醒目人士速写》

《自由之笔绘人生》

《爱丽丝日;一个押韵的浪漫故事》

《瓦孔达;人生的大师》

《已故的卢克丽霞·玛利亚·戴维森的诗歌遗稿》

作为评论家,他能设法保持理性尚且令人震惊,更不用说还如此优秀。

生平:假如缪斯们能够为自己的利益进行游说,那么所有对艺术家的生平研究很可能遭到法律禁止,传记作家们也不得不将笔墨限于那些行动但不创造的人——将军、罪犯、怪人、高级妓女等,关于他们的信息不仅更有趣而且误导性小。好的艺术家——平庸的艺术家另当别论——从来不是小说家理想的主人公,因为即使他们的生平本身很有趣,比起他们的作品仍是从属和次要的。

比方说,作为人,坡远不如格里斯沃尔德[1]有趣。自从奎因教授对照出版了坡的原版书信和格里斯沃尔德的篡改版本,我们便对后者充满好奇。一个人憎恨另一个人并在其死后对其恶语中伤,这样的事本不足为奇,但如此大费周章又曲折隐晦地诋毁某人的名誉,这种行为背后必然潜藏着持久的仇恨。这样的事总是怪吸引人的,因为使任何情感持久不变的能力本就罕见,在此例中尤其如此,因为人们尚未发现任何能够解释这种深仇大恨的合理原因。

坡在个人声誉和许多其他方面受尽命运的戏弄。在真相大白前,他被正派文人当作道德败坏的浪荡子而遭到排挤,被离经叛道者誉为富于浪漫色彩的悲剧人物,惠特曼梦中漂泊的荷兰人[2]。

> 在我曾经做过的一个梦里,我看见海上有一艘船帆破碎、桅杆断裂的船,在午夜的暴风雨中……迎着暴雨、狂风和巨浪无拘无束地飞翔。甲板上有一个瘦削、优美、朦胧的男子身影,他显然享受着眼前的恐惧、黑暗和混乱,他本人正是这一切的中心和受害者。

1. 鲁弗斯·格里斯沃尔德,爱伦·坡的文学宿敌,在坡死后发表《作者传记》,对其声誉进行诋毁。这部传记影响了其后所有为坡作传的作家。
2. 传说中一艘永远无法返乡的幽灵船,注定在海上漂泊航行,与这艘幽灵船相遇被看作是毁灭的征兆。这里用来形容坡漂泊不定、穷愁潦倒的悲惨宿命。

今天对这一描述已被证明失实，但道德风向已然改变，如果它是真的，坡反倒会更受尊敬。假如他像维庸、马洛或魏尔伦那样嗜酒成性、恶贯满盈，我们反而会对他钦佩有加；但事实证明他是这样一种人：两杯酒下肚就变得令人厌烦，因而不招人待见；感情生活似乎主要限于缺乏男子气概的哭鼻子和过家家，他的弱点是那样平庸，是我们这个时代最不能容忍的类型，这也许是因为我们身上也有这些弱点。

然而，如果说我们如今对于坡的人品的看法是正确的，那就使作为艺术家的坡的形象更加匪夷所思。对于他的养父约翰·艾伦——那位显然并不讨人喜欢的绅士，没有人会赞赏他的为人；但如果我们想象自己1831年时处于他的位置，我们又会对坡的前途持怎样的看法？

假如我们记得他大学期间的所作所为、他毫无意义的应征入伍、他在西点军校的表现和他对我们的态度，他在我们眼中难道不是某种我们习以为常的神经衰弱者的典型吗——一个因为不愿或不能工作而一事无成、杰作从未超过三页、由于无法准时上班或按时完成工作而接连失业的才华横溢的年轻人？我们也许能从遗传和童年早期经历——父亲的不称职和不负责，母亲在他两岁时的离世——为其行为找到心理学上的解释，但是我们对他作为一个人以及作家前途的预测几乎不可能乐观。我们至多期望他在有生之年写出一两首优雅绝伦的抒情诗。

可事实如何呢？尽管在为人方面，他像我们预料的那样不易取悦和具有自我毁灭倾向，但他很快成为一名勤勉认真的职业作家。

他在杂志社的同事似乎没有人觉得他难以共事。事实上，如果你将他评论的大部分书的质量同他的书评质量比较，你可能会希望他能为了自己的工作而不那么一丝不苟。我们在他的作品中发现的缺点往往是最意想不到的——一个过度劳累、分秒必争的专业人士常犯的错误。

至于他的私人生活和个性，如果它的邪恶带有更多浪漫色彩，他的作品就不会具有某种意义上开现代文学之先河的重要性。他是最早**有意识地**遭受传统社区及其价值毁灭冲击的人之一，并为此付出了最为沉重的代价。正如 D. H. 劳伦斯在一篇见解深刻的文章中写道：

> 坡命途多舛。他注定要让自己的灵魂在一场因分裂而起的、剧烈持久的抽搐中遭受煎熬并注定要将这一过程记录下来。然后，当他完成了一个人所能履行的人类经验中最艰巨的某些任务后，他又注定要因此受辱骂。那些任务无可避免，因为如果人类的灵魂要存活，它就必须忍受自身的分裂。

对此有人可能会追问："受辱骂？"不，是比那更糟糕的厄运。注定被用作学校教科书里用以激发年轻人对优秀文学作品兴趣的诱饵，成为低俗小说的劲敌。

然而，他也得到了一些回报。没有几个作家有过以下殊荣：波德莱尔曾在感到自己快要发疯时呼唤坡的名字，把他作为自己和上帝沟通的中间人；马拉美曾在他优美的十四行诗中歌颂坡，以下是罗杰·弗莱对该诗的翻译：

爱伦·坡墓

永恒还他以本来面目，
诗人用出鞘的剑惊起世人，
惊恐莫名的他们不知
死神在那奇异的声音里正高奏凯歌！

他们，像九头蛇般猛烈地扑腾，只因听见
天使赋予其部族文字更纯净的意义，
大声称颂那浸润于
某种黑色混合物污流的巫术。

哎，相互敌视的天地啊！
倘若我们的思想无法雕刻一座浮雕
来装饰坡炫目耀眼的墓碑，

降自无妄之灾的安静巨石，
但愿这块花岗岩永远立为界碑，
让后世的蜚短流长止步于此。

丁尼生*

十八世纪下半叶，在林肯郡的格林姆斯比市，有一位成功的律师，他同时也是位成功的商人，名叫乔治・丁尼生。乔治体格健硕、性格开朗、钟情族谱研究。他发了财，又娶了有钱人家的女儿，后来加入国会，在乡下买了栋房子，养了两个儿子，取名乔治和查尔斯。不知为何他剥夺了大儿子的继承权，虽然儿子老大不乐意，他却把他送去教会，让他做了索莫斯比村的教区牧师。1805 年，牧师乔治・丁尼生娶了一位教士的女儿，姑娘名叫伊丽莎白・菲奇，喜欢读菲丽西・赫曼斯[1] 的诗。他们共生养了八个儿子、四个女儿。1831 年牧师乔治见了上帝。他的第四个儿子在子女中排行老六，出生于 1809 年 8 月 6 日午夜时分，后来成了诗人。

阿尔弗雷德・丁尼生被送去劳斯文法学校读书，在那儿度过了一段异常痛苦的岁月，后来被接回家，在家里接受教育，直到 1828 年进入剑桥的三一学院。也是在那儿他结识了亚瑟・亨利・哈兰姆，加入了一个由虔诚的青年知识分子组成的“使徒”团体，靠着一首以廷巴克图[2] 为主题的诗歌赢了校长奖章，一路到了 1831 年，他未取得学位就离开了剑桥。可是，那时他已经出版了两本诗集。与兄长弗莱德里克合著的《两兄弟诗集》1827 年由劳斯一家书商出版，1830 年伦敦的出版商莫克森又替他出版了《抒情诗集》。

1831 年夏天,他与哈兰姆一同踏上去比利牛斯山的奇特旅程,去给西班牙一个革命将领送去英国同仁们的捐款,这是他第一次也是最后一次切身涉足政事,也是他第一次接触法国,显然这次接触是毁灭性的。

1832 年 12 月,莫克森出版了《诗集》,其中一首诙谐短诗抨击了克里斯多芬·诺斯,因为他给 1830 年出版的那本《抒情诗集》写了些负面的评论。为了这个缘故,也许还因为丁尼生的朋友们对他的盲目崇拜,洛克哈特大为光火,在《爱丁堡季刊》上写了一篇评论,批评这种做法带来的有害影响,因此多年以来,人们都羞于阅读丁尼生。同年 10 月 1 日,丁尼生接到哈兰姆在威尼斯突然去世的消息。接下来十年间他再未发表作品,工作也不稳定,抽烟酗酒,结果变得穷困潦倒,郁郁寡欢。他订了婚,女孩后来成了他的妻子;但这门亲事一度中断。索莫斯比教区牧师的宅邸已经变卖;他搬到伦敦附近。他把自己和母亲的钱都投在一个叫艾伦博士的人捣鼓的机械木雕项目上;后来这个博士逃匿不见。但这段时间以来他没有停

---

* 本文系作者为《阿尔弗雷德·丁尼生勋爵诗选》(*A Selection From the Poems of Alfred, Lord Tennyson*)(纽约:道布尔戴-杜兰出版社,1944 年)一书撰写的导言。此书亦在英国得以出版,书名为《丁尼生:W. H. 奥登编选集并作导言》(*Tennyson: An Introduction and a Selection by W. H. Auden*)(伦敦:凤凰出版社,1946 年)。

1. 菲丽西·赫曼斯(Felicia Hemans,1793—1835),十九世纪浪漫主义时期英国女诗人。

2. Timbuctoo,又作 Timbuktu。廷巴克图,现名通布图(Tombouctou),是西非马里共和国的一个城市,位于撒哈拉沙漠南缘,尼日尔河北岸,历史上曾是伊斯兰文化中心之一。

止写作，1842 年完成的《诗集》为他赢得美名，广受文化界和评论界好评。1846 年皇室拨了一笔专款做他的养老金，他经济上有了保障，同时也继任华兹华斯成为桂冠诗人。

从那时起他的身份就是著名作家了。他在怀特岛买了套房子，继续写作，还蓄了胡子，接着在奥斯本受到维多利亚女王接见，后来在萨里郡他又买了一套房子，继续写作，在温莎女王再次接见了他，接着他封爵的消息就在公报上刊出，他还是笔耕不辍。1892 年 10 月 8 日是他去世的日子，他被埋在了威斯敏斯特大教堂。

他身形高大，肢体松弛，肤色黝黑，前额又高又窄，双手看起来就和砖匠一样，巨大粗糙；年轻时他看着像个吉卜赛人，年老了就是邋遢的老僧；在英国诗人里他的听力也许算是最好的，可毫无疑问他也是最愚蠢的一个[1]；关于忧郁这个话题他几乎无所不知，除了忧郁之外他却几乎一无所知。

哈罗德·尼克尔森先生对这位诗人的研究很出彩，他把他的文学发展过程分为四个阶段。

> 第一阶段从 1827 年《两兄弟诗集》出版开始，到 1842 年《诗集》出版结束。这一阶段是他的繁荣期——在这个阶段，无论人们如何评价，他都离不开济慈和柯尔律治的影响，后者的影响少一些。整个阶段他不过是"用不同的调子和着同一把清澈的竖琴"

1. 作者注：T. S. 艾略特曾向我指出，他能说出两个或三个更愚蠢的英国诗人，我不得不承认这一点。

歌唱而已，虽然诗歌都很美妙，却鲜有中心意图，也少见鼓舞人心的指导性的内容。第二阶段与第一阶段稍稍重合，从1833年哈兰姆去世开始，到1855年《莫德》出版结束。这显然是四个阶段中最重要的一个，在这期间他写下了《两种声音》和《拍吧，拍吧，拍吧》两首诗，收录在1842年出版的《诗集》中，1847年他完成了长诗《公主》，1850年则完成了组诗《悼念集》。创作于1852年的杰作《威灵顿公爵颂》，也是这个阶段的作品。到了1857年就是第三阶段了，时值维多利亚中期，这是丁尼生发展阶段中不幸的一段时光，我们在这个阶段能读到1866年的《国王叙事诗》和《伊诺克·阿登》等诗歌，以及1870年的叙事诗《圣杯》，1872年《国王叙事诗》的定稿版本。1873年之后有一个过渡期，桂冠诗人忙着写起了戏剧，那种执拗劲儿叫人称奇。可是到了1880年，也就是第四个即最后一个阶段开始了，这是辉煌的奥德沃思[1]时期，当年他出版了诗集《民谣及其他诗歌》(*Ballads and Other Poems*)，其中收录了《利斯巴》[2]，《勒克瑙》[3]和《来自深处》[4]。1885年则有叙事诗《提瑞西阿斯[5]》和《先贤》，以及献给菲

1. 奥德沃思(Aldworth)，现属伯克郡(Birkshire)，当时位于萨里郡。丁尼生正是在奥德沃思离世。
2. 利斯巴(Rizpah)为《圣经》人物，“扫罗有一妃嫔，名叫利斯巴，是爱亚的女儿。”(撒母耳记下 3：7)。此诗收录于《民谣及其他诗歌》。
3. 勒克瑙(Lucknow)为印度北方邦首府。此诗全名为“护卫勒克瑙”(The Defence of Lucknow)，收录于《民谣及其他诗歌》。
4. 此诗(De Profundis)亦收录于《民谣及其他诗歌》。英国女诗人罗塞蒂曾写过同名诗歌。
5. 提瑞西阿斯(Tiresias)希腊神话中底比斯的一位盲人预言者。据荷马史诗《奥德赛》，他甚至在冥界仍有预言的才能，英雄奥德修斯曾被派往冥界请他预卜未来。

> 兹杰拉德[1]的诗行。这一时期到1892年为止，丁尼生死后，那一年《俄诺涅[2]之死》得以出版。
>
> 我想，把这四个阶段划分清楚很重要。因为尽管早期的丁尼生写下《玛丽安娜》和《夏洛特夫人》这样的杰作，尽管第二阶段向我们展示了他那些本质性的抒情性质的灵感，也让我们坚信他是一位伟大的永垂不朽的诗人，尽管最后一个阶段是那么辉煌，像一座丰碑载满他的活力与对语言的娴熟掌握，可是他的第三个阶段，也就是维多利亚中期，却无论如何也无法吸引现代读者。而且，不幸的是，人们之所以谴责他，也正是因为这个第三阶段、这个诞生了《国王抒情诗》和《伊诺克·阿登》的法令福德[3]时期。有这样的结果，既不公平也显得无知愚蠢。

但是我们不能就此得出结论，认为维多利亚时期的读者品位低俗，无法欣赏丁尼生那些在我们看来足够优秀的诗作，比起他们，我们在评价同时代的诗人时也不见得高明多少。在三种情况下诗人也许会创作出糟糕的作品。诗人也许百无聊赖，或者心急气躁，写出来的诗缺乏技巧，显得草率粗糙，或者在表达上漫不经心。莎士比亚也常犯这种错误，而丁尼生却不会。第二种情况是诗人疏忽

1. 爱德华·菲兹杰拉德(Edward Fitzgerald，1809—1883)，英国诗人、作家，丁尼生好友，《鲁拜集》英译者。
2. 俄诺涅(Oenone)，希腊神话中特洛伊王子帕里斯(Paris)的妻子，因帕里斯爱上美女海伦而惨遭抛弃。
3. 法令福德(Farringford)庄园即丁尼生在怀特岛购买的宅邸。

了词语与意象之间的关联，也许该严肃的时候他反倒开起玩笑，虽然他也是无心之失。比如，在描述圣斯蒂芬殉道时，丁尼生这么写道：

可是他抬起头，满是恩典，
开始祈祷，上帝的荣光
从幸福的某处倾倒在他的脸庞

他曾给达弗林爵爷，也就是那位儿子死在自己游艇上的爵爷写过献诗，其中有这么几行：

可是他离开你那致命的海岸前，
在他躺在那棺材似的船只前，
在他垂死之前，“不可言喻，”他写下
这个句子，“他们那么善良，”
之后就再也没写下什么。

第三种情况是也许诗人在意识不清时写下诗作，读者读到这么糟糕的作品，会认为是诗人故意所为，也就是说，如果出现漫不经心或者偶尔矫揉造作的情况，大家觉得只需要向诗人指出，他能立马意识到错误就行，而如果是第三种情况，则一定是诗人有意为之。比如，接下来几段节选中的错误已经无法单凭文学批评修正过来，这里面有丁尼生个性的因素。

爱上少女，步入婚姻殿堂，所做一切，无一感到后悔，
家庭幸福，子女亲切优雅，不负外债，此乃中庸之道。

即使你不再爱你的君主，也不要认为
你的君主对你无半分爱意。
我本不是这么渺小低微的人。
可是，女人，我必须让你懂得羞愧……
我从未诅咒过你，桂妮薇，
我如此怜悯你，差点就送了命……
瞧！我饶恕你，因为永恒的上帝
饶恕众人：其余的你就顺着自己的良知做去吧。

闺房里的香吻，
树间的山雀！
鸟儿不会泄密，
哎呀！它可全见着了。

凡这种有本质错误的诗，每一首都由不同的原因造成，但它们也许都可以归为某个基本的错误；若有人妄图用写诗的方式来完成其他诸如实践、研究或者祈祷之类方法才能完成的事情，那么毫无疑问写下的必然是垃圾。这也是为什么那么多青少年写诗的缘故。那些毫无诗才的很快就会放弃，可是真正有才华的人会发现艺术创作确实能给他们带来些什么，即对于自己真实感受的自知，他们会

继续受到某些想法的诱惑，认为通过写诗可以得到一切；比如，写诗可以驱走不悦或屈辱的感觉，特别是当他们足够有才华成为专业诗人时，写诗的收入也可以让他们不用从事其他职业。摆在丁尼生面前的这种诱惑特别大。首先，他的才华在于写抒情诗，而抒情诗人总是面临一个问题，即在为数不多的灵感时刻之余该做什么的问题。丁尼生和许多诗人一样，从五十来岁开始一直到七十来岁，都忙着写史诗和戏剧形式的诗歌，而这些诗歌形式他完全不擅长[1]，如果说把这完全或者主要地归咎为一种要与弥尔顿和莎士比亚一比高下的傲慢与野心，是有失偏颇的；其中一个绝对不容轻视的原因当然是他不想在下半生依然像上半生那样无所事事，这样的想法值得嘉许。我们都了解过其他一些抒情诗人的生平，他们要么潜心创作枯燥的长诗，要么就是失了无邪天真，整日沉湎酒色，寻欢作乐，完全称不上度过丰富充实的人生。

第二点，有着诗才的丁尼生，笔下几乎都是一些寂寞、恐惧以及对死亡的渴望之类的情感。从他还在读大学时写的《歌》开始：

空气潮湿、肃静、闭合，
像是病人的房间，他在死前
在房中休憩；

1. 作者注：如果十九世纪的英国有像威尔第或瓦格纳那样级别的歌剧作家，或许丁尼生就会在歌剧剧本里找到既抒情又戏剧的诗歌形式了。《莫德》就是个不成功的歌剧剧本，也体现了他在那方面的才能到底有多少。他是少数几个诗人之一，他们的诗歌本身就有意义，同时也能转变为音乐形式。

我勇气尽丧，我的整个灵魂感到悲伤，
当闻到腐烂树叶浓烈的潮湿气味，
还有树叶底下
那盒子消瘦的边缘的呼吸，
还有今年最后一朵玫瑰。

到他快八十岁时写的《得墨忒耳[1]》为止：

……再也无法见到
这块石头，这个车轮，这片微微发光的草地，
这些都在那极乐世界里，所有充满仇恨的火焰
带着折磨，阴影里的战士沿着
安静的水仙园子滑过。

这些成功奏响的音符无一例外都带着一种挽歌般麻木的忧伤。尼采对瓦格纳的形容用在丁尼生身上倒也有几分贴合。

没有人能比得上他那晚秋绚丽的色彩，没有人能比得上他所创作出来的那最后一刻，那最后的、无可形容的、太短暂的感伤的欢乐。他知道一种和弦，它能表现出午夜灵魂最隐秘、最诡异的时

1. 得墨忒耳(Demeter)，古希腊神话中掌管农业和婚姻的女神。

刻,原因和结果此时似乎也已分离,随时会有某些东西从虚无中跳将出来……他知道无力勃发、无力飞翔,不,是无力行走的灵魂的拖沓的长步……(他的内心)其实更愿意安静地蹲在残破屋子的角落里,用这种方式作掩护。他甚至骗过了他自己,创作出他真正伟大的杰作,很短的,通常只不过一小节长的杰作——就是在这里,也只有在这里,他优秀、伟大、完美。[1]

一旦开始读丁尼生的作品,他最好的诗作中呈现出的象征意义与瓦格纳的如此相似,这叫人惊叹。我们差不多能构建出某种原型模式,丁尼生式的主题一定会包含以下一个或多个因素:

1. 遗弃的行为,无论是婚姻还是死亡造成。比如《玛丽安娜》和《奥诺妮》(女人抛弃男人),《悼念集》(男人抛弃男人),《利斯巴》(儿子抛弃母亲),《得墨忒耳》(女儿抛弃母亲),《绝望》(被上帝弃绝)等等。

2. 麻木不仁且残酷的他者。比如《奥诺妮》中的阿芙洛狄忒,《洛克斯利堂》中的丈夫,《莫德》中的兄长,《利斯巴》中的"律法"。

3. 主角意外犯下的罪行。比如《奥莉埃娜》,《莫德》和《提瑞西阿斯》等等。

4. 小偷。比如《莫德》里的祖父,《绝望》里的儿子。

1. 节选自尼采所著《尼采反对瓦格纳》一文,译文选自陈燕茹、赵秀芬译本。《尼采反对瓦格纳》,济南:山东画报出版社,2002 年。

5. 风景的对比：一边是寸草不生、凄凉孤寂却又充满激情（岩石与大海），一边是富饶丰美，舒适安逸，平静安稳（村庄与冲积平原）。

比起其他齐名的英国诗人，单个事件、也许还有早期经历对于丁尼生大部分创作明显有更深刻的影响。

丁尼生把自己描写成：

夜里哭泣的婴孩
为了光明哭泣
没有语言，只有哭泣。

这样的描写尤其敏锐。如果说华兹华斯是英国伟大的自然诗人，那么丁尼生则是英国伟大的保育诗人，他的诗是

下午隐隐约约的光线，
人们在其中敬畏如儿童。[1]

也就是说，他的诗总与人类最原始的情感相关，简单明了，里面有自觉的性意识，有思想上的理性倾向。（若运用精神分析的方法，再没有比这更简单、更隐晦的诗了。）

---

1. 原文为德语，这两行诗选自奥地利诗人里尔克的《夏雨以前》，这里选用了绿原先生的译本。《里尔克诗选》，北京：人民文学出版社，1996年。

丁尼生肯定过两件事。首先,第一首打动他的诗是他自己的作品,其次,五岁时他曾走来走去,嘴里嚷嚷着“阿尔弗莱德,阿尔弗莱德”,这件事对他意义重大,就像他以科学为主题的诗作一样重要。

让科学证明我们存在,接着
证明科学对人类有多重要。

“我是谁?”“我为什么存在?”这两个无解的问题引起的恐慌情绪——疑惑这个词太过温和,太文绉绉,不足以形容这种眩晕焦虑的感觉——似乎让他一辈子都心神不安。为什么他年幼时就对这两个问题如此沉迷,我们无从而知,但是看上去他的经历与克尔恺郭尔在日记中记载的一段经历很相似:

最危险的并非他的父亲或老师是自由思想家,甚至也不是他的伪善做派。不,危险的是他的虔诚,他对上帝的恐惧,在这个孩子心里已经埋下了这些,可是他竟然又意识到,在他的灵魂深处隐藏着不安,结果,甚至是对上帝的恐惧或虔诚都无法缓解那种不安。危险的是那孩子在那种处境下几乎就要下结论认为上帝并非具有无限的爱了。

但无论最初的原因是什么,丁尼生在孩童时代就意识到了哈姆雷特的问题,以及他的经历的宗教含义。幼童早期的情感经历很难表述,除非恰巧他们已经忘记了与之相关的原始事件。哈兰姆的死重复了关于遗弃的经验，丁尼生把它当作象征，记起他曾经受到的其他伤害，由此他把恐惧感集中起来，给了这种感觉存在的理由。圣奥古斯丁曾有过类似的经历，他的叙述给人启发：

> 我虽则如此痛苦，但我爱我这不幸的生命，过于爱我的朋友。因为我虽则希望改变我的生命，但我不愿丧失我的生命，宁愿丧失朋友……一面我极度厌倦生活，一面却害怕死。我相信我当时越爱他，便越憎恨、越害怕死亡，死亡抢走了我的朋友，死亡犹如一个最残酷的敌人，既然吞噬了他，也能突然吞下全人类……我奇怪别人为什么活着，既然我所爱的、好像不会死亡的好友已经死去；我更奇怪的是他既然死去，而我，另一个他，却还活着。某一诗人论到自己的朋友时，说得很对，称朋友如"自己灵魂的一半"。我觉得我的灵魂和他的灵魂不过是一个灵魂在两个躯体之中，因此，生命为我成为可怖的，因为我不愿一半活着，也可能我因此害怕死，害怕我所热爱的他整个死去。[1]
>
> 《忏悔录》，卷四，第六章

因为这种关乎存在的根本的焦虑感，丁尼生和十九世纪另一个更伟大的诗人波德莱尔成了难兄难弟。把这两个表面看来大相径庭而实际上却极其相似的人物作一番比较，未尝不是件吃力不讨好的事。一个是英格兰的乡巴佬，提起政治国事纷争就一脸恐惧，另

1. 引自奥古斯丁，周士良译，《忏悔录》，北京：商务印书馆，1963 年，第 65—66 页。

一个则是巴黎久经世故的花花公子,邪恶而且残忍。

人群从张开的大门拥入,
推动一张张皱巴巴的脸;
黑夜里废船半死不活地颠簸,
无尽的海滩上大把懒散的时光[1];

痛苦的吧台女,很快凋零!
看那些被褥正铺在我床上。[2]

他看起来脚步踌躇,
在无法计量的沙地里跋涉,
在闷热的大地上走着疲倦的步伐,
头顶远处是燃烧的穹顶,
光洒在群山的褶皱里,
城市像盐粒一样闪闪发光。

不要再问我:你我的命运已被尘封;
我试图逆流而上,皆是徒劳;
让大河带我去大海。
亲爱的,我再也不会一碰触就屈服;

---

1. 节选自《悼念集》,第70首。
2. 节选自《罪的想象》(*The Vision of Sin*)。

不要再来问我。

比起任何其他的英语诗歌，这些诗句在精神层面与以下诗行更接近：

在地底湿气冲鼻难闻的
深渊之旁，没有灯光，
走下一座没有扶手的
永劫阶梯的一个亡魂。

红心侍从和黑桃皇后在一起，
闷闷地交谈他俩过去的爱情。

因此我的精神常离不开眩晕，
它总在羡慕"虚无"的麻木不仁。
——唉！永难摆脱"数"与"存在"的纠缠。[1]

他们的诗歌技巧表现了对音乐相同的鉴赏力，对"诗行"[2]的热

1. 以上三段分别节选自波德莱尔的《不可补救者》、《忧郁》和《深渊》，引用了钱春绮先生的译文。《恶之花：巴黎的忧郁》，北京：人民文学出版社，1991年，第185、166、365页。

2. 作者注：考察一下诗人在形式上的严格程度和音乐性与他自身的焦虑感之间的关系很有意思。我想，事实也许是诗人越能意识到自己内心的混乱及恐惧，就越能在作品里表现有序的价值，作品成了某种防御，就好像他希望通过掌控自我情绪表达的方式，那些他无法直接掌控的情绪就会得到控制。

爱也不相上下。(蒲柏与丁尼生的差别就是拉辛与波德莱尔的差别。)两人都认为自己是从失乐园中被流放的荒地居民;(丁尼生笔下贫瘠的岩石堆和荒芜的沼泽对应波德莱尔那煤气灯下的巴黎。)他们对欢乐岛、对充满孩童之爱的绿色乐园都很向往,而往往要走很长的水路才能到这些岛屿乐园;他们还都用相同的卢梭笔调来想象伊甸园,比如把它描绘成自然无邪之地,而绝非超自然的幻象。

但在考虑如何忍受当下的生活这方面,在选择航行的方向时,两人出现了分歧。

波德莱尔写道:

> 我可怜那些只让唯一的本能支配的诗人,我认为他们是不完全的……天才人物的神经是坚强的,而儿童的神经是脆弱的。在前者,理性占据重要的地位;在后者,感觉控制着全身。[1]

如果说波德莱尔比丁尼生更伟大,并不是因为他最初的情感更为强烈,而是因为除此之外,他还有着一流的批判力,他不会写什么关于罗兰的史诗,也不写什么圣女贞德的悲剧,以此逃避那个深渊的幻觉。另一方面,这也导致他犯了一个丁尼生没有犯过的错

1. 奥登在这里犯了一个错误,这段话并非引自一篇文章。这一小段的第一句选自波德莱尔的美学论文《理查·瓦格纳和〈汤豪舍〉在巴黎》,后半部分选自《现代生活的画家》中"艺术家,上等人,老百姓和儿童"一篇。译文选择了郭宏安先生的版本。《波德莱尔美学论文选》,北京:人民文学出版社,1987年,第565、480页。

误——就是把美学当作了宗教。

波德莱尔认为艺术是超越善恶的，这很明智，丁尼生则是个傻瓜，他花力气去创作宣教理想的诗歌。但是丁尼生认为超越善恶的艺术不过是次要的游戏，这一点不错，波德莱尔则成了自己自尊心的受害者，他说服自己单纯的游戏是

……我们能以
显示人类尊严的最有力的证明。[1]

所以，若我们因为丁尼生把天堂描绘成索莫斯比教区或托基的翻版而感到尴尬，那么好歹他对美好的地方还有想法，无论这想法多么幼稚，他不像波德莱尔那样坚持说天堂无论善恶都无所谓，波德莱尔注重的只是它的新奇感，他会花任何代价通过培养或高兴或恐惧的歇斯底里情绪来获得这种新奇感。

他们对待社会与人际关系的态度也各不相同。两人都深沉而且孤独，遇到外向吵闹、喜欢社会交往的人，他们会感到恐惧反感。那个叫丁尼生的曾这么写道：

……一个月后，
他们把她许配给六万英镑，
肯特的大片土地和约克的家宅，

1. 选自波德莱尔诗歌《灯塔》。《恶之花：巴黎的忧郁》，北京：人民文学出版社，1991年，第29页。

还有小个头罗伯特爵士，他淡淡的微笑
和学究气的络腮胡。

哦，我看您又老又规矩，正与您的小角色相配，
几条箴言说教正要叫您女儿牢记。

这番话也像是那个憎恨比利时精神[1]的波德莱尔说的。而《尤利西斯》不过是个幌子——这首诗弱就弱在它的不直接——它其实表明了丁尼生不愿负责、不想成为有用的人的态度，它是花花公子型的英雄人物的赞歌。

这两位都放弃对中产阶级的婚姻家庭之类主题做些拙劣的模仿，他们探索的是极限的不可能性，只不过方向相反而已。丁尼生理想中的是一个没有冲突、充满友爱的圈子，有着孩提时代的舒适安逸（他颂扬婚姻，却无意在个体之间建立历史关联）；相反，波德莱尔只是通过强弱程度来判断交往关系，他只考虑某种无子女的性关系，而残酷总是伴随左右。

丁尼生的种种如今看来令人反感，《米勒的女儿》和《桂妮薇》中的“女教师阿尔弗莱德”，《步兵们，组队！》里对福若基怀恨在心的男生，这些都是那个“惊世骇俗的”波德莱尔的对应物，对波德莱尔来说，爱情的唯一乐趣在于知道如何作恶，他期望通过激发大家的恐惧感和厌恶感来征服孤独。若后者的姿态仍旧吸引我们，那是因为

1. 波德莱尔曾写过《可怜的比利时》一文，以发泄他对比利时资产者的守旧、猥琐的假道学的憎恶和痛恨。

我们自我主义的现代形式在其中受到了抬举，正如丁尼生的姿态抬举了维多利亚人一样。他们都试图通过寻找某种神奇的确定性形式来逃避对宗教信仰的需求，却又都导致了灾难性的后果，一个听到“疯癫之翼扇动的风”，波德莱尔自己其实已经意识到这一点，不过为时已晚；另一个则像个迟钝的婴孩，带着“没有历史感的荣光，诗人的品质渐渐消磨而没有得到回报，或者至少只是得以保存而没有消耗掉”。

爱管闲事的老家伙*

“爱管闲事的老家伙”，这是亨利·梅休采访一个妓女时她对他的描述。他自己也不否认这一点，比如他这么形容自己的行为：

> 第一次接近你们时，我还无法让你们理解我的动机。你们第一反应会假设我是政府派来的间谍，或者警察局派来的某某人。这些猜测都不对，我也不是什么牧师，不会试图劝你们信仰某种教派教条，更不是什么心急的禁酒主义者，要向你们证明一切罪恶的根源在于酗酒。我只是个读书人，想要让有钱人更多了解穷人们的生活。有人研究星辰，也有人研究动物，或者矿石的属性，把一生都献给这种那种事业，而我是头一个把自己的同胞阶层作为研究对象的人，你们和我一样，天生都没什么好运，我就想把社会阶层两头的人群聚在一起——让穷人了解富人、富人了解穷人。

随意引用了《伦敦劳工与伦敦贫民》中这一段话后，我想如果一定要我写下维多利亚时期最伟大的十个英国人的名字，亨利·梅休会排在第一个。之所以说“随意引用”，是因为我无法想象一个人能从头到尾一字不落地啃完这本书，正如人们无法通读《大英百科全书》一样。最新版的《伦敦劳工与伦敦贫民》一书似乎是1865年版的照片胶印本。四卷书差不多有两千页，双栏排版，字体很小，即使是我这样的近视眼读起来也觉得眼睛吃力。

亨利·梅休的父亲在伦敦做律师。他1812年出生，1887年去世，是1841年开始发行的《笨拙》杂志[1]的创始人之一，兼做编辑的工作。他与一个叫奥古斯都的兄弟合作，写了一系列喜剧小说，在当时广受欢迎，如今他们已被遗忘，这是不该发生的情况，人们也不免感到惊奇。1849年、1850年在《纪事晨报》上发表的一系列文章后来被收录进他的那本代表作，成为开头部分，而第一卷，还有第二、三卷的一部分1851年出版，整本书则要到1862年才面世。

梅休热衷于区分社会阶层。他把人分为四个主要群体，分别是“将要工作的人”，“无法工作的人”，“不会工作的人”和“不需要工作的人”，光是各种职业的名目列表就占了十六页。与教师或牧师不同，“作者”不属于“施惠者”那一类，而是归在子群D“制造者或手工匠人”中，属于第三次下群：

> 他们是与最高等的艺术相关的工人，也就是说，他们的艺术不产出自己的产品，而是增添其他艺术作品的美感或有用性，或是创造或设计与自己的艺术相关的作品。

---

* 本文于1968年2月24日发表于《纽约客》，系作者为英国记者及社会改革家亨利·梅休(Henry Mayhew)的著作《伦敦劳工与伦敦贫民》(*London Labour and the London Poor*)再版时撰写的书评。

1.《笨拙》(*Punch*)是英国老牌的讽刺漫画杂志之一，拥有160多年的创刊历史，提供政治讽刺漫画、家庭漫画、社会漫画等内容，通过诙谐的讽刺手法描述社会热点问题。

和我们作家在一个类群里的还有“干燥工，防腐防干裂保管员，擦洗工，研光工，虫胶漆工”等等。

在解释“雇主”的功用时，梅休与 J. S. 密尔[1]产生了很大的分歧：

> 米尔先生把雇主和商人都归在增值者这一类，认为他们都提高了国内可交易商品数目，这大错特错，这种错误源于要把商人与资本家当作有生产力的劳动者的想法，没有什么比这想法更理想的了，因为正如俗话说的，他们当然不会**直接**给国家财库添一个子儿。只要稍稍动下脑筋，那位先生就会发现雇主和商人的真正功用在于**间接地增加**生产，他们不是直接的生产者。

像伦敦这样的大都会，同时又是诸如采矿、炼钢或棉纺等重工业的中心，这种情况绝无仅有。梅休眼中的伦敦，其中数目最多的雇员群体是用人。结果他的重点都不在工厂工人身上，这一点与恩格斯截然不同。他也考虑一些小工艺产业的问题，可是他主要关心的还是那些在大街上老老实实挣钱或坑蒙拐骗过日子的人。他认为这一阶层构成了当时伦敦人口的四十分之一。所以他的著作前两卷净关注沿街小贩、捡破烂的、扫大街的这些小人物，第三卷写除虫工人、街头艺人、小手工艺人，还有码头工人这类临时工人物，第

1. J. S. 密尔（J. S. Mill，1806—1873），旧译穆勒，英国十九世纪哲学家，经济学家，逻辑学家，实证主义和功利主义的著名代表。他的《论自由》一书直至现在也仍受到西方学术界的高度重视。

四卷里则有妓女、小偷、骗子和乞丐。

据我所知，梅休是独一无二的社会人类学家，他有费边社成员对于统计学的热情，也有李普利[1]那种把信不信由你的事实当作纯粹无稽怪谈的爱好，还热衷于特立独行的角色和演说，这种特质只有在最最伟大的小说家那儿才能见到。喜欢统计学的人可以从他那学到很多，比如纽扣铸模工里酗酒者的比例是1/7.2，牧师里是1/417，用人里则是1/585.7，再比如每二十四小时一匹马会拉出38磅2盎司重的粪便。喜欢离奇古怪之事的人会读到诸如第一个现代盥洗室1808年由布拉玛发明、街上卖得最好的诗人是莎士比亚、蒲柏、汤姆逊、戈德史密斯、彭斯、拜伦和司各特，但弥尔顿、德莱顿、雪莱或华兹华斯则无人问津、蒙默斯郡的强奸案最多、柴郡的重婚罪最严重、赫里福郡的女性犯罪人数仅次于伦敦等等奇奇怪怪的事。我自己则对他关于男孩行窃的一次调查结果特别感兴趣，他问了一群男孩第一次行窃时偷了什么东西，答案分别是：

> 六只兔子，家里的丝质披肩，一双鞋，一块荷兰乳酪，家里的几先令，一件大衣，一条裤子，一头小牛的心脏，四片铜“瓦片”，师傅的十五英镑六便士，两块手绢，八分之一品脱面包，值三镑的一套工具，仓库里的衣服，值三十二镑，一块柴郡乳酪，一对马车灯笼，一些手绢，五个先令，几个萝卜，手表链子和印章，一头羊，三镑六

1. 罗伯特·李普利（Robert LeRoy Ripley，1890—1949），美国二十世纪的漫画家、企业家、探险家、收藏家和业余人类学家，创办并主持了著名的“李普利之信不信由你”（Ripley’s Believe It or Not!）系列报纸专栏、广播、电视。

便士，一个残疾人的椅子。

至于他作为记者的能力，我只能引用一些文字片段来说明，这对他有些不公平，因为我们应该把书全部读完。我会建议读者挑出他采访女王灭鼠人杰克·布莱克（见第三卷，第 11—20 页）、吹口哨的跳舞男孩比利（见第三卷，第 199—204 页）、年轻的扒手（见第四卷，第 316—324 页）这些片段。读完这些，我改变了对狄更斯的看法，我曾一度认为他创造了许多超越生活层面的人物，令人难以置信，但如今看来他更多的是一个"现实主义者"，而大家都没有意识到这一点。

我希望接下来引用的几段能使你们了解一下梅休在听说方面的杰出能力。

一个十四岁的男孩

是的，他曾听说过那位创世的上帝。记不起具体什么时候知道他的，但肯定……知道那本叫《圣经》的书，虽然不知书里讲了些什么，没关系，一定得知道有这样一本书，因为有个年轻女人拿了一本去当铺给一个老女人，想要换点能带来欢乐的东西——书是崭新的——但是那汉子没理她，老女人说他也许，嗯，嗯，……人死以后不晓得会发生什么，就是埋了而已。曾经见过摆出来的死尸，起先有点害怕，可怜的迪克看上去和原来完全不一样了，碰碰他的脸，好冷啊！哦，真是冰冰冷！也曾听说过另一个世界，管他是不是去了那里呢，也许他可以过得更好，因为这里通常都是怪兮兮的……从没去过教堂，听说他们在那里敬拜上帝，不晓得怎么做的，经过教堂时听到过里面的歌声，还有嬉闹声，可从没进去过，因为他没有合适的衣服，他见过那些走出教堂的胖子，穿成这样他们一定不让他进去的……听说过威灵顿公爵，他有个绰号叫"老鼻子"，觉得他一定没见过他，可是他见过他的雕像。没听说过滑铁卢战役，也不知道是谁和谁打仗来着……他觉得自己听说过波拿巴，可不知道他是谁，还觉得自己听说过莎士比亚，可不知道他是死是活，也不在乎……见过女王，可当时记不起她的名字了，哦！想起来了，威多利亚[1]和阿尔伯特。

一个中年下水道拾荒者

好了好了，这味道没什么啦。开始的时候有点刺鼻，但没有你想象的那么糟糕，因为，你瞧，下水道里总有这么多水流下来，空气也从格栅里进来，这样一来味道就好闻一点了……老鼠很危险，的确如此，可是我们总是三四个人结伴而行，那些淘气鬼就完全警觉起来，不会来对付我们了，因为它们知道它们打不过我们……我常常能捡到一镑硬币，还有五十便士的硬币，我们三个一天里常常各自从下水道中扫出个几镑钱。但是没等我们拿起来就被收税官

1. 原文为 Wictoria，应是故意将"维多利亚"（Victoria）写成这样的。

抢走了。我只希望能要回收税官从我这要走的那些钱,接下来日子怎么过我无所谓……我之所以喜欢这样的生活,是因为我能随随便便就坐下,没人管得了我。辛苦的时候,我知道自己是不是非得继续干下去,于是像挑亚麻茎一样,我干起活来有一阵没一阵的。长久下来我就和他们不一样了,我可以现在就出发,一天里捡上四五个先令的垃圾,而他们连赚一个铜钱的法子都想不出。

一个姘妇

我现在干的活一点都不无聊,相反我喜欢干这样的活。想要的东西我都有了,我的朋友也非常爱我。我爸爸是雅茅斯[1]那边的商贩,小时候我学过一点钢琴,还有一把天生的好嗓子。是啊,这些东西对我来说很有用,也许它们就像你说的,是像我这样的女孩唯一用得上的东西。我二十三岁了,四年前一个男人诱奸了我。我也不避讳跟你说,我和那个诱奸我的男人一样,不是什么好东西。我不想在老爹的铺子里再累死累活地干了……后来我们去了伦敦,从那时起我和四个不同的男人有了同居关系……好吧,我爸妈不知道我到底住在哪,也不知道我都干了些什么,不过如果他们到处打听的话,倒是能猜出几分。哦对了!他们知道我还活着,因为我偶尔会给他们寄点钱,这样他们就知道了,也会很开心的。我

1. 加拿大城市名。

觉得我以后会怎么样？这问题太奇怪了。如果我愿意，明天结婚都行。

一个站街妓女

你们这些有名誉、有地位，有感情，有这些那些的人是无法完全理解像我这样的人的。我可没有感情，我已经习惯了。我也有过一次，尤其是妈妈死的时候……我哭了，一直哭得厉害，可是，天哪，自寻烦恼有什么用？现在我也不快乐。那不是幸福，但是我有足够的钱，不愁吃喝，基本上是喝了酒我才过得下去。你一定不懂我有多爱我的杜松子酒。对我来说它就是一切。我不想活得太久，一想起这个我就挺开心的。我不想活了。可是我也不在乎死，就让我这么走了算了。

无论是当时还是现在，警察总是城市里穷人们既憎恨又恐惧的对象。对大多数贫民来说，只有富人们还有满腹牢骚的好事者才关心宗教，他们尽给穷人们塞些狗屁不通的小册子。一个为梅休提供情报的人倒是对卖鱼、卖水果的小贩做了一番有趣的描述：

如果这些小贩明天就必须决定信仰什么宗教，他们都会信罗马天主教，无一例外，这叫我很满意。为什么呢？因为伦敦的小贩们与爱尔兰贫民往往住在同一个院子、同一条街道，如果爱尔兰人病了，那么一定会有牧师来探望他们，还有慈善修女会的修女们，她们是慈悲心肠，还有一些其他夫人小姐们……小贩们就会以为宗教人士的善举最多、最完善，在他们眼中，这些都是天主教徒的功劳。

可以预见，他们的政治观点也不尽相同。手工匠人有着和更需要脑力的工人截然不同的政治观，同样，临时工和流浪汉们也有政治观点上的分歧。前者大多数是民权主义者，而后者就"和男仆们一样，一点也不关心政治"。对于日子过得舒坦的，一提起民权主义，就像提起共产主义一样，他们便谈虎色变，而作为工会前身的行业协会在他们眼中则是破坏性的组织，犯下累累罪行。梅休一定鼓起了十分的勇气，才替双方都说了好话：

如果对于财产我们有权利也有义务，那么另一方面，正如他们说的，对于劳动我们有义务也有权利。伦敦的手工匠人似乎都懂这个道理。他们用粗暴的方式表达自己的观点，有时也很野蛮，我必须承认这一点；但是对于那些从来没接近过他们的人，那些只是把他们归为"危险一族"的人，手工匠人们通常只是贸然行事的蛮夷存在，我也必须否认这一点。就目前为止我自己的体验来看，我不得不承认，我发现大都市里的技术工人，无论是道德观还是在想法上，都与一般人的偏见观点背道而驰。

通常来说，大众了解到的关于行业协会的性质和目的的说法都有失偏颇，真是可悲。一般的看法是这些协会是工人的联合组

> 织，它们能组织起来并存在下去的唯一目的就是从雇主那里索取不合理的高额工资……这类协会的目的并不仅限于维持工资标准——它们中大多数不仅仅是要规范劳动力价格，还通过扶持老弱病残的目的组织起来；而且，甚至是那些仅仅抱着规范工资的想法组织起来的行业协会，也有相当的数量每年都尽心尽力照顾那些失业成员的生计。

既然梅休的主要目的是呈现一幅贫民生活的客观图景，并让读者自己做出判断，那么他大多数时候对自己的政治观点和宗教信仰都三缄其口，可是偶尔他也会火冒三丈：

> 要钳制这种打零工制度，唯一有效的方法就是在教区合同里插入一个条款，不过得**以工人的利益为代价**。这条条款与下水道水务专员在合同里加上的那条一样——签订合同的雇主至少要向雇员提供能维持相当生活水平的工资。照经济学家们的行话来讲，这也许妨碍了劳工自由选择职业的权利，但是这至少限制了资本的统治作用，因为自由劳动从字面上来讲，就是**资本无限制的使用**，这（尤其是交易中道德标准并不占有至高地位时）也许是一个国家可能遭受的最大祸害。

他对维多利亚时期一般的社会福利工作者很不以为然。他一直坚持自己的主张，如果要做点事情提升贫民的文化与道德水平，就必须不再用自己的中产阶级经验与价值观为标准思考问题，而是要学会用贫民的标准来思考。对于一个中产阶级来说，工作意味着稳定的职业和报酬，无论工资多少，每隔一定时间总能按照预想拿到钱，所以对于他来说，显然节俭是种美德，省钱也不难做到。但是对于临时工来说，他们是做一天和尚撞一天钟，省钱这种事简直无法想象。对中产阶级来说顺理成章的固定时间制度如果要强加给贫民，就像要规范住宿时间一样，无疑是种专制：

> 这些机构的管理者自认为有几分道理，他们觉得凡靠正当手段谋生的，都会按照严格规定，在某个规定的时间点回家睡觉——有的家里是十点，有的是十一点。但是这些穷人中最守规矩的，如果他们在大街上工作，那时候正干得起劲，却不得不收拾行当，扛着笨重的、有时候又沉甸甸的东西回家，通常他们得走上二三英里到六七英里远。哪怕他们迟到了就一分钟，也只能是被关在门外，到另一个陌生的地方去找个睡觉的地儿。第二天早上他们回来工作时，却要付头天晚上没睡过的那张床的床位费，一旦他们提出异议，就立马得卷铺盖走人！

同样的，一般的中产阶级很难相信会有人生来就愿意流浪的。（读了梅休的书之后，发现在十九世纪的英国有那么多年轻人离家出走，一些甚至家境殷实，我感到很惊讶。）梅休曾对一群假释犯人说过：

> 我知道你们因为喜欢流浪生活才聚到一起，你们的罪行背后

> 其实是你们不愿意从事正规职业的想法。连续从事单一乏味的工作对你们来说令人厌烦，一旦开始这样的工作，你们就想逃走……但是这个社会的期望却是，要过上更好的日子，就得立马安下心来，过像它一样稳定的日子，而一旦安下心来，就得遵守所有的社会习俗。但是令我满意的是，如果真要对你们采取什么有效的改造措施，那么社会就不能站在你们的天性的反面，而是必须找到调和的方法。在这一点上我觉得对你们来说最好的出路应该是找份在大街上做买卖的活儿，你们可以自由自在地逛来逛去，不会受到任何与你们的生活习惯和意愿相悖的限制。

我年轻时读过一些社会史的教科书，了解过 1850 年时一些贫民的生活状况，虽然不容乐观，但比起十九世纪初那时候的可怕场景，是要好了一些。比如说磨坊和矿井里的生活条件就改善了一些。但是梅休给我们展示的诸如木匠、裁缝一类的手工匠人和临时工人的生活状况，与二十年前相比，却要糟糕得多。他的描述不容争议。比如说，1830 年细木工的工资至少是 1850 年时的三倍。1840 年到 1848 年间，虽然生产与国民财富的增长大大超过了人口的增长，但是救济贫民的物资年增长率却只有 7%。梅休认为造成这些退化现象的原因是劳动雇佣及分工方式的改变。在农业领域，看来还有其他一些行业里，传统的雇佣方式是一年一次，雇主必须在一年里按协定给雇员发放工资，无论活多活少。这种方式渐渐地被日雇佣制取代，活少的日子就可以辞退雇员。工作方式的改变则是按件计酬方式与合同制的出现。比如，1830 年，细木家具这一行还基本掌握在“行业大佬们”手里。

> 他们工作起来不投机，而是按订单来，他们自己也是雇主。忙碌的时候就雇些人，二十到四十不等，所有人都在作坊里干活，他们提供所有材料。

到1850年，行业大佬大部分都被“阁楼师傅”所取代：

> [阁楼师傅]在手工行业里的地位就好比农业里的自耕农。他们是自己的雇主，也是自己的雇员。可是这两个群体之间还是有一个明显的区别，阁楼师傅与自耕农不同，他们无法消费自己的产品，结果就是，一旦制造出产品，无论市场的状况如何，他们必须进行交换以换取食物……如果市场非常低迷，他们只好以最低的价格出售产品。令人惊奇的是，这样一个必须存在的群体竟然催生了另一群特殊的雇主，他们的名字也很特别，叫“屠宰场主”，因为相对于付出的劳力，阁楼师傅们得到的报酬实在太低，他们已经无法承受这样的报价，而这些屠宰场主意识到了这一点，他们竟然还压低价格，直到最后整个细木家具行业都失去了竞争力，完全陷入悲惨困顿的境地。

可是，即使梅休在书中对城市肮脏、罪恶、不公及苦痛的描述充满了痛苦，他那本伟大的作品最后留给人们的印象却并不压抑。书中很多对话都清楚地表明梅休是个多么稀有的存在，他生来就是民主主义者，也就是说，他首先想到的永远不会是“如果可能的话，我有义务帮助那个不幸的可怜虫”，却是“这是我的同胞，和他谈话真有意思。”伦敦的贫民留给读者最后的印象不是悲惨而是自尊、勇敢和愉快，即使这种种美德在那样糟糕的条件下似乎都不太可能。

如今城市贫困问题一直压在我们所有人的心头。我想真正贫困的人口比例相比梅休的时代是要少一些了。可是，要说现在真正的贫民处境也要好一些，我可一点把握也没有。说不定情况更糟了——至少在精神压力方面。读了梅休的书，让人震惊的是，贫民中有那么多个体商贩，无论从事的行当多么微不足道，他们却有那么多赚钱的路子养活自己。甚至在我小时候，街上还是随处可见叫卖的小贩、表演音乐或木偶戏的人等等。现在这些人都消失了。现代社会政府当局即使在政见上分歧种种，可是在面对严格意义上的私营业主（即个体商贩）时，无一例外都表现出恐惧与憎恨的态度。政府的财政部门对个体户怀恨在心，因为个体户没有什么审计账目表，卫生部门之所以不喜欢他们是因为他们很容易就能躲过卫生视察，诸如此类。现在穷人们除了小偷小摸或者卖淫嫖娼，唯一的出路就是去商行、工厂或市政当局里打工，当然靠救济金过活也行。或许这样的结果无法避免，又或许这样反倒更好，但我本人对此半信半疑。

头号恶魔*

在厄内斯特·纽曼的杰作面世后，罗伯特·古特曼先生投入大量精力创作另一本关于瓦格纳的足本作品是一种冒险，但我很高兴《理查德·瓦格纳，他的思想和他的音乐》是对现有瓦格纳批评的一种令人称道和不可或缺的补充。在这本书的诸多优点中，我必须提及一点，即索引极为精良，这是一本好书应该具有的特点，却不常见。我有两点次要意见。我不明白古特曼先生为何对那些歌剧标题作了英语化的处理。无论是在国家气象局还是在考文特花园，人们总是用德语来念它们的名字；我之前从没见过《英雄传唤使》在宣传海报上被写成《女武神》[1]。另一点是，他说笑话的时候喜欢在句子的结尾处加感叹号；如此奢侈的标点符号应该是维多利亚女王的专利。

原则上，我反对为艺术家作传，我不认为对其私人生活的了解对阐明他们的作品有任何助益。比如，《英雄传唤使》(《女武神》)中沃坦和富丽卡的那场戏无疑是基于瓦格纳对他和妻子明娜之间争吵的回忆，但这并不能解释为什么它在音乐方面是整部歌剧中最为出色的场景之一。不过话说回来，瓦格纳的生平绝对引人入胜，即便他从未谱写一个音符，这点也不会改变。正人君子的生平读来往往索然寡味，恶人的生平却几乎总是趣味横生，这尽管可悲，却是事实。瓦格纳除了是史上最伟大的歌剧天才之一，还是一个名副其实的坏蛋。

在经济方面，从少年时代直到死前，他一直是个骗术不怎么高明却能左右逢源的骗子：

> 他恳求布赖特科普夫与黑特尔出版社和李斯特从梅塞尔出版社买下他的出版计划，并拿下《黎恩济》、《漂泊的荷兰人》和《汤豪舍》的版权。像往常一样，瓦格纳忘了他已将发表作品的所有权作为贷款抵押物转让给了普西内里[2]。他甚至要求这位医生第二次购买已经在默认情况下成为他财产的抵押品！后来，《特里斯坦和伊索尔德》的版权作为一般性补偿交到瓦格纳手中，他还是试图将其卖给布赖特科普夫与黑特尔出版社。普西内里并不是这种陷阱的唯一受害人。1859 年，奥托·维森克东向瓦格纳购买了《莱茵的黄金》和《英雄传唤史》(《女武神》)的版权；深谙其秉性的奥托在得知《莱茵的黄金》很快又出售给美因茨的肖特，并且瓦格纳也不打算退还预付款时，恐怕也不会太惊讶。作为补偿，瓦格纳答应把《诸神的黄昏》的版权给奥托——一部尚未问世的作品！但是1865 年，瓦格纳要求奥托无条件放弃《指环》(他也已为不完整的

---

* 本文是奥登为罗伯特·古特曼(Robert Gutman)的《理查德·瓦格纳，其人，其思及其乐》(*Richard Wagner: The Man, His Mind, and His Music*)一书撰写的书评，1969 年 1 月 4 日发表于《纽约客》。

1. 这两个中译名指的是瓦格纳的同一部剧 *Die Walküre*，但被古特曼改成了 *The Valkyrie*，这是奥登所举的古特曼对瓦格纳歌剧标题英语化的一个例子。

2. 安东·普西内里(Anton Pusinelli)，是一名德累斯顿的儿科医生，瓦格纳的朋友，多次在经济上资助他。

《齐格弗里德》买单)的版权,甚至——"和蔼地、慷慨地"——上交他亲笔签名的《莱茵的黄金》的管弦乐谱;这是他在若干交易中唯一保留下来的资产,现在要转给《指环》的新东家,巴伐利亚国王[1]。重复交易的高潮出现在首届拜罗伊特音乐节之后,路德维希二世秘密花费数千马克购买的版权,再次遭到瓦格纳无视,他继续为一己私利而把《指环》卖给了私人剧院。

社交方面,他就像一个被宠坏的顽童:

> 在一个很重要的场合,瓦格纳很生气地发现,自己丧失了讨论中的领导地位,客人们正在轻声相互交谈。于是,为了重新获得关注,他嘴巴一张,大声尖叫起来。

不少艺术家会嫉妒同行的成就,背后诋毁中伤,但原则上,他们的恶意仅限于艺术领域的对手,对自己深受其影响的艺术家们则不吝称赞。但是,让瓦格纳恶言相向的作曲家们都是他曾经学习仿效最多的。比如,瓦格纳明显受到了门德尔松两部作品的影响:《苏格兰交响曲》和《颂赞歌》;他称后者"呆板天真",前者"颓废沉闷",这话竟出自瓦格纳之口,有些匪夷所思。

私生活方面,他韵事不断。同样,很多艺术家都如此,但是他们不会像瓦格纳那样,在一部接一部戏剧中赞颂克己和贞洁的美德,

1. 指下文提到的巴伐利亚路德维希二世(King Ludwig of Bavaria, 1845—1886)。

就像他在发表的文章中推崇素食主义，私底下却继续享受法式大餐。

他在服装和室内设计上的品位堪比易装皇后：

> 说他皮肤极其敏感，可以解释他的真丝衣领和内衣裤，而至于他放进私人房间的夹棉、抽褶、蝶形、蕾丝、镶花、流苏和毛皮制服装，就很难自圆其说了。他给私人女裁缝博莎写过一封有名的信，其中诗意地勾勒了他为自己设计的粉红缎袍装饰的五码长腰带，并附草图。考虑到他自己身高才五英尺多点，很难不让人怀疑，穿上这些服装，他是怎么走路不摔跤的。
>
> 巧合的是，与他的《帕西法尔》第一幕中的情节一样，他坦诚地给“甜蜜的朋友”朱迪斯写信，（让她）送来大量的琥珀、鸢尾奶蜜（他每天往浴盆里倒半瓶）和孟加拉玫瑰，要求服装上都沁入研成粉末后的花香……他在旺佛雷德[1]的书房就位于浴室上方，浴室里充溢着稀有的气味。坐在书桌前，穿上香囊熏过的奇异丝绸和毛皮套装，他就可以呼吸到由下方升起的芬芳香气，淫想朱迪斯热情的拥抱。这就是能够匹配于斯曼的德泽森特[2]的“宗教”戏剧《帕西法尔》第一幕诞生的原型。

这些弱点和怪癖读来还算有趣，但是瓦格纳对法国人和犹太人

1. 原文 Wahnfried，是瓦格纳给自己位于拜罗伊特的别墅取的名字，由德语词 Wahn（幻想、疯狂）和 Fried（和平、自由）组合而成。
2. 法国小说家于斯曼代表作《逆流》中的主人公。

的憎恨就无甚趣味了。俾斯麦不想把巴黎夷为平地,他对此怒不可遏,当巴黎人民在围攻下风餐露宿,他写了一部滑稽剧《投降》[1],合唱部分喊着,“酱拌老鼠! 老鼠拌酱!”十九世纪,大多数反犹太主义者对奥斯维辛非常畏惧,但令人产生不安猜测的是,瓦格纳或许真诚地赞同奥斯维辛的罪行。他于 1881 年写的《认识自己》[2],用词上具有令人毛骨悚然的预见性。

> 只有当他的[瓦格纳的]同胞觉醒了,不再派系争端不休,犹太人才有可能灭绝。他预见,这是德国人独享的“绝佳答案”[3],如果他们可以战胜错误的羞耻之心,不在终极认识面前退缩的话[4]。

在这个令人不悦的话题结束之前,让我们心怀崇敬地回顾路德维希二世,虽然他推崇瓦格纳,但对他的反犹疯话则不屑一顾。

之前我就说过,我不认为艺术家的个人生活会对作品产生影响。相反,我倒剑走偏锋地相信,他们的作品会映射其生活。想象力丰富的艺术家,会发展出一段符合他心意的恋情。这点在瓦格纳身上表现得非常清晰。比如,他与马蒂尔德・韦森冬克的秘恋,如古特曼先生所说,就是《特里斯坦》的“结果”而非“起因”,当他为了写最后一幕必须让男女主角分离时,他几乎毫无悲恸之意。更为神

---

1. 原题 A Capitulation。
2. 原题 Know Thyself。
3. 原文为德语“gross Lösung”。
4. 原文为德语“nach der Überwindung aller falschen Scham die letzte Erkenntnis nicht zu scheuen”。

奇的是，作品中已经出现的场景会在艺术家之后的人生中重演。如果你仔细分析那部歌剧的台本和音乐，就会发觉马克—梅洛特—特里斯坦之间的同志三角恋。在情人们表示惊讶后的长串独白中，马克完全忽视了伊索尔德的存在，只对特里斯坦倾诉，令舞台导演大为头疼：

> 从实际表演场景看，马克走进花园之后，伊索尔德还不如消失……为了等那一幕结尾处的零星几句台词，伊索尔德只能在那儿绝望地一千次地拨弄面纱！

（弗拉格斯塔德解决这个问题的办法是，背朝观众坐下。）第三幕结尾，梅洛特死去，嘴里叫着特里斯坦的名字。第一幕中，伊索尔德也有四句台词，似乎表明她意识到了这样的场景：

> 我照料着这个受伤的人，
> 但当他恢复健康，
> 可能会被另外一个人杀死，
> 因为他要从伊索尔德身边抢走他。[1]

厄内斯特·纽曼尝试将这几句台词理解为瓦格纳的语法错误：他认为，瓦格纳原本想用离格 ihm，后来写成了宾格 ihn，实际上第

---

1. 原文为德语“Ich pflag des Wunden, dass den Heilgesunden rachend schiuge der Mann, der Isolden ihn abgewann”。

四句应该是

> 因为他要从他身边抢走伊索尔德。

这样就表达了伊索尔德希望特里斯坦最终死在她未来的某个爱人手上。这样的修改不仅在情感上不符合语境，而且如古特曼先生所说：

> 虽然瓦格纳有时在语法上显得比较弱，但是ihn和ihm的区别还是能搞清的，而且，纽曼自己也承认，这段话是出自瓦格纳的手稿，印成诗歌和乐谱后呈现给全世界。

（我很吃惊地发现，在伯姆的唱片中，这一修改已经被悄悄采用。）

如果传记作家不了解《特里斯坦》何时写成，会理所当然怀疑马克—梅洛特—特里斯坦之间的三角关系是对真实生活中路德维希—保罗王子—瓦格纳之间关系的艺术变形，尤其是如果他知道保罗王子在路德维希—瓦格纳的圈中被昵称为梅洛特。

在讨论他的作曲作品之前，对瓦格纳作为职业音乐家和剧场人的身份再讲两句。在这些领域，他的成就几乎应该受到毫无保留的赞扬。但是，不管他的生活多么“放荡不羁”，言辞多么无序和荒谬，一旦回到音乐和表演上，瓦格纳表现出所有“资产阶级”品质——蜜蜂般孜孜不倦、对细节耐心关注、整洁（他的乐谱非常美观），甚至更多的理智。但是,正如人们会理所当然地抱怨妄自尊大的指挥和更关心指挥"名号"而非作品本身的观众,我们也必须承认,指挥本身也是一门艺术,在很大程度上提升了管弦乐团和歌剧演出的标准,这点上瓦格纳是功劳显赫的。我一直认为指挥瓦格纳的作品宜快不宜慢。(我最喜欢的瓦格纳作品指挥是阿尔伯特·科茨,虽然从未听过现场。相反,有次我到现场去听克纳佩布什指挥的《诸神的黄昏》,与《齐格弗里德牧歌》如出一辙,我感觉自己简直要疯掉了。)我很高兴得知,瓦格纳本人的感觉是一样的。在《瓦格纳轶事》一文中,柏立安·马奇先生讲到几件有趣的事:

> 有一次,我计算了手边所有《名歌手》序曲唱片的长度:最长的 10 分半,最短的 8 分 45 秒;而瓦格纳 1871 年在曼海姆亲自指挥时,总时长才"8 分钟多一点"。我们某次听到他抱怨一场《汤豪舍》演出的序曲,时长 20 分钟,他说自己在德累斯顿指挥时才 12 分钟。奥格斯堡某次上演《莱茵的黄金》,他抱怨说全长 3 小时,而自己的版本不过两个半小时。1850 年,李斯特在魏玛首次指挥《罗恩格林》,瓦格纳给他写了封信,说他的演出整整长了 1 个小时。

至于演唱者,更是让瓦格纳头疼不已,他一直表示愿意配合他们的嗓音删减或修改乐谱:

> 为了配合提查契克和尼曼,他同意对《汤豪舍》第二幕稍作修

> 改，而为了他的侄女乔安娜·瓦格纳，他缩短了第三幕的祈祷词……1861年，通过删减、置换和文本修改，他彻底改变了特里斯坦这个角色，照顾深感恐慌的维也纳男高音安德的实际条件。首届拜罗伊特音乐节上，他对沃坦这个角色不太满意，希望由男低音西尔演绎，并且保证高音一律降调，避免让他对乐谱中的大跨度音域感到忧虑。

没错，如萧伯纳指出，瓦格纳的声乐创作比威尔第[1]作品更多考虑男高和女高；他的角色必须有很高的声量，但在声带负荷上则不及后者。很高兴从古特曼先生处得知，我们再熟悉不过的瓦格纳式“咆哮”并不是瓦格纳的原创，而是在科西玛接管拜罗伊特节日剧院[2]之后形成的。瓦格纳本人想要的是一种**美声唱法**[3]风格。

众所周知，瓦格纳在舞台指导上没什么天赋，但是看了我们一些“著名”现代舞台指导对瓦格纳歌剧的处理之后，我真希望他可以重回人世、亲自上阵。随着技术进步，舞台灯光可以营造某些效果，瓦格纳一定不会反对，而今天的舞台指导似乎以为，一切都可以靠灯光，或者说黑暗来完成。即便曾有人欣喜地发现，《特里斯坦》第二场的爱情戏可以通过拉低帷幕、仅展现这对爱侣在聚光灯下的面

---

1. 威尔第(Verdi，1813—1901)，意大利作曲家，与瓦格纳同称为十九世纪最有影响力的歌剧创作者。
2. 拜罗伊特节日剧院(Bayreuth Festspielhaus)是1871年理查德·瓦格纳为《尼伯龙根的指环》专门设计的歌剧院，也是拜罗伊特音乐节的演出场所，仅上演瓦格纳剧目。
3. 原文为意大利语，“bel-canto”。

部表情来提升效果，我们还是不得不全场欣赏一出似乎为夜猫子观众们量身定做的大戏。再比如说《英雄传唤史》(《女武神》)的开场。全剧的戏剧冲突都在宾客权[1]上：齐格蒙德走进洪丁家中，后者要给他的敌人拿出食物，生好炉火，并领他到房间休息。而在我观赏过的近期各种演出中，没有食物、没有炉火，甚至连个小棚屋都没见到。

当然，在瓦格纳的拜罗伊特节日剧院，和其他任何剧院一样，都会发生一些滑稽的事故。第一个送到剧场的纸板做的巨龙法夫纳遗失了脖子(地址搞错送到贝鲁特去了)；在《帕西法尔》首场演出中：

> 卡尔·勃兰特原本应该在两个管弦乐插曲间隙把手绘风景图在舞台上铺展开，以表现帕西法尔在通往蒙撒瓦堡的极其险恶的道路上跋涉，但是他算错了画面展开的速率。画布场景比原先设想的长很多。这个问题是彩排时发现的，但专门定制的双圆盘结构道具很复杂，临时改为时太晚。为了保证乐团演奏和舞台场景融合，瓦格纳只能要求第一场序曲演奏两遍，并放慢速度。

虽然瓦格纳的一些要求很难落地，但是现代舞台指导也不能以此为借口而全然忽略。在格雷的问题上，他们或许是对的：能适应舞台脚灯的马匹都太温顺和年迈，不适合作为沃坦女儿的坐骑。但

1. 宾客权(Gastrecht)：古代欧洲及近东等处民族，对于无依靠的外国人，不问姓名，供给衣食住宿，认为是一种神圣的权利。

是，法夫纳和罗恩格林的天鹅则是另外一回事；这两样还是越早解决越好。

瓦格纳有关歌剧这一艺术形式最著名的理论著作应该是1851年出版的《歌剧与戏剧》。书中主要理论观点概括如下：

1. 在歌剧艺术中，语言的重要性不逊于音乐，或许较之更甚。诗人所呈现的意象元素触发了音乐家的演唱和演奏。后者通过对节奏、重音、音高和音调关系的艺术排列和组合，演绎剧本中的感情起伏。

2. 禁止出现二重唱或合唱，因为观众将难以听清台词。不准出现重复用词。严格的韵律形式，甚至节奏，都应该规避。

3. 管弦乐团在歌剧中的角色好比合唱团。

4. 宣叙调连接的传统正式独唱曲将由一系列表现特定主题的自由、连续的旋律所取代。某些乐句可以由声乐或管弦乐重复，只要与原句在概念上有相关性。

5. 历史性主题不适合歌剧演出。比较合适的主题是神话。

本质上说，该理论针对的是“演唱者的”歌剧，换言之，情节和管弦乐只有一个目的——为声乐表演创造机会。瓦格纳一直对这些设置了许多禁令的信条颇为忠诚，但他自己的作品中仅有两部完全符合这些明确的教条：《莱茵的黄金》和《英雄传唤史》(《女武神》)前两幕。在创作《齐格弗里德》时，该乐理和他理想中的音乐之间的矛盾变得非常尖锐，他不得不中途辍笔，直到完成《特里斯坦》和《纽伦堡的名歌手》才继续创作。在《特里斯坦》中，二重奏再次出现，语言被管弦乐队的声音洪流淹没；虽然他没有重复歌词，但是瓦格纳毫不犹豫地使用了很多同位语和近义词，只要它们能满足他的音乐需要。在《纽伦堡的名歌手》和接下来的歌剧作品中，总体艺术理论被束之高阁，瓦格纳为我们呈现的是十九世纪后梅耶贝尔[1]时代的大歌剧。如古特曼先生所说：

> 《纽伦堡的名歌手》剧本显然模仿了瓦格纳嫌恶的法国对手尤金·斯克里布的作品；融入明显的咏叹调、进行曲、合唱团、振奋的渐强结尾、芭蕾舞曲、精心创作的合奏——五重奏尾声！所有意大利作品的特有形式都恬不知耻地罗列在瓦格纳的索引中。

至于《诸神的黄昏》，剧中的"毒酒、阴谋集团、大型合唱，以及从斯克里布那里获得灵感的剧场政变"，使得萧伯纳确凿指出，与《假面舞会》[2]存在大面积雷同。

虽然瓦格纳保留了主旋律的地位，但是，它越来越偏离德彪西所谓的"名片"论调；换言之，我们很难从中辨识出特定人物、情感或戏剧情境。主旋律的设置很随意，有时甚至过于草率：

1. 吉亚科莫·梅耶贝尔(Giacomo Meyerbeer，1791—1864)，德国作曲家，代表作《埃及的十字军》、《北方的明星》等。
2. 原题"Un Ballo in Maschera"，意大利作曲家威尔第的歌剧作品。

匪夷所思的是,《齐格弗里德》最后一幕中常被引证的章句,也就是布琳希尔德突然表现出的巨大热情、如炬的凝视和深情拥抱,居然配上了巨龙的主题曲……《诸神的黄昏》序曲两个小节中齐格蒙德和齐格琳德的爱情主题却更突出了布琳希尔德对爱骑的深情。

瓦格纳歌剧和意大利大歌剧之间最主要区别在于,前者的唱词从属于、甚至时而受制于管弦乐团。汉斯利克[1]略微夸张地写道:

基于唱词和管弦乐演奏,通晓瓦格纳音乐的优秀音乐家应该能够在空白处插入合适的声乐,正如雕塑家可以修复一座雕塑缺失的手臂。但是,根据汉斯·撒切斯[2]或伊娃的声乐部分,却很难填补整个管弦配乐,正如只有一只手却要复原整座雕像。

如果瓦格纳能够重回人世,我猜想,他会带着复杂的感情审视当今歌剧。一方面,他将欣慰地看到,他的歌剧已经成为全世界标准剧目的一部分,他将欢欣鼓舞地发现,魔王梅耶贝尔已经从歌剧舞台消失。另一方面,他将失望地得知,瓦格纳的追随者们已经灭绝(希特勒或许是最后一个),现在的歌剧听众们,头一天晚上听瓦格纳,第二天会带着同样的愉悦和欣赏听威尔第,而后者,他从来不屑一顾,认为其作品毫无价值。我相信,他是有理由感到沮丧的,虽

1. 汉斯利克(Eduara Hanslick,1825—1904),德国音乐学家、评论家、美学家。
2. 汉斯·撒切斯(Hans Sachs,1494—1576),德国名歌手、诗人、剧作家。

然他给出的理由可能大相径庭。瓦格纳的歌剧是诡谲的，要想恰当地欣赏，就必须换一种不同于听大多数歌剧的方式。

在对瓦格纳的所有解读中，尼采到目前为止是最好的。（顺便提下，古特曼先生在讨论尼采和瓦格纳的决裂时，有力地表明纽曼对前者的评价是失准的、不公平的。）尼采洞悉了瓦格纳想象技艺的单轨执念；在一部接一部歌剧中，同样的主题换汤不换药地出现：

> 他的歌剧中，总是有人等待被解救—— 一会儿是青年，一会儿是少女——这是他的困境——他多么不吝于变换主乐调！转调如此稀少和令人忧伤！要不是因为瓦格纳，谁会教我们说拯救有趣的罪人可以视为无罪（《汤豪舍》）？或者即便流浪的犹太人，结婚后也会得到拯救、安定下来（《漂泊的荷兰人》）？或者堕落女子更希望被高尚的年轻人所拯救（《昆德莉[1]》）？年轻的歇斯底里症患者会被他们的医生拯救（《罗恩格林》）？貌美的姑娘喜欢被骑士拯救，而骑士恰好是瓦格纳的追随者（《纽伦堡的名歌手》）？甚至已婚女子也希望被骑士拯救（《伊索尔德》）？……
>
> 从上述作品中，还可以得出另外一些教训，我已经做好充分准备来证明，而不是反驳。看过瓦格纳的芭蕾舞剧，观众既心生绝望，又崇尚美德！（还是举《汤豪舍》的例子。）晚上就寝时间选错会招致最恶劣的后果。（还是《罗恩格林》的例子。）人们永远不能完

1. 瓦格纳歌剧《帕西法尔》中的女主角。

全相信自己结婚之后的另一半。(第三次举《罗恩格林》的例子。)

而且,他还看出了瓦格纳歌剧中男女主角的本质:

瓦格纳的女主角,一旦被剥夺了主角的外壳,几乎无一例外地成为包法利夫人般的庸脂俗粉。同样,福楼拜似乎也能够将所有女主角变成斯堪的纳维亚人或迦太基人,然后贡献给瓦格纳的神话歌剧脚本。总的来说,瓦格纳看待事物的兴趣点似乎只符合当今很少数巴黎颓废者的口味。他们离医院总是只有几步之遥!一切都是非常现代的问题,发生在大都市家庭中的问题。你是否注意到(联想起上述观点)瓦格纳的女主角们都没有孩子?她们不能有小孩。瓦格纳非常绝望地处理齐格弗里德的出生问题,表露出他在这个问题上的真实的现代观念。齐格弗里德"解放"了女人,但是不能有子嗣。还有一个事实让我们哑口无言:帕西法尔居然是罗恩格林的父亲!他是怎么做到的?在这个节骨眼上,我们是不是该想起一句话"贞洁创造奇迹"?

尼采也领会了——这是他最重要的洞见——瓦格纳音乐天赋的本质:

身为音乐家,瓦格纳比其他任何人更出色地发掘了表现痛苦、压迫和饱受折磨的灵魂的特定基调,他甚至可以赋予无言的痛苦以言语。在描述深秋的色彩,形容生命尾声乃至弥留一刻那无

> 比短暂的、动人心魄的、难以言传的欢愉时，他几乎是无人能及的；他的音乐能表现出灵魂在午夜时分的隐秘和诡谲，因与果似乎也被斩断关联。

瓦格纳和另外一位恶魔弥尔顿，在很多方面有着相似之处。有些艺术家的实际成就远远超过他本人的预想，瓦格纳就是一个鲜明的例证。正如弥尔顿原先希望读者把他的圣父和圣子想象成基督教的上帝，而他们实际上是说着伪基督教语言的荷马时代天神；瓦格纳期望读者会欣赏他的男女主角，而实际上他所呈现的只是一群以纯熟技巧刻画的缺乏教养的神经病。他如实刻画了荒谬、病态、暴躁、自毁，人性中的“瓦格纳基因”；换言之，令人畏惧的魔咒，而其他人都只能望其项背。但假如他有意为之，效果就大为失色，因为他会无可避免地用讽刺手法来表现软弱，也就失去了令我们臣服的魔力。在刻画贝克梅瑟时，他有意识地运用了讽刺，结果是令人失望的；从剧本上看，贝克梅瑟是瓦尔特的一位有力对手，两者都是音乐家，也是求爱者，但是，瓦格纳给贝克梅瑟所配的音乐让观众无法将其想象为严肃的音乐家或是求爱者。

要彻底领会瓦格纳歌剧的要义，就必须一方面通过舞台所听、所见寻找自我认同——“没错，这些都存在于我内心”——另一方面要试图与之“保持距离”——“但这正是我必须克服的东西”。假如事实正是如此，我们就会发现，正如弥尔顿“下意识地成为魔鬼的党羽”，瓦格纳也在不知不觉中站在了理性、秩序和文明的行列。

一位天才和绅士*

威尔第曾在临终前几年写道:“我永远永远不会写回忆录!音乐界长期以来忍受着我的音符,洵属不易。我绝不会再用我的文字来折磨世人。”不过我认为他不会反对我们阅读查尔斯·奥斯本精心翻译和编辑的他本人的书信选集。选集中没有任何令人窘迫的“揭示人性弱点”的记录,比如,没有情书。这是因为威尔第从未写过情书还是因为奥斯本先生出于卓绝的品位省去了它们,我不得而知。无论如何,我很欣慰。只有一封能被称作“私人和机密”的信,那是威尔第给他从前的赞助人安东尼·巴雷奇的回信,后者因他未娶朱塞皮娜·斯特雷波尼以使他们关系合法化而指责他。

> 我没有什么可隐瞒的。在我家里住着一位女士,自由而独立,和我一样,偏爱离群索居的生活,而她拥有的财产足以满足她的一切需要。我和她都没有义务向任何人解释我们的行为。可谁知道我们是什么关系?有什么私情?什么联系?我对她或者她对我有什么权利?……但让我告诉你:在我的屋子里,她享有和我同样多的尊重,甚至更多。

如我们所知,两人最终于 1859 年结为伉俪。唯一令人不解的是，既然他们彼此如此情投意合，他们为何不早日完婚。我猜想，一再推迟婚期的是她，而不是威尔第。信中还有一则信息让我感到好奇。1844 年到 1845 年间，威尔第精神几近崩溃，深受神经性头痛和胃痉挛之苦。他究竟遭遇了什么心理问题？

正如大家公认的，十九世纪是歌剧的黄金时代，但我怀疑我们当中是否有人——无论是作曲家还是歌剧院常客——愿意生活在那个年代。就作曲家而言，他们过于劳累。他们在拿到剧本的四个月里必须交出标准长度的歌剧总谱，这在当时是很常见的合同条款。（那个时代所有伟大的歌剧作曲家里，唯一一位算不上多产的是贝里尼，我时常纳闷，他这样如何维持生计。）

当然，还有版权问题。1855 年，上议院规定，外国歌剧在英国不享有版权，除非作曲家本人在首演中担任指挥。此外，还有审查制度。《假面舞会》的背景必须由瑞典转移至波士顿，必须对《弄臣》的文本进行修改。那时的首席女歌手比现在还要难对付。（如今，真正令人头疼的是舞台导演。）当苏菲·吕弗打算在《埃尔纳尼》里演唱时，她反对歌剧以三重唱结尾。她想独自演唱一段精彩的卡巴莱塔[1]，于是让词作者皮亚韦为她写了这样一段唱词。所幸的是，威尔第毫不让步。无独有偶，将在《麦克白》中演唱班柯的歌手拒绝饰演班柯的鬼魂这一角色。

---

* 本文系作者为查尔斯·奥斯本所编《朱塞佩·威尔第书信集》撰写的评论，刊于 1972 年 3 月 9 日的《纽约书评》。

1. 起初是指一种节奏分明并不断重复的简单的咏叹调，后来专指意大利歌剧咏叹调后半部分的炫技部分，其特点是有重复的节奏性，速度较快，乐句结构清晰。

歌剧院的常客们也不得不在许多方面作出妥协。舞台上放了几个提词箱，这样一来，幕布就无法完全升起，对脚灯的照明有一定影响。而且也没有我们现在所熟悉的乐池。（让我颇感兴趣的是，和瓦格纳一样，威尔第也想要一个隐形的乐团。）此外，和现在一样，那时的演出标准当然也因歌剧院而异。《圣女贞德》在米兰斯卡拉剧院首演后，威尔第深感厌恶，之后的四十三年里他再未在该剧院排过戏，直到《奥赛罗》的首场演出。在他看来，最糟糕的要属巴黎歌剧院。

> 每个人都想根据自己的想法、品味或更有甚者，在忽略作曲家性格和个人特点的情况下作出评判……一个作曲家如果长期生活在这种怀疑的氛围中，他的信念不免会动摇，他会开始修正和调整，或者说得好听点，质疑自己的作品。因此，你最终看到的不是一部浑然天成的作品，而是一幅马赛克拼图……当然，没有人会否认罗西尼的天赋。但尽管他天赋异禀，他的《威廉·退尔》却笼罩在巴黎歌剧院毁灭性的气氛中；有时你会感到歌剧的结构比例有些失衡，缺乏《塞维利亚理发师》所具有的诚实和稳固，尽管这在其他作曲家的作品中更为常见。

在一个方面，乐坛自威尔第时代起有了很大的改观。如今仍然有众多瓦格纳爱好者，但却没有“瓦格纳铁粉”。我们可以在某个晚上聆听瓦格纳，然后第二天晚上以同样的愉悦和崇敬聆听威尔第。如果有人记得瓦格纳的拥趸曾经对作曲家威尔第如何的不屑一顾，他一定会对后者的好脾气和常识大感震惊。他认为每个国家都应忠于自己的音乐传统。因此，对德国人而言，由于他们的音乐创始人是巴赫，瓦格纳式的发展是正确的，但这对音乐源自帕莱斯特里纳的意大利人就不适用。尽管威尔第创作了一首弦乐四重奏——一部迷人却不十分重要的作品，但他并不认同意大利的弦乐四重奏乐团：它们适合德国人，而意大利人应该创立四重唱团体。他认为，当代作曲家面临的主要危险是华而不实。

> 缺乏质朴的艺术根本不能被称作艺术。灵感必然源于质朴……我们创造庞大的作品，而非伟大的作品。而脱胎于庞大的是细微和华丽。

然而，他所谓的质朴并非真实主义。

> 模仿真相也许是件好事，但创造真相更美妙。

他关于音乐教育的观点极富趣味。

> 坚持不懈地不断练习赋格曲，直到你的双手灵活到可以随心所欲地摆弄音符。这样你就会学会自信地谱曲、合理地安排各个部分、毫不造作地变调。研究帕莱斯特里纳和几个与他同时代的作曲家。然后直接跳到马尔切洛，将你的注意力集中到他的宣叙

> 调上……不要沉迷于和声和器乐谱写的美，或者减七和弦，这是我们当中所有不知道如何在不使用六个这样的七和弦的情形下谱写四小节乐曲的人的避难所。

> ……**不要研究现代作品！** 这在许多人看来有些奇怪。然而，当我听到和看到眼下许多粗制滥造的作品——它们的创作方式跟蹩脚裁缝根据一个模特量体裁衣的方法如出一辙，我必须坚持我的观点……当一个年轻人经过严格的训练，当他形成了自己的风格并对自己的能力怀有信心时，到那时如果他认为这么做对他有所助益，可以适当地研究一下这些作品，那时的他不用担心自己会变成一个模仿者。

从他本人的创作来看，他显然是躬行己说的。年轻时，他的确十分刻苦，直到他能随心所欲地摆弄音符，并对达到他所预期的效果胸有成竹。但他自己坦言，他是最为才疏学浅的音乐家之一。例如，他告诉我们，他无法通过看乐谱“理解”一段音乐，并抱怨，很多人声称听了许多“古典”音乐后感到欣喜若狂，但如果他们诚实的话，就会承认其实他们觉得古典乐很无趣。他也从不曲意逢迎评论家或公众。他说，只要不必乞求他们的掌声，他乐于接受他们的嘘声。

虽然不像瓦格纳，威尔第自己不写剧本，但他总是完全清楚自己想要什么。假如他对剧本不满意，他会告诉词作家具体的原因。他曾写信给正在修改《命运之力》的皮亚韦，这样对他说道：

你跟我说100个音节!! 但显然100个音节是不够的,因为你描述日落就用了25个音节!!! “Duopo e sia L'opra truce compita”这句太刺耳,但“Un Requiem, un Pater ... e tutto ha fin”这句更糟糕。首先,“tutto ha fin”和“Eh via prendila Morolin”压韵。它非但听上去不和谐,而且毫无意义……

然后,七个音节的唱词!!! 看在上帝的分上,不要用“che”“piu”和“ancor”结束一句唱词。

以下是他写给吉斯兰佐尼关于《阿依达》终曲的指示。

二重唱

哦,生命! 再见,尘世之爱
再见,悲伤与欢乐……
在无限中,我已看到黎明,
我们将在天堂永结同心。

(四行十二个音节的优美唱词。但为了让它们便于演唱,重音必须出现在第四和第八个音节。)

同时,他对舞台指示的细节也了然于心。他向《奥赛罗》的导演莫雷利准确地描述了他眼中伊阿古的样子;他本人在导演《麦克白》时,让班柯的鬼魂从紧挨着麦克白座椅前的活板门里出现,而在大多数其他版本里,他只是从边厢走出来而已。

尽管威尔第的人生经历了巨大的不幸——他在二十五六岁时

两个孩子夭折，第一任妻子去世，但我们不得不承认，总的来说，他是异常幸运的。作为目不识丁的旅馆老板的儿子，如果不是巴雷奇在经济上资助他，让他去米兰学习，他永远不可能出人头地。他和朱塞皮娜·斯特雷波尼的生活显然十分甜蜜。他不到四十就名扬天下，假如他晚年没有发现博伊托——与他一拍即合的理想编剧，他可能永远写不出他最优美的两部歌剧。（顺带提一句，我很震惊地从奥斯本先生的一条编者注释获知，迟至 1863 年，博伊托在称赞法齐奥——一个我从未听说过的作曲家——时，将威尔第的音乐比作一面“污渍斑斑的妓院内墙”。）我们觉得，无论作为一个作曲家还是作为一个人，威尔第都对自己的幸运受之无愧。就大多数杰出的人而言，欣赏他们的作品对我来说就够了。只有极少数人，除了欣赏其作品外，我还希望和他们有私交。威尔第便是其中之一。

一个务实的诗人*

我敢说，每个评论家一定都意识到，他不得不以快于正常阅读的速度看书。如果书写得很糟，这样看书倒无大碍，但如果，正如在这个例子中——詹姆斯·波普·亨尼西所著的《安东尼·特罗洛普》——书写得好而长，他知道自己无法对它作出客观公正的评价。如果要为特罗洛普作传，那么波普·亨尼西先生——他的《玛丽女王的一生》展现了他在传记这一题材上的非凡天赋——是不二人选，因为几乎可以肯定他的祖父是菲尼亚斯·芬[1]的原型。一般而言，我反对替作家作传，但出于多方面原因，我认为特罗洛普是例外。首先，特氏写过一部于死后出版的自传，尽管就其所涉内容来看，很可能是确切的，但它省去了大量事实。让我不解的是他为何会写自传，因为他本人曾断言，没有人对自己的内心生活作过真实记录：

> 谁能毫无顾忌地承认自己曾经的卑劣行为？这世上又有谁是完美无瑕的？

其次，他不只是小说家。在邮局当过雇员的他还是一个实干家，一个相当成功的实干家。再者，他还是个酷爱旅行、总是满世界

“闲逛”的人。更重要的是，他恰巧是那种性格与文字大相径庭的人——一个很可能直接从狄更斯的小说里蹦出的性情古怪的角色，尽管他本人并不愿意承认。詹姆斯·拉塞尔·洛威尔这样描述他们的会面：

> 前几日和安东尼·特罗洛普吃饭；一个大个子、红脸、缺乏教养的英国人，典型的四眼秃头。这位老兄吵吵嚷嚷、十分武断，说话声震耳欲聋(我坐在他的右手边)，直到我想到但丁的刻耳柏洛斯[2]才得以解脱……他和霍尔姆斯博士令人捧腹。那个“独裁者”以一两个爱好起头，然后发动攻势，进攻的间歇辅以悖论——然而这样的伎俩对面前的庞然大物不过是小打小闹——
>
> 博士：你居然不知道马德拉[3]在英国是什么？
>
> 特：知道它有什么用，我倒不很清楚。
>
> 博士：对我们而言，鉴赏力是一门精美的艺术。有人可以辨别十来样同类事物，正如瓦根博士[4]能区分卡罗·多尔奇和圭多[5]的画。
>
> 特：也许他们应该从事更有意义的工作！
>
> 博士：任何值得做的事都值得做好。

---

* 本文系作者为詹姆斯·波普·亨尼西所著《安东尼·特罗洛普》撰写的评论，于1972年4月1日刊于《纽约客》。

1. 特罗洛普的小说《菲尼亚斯·芬》中的同名主人公。
2. 希腊神话中看守冥界入口的三头犬。
3. 可能是指马德拉群岛出产的同名葡萄酒。
4. 即古斯塔夫·弗里德里希·瓦根，十九世纪德国艺术史学家。
5. 两者皆为意大利画家，同属巴洛克风格。

> 特：话虽不错，但完全跑题。我根本不认同这样的事值得[1]做。但如果他们以此为生，它或许值得一做(大笑)。
>
> 博士：但你可以放心——
>
> 特：不，我不能放心。我不打算放心(笑得更响)。

他晚年说话更大声。一位朋友将他描述成“脾气暴躁、好争论、冥顽不化、有偏见、倔强、心地善良而坦率之极的老托尼·特罗洛普”。

鉴于此，表面上看，先是一个喧闹的德国乐队惹得他大发雷霆，后因为他们中的某个人朗诵安斯提《反之亦然》中的段落引得他狂笑不止，这才导致他中风发作丢了性命，这样便顺理成章。

特罗洛普本人向我们讲述了他极其不幸的童年和成年早期。他的父亲显然有些精神失常。深受偏头痛折磨的他长期服用甘汞，致使脾气失控，葬送了他的律师业务。安东尼的哥哥汤姆评价他道：

> 我认为，可以毫不夸张地说，这么多年来凡与我父亲打交道的，无不避之唯恐不及……他仿佛恶灵附体，快乐、欢笑、满足和愉悦的谈话与他无缘。

1. 原文“worse”(worth)和后文的“asshorred”(assure)都是特罗洛普的错误发音，由此可以看出他的缺乏教养。

他们的母亲，这位著名的女作家，似乎魅力不凡，但她显然更喜爱汤姆，这让安东尼感到备受冷落。

任何在他人生头二十六年遇见他的人，一定会觉得他的前途一片晦暗，因为无论是作为学生还是邮局职员，他在为人和工作方面都不善交际、脏乱、邋遢、懒散成性。他移居爱尔兰后发生的转变——在不到两三年的时间里，他成了笔耕不辍的作家、高效的公务员、狂热的猎狐者和幸福的丈夫——即便出现在小说里也让人难以置信。但这些的的确确发生了。为什么会有这样的转变？我猜想那是因为他平生第一次发现自己成了统治阶级的一员；波普·亨尼西先生告诉我们，那时爱尔兰的英国士兵比整个印度的英国士兵还要多，而他的职责是对他们发号施令并确保他们服从。从那以后，他的生活方式便固定下来，没过多久，这种生活方式就让他名利双收。

波普·亨尼西先生很可能是在世唯一读过特罗洛普全部六十五本书（其中大部分都是两卷或三卷本）的人，他花大量篇幅描述并评价后者那些鲜为人知的作品。为此我十分感激他。像每个读过特罗洛普的人一样，我也读过巴彻斯特郡系列小说以及其他几部作品，但我却从未听说过被波普·亨尼西先生誉为其杰作之一的《醋海风波》，他对这部小说的评价让我迫不及待地想读它。

写到这里，我想扯些关于自己的题外话。我出生于中上层职业阶层——牧师、律师、医生等等——我小时候所熟知的世界在许多方面仍然和巴彻斯特的那个世界相似。教士的生活既有富裕的，也有贫穷的，他们的俸禄通常由平信徒决定，同时高教派、广教派和低教派教士之间的争论永无休止。《已婚女性财产法令》让那些为求财产而同女人结婚的年轻男性不得不三思，但势利的观念却一成不变。做生意或从事某一行业的人，无论多么有钱，总是个“从商”的——即不怎么有教养的人——异见分子不受待见，只能走后门。

特罗洛普坚称写小说是一门类似制鞋的技艺，并以靠它挣钱为豪，我对此表示同情。当然他也意识到，技艺和艺术是两码事：工匠预先知道成品会是什么样，而艺术家在完成作品前无法预知它的样貌。但是艺术家不宜谈论灵感；那是读者的任务。尽管如此，特氏绝不会否认他写作的主要原因是对这项活动的热爱。他曾说过，一旦他无法写书，他宁愿死去。他认为自己写得最快的时候写得最好，就他而言，情况可能确实如此：对小说的精巧构思让他文思泉涌。尽管畅销未必能证明一本书的美学价值，但它至少表明这本书给众多读者带去了乐趣，而每一位作者，无论他的作品多么艰深难懂，都愿意愉悦读者。

像特罗洛普那样宣扬新教的工作伦理本无大碍，只要这样做的人意识到工作者和劳动者的区别——前者受雇做自己喜爱做的事，后者的工作本身没有趣味可言：他之所以从事只是迫于养家糊口的需要。然而特氏并未意识到这点，他对这一区别的忽略导致了他对爱尔兰农民、西印度群岛的奴隶和澳洲土著居民冷漠甚至残忍的态度。

关于特罗洛普作为小说家的优点，亨利·詹姆斯有过非常中肯的评价：

> 他最突出的一个无法估量的优点是对普通人的充分理解……尽管在帮助人类了解自身的作家中，特罗洛普算不上最口若悬河的那类，但他将永远是他们当中最可靠的作家之一。

我们或许可以用“实际”来代替“平常”，而现代世界的各种现实里最为实际的无疑是金钱。尽管情感对我们很重要，但它们并不是那么实际，因为我们的感受时常连自己也弄不清，与之相比，我们对自己有多少钱倒是了然于心。金钱是一种牵动我们与他人关系的交换手段。如沃尔特·希科特所言，“没有什么比频繁的现金流动更能使人与人贴近的了。”金钱是让我们摆脱日常需求的必需品。在所有小说家里，特罗洛普对金钱作用的理解最为到位。和他相比，恐怕巴尔扎克都过于浪漫。奇怪的是，和特罗洛普一样在人生早年就尝到贫穷滋味的狄更斯对这一问题的见解竟如此粗疏。波普·亨尼西先生说：

> 在《大卫·科波菲尔》和《雾都孤儿》里，小主人公的贫苦在仙女教母和神仙教父的出场下像关掉龙头那样被作者一笔抹去。这些转换场景以哑剧形式呈现，令人愉悦又不合逻辑，但它们几乎或者完全脱离现实……特罗洛普对金钱的态度既非不切实际，亦非……愤世嫉俗……在他最早的小说（以爱尔兰为背景的那些）里，金钱——以种种丑陋形式存在的金钱——已是首要主题：未付的地租，存在争议的遗嘱，或者特氏笔下第一个女继承人——孤儿范尼·温德姆小姐的不幸。当他去英国寻觅小说创作素材

时，他对英国上层阶级和中层阶级与日俱增的悲观初露端倪……在特氏对上述所有情节的叙述中，没有冷嘲热讽，只有诙谐和忧伤……他对他所见之事难以抑制的厌恶在随后的小说中有所反映，直到1873年这一情绪爆发，促使他写下那部对伦敦社会极尽讽刺之能事的小说《我们现在的生活方式》。

关于金钱和爱情的关系，特罗洛普知道（权且让我引用自己的诗句）

金钱无法买到
爱的燃料
却能轻易将它点燃。

对特氏本人而言，挣钱是他男子气概和比其父有出息的证明。在这方面，与其说他像欧洲人，不如说他像美国人，因为在欧洲，大部分财富是靠继承得来，这一情况直到最近才有所改观。

特罗洛普相信

> 小说的目的应该是在娱乐读者的同时给予道德上的指引……小说家对我们潜移默化的影响甚于老师、父亲，乃至母亲对我们的影响。他是被拣选的指引者，年轻弟子为自己选择的导师。

我希望更多现代小说家赞同他的观点，尽管今天人们可能谈论的是“价值”而不是“道德”。如果说维多利亚人有时对性讳莫如深，那么至少他们知道那是私人而非公共活动。假如我不得不选择，我宁愿选择遮掩，而不是裸露。（其实，如果你仔细阅读特罗洛普的小说，你会发现它们并不像你一开始想的那样拘谨古板。）讲授道德的任务并非易事；维多利亚人，事实上大多数小说家试图通过对其笔下的人物惩恶扬善来解决这一难题。当然，他们和读者都很清楚，在现实生活中，正义的一方往往穷愁潦倒，而邪恶的一方却尽享荣华。但他们身陷两难境地。创作和阅读反面人物要比创作和阅读正面人物更有乐趣。如西蒙娜·薇依所言：

> 假想的恶浪漫而富于变化；现实的恶阴郁、单调、荒芜、乏味。假想的善了无生趣，现实的善总是让人耳目一新、为之惊叹并沉醉其中。因此，“想象文学”不是无趣就是悖德，或者两者兼而有之。

乔治·麦克唐纳*

文学中有一类恐怕可以称作幻想文学，它包括了许多作品，比如侦探小说，歌剧剧本之类，它们有个正式的名称，叫“虚构的记载”。要写这类作品，首先必须具备能创作神话的想象能力。评论家很难去评判这种能力，因为它似乎与表达力或组织经验的能力都没有必然联系。有一些非常伟大的作家，比如托尔斯泰，他们似乎不具备这种能力，而另一方面，另一些作家，比如柯南·道尔和莱特·哈葛德[1]，他们完全称不上“伟大”，却因为具备这种能力而一直受到读者青睐。

像夏洛克·福尔摩斯那样真正具备“神秘”气质的人物总是有两个特征：受他吸引的读者，至少是在一个特定的文化里，他们超越了阳春白雪下里巴人、超越了孩童成人之间品位不一的界限，他的性格可以脱离他的故事而存在；我们无法想象离开了故事的安娜·卡列尼娜会是什么样子，但无论发生怎样的冒险故事，匹克威克先生[2]还是匹克威克先生——如果个性改变他就死了——他可能会经历无数次冒险，可以说，狄更斯自己也遗漏了几次，而每一位读者都可以想象得出。

乔治·麦克唐纳显然是个神话作家。虽然他也能很好地驾驭一般的文学体裁，但有时候他的文字不知不觉就带出来奥西恩式的哥特风，还有维多利亚时期的多愁善感（坦白说，《莉莉丝》[3]里小矮人们的幼稚儿语让人听了觉得不好意思，但事实上他们并非真正的小朋友，只是害怕成长，害怕冒险害怕受苦而不愿长大，这么一想，还稍微抵消了一点那种不好意思的情绪）。再版《幻想家》时，编辑们决定删除主角大多数的歌谣部分，我觉得这个决定十分明智，因为乔治·麦克唐纳并不具备写诗的那种特殊语言能力。但是，在把内心世界变为所有人都能接受的各种意象、事件、生物和景色方面，他算得上是十九世纪最杰出的作家之一。在我看来，《公主与妖魔》是唯一一本能与爱丽丝系列齐名的儿童书，而《莉莉丝》即使比不过，但也足以和爱伦·坡最好的作品媲美。

幻想文学中的寓言故事常常落入要么毫无条理、要么毫无生气的两难境地。如果没有设想什么寓言意义的话——读者倒未必一定要知道故事的寓意——作者就没有方法选择并组织写作的材料，也无法避免过于沉迷其中；另一方面，若把故事的寓意放在主导地位，使事物与其象征意义能一一对应起来，这样一来故事就变得了

---

* 本文系作者为英国著名编辑及艺评人安妮·弗里曼特尔（Anne Fremantle）编撰作品《乔治·麦克唐纳的幻想小说》（*The Visionary Novels of George Macdonald*）（纽约：正午出版社，1954 年）撰写的导言。

1. 莱特·哈葛德（Rider Haggard，1856—1925），英国维多利亚时代受欢迎的小说家，以浪漫的爱情与惊险的冒险故事为题材，代表作为《所罗门王的宝藏》。

2. 狄更斯小说《匹克威克外传》的主角。此书是一部流浪汉小说体裁的作品，全书通过匹克威克及其三位朋友外出旅行途中的一系列遭遇，描写了当时英国城乡的社会生活和风土人情。

3. 《莉莉丝》（*Lilith*）是麦克唐纳 1895 年出版的道德寓言。莉莉丝最早出现于苏美尔神话，亦同时记载于犹太教的拉比文学。她被指为《旧约》里亚当的第一个妻子，由上帝用泥土所造。因不满上帝而离开伊甸园。她也被记载为撒旦的情人、夜之魔女，也是法力高强的女巫，并教导该隐如何利用鲜血产生力量以供己用。

无生趣。但丁绝对是幻想方面的大师，他的作品里既有能引起深刻共鸣的意象不断出现，又有十分缜密的逻辑与数学结构，甚至诗歌的编号都清清楚楚。如果说《莉莉丝》比《幻想家》更令人满意，原因之一就是前者的寓言故事结构更紧密：阿诺多斯[1]为什么偏偏就有那么多次冒险，似乎没有什么特别的理由，他可以多闯几次，也可以少闯几次，但是韦恩先生[2]的经历与心灵成长是完全一致的。写一连串的冒险故事有一个风险，读者在不断受到新鲜刺激的同时忘了去理解故事。对于读者来说，《莉莉丝》里的风景更为生动可信，因为他们不得不一遍遍重复从亚当的茅屋到坏地洞，到干河、邪恶森林、兰谷、石痕、热溪再到布里卡市[3]的旅程。

与同行相比，这位关注我们这个社会现实生活却又活在幻想中的小说家在选择描写何种事件时更为自由，但在角色选择上他却有更多限制，因为他不得不在少数几个“原型”的变化上做文章，比如智慧的老头，智慧的老妇，卖淫的女巫，年幼的新娘，自己的影子等等。要把这些类型写成有血有肉的独特人物不见得简单。乔治·麦克唐纳却几乎总能做到这一点：莉莉丝显然就是战斗女巫的翻版，而夏娃与有四扇门的那个茅舍里的老妇人又很贴合，可是每一个角色又做到独一无二，根本没有重复。

但他最才华横溢的地方是那种幻想式的现实主义，他对于幻想的随意性、逻辑、转变与其中蕴含的道德观拿捏得很到位，也有深刻

1. 《幻想家》的主角。
2. 《莉莉丝》里的人物。
3. 以上均为《莉莉丝》里的地名。

的理解：读到他的作品，人们总有进入一个真正梦境的幻觉，而不只是清醒时候意识进程的某种寓言故事的呈现。没有人能写出更生动更有趣的梦境体验，尤其还是醒着的时候：

……我从床边看出去，见到一个大大的绿色大理石水池，我以前一直在里边洗澡。水池下面的矮底座也是大理石的，在房间的角落站着。水从水池里像溪水一样汩汩流出，流到了地毯上，流遍了屋子，我也不知道它的出口在哪……接下来我听到头顶上方有轻微的响动，抬头一看，是床帏上的树枝与树叶图案在慢慢爬动。我也不知道接下来会发生什么变化，我觉得该是起床的时候了；我从床上一跃而下，赤裸的双脚踩在冰凉的草地上；虽然我急匆匆穿了衣服，却发现自己正在一株大树的树枝下上厕所。

能描述幻想者的思考方式，又不至于把他写得过于随意或者过于合乎逻辑，这不是件简单的事。但是麦克唐纳笔下的人物说起话来就像个真正的幻想家：

所以我觉得除了这个再没有其他可能成功的执行方案：当我在宽敞的大厅里逛来逛去时，让我想想其他的问题，接着按兵不动，就等着我走到哪一片猩红窗帘前时突然有冲动进入另一个人的内心世界。

这些人和真正的幻想家一样，无论是行动前还是在行动中，都不会顾忌什么道德良心准则，他们的情绪和行事动机都不甚明了，而我们清醒的时候，如果有的话，只有采取行动之后我们才会意识到自己的情绪与动机。

> 但是对于权力的错误感觉，那种没来由的、只是摇摇晃晃中行驶的马匹给我注入的那种感觉，哦，因为这种感觉我变得多么愚蠢，都听不进他说的任何话语了。

清醒的时候，从心理学角度来说，不可能让骑手在做出抉择的那一刻同时意识到这种自欺行为；而在梦里它确确实实发生了。

至于他精确描写梦境的能力，只要随意去翻翻他的书，就能找到一段又一段这样的好句子：

> 我们冲上山坡，又征服另一些斜坡；他没有逃避河床上那些岩石裂口；相反他在那上面紧抓不放，奋力驰骋起来。月亮已升到半空，她苍白的脸上露出烦恼肃穆的神情，她凝视着。我为这匹骏马的力量而高兴，也为自己生命中有这样值得骄傲的事情而高兴，我骑着马，像国王一样坐着。
>
> 河道上的路我们走了快一半了，我的马奔驰着，每隔一小段时间就走完一两个河道，时不时也休整一下，为接下来的飞奔做准备，而月亮升到了中天。这时候奇怪而又可怕的事情发生了：月亮像命运女神摇动的轴轮中心一样开始向下滚动，越来越快。这个月亮和我们的月亮一样，有一张人脸，随着她的滚动一会儿宽宽

的额头升到了最高点，一会儿又是她的下巴。我目不转睛，吓得不轻。

溪谷的那边传来狼的嚎叫声。恐惧开始占据了我的心灵，我渐渐失去了自信。马儿还是继续头也不回地疾驰在路上，两只耳朵前倾着竖了起来，干乎乎的鼻孔在风里呼呼唱着速度的赞歌。可是月亮还是像一架旧马车的车轮，从山那头摇晃着落下了，像是什么不吉利的可怕事情会发生。她最后滚到了天边，消失不见了，天完全黑了下来。我们笼罩在黑暗之中，而那匹强壮的骏马还在跋涉，正经过一个又宽又浅的河道。他垂下了头，凭着本能拖着无依无靠的巨大身子前行，但他也瘫倒在河道边上，就那么躺下了。我站起身，在他身边跪下，抚摸他的全身。没发现骨折的现象，可是他再也不会活过来了。我坐在他的身体上，双手掩面。

乔治·麦克唐纳出生于1824年，他的祖先是格兰克大屠杀[1]的幸存者。他拿了化学和自然哲学双学位，后来却进了公理会，很快成了远近闻名的传道者。

但是就像很多他的同时代人一样，现在人们对他也产生了质疑，认为他的神学观点是异端(正统指的是加尔文主义)，这样的质疑不无道理。1850年他放弃了牧师工作，投身写作。第一本著作是一首长诗《里里外外》，丁尼生和拜伦夫人都很喜欢读。除了那些让他蜚声文坛的幻想作品外，他也创作现实主义小说，记录苏格兰

1. 格兰克是苏格兰北部的一峡谷地区，英军1692年在苏格兰格兰克地区进行大屠杀。

的农民生活，有一些值得细读，比如《亚历克·福布斯》、《养鹰人罗伯特》等等。所有人对他赞不绝口，夸他可爱圣洁，他还是大多数维多利亚中期著名作家的朋友，其中就包括刘易斯·卡罗尔。1872年他在美国做了巡回演讲，大获成功。由于身体状况不佳，晚年的麦克唐纳只好大部分时间都在博尔迪盖拉[1]度过。他于1905年离世。

如果说他的一些观点是异端——比如说他和俄利根一样，都坚信魔鬼最终能被救赎——那么和同时代的一些"自由主义者"一样，他从来都没有因为某些不清不楚突然冒出来的"促成正义的力量"，或者因为大洋彼岸对于"进化"的世俗信仰而抛弃上帝的基督教信条，也没有抛弃原罪说和恩典说。布里卡市这个俗世之所[2]是所有世人诞生之地，却也像噩梦般，充满了质疑、贪婪、贫瘠和残酷。如果说在韦恩先生的梦里天真的人发现了它，那么它也许只存在于他的梦中；读者不会认为对于他人来说布里卡市已经消失了。生命之水在荒原里复原，但是罪恶却没有由此消除：

> 我们来到一个可怕的地方，四处空荡荡一片，地上的很多怪物都曾在这里堕落；正如我在梦里所见，这里实际上是一片宜人的湖泊。我望向清澈的湖水深处。从土里扫出一个漩涡，流产的胎儿钻了进去，底下躺着的全是那些可怕的胎儿，清晰可见：一丝微

1. 意大利因佩里亚省的一个市镇。
2. civitas terrenae，即 the City of Man，俗世之所，相对于上帝之城（the City of God），这两个概念都由古罗马哲学家圣奥古斯丁提出。

弱的绿光穿透水晶般的湖水，照亮了水面下每一个丑陋的身体……我们经过时没有身体蠕动，但是他们都没有死。

韦恩先生在图书馆里苏醒过来时，他的生活才刚刚开始；现在他不得不听从那只乌鸦初见面时给他的忠告了：

“要知道自己身处何处的唯一办法就是让自己呆在家里。”

“身边尽是些奇怪的东西，这样我怎么能开始呢？”

“做点什么。”

“什么呢？”

“随便什么，越快越好！只有呆在家里，你才会发现出去和进来一样容易……家，不管你知不知道，是唯一一个你可以进去又出来的地方。有一些地方你可以进去，也有一些地方你可以出来，但是你真正能找到的唯一能进去又出来的地方，那就是家。”

一位俄国美学家*

因为不懂俄文，所以我对乔治·雷维先生翻译的康斯坦丁·列昂季耶夫作品集《逆流而行》的感受就是通俗易懂、行文流畅。作品甄选时，乔治·爱瓦斯科先生显然已尽力在有限的篇幅（273 页）内客观公允地展现列昂季耶夫考虑问题的各种视角——作为回忆录和小说体自传作者、中东平民生活的观察者、政治理论家和文学批评家。几乎所有作品节选都趣味横生，但我个人更希望他用更多篇幅来写文艺评论，即便这意味着影响全书的覆盖面。列昂季耶夫在多数话题上的观点，委婉地讲，有些夸大其词，但如果从文学批评角度看，则完全情有可原，甚至是我至今读过最好的批评范本之一。《俄罗斯文学评论：保守观点》由斯宾塞·E. 罗伯茨编译，全文呈现了列昂季耶夫围绕托尔斯泰小说的 125 页评论文章；《逆流而行》收录了其中 24 页，如果你已然深陷其中，不妨一读原作。

1831 年，列昂季耶夫出身于一个很小的贵族家庭。早年在莫斯科大学学医，后在克里米亚战争时期任外科医生，继而到一个田庄做家庭医生。婚后，他放弃了从医生涯，进入俄罗斯领事馆，在中东度过了 10 年光阴。一次，向圣母祷告时，他的痢疾（或霍乱）被“神奇地”治愈，自此，他虔诚信奉东正教。1874 年，列昂季耶夫回到俄罗斯，1880—1887 年间任职审查委员会。后来，他跨进奥普迪娜修道院[1]，成为一名修道士，直到1891年辞世。1851年，他认识了屠格涅夫，后者深敬他的才华横溢，但因政见不同，多有不和。列昂季耶夫的作品貌似关注度不高，但后半生也遇到一位知音，即小他25岁的作家瓦西里·罗扎诺夫[2]。

出于某种隐秘原因，列昂季耶夫的母亲没有嫁给心爱的人，而嫁给了自己不爱的兄长，她的儿子显然也承继了她对丈夫的反感：

> 我的父亲是那种轻浮的、动不动就烦躁的俄罗斯人（尤其在贵族圈子里），为人无甚原则、从不严格要求自己。总的来说，我父亲既非聪颖，也不严谨。

而对于母亲，列昂季耶夫则极为欣赏和敬慕。他所给出的理由很充分：

> 她比父亲不知优雅多少倍，让我获得某种与生俱来的天性，这对我很重要。

他说，他从母亲身上得到了

---

* 本文是奥登为俄国思想家康斯坦丁·列昂季耶夫（Konstantin Leontiev）的《逆流而行》（*Against the Current*）撰写的书评，1970年4月4日发表于《纽约客》。

1. 奥普迪娜（Optina Monastery），俄罗斯科泽利克斯的一家东正教修道院，十九世纪成为俄罗斯东正教圣地和标志。

2. 瓦西里·罗扎诺夫（Vasily Rozanov，1856—1919），俄罗斯帝国时代最富争议性的作家和哲学家之一。

爱国教育、对君主制的情感、严谨的秩序、勤劳的习惯，以及对日常生活的精致品位。

可见，不管天性使然，还是后天培养，列昂季耶夫可谓一位美学家和自恋者。任何国家都不乏美学家和自恋者，但列昂季耶夫同时又是俄国人；至少在我这个天生的并经过后天培养的英国法利赛人看来，俄国人和其他民族是不一样的。如果以英俄两国的十九世纪文学作品为线索，我们发现，世界上没有哪两种文学情感如此大相径庭。（美国人的情感似乎更接近俄国人，比如我能在俄国作品中找到《白鲸》的影子，而《理智与情感》的踪迹却无处可寻。）渐渐地，即便最伟大的俄国作家，比如托尔斯泰和陀思妥耶夫斯基，也让人禁不住感慨，“上帝啊，这人的想法真是疯狂！”前言中，爱瓦斯科先生引用了亚历山大·勃洛克[1]的一句话：“生命只因其严苛要求而彰显价值。”试想，这和《爱丽丝漫游仙境》中红桃皇后给她的建议反差多大——“想不到用英语怎么说，就说法语，走路的时候脚尖可以朝外，只要记住你自己是谁！”——或圣公会[2]主教的定义：“正教意味着沉默寡言。”在英式英语中，即便今天，“热情”一词都是带有贬义的。鉴于此，我们最感亲切的俄国作家应该算是屠格涅夫和契诃夫，虽然我心底暗忖，假如有像样的翻译，普希金的作品或许更合我们口味。

列昂季耶夫或许很崇尚秩序和勤劳的美德，然而他自己似乎并不践行它们：

---

1. 亚历山大·勃洛克（Aleksandr Blok，1880—1921），俄国抒情诗人。
2. 圣公会是新教三大流派之一，在英格兰为国教，称为英国国教会。

> 1862年，我脑海中的思绪相互间激烈冲撞，以至体重骤降，在匹兹堡过冬时熬过了好些个不眠之夜，脑袋很沉，倦然伏案，精力耗竭，这正是受思绪苦苦折磨的结果。

没有哪个英国人会做这样的事。阅读俄罗斯生活的记述，不管过去还是当下，都会有此印象：自律、审慎和规律作息的新教伦理对俄国人丝毫不起作用。难道是因为俄国人一直以来处于独裁统治之下吗，抑或正因此形成了俄国人独有的生活方式？列昂季耶夫说，在俄国，

> 让我重申，只有某种程度上由政府独断、人为创立的，才算名正言顺。

这点在列宁和斯大林执政的新俄时期与彼得大帝和叶卡捷琳娜统治下的旧俄时期，似乎都适用。

西方唯美主义者通常信奉为艺术而艺术的准则，并有意回避政治和社会学领域。值得称颂的是，列昂季耶夫这样的俄国美学家并不奉行此道。“将生活从艺术中抽离，”他说，“不啻魔鬼的行为！”这位关注社会事件的美学家用评价艺术作品的标准来评判社会，尽管针砭时弊还算可信，然而，一旦要求他给予建设性意见，拨乱反正，几乎每次都废话连篇，往往还荼毒双耳。非同寻常的人、事或行为，可能激发这位美学家的兴趣和想象；而至于“这些是善是恶，抑或公正与否”等道德问题，则不在其考虑范围内。我个人并不认为艺术

家可以全然忽略伦理道德要求，只不过在艺术作品中，真和善从属于美。而在政治和社会领域，情况则正相反；忽视审美的政府和社会将为此承担后果，但是对公平正义的道德诉求必须优先考虑。赏心悦目的外表和举止总是值得欣赏的。列昂季耶夫说：

泽夫·德姆当时还很年轻，外表极其俊朗。他面部丰润、皮肤黝黑、气色清逸。整个人看上去，双目大而乌亮，黑色髭须卷起，举止优雅，步态从容，白皙的双手平和地背在身后。他身上有太多无可言传的地方，良好的教养、平静的傲气、隐秘的自信，皆无法用语言表达！

但是，如这个例子中，俊朗的外表之下包裹着一名冷酷杀手，任何人都会承认，作为公民，即便是最无趣的穿着双排扣大衣、循规蹈矩的银行职员都比他可取。再看这个：

“你是否觉得，让全世界所有人都住在一模一样的矮小、干净、舒适的小房子里更好？就像中等收入阶层的人们聚居在我们的诺沃西比尔斯克镇一样？”

“当然。还有什么比那样更好呢？”皮尔托夫斯基回答。

“哦，那样的话，我不再和你站在一边了，”我反驳道。“如果民主运动引领的是如此可怕的单调，我对民主最后一丝眷顾也不剩了。从此以后，我将成为民主的敌人！”

当然，皮尔托夫斯基把郊区想象成乌托邦，是有失偏颇的，但是他觉得郊区不管怎样总好过贫民窟，不管后者多么色彩斑斓，这倒是不错的。顺便提及，列昂季耶夫既不住郊区，也不用困在贫民窟。

在评判社会和政治生活时，美学家们忽略了一个事实：虽然每个人都是独一无二、不可复制的，堪称卓越的人却没几个，不管是相貌、才华抑或个性方面；对普通人来说，追求卓著并因此冠以审美趣味是不真实的，这点他也心知肚明。剧作家可以自由挑选男女主角，而忽视大多数平凡人；政治家却不能弃他们于不顾，而且，因为他们构成了大多数，所以普通人才是他首要考虑的群体，在政治层面，忽视往往意味着压迫或杀戮。

列昂季耶夫的建议——至少对俄国人而言，虽然我不觉得有谁愿意听——如下：

> 俄国应该更多元化、复杂、强大、等级分明、变革谨慎。总体而言，要严苛，有时几近残暴。
>
> 教会应当比现在更独立……教会应该柔和地影响国家，而不是反过来……
>
> 权威机构的法制和原则要更严明；每个人要变得更善良；彼此之间兼顾平衡。

上述结论，并非如我们想象中的，由艺术创作过程类推而来；相反，它是有生物学基础的。可惜，生物类推同样具有误导性。有机体的生存前提是以其本身的形态存在——比如橡树是不可能转变成蝴蝶的——但是，称此必要前提为“专制”是不对的，因为它是无意识发生的，而政治“专制”则是有意识施加于人民的。一切具体的社会结构都像单个有机体一样，是有生命周期的，所以，我们可以讨论特定社会（如罗马帝国）的崛起、繁荣，以及落没，只是需要言辞谨慎。和任何种族一样，人类有着不朽的潜力，但是，不同于其他种族的是，人类是能够创造历史的生物，人类的“属性”不同于社会习惯。蜜蜂是社会性的动物，但是除非它不再是蜜蜂，否则无法改变其群居生活习性；而人类可以并正在不断改变生存方式。当某个特定社会消失，人类是不会湮没的；出于必要性或通过选择，人类可以成为某个新型社会的成员。不同社会类型面前，你可以厚此薄彼，但是它们的成员都是人类。

在我们这个时代，自由主义者被嗤之以鼻，或许我们比列昂季耶夫同时代人更乐于听从他对自由主义哲学的批驳。今天，任何人都会同意，过去两百年来我们所构建的世界，比早前的社会更加面目可憎。我想，已经没有人相信社会进步的自由主义教条，即一切都会变得更好。相反，我们大多数人，不管老幼，都对未来可能带来的事物心生畏惧。十九世纪的“反动分子们”，比如克尔恺郭尔、尼采和列昂季耶夫曾经预言，自由主义如果成功推行，将产生单调乏味、千篇一律的社会，就像奥尔特加·加塞特[1]笔下的大众；而如我们所知，他们的预言已经成为现实，只是这绝非自由主义的初衷。最初，他们一定是希望政治自由能鼓励多样性，法律面前人人平等，

1. 奥尔特加·加塞特（Ortega y Gasset，1883—1995），西班牙自由主义哲学家，著有《大众的反叛》。

所有人机会均等、生活富足；每个人，不论出身和贫富，都能按照个人意志发展。他们的愿望之所以落空，我认为主要有两点因素，严格说来都无关政治。首先，是技术的发展。从洛克[1]开始，哲学自由主义的创始人都生活在工业革命以前的十八世纪，所以，他们脑海中的社会主要是由农民和工匠构成的。机器虽然没有政治观点，却有重大政治影响。它们要求严格的时间控制，通过废除对手工技能的需求，将大多数人从工人转变为劳动力。换言之，能让人通过努力找到自豪和满足感的工作越来越少，而更多的工作岗位是没有趣味可言的，只能衡量其经济价值。和赫尔岑[2]一样，列昂季耶夫对欧洲工人阶级的物质主义和低级趣味追求感到震惊，但是，这群人从未品尝过工作的乐趣，除了更多金钱和消费品，他们还能期望什么呢？其次，自由主义者们低估了大多数人对一致性的渴求——他们担心和邻居们不一样，担心没有人和自己观点以及品位一致。没错，正如自由主义的批评家们所言，早前等级分明的社会似乎比我们所知的平均主义社会表现出更高程度的多样性和审美意趣，但是，这仅仅是因为等级制度促使各阶层生活、衣着和思考有别；每个阶级内部，不管是贵族阶级还是农民阶级，对一致性的渴望都不亚于当今。现在，我们发现，紧身裤和披肩长发几乎是具有反叛精神的嬉皮士们的模范打扮，正如布鲁克斯兄弟品牌时装和小平头是初级经理人的代言。

在讨论列昂季耶夫的文学批评家身份前，我想有必要提一下他

1. 约翰·洛克(John Locke，1632—1704)，英国哲学家。
2. 赫尔岑(Herzen，1812—1870)，俄国哲学家、作家和革命家。

对基督教信仰和教会的态度，虽然我不大乐意，觉得这话题有些惹人厌。他似乎属于这么一种人，一边过着放荡不羁的生活，一边为自己的罪孽掩面哭泣，只不过并非出于真心懊悔，而是害怕以后会下地狱。呸！

职业上讲，列昂季耶夫应该是名作家，而不是政治理论家，在探讨文学话题时，他的口气并非业余爱好者，而是专业权威。他认为生活高于艺术，所以文学上偏好"现实主义"——小说和诗歌，就是说，他试图如实反映我们所生活的原初世界[1]。因此，对比《战争与和平》和《安娜·卡列尼娜》，他如是说：

> 《战争与和平》是否在主旨和风格上真实反映1812年整体社会趋势？正如《安娜·卡列尼娜》忠实于我们这个时代的现实呢？我看未必。

为了阐述观点，他想象如果《战争与和平》由普希金来写，会是什么样子。他当即承认，这样的话世界上就少了一部伟大的小说，但是他觉得至少更加符合"现实主义"：

> 普希金甚至可能不会(多数不会)把那些坐着马车、穿着皮大衣逃命的法国元帅和将领们称为"劣迹斑斑的无耻小人"，正如从莫斯科一路追逐他们的俄国英雄们，在1812年也许也不会那样称

1. 原初世界(Primary World)指现实世界，对应的架空世界(Secondary World)指文学虚构世界。

呼他们，但会强烈斥责他们，而不会听从于沉闷的道德哲学训诫。

列昂季耶夫所痛恨的——对此我衷心赞同——是将“真实”等同于卑贱丑恶的“自然主义”。正如卡尔·克劳斯[1]，他的批评从不大而化之，始终是具体的、实在的：他会挑剔措辞，指摘语言习惯，甚至在他眼中具有文学通病的字词：

> 托尔斯泰写伊凡·伊里奇[2]用“接便器”，无伤大雅。伊凡·伊里奇是个重病将死之人。这么写挺好。但是当果戈里的坦泰尼科夫一早醒来，躺在被窝里“揉揉眼睛”，他的眼睛“眯成一条缝”，就有点恶心而且没必要了……
>
> 《战争与和平》结尾，已为人妇的娜塔莎拿出分娩时用的亚麻布，拿到画室看，亚麻布上绿斑已经发黄；虽然并不吸引人、笔调粗糙，但此处是妥帖的；它有其重要含义……但是，当皮埃尔把那婴儿放在大手里（那双手）“把玩[3]”（“把玩”，天哪！干吗不简单说“看管”呢？），这孩子突然弄脏了他的手，整个儿就没必要了，没有任何意义……纯粹无聊的审丑……
>
> 这些不断的重复——“赶忙地”、“不知不觉地”、“不由自主的”、“陌生的”、“陌生的”、“紧张地”、“矮胖的”，如此往复；“唇部丰

1. 卡尔·克劳斯（Karl Kraus，1874—1940），奥地利作家、记者、诗人、语言和文化评论家。
2. 伊凡·伊里奇（Ivan Ilyich），托尔斯泰晚年代表作《伊凡·伊里奇之死》中人物。
3. 原文为“dandles”。

> 润”、“满口无牙”——这些频繁的心理审视和不必要的外在刻画，在我们大声朗读托尔斯泰以及大多数最优秀的作家——屠格涅夫、皮谢姆斯基[1]、陀思妥耶夫斯基——作品时，有时也会忍无可忍！

列昂季耶夫不知出于哪种正义，认为俄国作家和读者比其他国家人更沉迷于“抠鼻子”的陋习：

> 比方说，假设需要表现某位男性人物受到惊吓。英国人更有可能会不带夸张、不置可否地说：“高度惊吓之时，詹姆斯站在那里，呆若木鸡，等等。”法国人会说：“阿尔弗雷德开始颤抖起来。英俊的面庞上镀上了一层死灰色。他退了回去，依然保持着优雅的姿态。”而俄国作家会这么表达：“我的主角，像个恶棍一样，心生胆怯，匆匆回家。”甚至更好：“一溜烟逃回家中。”

一流的批评家和普通评论者迥异的地方在于，即便抨击之时，也会始终对其评论的作家保持敬意。当该作家做了某件他不赞同的事时，他会尝试站在作者的立场发问：“他这么做的理由是什么？”于是，在批评托尔斯泰“抠鼻子”的倾向时，列昂季耶夫也愿意退一步说，虽然他不喜欢，但是考虑到读者群的性质，托尔斯泰应该也是情有可原的：

1. 皮谢姆斯基（Pisemsky，1821—1881），俄国作家。

> 我们时代的俄国读者(尤其在社会中处于中等地位的读者)……所接受的教育……是这样的：长疣会让他们感觉更高贵，鼻子哼哼让他们更强烈地感受到爱，等等；如果某人“紧张地倒了一杯伏特加”，然后他没有微笑，而是“得意地笑”，他就会自信满满！……
>
> 托尔斯泰……通过这些对生命细微的外在羞辱，对读者进行了爱国主义教育。

我非常希望，接下来能有人尽快出版列昂季耶夫论文选集的英文版。

刘易斯·卡罗尔*

1862年7月4日,一个星期五晚上,查尔斯·路特维奇·道奇森[1]牧师,牛津大学基督教学院数学讲师和导师,在他的日记中写道:

> 阿特金森带了几个朋友,彼得斯太太和彼得斯小姐,来我房间。我为她们拍了照,之后她们翻看了我的相册并留下吃午饭。然后她们告辞去了博物馆,而我和达克沃斯则带着利德尔家三个女儿溯流而上到戈斯托旅行:我们在那里的岸边喝茶,直到八点一刻才回到基督教堂学院,接着我们带她们去我房间看我收藏的显微相片,在快九点时才把她们送回院长办公室。

"利德尔家三个女儿"是指基督教堂学院院长的女儿,著名的利德尔-斯考特希腊语词典的编者之一。她们的名字分别是罗瑞娜·夏洛特、爱丽丝和伊迪丝——昵称玛蒂尔达。爱丽丝十岁。

这可不是他们第一次一起出行。多年来,他们经常碰面。冬天,她们会上道奇森房间,挨着他坐在沙发上听他讲故事,他边讲边拿铅笔或钢笔给故事配上插图。夏季学期当中,有那么四五次,他会带她们泛舟游览,并带上满满一篮子糕点和一个水壶。在这样的场合,道奇森会脱去他的牧师服和大礼帽,换上白色法兰绒长裤和硬质白色草帽。他总是“像吞了根拨火棍那样”挺着身板。

表面上,戈斯托之旅跟其他短途旅行没什么分别。要不是发生了一件看似纯属意外的事,今天没有人会记得那次旅行。他之前给孩子们讲过许多故事,她们都听得津津有味,并恳求他再给她们讲一个。这一次,也许他讲故事的状态比平时都要好,他的朋友达克沃斯先生显然对此印象深刻:

> 我坐在尾桨手的位置划桨,他在船头……事实上,为了充当我们快艇“舵手”的爱丽丝·利德尔,这个故事的构思和讲述是越过我肩膀进行的。我记得转过身说:“道奇森,这是你即兴编造的传奇故事吗?”他回答说:“是的,我们边前进,我边创作。”

无论如何,爱丽丝这次做了件破天荒的事——她请求他把这个故事写下来。起初,他只是说会考虑这个提议,但在她再三纠缠下,他终于答应把它写下来。在 11 月 13 日的日记里,他写道:“开始为爱丽丝写作这个童话——希望圣诞节到来前完工。”

实际上,文本完成于 1863 年 2 月 10 日。坦尼尔的插图则要到 1864 年 9 月才完工。《爱丽丝漫游仙境》由麦克米伦出版社于 1865 年出版(顺带提一句,同年另一部杰作——瓦格纳的《特里斯坦与伊

---

* 本文于 1962 年 7 月 1 日以“今天的‘仙境’需要爱丽丝”为题首刊于《纽约时报杂志》。

1. 刘易斯·卡罗尔是他的笔名。

索尔德》首演)。

这些事件之所以令人难忘,是因为它们揭示了这样一种人——天赋异禀却并不妄自尊大的人,我觉得这样的人凤毛麟角。在其他方面,道奇森既算不上无私,也并非不慕虚荣。作为教授交谊厅的成员,他是个不易相处的同事,他无时无刻不在抱怨某个细小的疏忽或麻烦。对几乎每一个影响学院或大学的问题,他都持强烈的保守看法;他撰写的“基督教堂的新钟楼”或“校董任期中的十二个月”等论战性小册子的激烈言辞不可能让他的对手对他怀有好感。

他为自己的摄影术感到自豪,他的确有理由这么做,因为他是那个世纪最优秀的肖像摄影家之一。他对他的符号逻辑理论寄予厚望,在我看来,该理论在今天要比在那时受重视得多。他的日记表明,他对自己的小发明也颇为得意——他总是不停地鼓捣新玩意儿: 100 以内所有质数的对数记忆法;算术槌球游戏;找出一个月中任何一天对应星期几的规则;胶水的替代物;比例代表制度;控制考文特花园马车流量的方法;改进过的三轮车转向装置;他总在为自己的轻体诗寻求出版机会。然而,说到他最得心应手、无人能敌的本事——即给孩子们讲故事——他似乎从未有过关于自己、出版以及不朽名声的想法。

两部《爱丽丝》小说并非惊世骇俗之作。他给孩子们写的信里某些段落的文采不比它们逊色。比如:

> 这儿真是酷热难耐,我虚弱得几乎连笔也握不住,即使我还有力气握笔,也没有墨水——它们全都蒸发,化作一团黑乎乎的

> 水汽,处于那一状态的墨水在房间里四散,熏黑了墙壁和天花板,直到它们变得模糊不清:今天,天气凉爽些,一小部分墨水凝结成降落的黑雪,回到墨水瓶里。

他一生都在给孩子们讲他即兴编造的故事。它们从未被写成书稿,但据我们所知,它们的成就可能超越了那些被记录下的故事。

虽然任何人的性格都无法完全用家教或环境来解释,但寻找其影响因素却是合理的。就道奇森而言,其中一个因素可能是他作为大家庭里的长子——牧师的儿子——的身份:他有七个姐妹,三个兄弟。他十一岁时就已成为家里的"开心果"。他用独轮手推车、圆桶和小卡车造了一部火车,它把乘客从教区长住宅花园的一站送往另一站。在他为这个游戏拟定的规则里,刘易斯·卡罗尔式的想象已初露端倪:

> 所有乘客身体不舒服时必须躺着不动,直到有人来接——同样必要的是,至少得有三辆火车经过他们,以引起医生和助手们的注意。
>
> 如果有乘客手头没钱但仍然想坐火车,他必须留在他当时碰巧停驻的那个车站,然后挣钱——为站长沏茶(此人终日饮茶,不分昼夜)和为公司研磨沙子(他们不必解释拿它作何用途)。

两年后,他成了一系列家庭杂志的编辑和主要撰稿人,其中最后一本《教区长管辖区的雨伞》在他成为牛津大学教师后仍在发行,并首次刊登了“杰伯沃基”开头的四行诗。

于是，他在作家生涯的开端便直接为这样一个读者群写作——他与之关系亲密，他在这个圈子里也没有文学劲敌。一个普通作家，至少在今天，有着全然不同的经历。当他开始写作时，他除了自己没有任何读者；他的第一批读者很可能是尚未发表过作品的对手，而获得属于自己的读者群的唯一机会就是在小众杂志或流行杂志上发表作品；这个群体由他不认识的读者组成。

很显然，作为一个想象力丰富的创作者，道奇森最看重的是读者即时、私密的回应和他们的全情投入（这也许解释了他对戏剧的热爱）。他给成人写的作品不比他的童话故事少，它们也是为“家人”创作的——牛津对他而言是另一个更大的教区长住宅。即使是和小女孩们——唯一让他感到完全自在乃至说话时都不口吃的群体相处，他也更喜欢单独和她们见面。正如他在给一位母亲的信中写道：

> 请您告诉我，我可否单独邀请您的女儿喝茶或进餐。我知道在有些情况下，她们只被允许集体受邀（例如流动图书馆小说），而这样的友谊在我看来不值得继续。我认为，一个人如果只在女孩们的母亲或姊妹在场的情况下和她们打过交道，那么他并不了解她们的天性。

关于两部《爱丽丝》小说中人物和事件的历史由来，众说纷纭，有看似合理的，也有让人难以置信的，但有一点可以肯定，许多在利德尔家的孩子们看来显而易见的典故如今却无法追溯其来龙去脉。他总是为一个特定的孩子讲故事。她们中的一个(不是爱丽丝)这样写道:

> 他的故事尤为吸引孩子的地方在于,他经常接着她的话头往下讲——一个问题会给他提供全新的思路,从而改变故事的走向,于是听故事的人感到自己以某种方式推动了故事的发展,使它带上了个人印迹。

我相信,一个作家无论多么渴望自己的作品成名,很少有人喜欢成为被陌生人当街认出的公众人物,而道奇森则要比大多数作家更厌恶公众的关注。他不允许自己的照片出现在公共场合——"没有什么比让陌生人认识我更叫我讨厌的了"——他吩咐任何寄给牛津大学基督教学院 L.卡罗尔的信一律退回给寄件人,并署上"查无此人"。

多亏爱丽丝·利德尔的再三要求,不为人知的叙述者成了举世闻名的作家,这对我们也是一件幸事。和多数杰作的遭遇一样,《爱丽丝漫游仙境》最初得到的评论界的反响也是毁誉参半。《伦敦新闻画报》和《帕马公报》赞赏了这部作品;《观察者》总体上对其表示赞许,但谴责了疯帽子的茶会;《雅典娜神庙》认为它是一个"生硬呆板、过分雕琢的故事",而《泰晤士画报》承认作者拥有丰富想象力的同时宣称爱丽丝的奇遇"过于荒诞不经,与其说它们为读者提供娱乐,不如说它们令人失望和气恼。"

七年后，当《爱丽丝镜中奇遇》问世时，基于前一本书的巨大成功，评论家知道这本一定不会逊色——亨利·金斯利写道："这是自《马丁·翟述伟》以来我们拥有的最好作品。"尽管我想不出比这更离谱的文学比较。

这本书的名声持续增长。我一直认为要了解一个国家的文化史，可以研究某段时期这个国家的公众人物在立法机构、法庭和官方宴请上作的演讲，以及列一张被引用而未注明出处的书单。就英国的情况而言，我十分怀疑在过去五十年里，两本《爱丽丝》小说和《猎捕蛇鲨》会位居榜首。

美国读者又有何反响？尽管几乎我所认识的美国人小时候都喜欢刘易斯·卡罗尔，但他们未必代表一般美国人的品位。毫无疑问，在我接触过的每本美国儿童读物里——从《哈克贝利·芬历险记》到《绿野仙踪》，爱丽丝的世界同他们的世界有着霄壤之别。

美国的儿童英雄——是否存在美国版的儿童女英雄？——是个高贵的野蛮人，一个无政府主义者，即便在他思考时，他最关心的也是活动和行动。他除了坐着不动，几乎可以做任何事。他的英雄德性——也就是他相较成人的优越性——在于他对传统思考和行动方式的突破：一切社会积习，从礼节到信仰，都被认为是错误或虚伪的，或者既错误又虚伪。事实上，天底下的君主都一丝不挂。爱丽丝当然让一个普通美国人感到震惊。

首先，她是个"淑女"。当她被仙境的稀奇古怪搞得晕头转向时，她问自己她是否有可能变成了另一个孩子，她十分清楚哪种类型的孩子是她不想成为的：

“我肯定不是梅布尔，因为我知道各种各样的事，而她，噢，她几乎一无所知……我终究还是梅布尔，得住又破又小的房子，没有玩具玩……不，我拿定主意了：如果我是梅布尔，我就待在这儿。”

在大人的世界里，她能够分辨女仆和女主人：

“他把我当成了他的女仆，”她一边跑，一边对自己说。“当他发现我是谁，他会多么惊讶啊。”……

“家庭教师绝不会因此放过我。如果她不记得我的名字，她会像仆人们那样叫我‘小姐’。”

当红心皇后忠告她：“想不到用英语怎么说，就说法语，走路的时候脚尖可以朝外，只要记住你自己是谁！”她清楚“我是谁？”这个问题的真实答案是：“我是爱丽丝·利德尔，基督教堂学院院长的女儿。”

然而，最有可能让一个美国孩子感到困惑不解的，不是爱丽丝的阶级意识（这点很容易被忽略），而是儿童和成人与法律和社会礼仪之间的奇特关系。我们的儿童女英雄爱丽丝一直保持着理智、自制和礼貌，而仙境和魔镜中的所有其他居住者，不论是人还是动物，都是不善交际的怪人/物——随心所欲、恣意妄为者如红心皇后、公爵夫人、帽匠和矮胖子，极其无能者如白皇后和白骑士。

上述世界里的人和事，最让爱丽丝大跌眼镜的是它们的无序状态，她一直徒劳地试图从中理出头绪来。游戏在两本书中都起着重要作用。《镜中奇遇》的整体结构基于国际象棋，而红心皇后最喜欢的消遣是打槌球——这两个游戏爱丽丝都知道怎么玩。玩游戏的必要条件，是参与者知道和遵守游戏规则，并且足够熟练，以便至少有一半的时间做出的反应是正确或合理的。混乱和生疏与游戏格格不入。

用刺猬、火烈鸟和士兵取代传统的球、木槌和铁环门来玩槌球并非不可想象，只要前者愿意效仿这些无生命物体的运动方式，但在仙境里，他们却为所欲为，以至游戏无法进行。

在镜中世界，问题则不同。它不是一个像仙境那样全无章法、每个人都随心所欲地说话和行事的地方，而是一个完全确定、别无选择的世界。叮当兄和叮当弟、狮子和独角兽、红骑士和白骑士，无论是否愿意，必须每隔一段时间格斗厮杀。在仙境里，爱丽丝不得不适应无章可循的生活；在镜中世界，她要适应让她备感别扭的循规蹈矩的生活。比如，她不得不学会从一个地方走开以便达到那里，或者快跑以保持原地不动。在仙境里，她是唯一有自制力的人；在镜中世界，则是唯一有能耐的人。要不是她称职地扮演了卒的角色，你会觉得国际象棋的游戏将没完没了地进行下去。

在两个世界里，最重要、最强大的角色并不是人，而是英语这门语言。此前一直认为词语是被动物体的爱丽丝发现，它们其实拥有自己的生命和意志。当她试图回忆自己曾经学过的诗歌时，新诗句不请自来地蹦入脑中，而当她以为自己知道一个词的意义时，它却偏偏另有所指。

“这三个姐妹在学汲取[1]——”

“她们画了什么?”

“糖浆——从糖浆井里……”

“可她们在井里啊。”

“一点没错:她们在井底。”……

“你说你多大来着?”

“七岁半。”

“错!你从没说过这样的话。”……

“你拿一些面粉[2]。”

“上哪儿摘花?花园里还是树篱里?”

“唔,根本不是摘的:而是磨的。”

“多少英亩地?”

无疑,没有任何东西比对语言的执着更远离美国人眼中开拓、进取的“前政治”英雄形象了。它是孤独的思想家所关心的问题,因为语言是思想之母,同时也是政客所关心的问题,因为——就古希腊传统而言——演讲是我们向他人揭示自己的手段。美国式英雄则两者都不是。

1. 原文“draw”一词用了双关,有“画画”和“汲取”的双重含义。

2. 此处用了 flour 和 flower 这组同音异义词,以及 ground 的双关,后者有“土地”和“碾磨”(原形为 grind)两层意思。

爱丽丝做的两个“梦”都以积聚的混乱收场，在它们变成噩梦之前她恰好及时醒来：

> 此话一出，整副扑克牌升到空中，然后纷纷扬扬落到她身上；她尖声惊叫起来，既生气又害怕，她试图挡开它们，结果发现自己正躺在河边，头枕在姐姐的腿上……
>
> 好几位客人已经躺倒在碟子里了，而汤勺正从桌上朝爱丽丝走来，不耐烦地示意她给自己让路。
>
> “我再也忍受不了啦！”她大喊道，一面跳起来，双手抓住桌布：猛地一扯，结果盘子、碟子、客人和蜡烛一股脑儿摔了下来，在地上堆成一堆。

仙境和镜中世界适宜游览，却不适宜居住。即便身在那里，爱丽丝也可能略带伤感地自问，“一切会不会回归自然”，她说的“自然”和卢梭所说的自然意义恰恰相反。她指的是宁静、文明的社会。

有只适合成年人阅读的好书，因为理解它们的前提是要有成人的经历，然而却没有只适合儿童阅读的好书。一个喜欢读《爱丽丝》小说的孩子长大后仍然会喜欢它们，只不过对其意义的“解读”可能会发生变化。在评估其价值时，我们可以提出两个问题：首先，就孩子眼中的世界，它们提供了何种洞见？其次，我们的世界与那个世界在多大程度上相似？

在刘易斯·卡罗尔看来，孩子最渴望的，是自己身处的世界有意义。他怨恨的不是大人们强加于他的各种命令和禁令，而是他无法以连贯的方式感知将一条命令与另一条命令联系起来的规律。

比方说，孩子被告知不准做某件事，之后却看见大人在做那件事。这样的情况在社交礼仪领域时有发生。在讲究礼仪的社会里，人们彼此以礼相待，但在教孩子要有礼貌时，他们的教导方法往往与教官所用的方法无异。大人有时对孩子粗鲁无礼却毫不自知，假如他们用这种方式对待一个成人，很可能会挨揍。当大人用“别人没跟你讲话时不准讲话”来命令孩子住嘴时，有多少孩子想像爱丽丝那样反唇相讥：

> “但如果人人都遵守那条规矩，即只在别人跟你说话时说话，对方总是等你开口，这样大家不都成哑巴啦。”

说孩子能看透大人的本来面目或许有些夸张，但当后者不在意给人留下好印象时，孩子会像仆人一般迅速洞悉。

众所周知，赋予道奇森创作灵感的是一群八岁到十一岁的女孩。小男孩让他害怕、讨厌：他们邋遢、吵闹、毛手毛脚。大多数成人在他看来感觉迟钝。二十四岁时，他在日记中写道：

> 我认为我所遇到的大多数人只能称得上是举止优雅的动物。他们中对人生真正值得关注的话题表现出兴趣的可谓凤毛麟角！

不用说，他的大多数“孩子—朋友”来自英国中层或中上层阶级家庭。他提到自己曾遇到一个美国孩子，那次会面并不成功：

> 莉莉·爱丽丝·戈弗雷，来自纽约：八岁，但谈吐像十五六岁的女孩，道别时拒绝被亲吻，理由是她“从不吻一个绅士”……美国没有孩子的说法，怕是确有其事。

他最能理解的孩子是那种安静而富于想象力的。于是艾琳·范布勒——她遇见他时一定正处于“假小子”阶段——说：

> 他非常热爱孩子，尽管我觉得他并不十分了解他们……他对教我他那套逻辑游戏乐此不疲。我能说当月光在海面闪耀、乐队在外面的游行队伍里演奏时，这让夜晚显得分外冗长吗？

然而，对于刘易斯·卡罗尔的成年读者来说，问题不在于作者的心理怪癖，而在于他笔下女主人公的正当性。也就是说，爱丽丝是否足以象征每个人都应当竭力效仿的对象？

我认为答案是肯定的。一个来自良好家庭的十一岁小女孩（或者十二岁小男孩）——在那样的家庭里，她自小就认识到爱与纪律，精神生活在那里受到恰如其分的重视——可能成为一个不同凡响的人。不再年幼无知的她学会了自我控制，获得了身份认同，并能在不失想象力的前提下合乎逻辑地思考。当然，她不知道她的身份认同得来轻而易举——这是父母的赠予，而不是她本人的修为——以及她很快就会失去它，先是在青春期的“狂飙突进”中，而后是在她进入成人社会后对金钱和地位的焦虑中。

但当你遇到这样一个女孩或男孩，你会不由自主地感到她或他——出于运气并且只是暂时的——正是你经过这许多年数不清的摸爬滚打后最终想要成为的那个人。

大难面前的宁静*

比起倾吐内心深处的思想和情感，书信写作艺术大家可能更关心取悦自己的朋友；他们的书信行文轻快、情绪激昂、充满机趣和幻想。凡·高的书信并非这个意义上的艺术，它们是人类心灵的记录；成就其伟大的是作者毫无保留的坦诚和高贵。

十九世纪创造了艺术家即英雄的神话：他为了艺术牺牲自己的健康和幸福，作为补偿，他声称自己有权豁免一切社会责任和行为规范。

乍看之下，凡·高似乎与这一神话完全契合。他像流浪汉般打扮、生活，他指望靠别人供养，他作画时痴狂如魔，时而发疯。然而，我们越多地阅读这些书信，就越发感觉到他同这一神话的距离。

他知道自己神经过敏、难以相处，但他没有将此视为高人一等的标志，而是把它看作诸如心脏病这样的疾病，并希望未来的大画家能像早期的绘画大师们[1]一样身心健康。

> 但这个未来的画家——我无法想象他像我一样住小咖啡馆，戴着半口假牙拼命工作，逛祖阿夫军团的妓院。

他将自己生活的年代视作一个过渡时期而非完满的时期，在谈到自己的成就时，他虚怀若谷。

> 乔托和契马布埃，以及荷尔拜因和凡·戴克，生活在一个架构牢固、设计符合建筑学原理的方尖塔形社会，其中每个个体都是一块石头，所有的石头连缀在一起形成一个碑石式社会……可你知道，我们处于彻底的放任自流和混乱无序中。热爱秩序和对称的我们将自己同世人隔绝，仅致力定义一件事……我们可以描绘混沌世界中的一粒原子、一匹马、一幅肖像、你的祖母、苹果、一处风景……
>
> 我们并未感到穷途末路，但我们确实感到自己无足轻重，为了成为艺术家链条中的一环，我们正在付出高昂的代价；就健康、青春、自由而言，我们并不比载着一马车人去踏春的辕马享有更多。

此外，尽管他从未动摇绘画是其天职的信念，但他并不认为画家高人一等。

黎施潘曾写道，“对艺术的爱使人丧失真爱”。

我觉得此话千真万确，但另一方面，真爱使人厌恶艺术……

这里的人们对绘画颇为迷信的看法有时让我无比沮丧，因为大体上说，作为一个普通人，画家过分专注于眼睛所看见的事物，而无

---

* 本文系作者为《凡·高书信全集》所写评论，1959 年 4 月发表于《文汇》。
1. 原文 Old Masters 特指十四世纪到十八世纪这段时期的欧洲著名画家。

法充分掌控他生活的其他方面，这点不假。

的确，凡·高没有自食其力，他毕生依靠并不富裕的弟弟供养。但如果我们将他对金钱的态度同瓦格纳或波德莱尔对金钱的态度相比，前者要显得正直自重得多。

没有艺术家比他对赞助人的要求更少的了——一个劳动者的生活标准，有足够的结余购买颜料和画布。他甚至为自己买颜料的权利担心，思忖着是否应该坚持使用更便宜的颜料作画。即使他偶尔生弟弟的气，也不是因为他嫌提奥吝啬，而是因为觉得他冷漠；他渴望的是更多的亲情而不是更多现金。

……跟许多其他人一样，你似乎也觉得有必要对我的为人、举止、衣着和生活圈子提出诸多异议——足够严苛，同时显然未予纠正——它们使得这些年来我们的手足之情渐渐生疏和淡漠。

这是你性格的阴暗面——我觉得你在这方面很是刻薄——但好的方面是你在钱的问题上从不吝啬。

因此，我十分愉快地承认蒙恩于你。只是——和你、提尔斯泰格以及任何曾与我有交情的人缺乏联系——我想要别的东西……

如你所知，有人在画家还籍籍无名时资助他们。然而，这样的关系有多少次不是以双方不欢而散惨淡收场？这部分是由于保护人为所支出的钱付诸东流或者至少看上去是那么回事而恼火，另一方面，画家则感到自己理应得到更多信心、耐心和关注。但在大多数情况下，误解源于双方的粗疏大意。

极少有画家读书，能用言语表达自己所做之事的更是凤毛麟角。凡·高是个引人瞩目的例外：他如饥似渴地阅读，并且理解他所读的东西，他文采出众，喜爱谈论自己所做的事以及做这些事的原因。假如我对“文学的”这个词用于描述绘画时作为贬义形容词的理解还算到位，即那些使用该词的人坚称绘画世界和现象世界全然不同，因此对其中一个进行评判时绝不能以另一个为参照。询问一幅画是否“像”任何自然物体——无论你是指“摄影般”逼真还是“真正的”精神上的相似——或询问一幅画的某个“主题”就人文性而言是否比另一主题更重要，都是无关紧要的。画家创造自己的绘画世界，一幅画的价值只有通过与其他画作比较才能被评估。假如上述观点代表了评论家的立场，那么凡·高必须被划归为文学性画家。他跟他毕生师从的米勒以及福楼拜、龚古尔兄弟、左拉等一些与他同时代的法国小说家一样，认为那个时代真正具有人文性的艺术主题是穷苦人的生活。于是他跟学院派之间产生了分歧。

> 就我所知，没有一个学院教授描画挖掘者、播种者、把壶放于炉灶上烧水的妇女或女裁缝的技巧。但在每个比较重要的城市，都有一个学院提供各种历史人物、阿拉伯人、路易十五——简而言之，一切**根本不存在的**人物模特……所有学院式画像被千篇一律地摆放在一起，**完美无缺**。无可指摘，**无懈可击**。你会猜到我这么说用意何在，它们毫无新意。我认为一幅肖像画无论多么符合学院标准，即便是安格尔的真迹，如果它缺乏基本的现代基调、熟悉的人物、切实的**行动**，它就没有存在的必要。你也许会问：一幅

> 肖像画如何才能有存在的合理性？……当挖掘者开挖，农民像农民，农妇像农妇……我问你，你在从前的荷兰画派的画作中看见过一个挖掘者或播种者没有？他们有过描绘“劳动者”的尝试吗？委拉斯凯兹是否在他的《提水者》或其他类型的人物画中尝试过？没有。这位大师画作中的人物不**劳作**。

比起理想上的美好之物，他更偏爱自然的真实之物，正是这一偏好促使他在安特卫普艺术学校短暂逗留期间——他被安排临摹米洛的维纳斯的石膏像——对雕像轮廓进行更改并对惊愕的教授咆哮道：“这么说你根本不知道年轻女人长什么样，天杀的！一个女人得有髋骨、屁股和能托住孩子的骨盆。”

他和大多数同时代法国人的分歧在于，他从不赞同他们的这一观点，即艺术家应该克制自己的情感并以冷静超然的态度看待他的素材。与此相反，他写道：

> ……任何想画人物肖像的人，必须首先在很大程度上具有《笨拙》[1]杂志圣诞特刊上的文字所描述的品质：“对所有人心怀善意”。他必须深切同情人类并保持这种同情，不然他的画作就会显得不近人情、了无生趣。我认为我们很有必要多加注意，不让自己在这方面变得幻灭。

1. 英国著名政治漫画类杂志。

这段写于他临终前两个月的评论与任何关于"纯"艺术的主张是多么的背道而驰。

> 与其举办宏大的展览,不如把精力放在民众和创作上,以便每个人家里都能拥有几幅像米勒的作品那样起着典范作用的画作或复制品。

此处他的口吻像托尔斯泰,正如他在说如下这段话时风格颇像陀思妥耶夫斯基:

> 每当看到无法形容又难以言说的凄凉景象——孤寂、穷困和苦难,一切事物的尽头和极致,我们就会想起上帝,这个奇特的现象总是让我为之着迷。

实际上,凡·高在谈论穷人时要比托尔斯泰和陀思妥耶夫斯基的语气更坦诚自然。作为一个有形和有思想的人,托氏俨然一位凌驾于众人之上的君王;此外他还是一位伯爵,在社会地位上也高人一等。无论他多么努力,他永远无法将一个农民视作与自己同等的人;他只能在某种程度上出于对自己道德缺陷的愧疚,赞赏对方的道德高尚。陀氏不是贵族且相貌丑陋,但他所同情的不是穷人,而是犯了罪的可怜人。凡·高却偏爱穷人的生活,更喜欢与他们为伍,这不是嘴上说说的,而是确实被躬行实践的。作为作家,托尔斯泰和陀思妥耶夫斯基在生前得到了有教养的人们的肯定;农民怎样看待他们的为人,我们不得而知。凡·高在其有生之年,艺术家的身份未获承认;可另一方面,我们有关于他给博里纳日矿工留下的个人印象的记录。

> 人们至今还谈起马尔卡瑟煤矿事故发生后凡·高前去探望的那名矿工。按照告诉我这个故事的人们的说法,那人是个酒鬼,“不信教,还亵渎神明”。当文森特走进他家试图帮助安慰他时,他遭遇了一连串恶语相向。特别是他被称作“咀嚼念珠的人”,仿佛他当过天主教神父似的。然而,凡·高的热切关爱使他皈依了基督……如今人们依然讲述征兵抽签时,妇女们如何祈求这位圣者指给她们看《圣经》中能充当护身符、保佑她们的儿子抽到免于服兵役的好签的片段……罢工爆发;暴动的矿工除了他们信任的“牧师凡·高”,不再听从任何人的话。

无论作为人还是作为画家,凡·高在情感上怀有狂热的基督徒信仰,尽管在教义方面他无疑带有异教倾向。他宣称,“顺从只对那些**愿意**屈从命运的人成立,宗教信仰也只对那些**愿意**相信的人才有意义。我的朋友们,让我们爱己所爱。执意拒绝爱其所爱的人注定走向自我毁灭。”对作为画家的他来说,也许最贴切的标签莫过于“虔诚的写实主义者”。说他是写实主义者,因为他无比重视师法自然,从不“凭空”构图;说他虔诚,因为他将自然视作一种精神恩泽的神圣的可见标志,作为画家,向他人揭示这种恩泽是他的目标。他曾说,“我想描绘具有某种神性的男人和女人,这种神性过去常常由光环来象征，我们试图通过色彩的实际光泽和颤动来表达它。”就我所知，他是第一个有意识地尝试创作宗教题材却不包含传统宗教图腾——我们称之为“可见的寓言”的东西——作品的画家。

以下是我对此刻我面前一幅油画的描述。我所住的精神病院的公园景色。图的右边有一个灰色露台和房子的侧墙；几簇被摘去了花朵的玫瑰花丛。左边是公园的一角——赭红色——土地被烈日炙烤，上面铺满了掉落的松针。公园的这一边栽着高大的松树，树干和树枝呈赭红色，绿色的树叶在斑驳的黑色的映衬下略显暗淡。这些高大的树在夜幕下很显眼，如同紫色条纹投射在黄色底子上，夜空往上依次呈现出粉色和绿色。一道墙——同为赭红色——挡住了视线，比它高的仅有一座呈蓝紫和黄褐色的小山。眼前最近的树，是一根遭雷劈而被锯掉枝桠的粗壮树干。但一侧的树枝长得很高，洒落一地深绿色的松针。这个忧郁的巨人——像个骄傲的落败者——当它被当作有生命的物体来看待时，和他面前枯萎的灌木丛中最后一朵玫瑰花脸上苍白的微笑形成鲜明对比。大树底下是空空的石凳和阴郁的黄杨树；天空倒映在雨后的小水洼里，呈现出黄色。一束阳光，白昼的最后一道光线，将赭色提亮至几近橙黄色。随处可见矮小的黑影在树干间漫步。

你会意识到，这种由赭红、被灰色掩去光泽的绿和勾画轮廓的黑色条纹构成的组合产生一种痛苦感，它被称作“暗红”，我的某些不幸的同伴常常为此所困。此外，遭雷劈的大树和秋天最后一朵花脸上病恹恹的绿粉色笑容这一中心意象巩固了这一印象。

我向你讲述这幅油画，为的是提醒你：一个画家不用直接刻画具有重大历史意义的客西马尼园[1]，也能表达痛苦的感觉。

显然，凡·高竭力做的，是用能瞬间被感官感受到、因此不可能被误解的颜色和形式关系图解替代只有先学会才能辨认出的历史图解。是否存在这样一个图解取决于颜色—形式关系以及它们对人类心灵的影响是否受制于普遍规律。凡·高当然认为是这样，并相信任何画家通过学习都能发现这些规律。

色彩的规律之美难以言传，这正是因为它们并非偶然。如今，人们不再信仰反复无常、专横独断、见异思迁的上帝，而开始对信仰自然怀有更多敬意和钦佩——出于同样的原因，我认为在艺术中，天才、灵感等老套观念，不是说非要把它们束之高阁，但必须彻底重新审视和核实，并进行大幅修改。

在另一封信中，他把宿命作为上帝的代名词，并用这一形象来解释后者——“他是一道白光，在他眼中，即使黑色的光线也将失去合理的意义。”

---

1. 耶路撒冷的一个果园，基督经常在那里祷告和默想。据《圣经·新约》，耶稣在受难前夜曾在此处为人类的罪恶祷告，他心里极其忧伤，“汗珠如大血点滴落在地上”，由此可见他心里承受的巨大痛苦。

凡·高生活中的乐趣极少，他从未体验过珍馐美馔、荣耀或男欢女爱带来的满足，最后还进了精神病院，但在读了他的书信后，我们不可能把他当成富有浪漫气息的被诅咒的艺术家甚或悲剧式英雄；尽管他经历了种种失意，但他给人的最后印象却是一种大获成功的喜悦。在他写给提奥的最后一封信（他死后在他身上找到的）里，他带着充满感激、没有半点虚荣的满足写道：

> 让我再告诉你一遍，你在我眼中永远不只是个简单的画商，通过我，你也参与了一些油画的实际创作，这些画即使在大难面前也将保持它们的宁静。

当我们称一部艺术作品"伟大"时，结尾这句定语从句是对此的最好诠释。

不可思议的人生*

年轻时，我们中的大多数人都被教导不经作者同意擅自阅读他人的书信是可耻的，我认为即使我们长大后成了文学学者，也永远不该忘记这个幼时的训诫。一个人出名并且已故这一事实并不赋予我们阅读乃至出版其私人信件的权利。我们不得不问自己两个问题——第一，“作者是否介意？”第二，“即使他不介意，信件内容所具有的历史意义是否重大到让其具有发表的价值？”就天生的书信作者而言，比如霍勒斯·沃波尔，书信写作对于他们是一种同诗歌或者小说一样自然且“非个人的”文学创作形式，因此人们通常认为他很乐意让他的书信被公众阅读；就活动家——诸如政治家、将军，他们所做的决定影响了其所处社会的历史——而言，我们有权了解任何与其生活有关的细节，只要它有助于阐明其公共行为。但作家和艺术家则另当别论。其中也不乏一些生来就擅长书信写作的人，但一个普通的多产诗人、小说家或剧作家往往自顾不暇，不会为书信往来过多地劳神耗时；但如果他这么做了，这些书信很可能是情书，而对艺术家私生活的了解对解读其作品向来没有多大助益，所以侵犯其隐私也就毫无道理。济慈写给芬妮·勃劳恩和贝多芬写给他侄子的信根本不该付梓，或者即便付梓，也应该像心理学病历那样匿名出版。

那么，奥斯卡·王尔德的书信又当如何看待呢？它们的出版是否合理？让我颇感惊讶的是，我居然对此表示认同。叶芝曾说比起作家，王尔德更像一个活动家。我想，叶芝的本意是，无论以天赋还是命运来论，王尔德主要是个“演员”，一个表演者。即便那些对其作品极为赞赏的同时代人也承认，它们与其谈话相比不免相形见绌；最能激发其想象力的是眼前的观众和他们的即时反应。王尔德从一开始就在表演他的人生，甚至当命运将“情节”从他手中夺去后，他仍在继续表演。戏剧在本质上是一种揭示；舞台上没有任何秘密。因此，我认为让公众了解关于他的一切正是王尔德求之不得的。这些书信的接收者仍然是个疑问。在他许多最亲密的朋友——阿尔弗雷德·道格拉斯、罗比·罗斯、雷吉·特纳、摩尔·亚迪等人——去世之前，它们不可能被发表，因为信中间接提到了他们的同性恋倾向。只有一个例外，揭露这样一个公开的秘密丝毫不会令他们感到窘迫，和这些信所展现的他们对王尔德的忠诚、同情和慷慨相比，它简直微不足道，因为在那样一个时期，做他的朋友需要极大的道德勇气。那个例外自然是阿尔弗雷德·道格拉斯勋爵，从这些书信中可以看出，他是一个恶毒、拜金、势利、反犹、缺乏天分且一无是处的讨厌鬼。倘若他在那场灾祸[1]发生后保持缄默，人们或许还会同情他，但他并没有那么做。他不仅就他们的关系写了一份谎话连篇的说明，还厚颜无耻地装出一副正人君子的模样，因此只有揭露他的真正嘴脸才不失公允。

---

* 本文于1963年3月9日发表于《纽约客》，是对鲁珀特·哈特-戴维斯（Rupert Hart-Davis）编辑的《奥斯卡·王尔德书信全集》的评论。

1. 指王尔德被道格拉斯的父亲昆斯伯里侯爵控告犯有伤风化罪而被捕入狱。

正如所有评论家确切指出的，编订《奥斯卡·王尔德书信全集》的鲁珀特·哈特-戴维斯先生极其出色地完成了一项困难重重的编辑工作。王尔德的字迹变得难以辨认，他很少在信上标注日期，在事实问题上他早期的传记作家几乎没有靠得住的，一些信件残缺不全，还有若干伪造书信。在他成功收集的 1 298 封信中，除了两百封并不重要的短笺，哈特-戴维斯先生刊印了其余所有信件。他本人所做的脚注和索引提供了读者可能需要的全部背景信息。在这一类型的著作中我从未读到过这样一本书，在其中你能那么轻而易举地重新找到某条注释或进行相互参照。

王尔德的人生是一出戏剧，按时间先后顺序阅读他的书信给人一种类似于观看古希腊悲剧的刺激感——观众知道接下来将发生什么，而主人公却还蒙在鼓里。戏剧以田园牧歌式的基调开场于十九世纪七十年代的牛津。舞台上是王尔德和他的两个相貌俊朗的本科同学，雷金纳德·哈尔丁和威廉·沃德，一个日后成为证券经纪人，另一个在布里斯托尔当律师。忆及我自己的牛津岁月，我原本会期望王尔德写给他们的信中满是对各种文学发现的谈论、对这个作者的大肆夸赞和对那个作者的猛烈抨击，以及哲学论辩。但它们既无文学性也无思想性。在这些信中，他对诸如史文朋、莫里斯、罗塞蒂、詹姆斯·汤姆逊和考文垂·帕特摩尔等当时的“现代派”诗人几乎不置一词。事实上，唯一一首被他热情谈论过的诗竟然是勃朗宁夫人的《奥罗拉·莉》，他将之与《哈姆雷特》和《悼念集》[1]相提

1. *In Memoriam*，是十九世纪英国著名诗人丁尼生的代表作，是悼念友人哈勒姆(Hallam)的哀歌。

并论。假如他对这首诗的评论被匿名引用，我想没人猜得出作者是谁：

> 它是这样一本书：来自一颗宽大的心的真情流露，读来从不会令人生腻：因为它们诚挚恳切。经过多年美学训练的我们对艺术感到厌倦，但对自然仍保有热情。

对他人所写的东西缺乏兴趣，以及偶尔产生兴趣时又缺乏富有见地的批评判断，这是王尔德所有书信的通病。在 1880 年到 1899 年间开始发表作品的诗人中，只有四位——布里奇斯、吉卜林、叶芝和豪斯曼——真正留名后世。（如果是我，我还会加上卡农·迪克逊和爱丽丝·梅内尔，但他们的作品并未也不可能广为流传。）王尔德从未提及布里奇斯或吉卜林的诗，他和叶芝有私交，可能读过他的作品，豪斯曼曾给他寄过一本《什罗普郡一少年》，该诗集的风格和题材在我们想来应该甚合王尔德的品位，但他似乎从没意识到他们的诗和道森或勒·加里安等人的诗完全不可同日而语。但我认为也不是他对道格拉斯外貌的迷恋使他如此离谱地高估后者看似诗化的胡言乱语；他的的确确认为它们是好的。作为戏剧评论家的他也差强人意。他承认易卜生的天分——更令人吃惊的是，鉴于两人艺术观点的不同——还认可萧伯纳的才华。那时，他本人是英国最负盛名的剧作家，而《鳏夫的房产》则刚刚被观众轰下台，王尔德却颇有见地和气度地将它和自己的剧本相提并论：

> 我怀着极为浓厚的兴趣读了两遍。我喜欢你认为生活琐事具有戏剧价值的十足自信。我欣赏你赋予笔下人物的可怕欲望，你为剧本作的序言精彩绝伦——是文风犀利、妙语连珠、充满戏剧天分的神来之笔。

回头看他早期的书信，内容大部分是情意真挚的个人闲谈，几乎唯一的非个人话题是罗马天主教在美学意义上的美；那时改信天主教的念头在牛津似乎风靡一时：

> 假如我**能够指望**天主教会在我身上唤起某种真诚和纯洁，我会像**遇上人生难得的乐事**那样皈依于它，即便没有更好的理由。但我几乎无法指望它会有此等功效，而改信天主教意味着牺牲和放弃我尊崇的两位伟大神祇，“金钱和野心。”

王尔德在文学士学位第一次考试和荣誉期末考中分别拔得头筹——一个人无论多么才华横溢，不下苦功不可能取得如此斐然的成就，他的牛津生涯伴随着这个当前目标的实现落下帷幕。接着他去了伦敦，和画家弗兰克·迈尔斯合住，不到三年就成了莉莉·兰特里等社交名媛的朋友，发表了一本诗集（他给格莱斯顿[1]寄了一本赠阅本），还使自己成了整个伦敦最津津乐道的人物之一。1881年4月，吉尔伯特和沙利文的《佩森斯》举行首演；根据哈特-戴维斯

1. 威廉·格莱斯顿（William Gladstone），英国首相、学者。

先生的说法，吉尔伯特起初在构思时为邦索恩设定的原型可能是罗塞蒂，然而公众显然把它当成了王尔德的讽刺漫画。

除了那些写自美国的信，王尔德在被捕前写的书信总体来看，既不能说在题材上别出心裁——或者鉴于他不同凡响的交谈能力——也谈不上特别风趣。换而言之，王尔德不是一个天生的书信作家，而是一个天生的清谈家——用即兴言辞对意外场面作出回应的大师。与谈话相比，即使最漫不经心的书信也显得矫揉造作，它的作者无法在场目睹他为之写作的读者的反应。在王尔德在社交场和文学圈红极一时的那些年里，他的谈话总有观众倾听，因此他的大部分书信不是为了写信本身的目的而作，而是出于应酬的需要：如回复别人的来信，与编辑商讨，为杂志约稿等等。然而，它们却给读者留下极好的印象：它们让我们相信作者是一个亲切、友善、慷慨和善良（这点最为重要）的人，没有丝毫恶意或文人相轻的毛病。当我们想到大多数机智幽默的人有多恶毒，以及大多数作家有多狭隘刻薄，我们就会充满敬佩。

1881 年《佩森斯》在纽约公演。多伊利·卡特[1]的美国经理莫斯上校认为王尔德的到场会起到很大的宣传效用，于是邀他到美国作巡回演讲。二十八岁的他已声名卓著，他的名声到底多大，可以从他演讲的收入看出个大概：他在波士顿和芝加哥做一场讲座的收入是一千美元，单场讲座的收入从不低于两百。（想到那时美元有多值钱，我真是羡慕不已。）他随即卷入了一场备受公众瞩目的滑

1. 英国小型歌剧制作人，《佩森斯》就是由卡特剧团首次搬上伦敦舞台。

稽论争中，对手是一位名叫阿奇博尔德·福布斯的英国演讲者。身穿及膝马裤和天鹅绒紧身上衣、头发几乎与肩齐的王尔德在讲授美国的装饰艺术和英国文艺复兴；而剃着平头、胸前挂满军章的福布斯讲授的是他在巴尔干半岛当战地记者的传奇经历。看来似乎是主讲人的男子气概越足，吸引力越弱；无论如何，争端是福布斯挑起的——王尔德竭尽所能息事宁人——媒体则抓住这个机会大做文章。尽管许多报纸对王尔德无甚好感，但他总能赢得观众的支持，即便像科罗拉多州莱德维尔的矿工那样一个群体也成了他的忠实听众。他跟他们谈论本韦努托·切利尼[1]。之后他们在地下举办了宴会：

> 矿工们看到艺术和食欲可以并行不悖，都惊讶不已；我点上一支长长的雪茄，他们便齐声欢呼，直震得银矿粉末从屋顶掉落到我们的餐盘上；当我干脆利落地将鸡尾酒一饮而尽时，他们异口同声用豪放而简朴的方式把我称作“仪表堂堂的帅小伙”……然后他们让我开挖一条新矿脉，或者说矿藏，我用一个银制钻头漂亮地完成了任务，赢得了全体矿工的掌声。他们把那个银制钻头送给了我，还把那座矿藏命名为“奥斯卡”。

当今的读者一定很有兴趣知道王尔德曾和杰弗森·戴维斯[2]

1. 意大利文艺复兴时期的金匠、雕塑家、画家和作家。
2. 美国南部政治家，曾在内战期间担任美利坚联盟国统率。

在南方呆过，以及杰西·詹姆斯[1]被射杀后的那个星期他恰巧在密苏里的圣约瑟夫；读者也感受到他第一次因同情和恐惧而生的战栗。在内布拉斯加的林肯市，他的接待者

> 在讲座后驱车带我去参观激动人心的监狱！一群可怜、古怪的人穿着奇丑无比的条纹囚服在太阳底下造砖头，每个人都是一副卑贱刻薄相，这倒让我颇感安慰，因为我讨厌看见有着高贵脸庞的罪犯。

在芝加哥，他向记者谈起他的三位偶像——惠斯勒、拉布谢尔和欧文[2]。中间那位对王尔德被定罪所依据的刑法修正案负有责任，判刑后他还当众对最高刑期只有两年而不是七年表示遗憾。

1883年，回国途中的王尔德在巴黎呆了三个月，他在那遇到了他日后的一位传记作者罗伯特·谢拉德。同年十一月他与康斯坦丝·劳埃德订婚，翌年五月和她结婚。这无疑是王尔德一生中做过的最不道德、或许是唯一一桩真正狠心残忍的事。一个同性恋者可能很多年对自己的状况无所察觉并带着虔诚的信仰步入婚姻，但我们无法相信王尔德是无辜的。大部分同性恋者喜欢女人的陪伴，由于他们不会把女人当作性对象，因此能成为她们最富同情心和理解

1. 曾是美国强盗，也是詹氏-杨格团伙最有名的成员，在密苏里的圣约瑟夫被刺杀。
2. 亨利·欧文爵士(Sir Henry Irving, 1838—1905)，英国演员、剧场导演，因扮演众多莎士比亚剧中角色而赢得广泛赞誉。

力的朋友;和正常男人一样,他们中的许多人也渴望家的舒适和安全以及生儿育女的快乐,但出于这样的动机结婚则太残忍。在双方都不到五十岁的情况下,妻子在了解丈夫的全部癖好后没有备受折磨,这样的婚姻我闻所未闻。即便没有那些让自己和孩子蒙受公开耻辱的绯闻,康斯坦丝·王尔德已经够不幸的了,因为她肯定已经感到她丈夫——正如他本人后来承认的那样——"对婚姻生活厌倦透顶"。有妻子和不久降生的两个孩子要供养,王尔德如今面临如何确保稳定收入的问题。说来也怪,他首先想到的是像马修·阿诺德那样当一名督学。这个想法落空后,他当起了《妇女世界》的编辑。他这一时期的书信表明,他曾是一个兢兢业业、勤勤恳恳的编辑。他甚至致函维多利亚女王,询问他是否能有幸出版她年轻时写过的任何诗作,女王对该请求的回函草稿仍留存于世:

> 事实上,有什么是人们说不出或编造不出的呢。女王在她整个一生中从未写过一行正经或滑稽的诗句,甚至连押韵短诗也不曾写过。所以这些都是胡编乱造。

总的来说,身为作家的他从诗歌转向散文是件幸事。到1889年,他的创作进展得极其顺利,可以让他放弃编辑工作而靠笔耕为生。虽然《道连·格雷的画像》引起了轩然大波,却很畅销。虽然《莎乐美》被禁演,但他在1891年到1894年间创作的四部戏剧都在舞台上大获成功,这使他成了那个时代最受人追捧和最富有的剧作家。在他事业如日中天的那些年里,他剧中主要人物的名字也陆续登场——罗斯、莱奥纳多·史密泽斯、特纳、亚迪、弗兰克·哈里斯、艾达·莱弗森(顺便提一下,她的小说被今人忽视是件令人遗憾的事),当然还有波西·道格拉斯。1894年,王尔德经常光顾的男妓院的老板阿尔弗雷德·泰勒被捕,敲响了第一声毁灭的警钟。这一次指控被撤销,但不到一年后,他们会一同出现在被告席上。无论泰勒犯了什么罪,他都会作为一个值得尊敬的人被永远铭记,因为他宁愿坐牢也没有供出对同犯不利的证据。

多亏了电影,大家对三场审判的细节已了然于心。将成人之间双方自愿的同性恋行为定为犯罪,这样的法律是否公正存在争议。然而有两个事实无可争辩:首先,这样一条法律助长了敲诈勒索的罪行;其次,它不能强制执行,也就是说,就个人自由而言,这条法律无论成文与否,对百分之九十九的实际搞同性恋的人来说形同虚设。至于那百分之一或百分之一还不到的倒霉蛋们,几乎不是迷恋男童并迟早被他们当中的某位向其父母告发,就是在公厕猎艳成性,最终落入密探之手。要不是起诉昆斯伯里这一令人难以置信的愚蠢之举,王尔德本可以毫发无损。正如后来他本人在写给道格拉斯的信中所言:

> 你以为我坐牢是因为我和那些出席审判的证人的关系吗?我和那类人的关系,无论是真是假,都不会引起政府或社会的关注。他们对此一无所知,而且毫不在意。我之所以会在这儿,是因为我曾试图把你父亲送进监狱。

即使那时，他仍可以逃脱牢狱之灾，要不是那对臭名昭著的戏子霍特里和布鲁克菲尔德告诉昆斯伯里的律师上哪儿找证据。为确保王尔德获罪，公诉人不得不向一群敲诈勒索者和男妓保证他们不会被起诉。

出狱后，王尔德在给《每日纪事》写去的两封信里描述了当时英国监狱的状况，读来无不令人动容和愤慨；令人欣慰的是，他提议的部分改良措施很快被采纳。在他后半段服刑期，他有幸碰上了一位仁慈的监狱长尼尔逊上校，后者准许他使用纸笔，于是他写下那封致阿尔弗雷德·道格拉斯勋爵的书信，它在这本书信集中占了 87 页的篇幅。1905 年罗斯以"来自深渊"为题发表了不到一半的书信内容，此举无疑是出于好意，但事实上却帮了王尔德倒忙，因为他选的段落恰恰是在风格上最弱且在情感上欠诚实的部分。我年幼时读这本书，心生厌恶：一个人在如此恶劣的环境下还能用如此造作的风格写作，在我看来简直不可理喻。多亏哈特-戴维斯先生，我们现在有了完整的权威版本，它是一份完全不同的文献。（看来即使是 1949 出版的基于王尔德儿子维维安·霍兰德先生打印稿的版本也是错漏百出。）

王尔德关于耶稣或通过受苦获得救赎的议论跟纪德的看法一样幼稚、无聊，但他对波西·道格拉斯的评论却显示了一个伟大作家的洞察力、坦诚和不造作的文风。他们的关系在心理学方面极具意义。显然，王尔德对波西的迷恋主要不是性爱层面的；可以想见，他们之间即使有过性关系，也不会很频繁，而且很可能差强人意。当他们初遇对方时，波西过着放荡淫乱的生活，但王尔德没有表现出任何妒意。就性方面而言，波西在王尔德生活中所起的主要作用是把他引入了男妓的世界，而在此之前他的风流韵事仅限于和他阶级地位同等的人。他们相遇时，年仅二十二岁的波西已经是被敲诈勒索的对象。

> 你的缺点不是你对人生知之甚少，而恰恰是知道得太多……阴沟以及生活于其间的秽物已开始让你着迷……尽管你的谈话始终围绕的那个话题令人心醉，但它最终还是让我感到乏味。

他们的相互吸引——尽管波西不懂得如何去爱，但对他而言王尔德的存在要比其他任何人的存在都重要，除了他父亲——是他们的自我而不是感官的爱恋；或许可以说一个集万千宠爱于一身的人遇到了一个缺乏关爱的人，这样的邂逅总是极其危险的。任何像波西那样发现被自己父亲厌恶和唾弃的孩子注定会遭受一种强烈的自卑感的折磨，无论他如何试图压抑这种感觉。这样的孩子长大后如果遇上一个看似爱他的人，尤其是在那人较他年长的情况下，他的潜意识让他很难相信这样的爱发自内心，于是在自卑心理的驱使下，他不断地恣意妄为以考验这种爱。如果对方拒绝了他，他的怀疑便得到证实，但无论对方原谅他多少次，也无法永远打消他的疑虑。再者，如果这种自卑感根深蒂固，他可能会下意识地对爱慕他的人产生一种轻蔑：假如他父亲拒绝他，那么任何接受他的人就是傻瓜，就活该被作弄。王尔德是声名卓著的作家，因此，第一重考验就是弄清他对波西的爱是否胜过他对写作的爱。为此王尔德的时间必须被浪费：

> 十二点你开车来我这，边抽烟边闲谈，一直待到下午一点半，我不得不带你到皇家咖啡馆或者伯克利吃午餐。午餐加上餐后甜酒通常要持续到三点半。之后你去怀特旅馆休息一小时。到下午茶时间，你又来了，一直要待到换衣服外出吃晚饭的时间。你和我不是在萨沃伊饭店就是在泰特街进餐。通常不到午夜我们是形影不离的，因为这令人迷醉的一天必须以威利酒店的宵夜告终。这就是我在那三个月过的生活，每一天都是如此，除了你在国外的四天。

然后，既然花钱——尤其是为了满足原始而单纯的进食乐趣而花钱——在我们文化中是无所保留的爱的象征，波西就要看看他能让王尔德在自己身上花多少钱：

> 在伦敦跟你一起度过的普通的一天，我通常的花费——午餐、晚餐、宵夜、娱乐、马车及其他——在 12 到 20 英镑之间……我们在戈林的三个月共花去我 1 340 英镑(当然包括房租在内)……在巴黎的八天，我为你、我，还有你的意大利仆人花费近 150 英镑：帕亚尔一人就花掉 85 英镑。

值得注意的是，波西拒绝接受父亲给他的零用钱，理由是他不会放弃和王尔德的友谊，他拒绝向母亲要钱，因为她的补贴微薄，但这不代表他准备弃绝享乐；王尔德将作为供养者替代他的父母。

另一方面，一个孩子如果像王尔德那样被母亲纵容娇惯，并发现自己有能力吸引原本对自己怀有敌意的人，他可能表面上自视甚高但潜意识里缺乏安全感，因为他无法相信自己真像他母亲认为的那样讨人喜欢，而他迷倒众生的魅力似乎也只是无法体现其实际价值的伎俩。当这样一个孩子长大后，他和别人的恋爱关系（尤其是包含性接触的关系）——倘若对方毫不抵抗便为他的魅力所倾倒——往往不会长久；但如果有人在不完全拒绝他的情况下粗暴地对待他，他反倒会被吸引。倘若遇到这样的新奇体验，他的虚荣心就会被"看看自己的忍耐力究竟有多大"的挑战所激发，直到容忍和宽宥成了家常便饭。

> 一个人，在与他人的相处中必须找到某种**生存之道**。就你而言，别人要么迁就你，要么放弃你……而我总是迁就你。于是，你对我的要求、你试图支配我的努力、你对我的苛求索要变得越来越不合情理……你知道大吵大闹一番总能让你得偿所愿，所以你自然而然地——我确信几乎是无意识地——变得暴戾恣睢，无所不用其极……我一直认为在小事上迁就你无所谓：一旦重要时刻到来，我可以重振我天生超群的意志力。但事实并非如此……我对你百依百顺的习惯——一开始主要是由于不在乎——竟不知不觉地变成了我天性的一部分。在我浑然不觉的情况下，它已经把我的气质定型为一种永恒的、致命的情绪。

人们禁不住猜想：如果昆斯伯里死了，他们的关系又会有怎样的变化。或许波西会丧失兴趣。事实上，他对父亲的憎恨是他人生主要的激情所在，因此对他而言，作为人的王尔德不如作为武器的王尔德来得重要，也许在潜意识里，王尔德和他的父亲可以象征性地互换；只要他们当中有一个坐牢，波西就达到了目的，至于是谁无所谓。

> 你父亲刚开始攻击我时，他是作为你私人朋友的身份、在给你的一封私信中进行的……你坚持说你们的争吵与我无关，你不会听任你父亲对你的私人友谊指手画脚，把我卷进来是极不公平的。在你同我商议此事之前，你就已经给你父亲发去一封鲁莽、粗俗的电报……那封电报奠定了后来你和你父亲关系的基调，也由此影响了我的一生……从给你父亲发冒失无礼的电报到给他寄理直气壮的律师信是事态自然的发展，而后者的结果当然是进一步激怒他。你让他除了和你对峙下去别无选择……如果他对此事的兴趣稍有减退，你的信和明信片很快就会激起他的兴趣，使之恢复昔日的热情。它们的确起到了这种作用。

我觉得王尔德只在一点上表现得缺乏自知之明。当然，他的确已经充分意识到起诉昆斯伯里是失策之举：

> 我人生当中唯一不光彩、不可饶恕、无论什么时候看都令人鄙夷的一桩行为，是我允许自己被迫向社会寻求帮助，使自己免受

> 你父亲的骚扰……一旦我触动了社会势力，社会就反过来攻击我说："你不是一直都无视我的法律吗，现在倒要寻求法律的保护了？……你应该遵守你所求助的法律。"
>
> 人们认为我在晚宴上热情款待那些品行恶劣之人，并以与他们做伴为乐是极其可耻的。但他们……有着令人愉悦的暗示性和刺激性，你仿佛是和一群黑豹共享盛宴……我丝毫不为结识他们感到羞耻……克里伯恩和阿特金斯[1]在与生活进行的恶名昭彰的对抗中表现出色。取悦他们是一场令人震惊的冒险……我所厌恶的是想起我在你的陪同下没完没了地拜访律师汉弗里斯：你和我表情严肃地坐在昏暗阴郁的房间里，向一个秃顶男人讲着一本正经的谎话。

然而，王尔德没有意识到的是，鉴于当时的情形和他的性格，即便没有波西的怂恿，他也迟早会采取这样的行动。如果昆斯伯里的名片被无视，他必定会在更公开的场合对王尔德进行更严厉的谴责，而后者拒绝做出回应的态度会让社会认为确有其事；这样，他虽能逃脱牢狱之灾，却免不了遭社会排斥。有些艺术家对他们的社会声誉漠不关心；他们埋头于创作，毫不在意自己和公众的站位关系。假如收到昆斯伯里名片的是魏尔伦，他很可能在上面写上"没错，我是鸡奸者"，然后寄回。但对王尔德来说，社会的认可对维持其自尊心必不可少。

---

1. 两人都是职业敲诈犯，曾以王尔德写给道格拉斯的信敲诈前者未果。

波西是个讨人嫌的家伙，他导致了王尔德的毁灭。但假如王尔德在临终前被问及是否后悔结识了他，他很可能会说不，这样就轮不到我们为他们的关系扼腕。假如王尔德从未遇到波西或者爱上了别人，他会写出怎样的作品，我们无从得知；我们能注意到的只是，从他与波西交往到他身败名裂的四年里，他完成了他的大部分著作，包括一部杰作。波西或许与此无关，但也可能有关——就算只是迫使王尔德挣钱供养他。

在看清波西的本质和经历了所发生的一切之后，王尔德在出狱数月后仍然写信给他：

> 我感到，如果我还有指望再度创造出美丽的艺术作品的话，那就必须和你在一起。过去并不是这样，但现在情况不同了，你能真正重新激发我身体里潜在的艺术所需的能量和愉悦的力量感。

致罗斯：

> 请告诉人们，我的生活或文学创作的唯一希望就在于回到我所爱的那个年轻人身边。

这一事实表明，尽管他们的关系包含无休止的争吵、时间的浪费和金钱的挥霍，或者说正因为这样，波西曾经是他的缪斯。诚然，他们的重逢未能给予王尔德灵感，但那时的他已经丧失了被激起创作欲望的意愿。

出狱后的书信比出狱前的更有趣。首先，此时的王尔德已是孤家寡人，他的听众中不再有与他社会地位和智力水平同等的人，于是他把心境愉快时本会在言谈中表达的东西写进了信里，读者从中能大致了解他的谈话风格：

> 我向你们保证，一台为表达思想而被敲击的打字机并不比某个姐妹或近亲正在弹奏的钢琴更恼人。事实上，在那些钟情于家庭生活的人当中，很多人偏爱前者。

> 大海和天空浑然如一块蛋白石，它们之间没有绘画大师笔下糟糕的分界线，只有一条缓缓御风而行的渔船。
>
> 奶牛很喜欢别人给它们拍照，和建筑不同，它们不会动。
>
> 汽车的确讨人喜欢，但它们会抛锚：跟所有机器一样，它们比动物更固执任性——神经质、爱发脾气的古怪家伙：我打算写一篇关于“无机界的神经过敏”的文章。
>
> 受上帝恩宠的圣罗伯特·菲利莫尔，情人和殉道者——一个在《圣文集》中因诱惑他人而不是抵制诱惑的超凡力量而闻名的圣人。他这样做是源于身处大城市的孤寂，他早在八岁时就隐退于此。
>
> 我相信他们[英国公众]希望我为那些迷茫的人编辑祷文，或者在廉价小册子中公开放弃人生乐趣的信条。

王尔德有过一些滑稽的奇遇。在里维埃拉，他遇到一位富有的崇拜者哈罗德·梅勒,他请王尔德喝香槟,还邀请他去瑞士。王尔德满心欢喜地接受邀请,盼望重回享乐的怀抱。但瑞士阴冷潮湿,那里的男孩相貌丑陋,而梅勒和许多有钱人一样吝啬;他只提供廉价的瑞士葡萄酒,还把自己的香烟锁起来。在巴黎,王尔德遇到了莫顿·弗勒顿——一个对亨利·詹姆斯的文风走火入魔的美国记者,试图向他借钱。弗勒顿用如下文字拒绝了他的请求:

> 那些杰作的创造者是那样敏感、机智,一定不会对这样的遗憾无动于衷:有个人收到一个完全出乎意料的请求并不得不予以答复,他无法满足这一请求,但正因如此它弥足珍贵。我谨此希望其间您已摆脱拮据状态,今后您不会被迫再将我或者其他任何人置于如此令人懊丧的境地。

但总的来说,这些书信读来让人伤感是很自然的——一个郁郁寡欢、日暮途穷并且清楚自己处境的人的手记。其他作家——例如维庸、塞万提斯、魏尔伦——在遭受牢狱之灾(维庸甚至还经受了酷刑)或者像但丁那样被流放后,创作力并未受影响;事实上,他们往往在遭遇劫难后写出了最优秀的作品。终结王尔德文学生涯的不是他在里丁监狱的种种经历——尽管它们惨绝人寰,而是社会地位的丧失。另一种类型的作家也许会认为作为前科犯,被限于这种有失体面的漂泊生活是一种解脱——至少不必继续伪装下去——但对于王尔德,邦伯里主义或双重生活,即私下里的浪荡子和公众眼中上流社会的宠儿集于一身的身份,才是令人振奋的事,于是,当上流社会人士不再向他发出邀请时,他便失去了生活和写作的意愿。

也许是职业使然,艺术家和大多数人一样爱慕虚荣,渴望能迅速名利双收,倘若求而不得便会为此感到痛苦,但他的虚荣心总是服从于自尊心,后者使他坚信他所写的东西独一无二。假如他像司汤达那样告诉自己他是在为后世写作,严格来说,这并不准确,因为我们无法想象后世会是什么样子;这是他表达深信自己作品具有永恒的价值,因而确信世人迟早会认可它们的方式。他不是为了生存而写作,而是为了写作而生存,至于创作以外的苦乐——他的社会生活和个人生活——对他而言都是次要的;那么无论他在哪方面遭遇挫败,他对自己才能的信心都不会减损。尽管王尔德写过一部不朽的杰作,但他并非天生的艺术家,他只是一个表演者。在所有表演者身上,虚荣心都要强过自尊心,因为一个表演者只有在与观众产生共鸣时才是真正的自己;独自一人时,他弄不清自己是谁。就像王尔德谈论自己时说的:

> 奇怪的是,虚荣心使成功者如鱼得水,却对失败者落井下石。从前,我一半的力量来自我的虚荣心。

只要他身陷囹圄并被允许接收少量信件,他对于外界的了解就局限于他朋友所告诉他的那些,可想而知,由于他们都急于让他振作起来,因而对令人不快的事都尽量一笔带过。他没有预料到出狱后他将一文不名,也没有意识到社会地位的丧失是无可挽回的。所以他满怀希望地写道,“假如我想东山再起,我必须住在英国。”出狱第二天，他拜访了他的老朋友莱弗森夫妇，莱弗森女士表示，他表现得跟没事人似的：

> 他进门时尊贵得像个流亡归来的国王。他有说有笑，抽着烟，头发鬈曲，扣眼里插着朵花。

罗斯补充道：

> 那天以及此后的许多天里，他总是把里丁监狱挂在嘴边，在他眼里它已然成了一座魔法城堡，尼尔逊上校是精灵堡主。丑陋的有堞眼的塔楼变成了宣礼塔，狱吏变成了好心的马穆鲁克骑兵，而我们则成了欢迎获释的狮心王[1]归来的圣骑士。

据罗斯说，他花了五个月才充分意识到莱弗森夫妇的客厅只是个案，社会既没忘记也没宽恕他的罪行，并且永远不会。对一个爱慕虚荣的人而言，他的处境令人沮丧。他非但身无分文，完全仰仗他人的施舍度日，而且不可能再自力更生。即使他继续写书和剧本，也没有一个体面的出版商或制作人敢出版他的作品或将它们搬上舞台。他确实写过一部作品，《里丁监狱之歌》。他想以三百英镑的价格卖给一家美国报社，但对方的最高出价是一百英镑，可他们愿意出价一千邀他受访。他唯一能找到的出版商是莱昂纳多·史

---

1. 即理查一世，英国金雀花王朝的第二位国王，能征善战，曾生吃狮子心脏，因此得名。

密泽斯，他因出版色情作品而在业界臭名昭著。史密泽斯出版《不可儿戏》后，英国的主要报纸没有一家为它写书评。王尔德的名字仍然是“新闻”，他去哪里和见什么人都会被记者以一种和从前大不相同的方式整理成文或杜撰出来：

> 在报章杂志上，我有时是“前科犯”（这显而易见），有时是“诗人—苦役犯”（我喜欢这个称呼，因为我喜欢和这类人作伴），有时是“奥斯卡·王尔德先生”（我记得的一个称呼），有时是“王尔德那个人”（我不记得的称呼）。

他必须学会从容接受在公共场合蒙羞受辱：

> 在旅馆下榻的英国中产阶级反对我住店，今早我收到了账单，被要求十二点前退房。我拒绝这么做，说今天没钱付账。他们允许我最迟呆到明天中午，但让我别在旅馆里进餐。
>
> 昨天我在海边，突然乔治·亚历山大[1]骑着车出现在我面前。他冲我不自然地诡异一笑，然后停也不停地继续赶路。
>
> 柯西[伦诺克斯]和哈里·梅尔维尔都装作不认识我！我感到自己仿佛受到两个皮卡迪利大街房屋出租人的冷遇。有些人非要装出一副一本正经、道义凛然的样子，这未免太孩子气。这令我感到痛心。

---

1. 英国演员、圣詹姆斯剧院制作人和经理，曾在《温德米尔夫人的扇子》和《不可儿戏》中出演，还是前者的制作人。

一个遭逢极大不幸的人通常还得承受另一种痛苦。除了那些对其避而远之的人——因为他们担心不幸会像流感一样传染，还有那些恰恰因为他落难而找上门来、以同情他人为业的人，对一个自命清高的人，后者可能更不堪忍受。王尔德本人没有提及这样的经历，但罗斯的信中有一句表明他没能逃脱后者的关注。

在经济上依靠自己曾亏待过的妻子的接济已经够丢脸的了，但获得津贴的附加法律条款更让人无法忍受：如果律师怀疑王尔德在和三教九流之辈交往，补贴就会中断。由于没有一个有社会地位的人会和他说话，完全遵守条款就意味着他不得不噤若寒蝉。罗斯自告奋勇提出和他同住，但生性正直的王尔德拒绝让罗斯因为自己承担毁誉的风险。每当他的朋友们来巴黎，他会去拜访他们，但大多数时候他没有一个可以交谈的人。因此，他转而求助酒精和男色这两样仅有的唾手可得的慰藉也就不足为怪了：

> 我无法忍受独自一人，虽然同我见面的文人魅力不凡，但我们很少见面。我的同伴是如今的我能争取到的那些人，当然，我不得不为这样的友谊买单……有人建议我接待社会地位显赫的来访者，这是很容易理解的，而我无法拥有他们的原因也是显而易见的。
>
> 拿爱情当买卖是多么邪恶！然而，我们能从那个灰不溜秋、缓缓行进、被我们称为时间的东西那里抓取多少绚烂的片刻！……修道院或咖啡馆——那里是我的未来。我尝试过家庭生活，但失败了。

在九十年代的法国，每年一百五十英镑的收入能让一个单身男子轻松过上较为舒适的生活，但王尔德不懂得量入为出。除了社会地位，另一件对他而言不可或缺的东西，正如罗斯所写，是“和美好事物的接触”，即某种特定的生活水准——香烟美酒、锦衣玉食。一旦被剥夺这种舒适，他就会变得消沉：

> 裤子上的一个洞可以让人像哈姆雷特般忧郁，劣质的靴子则能把人变成泰门[1]。
>
> 我和亲爱的亚西西的圣方济各[2]一样，娶了“贫穷”为妻，但我的婚姻并不成功；我讨厌许配给我的这个新娘。

哈特-戴维斯先生编辑工作的诸多优点中有一项不容忽视，那就是它最终破除了包括我在内的许多人一直深信不疑的传说——即王尔德的临终岁月是在穷愁潦倒中度过的。从他本人的信件来看，人们或许会这样认为，因为金钱——对它的缺乏、对它的诉求、对它的感激、对未给他寄去本该属于他的那份的抱怨、对自己被骗的过分猜疑——是个反复出现的话题。确实存在他发现自己无力支付必要花费（比如酒店账单）的时候，但这怨不得别人。在他妻子暂停补贴的那四个月里，生活可能有些拮据；但除此以外，补贴从未

1. 莎士比亚最后一部悲剧《雅典的泰门》的主人公，贵族出身的泰门生性豪爽、乐善好施，许多人伺机前来骗取钱财，致其倾家荡产、负债累累，此时那些受惠于他的“朋友们”纷纷离他而去，他因此变得日益愤世嫉俗，最后在绝望中孤独死去。
2. 天主教方济各会的创始人，出身于富裕之家，年少时过着花花公子生活，后顺从主的召唤，安贫乐道，自称与“贫穷”女士结合，吸引了大批年轻人跟随他。

间断，在其妻死后也照常支付，而这绝不是他收入的唯一来源。昆斯伯里夫人经常寄钱给他，他的朋友们手头宽裕时也会给他寄支票，当然还有那些不具名的捐助者。在金钱方面，他变得像一个酗酒者般狡诈虚伪；他把自己对一个剧本（它最终由弗兰克·哈里斯写成，题为《达文垂夫妇》）构思的购买权同时卖给六个人。作为王尔德的故交，罗斯知道他所谓的“某种特定的生活水准”是指什么，他直言不讳地说：“自从他出狱后，他一直都享受着这样的生活，除了几个星期或几个月的例外。”关于王尔德在他人生最后十一个月里的收入，罗斯说道：

> 据我所知，除了他妻子的受托人通过我向其支付的150镑年金外，自去年一月起他还额外获得了400镑收入——其中300镑来自昆斯伯里家庭，100镑来自一个剧场经理，而他在意大利的全部花销则由某位陪同他旅行并始终对他十分友善的梅勒先生负担。他的晚年生涯有太多令人痛心的境遇，因此没必要让那些对他感兴趣的人为其并未遭受的穷困感到难过。

他是如何花掉一笔以当时的标准来看甚为可观的钱款的？不难想见，极少的部分被用于食物和住宿等必需品，很大一部分用在喝酒和“痴迷皮靴”的少年身上，也极有可能用在了赠送乞丐的奢侈礼物和给侍应生的高额小费上，因为一个像王尔德那样爱扮演慷慨解囊的国王角色的人，即便失去了王位和钱财，也不会罢手。

录音机并非我最喜爱的工具。从前，唯有上帝听得到每一句闲话；如今，它们不仅通过广播被成千上万活着的人听到，还被留存下来以满足尚未出生的人们无聊的好奇心。但这项发明的确能让优秀的表演者得到公正的评价；马里布兰[1]只是歌剧史上的一个传奇，但我们的曾孙辈却能对芙拉格斯塔德和卡拉斯[2]作出个人评价。至少，马里布兰除了唱歌别的什么也没做；我们很容易相信她是一个伟大的歌唱家，因为所有她同时代的人都这么看，而且没有证据让我们质疑他们的品位。但假设她同时还是一个被同时代人过分高估了的二流作曲家，那么我们难免会怀疑他们对歌唱的鉴赏力是否比他们对音乐的鉴赏力更可靠。我们无法公正地评价王尔德，因为尽管他的同代人一直认为他的即兴谈话胜于他的文字作品，但他们对后者的评价远高于我们。他的诗没有一首留存下来，因为他在诗歌创作方面完全缺乏独到的见解；他的诗是对普通诗歌的模仿。他给《每日纪事》写去的关于监狱生活的散文体书信情真意切，但《里丁监狱之歌》完全不是那样；阅读如下诗节，读者绝对猜不到它们的作者曾身陷囹圄，只能看出他读过《古舟子咏》：

他们呀舞来舞去舞得快——
　像行人穿行在雾中；
他们雅致地转身又扭动，
　跳着舞把月亮逗弄；
舞步的正规，讨厌的优美——

1. 玛利亚・马里布兰，十九世纪著名的意大利女高音歌唱家。
2. 两者都是二十世纪杰出的女高音歌唱家。

聚会的幽灵兴正浓。

我们愁眉苦脸地看他们——
手挽着手的细长影子；
喧哗的鬼嚎，来回的蹦跳，
是萨拉班德舞的步子；
像风吹沙地，这些怪鬼影
跳出芭蕾舞的姿势！[1]

至于他的非戏剧类散文，我们仍然能够带着极大的愉悦阅读《快乐王子与其他故事》，《社会主义下人的灵魂》和《意图集》尽管矫揉造作，却包含了可圈可点的评论，但"W. H. 先生的画像"让人窘迫，《道连·格雷的画像》令人生厌。

他成为剧作家的历程颇为有趣。在英国和法国，即便是那个年代最有才华的剧作家也都为一个缺乏新意、自我挫败的戏剧构想着迷——萧伯纳确切地将其定义为旨在创作一种没有音乐的歌剧的尝试：

戏剧愉悦感官的功能很有限：所有显而易见的反例都是体现表演者个人魅力的例子。表达纯粹感情的戏剧不再是剧作家的专利；它已被音乐家征服。

1. 译文为《里丁监狱之歌》节选，引自《王尔德全集》（中国文学出版社，2000年），黄果炘译。

那一时期典型的时髦戏剧是在业内遭受冷遇的情节夸张的歌剧;事实上,许多包括《莎乐美》在内的长期从剧院销声匿迹的戏剧在歌剧院却长盛不衰。萧伯纳的结论是没有音乐的戏剧的发展方向是思想剧,这对他本人是适用的。王尔德不可能走萧伯纳这条路,因为他不是一个思想家;然而,他却是一流的语言音乐家。虽然《莎乐美》可能成为一部成功的歌剧,《温德米尔夫人的扇子》、《一个无足轻重的女人》和《理想丈夫》却不能,因为它们最杰出、最具独创性的要素——警句和滑稽的谬论——没法被谱写成曲;同时,它们夸张的歌剧式情节又破坏了它们作为话剧的本质。但在《不可儿戏》中,王尔德成功地——这看来几乎是偶然,因为他从未意识到它远远超出了他所有的其他剧作——创作了或许可以被称作唯一一部英语纯语言歌剧。他有意或无意发现的方法是,让一切其他戏剧元素都服从于对话,创设一个语言的天地,其中人物性格取决于他们所说的台词,而情节不过是一系列让人物说话的机会。跟所有艺术作品一样,这部剧也取材于生活,就我个人而言,每当我观看或阅读该剧时,我总是希望自己对王尔德在创作该剧时的人生经历全然不知——例如,当约翰·沃辛谈论邦伯里时,我希望自己没有马上联想到阿尔弗雷德·泰勒干的营生。王尔德出狱后重读了剧本,感叹道:“再次读这部剧真是不可思议。我曾如何调侃那种放荡的生活。”在戏剧结尾处,我发现自己想象着一个梦魇般的圣诞童话剧中的场景转换——魔术师的魔杖一挥,平淡无奇的现实世界并没有化为仙境,但与世无争的赫特福德郡的乡间别墅变成了“老贝利”,巴夫人的容貌变作审判官威尔斯先生的五官。但无可否认,它是一部杰作，因为它的存在，王尔德将永远享有一个艺术家的客观声誉以及和他的个人传奇相伴的声名狼藉。

很多年来，王尔德这件丑闻在英美两国造成了极其恶劣的影响，它影响的不是作家和艺术家本身，而是大众对待艺术的态度，因为它允许市侩庸人自视为正人君子。尽管认为热衷艺术的男孩难脱脂粉气的观念在中产阶级的头脑中可能由来已久并且至今仍未消除，但这一看法在王尔德审判后的许多年里得到极大强化。平心而论，我们不得不承认中产阶级的这种看法并非毫无道理。艺术家和同性恋者的共同特点是过于自恋，虽然两者的自恋程度都不及表演艺人；和许多其他职业相比，在作为阶级而存在的艺术家和艺人中，同性恋的比例极有可能超出平均水平。同样，尽管十九世纪中产阶级的道貌岸然和自以为是令人反感，但我们也不能因为那个时期劳动阶级或贵族阶级的相对宽容而对之存有幻想；一个劳动阶级的丈夫醉酒后对妻子拳脚相向，贵族把对穷人的性剥削视为与生俱来的权利。假如王尔德是贵族，他的阶级同僚一定会确保不让人尽皆知的丑闻发生；但事实是他只是跻身上流社会的中产阶级成员，他们便任其自生自灭，或许还带着一种坐视某个僭越自身阶级者身败名裂的满足感。

我认为从长远来看，或许可以说，这一原本令人侧目的事件最终起了积极的作用。在将近七十年后的今天，十九世纪意义上的劳动阶级和贵族阶级都已不复存在，我们生活在一个中产阶级社会，但这个社会已经认识到不仅同性恋，而且一般意义上的性生活问题靠掩耳盗铃是无法解决的。如果说我们学会了倾听弗洛伊德等人向我们讲述性在我们生活中所扮演的复杂角色以及我们对他人性行为的强烈道义愤慨的可疑性质，如果说我们现在读这些信能像我们阅读其他任何人所写的富于趣味的书信一样不带任何淫欲，那么这些都应该归功于王尔德。

伍斯特郡少年*

我们从亨利·马斯[1]先生那儿得知,亚瑟·普拉特的遗孀把豪斯曼[2]留给他的所有“拉伯雷式”信件都毁了。听了这个消息真是大快人心。豪斯曼写给摩西斯·杰克逊[3]的信件也不见了踪影,我希望这些信永远都不会公之于众。读过马斯先生编撰的《A. E. 豪斯曼信札》的人,偶尔会打个哈欠、略过几页,但至少不会觉得自己是个偷窥狂,如果要在这本信集里寻找什么刺激的内容,那么只能失望而归了。我们读到的仅仅是豪斯曼喜欢一些“恶作剧”书籍比如《威平汉文件》[4],《我的生活与爱情》的段子,或者他对科弗[5]信件的爱好,要么就是他在学术期刊上发表过以“淫秽”[6]为题研究拉丁语诗人淫诗艳曲的文章。当然,这些就是豪斯曼的心头好。有人曾要采访他,他应答道:

> 告诉他试图窥探我的个性,再把它写到文学批评文章里,那样的意图显得拙劣且一文不值,只有美国人才那么干。还要告诉他有些人比他们的作品更有趣,但我的作品比我这个人有趣。告诉他弗兰克·哈里斯[7]觉得我很粗鲁,而威尔弗雷德·布兰特[8]觉得我很无趣。或者随便跟他说点什么,打发他走就是。

马斯先生把那些谈论日常生活与文学的信件归为一类，又加上四十五页谈论古典技巧问题的信作为补充。只有古典学学者才能完全理解这些信件的内容，但是我想把这些信作为补充是明智之举。对豪斯曼来说，学术排第一位，然后才是诗歌：他认为他活着的使命不是写出《西罗普郡少年》这样的作品（以前我还不知道这首诗的名字是 A. W. 博拉德[9]取的；豪斯曼自己取的名字是《特伦斯·黑尔塞诗集》），而是编撰一部权威的《曼尼里乌斯[10]全集》。之所以选择这位拉丁语诗人，也许是因为豪斯曼对于天文学的兴趣，

---

* 本文于 1972 年 2 月 19 日发表于《纽约客》，系作者为英国学者亨利·马斯(Henry Maas)编撰的作品《A.E. 豪斯曼信札》(*The Letters of A. E. Housman*)撰写的书评。

1. 亨利·马斯，英国学者，专长十九世纪晚期文艺思潮与作家作品研究。
2. A.E. 豪斯曼(A.E. Housman，1859—1936)，英国著名悲观主义诗人，作为田园式、爱国主义、怀旧的创作高手至今受到英国人的欢迎。著有诗集《西罗普郡少年》(1896)、《最后的诗》(1922)等。
3. 摩西斯·杰克逊(Moses Jackson)，豪斯曼室友，曾对他有好感。
4. 由圣乔治·斯德克(St. George Stock)所著，维多利亚时期描写性虐待的色情书籍。
5. 科弗(Corvo)为十九世纪末英国作家弗雷德里克·若尔夫(Frederick Rolfe)的化名，他以行为古怪著称。
6. 题目原文为拉丁文：Praefanda。
7. 弗兰克·哈里斯(Frank Harris，1856—1931)，爱尔兰裔美国作家、记者、编辑、出版家，即上文所提《我的生活与爱情》的作者。其五卷本自传体小说《我的生活与爱情》，书中不仅大胆披露了他对女人及文学的看法，更因为尺度问题震惊世界文坛，在英美被禁 30 年，成为巴黎观光客争相抢购的奇书。
8. 威尔弗雷德·布兰特(Wilfrid Blunt，1840—1922)，英国诗人、作家。
9. 博拉德(A. W. Pollard，1859—1944)，英国著名传记作家，豪斯曼密友，以研究莎士比亚文本著称。
10. 曼尼里乌斯(Manilius)约活动于公元一世纪初期。古罗马诗人之一，生平不详。他著有五卷本的说教诗作《天文》，以六音步格律写成，该书试图对占星术进行阐述。

曼尼里乌斯的诗歌以天文学为主题，对他影响不小，但最主要的原因也许还是因为曼尼里乌斯的文本对于编撰者是个极大的挑战。对于曼尼里乌斯的文学成就他深信不疑。所以在给罗伯特·布里奇斯的信中他这么写道：

> 我请你不要在曼尼里乌斯身上浪费时间了。他既写天文学、也写占星术，却对这二者一窍不通。我对他的兴趣单纯在技巧方面。

补充部分里大多数的信件都和文本细枝末节相关。我能找到的唯一概括性的语句是对维吉尔的评论：

> 维吉尔易犯的恶习之一是相对他的思想，他的用词过于强硬。

但是，就我自己而言，虽然很多信我都读不懂，我却看到一个精于文本的学者如何思考，这一点很吸引我：

> 与宾格形容词“合意”一词搭配的可以是“任何东西”，埃斯塔索[1]写《说什么》时就发现了这一点。“合意”可以搭配“生活”一词的宾格，也可以是主格；但是手稿里写的却是“合意”的主格形式。卡图拉斯有一次在一行诗的末尾处省略了“和”，这并非表明他会

1. 埃斯塔索(Estaço)，十六世纪葡萄牙诗人，以对罗马诗人卡图拉斯(Catullus)的长篇拉丁文评论著称。

省略其他任何成分。我所读过的最好的句子莫过于门罗的"此生最合意的事物"[1],即使无法完全满足这样的心愿。

无独有偶,不久之前我有机会比对了贺拉斯颂歌第四卷第七首最后一节的三个译本,分别是约翰逊博士、詹姆斯・米奇[2]和豪斯曼的译文。令我吃惊的是,背离拉丁原文最远的竟是豪斯曼的版本。事实上,如果我不知道原诗的话,也许会把他的译诗当成他自己的创作。

关于他的情感生活就毋庸多言了。在牛津读书时他深深爱上本科同窗摩西斯・杰克逊,这已经不是秘密,他从来不曾在自己的作品中提过这次经历。既然杰克逊完全是个"直男",他俩之间也就没有什么你侬我侬的交往了。马斯先生就这一点写了一段话:

> 他(豪斯曼)头脑清醒,为人耿直,无法欺骗自己,看来这只是一厢情愿。他有强烈的传统道德观,也无法听天由命接受这一事实。从他的诗歌来看,种种迹象都表明他内心充满了羞愧感。

如果马斯先生说的"传统道德观"指的是豪斯曼接受的基督教教养,我想他错了。如果豪斯曼确实觉得羞愧罪恶,这并不是《圣经》引起的,而是古典文学带来的结果。我确信在性关系中他是被

1. 原文:magis aeuom optandum hac unita。
2. 詹姆斯・米奇(James Michie),二十世纪英国诗人、翻译家。

动的一方。古希腊、古罗马盛行男同性恋文化，被动的成年同性恋人是滑稽下贱的一方。

至于他对生活大体的态度，虽然人们总给他贴上斯多葛派的标签，他却矢口否认：

> 在哲学方面我是昔勒尼主义[1]的拥趸，提倡个体主义和享乐主义。我把当下的快乐看作行动唯一可能的动机。至于悲观主义和乐观主义，十有八九是些愚蠢的观念，而乐观主义甚至更缺德一些。乔治·艾略特说自己是个社会向善论者：我则是向恶论者（也就是说，我相信世界正不断地恶化）。

在人际交往方面，终其一生他都是个害羞又极其孤独的人。他那代人比起我们要更拘谨矜持一些，但是即使是在那个时候，一个十六岁的男孩给他的继母写信，落款"A. E. 豪斯曼"，这样的事情一定离经叛道得很。只有在给家里人写信时他才用自己的教名。甚至是像 A. S. F. 高这样亲密的朋友，或者是他的出版人格兰特·理查兹，自始至终写信时他用的称谓都是"亲爱的高"，"亲爱的理查兹"。

我想，这种与人疏远、克制矜持的性格也许与他童年早期的经

1. 小苏格拉底学派之一。公元前四世纪由亚里斯提卜创建于北非的昔勒尼，因此得名。主要代表有提奥多罗斯和赫格西亚斯。学派特点是把苏格拉底的"善"理解为快乐，并视之为主要原则。主张寻求快乐是人生的主要目的，快乐是判断善恶的标准。

历相关。他的母亲常年饱受癌症之苦，在他十二岁时终于离世，而那时他的父亲又开始酗酒。家里有七个子女——五个男孩，两个女孩——其中只有一对子女成了家，只有女儿养育了后代，无疑这样的家境对他影响深远。

“虚荣，而非贪婪，”豪斯曼曾写道，“才是我的一心所想，”但我认为他并没有意识到他自己有多虚荣。他拒绝了几所大学授予的荣誉学位，对美国授予的荣誉勋章也置之不理，其中的原因并非是因为他觉得自己不配获得这样的荣誉，而是因为他觉得没有什么荣誉配得上他的功绩。他还拒绝加入当代诗歌精选的行列，这表明他认为自己比起其他的诗人要技高一筹。可是虚荣没有扭曲豪斯曼的判断力。他对于自己的能力总是有清醒的认识：

> 我确实把自己看作内行；我觉得自己能区分文学作品的好坏。但是文学批评，就是那种把观点与规则结合，以博得赞同的行为，这样极高的成就只有少数人才能获得，我是根本没有指望了。

他对自己的作品评价也很到位。死后出版的大多数诗歌都不是上乘之作。他曾评价过自己的《地狱之门》一诗，这首诗碰巧也是他的诗作中我最喜欢的，论述中不乏尖锐之词：

> ……整首诗濒临荒诞的边缘：如果不栽跟头的话，这诗目前看来还不错。

在写信方面，他尽量让自己——不得不说，这只是少有的情况——变得有趣一些，下笔有神，措辞诙谐：

> 今天下午拉斯金[1]当着我们的面发了一通大火，狠批了现代生活一顿。他得了一幅特纳[2]的画作，裱了框、配了玻璃，画中是日暮时分的莱斯特市及远处的修道院，底下是一条河……接着他开口了："如果你们愿意的话，就去莱斯特看看现在成了什么样子了。我不会去了。但是我也能猜个八九不离十。"接着他拿起画笔。"这些踏脚石当然早就不见了踪影，现在矗在那儿的是一座漂——亮——的铁桥。"接着他冲到画框玻璃上的铁桥位置。"溪水的颜色主要有两种，一头是印染厂。"于是小溪的一头变成了靛蓝色。"另一头是肥皂厂。"肥皂水冲刷进来。"它们在中间汇合——就像凝乳一样，"他说着，一边不怀好意故意地用画笔把它们涂抹在一块。"这块地在修道院后面，那儿日头正落下，现在已经适时地被霸占了。"接着画中出现了一道鲜红的霞光，幻化成窗户、屋顶、红砖，视线向上，又成了烟囱。"气韵出来了——就是这样！"特纳画中的天空喷出浓烟：接着拉斯金扔下画笔，雷鸣般的掌声响起，他也完成了与现代文明的冲撞。

1. 约翰·拉斯金(John Ruskin, 1819—1900)，维多利亚时代伟大的艺术家。被人称为"美的使者"达五十年之久。他一生为"美"而战斗。他的文字也非常优美，色彩绚丽，音调铿锵。如《现代画家》和《往昔》，都是散文中的佳作。1843年，他因《现代画家》(*Modern Painters*)一书而成名，书中他高度赞扬了特纳的绘画创作。
2. 特纳(Turner, 1775—1851)，英国浪漫主义风景画家，著名的水彩画家和版画家，他的作品对后期的印象派绘画发展有相当大的影响。

豪斯曼是最早一批乘飞机旅行的平民，我们这些七十年代坐惯喷气式客机的人读读二十年代早期的飞行体验，不失为一件乐事：

> 风很大，机器有时像海上的船只一样……但这个类比也不那么逼真……噪音很大，因为没有用棉绒耳塞，我下飞机时都快聋了。他们要求机上的乘客都穿上救生衣，我也没有理睬……返程出发时间晚了两个小时，因为他们要修理机器，前一天一个乘客因为晕机拿脑袋撞碎了机窗，给飞机造成了损坏。

我知道他写过模仿诗和打油诗，可是没有读过。看了这本书里举的为数不多的几个例子，我还想多读一些。他模仿弗兰西斯·康福德[1]的诗句"为何你戴着手套走过田野"，虽然无法与切斯特顿[2]的媲美，却也十分有趣。接下来这段对于弥尔顿的模仿作品，对于一个十六岁的孩子来说，是很高的成就了：

> 或者那儿，高高地耸立着
> 圣保罗大教堂
> 它的阴影里能见到
> 安妮，我们已死的首领，令人痛惜；

---

1. 康福德(Frances Cornford，1874—1943)，英国古典学者与诗人。
2. 切斯特顿(G. K. Chesterton，1874—1936)，英国作家、文学评论者以及神学家。热爱推理小说，不但致力于推广，更亲自撰写推理小说，所创造最著名的角色是"布朗神父"，首开以犯罪心理学方式推理案情之先河，与福尔摩斯注重物证推理的派别分庭抗礼。

或者那儿，围绕着中世纪的塔
传奇之云跌落下来
奇形怪状的鬼魅
掐死者的喉咙，突出的双眼
它们从土里苏醒，走来
头上连着枕套
还有其他的各种装饰
都述说着它们的死亡原因和方式。

在信里他只提到少数几个英语作家，这一点令人吃惊。他欣赏的诗人包括考文垂·巴特莫尔，早期的罗伯特·布里奇斯（他不喜欢他的晚期作品），曼斯菲尔德，布兰登和埃德娜·文森特·米莱[1]。而散文作家里他则偏爱威尔基·柯林斯（他给 T. S. 艾略特就写过两封信，都是关于这位作家的），亚瑟·梅琴和阿尔德斯·赫胥黎。我们不得不怀疑，在他看来，也许大多数同时代作家或晚辈的作品都令他反感。

我最感到惊奇的是信中关于折磨作家一辈子的一些小麻烦的描写。现在但凡出版，出点打印或标点上的小错误不可避免。（有个英国的评论家把这卷信札中此类错误一一列出。）我之前以为只

1. 米莱（Edna St. Vincent Millay，1892—1950），美国历史上第一位得到普利策诗歌奖的女性，才气逼人，托马斯·哈代曾说，"美国的两大魅力：摩天大楼与埃德娜的诗"。同时，她独特的波希米亚生活方式、她和男人还有与其他女人的恋爱故事也向来令社会正统侧目甚至反目。

有最近出版的书籍才有印刷和校对上的无心之失。显然不是这样：

> 准备再版《西罗普郡少年》时，如果传来消息说第三版几乎完全没有错误，排版工和我都省了不少麻烦，他用不着加一些逗号、感叹号标记，我也用不着在校稿时忙着修改，上一次这样的事情还历历在目。
>
> 以前校过的稿子到我手里已是满目疮痍——数码错误，字母拼写颠倒，标点遗漏，诸如此类。我只好花大气力把这些错误全修正过来。接着，我交上最后一稿时，出版社的校正员开始行动，自然什么错误也挑不出；但以防他的老板以为他在混日子，于是他开始乱改我已经完成的稿子。

每个诗人都会有下面这些豪斯曼曾经有过的经历：

> 我已经标记了错误，可能的话，比如一行句尾的词有一部分跑到了第二行，看起来不甚美观。因为在1896年和1900年的版本中都不曾出现过这样的错误，比起之前的版本，这一版印刷字体小一些，版面却要大一些，所以犯这样的错真是让人觉得可笑。

那么，如果一个作家像豪斯曼一样取得成功又享有盛名，他就还有其他的烦恼：比如根本不认识的人来信索要签名，却连回邮的邮票都不附上；或者索要手写诗稿等等。还有一些自称是仰慕者的人上门来拜访，结果对他的作品却一无所知：

> 不久前有个叫克莱伦斯·达罗的人来我家。他是美国鼎鼎有名的谋杀案辩护律师，在英国就呆几天，却一定要见了我才回美国，因为在替委托人辩护使他们免受电椅之苦时，他常引用我的诗歌。罗伯和利奥波德免除死刑被判终身监禁，部分是我的功劳；他还给我一本他的语录集，当然，里面误引了我的两首诗。

至于马斯先生的编撰工作，他的脚注大多数看起来都很出色。我只有两点不大满意。我自觉已经熟读豪斯曼的诗作了，但看到《西罗普郡少年第 63 号》这样的标题，也是不知所措。为何不直接引用头一行诗句呢？另外，豪斯曼在一封信中曾写道：

> 我的想法和[阿尔德斯]赫胥黎的基本接近；但是就我来说，学校教育并不是原因，因为我并没有受到学校教育的影响。我的学校很小。我觉得家庭是原因所在。

当然我们得明白赫胥黎说了些什么。

要读懂豪斯曼的信件，我们自然不能忘记他作为诗人取得的社会地位和成就。他是个不怎么重要的诗人，当然这并非是说他的诗歌比起重要诗人的创作没有那么高的艺术成就，这只是说明他的诗歌主题与描写的情感范围较窄，他的诗歌创作经年累月也不见长进。我手头只有这本信札，所以很难断定一首诗是收录在他三十七岁时发表的《西罗普郡少年》里，还是收录在他六十三岁时发表的《最后的诗》里。我不知道现在的年轻人怎么看，但是在我们这代人眼中，没有一个诗人能像豪斯曼那样清晰表达一个成年男子的情感。即使我现在不常翻读他的诗歌，我也要感谢他，在我还年轻的时候，他曾给予我那般的快乐。

C. P. 卡瓦菲斯*

三十多年前,R. M. 道金斯教授把卡瓦菲斯的诗歌介绍给我,教授如今已经作古,可自那时起,卡瓦菲斯就一直影响着我的写作。也就是说,如果我不知道卡瓦菲斯,那么我写的一些诗就会大不相同,也可能根本就不会写。可是我一点也不懂现代希腊语,所以我了解卡瓦菲斯唯一的途径就是那些英语、法语的译本。

这使我感到迷惑,也有点不安。我觉得写诗的人包括我自己都有这样的想法,即诗歌与散文是有区别的,散文可以翻译,而诗歌则不可以。

但是如果只能读翻译作品才能体会到其他语言诗作的影响,上面那种看法就必须修正了。

诗歌里一定有一些要素可以与它们原始的语言表达分离出来,当然也有一些成分不可分割。比如,显而易见,任何同音词引发的概念联想就受限于包含那些同音词的语言。只有在德语里“世界”(Welt)才和“金钱”(Geld)押韵,而只有在英语里西莱尔·贝洛克[1]的双关才有效用:

> 我死之时,希望有人能说:
> “他的罪恶是猩红的,但是他的书广为传诵。”[2]

就像在纯抒情诗里，诗人是在“吟唱”而不是“说话”，这时候诗歌不可译，即使可译，也是绝无仅有的情况。坎皮恩[3]诗歌的“意义”与他使用的实际语言的声音和韵律效果密不可分。可想而知，一位天才的双语诗人可以用两种语言书写同一首抒情诗，但如果有人把两首诗都翻译成其他的语言，那么没有读者能领略这两首译诗之间的相通之处。

另一方面，传统的诗歌技巧和设计能通过抽象化从诗歌本身中抽离出来。我无须懂威尔士语也能饶有兴致地把威尔士语诗歌中丰富的内在韵律和头韵运用到英语诗歌中去。也许我会发现英语里不能完全照搬威尔士语的那些韵脚，但是只要稍作修改，就有全新且有趣的效果。

诗歌里另一个通常可以翻译的要素是明喻和暗喻里那些意象，因为意象并非来自本土的语言习惯，而是从人类共有的感官经验而来。

---

* 本文系作者为希腊犹太裔作家瑞伊·达尔芬(Rae Dalven)的译作《卡瓦菲斯诗歌全集》(*The Complete Poems of Cavafy*)(纽约：哈考特—布雷斯—世界出版社，1961 年；伦敦：霍加斯出版社，1961 年)撰写的导言。版权所有：1961 年，W. H. 奥登。经哈考特—布雷斯—朱万诺维奇出版公司批准再版。

1. 西莱尔·贝洛克(Hilaire Belloc，1870—1953)，英国作家，出生于法国。他的诗作想象力丰富、语气轻松幽默，如《顽童与野兽》(*The Bad Child's Book of Beasts*)(1896 年)和《警戒故事》(*Cautionary Tales*)(1907 年)。他还撰写小说、随笔、历史、评论、游记和传记。

2. 这里英语原文为：His sins were scarlet, but his books were read. “read”一词双关了阅读与红色。

3. 托马斯·坎皮恩(Thomas Campion，1567—1620)，英国诗人、作曲家与医生。他出生于伦敦，写了百余首琵琶歌和关于音乐的权威技术论文，设计了许多假面舞会。

为了欣赏品达赞美得洛斯岛时在诗句中展露的美和才华，我无须阅读他的希腊语诗歌原文。

> 广袤的大地创造了这个
> 静止的奇迹，众生称之为得洛斯，可是
> 那有福的却住在深蓝色大地上
> 闪耀的那颗远方的星，奥林匹斯山上。

如果在翻译意象时真有什么困难，通常是因为译文的语言无法阐明意象的含义，只能堆砌语言，而这样一来，原文的力量就消失殆尽了。就像莎士比亚的这行诗

> 那些猎犬一样紧紧跟在我后头的人[1]

就无法译成法语，除非把这个暗喻处理成效果较差的明喻。

可是，我提到的所有这些诗歌中可译的要素都不适用于卡瓦菲斯。我们已经熟悉了他惯常使用的那种松散的自由体抑扬格诗行。他的诗歌风格中最独有的特征是语汇和句法上希腊方言与纯希腊语的混用。在英语里没有什么比这两种语言的对抗更激烈的了，这种对抗在文学领域和政治领域都是轰轰烈烈。一方面我们只有标准英语，另一方面是各种地方方言，译者要再现这种风格上的效果

1. 原文：The hearts that spanielled me at heels。

不太可能,而英语诗人也无法从中获益。

人们也无法谈及卡瓦菲斯使用的意象,因为他从不使用明喻或暗喻这样的手法;无论他提及某个场景、某件事,或者某种情绪,他的每一行诗都是真实平直的描述,不添加任何的修饰成分。

那么,卡瓦菲斯的诗歌翻译后还能留存下来什么,而这些留下来的东西又能激发我们的情感?我只能用不恰当的语言把它叫作一种语调、一种个人演说。我读过很多不同译者翻译的卡瓦菲斯的诗歌,可是一读到这些译本我立马都能反应出来这是卡瓦菲斯的诗。除了他没有人写得出那样的诗。无论读到他哪首诗,我都有相同的感觉:"读了这首诗,可以看出这个人是在用一种独特的视角观察世界。"这种自我封闭的语言也能翻译,我感到非常讶异,但是我相信了这一点。我得出的结论是,所有人类无一例外都具备的特质就是独特性,而另一方面,任何个体具有的性质,当其他人也拥有这个性质时,比如两人都有红色的头发,或者都说英语,这个性质就预示着这个分类不包含的其他一些个体特质的存在。所以,只要一首诗是一个特定文化的产物,就难以用其他文化的话语去翻译它,但是如果一首诗是一个独特个体的创作,那么另一种文化里成长的个体欣赏诗歌时,就和这首诗所处的文化集体成员欣赏它时一样容易,或一样困难。

但是,如果说卡瓦菲斯诗歌的独特性就在于它的语调,那么评论者就没什么可说了,因为评论不过是在做比较的工作。我们无法描述某种独特的语调,只能去模仿,也就是说,只能戏仿或引用它。

因此，我来写卡瓦菲斯诗歌的引言，无异于陷自己于窘境，因为我知道只有那些不曾阅读过他的诗歌的人才会有兴趣读这篇引言。一旦他们读过他的诗，他们就会把我这篇引言完全抛诸脑后，就如同一个人参加聚会，一旦结识了新的朋友，就会把介绍他们认识的人忘得一干二净一样。

卡瓦菲斯的诗歌主要涉及三个方面：爱情，艺术和古希腊原初意义上的政治。

卡瓦菲斯是同性恋，他在艳情诗中也无意隐瞒这一事实。与人类的行为一样，人类创作的诗歌也无法免除道德判断的约束，但两者的道德标准不同。诗歌的责任之一是见证真理。道德的见证者会尽最大能力说出真实证词，因此法庭(或者读者)才能更好地公平断案；而不道德的见证者证词则是半真半假，或者根本谎话连篇，但如何判案则不是见证者的分内事。(在艺术领域，当然我们必须区分谎言和观众往往能识破的那些夸夸其谈，夸夸其谈者眨一眨眼，或者露出夸张又毫无表情的面容，都会露了马脚，而天生的谎言家看上去总是毫无造作之感。)

作为见证者的卡瓦菲斯非常诚实。他不删减词句，也不渲染美化，又不装疯卖傻。他描述的情欲世界中那些风流韵事都显得漫不经心，不过昙花一现。那里面的爱情无非是肉体的欢愉，假如真有多一分的柔情存在，也几乎都是单恋的结果。同时，他坦承对于感官欢愉时刻的记忆，不会因为罪恶感而破坏或失去了那些记忆。人会因为与他人的关系而产生罪恶感——比如待他们不好，或使他们不快——可是无论他的道德信念如何，没有人能像卡瓦菲斯一样对肉体欢愉有如此坦诚的悔恨之情。我们唯一可以做出的评论也许也适用于所有诗人,即卡瓦菲斯也许并没有完全意识到他那种超乎常人的好运,他拥有那种把日常经历转变成有价值的诗歌的能力,而那些经历在普通人看来也许不过是琐碎小事,甚至会带来伤害。正如叶芝所说,诗歌的源泉就在“心灵这间散着恶臭的废品收购铺里”,而卡瓦菲斯用一件趣闻说明了这一点:

他们见不得人的快乐已经满足了。
他们起身,很快穿好衣服,一言不发。
他们先后离开那座房子,倦乏地;
而当他们有点不安地走在街上,
他们好像感觉到他们的举止与他们
刚刚躺过的那张床不符。

但是这位艺术家的生命受益匪浅:
明天,后天,或数年以后,他将把声音赋予
在这里度过第一次的强烈线条。

(《他们的第一次》[1])

可是人们不免好奇,艺术家的伴侣会有怎样的未来呢?

---

1. 本文中卡瓦菲斯的诗歌翻译从这首以下,除非有特别注明,皆引自黄灿然先生的译本。《20世纪世界诗歌译丛:卡瓦菲斯诗集》,黄灿然译,石家庄:河北教育出版社,2002年5月。

卡瓦菲斯对于诗歌这个行业的态度是贵族式的。他眼中的诗人不把自己当作重要的公众人物，也不享有全世界人的尊崇，他们是一个小小理想国的公民，同行之间以严格的标准相互评判。年轻诗人欧迈尼斯[1]感到沮丧，他努力了两年，也只不过写成了一首田园诗。忒奥克里托斯[2]这么安慰他：

能够来到第一级
你就应该高兴和骄傲了。
能够走到这么远已经是不小的成就了：
你已经做了一件光彩的事。
即便是这第一级
也已经远远超出这俗世很多。
能够站在这第一级
你已经有权成为
理想城中的一员了。
而成为那个城中的市民
可是一件困难的、不平常的事。
它的市政厅里充满立法者，
他们不是骗子可以愚弄的。

（节选自《第一级》）

---

1. 欧迈尼斯(Eumenes，约前362—前316年)，古希腊将领及学者。
2. 忒奥克里托斯(Theocritus，约前310—前250年)，古希腊著名诗人，学者。西方田园诗派的创始人。

他眼中的诗人因为热爱写作而写作，他们写诗是为了带来美的享受，但他们也从不夸大美的享受的重要性。

轻浮者可以告诉我轻浮。
我一贯对重大事情
谨小慎微。而我坚持认为
有关圣父，或《圣经》，或会议经文，
没人知道得比我多。
博塔尼亚蒂斯一有什么疑问，
要是他有什么关于教会的问题，
他都要先请教我。
但是流亡在此（愿她遭诅咒，那毒蛇
伊里尼·多凯纳），沉闷如斯，
我写些六行和八行诗自娱
也就不足为奇，
把有关赫尔墨斯和阿波罗和狄奥尼西奥斯，
或色萨利和伯罗奔尼撒的英雄们的神话
加以诗化来自娱；
作最严谨的抑扬格，
这些——恕我直言——
是君士坦丁堡的知识分子不懂作的。
也许正是这种严谨挑起他们的非难。

（《一名拜占庭贵族在流亡中作诗》）

诗人与世界的间接关联造就了喜剧的可能性，而正是这种可能性给了卡瓦菲斯灵感。行动派在此时此刻就需要他人在场，因为没有公众他就无法行动，而诗人独自写下诗歌。为了他的诗歌他确实也渴望公众，但他并不需要亲自去与大众产生关联，事实上，他最期待的公众生活在未来，只有在他死后他们才会出生。所以他写诗的时候必须抛除一切与自身或者他人相关的想法，他必须集中精力于自己的作品。可是，他不是生产诗行的机器，他和其他人类一样也是人，他在某个历史时期的社会里生活，操心着这个社会所操心的事物，经历着这个社会的变迁。卡帕多西亚[1]诗人菲纳齐斯写了一首以大流士为主题的史诗，试图想象大流士行为背后的感觉及动机。突然他的仆人打断了他，跟他说罗马和卡帕多西亚正在交战。

> 斐纳齐斯精心制作这一切。多么倒霉！
> 正当他有把握要以大流士来
> 一举成名之际，有把握永远堵住
> 那些嫉妒他的批评家之际。
> 对他的计划来说，这是何等可怕的倒退。
>
> 而如果这仅仅是倒退，那还不太坏。
> 但我们真的以为我们在阿米索斯是安全的吗？

1. 小亚细亚东部的古王国。

这个城镇防御并不坚固，
而罗马人是最可怕的敌人。

我们，卡帕多西亚人，真的够他们打吗？
这可信吗？
我们现在就跟那些兵团对着干吗？
伟大的诸神，亚细亚的保护者，帮助我们吧。
但是在他的紧张和骚动过程中
那个诗歌概念始终萦绕不去：
傲慢和陶醉——这当然是最有可能的：
傲慢和陶醉肯定是大流士所感到的。

（节选自《大流士》）

除了那些涉及亲身经历的诗歌，卡瓦菲斯其他诗歌很少以当代社会为背景。有一些与古希腊历史相关，一两首写罗马帝国的覆灭，但是他最钟爱的历史时期有两个，即亚历山大帝国解体之后由罗马建立的希腊化卫星国时期，以及基督教击败异教成为国教时的君士坦丁及继任君主时期。

他给我们提供了这些时期许多的趣闻轶事和人物剪影。他的泛希腊化世界中没有政治权力，所以他对政治学冷嘲热讽，把它当作娱乐消遣的对象。卫星国名义上是自治王国，可那些统治者不过是罗马人的傀儡，这已不是秘密。对于罗马人来说有重大意义的政治事件，比如亚克兴角战役[1]，对卫星国的臣民来说毫无价值。既然他们无论如何都得顺服他人，那么主人叫什么名字与他们又有何相干？

有关亚克兴海战结果的消息
当然是出人意表的。
但我们不必去草拟一份新的宣言。
唯一要改变的东西是名字。
在结语处，我们不写“把罗马人从
屋大维手中解放出来，他是灾难，
是恺撒的拙劣模仿”，
而代之以“把罗马人从
安东尼手中解放出来，他是灾难……”
整个文本都非常得体。

（节选自《在小亚细亚一个城镇》）

还有一些人，比如像叙利亚的季米特里奥斯·索蒂尔这样的，他们梦想恢复自己国家往日的辉煌，可是他们也不得不承认这样的梦想也是徒然：

---

1. 亚克兴角战役是罗马共和国的马克·安东尼与古埃及托勒密王朝法老克娄巴特拉七世联军与屋大维之间一场决定性战役。此战发生于公元前31年9月2日，地点为希腊阿卡纳尼亚北部近亚克兴角的爱奥尼亚海海域。战役以屋大维胜利告终，促使他后来成为罗马帝国的统治者。

他曾在罗马受苦，当他在朋友们，
那些大家族的年轻人的言谈中
觉察到这点时，会感到痛苦：
即尽管他们对他，
勒夫科斯·菲罗帕特国王的儿子，
极有礼貌和体贴入微——
他觉察到尽管如此，也仍然一直存在着
一种对于那些希腊化的王朝的秘密藐视：
他们的鼎盛时代已经过去，他们不再适合任何严肃事情……

要是他能够找到去东部的路，
哪怕仅仅能够逃出意大利——……

只要让他置身于叙利亚！
他离开他的国家时是多么年轻，
现在甚至一点儿也回忆不起它的样子了。

但是他心中永远在想着它，
把它当作某种怀着敬意接近的神圣事物，
当作一个未曾揭开的美丽地方，一种
希腊城市和希腊港口的视野。

而现在？

现在是绝望和忧伤。
他们是对的，罗马那些年轻人。
那些从“马其顿征服”崛起的王朝
再也不能继续强盛了。

这没关系。他已经作过努力，
尽他所能去斗争。
而在他那荒凉的幻灭中
只有一样东西
仍然使他充满骄傲：即使是在失败中
他也能够向世界证明他同样不屈不挠的勇气。

其余：它们都是虚梦和浪费的精力。
这个叙利亚——它几乎不像是他的故乡——
这个叙利亚是瓦拉斯和赫拉克勒迪斯的国家。
（节选自《关于季米特里奥斯·索蒂尔，公元前162—150年》）

从这首诗可以看出，卡瓦菲斯是极少数几个能自然而然写出爱国主题诗歌的诗人之一。大多数表达爱国主义情怀的诗，我们无法区分其中的爱国主义是某种最伟大的人类美德，还是某种最糟糕的人类恶习，即集体自我主义。

一般说来，爱国主义是在一国征服他国的过程中所大肆公开宣扬的一种美德。比如，一世纪时候的罗马，十八世纪九十年代的法国，十九世纪的英国，还有二十世纪上半叶的德国。对这些人来说，热爱自己的祖国意味着否决他国国民，比如高卢人、意大利人、印度人、波兰人等爱国的权利。除此之外，即使一个国家的侵略行为不是有意为之，只要它富有强大、备受尊重，那么这个国家爱国主义情感的真实性就要打上一个问号。如果它变得贫穷、不再具有政治地位和意识，又或者，如果它的衰落不可逆转，再也没有恢复昔日荣耀的希望，那么那种爱国主义情感还会继续存在吗？在这个时代，无论我们从属于哪个国家，前途都不甚明了，所以这是我们所有人都可能面对的现实问题，这样一来，卡瓦菲斯的诗歌比起初次阅读它们时显得更为贴合时政了。

在卡瓦菲斯的泛希腊化世界里，希腊语是一个失败却也无法磨灭的伟大存在，人们向它表达热爱与忠诚。即使原本不以希腊语为母语的民族也接受了它，而这种语言也因为要适应除了雅典人之外其他民族的感受能力而变得越来越丰富。

铭文一如往常要用希腊语：
不可过分，不可浮华——
我们不想让总督误解：
他总是无事不问，然后给罗马打报告——
但是当然要给我适当的赞颂。
另一面要有点特别的东西：
某个掷铁饼者，年轻又英俊。
此外我请你一定要

(西塔斯皮斯,请千万不要忘记)
在“国王”和“救世主”之后
用优雅的字体刻上“爱希腊者”。
现在请不要耍聪明
说什么“希腊人在哪儿?”和“希腊人在扎格罗斯
留下什么,远在弗拉塔以外?”
既然很多比我们更野蛮的人
都选择刻上去,我们也要照做。
另外,不要忘记有时候
辩士会从叙利亚来看我们,
还有诗人,和其他诸如此类的虚度光阴者。
这样,我想,我们就不至于成为非希腊的。

(节选自《爱希腊的人》)

在描写君士坦丁时期的诗歌里,写到基督徒与异教徒之间的关系时,卡瓦菲斯采取了中立态度。罗马时期的异教是一种现世经营,它的那些宗教仪式都是为了城邦及公民的繁荣及和平。而基督教,虽然并不一定轻视现世,却总是强调自己至为关心的是另一个世界:它从来没有对信众说要维护现世利益,而过分关注现世的成功反倒总被当作一种罪行来谴责。

只要法律规定所有公民必须像崇拜神一样崇拜君主,那么成为基督徒就意味着违法。结果,生活在公元一世纪到四世纪的基督徒虽然像其他人一样无法抗拒肉体与魔鬼的诱惑,却成功抵制住了现世的诱惑。一个彻头彻尾的流氓可以信教，可是一位绅士却无法信教。

但是在君士坦丁之后，基督徒相比异教徒有更好的发家机会，而异教徒即使没有受到迫害，也成了社会嘲讽的对象。

卡瓦菲斯有首诗写了一个异教徒牧师的儿子怎么改宗成为基督徒的事情：

基督耶稣，我每天都努力
要在一言一行里遵从
你神圣教堂的
戒律；并且我憎恶那些
拒绝你的人。但现在我悲悼：
啊耶稣，我哀痛我的父亲，
尽管他是——这真让人难以启齿——
该死的塞拉皮斯庙的牧师。

（节选自《塞拉皮斯庙的牧师》）

另一首诗里，罗马皇帝尤瑞安[1]来到安提阿地区，替自己新发明的异教讲道。可是安提阿的公民已经把基督教看作传统宗教，无论如何他们都不会允许把基督教与娱乐消遣相提并论，见到尤瑞安他们只是嘲笑他是个拘谨的老古董。

1. 331—363，君士坦丁王朝的罗马皇帝，361—363 年在位。他是罗马帝国最后一位多神信仰的皇帝，并努力推动多项行政改革。

这可信吗，他们竟然会放弃
他们美好的生活方式，他们
日常快乐的等级，他们那个
造就了艺术与肉体的情欲癖好
完满结合的辉煌剧院？……

放弃这一切，到底是为了什么？

他有关伪神的大话，
他沉闷的自我宣传，
他对戏剧的幼稚恐惧，
他那难看的拘谨，他那可笑的胡须。
啊难怪他们喜欢C，
难怪他们喜欢K[1]——百倍。

（节选自《尤瑞安与安条克人》）

我希望引用的这些诗句能体现几分卡瓦菲斯的语调和他的人生观。如果读者没有同感，我也不知道会有什么不同的高见。既然语言是社会群体而非个体的产物，判断它的标准相对来说比较客观。所以，读母语写成的诗歌时，我们一方面可以在个人情感上与

1. 这里的字母C和K的含义可从本诗的题词里获得：他们说，字母C或字母K都未曾损害过这座城市……我们找来解释者……了解到它们是姓名的第一个字母，第一个指基督，第二个指康士坦蒂奥斯。——尤瑞安，《胡须憎恶者》

诗人有不同的感受,另一方面却不得不钦佩他的语言表现力。但是在阅读译诗时,读者能获得的就只有感受,要么喜欢要么厌恶。碰巧我真的很喜欢卡瓦菲斯的译诗。

两心合一*

毋庸置疑，思想的交融如同两性的交配一般迷人，可是小说家对这个主题过于漠然了。我们中大多数人都会把某位长者当成自己的思想启蒙老师，比如在《玫瑰骑士》[1]中，奥克塔文就认为是元帅夫人把他引入了爱的大门。和她一样，我们的大师如今也不得不坚持给我们这代人上上启蒙课。思想也许原本就该是任意随性的，所以关于它的风流韵事（也许是死者所为）通常都只是昙花一现，结局也是“它原本就必定会有的样子”，没有人就此耿耿于怀。可是，有时也会以不快而收场。提起弗利斯[2]和弗洛伊德，人们会认为前者是怪才，而后者是天才。他们俩的相遇对世人来说是件好事，可是我们也不得不同情可怜的弗利斯，他的思想曾被大众接受，后来却落得遗忘的下场。通常情况下思想的交融都会有一项成果，比如利德尔和司各特编成了古希腊语词典，罗素和怀特海合著了《数学原理》，但偶尔（这种情况在科学家中间比在艺术家中间更常见）也会有一系列著作诞生，比如霍夫曼斯塔尔和斯特劳斯[3]的合作算是一个突出的例子，他们也是我们了解到交往细节的唯一一对，这还得亏了他们信件往来的缘故。不过我们也会猜想，如果他们把彼此当作人类来仰慕，或者万一霍夫曼斯塔尔更喜欢斯特劳斯几分，那么我们就不会这么幸运了吧。显然，霍夫曼斯塔尔似乎只有在绝对必要的时候才见上斯特劳斯一面，他清楚地说明了他们俩关系的基础是什么。

> 我见到你总是很高兴，每次都是这样。但是我们被宠坏了：我们分享了人类所能分享的最好的东西，即同心协力进行创作。我们在一起度过的每一个小时都献给了我们合作的作品；如今要让我们回到那种日常意义上的社会“交往”，几乎是不可能的事情。

甚至在合作了二十三年之后，他们相互间仍不习惯直呼其名。斯特劳斯会写下“亲爱的朋友”，而霍夫曼斯塔尔则坚持用“亲爱的斯特劳斯博士”。

他们俩在人际交往上保持的这种距离十分有利于他们的信件交往，因为如此一来，他们就不会聊些不相干的话题。除了传统的季节性问候以及对于病痛丧亲表示哀悼慰问之外，他们只会聊些关

---

* 本文系作者为《理查·斯特劳斯与胡戈·冯·霍夫曼斯塔尔通信集》(*The Correspondence between Richard Strauss and Hugo von Hofmannsthal*)一书撰写的书评。在美国出版时标题更改为“工作上的友谊”。经《泰晤士报文学增刊》(1961 年 11 月 10 日版)批准再版。亦刊登于 1962 年 3 月版的《世纪中期》(*The Mid-Century*)。

1.《玫瑰骑士》(德语：*Der Rosenkavalier*)是理查·斯特劳斯所著的歌剧，共分三幕，于 1911 年 1 月 26 日在德国德累斯顿市首演。故事叙述一位十九岁的单身伯爵与三十二岁的元帅夫人发生外遇，伯爵又阴错阳差地担任了夫人表亲的“玫瑰骑士”，向一位富家女提亲，却爱上她的故事。

2. 威廉·弗利斯(Fliess，1858—1928)，德国犹太裔耳鼻喉学家。曾赴维也纳多次参加弗洛伊德举行的会议，两人结识为朋友。弗利斯为精神分析的发展做出了许多贡献。

3. 霍夫曼斯塔尔(Hofmannsthal，1874—1929)奥地利作家、诗人。理查·斯特劳斯(Strauss，1864—1949)，德国指挥家、作曲家。斯特劳斯与霍夫曼斯塔尔建立了密切的合作关系，霍夫曼斯塔尔除写了歌剧《玫瑰骑士》的脚本外，还为斯特劳斯以后的歌剧《阿里阿德涅在拿索斯岛》、《没有影子的女人》、《埃及的海伦》、《阿拉贝拉》编写了脚本。

于手头作品或会影响作品进度的话题，比如身体是否安康等。连第一次世界大战爆发这种事他们也只是一笔带过（斯特劳斯倒是知道德国很快取得了胜利），当然如果连这些他们都不关心的话，歌剧院之外的世界也许就不存在了。

二十六岁的霍夫曼斯塔尔在1900年时第一次尝试伸出友谊的橄榄枝，斯特劳斯年长他十岁，那时已经名满天下。霍夫曼斯塔尔给他送去芭蕾舞剧《时间的胜利》的剧本，斯特劳斯则给他回了封信，态度十分友好，却表明自己无法为它作曲。就这样六年时间弹指而过，其间霍夫曼斯塔尔写下了剧本《厄勒克特拉》（1903），斯特劳斯也创作了第一部成功作品，歌剧《所罗门》（1905）。到了1906年，斯特劳斯向霍夫曼斯塔尔发出邀约，打算进行一些初步合作，当然他的主要意图是邀请对方共同创作歌剧《厄勒克特拉》。

> 情况很紧急，我请你尽快回绝我，但一定给我一些可以用来作曲的剧本。你和我的行事风格太像了。我们是天生的一对，如果你一直和我在一起，我们一定可以创作出伟大的作品……你有没有写过有关文艺复兴的有趣主题？狂野不羁的博尔吉亚家族[1]或是萨佛纳罗拉[2]就是我祈求得到的答案。

1. 博尔吉亚家族是文艺复兴时期来自西班牙瓦伦西亚地区的贵族，拥有庞大的政治势力和财富。

2. 萨佛纳罗拉（Girolamo Savonarola，1452—1498）是一位意大利多明我会修士，从1494年到1498年担任佛罗伦萨的精神和世俗领袖。他以反对文艺复兴艺术和哲学，焚烧艺术品和非宗教类书籍，毁灭被他认为不道德的奢侈品，以及严厉的布道著称。

这真是要命。霍夫曼斯塔尔酸溜溜地回了封信，显得不大乐意，而斯特劳斯后来收到越来越多类似的回信。

> 亲爱的先生，请允许我直抒胸臆。我相信历史上没有一个时期能有我，或者当今世上任何一个像我一样有创造力的诗人，这样完全不愿意提到自己的作品，我真是无法控制自己对它的厌恶，尤其是这一次。

幸好，斯特劳斯马上开始给《厄勒克特拉》谱曲，两人之间的合作也顺利进行，几个月后，霍夫曼斯塔尔又写了封信：

> 我知道我们命中注定会一起创作一部甚至几部令人难忘的精美作品：同时我要向你说明白我的想法（这些想法都很开明），我觉得歌剧得有一些恰当的主题，而有一些主题现在完全不应该出现在歌剧中。

他们合作创作时，挑选戏剧主题、如何处理主题以及以何种风格展示，都得由歌剧剧本作者、而非作曲家来决定，作曲家必须耐心等候剧本作者找到能激发想象力的主题。就像在婚姻关系中，要一起吃苦耐劳并最终获得成功，双方都必须给予对方并向对方索取有价值的东西。斯特劳斯从霍夫曼斯塔尔那儿得到一系列剧本，这些剧本虽然很容易谱上曲子，光是阅读文本本身也是一种享受。通常情况下，那些诗行都写得很美，角色和情节写得很有意思。另外，每一部诗剧都是独一无二的，每一次都是对作曲家在音乐性和风格上的挑战。

霍夫曼斯塔尔不仅为斯特劳斯奉献了许多，他也为歌剧的发展做出了巨大贡献。在创作作品时，他坚持认为不仅要重视音乐要素，也要注重视觉要素。他们刚开始合作时，大多数歌剧院出品的作品在装饰、服装和舞台设置方面都糟糕透顶——笨重粗糙、且杂乱无章。斯特劳斯不太关注视觉效果，他已经习惯了这些，也不指望能有更好的装配。但霍夫曼斯塔尔在这一点上则和莱因哈特[1]是同道中人，他决意要彻底改变当时的舞台制作，他也成功了。（唉，也真是的，如今大多数歌剧又在过分关注舞台制作方面吃了亏。）斯特劳斯很明智，他知道霍夫曼斯塔尔在这方面比自己有更高明的见解，所以也全权放手让对方大显身手。如果霍夫曼斯塔尔有时要求太过分，又因为这些要求没有得到满足而大发脾气——他无法理解作曲家在面对嗓音条件绝佳却相貌平平的歌手，以及嗓音条件一般却容貌姣好的歌手时为何会选择前者——这时候也许斯特劳斯会受点惊吓，要么他就听之任之。

反过来，斯特劳斯也给予了霍夫曼斯塔尔许多。首先，他给了他写歌剧剧本的机会，霍夫曼斯塔尔总是沉迷于此。

在我心里预存着某个东西，让我能尽我所能满足你的愿望，

1. 莱因哈特（Reinhardt，1873—1943），奥地利导演、演员、戏剧活动家。他的导演艺术强调韵律、音响、动作形式的色彩，善于灯光调度，并建造旋转舞台，运用圆形天幕制造剧场效果。

而这种满足又能反过来满足我自己心中更深层次的需求。在我孤独的年轻岁月里，我写下的大部分作品全是为了自己，从未考虑过读者，那些歌剧都是幻想的产物，不值一提，都是些不带音乐的歌唱剧。所以你的愿望倒是给我树立了目标，同时又不会限制我的自由。

其次，在如何写歌剧方面他也教会他许多。霍夫曼斯塔尔自己也承认，斯特劳斯的剧场感，或者至少对于歌剧的感觉要好些，歌剧里的动作必须瞬间就能被观众领悟，而在口述剧本里倒未必。如果有时斯特劳斯的修改意见违背了霍夫曼斯塔尔的艺术良心，惹火了他，那么一定是剧本里出现了某个破绽，所以斯特劳斯才会提出那些意见，通常情况下，这些意见都十分合理，比如《玫瑰骑士》和《阿拉贝拉》第二幕中的修改就是如此。

艺术上的合作必定充满起伏，这一点又和婚姻关系有了交集。个人因素、外在因素都会引起摩擦，甚至会导致离婚。如果每次都是霍夫曼斯塔尔发脾气，并不是说他容易生气，一定有其他原因。在柏辽兹、瓦格纳和中年时期的威尔第之前，还没有作曲家担心过歌剧剧本的问题。作曲家只要接过本子，尽力作曲就是。之所以会这样是因为历来就有关于如何书写剧本的传统，而这些剧本都写得令人满意，咏叹调及合奏曲的形式、谐歌剧悲歌剧的文体等这些都有规定，所以有能力的诗人都能胜任。但是，这也意味着虽然作曲家一定能收到能谱曲的剧本，可是剧本与剧本之间几乎没有差异，而只有音乐才能赋予歌剧原创性和兴趣点。一些歌剧剧本作家也许比其他人优秀，在作曲家中挺有口碑，可是对于公众来说，所有剧本作家都没有差别，他们也乐得如此。除了歌德，诗人霍夫曼斯塔尔算是第一个获得公众声望的歌剧剧本作家，当然歌德没有找到足够优秀的作曲家，而在霍夫曼斯塔尔的年代要写出歌剧剧本则需要莫大的勇气。在他所处的文学圈子里，歌剧这种艺术形式并不受重视，很有可能斯特劳斯的音乐也不怎么受欢迎。当然，霍的许多朋友都认为他在浪费时间、挥霍才华，因为写了歌剧剧本，在表演时却听不见几个字，而且，因为斯特劳斯竟然要给这么多歌词费解的剧本谱曲，那些已经习惯了传统歌剧剧本的歌剧院经理和他那些音乐圈的朋友自然也会认为他在浪费时间和才华。

歌剧剧本作家总是不占优势，因为歌剧的评判者并非文学或戏剧评论家，而是音乐评论家，他们对于诗歌的品位和理解也许不尽人意。更糟糕的是，音乐评论家如果要批评音乐，又不想批评得太直接，那么他们往往会间接地去批评剧本。剧本作家的另一个劣势与音乐有关。音乐是一种国际语言，而诗歌则是本土语言。无论歌剧在哪里上演，观众们听到的音乐都一样，可是到了国外，观众听到的台词要么都是毫无意义的外语，要么就是翻译过来的语言，无论翻译得多好——大多数翻译都很蹩脚——都已经不是原作家写下的文字了。无论你做了多有价值的贡献，你得到的名望声誉比起你的合作者总要少一些，要理解这一点对任何人来说都不容易，而对于霍夫曼斯塔尔这样看重名声的人来说，这无疑常常折磨着他。

你完全有理由感谢我给你带来了能迷惑大众、树立一大帮敌人的东西，因为你已经拥有太多的追随者，你已经是时代的英雄，这一点毋庸置疑，每个人都把你当成英雄。

这么说也许很公正：这无疑是妒忌。

读这些信件时，读者一定要牢记，要让霍夫曼斯塔尔保持公允有多困难。斯特劳斯不是公认的好人，可是读了这些信，了解了他和霍夫曼斯塔尔的关系，似乎他反倒是两个人里更富同情心的那一个。

在德语的第一版信件集中删除了一些段落，大多数是应霍夫曼斯塔尔的要求。他怕大众会误解斯特劳斯间或谈起“艺术”时那种诙谐的语调。

> 一旦那些庸俗的德国人（作者原话）偶然发现下面这样有趣的句子：“一旦歌剧里的行为无法打动我，吕克特[1]的华丽辞藻一定会派上用场，”你，也就是这个无与伦比的歌剧的创作者（《阿里阿德涅》），你成了这些庸俗者在合唱时如假包换的代言人……首先，我还是必须请你做到以下几点：我应该鼓励或提倡多用的暗喻你得多次使用，比如我的珀加索斯[2]等等。只要脱离信件里这种亲密又过于放纵交流的语境，再把它付梓印刷，我并不在意别人怎么形容我这种“诗意化”的方法。

1. 吕克特（Rückert，1788—1866），德语诗人、翻译家，同时也是东方语教授。
2. 珀加索斯，希望之神，是有双翼的飞马，被其足蹄踩过的地方有泉水涌出，诗人饮之可获灵感。

如果真把非利士人[1]考虑在内，那么他说的话也有道理；亵渎神明的言辞总是最令不信神者震动。但是非利士人的想法有什么大不了的？

1. 非利士人，是居住在迦南南部海岸的古民族，其领土在后来的文献中被称为"非利士地"。他们以思想庸俗、心地狭窄著称。据《圣经》记载，参孙跟非利士人曾有争战，以后，他们一直都是以色列人的大敌，也成了以色列人眼中的不信神者。在德语中，非利士人是未受大学教育、过着一般市民生活、庸庸碌碌、墨守成规、心胸狭隘、头脑空洞的人，和具有高尚文化修养、胸怀热忱、奋发有为的人士遥遥相对，前一段引文中的庸俗者原文也即非利士人。

被包围的诗人*

R.G.柯林伍德教授已经离世,他曾指出:艺术并非魔术,也就是说,它不是艺术家传导情感、或在他人心中激起同感的手段,而是一面镜子,其中映射着人们真正的情感:确切说来,艺术的功用事实上是去魅。

艺术给我们展示诸多重要的细节,由此我们明白我们当下的生活并非如想象中那般正直有德,或安全稳妥,同时艺术还通过清晰易见的范式将这些细节统一起来,坚持秩序井然的**可能性**,借此让我们直面将艺术**真实化**的要求。只要成为艺术家,不管是谁,即使是吉卜林[1],也无法成为魔术师。另一方面,没有一个艺术家,即使是艾略特,能够阻止别人把自己的作品当成魔术,因为我们所有人,无论格调俗雅,私底下都希望艺术之神存在。引述几句《如果》[2]的小学校长,和张口就是《荒原》的大学生,没有太多差别。小学校长如果真读过吉卜林的诗,他也许不得不说上这么一句:"是的,如果。真是不幸,我欣赏不来……如此等等。我觉得自己现在都算不上人了。"可事实上,无疑他会这么说:"写得太棒了。这的确是孩子们该明白的道理。"同样,如果大学生读过艾略特的诗,他也许不得不说:"现在我才明白自己并非想象中聪明年轻的模样,我只不过是个年迈的两性人。如果无法恢复当初的风采,我就只好把头伸进煤气炉里算了。”可是实际上他的说辞必然是这样：“太妙了。他们也该来读一读。老妈就知道为什么我晚上不愿在家里呆着了，老爸也会明白为什么我不去工作。”

如果现在是战争让人们发现吉卜林的优秀之处，那倒是件不错的事情，但是与此同时，如果人们开始把艾略特当成“失败主义者”，结果会证明，他们根本就没有发现诗人的眼光，只是跟风赶时髦而已。

艾略特先生写了篇文章谈诗与韵文的区别：

> 对于其他诗人——至少是其中的一些——诗歌也许是从几句有乐感的韵文开始成形，结构上一开始也和音乐形式很相像……他（吉卜林）对音乐没有表现出太多兴趣，这是区别他的“韵文”和“诗歌”的根本一点……诗歌里的和声学不仅仅超越了诗歌的范畴——它会与写作意图相抵触。

这种区别真实存在，这也很简明扼要地说明了艾略特和吉卜林两人所创作的诗歌种类的区别。可是按照这样来定义，相比艾略特的假设，我想应该有更多的韵文或歌谣作者，而诗人就要少一些。

---

* 本文于1943年10月24日发表于《新共和》杂志，系作者为英国诗人T.S.艾略特的编撰作品《吉卜林诗选》(*A Choice of Kipling's Verse*)撰写的书评。

1. 约瑟夫·鲁德亚德·吉卜林(Kipling, 1865—1936)，英国小说家、诗人。主要作品有诗集《营房谣》,《七海》,小说集《生命的阻力》和动物故事《丛林之书》等。1907年作品《老虎！老虎！》获诺贝尔文学奖 。

2.《如果》是一首吉卜林写给十二岁儿子的励志诗，曾被译成27国语言。

比如本·约翰逊先写了非韵文的稿子，后来加上韵脚，还有邓巴[1]的诗，巴特勒的《休迪布拉斯》[2]，彭斯的大多数作品，以及拜伦的《唐璜》等都算不上是诗歌。

我提到这点，就因为我赞同艾略特先生的看法，即吉卜林是个异类，但我也怀疑他之所以另类，是否因为他有写出上乘韵文的能力。

那么吉卜林为什么这么特别？自从罗马帝国覆灭之后几乎每一个欧洲作家都认为威胁文明存在的因素来自这个文明的内部（或者说来自个体意识的内部），而吉卜林却持不同观点，他时时刻刻关注的都是一些外在原因，是否这就是他之所以特别的原因呢？

一些人关注大城市的腐败堕落，及大城市里文化人的厌倦心理；一些人寻求解脱，想要回归自然或者回归孩童时代，回到古风古典时代；还有一些人期待更光明的未来，那里有自由、平等和兄弟友爱：这些人运用潜意识的能力，或者祈求上帝的恩典来介入他们的灵魂以获得拯救，他们召唤被压迫的人们起来拯救世界。吉卜林的作品里没有这些，他不写那种要回归黄金年代的怀旧情绪，也不相信历史的进化。对他来说，文明（或者意识）是一座小小的光的城堡，周围环绕着巨大的黑暗，充满了恶势力，几个世纪以来只有凭借不断的警惕措施、意志力和自我牺牲精神才得以存留。启蒙时代的

1. 邓巴（Paul Laurence Dunbar，1872—1906），美国诗人。

2. 塞缪尔·巴特勒（Samuel Butler，1612—1680），英国诗人。代表作《休迪布拉斯》（*Hudibras*）是一首讽刺清教徒的模仿英雄长诗，1663 年、1664 年和 1678 年以片段的形式出现过，但从来没有完整的版本。

哲学家同样把文明与野蛮对立起来，但是他们的武器是理性，也就是意识的恢复，而吉卜林认为过多的理性极其危险，那反倒是给忧郁踌躇的野蛮人打开了文明的大门。对他来说，文明大门的守卫是自觉意志（类似于欧文·白璧德[1]说的“内在制约”）。

吉卜林写下一首又一首诗歌，虽然以不同的象征为伪装，但都表现了同一种处境，即出现外部威胁、被无生命的力量包围，同时产生焦虑。比如皮克特人[2]翻越了罗马城墙这段：

不是呀！我们并不强大
可我们认识强大的民族。
是的，我们要引导他们前行
用战争粉碎摧毁你们。
我们同样会成为奴隶？
是的，我们一直都是奴隶，
但是你们——你们将在屈辱中死去，
到那时我们会在你们的墓上跳舞。

丹麦人、荷兰人、匈奴人、“新抓捕的各民族闷闷不乐，他们半是魔鬼半是孩童”，甚至还有女人这个物种都成了威胁——还有那些

1. 欧文·白璧德（Irving Babbitt，1865—1933），美国文学评论家，人文主义的领军人物，反对浪漫主义，相信伦理道德是人类行为的基础，“内在制约”（Inner Check）就相当于伦理道德的制约。
2. 皮克特人指数世纪前，先于苏格兰人居住于福斯河以北的皮克塔维亚，也就是加勒多尼亚（现今的苏格兰）的先住民。

无生命的力量，比如苦瓜、爪足的藤蔓、大海等：

他们来了，像种马用双蹄猛抓，
他们走了，用獠牙来抢夺。
还有冰：

一次又一次，冰来到南方
冰河遍布露西茅斯[1]。

精神力量的入侵则是这样：

他们造了高塔，撼动天空，扭断群星，
直到魔鬼在砖头后面咕哝："很震撼，但那是艺术之神么？"

阴影在林中空地等候、查看，它轻柔地滑下空地
远远近近都是窃窃私语，到处扩散，
你眉上显出汗珠，因为尽管这样他仍旧前行——
他是恐惧之神，哦我的小猎人，他就是恐惧。

值得一提的是，那些当事神明都像恶魔一般；上帝的法则离他们很远。

1. 苏格兰高地地区的一个小渔村。

考虑到这样的情况，那么有戒备的人在社会中自然很重要，他们是吉卜林笔下的英雄。他们以不同形式出现，可以是阿富汗前线的哨兵，也可以是园丁

用打碎的餐刀从碎石路上除去野草。

与史诗里的英雄不同，这些人总是处于防御状态。因此吉卜林才对工程学、对那些能保护人们防止自然无序暴力的侵犯的武器很感兴趣。对于物理学或者研究武器如何可能的那些理性发现则漠不关心。

他的伦理学和政治学都与特别的突发事件相关，所以不能用传统的理解去进行学科分类。他的这两门科学都预设有这样的国家存在，在那儿意见相左无关紧要，就像散兵坑里的士兵完全无视这些意见分歧一样。只要存在异议，那么所有人就得接受这些不同的意见，不管他是民主党人、纳粹党人也好，是共产党人也罢。

关于卫兵的角色吉卜林有深刻的理解。他知道大多数卫兵都是回头浪子，曾酗酒淫乱，乱开空头支票，他们时而残酷，时而感伤，他也不准备把他们描写成正派人士。但是当他从卫兵转而描写玛利亚的几个儿子，也就是付钱给护卫要他们来守卫的人（这种从社会意义到宗教意义的转变十分重要），他的视线变得模糊起来，感觉也难以确定，因为事实上他对他们没什么兴趣，他唯一感兴趣的是他们与马大诸子的关系，所以他看到的一切不是太温和，比如母亲的思乡白日梦和门周边的玫瑰，就是太猛烈，比如卫兵愤愤不平的

噩梦，梦中他们在家里大吃大喝，不受妨碍，松弛懈怠，把他与他的苦难都抛诸脑后。

吉卜林的历史想象力饱受赞誉，这一点恰如其分，但“历史”一词是否合适倒要打一个问号。如果在我们看来历史意味着不可逆转的时间变化，与循环的、可逆转的自然变化相对，那么吉卜林对于过去的想象就是对自然的肯定，同时也是对历史的否定，因为他唯一关心的就是要把特别突发事件的那一刻呈现为永恒：

> 就像它在将来的样子，在人类诞生之初也是如此——
> 社会进化开始之后只有四件确定的事情。
> 狗反过来吃自己的呕吐物，母猪重新回到泥潭，
> 烧焦的傻瓜那缠了绷带的手指摇摆着又进了火堆。

但是如果自然和历史是同一的，那么自然和人、丛林和城市如何又成为相互对立的两方，正如吉卜林明确肯定的那样？如果有人问他：“什么是文明？”他会这么回答：“就是遵守律法的人们，父辈教导他们要管教好自己的自然本能，他们也同样会这么教导他们的孩子”：

> 我们从名人那学到这一点，
> 不懂有什么用处，
> 他们向我们表明，日常工作中
> 人必须完成自己的任务——

无论他的日常工作是对是错
不要找任何借口。

这与那些放纵自己一己私欲的野蛮人的做法正相反。但如果有人问他:"那律法是怎样的?从何而来?"他又会重新提到自然,也就是达尔文的丛林法则,"适者生存,"或者是牛顿的机械论:

我们被创造出来,不是为了领悟谎言
我们无法爱、无法同情,也无法宽恕他人。
如果在对待我们时有一点闪失,你就完了。

我们大可以说,吉卜林应该将自己与我们的注意力放在特别突发事件上,这样才能避免这个悖论带来的尴尬,因为正是在*我们*受到*他们*威胁之时,我们才会自然地将*我*与*你*之间的伦理关系当作一种自我牺牲,而*我们*与*他们*之间的伦理关系则成了一种利己主义。正是文明在生死存亡之际我们才会有那种要维护它的紧迫性和必要性,而不去思考我们维护的对象到底是什么。

在吉卜林写的那一类诗歌里寻找他关于生活观念的美学推论,也并非异想天开。他在语言使用方面颇像自己笔下一位带着一队愚笨士兵的中士,两人都能说得天花乱坠:

英格兰对埃及法老说:"你们曾经有过神迹,
亚伦击打你们的河流,河水成血,

但是你们来看这位中士，他有更神奇的事物展示
他能施魔法，用烂泥做成步兵。”
这不是印度斯坦语，也不是法语，也不是科普特语，
都是些七零八碎的话，相同语言的残余
通过魔法棒（其实是半根棍子）翻译而来
法老听瓦特斯伊斯内姆中士这么说着。

如他所愿，最粗鲁的字眼学会了把自己伪装成阳春白雪，一听到命令就能执行复杂的活动，但是怎么说那些字眼都无法学会独立思考。他的诗了无生趣，就个人而言，比起那些表达自我的矫情诗作，我倒更愿意读他的作品，但这两种诗都过于极端了。

他的每一首诗都受限于一种情感，就数量来说，这些诗歌具备了技术型即兴创作的优秀品质，它们能克服无法预见的突来障碍，对吉卜林来说，经验似乎不再是需要耐心培育和呵护的一粒种子，而是一条永不停歇的溪流，里面流淌着危险的情感，要在情感一出现时就掌控它们。

无疑他早年在印度的经历使他懂得了自然的危险，而一个欧洲人则很难理解（虽然也许对美国人来说要容易一些），但这些仍然不足以解释魔鬼如何恐怖，那些可见的不可见的恐怖事物让他的作品显得特别精彩刺激，就好像英国内战展现了霍布斯所说的政治动乱带来的恐怖一样。引起恐惧心理的真正原因是什么我们也不必特意去追究。吉卜林向我们举起的那面“镜子”里面，如果我们能看见什么，会是一些模糊危险的形体，我们只能通过无休无止的行动躲

开它们，却无法最终永远地战胜它们：

心脏会停止跳动，力量会衰竭，决心会变成不情愿
但日常事务，衣食住行
在绝望和虚无的边缘之间筑成一道防水墙。

我驼背了，你也驼啦——喔喔——喔喔
如果我没有足够的事情干——喔喔——喔喔
我们都驼背了，
像骆驼的驼峰那样，
孩子是这样，大人也一样。

一位智者*

探讨用非本人母语写就的文学作品是一项容易遭人诟病的任务,而一位英语为母语的作家去谈论一位法语作家更是近乎愚蠢,因为没有两种语言像英语和法语那样大相径庭。

要发现一门语言最本质和不同寻常的特点,我们必须接触用它写成的诗歌,因为如瓦雷里所言,是诗人试图除去言语中的一切杂音,只留下声音。诗歌的传统手法——它的韵律规则、它所采用或摒弃的尾韵、头韵等言语修饰——可以告诉我们很多关于母语者是如何区分两者的信息。我非常怀疑一个法国人能真正学会聆听哪怕一句英文诗行——想想波德莱尔和坡——而且十分肯定没有英国人能学会正确聆听法语诗歌的方法。当我听见一个本国人朗诵德语、西班牙语或意大利语诗歌时,我相信(无论这一信念多么错误)我所听见的和他所听见的大致相同,但假如朗诵者是法国人,我知道我所听见的和他耳中的毫不相似。就学术层面来说,我知道古典法语诗歌的规则,但这方面的知识并未改变我聆听诗歌的习惯。比方说,法语亚历山大体诗行[1]琅琅上口的节奏,在我那受英语诗歌熏陶的耳朵听来就像"亚述人像恶狼扑向羊栏般拥来"[2]的抑抑扬格节奏,于是我在以下这句中听到的也是同样的节奏:凡人啊,我的美犹如石头的梦[3]。

我知道这大错特错，但这就是我所听到的。[4] 而且，很不幸的是，英语这门语言的性质决定了抑抑扬格不能用于悲剧题材。我确信如果一个英国人去法兰西喜剧院听《费德尔》，无论他对法语多么谙熟，无论他如何钦佩演员微妙而富于变化的出众的朗诵技巧，他都会禁不住觉得拉辛引人发笑。

我知道瓦雷里的《蛇之草图》这首诗已超过二十五年，并时常带着与日俱增的赞叹和我所认为的理解重读它，直到前几日读到诗人写给阿兰[5]的一封信，才发现自己完全不得要领，也就是说该诗的基调本是戏谑的，其中的类韵和头韵被故意夸大，而蛇听起来本应该像《纽伦堡的名歌手》里的贝克梅瑟。

对于一个觉得所有法语诗歌听起来都略显夸张的人，又怎能指望他听出这层意思？

在散文中，尽管交流的困难不如在诗歌中那样令人生畏，但也丝毫不容小觑。这不仅仅是明显令译者大感头痛的难题——比如，

---

* 本文系作者为摘自杰克森·马修斯所编《保尔·瓦雷里选集》(普林斯顿：普林斯顿大学出版社，波林根丛书45，14卷，1970年；伦敦：劳特利奇和基根·保罗，1970年)的《文选》所作序言，于1969年秋发表于《哈德逊评论》。

1. 一种起源于十二世纪末、由《亚历山大的故事》中的诗体形式而得名的格律诗行，主要特点为每行诗句有十二个音节，在第六个音节后有个顿挫。

2. 原文为“The Assyrian came down like a wolf on the fold”，出自拜伦的《西拿基立的毁灭》。

3. 原文为“Je suis belle, o mortels! comme un rêve de pierre”，出自波德莱尔的一首题为《美》的十四行诗。

4. 对我的耳朵来说，阅读法语诗歌的另一困难是停顿：正如英语诗人尽力使它在上一诗行和下一诗行中出现的位置有所变化一样，法语诗人则竭力让停顿在同一位置出现。——原注

5. 法国哲学家、评论家埃米尔-奥古斯特·夏尔蒂埃，瓦雷里是他的崇拜者。

英语中没有与 *esprit* 相对应的词，再如 *amour* 和 *love* 并不同义——还是一个法语和英语散文全然不同的修辞结构的问题，以至一个英语读者可能完全忽略某个重要效果，而反复咀嚼另一个不那么重要的效果。

所以我在写瓦雷里的时候，只能这样安慰自己：假如我所欣赏的瓦雷里在很大程度上是我本人创造出来的形象，那么那个曾写过"思想的合宜对象是不存在之物"的人会第一个领会这个笑话。

从二十岁起，瓦雷里便养成这样一个习惯：每天在拂晓前起床，然后花两三个小时研习自己刚刚苏醒的头脑的内部活动。这一习惯成了一种生理需要，以至如果环境迫使他错过这几个小时的内省，他这一天都会感到心神不宁。他在随笔本上记录下这段时期的观察所得，据他说他根本没想过它们会被人阅读。然而，他时不时被说服发表一些选篇。他对此流露出的迫不得已让他显得有些自命不凡：

> 我做梦都不曾想到我的这些只言片语有一天会付梓。卢多·范·博盖尔特博士和亚历山大·斯托尔斯先生给我出的主意。他们向我指出这项小工程的"隐秘"属性，并向我展示样页的精美排版，以此引诱我发表它们。
>
> 对那些喜爱自然流露的情感和初具雏形的想法的人，有时你不得不向他们的荒唐念想让步。

这听起来不像实话，尤其当你发现他私下里写信给一位朋友

(保罗·苏蒂),表示他认为自己的随笔本才是真正的作品。

不管怎么说,他同意将它们付梓或许是件幸事,因为总的来看,这些随笔构成了现存的关于“内心生活”最有趣、最富创意的文献之一。

大部分这类文献与所谓的“个人”题材有关,即它们多涉及对罪孽和恶行的忏悔、童年记忆、主体对上帝的感受、天气、情妇、流言蜚语、自责,创作它们的通常动机是要证明其作者比别人更有趣、更独特、更富人性。

对于这种意义上的个人题材,瓦雷里向来嗤之以鼻。他相信人与人之间的区别在于他们所表现出来的东西,而他们所隐藏的总是相同的。所以忏悔就好比在大庭广众下脱衣;每个人都知道他会看见什么。此外,一个人的秘密在他自己眼中往往不如在别人眼中那样彰明较著。

比如,纪德最明显的特点之一是吝啬小气;读了他的日志,我们不禁要问:他自己是否意识到这点。

为记忆本身之故而培植记忆的做法——如我们在普鲁斯特的作品中所看到的——在瓦雷里看来令人费解,他宁愿忘记仅仅作为画面而留存在记忆中的过往的一切,只保留他能加以吸收并转化为当下精神生活要素的那部分记忆。至于将自己遭受的种种苦难形诸笔墨,他认为这是产生所有最糟糕的书的缘由。

瓦雷里给自己规定的任务是观察思考中的人类头脑;当然,他所能观察的唯一头脑是他自己的,但这无关紧要。他既非哲学家(除了在该词的词源意义上),亦非心理学家(只要心理学关注的是心灵的隐秘深处)——对瓦雷里来说,人性只限于表面和意识;其下则是生理机制——而是一个对自觉思考过程异常敏锐和狡猾的观察者。要做到这点,既不需要特殊才能,比如数学上的天赋,也不需要高深的学问,而只需要一种或许可被称作智性美德的东西,这是每个人——如果他愿意——都可以培养的一种能力。

要养成瓦雷里曾称之为*体育道德*的品质,你必须培养一种机警——它能迅速在幻想与真实的灵异事件,在所见、所想、所推断和所感知的事物与拒绝一切夸饰文学效果诱惑的精确描述之间作出区分。因此,瓦雷里曾一度对"深刻"这个流行概念大张挞伐。他说,一个想法,只有当它极大地改变某个问题或特定情况时,才能被称为深刻,而这样的想法绝不会出现在只包含几句陈腐格言的心灵深处。大多数人认为某件事深刻,不是因为它接近某个重要真理,而是因为它远离日常生活。于是,黑暗对于眼睛是深刻的,沉默对于耳朵是深刻的,不存在之物是存在之物的深意。这种深刻是一种文学效果,它和其他文学效果一样可以被预测,通常不可取。在瓦雷里看来,帕斯卡关于永恒空间的名言是文学虚荣心冒充观察力的经典案例。假如帕斯卡真对阐述真理感兴趣,瓦雷里恶毒地问道,那他为什么不这样写:"我们居住的小角落里断断续续的聒噪声使我们心安。"

在读了瓦雷里的随笔本后,我们对他个人的了解并未增进——譬如,我们不知道他患有抑郁症——他只是向我们证明了,他是一个出色的观察家以及他用精确的语言表述他的观察所得。要判断其观察所得的正误,我们只需在自己身上重复这个试验。比方说,他说，有意识地使自己和某个对象疏离而不回头去看自己是否成功是不可能的。我尝试了下，发现瓦雷里是对的。

瓦雷里的人生态度比他所承认的更具一致性，它始于这样一个信念：思维在本质上是前后矛盾的，因此就有反抗这种矛盾性的需要。以下三句话或许可以被用作他所有作品的题词：

> 认知固然重要，但不起决定作用。
>
> 有时我思考；有时我存在。
>
> 我不祈求任何灵感，除了命运，这是人之常情；然后又作着同命运抗争的不懈努力。

瓦雷里的观察涵盖了各种题材。正如我们所预料的，最无聊的观察记录，即那些读来最不像瓦雷里本人而像那些喜用尖刻格言的法国作家的文字，是与爱、自爱、善与恶有关的。

他对于以下几方面有着妙趣横生的见解：我们对身体的意识、那些奇妙的身心表达——大笑、痛苦和脸红、人们在专注于心理问题时的身体行为。他精通梦境——譬如，他说，梦中“几乎没有现在时”。然而我相信，对于诗人以及许多其他人而言，他们自然会认为他最宝贵的贡献是对诗歌艺术的评论。一个自己不写诗的评论家可能是评判孰优孰劣的合适人选，但他不可能获得诗歌写作的一手知识，因此他常常会因为某首诗达到或者未达到诗人并不感兴趣的效果而对其进行褒贬。针对人们认为诗歌不真实或不道德的指责，许多诗人为此写过辩词，但告诉我们他们是如何作诗的却凤毛麟角。这其中有两个原因：首先，诗人更感兴趣的是创作更多诗歌；另一个理由则不那么值得称道，即他们跟律师和医生一样，有一种不愿向外行透露他们神秘行业的秘密的势利。当然，在这势利背后隐藏着担忧——如果公众知道个中机密，比如，一首诗并不是纯粹的词意预测，或者一首极富表现力的情诗未必以诗人处于热恋为前提，他们便会彻底失去对诗人的尊重。

不幸的是，瓦雷里为数不多的前辈之一，坡，居然用《乌鸦》一诗作为他谈创作原理的范例，该诗给读者一种造作之感，这意味着构思上尚欠火候。坡为此诗选用的形式要求大量使用弱韵，这在英语中有一种同主题格格不入的轻佻效果。一个希望对作诗过程保持奇妙看法的读者能够找到证实这一幻觉的理由。瓦雷里作为诗人的成就使得人们很难无视他的批评主张。他对观点的表述显然有意要引发争论。他讨厌两类作家：那些试图以洪亮或激烈的含混来打动读者的作家，以及仅仅记录照相机镜头所见或自己偶发思绪的自然主义作家。对瓦雷里而言，所有聒噪和激烈的文字都有些可笑，好比一个人独自在房间里吹奏长号。比方说，我们阅读卡莱尔的作品时有这样的印象：他似乎说服自己相信，用“强音乐段”和“宇宙”要比用“轻奏乐段”和“花园”耗费更多精力和心血。

对以左拉为代表的自然主义流派，瓦雷里干脆利落地以“信奉这派美学标准的香水商会制造出何种气味的香水”的反诘予以驳斥。

瓦雷里认为，诗歌应该是智力的节日，即一场游戏，但是一场严肃、有序、意味深远的游戏，而诗人则是从无规律可循的困难中获得灵感的人。单个词语的缺失能毁掉整首诗;诗人如果找不到一个(比方说)包含字母P或F、词意同“分手”相近但又不太冷僻的双音节词,就会诗思枯竭、难以为继,这就是诗歌的荣耀。诗歌的形式限制使我们认识到由我们的需要、感情和经历而生的想法只是我们所能产生的思想的一小部分。在任何一首诗中,有些诗句被“赐予”诗人,再由他着力润色,另一些诗句则须由诗人苦心经营,同时竭力使之听起来“浑然天成”。对于诗人来说,谈论作诗而不是神秘的声音更为合宜,而他的天赋应深藏于他的才华之中,从而让读者将他的天赋归功于他的艺术。

不消说,在瓦雷里看来,他那个时代的绝大多数法语诗歌无外乎对命运和新奇的崇拜,并就此推断诗歌是个怪异的残存物,诗的概念若不是业已存在,今人根本不会知道诗为何物。

就其总体原则而言,我坚信瓦雷里的正确性不容置辩,可我又不禁怀疑:如果我是一个致力于创作法语诗歌的法国人,我在日常实践中是否会像现在这样赞同他的观点。我觉得很可能是为了挑起论战,瓦雷里过分强调诗歌形式限制的任意性,并过分夸大它们同“自然”之间的对立。假如它们果真毫无规律可言,那么不同语言的作诗法就可以互换,而每一个诗人都曾有过的体验——因为他试图为某首诗选用“错误”的形式,从而导致诗思阻滞,直到他为之找到合适的形式,亦即*自然的*形式,创作才得以畅通无阻——就无从说起了。尽管不费工夫和心思的东西不太可能有很大的价值,但相反的命题却未必正确:比如,用英语写六首楔形六部格会耗费大量精力,但几乎可以肯定,得到的成果不会有任何诗学价值。

对一个英语诗人来说，法语诗歌似乎和1680年到1780年间的英语诗歌一样，缺乏形式的变化。任何形式——无论是法语的亚历山大体还是英语的英雄双行体，不管它起初是一种怎样令人叹服的工具，往往会在两三位大师的笔下穷尽其所有可能性，他们的继承者就只有两条路可走：要么另辟蹊径，要么注定做默默无闻的效仿者。如果说要找到一首不用自由体写成的现代法语诗歌是件稀罕事(我们不能忘了瓦雷里本人曾写过不少他称之为**不事雕琢的诗**[1]的文字)，与此同时讲求形式的诗在现代英国诗歌中仍很常见，那么法语诗歌的正式形式缺乏适应性可能是部分原因。[2]和法语相比，英语似乎是一门无序、外行的语言，但如果这种无序感能激起适当的反抗，或许能产生新的、有生命力的结构。我时常爱国地想，假如瓦雷里拥有我们语言的丰富资源，有英语常用音节所允许的所有可能的韵律供其选择，他的诗歌生涯是否还会过早地终结？

然而，如果那样，我们可能也就不会读到他的随笔本。对于一个批评立场可能包含“退后，缪斯”[3]这一技巧的人，写出“你的脚步，生于我的静默”——任何语言中向缪斯祈求灵感所用的最美文字之一——是很合宜的。他尊崇的缪斯，有时被他唤作劳拉，也许

---

1. 原文为poésie brute。
2. 就某些事情而言，法国人在品味上似乎要比英国人更宽容。所以尽管瓦雷里承认德·维尼的诗句“我爱人间疾苦的庄严”是无稽之谈，但他因其优美的音韵仍然认可它。若是换作一个英语诗人写出类似的句子，他绝不可能逃过评论家的口诛笔伐。——原注
3. 原文为拉丁文“Vade retro，Musa”，由中世纪天主教驱魔术语“Vade retro satana”演化而来，表明了瓦雷里的诗学立场，他坚决反对“诗歌是灵感的产物”这一观念，认为过分强调灵感无异于取消诗人的主体作用。

不是诗神缪斯，或者即使是，也纯属偶然，而是他每天在拂晓时分等待的洞察力和自我更新的缪斯。

> 我的头脑思考着我的头脑，
> 我的过去于我全然陌生，
> 我的名字令我诧异，
> 我的身体是纯粹的观念。
> 过去的我和所有其他自我同在
> 而现在的我甚至不是我将要成为的样子。

除了金钱，文学成就能给作者（即便是给他的虚荣心）的满足感微乎其微。文学成就意味着什么？没读过你作品的人对你的抨击和平庸之辈对你的模仿。有两种文学荣誉是值得赢取的，但无论赢得哪一种，作家本人永远不会知道。一种是做这样的作家——也许他的地位无足轻重，但经过数代之后某位大师在其作品中找到解决某个问题的重要线索；另一种是成为别人眼中献身文学事业的榜样，

> 被一个陌生人在他的思想密室里秘密召唤、想象、安置，从而成为他的见证人、审判官、父亲和神圣的精神导师。

马拉美在瓦雷里的生命中扮演的正是这一角色，而不是文学导师。我可以保证，瓦雷里至少在一个人的生命里也扮演着同样的角

色。每当我备受矛盾、倔强、模仿、失误、混乱和灵魂的堕落这些可怕的心魔折磨时，每当我感到自己有沦为严肃的人的危险时，我相信我时常求助的对象不是别的诗人，而正是瓦雷里这样一位智者，如果真有智者存在的话。

家庭一员*

我从来都不愿意给书挑毛病，如果碰巧书的作者是我喜欢的熟人，我更是讨厌那么做。大卫·塞西尔爵士完全有资格替马克斯·比尔博姆[1]写本一流的传记，他理解并热爱着他的写作对象，而且做事勤勉，又有学术积累，这都确保了传记资料的正确性和完整性，但是他的《马克斯传》却不如想象中那么好。我觉得他出版的像是书的初稿，不然一定还得花上六个月时间进行删减工作，把篇幅浓缩到现在的一半才行。但事实上，呈现在我们面前的是部关于维多利亚时期洋洋洒洒 496 页的大部头作品，页面上密密麻麻爬满了字，翻来覆去重复的语言读来乏味。这样的纪念作品太过庞大，完全看不出是他的手笔，对于有志成为传记作者的年轻人他可是有过这样的教导：

> 我没什么天赋。但是能小心谨慎运用好我的才能，从不过度。结果，我得了一点小小的声望。但这份声誉就像是株瘦弱的植物。别太关注它了，我说林芝你这个园丁！不要浇太多水淹了它！小小的一听水就足够了。我这种建议也是多余。你写了“一本小书”这几个字，我感到很宽慰。哦，就那么写吧，小书！别越过主题的范围了。

我还有其他的反对意见。我也不指望当代人有多少能认同，也许听起来很奇怪，但是我必须说清楚。我觉得大段引用马克斯给弗洛伦斯的信件，这已经侵犯了个人隐私，无论如何这都没有道理。马克斯似乎把对方的来信都毁了，自然他是不想把两人之间的往来信件公之于众。无视逝者这样的心愿，也许不无理由，比如这些私人信件里有许多关于他品行的重要内容，这样的借口屡试不爽，但我自己觉得这借口没有任何道理。而且参考一些已公开的资料，也能知晓信件中的细节内容。另外，读者如果心不在焉，所有的情书读来几乎不是枯燥无味，就是令人尴尬。志同道合的朋友之间的书信读来才有意思，比如马克斯和雷金纳德・特纳[2]之间的信件，这些信由鲁珀特・哈特-戴维斯先生编辑成集，机缘巧合，得到马克斯本人同意才得以出版，条件是删除某些段落。但是情色的片段，无论在这二人看来多么活色生香，也无法引起第三者的兴趣。可以想见，马克斯作为情人没有什么丑闻可言，也没什么丢人的事，完全就是只无公害的可爱小猫，可是我读到这些段落总不免羞红了脸。

再来评论几句，或者说建议几句。读传记作品时我总要倒回去前面的页面，找找现在读到的事件发生的日期。我真希望出版商在

---

* 本文于1965年10月23日发表于《纽约客》，系作者为英国传记作家及历史学家大卫・塞西尔爵士(Lord David Cecil)的著作《马克斯传》(*Max*)撰写的书评。

1. 马克斯・比尔博姆(Max Beerbohm，1872—1956)，英国散文家、剧评家、漫画家，曾侨居意大利二十年左右。

2. 雷金纳德・特纳(Reggie Turner，1869—1938)，英国作家，唯美主义者，是奥斯卡・王尔德圈子的成员。

出版传记时至少在每页页面上方能标明当页内容涉及的年份，这是他们应该做到的。

S. N. 贝尔曼先生的《马克斯肖像》出版了已有五年时间，共计304页，行距很大，比起塞西尔爵士那一本就要好一些。但是贝尔曼只写一些他与比尔博姆的见面情况，无意写一本完整的传记，他的任务自然要简单得多。让我惊讶的是，贝尔曼先生和塞西尔爵士竟不约而同地认为马克斯故意戴上面具生活，并不断刻画着那张面具。说人戴着面具生活，意思是说这个人呈现给他人，甚至是自己的样子与他真实的模样不同。他戴上面具也许有许多原因。也许他只是个骗子，就像有男人假装讨好感到孤独的老处女、却不过是要骗她们的钱罢了。也许他对自己天性中的某些部分感到恐惧或惭愧，所以不想让其他人还有自己看见。缺乏自我身份的年轻人常常会尝试戴上不同的面具，为的就是找到适合自己的那一个，而事实上最后他戴上的并不是面具。还有一种可能，在比尔博姆讲的故事《快乐的伪君子》中曾经提到：为了赢得好女孩的芳心，那个浪荡子戴上美德的面具，结果在现实中他成了最初仅仅想要伪装的人。最后，对于艺术家群体，（我怀疑这里是否能用“面具”一词）他们的艺术人格面具只表达全部体验的一小部分，这也并非罕见。

上面任何一种情形都无法说明马克斯·比尔博姆的情况。他肯定不是骗子。在特别年幼的时候他就知道自己到底是哪种人，他也从未表达过一丁点儿想成为其他人的想法。他很幸运，同时精通两种艺术门类，也不妄想突破自己的局限。他画讽刺漫画，在漫画中间写一些文章,用这些媒介来传达自己的心声。大多数人的言行依据不同同伴的场合会有些许不同,但马克斯无论到哪都是一样。事实上,如果他身上真有什么不像人类的地方,或者说像精灵一样的地方,那是因为即使他成年了,也还保有着童真。奥斯卡·王尔德有意无意间说了句俏皮话形容他,说得真是贴切:"告诉我,和马克斯独处时,他有没有把他的脸皮摘下来露出面具?"

年老时,马克斯告诉记者他曾经很走运——也就是他出生时。只要我们了解下他的家庭背景,就一定会同意他的说法。他的父亲来自梅梅尔[1],靠买卖粮食为生,六十来岁才开始学习英语。他娶了康斯塔娅·德雷珀,这女人喜爱文学,但总是心神不定。他们俩生养了三个儿子一个女儿。后来康斯塔娅去世,他娶了她的妹妹,这位新夫人很能干,温柔体贴,又很幽默风趣,他们又生了三个女儿一个儿子,那个儿子就是马克斯。马克斯比最小的姐姐小四岁,和同父异母的长兄则有二十二岁的差距。两个家庭的成员都很古怪,又都很有魅力。欧内斯特去殖民地的农场放羊去了,后来娶了个非白种女人,赫伯特成了有名的剧场演员兼经理,也就是鼎鼎大名的赫伯特·特里,尤里乌斯成了多情的花花公子,嗜赌成瘾,想要赚大钱却总是失败,不过即使如此也还是做着发财梦。康斯坦丝帮着继母持家,说出这样一番话:

X先生告诉我说他有只神奇的鹦鹉,那鹦鹉能断定酒醋的年

1. "梅梅尔",旧地名。即今立陶宛的克莱佩达。

份。我想就此写篇文章投稿给报社。

(事实上X先生说的是"味觉[1]。")艾格尼丝是个美人,"总是很快乐,"甚至婚姻破灭了也还是高高兴兴。马克斯认为多拉是他一生中和他走得最近的人,她做了修女,写了一首杂耍歌曲:

左、右、左、右。
我丢下的姑娘
是合适的姑娘。

而马克斯成了马克斯。

现在似乎是个好时机来谈谈那些女人们。马克斯出生后,他同父异母的兄长们都离家去了外面的世界,所以陪伴他的主要是女人,他是她们疼爱的小男孩。这样的成长环境促成了马克斯想象力上的早熟,也无意中培养了他的自私心理,他理所当然地认为会一直有人爱护他、照顾他。奇怪的是,这种设想通常都能实现,马克斯的生活中总是有女人做伴——他的母亲、弗洛伦斯、他的秘书荣格曼小姐,她们都乐意照顾他。他自己也承认:

我只能开开心心过日子。通常人们**让**我过得很开心。我被宠坏了。所以总的来说我过得很不错。但是如果生活中每天都缺

---

1. "味觉"一词的英文为palate,与鹦鹉的英文parrot读音相似。

少美好的事物，我就不乐意了。尤其是如果有不幸的事情发生，我简直就要委屈死了。

为什么大家要宠着他，这一点我们完全可以理解，因为很少有人能像他一样，他生来就适应过舒适的家庭生活。他很迷人，温柔体贴，脾气又好，对人还很忠诚，通常来说，这些优点正是幸福家庭生活的保证，他似乎从来没有尝试过酗酒放荡的生活，也不沉迷于赛马。

他试着找个异族人做伴侣，以填补多拉姐姐离家后的空虚，但前两次都没有成功。说到格蕾丝·康诺弗——他叫她吉尔欣——一切都是他的错：很明显他对她不感兴趣，他只是想尝尝恋爱的滋味，她也许是他一生中唯一一个受到不公待遇的人。至于康斯坦丝·科利尔，错几乎全在她自己身上：她需要的是热血激情，可她也知道马克斯无法给予这种激情。当朋友们听说他和弗洛伦斯·卡恩订婚的消息，一定会有疑虑。他是出了名的公子哥，风趣幽默，不管是画漫画还是写作都小有名气，而她却不善交际，不苟言笑，虽然是演员，却总是不温不火：这两人结合在一起会过得下去么？如果他们在伦敦定居，也许就过不了日子了，马克斯好像也挺明白，在做出离开英国移居海外的决定后，他才向她求婚，那时他们已经结识了六年。

在给雷金纳德·特纳的信里他这么说道：

……我们可能会住在意大利。有一点很肯定：我们不会住在伦敦，我们要找个简朴愉悦、轻松随意的地方定居……不管我的那些友朋是否可爱，我都要远离他们：无论他们是否可爱，他们都让人讨厌，总是占用我的时间，都是累赘。从今往后我要独来独往，就像巴克卢公爵夫人那样。除了弗洛伦斯、我家人，还有你，我不再和其他人来往——当然也许有一两个例外，比如尼克尔森一家，我也不是很确定。

有很长一段时间，要过这种生活的念头不时会冒出来。早在1893年，那时他只有二十一岁，他就写下了这段话：

我要成为生活在某个小小疆域的主人，过一种安宁单调又简单的生活，不受任何外界的干扰。

爱德华时期的上流社会曾经很吸引他，也给了他模仿的样本，但与此同时，当时的生活也让他精疲力竭：

如果我生来就擅长交流，能侃侃而谈，我想在别人家呆着就不用那么紧张了。我就能不费吹灰之力给男女主人还有其他宾客留下深刻印象，聚会散场时也能精力充沛，因为自己的魅力而面色红润、充满喜悦。唉，我是不可能给别人留下印象的。我只能严格注意自己的行为举止，尽量行事谦恭，以博得他人好感，来报答别人的好意。每每起床更衣要参加晚宴，我心里总有一股强烈的冲动，想要倒回床上，睡一觉消除疲劳。我不得不凭借十分的意志力起来整理装束，把最后的事情干完……这潦倒的生活啊。

但是，虽然他的一生都不富裕，他却从不羡慕富人们的生活方式：

> 英国乡间那些大房子是给神住的。它们的规模相对人类来说过于夸张，想想自己要是住在那些庞大的房间里，真是可怕。

他生来就喜欢家庭式的社交生活，喜欢小型聚会上大家亲密无间的感觉。而且，他那充满想象力的生活从来都不需要外部的刺激，甚至也不需要观众。他还像个孩子，能沉迷于游戏乐此不疲，也能沉浸在与他人的嬉戏中。这么一来，即使朋友们不大看好弗洛伦斯，他们却过着快乐的婚姻生活。他感到幸福，对他来说，生活也变得丰富起来：

> 一天二十四小时里有十六个小时我都感到很幸福，在剩下的八个小时里，即使我没有意识，我也很幸福，这算不上一件新鲜事，却是我手头唯一的新鲜事……没有“发生”任何事情，弗洛伦斯和我也没有“见”任何人……太阳当空，海水波光粼粼，我一天吃两顿，饭量不小，山茶花正要开始绽放，橘子和柠檬熟了，我整天忙忙碌碌。

如果说女人——还有男人——在马克斯的生活里没有太多分

量，那可能意味着无论是他的性格还是他的创作都不会受到人际关系太多的影响。早在他进入社交生活前，家庭生活已经在他生活中起了决定性作用。虽然童年经历对我们所有人都很重要，但我们大多数人或多或少都有叛逆的时候，否则就无法成为当下的自我了。可是马克斯不仅从未违背过家人灌输给他的价值观与生活习惯，而且他还一直与家人过着幸福的生活，到了三十八岁才离开。

八岁时，马克斯就显出老成的一面：

> 不知怎么，很奇怪的，大概八岁左右时，我就喜欢警察讨厌军人了。可能比起猩红色的熊皮制服，都市警察简朴的服饰和职业更让我激动不已……我知道春天来了，并非看见了黄水仙，而是警察突然换上短装，上面几颗钢纽。秋天的到来也不是以落叶或燕子南飞为标志。警察换上厚厚的长罩袍，系上铜纽扣，我就知道秋天到了……十一岁的时候我瞧不起军队的人，我只对政客感兴趣——当时人们管他们叫政治家。

马克斯这种在意别人穿着的习惯，在同父异母兄长尤里乌斯的影响下，很快演变成对自己着装的过分讲究。读书时他似乎从来没有过脏兮兮的形象(很难想象马克斯长着粉刺脓包的样子)，十五岁时，他就已经出落成花花公子的模样：

> 我那条新做的黑条纹裤子很漂亮，也很合身，就是膝盖那里

稍微松了一点点，不过已经非常好了……我戴着的那朵花还是漂漂亮亮的，没有枯萎。

这是十五岁时候的情形。到了二十四岁，周日去做礼拜时，他穿着“法兰绒大衣，白色马甲，系条紫色的领带，夹着绿松石领夹，下面是粗棉布长裤，头上一顶草帽”，还随身携带“一件吸烟时穿的紫缎子西服，衬里是暗红色的”，接着是八十岁时，贝尔曼先生第一次见到他的情景：

他穿了一件灰色法兰绒的双排扣西服，带点淡黄色，里面一件低胸衣，大大的翻领料子很软。一顶硬挺的草帽则潇洒地歪戴在头上……脚上还有一双黑色漆皮浅口鞋，大小合适，打理得一丝不苟，外加一双白袜子。

我本人平日看来则是一副邋里邋遢的样子，见到这样无可挑剔的妆容，总是不禁感到讨厌。所以读到关于马克斯也有邋遢相的片段，惊讶之余，也觉得心里舒畅。威廉姆·尼克尔森是和他一起出入时髦场合的花花公子，他曾说道：“他有时衣服少了一粒纽扣，有时手套又有了裂口，这些都破坏了他完美的衣着。”

因为在一群比他年长许多的兄弟姐妹中成长，很小的时候他就开始想象成年人的世界：

我不相信童话，也不肯定是不是真的有游侠骑士，听到海盗或者印第安人都灭绝的消息，我就很开心……天黑以后，我就成了深谙世道之人……我和一群人一起吃着鸡肉和樱桃馅饼，去参加聚会……我也不知道聚会上发生了什么，就知道自己熬着夜在别人家做客，那家主人的名字我在大人们谈话时曾听说过。

踢足球时心里想着丢手绢的游戏，游泳时又记挂着手头读着的布雷登小姐的小说，这样的孩子要住在寄宿学校里，日子一定不好过。可是马克斯在切特豪斯学校的经历却并非如此。进入青春期的男孩比较守规矩，会规劝那些离经叛道的家伙，但也只是那些小家伙露出惧色的时候，一般情况下马克斯就是这样的孩子。那些天不怕地不怕的就管不着了，甚至大孩子们还会尊崇他们。家人总教导马克斯要洒脱直率，于是在学校里他就有了自信，一副刀枪不入的样子。他继续画漫画，也开始写作。在切特豪斯的最后一年，他发表了第一本文学作品——是对古典文学作品脚注的戏仿作品，任何成年幽默作家都会以之为荣。大学时，他成功说服弗尼瓦尔教授去大英博物馆，教授十分德高望重，是研究莎士比亚的专家，而博物馆里有一枚仿伊丽莎白时期的纹章制品，正是马克斯的作品，这是他第一次展露自己恶作剧的才能。弗尼瓦尔教授不是最后一个受害者。萧伯纳也上过当：

马克斯发现了一大摞萧伯纳年轻时的照片。他给每一张都做了精心改动，不是加了个大鼻子，就是画了斜眼，人都变丑了。接着他把这些改动过的照片重新拍摄，寄给英国的朋友们，请他们假装成萧伯纳的仰慕者给他写信,同时把照片寄回给他索要签名。那些朋友照做了。马克斯后来得知萧伯纳收到一张又一张逼真的照片后感到越来越困惑,心里乐开了怀。

虽然二十一岁时他就已经完全形成了自己的性格与品位,可要确定自己的画风或写作风格来表达自我,自然还需要多花点时间。但也无需很长的时间。他的第一次戏谑文练习模仿的是奥斯卡·王尔德,比如:

> 你最喜欢哪天?星期二我觉得自己像绅士,星期三我很聪明……星期六我很平庸,你觉得呢?

上面这篇写于 1893 年,四年后,在写克莱蒙·司各特先生诗集的评论文章时,他已经有了自己的风格。他先引用了一节那位不幸的先生所写的诗,其中有两句这么写道:“你带着毫发无损的美遇见了我”,“你坐着,嘲笑着热爱你秀发的男人们”,接着就下笔了:

> 可能无心的读者会以为这几行真是对一位夫人所说。我们更愿意相信——事实上我们很肯定这一点——这是和一处海滨胜地的对话,“紫罗兰”这个假名很巧妙地掩饰了这个对话者的身份,否则“克罗默[1]”或者其他小镇就要吃醋了。当然用“毫发无

1. 英国海边小镇名。

损”来形容女人的美过于单调乏味。另一方面，如果我们以为布罗德斯泰斯[1]后面加了省略号，那么“没有盖满房子”可能就是省略的内容，这样一来，这个词就用得相当巧妙。另外，毫无疑问也不会有什么值得尊重的女人坐在椅子上嘲笑喜欢她秀发的男人，即使那些男人的行为看起来十分可笑。我们相信，“秀发”的“秀”不过是种谈资，是诗人为了掩饰自己提到臭氧而说的。而且，受欢迎的海滨胜地也或多或少无法容忍少数游客的不雅行为。

同样，虽然他第一张发表的漫画还有佩莱格里尼的影响，1899年出版的“爱德华德赛”系列就完全只有他自己的印记了。

对于马克斯来说，漫画是种客观的艺术：

> 我画人物的时候，只关注他的外貌特征。我一点也不在意他的心理……在我眼里，他那些突出的外貌特征都显得很夸张（脸部、体型、姿态、动作和服饰上那些特征），而那些不突出的特征则相对不显眼……无论多么隐约可见，人们的思想自然体现在那些突出的外貌特征上……所以如果把那些特征放大，而忽略其他的部分，我们就可以揭露一个人的思想了。

另一方面，在写作上，他理想的是主观的作品：

1. Broadstairs，地名，位于英国肯特郡。

> 真正的风格实质上是个人的事情……事实上，不仅仅是要窥探普遍的事物，更是窥探作者如何看待那些事物……现代的文体学家有一个任务，就是要用印刷文字表达思想所有小而偏的要点，并传达意义上细微的差别；而在完成这个任务时还必须克服很多花招和繁文缛节，这些都把作者带到离日常口语越来越远的地方……现代的散文文体比起十八世纪离口语更远，原因是个悖论：正因为现代散文模仿了口语。

他对于这两种艺术的区分，以及他从小开始画画、青少年时代才开始写作这样的事实，也许都可以解释为何他在漫画与写作时运用了两种不同的方法，那种对比十分奇妙。画漫画时他得有那种特定情绪，情绪到了，他画起来就又快又轻松，就像神思恍惚一样。而写作却总是慢工出细活，无论是写新闻稿，还是写情诗，都是如此。比如，完成《朱莱卡·多卜生》时，离他刚开始构思这部作品时已经过了多年。

早熟是福，能很早确定自己的身份、品位和才能，而其他人还只知道到处晃来晃去——唯有这样，幸福满足的生活才能成真——但是也必须付出代价。生物学家告诉我们，人类的许多成就是基于这样的事实：相比其他动物，我们在身体发育上要迟缓得多，所以似乎在人类活动的大多数领域，除了音乐与数学，那些情感与智力上的晚熟者才能取得最大的成就。马克斯付出的代价就是，大约1910年之后，发生在周边的事情，无论是社会交往还是艺术领域的事，都无法再激发他的想象力。他会怀念“过去的美好时光”，也不稀奇。任何生来好运，能诞生在充满爱与美食的家庭里的人，都会有相同的感受。而且马克斯这个人，虽然是保守党，有时候又很胆小，却太过聪明，太过正义，无法成为毕林普上校[1]那样的人：

> 世上的上流名士都被赶去哪了？伦敦一个人影也没有(只就私人住宅没去找了)。火车小船上也不见他们的身影，其他地方也没有。就只有这个可怕的暴民——其实他一点也不可怕，除非你是个娇生惯养的家伙，仍记得过去美好的日子，而其他几个同样娇生惯养的人也曾经过着那样的日子。

奇怪的是，马克斯三十多岁时竟然失去了把当下的经历转化为艺术的能力。另外一类漫画家也许会同意他的观点，即九十年代和十九世纪早期的名人更容易刻画：

> 他们迈着步子，速度缓慢，所以你能观察他们。他们要么留着络腮胡，上嘴唇很干净，要么留着小胡子，没有络腮胡……男人们留着各式各样的胡子，发型也是各异，他们在衣着方面要留心得多，穿衣的样式可真多啊。

可是又有一类艺术家却发现要刻画年轻一代那张干干净净的

1. 英国小说人物，这是小说家C.S.福雷斯特在他的最伟大的作品《将军》一书中，绘声绘色地描写的那种勇敢、忠诚但是落后、缺乏想象力、呆头呆脑的典型人物。

脸庞,以及身着制服、不拘小节的他们,倒是个挑战,漫画家必须仔细研究,直到找出如何表达他们滑稽的一面为止。

对我们许多人来说,发现至今无人知道的过去,这就是最重要的“新”体验了。马克斯年轻时最喜爱的作家包括萨克雷、早期的乔治·梅瑞狄斯,和晚期的亨利·詹姆斯。很奇怪他并没有列举一些更年轻的作者,更奇怪的是,名单里也没有更老的作者。更为严重的是,对他来说,重要的经历不过就是初次体验时的样子,而不是其他。结果,如果比较一下他的两幅画或者两本书,几乎无法确定这两部作品的年代。即使看起来他在创作上没有什么长进,正如人们所料想的,他的作品却不“过时”,相比之下同时代许多艺术家或作家却没有这么幸运。如果要追究原因,我想答案就是,他那种对美的敏锐知觉永远都与道德感联系在一起,一些同仁身上也有相同的特征。关于美与趣味的风尚一直在变,但是正派人士与流氓无赖的区别却永远都在。雷金纳德·特纳把自己的一本小说介绍给马克斯,假装那是一个叫汉斯·布兰德斯的人的作品。特纳这么评价马克斯:

> 他性情有点残酷,算不上粗暴,也不是残忍,是一种简单直接又没来由的残酷。但是他没有恶意,也不小气,他有最仁慈的心肠。

我觉得特纳的意思是,如果一个艺术家一眼就能瞧出题材对象道德上的缺陷,又能一下子凭直觉把那些缺陷表达出来,那么这个艺术家看上去一定会是残酷的。奥斯卡·王尔德和威尔士王子(事实上王尔德是他的朋友)的画像之所以看上去毫无生气,并非因为私人恩怨;他只是禁不住要揭露他们二人的道德品格——王尔德这个人的"灵魂在罪恶中昏昏欲睡,醒过来时,又显得粗俗",而那位欧洲第一先生的粗鄙下流简直难以形容。这样直截了当的洞察力中并不包含任何恶意或偏见的成分,而马克斯因为这种洞察力胜过了大多数漫画家,甚至连杜米埃[1]也比不过他。他最具破坏性的肖像画在人们看来甚至也并非有失公允,人们觉得个人或意识形态上的原因都不会让他在未见到漫画对象时就开始丑化他。

既然我们谈到这事了,我希望贝尔曼先生或者大卫·塞西尔爵士能好好利用我们纵容道德败坏的文化倾向,那么就可以把弗兰克·哈里斯的肖像放在马克斯的漫画作品中了,这是不容易见到的,但有些人一定恨不得一见:

> 一小段时间的沉默过后,哈里斯低沉的嗓音响起。"罪大恶极!"他说道,"罪大恶极,这是世间最让人愉悦的事。要知道这是什么意思你得去问我的朋友奥斯卡。可是,"他继续说道,语调变得充满敬意,"如果莎士比亚问我的话,我不得不甘拜下风!"马克斯回到家就画了一幅哈里斯的漫画,画上的哈里斯一丝不挂,那

1. 奥诺雷·杜米埃(Honoré Daumier,1808—1879)是法国著名画家、讽刺漫画家、雕塑家和版画家。是当时最多产的艺术家,也是法国十九世纪最伟大的现实主义讽刺画大师。

撇小胡子竖了起来,他回过头去害羞地看着莎士比亚,而莎翁则畏缩不前,担心接下来会发生什么。画下面写着,"如果莎士比亚问……"

他的漫画如此,他的文学鉴赏力也是这样。他会在席间闲谈时发表对其他作家的批评反对意见,要么就写点戏仿诗文,而他批评的总是那些作家的道德污点——比如吉卜林有施虐倾向、威尔斯[1]下流卑鄙,萧伯纳对个体生命漠不关心等等——他要表达对亨利·詹姆斯的钦佩时,那也是因为詹姆斯是个道德家:

> 我阅读他的书有审美快感,但比那更重要的是我对这位作家在道德方面的尊崇……即使为了"形式"的缘故他坚决压抑了自我表达,但通过阅读他的作品,亨利·詹姆斯先生在我心里的形象十分鲜明,他就像我在讲道坛上见过的那些传道士。而且,我不曾见过像他一样有道德热忱的传道者,在我眼中他的世界观是最完美动人的,也给我最多的鼓舞,他的书里充满了对崇高事物的敬畏,又有对于邪恶事物的厌恶。

马克斯曾说他只有 1 500 个读者,显然他低估了自己的魅力,但即便如此,他的作品现在也很少有人看了。只有研究戏剧史的学者会大量阅读他的戏剧评论。对于普通读者来说,唯一可读的是他

1. 威尔斯(Herbert George Wells,1866—1946),英国著名小说家,尤以科幻小说创作闻名于世。1895 年出版《时间机器》一举成名。

的一篇新闻稿，当时写这篇稿子的原因人们早已遗忘，这是篇类似檄文的喜剧作品。杰罗姆·K.杰罗姆[1]的戏剧作品《三楼去又回》已经销声匿迹，但是马克斯写的相关的戏剧评论还在流传；杜丝这个名字也只有几个老顽固记得了，可记得马克斯对她的表演的评论的人还不少："岁月未使她的容颜减色，社会习俗也未让她变得陈腐，她从来就没有变过。"

1. 杰罗姆·K.杰罗姆(Jerome K. Jerome，1859—1927)，英国现代著名的幽默大师、小说家、散文家、戏剧家。其作品以幽默睿智见长，饱含对人生的感悟，后期作品较为严肃深沉。其幽默杰作《三人同舟》和《懒人懒思录》至今仍是英语世界广受欢迎的名作，也奠定了作者在世界文坛的独特地位。

沃尔特·德拉梅尔*

对于少年读者来说,沃尔特·德拉梅尔编撰的《到这儿来》算是最好的选集之一,他写了一篇寓言,作为选集的导言。有个叫山姆的男孩从母亲那听说了一个叫东方溪谷的地方,那儿“绿树成荫,百花齐放,溪水叮咚,有绿色的草原和罕见的鸟类”。有一天早上,他出发去寻找那片乐土,来到一个山谷,那儿有一座叫斯瑞的老石头房子,他认识了房子的主人塔努内小姐,于是问起了东方溪谷,她却不言不语,只是盯了他一眼,眼神有些奇怪。不过,她告诉他说除了“斯瑞”她还有另一座房子叫苏尔凡恩,那“是家族的宅邸,古老而且豪华”。她还给他讲了那鸿先生的故事,他是一位伟大的旅行家:

> 一开始我一点也弄不懂那鸿先生是怎么回事。即使现在我也搞不清楚他是塔努内小姐的哥哥还是侄子,也可能是血缘关系很远的表亲,我也不明白塔努内小姐,也许她事实上是塔努内夫人,而那鸿先生是她儿子。也有可能塔努内小姐还是塔努内小姐,而那鸿是她养子。我不能肯定她是否爱他,虽然她聊起他的时候,似乎挺骄傲。我只知道塔努内小姐从他一出生就照顾着他,她教给他知识,凭他的出身本来没有享受这些知识的权利……奇怪的是,从她的表情和声调判断,塔努内小姐有时打算取笑他一番,因

为他太折腾了。她似乎不太同意他离她而去——虽然她自己也离开了苏尔凡恩。

那些名字都很好翻译，寓言的大意也很清楚。我们每个人都是这样特别的旅行家，我们要追寻欢乐却始终没有找到，只能想象一种单纯的快乐，而那种单纯的快乐却不再属于我们，所以如果我们是诗人或者读诗的人，我们会期待两种东西，这两种东西相互之间也不能说完全相抵触，却无法达到完全和谐的状态。一方面，我们希望诗歌写得很美，就像一座语言的伊甸园，里面有完美的形式，所以我们抱有找到欢乐的希望，那欢乐里没有任何邪恶或苦难的成分，我们的使命就是要找到它。另一方面，因为我们自己并不了解世界，也没有什么洞见，所以我们期待诗歌能启迪我们，让我们认清当下迷惘的状态，否则我们只是盲目犯错，实现愿望的可能性微乎其微。我们希望诗歌能教会我们一些深刻的真理，无论那道理多么浅薄，正如我们所知，大多数真理都是甜言蜜语。也许有人会说，每个诗人心里都住着一个唱歌的阿里尔和思考的普洛斯彼罗[1]，而每一首诗中，有时甚至在某个诗人的全部作品里，要么是阿里尔，要么是普洛斯彼罗所占的分量要大一些。德拉梅尔最喜爱的诗人之一坎皮恩，在他的诗作里，就是阿里尔占了绝大分量，他的作品除了辞

---

* 本文系作者为《德拉梅尔诗选》(*A Choice of de la Mare's Verse*)(伦敦：费伯-费伯出版社，1963 年)一书撰写的导言。

1. 阿里尔(Ariel)与普洛斯彼罗(Prospero)都是莎士比亚戏剧《暴风雨》里的人物，前者是小精灵，后者是剧里的主角，被篡位后流落孤岛，在那儿学会了魔法，成了法师。这二人可能分别代表了诗人的外表与内心。

藻华美，几乎就不剩下什么了，至于诗歌蕴含了什么道理根本无所谓。相比之下，华兹华斯的长诗《序曲》则是普洛斯彼罗占了主导，阿里尔几乎没有什么发挥，可以说，这首诗也许本来是无韵文。

虽然初读德拉梅尔的诗，人们也许不会察觉出太多普洛斯彼罗的感觉，但是我想，把他叫作阿里尔诗人，倒也不失公允。当然，读者不可能不一下子就发现他身上那些明显的优点，在用词和形式上，他对音步精雕细琢，而他的诗节结构总是那么优美。他的技巧和感受力无一例外都是受了本土英语作家的影响，而不像艾略特和庞德，他们的诗里有欧洲大陆作家的痕迹，或者如布里奇斯那般深受古典诗歌影响。伊丽莎白时期的诗人似乎对他影响最深，比如克里斯蒂娜·罗塞蒂，我再冒昧地猜测一下，恐怕还有托马斯·哈代。他和罗塞蒂一样都擅长三音节交替和音步反转的手法，这些多变的韵律在听觉上不断给读者带来新鲜感，同时也不会失去对于诗歌基本式样的感觉。比如下面这节诗的格律主要是抑抑扬格，在第五行时突然转到了扬抑格，到了第六行又出现了扬扬格，真是出人意料，但同时又觉得有理：

从窗口进入黑暗
只朝一边摆动；
沉默的海洋里有无尽的肃静
永世这样度过——
你这被抛弃的瓶子！——甚至是你！——
被弃绝的、拥挤着的、被监视的、那独自承担的，都等着我——我![1]

他和哈代一样会发明新的诗节,能掌握不同长度诗行的对比效果,比如以阳性韵和阴性韵结尾的诗行,或者押韵和不押韵的诗行。

在这样的冬日小屋里
见到孩子很奇怪;
就像冰雪里的兔子
能见到它们足迹的踪影;
他们的笑声如小手鼓般响起
在这个不祥的傍晚。

他用技巧吸引每一颗纯洁的心灵;
用他的美
和他的蔚蓝
和他的黄水晶,
用钱换来欢愉,
他的头发被四月的露珠打湿。

1. 这是一首名为《瓶子》(The Bottle)的诗的最后一节,原文为:Wicket out into the dark/That swings but one way;/Infinite hush in an ocean of silence/Aeons away —/Thou forsaken! — even thou! —/The dread good-bye;/The abandoned, the thronged, the watched, the unshared —/Awaiting me — I!

曾经欢笑，如今悲伤；遥远的——宝贵的；
为何因疑虑恐惧而转过脸去？
我再次寻找你那自哀自怜的忧伤脸庞；
那儿仁慈模糊了他的模样。但是爱情？不，一点也没有。

如果读者在诗人的作品里找不到同感，那么诗人在文体上的奇怪癖好或一点点改动都会让读者抓狂，可是如果读者喜欢诗作，那么那些怪癖就变得可亲起来，就像是老朋友的一些小毛病，无伤大雅。比如哈代喜欢复合词和拉丁文衍生词，而德拉梅尔习惯用主谓倒装的结构：

斜倚着是那株漂亮的柳树，梦诞生在
她绿色的头发中。

在他晚期的诗作中，这种倒装结构少了许多。另一个明显的变化是他的用词。因为执着于也许我们可以称为词汇谱系尾端的"漂亮"词语——他和叶芝或艾略特不同，从来不骂骂咧咧——所以会有这种持续的变化，虽然如此，要对他的诗作按年代顺序做研究，就要沉下心来，竭力去除那些过于附庸风雅的词汇，这是前拉斐尔派留给他的恶习，另外，还要努力形成一种直接的口语化文体，抒情的方式不可取。比如，下面这两节摘录的诗，一个是早期作品，另一个是晚期作品，两者之间的差异特别大。

慢慢地，悄悄地，现在月亮
穿着银色的鞋子在夜间行走；
她东瞅瞅西瞧瞧，看见
银色大树上的银色果实；
窗户们捕捉住她的柔光
一缕又一缕，在银色的茅屋顶下。

你觉得，我们活在世上为了什么，亲爱的？
在这疯狂漂亮、鬼魂出没的鸟笼，什么
限制住这么多像我们一般苦思着的可怜人类，
似乎这是必定代代相传的宝物？
让我们在所有欢声笑语下哀鸣，
沉默，梦境，期待那不会到来的东西，
而生命被挥霍，枯萎，凡人皆是如此，
一代又一代，又一代。

他晚期创作的长诗《插翅的战车》是部令人惊奇的作品。那时，他不再写史诗和戏剧，却仍旧写抒情诗，那些诗读起来也许更像一系列有相同音步和主题的歌词，就像丁尼生的《悼念集》一样。可是读者若只熟悉他的早期作品，就会发现意料之外的东西，德拉梅尔成了天才，能机智风趣地道出形而上的东西。

渐渐融化的蜡烛，用沉思的光

分派夜晚那铅灰色的看守。
而且,在行事之时,她从自身中抽离。

命运不寒而栗。她的跷跷板再不晃动。
人们端坐正当中,朝她扮着鬼脸。
她的奖品?无错者无光亮,
所以每一个蠢蛋都是哲学家。

"无人等待"那可怕的鬼魂,
谄媚的受雇者为无知的命运服务,
时间定下了独裁者们的死期。

德拉梅尔有一些诗是写给自己幻想中的儿童读者的,他的诗集中有一册专门是儿童诗。这很实用方便,但是我们不能忘记,虽然有些好诗只是为成年人而创作,因为读懂它们需得有成人世界的经验,可是单纯为儿童创作的诗歌算不上优秀诗作。人类有幸具备记忆力,所以,年岁增长对我们来说意味着累积记忆,而不是丢弃过往。在每一个老人心中还住着一个孩童、一个少年、一个青年和中年人。一般都认为孩子生来就比成人更具想象力,但是这值得质疑。也许这是我们文化中唯一的例子,即相比奇迹与意象,实践思维与抽象思维具有更高的社会与经济价值。在一个认同想象力的价值却轻视逻辑的文化里,孩子有可能显得比成人更理性,因为孩子并非生来就拥有任何更多的东西。但是无论何种文化,孩子与成人之间总有一个区别,对于前者,学习母语是生活中最重要的经验之一,而对于后者来说,语言已经成了阐释和传达经验的工具,为了重新获得语感的经验,成人必须要去国外旅行。

所以在诗歌中,孩子,或者说成人心中的孩子最喜欢的部分就是那为了语言本身而对语言的掌控,以及对于词语的声音与韵律的操控。在美国有一种糟糕的趋势,但愿这种趋势不要传到英国,美国人认为儿童书籍的词汇量应该很小,而儿童诗应用最简单最明显的音步来写。这简直是胡说八道。证明孩子有语感的最有力证据是孩子能像成人一样装模作样说话,能用单音节词的地方他们总是非要用多音节词。

德拉梅尔无与伦比的儿童诗揭示了英语这门语言的奇妙之处。(在我看来只有一部分作品写得不够成功,就是那些他尝试走幽默路线的诗作。他没有西莱尔·贝洛克那样的喜剧讽刺天赋,也许他缺少的就是那种文体必不可少的世俗残酷的性格。)对于成年读者来说,那些无与伦比的诗歌中包括了一些他最优秀的"纯粹"歌词作品,比如《老哆嗦》和《疯狂的王子之歌》。这些歌词的节奏既多变又微妙。当然它们也像其他优秀的诗作,不仅仅锻炼听者的耳力,还教授感受力及勇气。和许多二流的儿童诗不同,德拉梅尔在描写小鸟、野兽和自然现象时总是敏锐精准,他从来不粉饰经历,也不会向孩子们掩盖这样的事实,即恐惧和噩梦如同关爱和美梦一样,都是人类生存的本质特征。所有优秀儿童作家都明白,儿童和成人还有一个区别,孩子对于说教的承受能力比成人强得多,无论是事实说教还是道德说教。切斯特顿曾说:

> 孩童不清楚人会因为坏的想法办了好事，也不了解人会因为好的想法往往办了坏事。所以他们对纯粹的道德观有一种热切单纯的无限渴望，就为了区分好女孩和坏女孩。

德拉梅尔的说教还不让人觉得乏味，他也不惮对孩子们进行说教。还有什么能比他那首《群星》的节奏在帮助记忆方面更实际有用？又有哪首诗比他的《嗨！》更有道德与音乐教益？

> 嗨！俊俏的猎人
> 开动你的小枪。
> 砰！立刻小动物就
> 死了，沉默了，完蛋了。
> 再也不能睁眼，无法爬行，不能跳跃，
> 再也不能吃喝睡眠。哦，多么有趣！

在衡量任何诗人的作品时，比起普洛斯彼罗的角色，讨论阿里尔的角色总是要简单安全一些。对于一门语言来说只有一个阿里尔，但是有多少诗人就有多少个普洛斯彼罗。我们能够描述一位诗人如何使用这门语言，又用另一个诗人的做法进行比较，但是我们却无法比较不同诗人的生活观，因为每一种生活观都是独一无二的。诗人讨厌别人询问他们诗作的“意义”，也正是这个原因，因为要回答这样的问题，诗人就必须了解自己，而梭罗已经说过，人不可能了解自己，就像我们不转动脑袋就无法从身后看见自己一样。每一位诗人都会赞同德拉梅尔在诗集《哦可爱的英格兰》的序言中说的那段话：

> 一个写作者不得不对自己的“诗歌”和它们的深层含义发表点相关意见，这是件危险的事，也许甚至失去了科学的精确性。词语和格律方面的技巧又是另一回事……

可是，我们阅读诗歌时都难免有这样的疑问：“这首诗除了形式美之外，还有什么能引起我的共鸣？或者说这首诗除了形式上的缺陷之外，还有什么不招人喜欢的地方？”我们反而不会细究同为人类的那位作者的品格如何，无论我们给予他积极还是消极的回应。我们在一个人或一首诗身上“见到”的东西也许与真相失之千里，无疑只是部分真理，但是要对这个人或这首诗发表点看法，我们也只能说出我们见到的东西。

虽然说到底所有的诗歌都与人性有关，但是有一些诗歌却不直接探讨人，而是转向否定人的那一面，即造物非人的部分，习惯上我们称之为“自然”（也许还包含人造物品）。有几个诗人的作品里风景会自己说话，德拉梅尔就属于这一类诗人。他的风景具有个人特征，有两个来源。一个是工业化前的英格兰乡村，那儿的风景美轮美奂，却又显得平凡无奇，气候也是温和宜人。（我没有得过支气管炎，也许这是偏见。）有一首诗的背景是铁路枢纽站，另一首诗里“我”在公共汽车上抒情，还有几首诗里提到水车，但除此之外再也没有任何机器或现代建筑的影子。

把英国风景引入诗歌是件危险的事，因为景色温和，热爱风景的人禁不住就会使用文雅的笔调，这在乔治时期一些诗人的作品中就可以看出。德拉梅尔却幸免于此，因为他坚信我们对世界的感官体验只是我们对世界认知的一部分，另外，他也感觉到了邪恶的力量。这并非意味着他是个佛教徒，把感官世界看作虚妄，也不是说他会把我们通常无法发觉之物当作超自然。我觉得他想表达的是，我们的眼睛耳朵不会向我们说谎，但是它们不会，也许是无法，告诉我们全部的真相，谁要是否认这一点，结果就是自己的视野变得愈加狭隘。

> 我们口中的现实主义通常记载的是大白天阴影下低迷的生活——因此常常是灰白而且单调的一堆垃圾，而且刮着东风。

如果我们有更敏锐的感官和想象力，那么我们见到的场景就会比我们所知道的任何东西都要漂亮一些。

> 似乎是一栋随时可能在你面前消失的房子，它的样子看起来却不过像是个外壳或藏匿之处，里面还躲藏着另一处更迷人的住所……如果你曾经坐下来观看过哑语的变形场景，那么那个滑稽小丑拿魔杖在那面看似砖灰素墙上拍打之前，你能想到墙面会瞬间变成一幅色彩丰富的耀眼场景吗？里面有树木、喷泉，还有藏起来的动物——等到这些华丽之物一一呈现，它们常去之所也一一展露，它们会表现得更加美丽可爱。好吧，这就是

我以前在地球尽头[1]偶然的感受。

另一方面，最美的对象也许会隐藏着既不美丽也不友好的东西。

那片茂密的野草遮掩着，绿油油地欺骗了我们
池水幽暗，看不见一点光芒闪烁
那水正在溃烂，在这层伪饰的浮渣下沉睡。
就像一张漂亮虚伪的面孔，
微笑着，没有勇气表露那儿的邪恶。

黑幕降临。我打开门：
你瞧，空房间里有个陌生人——
月光落在墙头地板，如同仙境……
这安宁是恩赐？还是厄运？

无论那对象变成什么，我们也无法肯定自己可以承受变化的结果，因为我们都是不得不面对真相的凡人。

如果那个秘密泄露了，我们最珍视的一切也会暴露！
我们的真实变成了虚幻，

1. “地球尽头”原文为 Thrae，为地球一词倒过来的拼写。

白天变成了黑夜……

德拉梅尔的风景中有另一个更浪漫也更令人不安的要素，这一部分来自格林童话和类似的民间传说，一部分来自梦境。

安静、苍白、冷漠、孤单，
这些冰层覆盖的矮山离我远远的
山上长满了百合，满身冰霜
如塑像般悄悄地站着
羚羊群弯弯曲曲赶着他们的路
没有一只把鼻孔迎着风；
在冰大理石筑成的冰川上
我再没见到雄鹰扇动翅膀。

况且，一些次要的浪漫派诗人过分重视梦境和主观经历，结果就会变得乏味，因为大多数人在梦中甚至比在实际生活中更缺乏创造力；他们的梦比起他们的思想显得更加单调不说，奇怪的是，却更加书面。所幸德拉梅尔属于那一类能拥有独创梦境的非凡人群，我们读一读《看这个做梦的人》就清楚了。他和布莱克一样，拥有那种清醒时也能见到幻象的罕见天赋。（似乎我们这些笨蛋吃点酶斯卡灵和麦角酸——两种致幻剂——也能有同样的效果。）比如说，他谈到有一次他梦到春之花神走过他的卧室窗户，立刻就醒了过来，走到窗户旁，就在那儿，果然如此，她正在街上走着。

> 她坐着，挺直身子，如仙子一般可爱，身旁围着跟随她的宁芙和小天使，头顶花冠，身上也盖满了鲜花。她的宁芙随从们还拿花做了绳索，牵引着她那架扁平低矮的小车徐徐前行，宽宽的木头轮子笨拙地转着，就像是巨大的棉纺线轴。

桑塔亚那[1]认为，“每一个艺术家都是道德家，尽管他们无需说教。”而德拉梅尔就不会说教。他写诗不为挖苦别人，亦非偶然之作。事实上，回想起来，他的作品中没有出现过一个专有名词，无论是人名或是地名都不曾有过，而专有名词都与实际的历史名称相对应。虽然他是抒情诗人，并非叙事诗人，但是他的诗歌不是“私人”作品，没有什么自我忏悔的内容。诗中的*我*从来不是那个在宴席上遇见的德拉梅尔先生，所有的*我*都不会激发传记作者的好奇心。可是，在他所有的诗歌里总隐含着某些与如何过上善的生活相关的观念。那些观念似乎表明，善根植于诸如好奇、敬畏、对美的崇敬以及创新的陌生化等现象中。好奇本身算不上善——德拉梅尔并非唯美主义者——可好奇却是善能在其中成长的唯一的、或者说最有利的土壤。那些连好奇的能力都失去的人，只能变得聪明，却不具备智慧，他们自己也许会过上道义的生活，但是与别人相处时，他们却变得麻木不仁、热衷说教起来。我们未必要学习如何变得好奇，因为我们生来就有这种能力。不幸的是，我们天生还有一种追逐权力的强烈欲望，而只有通过奴役他人甚至毁灭他人这种欲望才得以满足。

1. 乔治·桑塔亚那(Santayana，1863—1952)，美国哲学家，批判实在论的倡导者。

我们已经成为，或者说在历史发展过程中我们已经演变为肉食动物，就像捕食老鼠的猫，或长着斑点的蝇虎。如果我们完全臣服于对于权力的贪欲，那么这种欲望会把我们变成西顿的婶婶[1]那样的怪物，可是这种欲望又在每个孩子身上无所不在。

> 如爱神般可爱，也是半身赤裸，
> 他堆起海滩上晒干的漂浮物，点燃，然后，瞧！
> 一个冒火的熔炉怒吼起来，海风吹着……
> 这是神明的复仇！每一个仇敌都得死！
> 年轻的神！甚至是自然神也不曾瞟一眼
> 这葬身火海的渺小蚁群的帝国。

那么，只有借助好奇心我们才能养成先天不具备的美德——同情，不要把它和“可怜”混淆，后者只是自负者伪造出的“同情”的赝品。也只有通过好奇心我们才能学会如何言行举止，无论是在生活中还是在艺术中，这种言行举止的格调都很珍贵，因为没有更好的修饰词了，我们暂且称之为礼貌或者教养，出身如何、教育高低和收入多少与这两者都没有什么关系。有教养的人能尊重他人，不打扰他人的安宁，无论这个人只是点头之交还是他们喜爱的对象，当然后一种情况要困难得多。没有教养的人则喜欢胡搅蛮缠，以获得他人的关注和喜爱，他们凑得很近，问话无礼，总是失礼揭人伤疤，他

1. Seaton's Aunt，这是德拉梅尔写的一个恐怖故事的题目。

们还喜欢说教，惹人厌烦。

从自己欣赏的诗人作品里遴选，做一个选集，不会有什么圆满的结果，因为我们总是觉得诗人写的所有诗歌，即使是二等好的，也值得一读。在我看来，德拉梅尔远远没有受到诗集编者的公正待遇，在他们所编著的选集中，大多数都满足于相互抄袭，几乎没有诗集涵盖了他 1920 年之后的作品。这对他来说太过不公，因为这个诗人直到临死之前都在不断地成长，他的技巧日益成熟，智慧日益丰稔。

切斯特顿的非虚构性散文*

我向来喜欢读切斯特顿的诗歌和小说，但我必须承认，在我受出版社之邀开始选编这本文集的时候，我已经有很多年没有读过他的非虚构性散文了。

我想，导致我疏于阅读的原因有两个。首先是他作为反犹分子的名声。尽管他否认这项指控，而且他确实谴责过希特勒对犹太人的迫害，但他恐怕并不能完全为自己开脱。

> 我曾说过某一类犹太人倾向于做暴君，另一类犹太人倾向于做叛徒。我现在依然这么认为。在对地球上其他民族的批评里，摆出这种明显的事实是被允许的：说某一类法国人好色并不会被认为狭隘……我不明白为什么暴君不能被称作暴君，叛徒不能被称作叛徒，仅仅因为他们恰巧属于这一种族——其成员出于其他原因，在其他场合受到迫害。

这一辩解的狡猾体现在他悄悄把*民族*这个词换成了*种族*[1]。对一个民族(包括以色列)、一种宗教(包括正统犹太教)或者一种文化进行批评，总是被允许的，因为它们都是人类思想和意志的创造物：只要愿意，它们总能自我改进。但另一方面，一个人的种族继承是没法通过自身力量改变的。即便某些道德缺陷或美德是通过种族承袭的观点是正确的——事实上并没有任何证据表明它是正确的，它们也不能成为别人进行道德评判的话题。切斯特顿把犹太人作为一个种族来评论，这点尤为奇怪，因为他那一代作家中，极少有人在抨击关于日耳曼、盎格鲁-撒克逊和凯尔特等民族的种族论时比他表现出更多轻蔑的。我个人倾向于把这种论调归咎于他的兄弟和西莱尔·贝洛克对他的影响，以及"法兰西行动"[2]的毒害——该运动对他们那一代和以艾略特和庞德为代表的下一代人的影响恶劣。尽管如此，他的作品仍然留有令人遗憾的污点，虽然所有见过他的人一致证实，他是一个无比"正直"的人，慷慨热心之极。

另一个导致我忽略切斯特顿的理由是，我把他想象成他本人所称的"快活的新闻工作者"，一个每周为报刊就"有趣"主题撰写随笔的作家，例如《我在口袋里的发现》、《论卧床》、《独腿的好处》、《一支粉笔》、《格雷的光荣》和《奶酪》等这样的文章。

在他那代人里，随笔作为一种纯文学形式还很流行。除了切斯特顿本人，还有一批作家的名声主要建立在他们在这一文体的成就上，比如麦克斯·比尔博姆、E. V. 卢卡斯、罗伯特·林德。如今人们的文学趣味发生了变化。我们能够欣赏对于某本书或某位作者

---

* 本文系作者为《G.K.切斯特顿：非虚构性散文选编》(伦敦：费伯出版社，1970)所作序言。

1. 原文为 nation 和 race。

2. "法兰西行动"(Action Française)是法国的法西斯组织，原是个保皇组织，其主体是一大批年轻的知识分子，他们打着反对共和国的旗帜，极力鼓吹反犹主义和沙文主义。

的书评或批评文章，我们也乐于阅读关于某个具体哲学问题或政治事件的探讨，但我们已无法从随笔作家突发奇想式的文字中获得任何乐趣。

我反对这样的散文，正如我反对“自由”诗（切斯特顿也反对），原因是尽管这两种体例都存在优秀的范本，但它们是例外而非规则。很多情况下，写作如果缺乏规则和限制——诗人没有必须遵循的格律，散文家没有必须坚持的明确主题，结果往往是对作家个性和风格习性的重复絮叨和自我放纵式的“卖弄”。

当切斯特顿不再为经济所迫时，他仍然坚持做每周为报刊写文章的枯燥工作，这让他的朋友和我都感到不解。对此 E. C. 本特利[1]写道：

> 他有意选择这种生活方式。这点毫无疑问，因为那是一种艰苦的生活，而一种轻松得多的生活唾手可得。作为一个作家和诗人，他有着确立的地位和层出不穷的想法：希望他充分利用自己地位的朋友不在少数。但 G.K. 切斯特顿更喜欢做一个定期为报刊供稿的作家，受制于有关空间和时间的铁律。赶稿子往往是件苦差事。脑子里必须想着截稿期总是不方便。

无论切斯特顿选择这种生活的理由和动机是什么，我十分确定这是个错误。“一个新闻工作者，”卡尔·克劳斯说，“被截稿日期所

1. 埃德蒙·克莱里休·本特利(E. C. Bentley，1875—1956)，英国作家、新闻人、诗人，克莱里休体创始者，切斯特顿的好友。

鞭策：如果他时间宽裕，会写得更糟。”假如这话是对的，切斯特顿在本质上就不是一个新闻工作者。他最好的思想和文字不在他的每周随笔中，而在他那些标准长度的书里，他在创作它们时有他想要的足够的时间和空间。（事实上，我在这本选集里很少选用他随笔集中的文章。）奇怪的是，尽管切斯特顿非常讨厌十九世纪八十年代和九十年代的唯美主义者，他却继承了他们关于作家应该保持“聪明”和机警的信念。当他真正为一个主题着迷时，他才华横溢，无疑是英语文坛最优秀的格言作家之一，但当他的想象力没有被充分发挥时，会写出令人气恼的自我戏仿，这种情况大多发生在他赶稿的时候。

一个人年岁渐长后，要与时俱进，充分理解年轻一代的思想和文字以便明智地作出评判，这从来都是很难的；对于像切斯特顿这样劳累过度的新闻从业者来说，这几乎是不可能的，因为他根本没有时间足够仔细地阅读任何新书。

比方说，他显然足够聪明，并且从他对当代人类学的批判来看，也具备足够的学识写出一篇关于弗洛伊德研究的严肃评论，只要他肯花时间和精力去认真阅读。但他关于梦和精神分析的草率评论证明他并没有那样做。

切斯特顿的非虚构性散文有三个关注点：文学、政治和宗教。

我们的时代见证了两类文学评论家的诞生：文献学家和密码学家。前者以一丝不苟的精确去收集并发表有关某个作者生平的一切可被挖掘的事实，从他的情书、宴会请柬到洗衣账单，他们认为关于此人的任何情况，无论多么琐碎，都可能有助于理解他的作品。

后者对待其作品就仿佛它是一个匿名而且极其深奥的文本,好像是用一种私密的语言创作的,如果没有专家解码,普通读者就别指望读懂。上述两类评论家必然会认为切斯特顿的文学评论过时、不准确和肤浅而不屑一顾,但如果有人去问任何一位在世的小说家或诗人他想让哪种评论家来评论他的作品,我十分确定答案会是什么。每个作家都知道自己人生中的某些事件(大多发生在童年)对他个人想象世界的塑造、他喜爱思考的事物、他所钦佩或憎恶的人性特质具有决定性意义。他也知道,许多对他作为一个人而言意义重大的事同他的想象力无关。以情诗为例,发现诗人的心上人的身份对理解诗的内容和风格没有任何助益。

切斯特顿懂得这点。比如,他认为如果我们记着狄更斯小时候被要求公开表演来取悦他的父亲的事实,他小说的某些方面就更易于被我们理解,所以他告诉我们这一信息。另一方面,他认为即使我们了解狄更斯失败婚姻的全部细节,也无助于我们更好地理解他的小说,所以他省略了这些细节。在上述两种情况下,他无疑都是正确的。

此外,尽管某些作家比其他作家更“难懂”,因此无法指望拥有更多读者,但没有作家认为自己的作品需要被解码才能被人们读懂。另一方面,几乎每一位略有名气的作家都在抱怨评论家和公众对其作品的误读,因为他们带着关于他们将在书中读到内容的先入之见去阅读他的作品。在他看来,仰慕者的称赞和诋毁者的批评都是出于想象出来的理由。一个作家所期待的评论家会驱散这些先入之见,以便读者能带着全新的视角去阅读他的作品。

切斯特顿对清除成见极其在行。大家普遍认为,真诚的人说话坦诚,总是开玩笑的人不真诚。这个观点并非毫无根据,因为通常情况下确实如此。但也存在例外,正如切斯特顿指出的,萧伯纳就是一例。公众误解了萧伯纳,认为他不过是个小丑,但事实上他是个极其严肃的说教者。在谈论勃朗宁的情况时,切斯特顿指出,他的许多崇拜者误解了他——当诗人只是耽于对怪诞事物的喜爱时,他们却从他相对晦涩的篇章里读出了思想的精深。此外,他告诉我们史蒂文森作为叙事者的缺陷并非人们传统上认为的那样,在于过分华丽的风格,而恰恰是他的过分克制,除了告诉读者关于人物最本质的信息外,别的他只字不提。通常情况下,造成这种误解的是新闻报道和文学八卦,但有时也可能是作者本人。吉卜林无疑会把自己描绘成一个视军人美德高于一切的爱国的英国人。在一篇妙趣横生的随笔中,切斯特顿令人信服地证明了吉卜林实际上是一个无根的世界主义者,他引用吉卜林自己的话作为证据:

> 如果英格兰是她表面看起来的样子,
> 我们很快就会抛弃她,好在她不是。

一个爱国者无条件地热爱他的祖国,因为它是他的,而吉卜林只有在英格兰是强国时才准备爱它。至于吉卜林的军国主义,切斯特顿说:

> 吉卜林所关注的主题不是属于战场的英勇,而是同样还属于

> 工程师、水手、骡子或者火车头的相互依赖和效率……吉卜林所传授的真正的诗歌，或者说“真正的传奇”，是有关劳动分工和所有行业纪律的传奇。他对和平艺术的歌颂要比他对战争艺术的歌颂准确得多。

这样的言论在切斯特顿的文学评论里比比皆是，它们一旦被发表就会显得如此地不证自明，以至于我们不禁纳闷为什么我们自己没能早点看出来。如今这些观点在我们看来显而易见：社会主义者萧伯纳绝对不是民主人士，而是一个伟大的共和主义者；有两种民主人士：像司各特那样承认所有人的尊严的民主人士，以及像狄更斯那样认为所有人都同样有趣和多样的民主人士；弥尔顿实际上是个唯美主义者，他的伟大“不在于道德的真诚或者任何与道德有关的东西，而在于风格本身，一种与内容离奇分离的风格”；伊丽莎白时代无论多么辉煌，并不“开阔”，它在文学上是一个追求匠心的时代，在政治上则是一个充满阴谋的时代。但切斯特顿是第一个发表这些论断的评论家。因此我认为作为文学评论家的他享有很高的地位。

出于各种原因，我几乎没有选切斯特顿谈论历史和政治话题的文章。切斯特顿本人不是历史学家，但他具备让普通民众了解历史学家观点的天赋和地位，比如贝洛克对辉格党版本的英国历史和对人文主义者眼中的文化史的挑战。对于任何四十岁以下的人而言，他们很难认识到这两种版本的历史观曾一度有多盛行，即使在我的少年时代依然如此。我们的学校教科书告诉我们，一旦倾向天主教、想当暴君的斯图亚特王朝被铲除，新教的继任得以确立，通往自由、民主和进步的道路从此便畅通无阻；他们还教给我们，随着罗马帝国衰亡而陨落的文明在十六世纪重生了，在此期间是十二个世纪的野蛮、迷信和狂热。如今每个有见识的人都知道这两种说法是错误的。1688 年光荣革命的政治后果是把这个国家的政府移交给一小群财阀接管，这一状况显然持续到了 1914 年，甚至可能是 1939 年。无论文艺复兴和宗教改革意味着什么，它们并不是理性对狂热的反抗——相反，更恰当地说，它们其实是对中世纪后期过度培养的逻辑的反叛。对于这种观念的转变，切斯特顿功不可没。任何争议性写作面临的文学问题是，一旦它赢得了胜利，它对普通读者的吸引力就会减弱。争论总会涉及论战式的夸张，一旦我们忘了另一方的夸张，我们对此就要尤为警觉和审慎。于是切斯特顿坚持对十二世纪所有好处的称赞和对其一切弊端的粉饰，尽管在当时是必要的，可如今看来不过是一个浪漫的白日梦。同样，我们也不认同贝洛克在《奴性的国家》中的论点，即修道院被解散后，如果王国政府接手了它们的收入而不是让它们落入少数臣民手里，那么它本可以利用其权力控制住这些少数人，还能造福普通民众。但一些王权仍然高于贵族的国家，比如法国，它们的历史并没有为这样的乐观主义提供依据。相比只对敛财感兴趣的财阀们，急于赢得赞誉的专制君主更有可能把国家的财富浪费在对外征战上。

切斯特顿对现代社会的批判，他对任何“大”的东西、大买卖、大商店的不信任和对不加引导和控制的技术发展所带来的后果的警告，在当今这个时代比在他所生活的年代更应景。他认为一个好的社会应该是一个由少数财产所有者组成的社会，他们中的大多数人以务农为生，尽管这个积极的政治理念听上去怪吸引人的，但在我看来他曾用来驳斥十八世纪美国人和法国人政治观念的理由恰好也适用于他本人："他们的理想很伟大，但没有一个现代国家能小到足够去实现任何伟大事业的程度。"在二十世纪，要实现他理想中的英国，就必须实施最严格的生育控制，无论是他的性格还是宗教，都不会允许他推荐这样的政策。

在国际政治这一主题上，说得委婉些，切斯特顿是不可靠的。他似乎认为在政治生活中，信仰和道德之间有直接的联系：一个天主教国家，由于秉持了真正的信仰，要比一个新教国家在政治上表现得更好。法国、奥地利和波兰可以信任，而普鲁士则不可信。在他成年早期，他相信对世界和平的最大威胁是普鲁士的军国主义，在当时情况的确是这样。但在 1918 年普鲁士战败之后，他仍然固守这一看法，以至于 1933 年希特勒上台时，他将此误读为一种普鲁士现象。事实上，且不论使之成功的经济条件，国家社会主义运动本质上是信奉天主教的巴伐利亚和奥地利对它们过去所臣服的俾斯麦的新教普鲁士的报复。希特勒是个堕落的天主教徒，这并非偶然。哈布斯堡帝国说德语的少数民族的民族主义向来带有种族主义倾向，而反犹主义的温床是维也纳而不是柏林。希特勒自己憎恨普鲁士容克[1]，并计划在赢得战争后一举消灭他们。

切斯特顿从小受一神论的熏陶，后来成了英国国教徒，最后于

1. 容克是德语 Junker 一词的音译，原指无骑士称号的贵族子弟，后泛指普鲁士贵族和大地主。

1922年皈依罗马天主教。如今阅读1905年出版的《异教徒》这样的书，我们会对他没有更早地改宗而感到惊讶。

如果他对新教的批判读来不是很有趣，这并不是他的错。新教神学（也许还有天主教）在那段时期处于低潮：克尔恺郭尔还没有被重新发现，卡尔·巴特[1]尚未被翻译。而诸如因格教长和难以形容的巴恩斯主教那样的小角色对切斯特顿天赋异禀的头脑来说太容易了。他最擅长的是对那些自称纯粹客观和“科学”的人类学家、心理学家及其同类所隐藏的教条的揭露。在谈论神话和多神论的话题时，没人比切斯特顿表现出更多的机智和理解。

评论性的判断和个人趣味是常常重叠却很少完全吻合的两种不同类型的评价。从总体以及长远来看，评论性的判断是一个公共事件；我们可以就我们所认为的艺术的优缺点达成共识，但个人品位则因人而异。对我们每个人来说，有些作家虽然有缺点，但我们仍然喜欢读他们的作品，而另一些作家尽管有这样那样的优点，但他们的文字却给不了我们多少乐趣。要找到一个和我们“意气相投”的作家，他和我们的想象偏好之间必须存在某种相似度。正如切斯特顿所写的：

---

1. 卡尔·巴特（Karl Barth，1886—1968），瑞士籍新教神学家，新正统神学的代表人物之一。巴特的后半生主要是在撰写《教会教义学》（*Church Dogmatics*）这本书，直至巴特逝世为止已撰写六百万余字。巴特在此书中意欲探究基督教教义之全貌，照新正统神学的看法，这便是一次充满挑战性的大胆“再诠释”行动，就巴特毕生的学说观之，这种尝试无一例外是在付诸实行以前就注定失败的了。巴特知其不可而为之地撰写《教会教义学》的举动正是其一直被认为是辩证神学代表人物的一个重要原因。

> 每一位艺术家的头脑中都有着某种类似建筑模式或类型的东西。任何有想象力的人所具备的原初品质是意象。那是类似他梦境中风景的东西;那个他希望创造或在其间徜徉的世界;他自己的秘密星球上的奇花异兽;他喜欢思考的那类事物。

每个读者的头脑里也存在着类似的东西。不同于我们的批评观的尺度(它需要大量时间和经验才能获得),我们的个人模式在人生早期(很可能是在十岁以前)就形成了。在《小精灵国的伦理学》里,切斯特顿告诉我们他自己的模式是如何从童话故事中获得的。如果说我总是喜爱读他的作品,即便是那些最稚拙的文字,我肯定这背后的原因是,我的个人模式中的许多元素也得自这同一出处。(我们之间只有一道鸿沟:切斯特顿对音乐缺乏感觉和理解。)我知道有这样的人,因为我遇见过,他们对格林和安徒生无甚感觉:切斯特顿不适合他们。

跛足的影子*

任何对一部散文作品——诗歌则另当别论——进行重译的人都有义务证明他这么做的正当性,他得解释为什么他认为早先的版本不尽人意,只有存心不良的人才会乐于干这种差事。卢克博士[1]认为他必须列举洛-波特女士犯的一些错误,这样做是公平的,他认为这些错误中有许多是很严重的,任何懂德语的人都会同意他的说法。但他显然是不得已才这么做,在译序的结尾处他向她表达了敬意。

> 作为[曼的]全部作品的唯一译者,她的任务无疑是艰巨的,导致她译本中那些错误的原因除了德语知识的不足,很可能还有我们能够理解的仓促。她的成就单就其体积而言就值得赞赏,她的译笔在通常情况下还是贴切得体的,否认这点未免失礼。我在重译这六个故事时用的方法是,至少在确定某句句子或某个段落的初译前避免参看现存译本。洛-波特女士对相关段落的处理有时会让我重新考虑自己的译法。

作为阿达尔贝特·施蒂夫特[2]——一个可能比托马斯·曼还要难以"英语化"的作者——的三个短篇小说的译者,卢克博士已经展现了他非凡的天赋。就他的最新译本而言，我只能说我无法想象会有人认为有必要对它们进行第三次翻译。他文采斐然的导言也让书评人陷于尴尬的境地：关于这六个故事，他还能发表什么比卢克博士所说的更精彩的内容呢？

其中五个故事是以不同形式呈现的相同主题——“人生”的矛盾性，即不加思考的活力、纯真、快乐、“正常的”的存在和导致异化的自我意识之间的冲突。第六个故事《神的光辉》探讨的是健康的艺术和颓废的艺术之间的差别。

在所有这些故事里，主人公都感到自己是一个局外人，这种感受夹杂着骄傲和羞愧。在《小丑》和《特里斯坦》里，他是个让人瞧不起的半吊子，以为敏锐的感觉赋予了他自认为“具有艺术气质”的权利，尽管他从没有正儿八经地制造出一件令人满意的艺术作品。然而，《托尼奥·克律格》在临近结尾时，主人公创作出了佳作，证明了他的断言。在荒唐残酷的《通往教堂墓地的路》里，他是一个失意的醉鬼，在《在小人物弗里德曼先生》（这些故事中最先写的那个）里，他是个跛子。

这个故事在我看来不怎么成功。曼似乎是在用一个跛子所感

---

* 本文系作者为托马斯·曼的《托尼奥·克律格及其他故事》撰写的书评，1970 年 9 月 3 日发表于《纽约书评》。

1. 大卫·卢克（David Luke）是继海伦·洛-波特（Helen Lowe-Porter）之后托马斯·曼小说的英译者。

2. 阿达尔贝特·施蒂夫特（Adalbert Stifter，1805—1868），奥地利小说家。1840 年创作第一篇短篇小说《兀鹰》，开始走上文学道路。此后 10 年间，共完成 13 篇中、短篇小说，以波希米亚森林为背景的传说故事，描写人和大自然之间的和谐关系，广为流传，于 1850 年以《素描集》为总题名成集出版。

到的孤独感象征艺术家的孤独。然而，跛子和艺术家都存在于这个世界上，他们感到孤独的原因完全不同。跛子的身体畸形是个很明显的事实，大家有目共睹。他知道这点，因此十分确信他永远无法指望赢得一个年轻、漂亮和“正常”的女孩的芳心。十六岁时，弗里德曼先生在目睹了他的两个同伴间的调情后意识到这点：

> “好吧，”他对自己说，“都结束了。我脑袋里再也不会想这些事了。对别人来说，它们意味着欢乐和幸福，但它们带给我的只是悲伤和痛苦。这一切都结束了。对我来说都完结了。再也不会发生了。”

他未能保持这个决心并且疯狂地爱上冯·雷林根女士这个事实并不令人吃惊，但让我难以置信的是他竟然公开表明心迹。除了实际发生的——被对方以轻蔑和嘲笑拒绝，他还能指望怎样的结果？另一方面，艺术家的问题只有他本人知道，除非他选择公开它们。例如，在性格方面，他可能无法爱上别人或忠实于爱人，但假如他真的坠入爱河而且外表又风度翩翩，他娶到心仪女孩的可能性很大，事实上成功的为数不少。

如果我用“年代久远”[1]来形容这些故事，我的意思不是说它们过时，而只是想表明它们和大多数艺术作品一样，只可能诞生于社会和文化历史的某一特定时期。孤独的艺术家是十九世纪下半叶

1. 原文是 dated，该词既可指“过时的”，也可指“有日期的”。

的现象。在更早的时期，尚没有这种现象，而在我们这个时代，它几乎成了一个普遍问题。我认为产生该现象的原因有三。首先，随着赞助人体制的消失，艺术家不再享有职业赋予的社会地位。作为个人的艺术家也许能成为著名的公众人物，但作为整体，他们不再像医生、律师、商人和农民那样（无论出名还是无闻，成功或者失败）有地位。

其次，十九世纪——事实上，一战以前——的欧洲社会仍然是阶级分化的社会，在这样的社会，几乎所有人生来就拥有一个可识别的“身份”并终身不变。（值得注意的是曼笔下的主人公对他们上层中产阶级出身的自豪和对选择“艺术”而放弃继承父业的愧疚。）换言之，艺术家是个特例。早些时候情况不是这样。在口传文化中，一个诗人——无论其作品的美学价值如何——和让过去的伟业不朽的那个人一样，享有重要的社会地位；在多神崇拜的文化里，作为神话讲述者的他不仅是艺术家还是神学家。随后，有权有势者——无论是出于对艺术的真正热爱，还是出于艺术能提升他们声望的考虑——将艺术家纳入他们的随从中，在任何一个这样的社会，后者的地位相当于一个管家。海顿曾穿过艾斯特哈齐[1]家的制服。

最后，在工业革命前，作家、作曲家和画家不是仅有的艺术家。鞋匠、铁匠、木匠等同样是艺人，他们注重在给予他们制作的物品必要的实用价值的同时赋予它们“不必要的”审美价值。在这样一个

1. 艾斯特哈齐(Esterhazy)，奥匈帝国时期奥地利最有权势的家族，著名作曲家约瑟夫·海顿曾在这个家族担任宫廷副乐师。

社会，即使那些从不读书、赏画或听音乐的人也理所当然地认为美和实用一样有价值。然而，到了十九世纪末，机器生产使大多数手工艺人的地位降为体力劳动者，他们对劳动的唯一兴趣便是把它当作维持生计的手段，而美则越来越被视作一种社会奢侈品，这使得美丽事物的创造者和它们的特定受众成了公众怀疑的对象。

当一个人发现自己成了公众眼中的怪人，他很容易在愧疚——我肯定是哪儿不对劲——和自大——我是个怪人的事实证明我能力超群——这两种情感中间徘徊。虽然左拉提出的自然主义和马拉美倡导的“为艺术而艺术”这两种文学主张从表面上看截然相反，但它们实际上是同一种自大的不同表现。唯美主义者至少对此毫不掩饰。他说：“艺术是唯一可信的宗教。生活除了作为美的艺术构造的素材之外，别无价值。艺术家是唯一大写的人：其余所有人，无论贫富，都是贱民。”

自然主义者则有些言不由衷。他对外冠冕堂皇地说：“打倒一切美化生活的艺术。让我们如实地描绘人类生活和自然。”但他对生活“本来面目”的描摹展现了这样一幅图景，人类在其中是受自然规律奴役的动物，他们只能展现行为，而无法做出个人选择或行动。但如果人类果真像自然主义者描述的那样，他们就不能被爱或者欣赏。那么谁能呢？只有自然主义者自己，因为他的评论准确而客观。跟所有的行为学家一样，他不会将那些教条用于他本人。他不会说：“我的书是受制于瞬目反射[1]的行为的实例。”自然主义者和

1. Blind reflex，是由轻叩面部，角膜受声、光等多重刺激而引起眼睛闭合的防御反射，起着保护眼球的作用。

唯美主义者对幽默感的完全缺失揭示了两者之间的隐秘联系。

正如曼清楚地意识到的，唯美主义对艺术爱好者比对艺术家的危害性更大。后者至少还得为了赢得自尊努力工作，可他们的受众却消极被动，什么也不做，却觉得自己比市侩庸人强。十九世纪体面正派的中产阶级认为，一部"道德"小说意味着这样的情节：好人因为美德而得到回报——继承财富或喜结良缘，而恶人因为恶行而受到惩罚——最终堕入贫穷和耻辱。尽管这种想法幼稚可笑，但他们比刻意否认艺术和道德之间存在任何关系的唯美主义者更接近真相。在《神的光辉》里，曼描绘了一幅颓废风格的画：

> 这是一幅用完全现代和前卫的手法绘成的圣母像。这个神圣的人像一丝不挂、美丽非凡，散发着令人心醉的女人味。她那双迷人的大眼睛四周被阴影笼罩，嘴唇半张着，脸上带着怪异的、让人捉摸不透的微笑。她纤细的手指紧张、痉挛地缠绕在圣子腰间，后者是一个拥有贵族般、近乎古老的瘦削体形的赤裸男孩，他一边把玩着她的乳房，一边向观众投去会意的一瞥。

如今人们可以主张色情作品有正当的社会功能，但前提是除了起到性刺激的作用，它不声称还有别的功能。但如果它自称为艺术品而且还自称是宗教艺术品，比如在上述例子中，那么希罗尼姆斯[1]是

1. Hieronymus，曼的短篇小说《神的光辉》里的主人公，故事讲述了一个极其虔诚克己的年轻人试图摧毁一幅在他眼中充满亵渎意味的圣母画像。小说涉及了艺术与宗教的关系这个主题。

对的：它应该被焚毁。

曼在处理自我意识强烈的敏感艺术家和“生活的聪明活泼的孩子们、快活潇洒的普通人”的对比时使用的讽刺和幽默表明，无论他可能受了尼采多大的影响，他对后者持保留态度。作为骄傲（自我意识的原罪）的分析家，尼采是最伟大的心理学家，但他本应把它当作人类处境中无法改变的因素去接受的。他的超人是结合了人类自我意识和动物自信的卡米拉[1]。

曼在这些故事中颇具说服力地描绘了他笔下的“敏感”人物对“常态”的怀恋，但他清楚地表明他们对于“常态”的概念是主观而非客观的。在阐明这一点时，他风趣地采用了一个自传性质的事实：他天生一头乌黑的头发，但在他出生的德国北方金发比较普遍。于是托尼奥（顺带提句，还有《特里斯坦》里的斯皮内尔）的头发和皮肤是黑色的。对一个人来说，被外貌特点与之相反的那类人吸引是再自然不过的事，就像托尼奥为汉斯所吸引，但如果他将外貌和性格特征等同起来，那他显然是沉浸在自己的隐秘幻想里。比方说，没有人可以断言金发的人是运动员，只有黑发的人是作家。曼从不让我们知道汉斯或英格博格怎么看自己，只告诉我们托尼奥怎么看他们。

在故事结尾处，下面这句话以斜体出现：*汉斯·汉森和英格博格·霍尔姆走过餐厅*。通过这一手法，曼告知读者这句话事实上是不真实的：他们不是汉斯和英格博格，而是和他们属于同一类型的

1. Chimera，希腊神话中狮头、羊身、蛇尾的怪物。

另一对。托尼奥把他们当作一类人而不是单个人来崇拜。为确保读者抓住这个重点，曼向我们呈现了托尼奥对意大利的看法。众所周知，来自北欧的艺术家和知识分子常常倾心于地中海国家，认为它们和自己的国家迥然相异，是单纯的快乐和活力的家园。托尼奥可不这么想：

> 所有那些美让我感到厌烦。我无法忍受欧洲南部那种可怕的活力和那些拥有充满野性的乌黑眼睛的人们。这些拉丁人种的眼神给人没心没肺的感觉。

尽管托尼奥·克律格是这些故事中唯一令人尊敬的美学代表，但他并不是最有趣的人物：他太唠叨了。在所有故事里，我最喜欢《特里斯坦》。标题显然带有讽刺意味。任何熟悉瓦格纳歌剧的人会立刻意识到，斯皮内尔不是特里斯坦而是梅洛特，那个善于伪装的恶毒的挑事者。他还很享受年迈、忧郁、很可能性无能的马克王和克洛特扬女士所嫁的那个活力充沛、胡吃海喝的非利士人之间的反差。

天啊，曼写下这些故事到现在，时代发生了多大的变化啊！六十多年前，我们仍然可以问这个问题：对比赛用马的喜爱是否比对诗歌的喜爱更“正常”、更地道？如今问题变成：这些不同的喜好是个人品位和选择的真实反映，还是个人为了在他碰巧涉足的社交圈左右逢源才接受了它们？（当然，个人选择和品位不排除效仿他人，但集体影响肯定不算在内。）在所有技术“先进”的国家，时尚已取代了传统，所以非自愿地成为某个协会的成员无法再给人提供归属感。（或许家庭仍能给人归属感，但它们也只是临时的社团，一旦孩子长大，它们就自动解散了。）

因此，“正常”这个字眼已经不再具有任何意义。社群仍然意味着它通常的意义，即出于对某件事物的热爱（除了他们自己，无论是赛马还是诗歌）而聚到一起的一群人，但如今这样的爱必须由每个人自己去发掘；它无法在社交层面被获得。社会只能教我们如何符合在多数人或者它的镜像——反叛的少数人那里风行一时的潮流。属于任何一方并不意味着成为某个社群的成员，而只是克尔恺郭尔所谓的“公众”中的一员。如今，一切可见因而属于社交层面的认同迹象都是可疑的。

对真实的自觉*

或许,寄望有人能写一部关于布鲁姆斯伯里文化圈[1]的权威历史为时已晚。这个令人着迷的文化圈成立于1910年左右,在二十年代发光发热,后以弗吉尼亚·伍尔夫的死亡而告终。梅纳德·凯恩斯[2]的一篇遗著对促成其诞生的学术影响力有精彩论述。至于其后期的历史,我们只得依赖大卫·加奈特[3]的回忆录以及弗吉尼亚·伍尔夫的日记。前者可在英国找到,后者可参照《作家日记》,但愿它只是伍尔夫日记的第一期。

布鲁姆斯伯里并不是某个文学意义上的"流派",因为它没有统一的风格和主题,也不像十九世纪的霍兰德屋派[4]或嘉辛顿派那样集中于某一个沙龙,尽管它的很多成员也属于嘉辛顿派。这个圈子包含了小说家、批评家、画家、大学教师,但令人好奇的是,圈中并无重要诗人(如果把弗吉尼亚·伍尔夫算作小说家)或作曲家。几乎所有成员都读过剑桥并来自显赫的中上层阶级家庭,可以说,虽然他们并非贵族或大地主,却习惯了拥有利索的仆人、锦衣玉食和在乡间别墅过周末的优渥生活。尽管他们对自己生于维多利亚时期的父母的浮夸和俗套极尽反叛之能事,尽管痛恨教条、惯例和虚伪的情感表达,然而,他们还是继承了那个时代的自律和一丝不苟的精神,这让他们避免了艺术家的放荡不羁。弗吉尼亚·伍尔夫写道，“我有一套内在自发的价值观念，它支配着我对时间的最优使用。它命令我‘这半个小时要花在俄国人身上’‘这必须用于华兹华斯’或者‘现在我得去补补那双棕色长袜了’”，换作这个圈子的其他大多数成员，他们很可能也会这样写。至于用“粗俗”一词作为对《尤利西斯》的保留评论对她而言是非常典型的。在政治上略偏左的他们都极不信任政党和国家，而坚信个人交情的至关重要。E. M. 福斯特曾写道：“如果非要在背叛国家与背叛朋友之间做出抉择，我希望自己有勇气选择前者”。而在 1940 年春侵略在即时，弗吉尼亚·伍尔夫拒绝从罗杰·弗莱[5]传记的写作中分心：“是那种巨大，以及那种渺小，使得这一切成为可能。（对于罗杰）我的感受如此强烈，而这种感受却似乎被周遭（即战争）包围住了。不，我不能让自己陷入这种奇怪的不协调中，在感受如此强烈的同时却觉得它并无重要性。抑或，如我有时所想的，比任何时候都重要？”

在我看来，将她的日记节选限于她对自己写作生涯的思考倒不失为一个妙想。亨利·詹姆斯也许在其随笔本、信函和序言中对文

---

* 本文于 1954 年 3 月 6 日发表于《纽约客》，系作者为英国作家弗吉尼亚·伍尔夫《作家日记》(*A Writer's Diary*)一书撰写的书评。

1. 二十世纪上半叶英国最有影响的精英文化团体之一。
2. 梅纳德·凯恩斯(Maynard Keynes，1883—1946)，现代西方经济学最有影响的经济学家之一，他创立的宏观经济学与弗洛伊德所创的精神分析法和爱因斯坦发现的相对论一起并称为二十世纪人类知识界的三大革命。
3. 大卫·加奈特(David Garnett，1868—1937)，英国作家与出版人。
4. 霍兰德屋派(Holland House Set，1797—1845)，荷兰的一个辉格党政治家和文人集结的圈子。
5. 罗杰·弗莱(Roger Fry，1866—1934)，英国著名艺术史家和美学家，二十世纪最伟大的艺术批评家之一。

学技巧有更多有趣的论述，但我从未读过这样一本书，它比《作家日记》更真实地揭示了作家的人生及其忧虑、回报和日常生活。有些读者可能会吃惊地发现，伍尔夫对评论是多么焦虑和敏感，对别人的称赞多么容易让她忌妒。然而大多数作家如若坦诚，都会对这样一番话深有同感："任何一个有创造力的作家都无法容忍另外一个当代作家。如果你也进了这一行，就会知道人们对当代作品的接受过于粗陋和片面……戴斯蒙德赞美《东科克》[1]时我心生妒忌，于是走过沼泽说，我就是我"，即使是她对过世父亲的追忆，"父亲……如果还健在，现在已经 96 岁了……他本可以活到 96 岁的，就像我们知道的其他人那样，所幸没有。他要是活着，我就没法活了"。

我们当中的有些人会对评论保持斯多葛式的漠然，有些人拒绝阅读来避免不安，可是我们都会在意，并有着正当理由。每个有独创性的作家都会时常对作品的价值产生怀疑。被他所尊重的评论家赞扬会是一种莫大的安慰，而沉默或指摘则让他确信了自己最大的担忧："我的作品被发现了，它正如我认为的那样又臭又烂——完全是个败笔。"然而有些批评家出于忌妒或跟风逐流，还未读过作品便已下定论，他们的读者群，即那些同时代的怀有敌意的人或者野心勃勃的青年人，则会欣闻于此类差评："我厌恶被嘲笑：以及那些甲、乙、丙等人听到 V. W. 被驳倒时的春风得意。"就伍尔夫而言，女性作家的身份使她处于更为不利的地位。在她所处的时代，女性作家要被严肃对待还需奋力抗争。因此，好评和畅销对她来说意味着

1. East Coker，《东科克》是英国著名现代派诗人和文艺评论家 T. S. 艾略特的一首诗歌。

财务独立和她作为女性被男性在文学上的平等接纳。当她写道“我要靠写作在今年夏天赚到 300 镑,然后在罗德梅尔的家里添置浴缸和热水器”,她想到的是身为妻子为家庭开支贡献巨大财力的满足感。

尽管对批评十分敏感,她从未自负到否认最偏执的评论也可能有正确的成分:“重要的是发现评论中的精髓——我不思考——然后将抨击激发的活力用于更欢快有力地做自己……坦诚地调查这些指责,而不是小题大做或过于焦虑。决不能用走极端的方式——想得太多——来反击。”

这些摘自伍尔夫日记的节选始于一战结束前的那年——那时的英国尽管经受了战火洗礼,与 1914 年以前相比无甚改变——止于她去世的前几天,也是二战最黑暗的日子,她在伦敦的居所被炸毁,英国的前景堪忧。“布谷鸟和其他鸟儿的粗粝叫声。天边通红。我忽然生出一种奇特的感觉,好像那个写作的‘我’已经消失。没有读者,没有回应……我们活着没有未来。而我们的脸紧贴在一扇关上的门后,这是多么奇怪。”

起初她的文学声誉刚建立时,“老先生们郑重其事、巨细靡遗地对待我的作品”。二十来岁,她已经广受赞誉。而到三十来岁时,斥责便接踵而至——世俗、过于敏感和过时等等。然后她在成为人们嘘声和无趣膜拜的圣人之前死去(这种命运可能是最痛苦的),但她在死前完成了《幕间》的创作,这部作品在我看来是她的代表作。

这些节选,除却一段可媲美她任何小说精华的日食描述以及一些零星的对她认识的人的毒舌评论,主要讲述了她对手头写作的思考。和每个其他作家一样，她关注自己究竟属于哪类作家，她能够并且应该做出哪些独有的贡献。“我开始明白，我作为作家的唯一兴趣就是某种奇特的个性，而不是力量、激情或是什么惊人之举。比方说爱慕虚荣者：博罗、多恩……菲茨杰拉德的书信。”从力量与激情对小说家的传统意义来说的确如此。她所感受到的和用最强烈的情感所表达的是一种神秘而虔诚的人生，“那是一种我称之为‘真实’的自觉：我眼前的所见，它抽象但又居留于丘陵苍穹之间，除此之外皆为草芥。我在此间存在并将继续存在……不去这般或那般地塑造它是如此困难，而它终究只是如一。我的天赋或许在此吧：或许这就是区分我和其他人之处，我想这样敏锐的天性可能少有——不过话说回来，谁晓得呢？我也乐于去表达它。”此外，像多数神秘主义者一样，她也感受过“真实”的恶意所带来的黑夜——“像古老的踏车永不停歇，没有任何理由……恨我智力的不及，读不懂威尔斯……社会，购置衣物，罗德梅尔的破坏，整个英国的破坏，夜半对宇宙中一切错乱的恐慌”。

她作品的独特之处在于这种神秘视野混合着对具象物体(即使是最卑微的形式)最敏锐的感觉：“我们无法直接描述灵魂。我们去看时它不见踪迹，而我们把目光放在天花板，放在斑白银发或是摄政公园游人随处可见的低级兽类时，却得以窥见灵魂。”她评述道。她的性别或许对维系这种平衡有所助益。一个对“存在的根基”感兴趣的人很容易就变成洛斯·迪金森[1]那样——“总是活在整体

1. 洛斯·迪金森(Lowes Dickinson，1862—1932)，英国政治学家和哲学家，与布鲁姆斯伯里文化圈有密切往来。

中，生命是一体的：总是满口雪莱和歌德，然后呢弄丢了自己的热水瓶；除了在万物的流动中，从没有注意过单独的一张脸，一只猫，一条狗，或是一枝花”。一个打理房子的女人永远会和事物打交道。伍尔夫日记的最后一篇很典型：“现在我欣然发现已经七点了。我得烧晚饭了。黑线鳕和香肠肉。我觉得把黑线鳕和香肠肉写下来的确能让人更好地把握它们。”

虽然每一本书的写作都异常艰难，她仍是个天生的文思奔涌的作家，仿佛从没有灵感枯竭的时候。还在创作上一本书的时候，下一本的构思就已经出来了。而她的产出远比我们印象中的更多样化。每本书都有要解决的问题，也引起作者特别的身心反应：“逼迫自己写《弗勒希》时我头疼的老毛病又回来了——今年秋天还是头一次。为何《帕吉特家族》[《岁月》]让我心跳，而《弗勒希》又让我后颈僵硬？”

这本日记的写作贯穿了伍尔夫写出《到灯塔去》、《海浪》和《幕间》这三本她丈夫认为是她最好的三部作品的日子，我也同意他的看法。读者有幸可以追随每一本书的创作过程。下面就是《海浪》的来历：

1926 年 [她正在创作《到灯塔去》的结尾]：

9 月 30 日。宇宙中并不是徒留我们自己，而是存在着某些事物。在我深刻的忧郁、压抑和厌倦中，不论是什么，这都让我惊恐又兴奋。你看到一片鱼鳍的渐渐远去。怎样的一幅画面才能揭示我之所想呢？

1927 年［创作《奥兰多》同年］：

2 月 21 日。为何不创造一种新剧呢，比方说：女人思考，他行动。风琴弹奏。她写作。他们说：她唱歌。黑夜开口。他们错过。

6 月 18 日。一个男人和一个女人坐在桌边交谈。或者他们应该保持沉默么？这将会是一个爱情故事。她最终会让那只最后的大飞蛾进来。

1928 年：

11 月 28 日。诗人的成功在于简化：几乎一切都被略去。而我却意欲涵盖一切：然而要饱满的话……还必须包括谬论、客观事实、污言秽语，不过得一目了然。

1929 年：

6 月 23 日。我觉得应该这样开始：黎明，海滩上的贝壳。我不知道——公鸡与夜莺的啼叫，然后孩子们都坐在长桌旁——上课……谁能不让这海浪终日潮声澎湃呢？

［9 月 10 日，她开始写作。］

9 月 25 日。昨天早上我重又开始《飞蛾之死》的写作，不过那不会是它的标题……谁又觉得是呢？难道思考的非我本身？

12 月 26 日。我希望自己能更享受这个过程。我没有像创作《到灯塔去》和《奥兰多》那样整日文思泉涌。

1930 年：

1 月 12 日。我现在根本无法停止《海浪》的创作……要紧的是抓紧写完不要破坏这种情绪。

3 月 17 日。要检验一本书是否值得写(对于作家来说),就要看它是否制造了一个任你自由言说的空间。就如今晨我可以说罗达所说的。

4 月 9 日。它肯定很不完美。但是我觉得我塑造的形象已经不能再高大。

4 月 29 日。脑力从未这样透支过……我怀疑结构有问题。无所谓了。

[她开始《海浪》第二个版本的创作。]

8 月 20 日。我觉得《海浪》分解成了一系列的戏剧性独白。

12 月 22 日。……把所有插入的段落并入伯纳德的最后演说,然后以"哦,孤独"字眼来结束。

1931 年:

[1 月 20 日,她在洗澡时有了《三个基尼金币》的构思。]

2 月 7 日。十五分钟前,我写下了"哦死亡"这几个字。之前我怀着强烈的感情,陶醉地读完了最后十页,以致似乎是磕磕巴巴地跟着自己的声音或者几乎是某个演讲者在说话……不论如何我完成了它;这十五分钟里我荣耀、冷静地,带着泪水坐在那里……胜利与解脱的心理竟可以有如此的生理体现!……我在污水中捕捉到那鱼鳍,而这污水似乎就是罗德梅尔窗外的那片沼泽。

我不清楚年轻一代的文学爱好者如何看待伍尔夫,但我知道我们那一代人即使在社会意识最活跃的时期,也超乎她想象地仰慕爱戴她。我不清楚她会否对小说的未来发展产生影响——我倒是觉得她的风格与视野如此独特,这种影响也只能产生乏善可陈的模仿——但是我无法想象哪个时代(无论它多么晦暗无光)或哪个作家(无论他属于什么流派)会不把她对艺术的贡献,她的勤奋,她对自己的苛刻,尤其是她对诸如"香肠与黑线鳕"等日常琐碎细节(不光是对生活的重大时刻)的热爱当作灵感和准绳的范例。如果要我为她选择墓志铭,我会选《海浪》中的一段话,也是就我所知的对创造性过程最好的描述:

> 那儿有个正方形;那儿有个长方形。运动员们拿起正方形来放在长方形上面。他们放得十分准确;他们准备了一个极好的安身处。几乎什么也没有剩在外面。结构已经清晰可辨:草创的东西已经在这里说明了;我们并不是那么各不相同,也不是那么卑劣;我们已完成了一些长方形的东西,并且把它们竖在正方形上。这是我们的胜利;这是我们的安慰。[1]

1. 译文引自《海浪》,吴钧燮译,外国文学出版社,1993年。

士兵诗人*

我扪心自问，像《一个一等兵的诗》这样一部有价值的杰出作品怎么竟会在出版商那里四处碰壁，最后只能凭着作者本人筹钱承担了出版费用，我们今天才能见到这本书？

我想可能有两个原因。一个与我们现代人热衷于给人贴标签有关。林肯·柯尔斯坦长期以来都是剧院经理人的角色，他也因为一手推出了《猎犬与号角》[1]杂志或者管理了一家芭蕾舞公司而闻名。与任何活着的人相比，柯尔斯坦对古典芭蕾事业的贡献都不会少，乔治·巴兰钦[2]也是因为他才有大放异彩的机会。根据定义，剧院经理人自己并不“创作”，如果他碰巧写出一部自己的作品，人们会认定那不过是业余爱好者的儿戏之作，不值得认真对待。另一个原因是新闻即刻传播功能带来的副作用，电报、广播等的出现使得新闻能够迅速传达到各处。在战争期间，日复一日，夜复一夜，除了战争的消息我们几乎什么也读不到听不到，而且我们很清楚那些消息最多也只是报道了一半的真相，新闻措辞里那些令人恶心的陈腔滥调就可以进一步证明，于是我们变得更加焦虑，急于想知道到底发生了什么。结果，和平年代终于到来，带来的最大好处之一就是我们不用再面对战争新闻了，我们最不愿意阅读的就是关于战争的书籍。可是，现在距离日本投降已经超过十九年，当然我们也已经有了足够的时间从我们的饱足感里恢复过来，而对于剧场经理人林肯·柯尔斯坦，我只能恳求读者们忘记他的存在，只把这些诗作当作匿名作品来阅读好了。

虽然我们的价值观、兴趣点和感受力都发生了改变，但在处理诗歌里的战争主题时，起主导作用的基本前提仍旧不变，从荷马时代以降，直到拿破仑战争时候为止。这些前提也许可以用以下四点来概括：1）战士是英雄，也就是说，是一个神圣的存在；2）战争绝对是个体英雄主义的公共行为领域，在其他领域个人无法如这般向他人清晰地展现自我；3）既然他的行为是公共行为，那么战士自己就不必叙述这些行为。那是职业诗人的任务。荷马失明这个传说也表明职业诗人并不参与战斗；4）诗人的任务是把别人已知的故事吟唱出来，用一种能匹配这个伟大故事的方式，也就是说，用一种“高雅的”方式把它歌颂出来。

直到十八世纪，在启蒙运动的影响下，人们才开始质疑战士的神圣和高贵，接着拿破仑战争大规模爆发，牵涉到大支部队及整个欧洲，人们无法再将战争视为个体选择的行为。司汤达和随后的托尔斯泰都把战争描述为人类行为的非理性形式，意识完全无法操纵的力量将人类卷入战争之中，而在他们笔下，一场战役就是一次亵

---

* 本文于1964年11月5日发表于《纽约书评》，系作者为美国作家林肯·柯尔斯坦(Lincoln Kirstein)的著作《一个一等兵的诗》(*Rhymes of a Pfc.*)撰写的书评。

1. 二十世纪二十年代末，柯尔斯坦还是哈佛本科生的时候创办的文学季刊《猎犬与号角》(*Hound & Horn*)，旨在发现写作新人或那些被人遗忘的天才。

2. 乔治·巴兰钦(George Balanchine，1904—1983)，美籍俄国人，现代芭蕾中期最重要的代表人物，也是二十世纪最伟大的编导大师之一。

渎神灵的混战，一切都不依照双方指挥官设定的发生。非理性行为无法用高雅的方式来歌颂，它需要令人毛骨悚然又充满嘲讽戏谑的音符。除非有目击者，谁也无法将战争如实讲述。自 1800 年开始就没有诗人能够“唱诵”战争了，安逸年代的人写出来的战争诗歌毫无价值，比如《轻骑队之战歌》。对于未曾经历过战争的那一代人，一战初期，战争还是带有吸引力的，可是到了 1916 年，人们就明白了战争不仅仅是非理性，简直就是一场不可饶恕又无耻下流的噩梦。

我想，必须承认至少到目前为止，二战相比一战在文学杰作的产出方面，无论是韵文还是非韵文，都要显得逊色一些。我觉得这可能有三个原因。战争越是机械化，与在火线后方服务的人数相比，直接上战场的士兵数目就越少，也就是说，直接面对战争“赤裸裸的现实”的人数就越少。其次，一旦记起一战中对人类生命的任意糟蹋，二战各军方都决心尽可能多地挽救人命，把每个士兵按照各自的性格才能安排到适当的岗位。结果，一个具有作家的教育背景与感受能力的人如果应征入伍，不太可能进入战斗部队，他最后的着落极有可能是干着文职工作的技术军官。（对我们来说比较幸运的是，柯尔斯坦不幸在简历里有个污点——我从来都不知道那个污点到底是什么，就知道与政治有关——因为那个污点他最多只能提升到一等兵。）第三个原因，英国人和美国人对二战怀有更复杂的情绪因素。1914 年，欧洲国家贸然闯入一场谁也不愿意打的战争，它们也完全不知道现代战争应该是什么样子。到了 1916 年，无论各国政客将领们如何盘算，双方普通士兵都找不到打仗的任何理由。最后，在这场共同的噩梦里敌友不再分明，士兵们成了共同的受难者，相互之间有了一种朴素的同情感，威尔弗雷德·欧文[1]把它叫作“战争的同情，即经过战争纯化的同情”。

另一方面，1939年，很明显德意志帝国已经落入恶人之手，他们给其他欧洲国家的选择就只有战争或者投降。英美士兵对于德国难友可能有的同情变得复杂起来，因为他们确信德国人是为了邪恶的事业而受苦。否则不可能写下像欧文的《陌生的会面》那样的诗。

诗人要写关于现代战争的诗，问题在于他只能处理一些他一手掌握的事件——无论多么富有想象力的虚构都注定是欺骗——但是他的诗歌却不知为何必须超越单纯的新闻报道。在艺术作品中，单个事件必须作为具有普遍意义的范式中的一个要素而存在：当然，在这个范式中艺术家视野所及总是或多或少在一个有限的范围，但是人们又意识到这个范式可以超越我们的可见范围，在时间和空间上可以延伸到深处。

对于所有美国人来说，这会带来许多特别大的难题。1922年有了入境限额的规定，那时候的美国成了新世界，离开旧世界来到美国的想法表明人们要完全与过去断裂、重新开始一段历史的决心。为了从永恒的角度来设想当下，自然而然来自旧世界的诗人要利用一切他最触手可及的神话历史的过往，比如大卫·琼斯在他那本伟大的战争书籍《括号》里就采用了凯尔特神话。但是美国人无

1. 威尔弗雷德·欧文（Wilfred Owen，1893—1918），英国诗人和军人，被视为第一次世界大战最重要的诗人。

计可施。对于柯尔斯坦先生来说，历史从1848年才开始，那时他的德国籍犹太祖父母从莱茵兰迁出：甚至如果他们是雅利安人，他使用德语神话做素材时，比如说《尼伯龙根的指环》，也不可能忠于原著、忠于自己。对于所有美国人来说，带有神话色彩的战争就是内战。

可是我的内战还要近，比起蓝天中的那场战争；二战。
那对我来说一无是处，只是单调的事实，令我恐惧，
我就在这儿，安静得让人感到荒谬
我试着假装我们那位训练有素的后半场中尉，泡泡眼比尔，
正冒险进攻，在相对而来的交叉射击中发动卡宾枪，和着轻轻的欢呼。

与此同时，对于所有的美国知识分子来说，旧世界吸引着他们，那儿曾经有种异域文化的魅力。（之所以是“曾经”，是因为美国不再是新世界，欧洲也不再是文明的象征。）对于一些人来说是法国，另一些人则认为是英国，比如柯尔斯坦先生。

哈姆雷特常常成为吉姆；
我们陶醉于莎士比亚的抑扬格和英国王朝的彩虹。
我最难以忘怀他
轻轻敲打书页，书上晕影着《伦敦新闻》报上的肖像画——
全是一战英国阵亡士兵，

年轻人朝气蓬勃，都是大学毕业生。
命运如光环笼罩着每一位死者，
所有的军官、男爵或是准男爵，没有人仅仅是个士兵；
历史是鲜活的。

因为缺乏共有的神话历史，每一个美国艺术家在编制他的艺术范式时就不得不利用个人神话，也就是说，为了让其他人理解他的个人神话，相比欧洲艺术家他必须提供更多的自传体事实。一等兵林肯·柯尔斯坦告诉我们，他来自三个少数民族（对于西欧人来说，少数民族这个词没有什么情感内涵。）首先，他是犹太人，他所在的社会曾经有过、现在仍然具有的反犹倾向比他们所承认的要多。其次，他的父母已深受同化，也有足够的钱送他去埃克塞特[1]和哈佛读书，但那些学校的学生几乎无一例外是盎格鲁-撒克逊裔白人新教徒；他从来都不知道纽约的犹太贫民家庭生活状况，也不清楚美国高中或大学的异种人群社团情况。最后，他是个有知识的唯美主义者，童年时他就有点娘娘腔，也可能他觉得自己娘娘腔（同样这个词在欧洲国家也没有实际对应物）。因此，他那“跛足的影子”[2]令人半是崇敬半是鄙夷，是个不善言辞的异教徒、战士与运动员结合的角色。在和平年代，不同教育背景和文化品位的人不可能同道而

1. 英格兰西南部城市。
2. 原文为 Lame Shadow，译者推断引自特德·休斯的诗歌《思想之狐》（The Thought-Fox），该词也成为前番一篇论卢克博士关于托马斯·曼的新译本的杂文标题。

谋，要么他们之间有一种人为故意的交往关系。而在战争年代，唯一能补偿战争的不适和恐惧的就是那种人际交往成为可能，因为战争中以社会—心理区分人群的重要方式只有一种，那就是军官和士兵的区别。柯尔斯坦大致根据时间顺序讲述了他的经历。他在美国接受基础训练，对于他还有其他应征士兵来说，战争似乎还很遥远，但母亲妻子们收到的电报上已经写满了令人遗憾的消息。军队派船将他送往英国，分配到曼彻斯特乡下一处军营，他进入第三集团军，又接受了更多的训练，为登陆做准备，登陆战的前景愈加险恶。在诺曼底登陆日过后二十天，他穿越英吉利海峡，遭遇到着实令人恐惧的事。虽然他从未亲自开过枪，却和作战部队联系密切。他在枪林弹雨中前行，受了伤，即使只是吉普车出了车祸。当时第三集团军由他十分钦佩的巴顿将军指挥，他随军到了德国，在那儿向二战献上自己那份重大贡献：他真是走运，竟然意外获悉德国人把从全欧洲掠夺来的大量艺术珍品藏于何处。

我想，对他的文学创作影响较深的作家有勃朗宁、哈代和吉卜林。勃朗宁教会他如何写戏剧独白，哈代和吉卜林教给他的则是对于复杂诗节的热爱，在这方面他技艺精湛。比如，下面诗句中押韵和突然的韵脚缺失带来很好的效果：

> 一天早晨我们醒得很早。哎哟！真是晴朗的一天！
> 我们跨过德国边境，去夺取德国的五月天；
> 天气是红酒里浸着草莓。野外到处是新鲜石楠的味道，
> 而我的队长胡子里爬满了虱子。

他遇到的人物形形色色，要讲述的故事也是一应俱全。有一些引人发笑，比如有一位陆军少校用一些散砖头给自己建了个壁炉，结果却发现那些砖头是炸药做的。又有一些挺吓人，比如杀了无辜平民的那位醉酒队长，后来到了军事法庭：

> 罪名不是谋杀，重伤，也不是故意伤人，
> 但是比那些更糟糕，他们一再提起这个：
> 显然罪大恶极无耻下流的就是
> 他的罪名：与士兵醉酒。

其他还有一些故事和性有关，他把性描写成肮脏的行为，战争年代通常如此。

在我看来，他尝试保留美国大兵自己那种粗俗——俗不可耐——的说话风格，也是受了吉卜林影响。他在这一点上大获成功，而吉卜林却不然：吉卜林笔下像汤米那样的人物说一口纯正的伦敦腔。我不是土生土长的美国人，所以也无法肯定柯尔斯坦用的语言到不到位，我试着把诗句读给一些土生土长的美国人听，他们都表示认同。而作为土生土长的英国人，我对他的成就感到十分惊讶。就拿英国来说，十九世纪时，像巴尼斯或哈代这样的作家，出生成长在乡村，一辈子都在乡村生活，所以他们可以准确再现当地的农村方言，可是如果有柯尔斯坦先生这样的教育背景，比方说一个毕业于温切斯特公学和牛津新学院的英国作家，是无论如何也模仿不了另一个社会阶层的说话方式的。

我想,柯尔斯坦先生之所以成功,除了归功于他的好听力之外,还有美国文化的帮助。无论美国文化如何错漏百出,至少它没有被口音意识妖魔化。柯尔斯坦先生不仅能写出“粗俗的”美国语言,也能抓住这些话语中词汇和语调的细微变化,而人物的差异即在于此。下面有三个例子。

> 我思量着:格洛丽雅,如果伊泽跑到什么不信奉基督的地方我该向谁求助啊?肯定是弗雷德呀。所以我只能尽自己绵薄之力——试着帮帮他呀。诺福克的酒店房间,除了一名海军护卫谁也没有。明白了吗?他们离开我的小酒馆前我得从司令官那里拿到许可才行呀。他们开着门,是为了能听到情况而不用窃听呀。现在我开始明白那是军事法庭上的犯罪行为了呀:可是——他们最好弄清状况证明这一点。只要给我们请个好律师,但是你那上了天堂的母亲发现有些人就是那么卑鄙呀。

> 节目正式开始,法斯图(司仪男高音)上场
> 布雷(唱“罗斯·玛丽”)
> 扔出两个不好笑的烂笑话。圆润的长号响起,
> 拉托尼上场,
> 紧紧抓住她的线索。开始对话
> 有几分像这样:“嘿你的口袋都满啦,罗斯·玛丽
> 我亲爱的;里面(转动眼珠子)有啥?”
> “和你一样,姐们:装满了屎。”

(抱怨声。)现在：合唱。六个男孩身着芭蕾舞短裙：
难以形容的吵闹声。

75 式，88 式，101 式，在城后边的小山里
他妈的你能想到的所有枪支我们都有，听这一发。
他们听这发子弹的声音。
克莱斯特：我们开始放枪了，就在这屋顶上：
一，二，三。
接着我们打低一丢丢，再低一丢丢——再低点。
瞧好了，我们挑了座高塔，像教堂的尖顶。
一，二，三。
哥们儿，太漂亮了！就像打字机：
一，二，
三。

我不会假意隐瞒柯尔斯坦先生诗歌中的错误。所有读者都会发现有些篇章要么粗制滥造，要么过于冗长，要么用了太多形容词，要么语气老旧傲慢。但是，我相信无论多有成就的诗人读到这些诗歌时都会充满艳羡之情。《一个一等兵的诗》是不久之前那场战争的写照，这是目前为止我所读过的最可信、最动人、也最令人难忘的一本战争诗集。

重要的声音*

我和卡尔曼先生已经是三十多年的老朋友，我找不出任何理由为什么不能评论评论他。以我的经验来看，一个人对于作者这个人的情感与对于作品的审美评价之间极少有联系，甚至没有关系。我见过三个诗人，我很喜欢他们的诗，可是在我看来他们人格低劣。反过来也有类似的例子，我能想到若干与我私交甚好的诗人，但是，唉！他们的诗歌我无法欣赏。

卡尔曼先生以前发表过两册诗集，分别是《卡斯泰尔夫兰科的暴风雪》(1953)和《缺席与出席》(1963)。这两册诗几乎无人问津，对诗人极其不公，我愿意纠正一下大家的疏忽态度。

《郑重其事》分为三个部分。第一部分题为《冬日的旅行》，由九首诗组成，这些诗歌如果与一场不幸的爱情无关，至少写的是一场极其艰难的爱情。这样的主题非常危险：作者一不小心就会受到蛊惑，进而沉湎于自我中心主义，不是自哀自怜，就是牢骚满腹，小题大做。

卡尔曼先生顺利抵制住这种诱惑，首先是因为一直伴随他的幽默感，即使是在最紧张的时刻他也能一笑而过，其次是因为他掌握的无论是音律方面还是修辞方面的语言技巧。人们很难引用他的诗句，因为他的诗歌十分精密，其中任何一节都倚赖它在整首诗中

的位置才能达到完全的效果。不管怎么说,我们来看看这首:

早上
这另一个。天哪。
只有一个。
我的变异点。只要一
想到你,想到你,
就只有噩梦,
结束结束结束结束
却只有更糟,于是有了所有的
比较:
没有像你这样的人,没有人
在爱情里索取更多。
原谅我你对我的伤害。
牢记在心。
上帝帮帮我们如果我们在他的
掌心。

第二部分题为《剧场》,集合了各种杂诗,长的短的,各种主题都有。有一首长诗叫《德尔菲》,好像与作者在德尔菲见到的某个异象有关。我必须承认,我自己很难理解这首诗,但我肯定不是因为作

---

* 本文于1972年3月发表于《哈泼斯杂志》,系作者为美国诗人切斯特·卡尔曼(Chester Kallman)的诗集《郑重其事》(*The Sense of Occasion*)撰写的书评。

者无能才造成这种阅读困难。可是我也相信没有读者会理解不了那首迷人的《身体向灵魂的控诉》，很明显，那首诗以马维尔[1]的诗为基础，但绝不是模仿之作。

云雀小姐！在我过敏皮肤
的牢笼里装扮自己，
已经预见，却不情愿，
那日凌晨之后我们二人
我只能于镜中遇见
未聚焦的一张轻率的脸，
而当我死去，你不再
有念想飞往冷酷的圣职。
因为虽然你存心承认——
为了指控与我——
我们相爱的时日已然过去，
但你会带着最后一丝难以捉摸的
虚荣拥有我：为了证明
爱意萌动时的欢愉。

读者在理解《格里塞尔达的歌唱》这首诗时也不会有任何困难，即使诗歌的结尾出人意料。

1. 安德鲁·马维尔(Marvell，1621—1678)，十七世纪英国著名的玄学派诗人。

甚至当你咒骂时
你曾爱着我,仍爱着我:
那会感动我吗
如果所有事情
如今无论好歹?
愿意就去尝试,
如你所愿行动;
我不知道,我只
知道如果
我要行动我就会殴打,
往死里打。

当然还有这首,这是“纯”抒情诗的杰出代表:

莎乐美之舞

除了这个没有主题;
没有其他的意义。

出现了一个黑色梦境。这个。

除了这个没有光芒
镰刀霍霍,磨得尖锐。

头颅将要落下,走着瞧。

最后一个部分题为《非洲大使》,这部分确实写得很出色。首先,诗歌技巧上乘。所有十六首诗每行都有六个音节,可是全部富有变化。大多数诗行都遵循了严格的音节数目,只有几首诗里省略了连续元音。诗节长度不一:一些押全韵,一些押半韵,通过改变它们的位置,卡尔曼先生用六音节的方式再现了各种各样不同的传统诗歌形式,比如三节联韵诗,三行体诗等。下面的诗歌甚至再现了八行两韵诗:

他知道他的住所;他知道
没有地方完全是
一个家。这儿破破烂烂,都已损耗
他知道。他的住所他知道
这旧住所好几个人知道;
如今在人群里
他知道了他的位置。他知道
完全没有他的位置。

其次,卡尔曼成功完成了最艰巨的任务之一,也就是创造了一个神话,确切地说,也许是一个隐喻,除了作者,其他所有人都能够理解这个神话或隐喻。

他引用了格雷厄姆·格林的一段话作为这一部分的题词:

……对我来说……非洲永远是维多利亚时期地图册上那个非洲，那是一片未开拓的空白大陆，有着人心的形状。

我想到两个类似的引言：

诗人没有身份——济慈

……虽然我们的话这么说，
我们的生活的确与我们的诗行
相去甚远 ——赫里克[1]

那位非洲大使既不是黑人也不是犹太人，所以更加是个局外人，他也像其他的大使一样，从某种意义上来说是国外的流亡者。他的工作就是在意识的国度里代表心灵的利益。心灵的"语言"没有文字表达，可是与意识又只能用文字交流，而所有的翻译不可避免都转变了原话的含义。也就是说，每一首诗里的真理都变成了创作。

细读我的诗行你会明白
你是你将来所是的样子
如果我像你一样：也就是说

1. 罗伯特·赫里克(Robert Herrick，1591—1674)，英国抒情诗诗人，他的作品富于感性而简单，如"西方乐土"(1648)，体现了其作品与拉丁韵文的雷同及受本·琼森的影响。他被认为是英国骑士派诗人中最伟大的诗人。

一只寻蜜的蜜蜂
折磨着一朵牵牛花
就像一个神经紧张的女人
揉搓她手帕的边缘
这么说无异于
什么也没说。对我来说
爱情似乎不太可能。

接下来的诗展现了他如何向诗歌的守护女神——月亮致辞：

我微笑，没有显露
我的心跳，那不时打断
一国秘密的心跳

他们在揭晓秘密前退缩，避开你，
你这内心深处的执行者，
于表达毫无帮助，一晚
带着星星的光芒
越过欲望与歌唱。

可是单凭引用无法公允地来评价这首诗。必须整个读出来。我可以毫不犹豫地说，在我看来，《非洲大使》是近二十年来最具独创性、最重要的诗歌之一。

颂词*

虽然我一直很喜欢他的音乐——十六岁时我就买了他的专辑《简单的钢琴二重奏》——我不得不让其他人，也就是那些在音乐上更专业的评论家来评价作曲家斯特拉文斯基的成就。但是如果把斯特拉文斯基作为创造性艺术家的典范来评价，我倒有几分发言权，他是青年作曲家、画家或者作家学习的楷模，年轻艺术家的道德观在现在这个时代比以往任何时候都受到更多的冲击，从他那儿他们可以得到指导、获得勇气。

首先让他们留意一下他的艺术虚构观念。

> 我不是一面自己的智力打造出的镜子。我所有的兴趣都转到了对象本身，那件造物。

那就是说，一个艺术家首先要把自己看作手工艺人、一个“造物者”，而不是一个“受了启发”的天才。如果我们说一件作品是“启发”之下的创作，我们的意思是它比我们所能期待的更优秀、更美。但是这是大众而非艺术家自己给出的评价。确实，有一些艺术家只能在情绪强烈波动时进行创作，比如雨果·沃尔夫[1]，但这只是个别的偶然现象——大多数这样的艺术家可能都患有狂躁抑郁症。这与他们在这种状态下创作出来的作品价值毫无关系。几乎所有狂躁状态下的人都相信自己获得了灵感，但是只有很少的人能创作出具有艺术价值的作品。

毋庸置疑，瓦莱里[2]的这句话很有道理：“只有才华没有天分是不够的，但只有天分没有才华就一文不值。”纯手艺，比如木匠活，和艺术之间的区别就在于当木匠开始做工时，他确切地知道成品的样子，而艺术家却从来不知道自己将创作出什么样的作品，直到他完成最后的工作。但是，就像木匠一样，他所能也是应该意识到的是如何将作品完成得尽善尽美，那么最后的作品才会持久，才会在这世上永恒“存在”。

为了说明斯特拉文斯基的职业态度，我来讲一讲亲身经历。切斯特·卡尔曼和我有机会给歌剧《浪子的历程》写剧本，当然我们都觉得是莫大的光荣，但是与此同时也是忐忑万分。我们曾听说创作《珀耳塞福涅》时，作曲家与安德烈·纪德[3]在法语剧本的设定上发生了重大分歧。而且，斯特拉文斯基不止一次表达过这样的观点，即在给乐谱填词时，词本身无关紧要，重要的只是音节而已。

虽然我们俩都是歌剧爱好者，我们也明白音乐时值与口语节奏时值不可能等同，但是我们还是害怕斯特拉文斯基也许会曲解我们

---

* 本文首次发表于 1971 年 4 月 11 日的《观察者报》，原标题为“匠人，艺人，天才”(Craftsman, Artist, Genius)。

1. 雨果·沃尔夫(Hugo Wolf, 1860—1903)，又译吴尔湖，奥地利作曲家，音乐评论家。

2. 保尔·瓦莱里(Paul Valery, 1871—1945)，法国象征主义诗人。

3. 安德烈·纪德(André Gide, 1869—1951)，法国著名作家。主要作品有小说《田园交响曲》、《伪币制造者》等，散文诗集《人间食粮》等。1947 年获诺贝尔文学奖。

的语言,甚至到了认为它们难以理解的地步,尤其是因为他从来没有处理过英语歌词。可是,从我们与他共事那一刻开始,我们就发现我们的担忧毫无根据。他浏览过我们的剧本后,向我们又要了每一个词语的口语节奏时值,一一记录在他的剧本上。只有那么一次他犯了错误。他认为轿子这个词中,轿的重音落在第一个元音上。当我们向他指出时,他立刻修改了他的标记。在这出歌剧里有一处,也就是第一景第三幕拍卖商的咏叹调时,音符的节奏必定要和说话的节奏非常接近。它们确实是这样的。在作品的其他地方,他偶尔也会比较随意,我们的英国听众和文人雅士们都可以允许这样的随心所欲。

其次,斯特拉文斯基既然身为作曲家,这相比其他任何我知道的职业都更能说明他是个一流艺术家,而非二流角色。二流艺术家,比如说 A. E. 豪斯曼,如果拿出他的两首水平相当的诗,我们无法基于诗歌本身说出哪一首创作在先。也就是说,二流的艺术家一旦水平达到成熟,他也找到了自我,那么他就不会再有发展了。而一流艺术家却总是不断地发现自我,所以他的作品的发展重述了或者说再现了艺术的发展。一旦他达到自我满足,他就会忽略那个成就,继而尝试以前从未尝试过的新事物。只有等他去世之时,我们才发现他那些各式各样的创作其实合起来是一部完整连贯的作品。此外,只有借由他的晚期作品我们才能恰当地理解他的早期作品。

人一到八十五岁,面临的主要问题就是意识到自己也许再也无力提高作品的质量。数量可以增加,即使是八十五岁高龄,但可以把整体都更换了吗？无论如何，我完全可以断定，《变奏曲》和《安魂圣歌》[1]已经把我的所有作品都改得面目全非。

最后也是最重要的一点是，斯特拉文斯基关于过去与现在、传统与创新的态度，给我们所有人树立了榜样。

我想了想当代艺术格局，意识到那些我们称之为“现代”艺术奠基者的艺术家们是何等走运，比如斯特拉文斯基、毕加索、艾略特、乔伊斯等，他们在他们所属的年代出生，所以都能在 1914 年之前长大成人。直到一战爆发以前，欧洲社会在各个重要方面还是和十九世纪时一样。换而言之，所有那些艺术家们都认为需要同刚刚过去的时代有一个根本的断裂，这种需要是艺术的而不是历史的必然，也因此对于他们每一个人来说这种需要都是独一无二的。他们中没有人会想到这样的问题：“1912 年什么音乐或者绘画‘有意义’？”他们也不会自己看作先锋艺术家集体。波德莱尔就“先锋”这个词说过一番很有道理的话，当然他自己就是个伟大的创新派：

> 这个隐喻是个军事用语，不是说有好战倾向，而是说要塑造出遵纪守法的心灵：生来就屈从于人，就像比利时人的心灵，他们只有作为共同体才会思考。

我相信他们个人的想法只会是：“只有创造出‘新’的事物，我才能指

1. 这两部是斯特拉文斯基的晚年作品。

望自己的作品在适当的时候会在我经营的这门艺术传统中占有永恒的一席。”他们的幸运之处还在于，初次见识到他们作品的观众都很老实，容易觉得那些作品惊世骇俗。比如说，因为《春之祭》感到愤慨的那些人如今看来似乎不过是老顽固罢了。他们不会自言自语：“时代已经改变，所以为了‘与时俱进’我们也得做出改变。”

一个年代如果社会变革迅速，又充满政治危机，总是有混淆政治行动方针和艺术创作原则的危险。柏拉图因为对当时雅典政治的无政府状态感到沮丧，所以试着把艺术创作当作善的社会的模型。这样的理论如果加以实践，一定会导致极权主义暴政，而随之而来的后果之一就是对于艺术最最严格的审查，在这一点上我们吃过苦头后已经学乖了。

现在我们已经到了所谓的西方“自由”社会，这个年代最普遍的错误正好与柏拉图的错误相反。也就是说，我们把政治行动当作了艺术创作的模型。这么做就意味着把艺术简化成一系列无止境的瞬间偶发“事件”，还意味着艺术家和大众都臣服于过去的暴政，比起其他任何对于过去的轻率复制，这种暴政的奴役性要强得多，对于完整性和原创性的破坏也要大得多。

斯特拉文斯基再次说道：

> 请允许我提问，普遍性这一观念——那种超越了时代、十多年来一直吸引着最高想象力的言语表达上的品质，到底成了什么样子？

众所周知，他自己的作曲实现了这种普遍性，如果青年艺术家们也想要达到这一目标，得让他们从忘掉“历史进程”开始。但正如这位大师所说：“也许最好留待未来的其他劳动者”来意识到这一点吧。

标记*

宗教对于生性均和的人来说无疑是荣耀的冠冕，然而，如果说在现世，没有宗教他们也能茁壮成长。可是对于生性缺乏调和的人来说，宗教是在现世写出成功作品的必要条件。

——阿克顿勋爵[1]

读到《标记》这本书，读者很可能会大吃一惊，因为书里竟然没有包括这些内容：达格·哈马舍尔德竟然一次也没有直接提及他在外交上的公职，也没提过他遇到的人或者他所处时代的历史事件。要知道他可是当时的风云人物。不过，如果读者对于书中所写内容感到吃惊，那么他一定没有读过达格成为联合国秘书长不久后写下的信条，这是他写给爱德华·默罗[2]一档广播节目的：

我父亲那边几代人都是从事政府官员的工作，要么就是士兵，我从中继承了这样一种信念，即只有对自己的国家无私奉献的生活才是最令人满足的生活。这种奉献意味着牺牲所有的个人利益，但是同时也需要有坚持自己的信念毫不退缩的勇气。

我母亲那边学者与神职人员居多，我也继承了一种信念，即从福音书的极端意义来说，所有人生来平等，都是上帝的子民，所以我们应该像对待主人一样对待他人。

信仰是思想与灵魂的一种状态……宗教的语言是一套公式，记录了基本的心灵体验，不能从哲学的定义出发，将它看作对可以感受到并用逻辑工具来分析的现实的描述。我很晚才理解这些话的意思。小时候我的信仰事实上曾经给我指明生活的方向，即使有时候我还是会用理性来挑战那些信仰的真实性。而当我最终领会了上面那些话，曾经的信仰在我看来已经凭它们自身成了我的一部分，而且这是我自由选择的结果……要解释如何调和积极服务于社会的同时又过着精神集体生活，我发现在那些中世纪伟大的神秘主义者的著作中能找到答案。对他们来说，"自我屈服"是自我实现的方法，他们在"心灵的单一性"与"内在性"中寻找到力量，能够对任何命运说"是"……爱这个词被误用得太多，也有很多错误的阐释，在他们眼中，爱只是在真正的自我遗忘状态下充满力量时那种力量的流动，这种爱存在于义不容辞履行义务的自然表述中，存在于对于生活毫无保留的接受中，无论生活给他们个人带来的是辛劳、苦难，还是幸福。

达格在《标记》一书中记载了他逐渐意识到对邻居和命运说

---

* 本文系作者为瑞典政治家及外交家达格·哈马舍尔德(Dag Hammarskjöld)的著作《标记》(*The Markings*)(纽约：阿尔弗雷德 A. 克诺夫出版社，1964 年)撰写的导言。

1. 阿克顿勋爵(Lord Acton，1834—1902)，英国剑桥大学历史系教授，历史学家，英国理论政治家，十九世纪英国知识界和政治生活中最有影响的人物之一。

2. 爱德华·默罗(Edward Murrow，1908—1965)，美国广播新闻界的一代宗师，新闻广播史上的著名人物，CBS 的著名播音员。

“是”意味着什么、包括哪些内容，另外，来自肉体、现世和魔鬼的各种各样的灾难和诱惑让他很难总是说“是”，正如我们所有人一样。

如果我要承担起决定出版这本日记的责任，我应该会倾向于删除他写给列夫·贝尔弗雷奇[1]的附信，因为我觉得里面有一句话说错了，而且会带来误解：

> 通过这些日记可以描画出唯一真实的人物“轮廓”。

即使这本书如同鲍斯威尔、卢梭或者纪德等人写就的“忏悔录”一样内容广泛翔实，这句话还是说错了。没有人可以正确画出自己的“轮廓”，因为正如卢梭所说：“人要看清楚自己很难，就好比不转身而要朝后看一样。”事实上，我们的朋友，包括我们的敌人，总是比我们自己更了解我们。当然，也只有我们自己才能在他们对我们的描述中加上纠正的几笔，一般说来，这些都与我们的弱点、缺点有关。

举例来说，我们所有人竟然都认为自己比他人敏感，这已经是不言自明的事实，因为与他人相处时如果感觉迟钝，我们当时是无法有所意识的：有意识的感觉迟钝是自相矛盾的说法。

其次，我们几乎都认为自己遇到的大多数人性格比自己强硬。我们无法观察到别人做抉择的情况；事实上我们仅仅知道他们做了什么、如何做到。如果他们的举止行为不是犯罪、并非公然带有恶

1. 列夫·贝尔弗雷奇(Leif Belfrage)，时任瑞典常任外交副部长。

意，而且他们履行生活中的义务时合理有效，那么我们就会认为他们性格强硬。但是，没有人承认自己性格强硬，因为无论他在克服疑问和诱惑方面如何成功，他必定会意识到在做出每一个重要抉择时都伴随着那些疑问、诱惑。除非他精通骗术，或者把自己的生活弄得一团糟，否则他就会认可帕韦泽[1]的说法："我们都能行善，可是只有少数人能有善念。"

如果我们在阅读《标记》时时刻牢记作者在"世俗"事务上大获成功，我们就不会理解许多日记中的感伤情绪与"超然世外"的意趣。我们在阅读时需要一些辅助，比如他的公众演说——有一部杰出的公众演说选集，由联合国出版署前任主席怀尔德·富特先生编写，哈珀与罗出版社出版，题目为《和平的仆人》——还有其他人对哈马舍尔德的印象。

比如说，富特先生写道：

> 他内敛沉着，对于生活以及人际关系的纯粹坚定的信念和理解激励着他，在这些方面他言行真切。他把聪慧有序、实用细腻的思想投入其中，在理解及解释事物方面有闪电般的速度，同时又能保持井然有序。对于现实他总是有坚定的了解，无论是带着希望怀抱浅薄的乐观主义还是信奉犬儒主义，自私自利的想法都可能令他失望。
>
> 所有的尝试他都不厌其烦仔细规划执行，他会冷静地接受并

1. 帕韦泽（Cesare Pavese，1908—1950），意大利作家、诗人。

理解人类的局限性——包括他自己的——也会接受并理解他必须面对的往往是很残酷的现实。同时他有着中世纪神秘主义者的勇气，他在坦承自己的信仰时提到过那群人……这些再加上他与生俱来强大的身心忍耐力，使得他能在危机年代连续数周保持每天十八到二十小时的工作量。

丹麦大使艾温德·巴特尔对《标记》一书的态度虽然主要是恶言相向，但是他也见证了哈马舍尔德的先见之明：

战争甫一结束，丹麦政府与瑞典政府聚首开会，正是那时我第一次见到哈马舍尔德。他的朋友也在瑞典政府任职，是他把他引荐给我们，说他是位奇才，在我们看来也确实如此。他发表了长篇演说，讨论了与美国相关的一些经济政策问题。我们觉得似乎过于遥远，因为我们生活在另一个比瑞典更为蛮夷的世界。但是回想起来不难发现，哈马舍尔德概括的诸多经济政策问题正是后来“大西洋辩论”的核心话题。

我第二次见到他是 1947 年在巴黎，那时大家正在讨论马歇尔计划。他把美元援助计划抛置一边，认为那是不怎么重要的事情，又提出主要问题是进行这种新型合作之后的国家主权问题。当时这个观点在我们看来太过理论化，但是，回顾往事，我们又一次发现达格·哈马舍尔德察觉到的欧洲问题时至今日仍迫在眉睫，而且至今我们也没有找到问题的答案。

从他的日记来看，他对乌普萨拉市一位同窗的描写尤其有意思。他曾和这位 P.O. 艾克洛夫一起去拉普兰野营：

> 他既有责任感，又很勤奋，而这一切并没有让他感到大有压力。相反，他似乎生性乐观……尽管他有聪明才智，富有责任心，又有一种理想主义的热情，但是年轻的达格·哈马舍尔德身上有一股玩世不恭的味道。(《Ergo 国际》，乌普萨拉，1963 年。)

我自己的见证无足轻重，但我还是想谈一谈。我们不常见面，而且会面的时间很短暂，虽然如此，第一次见到他我就喜欢上了他。他对诗歌有卓越的知识和见解，也只有在这个领域我才有能力判断他的思维素质。虽然听上去有些自以为是，我觉得我们之间一定存在着某种相互的同情，在我们漫不经心的交谈中一定深藏着未展开的对话。我能读出他日记中的孤独感和宗教情怀：事实上，我在翻译时发觉唯独有两样东西着实使我感到吃惊，一是他对《英国国教赞美诗》的熟悉程度，二是他对俳句这种诗歌形式的着迷程度。

关于早期的那些日记有这样的问题："它们是什么时候写成的?"因为 1953 年以前的日记都没有标注详细的日期。在瑞典出版的版本中有四页标注的是 1925 年到 1930 年，五页标注了 1941 年到 1942 年，还有十三页标注的是 1945 年到 1949 年，接下来就都使用单独年份标注的日记条目。哈马舍尔德在 1956 年 12 月写下这样一段话：

> 这些笔记？——当你到达某个点，需要一些路标时，你就开始竖起一些标牌，这样一来，那个点就算固定了，也绝不会失去踪迹。

他在1961年圣灵降临节那天的日记中提到的那个“固定的点”也许就是这个：

> 但有时候我确实会对某人或某事说“是”，从那时开始我就很肯定存在是有意义的，而且也因为如此，我的生命在自我屈服的过程中获得了目标。

无论如何，他到达这一固定的点的时间一定晚于1952年他写日记之时。他在这篇日记中写道：

> 我要求的东西真是荒唐：我希望生命要有意义。我努力达到不可能完成的目标，也就是我的生命要有意义。

如果从字面意思理解上面三段话，那么我们的结论一定是，这整本书都是1952年那条日记后写成的。但这似乎完全不可能。另一方面，无论我们怎么阐释这三段话，都难以相信现在我们确确实实读到的那些早期日记与它们所描述的事件以及经历能够同时期出现。我必须得说，最合理的猜测是哈马舍尔德把某类日记保存了一段时间，在他生命中那个重要时刻，也就是他说“是”的时刻之后，他又检查了一遍那些日记,删除了许多内容,重写了几篇,也许还增加了全新的几篇。

比如说,这本书的开头和结尾都是一首诗,两首诗都描述了一幅“寓意之景”[1]。难以置信这仅仅是时间上的巧合。除此之外,在开篇诗歌中,哈马舍尔德提到一个人,他

> 随时准备着收集一切
> 变成一件简单的祭品。

我根本无法相信二十岁时他就能使用与三十年后一模一样的语言来思考问题,我甚至也怀疑1949年最后那条日记的时间是否准确。

> 哦该撒利亚腓立比[2]:接受对于这条道路的谴责,把谴责当作它的实现与定义,一旦选择了这条道路,又走完了它,就接受这谴责吧。

毫无疑问,一些人会批评这些基于回顾所做的修改(假设有的话),认为他不够坦诚。但是这些批评有失公允。我相信每个人都

1. 奥登的代表诗作之一即为《寓意之景》(Paysage Moralisé)。
2. 耶稣在该撒利亚腓立比问门徒们“我是谁”,该事件意义重大,在福音中皆有记述(通常被称为“该撒利亚腓立比的启示”、“彼得的认信”,参太16:13—20;可8:27—30;路9:18—21),这是整个福音故事的分水岭,或称“至高点”。门徒对于耶稣的认识上升到空前至高点。该撒利亚腓立比位于加利利,居住的大部分是非犹太人,但是耶稣却选择这个地方。因为耶稣要故意借着该撒利亚腓立比的背景,把自己放在世界宗教的历史之中,让门徒从比较中发现祂的超越。

有类似的经历，我自己就有过。我们关于自身或生命的意义的任何“发现”都不属于科学发现，因为那从来不是突然发现了什么全新的未知事物：反而我们总是意识到过去就知道的事实。但是因为我们不愿意或无法正确地有系统地把它阐述出来，我们到目前为止一直不知道“我们过去就知道”这个事实。如果我们想要重写自己年轻时写下的东西，那是因为我们觉察出其中的错漏，那是我们以前写作时犯下的错误。事实上，我们当时不愿意或者无法说出自己真实的经历。至于除了单纯感官体验之外的所有经历，有一条格言可以适用：为了理解而信仰[1]。

在外人看来，达格·哈马舍尔德的职业生涯从一开始就一帆风顺。他在学院里表现优异。短暂的教学工作过后，他开始在政府任职。三十一岁时已经升任财政部副部长，到了三十六岁，他成了瑞典国家银行行长。除了才华与勤勉给他带来的成功之外，在外人看来他的生活也格外走运。他从来不知道贫穷的滋味，而且身体健康，因为生活在中立国，所以和大多数欧洲国家公民不同，他并没有遭受战争引起的贫困、苦难与恐惧。但是，在他内心深处，尽管有了这些外在的优势——也许部分是因为这些优势——他在精神上承受着巨大的痛苦。读了《标记》前几页的日记，一个积极向上的年轻人形象跃然纸上。这个年轻人生性缺乏调和，特别容易感伤。

一个格外具有侵略性的“超我”——我怀疑很大程度上是通过他与他父亲的联系建立起来的身份——要求哈马舍尔德比他人做

1. 十一世纪基督教经院哲学家、神学家安瑟伦（Anselmus，1033—1109）提出的口号，原文为 credo ut intelligam。

到更好、更优秀；另一方面，“肉体樊笼”弱化的那个自我让他相信，他无望享有俗世生活中大多数人拥有的两大乐趣，即有回报的激情付出和一辈子的幸福婚姻。结果，他觉得自己的存在非常没有价值，看起来正是这种想法导致他低估甚至怀疑他人的友谊与同情，而他到目前为止收获了很多类似的友情。另一个后果是他产生了一种顾影自怜的幻想。他说过一些尖锐的警句，其中在两句中他指出纳西索斯并非虚荣心的受害者，他的命运与那些感觉自己毫无价值时以反抗作回应的人的命运相一致。

另外，虽然他才华横溢，我倒不觉得他是个天才。意思是说，他不是那种在某个特殊领域有超乎寻常的能力与激情的人，无论是诗歌、物理学还是鸟类观察学领域。通常在少年时期，正是这种才能与激情决定了一个人日后的世俗角色。

虽然哈马舍尔德是杰出的经济学家，我却无法想象同时期的经济学家会把他当作凯恩斯那样在业界具有创造力的天才。世人之中最幸运的当属天才，因为他们必须做的事情也就是他们最想做的事情。即使在有生之年他们的才华没有得到认可，他们也总能获得必要的现世回报，即他们坚信自己的作品很优秀，并且能经得住时间的考验。我们都怀疑天国里人数最少的应该就是天才了——如果他们确实能进入天国的话；因为他们已经获得了回报。

天赋异禀，却不知如何最好地利用才能；雄心勃勃，却同时自我感觉毫无优点，这样的人处在危险的矛盾之中，往往落得精神崩溃或者自杀的下场。根据早期日记的记录，哈马舍尔德曾有过自杀的念头。他曾饶有趣味地描述过现实生活中的两次自杀，可能是他亲眼所见。有一次他发生了车祸，他告诉我，昏迷前最后一刻他想到的是幸福："好吧，我的任务完成了。"[1]最终，到了 1952 年，他承认自杀对他来说的确充满了诱惑。

> 所以说，那就是诱使你克服孤独感的办法——通过最终逃脱生命。不！可能死亡将是生命最后给你的礼物：死亡绝对不会是对生命的背叛。

早在发现解决方法之前，哈马舍尔德就知道问题到底出在哪儿——如果他不想失败，他就必须学会忘记自我，并找到心中的召唤，在其中他能够忘记自我——他也知道单凭自己的力量无法做到这一点。从对自己绝望到信仰上帝之间的过渡显得很漫长，不时有故态复萌的情况发生。有两个念头萦绕在他的脑际。其一，他笃信如果不忘记自我从而成为上帝的工具，人就无法在今世完成需要完成的事业。其二，这一条与他自身相关。他要走的那条通往十字架的道路意味着受难、承受世人的羞辱并献出肉体生命。

当然，这两个念头都充满了危险。把"不是我，而是我里面的上帝"这种话挂在嘴边的人总是面临把自己想象成上帝的巨大危险，一些评论家们也不是没有批判过哈马舍尔德的这种狂妄自大，他们把下面这条日记作为证据：

---

1. 有人告诉我这起事故一定是其他人的遭遇。——原注

> 如果你辜负了上帝，真是多亏你背叛了他，那么上帝就会辜负全人类。你妄想自己能向上帝负责：你能担负起上帝的责任吗？

无论是哈马舍尔德说的话还是写下的文字都无法反驳这种批判，因为谦逊和目中无人是一回事。

可是，“你们可凭他们的果实辨别他们。”[1]那个想象自己是上帝的人可能自己没有意识到，但是他的行为举止很快就开始让他人明显感觉到这一点。下面这一点可以算是一个小小的征兆，除非别人说些悦耳的话，否则他会充耳不闻，他也无法容忍这些人在场。不久之后，他就会有瘾症，对所有人都心存疑虑，还愤世嫉俗，鄙视他人。假如哈马舍尔德果真如此，那么他的同僚或者与他有来往的人都会记载下来。但是事实上，联合国秘书处与他关系密切的同事都评价说，在别人说话时他表现得极其耐心。甚至是俄罗斯人因为联合国刚果行动[2]对他恶言相向，把他叫作杀人犯时，他们也辱骂他为帝国主义的走狗，而非一味谋取私利的自封的独裁者。

他沉湎于“牺牲”一词的字面与肉体上的意思，这也许是更大的弱点。尽管他对自己性格中受虐的一面非常清楚。

> 通往顶点的停歇处分隔了两个深渊，一边是带着喜悦的死的

1. 引自《圣经·新约·马太福音》第7章，第20节。
2. 1960—1964年的刚果维和行动，是冷战结束前联合国最大规模的一次维和行动，也是联合国历史上伤亡最惨重和受指责最多的一次维和行动。

> 愿望(也许不无孤芳自赏式的受虐倾向因素),另一边是为了生存而来自肉体本能的动物性恐惧。

我不确定这是否改变了,或者从某种程度上来说,歪曲了他关于这一问题的看法。我自己的想法是:"他对自己的结局到底有什么样的想象?他期待自己像勃纳多特伯爵[1]一样被刺杀吗?还是触怒了联合国大会然后被处以死刑?抑或因为过度操劳心脏病发而亡?"众所周知,他是在履行公职的过程中死去,但是很难把空难说成哈马舍尔德理解的"牺牲行为"。无论我们是否"尽职尽责",我们每个人都有可能遭遇空难。

另一方面,我想他在描述自己的联合国秘书长职业生涯时并没有夸大其词,虽然他逐渐把那些激动人心与得意尽欢的时刻当作耶稣的十字架之路。有一次他和我开玩笑,说担任联合国秘书长一职就像是成为入世的主教,教皇的位置高处不胜寒。作为国际组织的首领,联合国秘书长无法向他人展露自己的私人偏好,因为任人唯亲会招致"不当影响"的嫌疑。至于那些各行各业私交甚好的朋友,他完全没时间会见。除了精神上的孤独,遭受那种不得不把"那个造就他的世界"抛诸脑后的折磨之外,哈马舍尔德还得忍受单纯肉体上的痛苦,因为他太过尽心尽力,所以这种痛苦格外严重。他过

1. 福尔克·勃纳多特(Folke Bernadotte,1895—1948),瑞典伯爵,生于斯德哥尔摩的瑞典王室家族,红十字会会长,二战时总共解救了大约6 000名犹太人。二战结束后,他作为联合国巴勒斯坦专员,致力于公平地调解阿拉伯人和犹太人的纠纷,结果遭到以梅纳赫姆·贝京为首的犹太恐怖分子(后成为以色列总理)暗杀,他的死造成了瑞典和以色列长期不和。

度劳累，一直有神经紧张的毛病。如果读者翻阅过1953年到1957年的日记，就会发现他自觉越来越心焦气躁——我必须承认偶尔我也会这样——无法忍受这些日记中从不间断的真挚情感和时常出现的重复表述。那么提醒他记得这些日记其实是出自一个身心俱疲的作者之手。几个礼拜以来一晚就睡四五个小时，很难想象这样的人写作时会表述多样，在文体细微处也不可能过于细细体察。他也要记得像他哈马舍尔德这样的人，一开始就抱有消除工作时所有自私自利想法的目标，一心为了利好他人、荣耀上帝而行事，借此剥夺自己"肉体"的唯一宽慰，比如可能获得的名利，这样一来方可减轻折磨与痛苦。就像西蒙娜·韦伊所写：

> 高尚者与卑微者如果遭受同样的苦难，前者会更难以承受得多。那些为了一个鸡蛋从凌晨一点到清晨八点一动不动站着的人会发现，如果为了拯救一个人的生命而一动不动站着则要困难得多。

最后我想说，像哈马舍尔德这样脾气的人并不是"天生"就适应政治生活的环境。由于正规训练他才成为公务员，也就是说，他的职责是执行政策，而不是决定政策。基于他的经验或者信念，也许他可以就一个现成的政策提出支持或反对意见，但是做决定的是部长，他只是执行那个决定。这就意味着，虽然他从事的是公共服务事业，但是他并没有进入公共生活与公共争议的竞技场。理想的状况是，联合国秘书长的职位应该相当于国际性质的公务员，但是只要这个世界的政治组织形式是诸多主权国家，互相之间常有口角发生，那么不可避免的，这个职位也是一个政治职位。哈马舍尔德有很多次发现自己不得不做出政治决定，要么是因为上级的指示，要么是因为大国之间的僵局迫使他别无选择。他自己曾写过这样的话，很好表明了在那样一种历史境况下，他所认识到的联合国秘书长的“中立”立场意味着什么。

> 没有人要求你成为中立者，你不必表露得毫无同情或反感，也无需证明自己不贪图一点私利或者没有任何自私自利的想法或目的。可是，你必须完全清楚人们对那些事务的反应，所以需要谨慎小心，自省自查，以免影响了自己的行为。这没什么特别的。每一个有职业操守的法官难道不得尽相同的义务吗？……
>
> 归根到底，这是品德正直的问题。正直意味着尊重法律和事实，如果因为正直与这种那种利益的冲突而让你陷入矛盾的处境，那么那种冲突矛盾就是中立立场的标志，而不是说明你无法保持中立——那种冲突与你作为国际公务员所需履行的职责相一致，没有矛盾。（“牛津大学集会演说”，1961 年 5 月 30 日。）

当然，这样的冲突不可避免地爆发了。

政治家所处的环境即公共辩论的竞技场，要在其中如鱼得水，需要极厚的脸皮，任他人唇枪舌剑、毒舌谩骂而刀枪不入。读了这本书，我们发现哈马舍尔德不仅没有这么厚的脸皮，而且比起大多数人脸皮还要薄得多。那些批评，无论多么显而易见是出于政党或国家利益的考虑，他似乎都把它们当作对自己正直品德的评价。他有这样敏感的心灵，一旦牵涉到极具争议性的政治事件中，日子必定十分艰辛。

生命中的最后三年他喜欢上写诗，读到这个我感到非常高兴，因为这证明他最终获得了心灵的安定，这是他长久以来一直的希望。如果一个人能沉浸于音节计算，那么他要么还没有开始心灵上的修行，要么就是已经修行得道。

单纯从美学标准来判断，那些日记有不同的价值。在我看来，哈马舍尔德从本质上来说只是位“业余”作家，意思是说，他在写关于自己的主题时，比如他的个人经历、感受、疑虑、自我批评等等，总是乐趣横生，但是在对精神生活的本质或者说自我的“虚无”做一些概括性的综述时，我们就会感觉读到的内容似曾相识，要么是在埃克哈特大师[1]，或者十字若望[2]的著作里，要么在《不知之云》[3]里，或者诺威奇的茱莉安[4]的书中见过类似的内容。他缺乏原创性，不像同时期的西蒙娜・韦伊或者查尔斯・威廉姆斯[5]那般能洞察普遍性的问题。

---

1. 埃克哈特大师(Meister Eckhart)是一位德国神学家、哲学家和神秘主义者。教皇约翰二十二世将他列为异端。其关注的最主要问题是日常生活中持续精神实践的原理的传播。
2. 十字若望(San Juan de la Cruz，1542—1591)，本名 Juan de Yepes Alvarez，是天主教改革的主要人物，西班牙神秘主义者，加尔默罗会修士和神父。
3. *The Cloud of Unknowing*，中世纪关于基督教神秘主义的书籍，作者匿名。
4. 中世纪的沉思隐士。
5. 不知此处奥登是否指的是英国作曲家查尔斯・威廉姆斯(Charles Williams，1893—1973)。

但是,《标记》不能单纯理解为文学作品。它也是一份十分重要的历史文件,记载了——我想不出有同等分量的其他文件——一个擅长实干的职业人员如何尝试在他的一生中把实践行动的生活和思辨的生活[1]结合起来。大多数著名的神秘主义者都遵守这种或那种思辨的秩序:他们也许不时应邀或自发给世俗的王子以及精神领袖提出建议,但是他们不把提建议或者参与现世的事务这些事作为自己的职务。

有一些人在教会里位高权重,比如兰斯洛特·安德鲁斯[2],他们死后会留下关于个人奉献的记载,但是他们的实践生活都是在基督教会而非世俗的范围内进行。无论是信奉神秘主义的修士修女,还是虔诚的主教,读到哈马舍尔德的话一定都会大吃一惊:

> 在我们这个时代,通往神圣的道路必然会途经实践行动的这个世界。

正如那些神秘主义者所记载的,思辨的生活有极大的诱惑——他们中一些人经历了几个时段才屈从于那种诱惑——即某种形式的寂静主义。追求寂静主义的人不仅对于传统意义上的"物品",而且对于人类生活关于制度及心智的方方面面都无动于衷、极不耐

---

1. 文中这两种生活对应的拉丁文分别为 via activa 和 via contemplativa。亚里士多德曾经回答过思辨的生活(哲学家的生活)与实践行动的生活(政治家的生活)何者才是最好的生活这个问题。
2. 兰斯洛特·安德鲁斯(Lancelot Andrewes,1555—1626),伊丽莎白一世与詹姆斯一世统治期间英格兰教会里的主教,也是一位学者。

烦。哈马舍尔德以公务员为职业，又是一个复杂机构的领头人物，还是个经济学家，在世俗公共生活中他免于那种诱惑，只是受到一些常见的“世俗”诱惑而已，因为那些诱惑容易辨别得多，所以也就不那么危险了。在他的个人宗教生活里，我不确定他是否完全逃离了寂静主义。怀特海教授极有睿智，但是有一次他说了句极其愚蠢的话：“人因为孤独才有了宗教。”在我看来，《标记》一书中展示的哈马舍尔德的宗教似乎比它本该的样子更孤独，也更私密一些。对于诸如“你施舍的时候，不要叫左手知道右手所作的”（马太福音 6：3）和“你禁食的时候，要梳头洗脸，不叫人看出你禁食来”（马太福音 6：17—18）的福音教诲他了如指掌，也尽量身体力行，但他似乎对于“有两三个人奉我的名聚会，那里就有我在他们中间”（马太福音 18：20）这样的语句不会思忖太多，也许他对于教义规矩表现得有点过于不耐烦：教条式的神学可能和语法一样，除非是专门研究人员，听上去是个乏味的话题，可是，它又像是语法规则，是必要的存在。对他而言，可能缺席教堂的礼拜与圣礼仪式是一种故意的自我牺牲行为，因为作为联合国秘书长，在他看来任何公开对某个特定的基督教团体的信奉都会给他加上过于“西方化”的标签，但是在日记里他也没有透露任何想要这种信奉的迹象。不管怎样，我为他感到遗憾，因为他内向而且理性，正是那种迫切需要基督教会例行仪式的人，那些例行仪式既可以作为纪律，又可以当作消遣。

但是考虑到这本书给人的总体印象，况且在读完书后读者深信自己有幸结识了一个伟大、善良、可爱的人，那么上面所有那些疑虑都显得过于无足轻重了。

老爸是个聪明的老滑头*

我愿意给这本书写书评，首先是因为它给了我一次向阿克莱先生公开表示感谢的机会，我和一些同辈的作家都受惠于他。1935年，他告诉我们他成了《听众》[1]周刊的文学编辑，但是对他在那儿的工作任务却绝口不提。可是，他为我们做了多少事，我们中一些在当时开始文学职业生涯的作者必然铭记于心：当时《听众》是刊登我们作品的主要媒介之一。更令人惊奇的是，他在书中并未提及他在文学圈的诸多密友，包括 E. M. 福斯特。他说去 BBC 工作是因为他觉得自己无法实现成为作家的野心了。初读此书，这样的论断显得荒唐：虽然他一生只出版了四部书，但是书评作者对所有四部作品都不吝赞美之词，这些作品一如当年初次出版之时，如今读来也妙趣横生。不过，我想我能够明白他那番话的意味，他是说发现自己失去了构建虚构角色与情势的能力：他的所有作品不是以笔头日记就是以记忆中的往事为基础写成。

在《我的父亲与我自己》一书中，阿克莱先生把内容严格限制在两个生活领域：与家人的关系，以及他的性生活。关于后一个话题，虽然结局皆大欢喜，可是他的叙述读来充满悲情。几乎没有同性恋者能坦言自己的性生活充满了欢乐，并以此为豪，但是阿克莱先生显得格外不幸。对于同性恋，所有性欲产生的前提是，被爱者在某些方面“不同”于施爱者：对于他们，这个永恒的问题可能无法解答，即找到两性无论是解剖学还是心理学意义上天性差异之外的其他差异性。也许最幸运的是那些因为不满自己的身体而找到具有理想体形的人，比如说瘦长体形的人会寻找健美体形的对象。这种差异是真正意义上的身体差异，至少到中世纪时期为止，这种差异一直存在：那些已经由此得到满足的人不太可能再向伴侣提出其无法满足的情感需求。那么，只要他们不惹警察的麻烦，那些喜欢“小鸡仔”的同性恋相对基本就不存在问题：在十三四岁的男孩中对成年男性抱有幻想的少年不在少数，其数目比公众想象中的要多得多。而当预想的差异性成为心理或文化现象时，真正的难题才出现。

阿克莱先生与许多其他同性恋者一样，都希望伴侣能“正常”些。就其本身来说，完全没有问题，因为几乎没有男性能“正常”到与其他男性做爱时无法达到性高潮。可这恰恰是有这种偏好的同性恋者不愿承认的事实。他幻想自己属于特别的例外情况，出于爱才会如此；而他的伴侣决不会幻想与另一个男人上床。他可能还有进一步的幻想，也许他私底下会希望自己的朋友爱他至深，愿意放弃正常的品味偏好，也不结交任何女性朋友。最后，像阿克莱先生这样的同性恋，既是知识分子，家境又相当富裕，很有可能会被工人

---

* 本文于1969年3月27日发表于《纽约书评》，系作者为英国作家J. R. 阿克莱(J. R. Ackerley)的著作《我的父亲与我自己》(*My Father and Myself*)撰写的书评。

1. BBC主办的周刊。

阶级迷住，对他们充满幻想，因为他们的生活经历和兴趣嗜好与他的截然不同，而且工人们手头拮据，如果他能给他们提供金钱与舒适安逸的生活，这可以算是换来情感报答的原因。另外，就其本身而言，这类事情没有什么不对。人们认定给予或收受金钱换取性特权这种行为是罪恶的，他们对此大加口诛笔伐，而这些往往是胡言乱语。

不，两个来自不同阶级的人面临的真正困难其实是无法建立持久的关系，因为如果性关系以“差异性”为基础，那么其他永久性的人际关系则以共同的利益为基础。无论一开始他们的偏好性情多么大相径庭，夫妻双方在父母这一身份上获得了共同关心的对象。同性恋者则没有这种经验。结果，同性恋者长期忠于一个伴侣的情况少之又少，说来也奇怪，年长的知识分子一方比起工人阶级男友在性态度方面可能更加随性。事实很残酷，那就是知识分子更容易感到厌烦，尽管他们通常会否认这一点。

多年以来，阿克莱先生就是个朝三暮四成癖的角色。

> 虽然有这般的冒险，但如果有人问我在做什么，我估计自己不会这么回答：我正在耍乐子。我想我会说自己正在寻找理想的男友。这几年来我经手过两三百个年轻人，但是我却不觉得自己朝三暮四。仅仅是运气糟糕而已……我似乎未曾系统描述过理想男友的模样，可是如今，回忆过往的同时，我觉得可以凭着列举一些缺点以否定的方式拼凑出一幅完整的画像。他不能是娘娘腔，事实上最好正常一些。我没有排除教育因素，但我并不缺乏，我自

己就受过良好教育，而在爱人身上，这一点总是显得有点碍事。他的眼里除了我应该再容不下其他人，在我看来，他应该身形俊美，比我年轻——越年轻越好，这样就越纯真。最后一点，他应该比我个矮、精力充沛、割过包皮、身体健康，还得干净清爽：不要有包茎、口臭，也不要有汗臭味……理想的男友总是无法寻得，也许只有换个法子才能够找到。当我上了一辆公车，却似乎总在其他驶过的公车上发现那些迷人男孩的身影，他们不在我这辆车上，地铁里人行扶梯载着他们徐徐上升，真是糟糕透顶，令人无可奈何，因为我在旁边的扶梯上向着地狱渐渐下沉，……“三十多岁”时我发现自己对伦敦某个特定的年轻男子团体愈发感到沉迷，我以前也把他们视作过对象，那时我似乎觉得他们也许正符合我的需求，我再也不用浪费时间了。国王卫队有很长的同性卖淫历史。卫兵们总是缺钱缺酒，业余时间也无所事事，所以很容易在他们常出没的各类酒吧里找到他们，天色已晚，他们身着红色束腰上衣，随处闲站着，口袋里的钱只够买半品脱啤酒，要么就是一些“有钱”家伙已经给他们买了酒。虽然他们通常比我理想中的体格要庞大一些，但是他们胜在年轻、正常，还是工人阶级，接受过服从他人的训练。虽然他们不久就会失去纯真，但还会有新人出现，而其他人还没有染指于他。他们可以沐浴，脱去邋遢肮脏的外表，如果你能以礼相待，他们也许就会喜欢上你，因为在他们的日常交往中未必会受到礼遇。

尽管阿克莱先生开诚布公，对于自己在床笫之事上的确切偏好他却从来都没有露骨的记载。省略这一部分显得举足轻重，因为所有“反常”的性行为都是具有象征意义的魔法仪式，只有明白了相互之间期待对方扮演的角色的象征意义，才能正确理解二人之间的实际关系。阿克莱先生告诉我们，长久以来，他学会了如何克服某些令人反感的行为，也学会了尽力替人效劳，可是，我仔细体会字里行间的意思，觉得他和常见的两类同性恋都有区别，他既不属于扮演母和/或子角色的同性恋，也不属于扮演夫和/或妻角色的同性恋。我猜想在他潜意识里幻想着一个纯净的伊甸园，那里孩童们都扮演着“医生”的角色，所以他最喜欢的性交方式是完全“兄弟式”的。但是，在书的附录里，他明明白白告诉我们，他身体患有残疾，年纪愈长，疾痛愈烈，说来令人尴尬，遇到新人他会早泄，与故交见面时又会阳痿。哎呀，哎呀，哎呀。

可是，等快到五十岁的时候，奇迹发生了。他买了一条名叫郁金香的阿尔萨斯母狼狗。（命运之神要是给他送来一条金毛犬而不是一条狼狗，奇迹就不会发生了。）

> 她给了我性生活中从未有过的那种忠诚感，持久不变、忠心耿耿、永不腐朽，而且不加怀疑。她把自己完全交在我手中。从她在我心里和家中安营扎寨的那一刻起，我在性方面的狂热荡然无存。我曾经荒废了无数时间在这些酒吧里，后来我再也不在此流连。我唯一的期望就是回到她身边，她充满爱意地等待着我，不停地欢迎着我。一想到又要见到她，我满怀欣喜，大声歌唱。我再也不在伦敦的大街小道上徘徊，心里也没有半分要这么做的打算。

相反,每当想到它,我都心存感激,我终于摆脱了一切:所有的焦虑、挫败、荒废时日与精神虚空。与她一起度过的十五年是我生命中最幸福的时光。

《我的父亲和我自己》一书献给了郁金香,恰如其分。

提到他与他父亲之间的故事,让我先把二位的生平按时间顺序列表说明。

罗杰·阿克莱			乔·阿克莱		
日期	事件	年龄	日期	事件	年龄
1863	生于利物浦		1896	出生	
1875	父亲破产	12	约 1906	在罗塞尔学校就读	10
1876	辍学,成为职员	13			
1879	逃去伦敦,加入皇家卫兵队,与时年三十三岁的菲兹罗伊·佩利·亚当斯成为好友,从他那里接受教育	16			
			1914	第一次世界大战,入伍	18
1882	在埃及服役,可能染上梅毒。退伍	19			
1883	亚当斯去世,留给他 500 英镑遗产。重新加入皇家近卫骑兵团。与时年三十岁的詹姆斯·弗朗西斯·德加勒廷伯爵成为好友	20	1916	受伤	20
1884	退伍。为利物浦一家酒商工作。把遗产借给德加勒廷伯爵,收取 20%的利息	21			

1885	父亲去世。与时年二十岁的亚瑟·斯多克雷成为好友	22	1918	第二次负伤，成为战俘。在瑞士实习（为《战俘》杂志撰稿）彼得·阿克莱战死	22
1886	德加勒廷伯爵雇用他管理马场。他们一同去意大利旅游	23	1919	剑桥	23
1888	在德加勒廷伯爵家里遇到来自瑞士的访客露易丝·布克哈特。与她订婚。与德加勒廷伯爵闹翻，以诉讼收场	25	1921	住在家中，每年津贴350英镑	25
			1923 1924	印度之旅（为《印度假日》杂志撰稿）	27
1889	与露易丝·布克哈特结婚	26			
1892	妻子去世。从她父母那里获得每年2 000英镑的津贴。在海峡渡船上遇到乔未来的母亲（二十八岁的正牌女演员）。亚瑟·斯多克雷开始做水果生意，罗杰加入	29	1925	租下亚瑟·尼达姆位于伦敦哈姆斯密的公寓，尼达姆是德加勒廷伯爵故交	29
1895	彼得·“阿克莱”出生	32	1928	加入BBC的谈话节目部门	32
1896	乔出生	33	1929	父亲去世	33
1898	乔的母亲诞下女儿	35			
			1934	租下伦敦麦达维尔（富人区）的公寓	38
			1935	成为《听众》的文学编辑	39
1910	与另一个女人穆里尔生下双胞胎女儿	47			
1912	穆里尔生下第三个女儿	49			
			1945或 1946	买下郁金香（为《我的小狗郁金香》及《我们记起你们的世界》撰稿）	50

1919	与乔的母亲结婚	56			
			1959	从 BBC 退休	63
			约 1960	郁金香去世	64
1929	死于三期梅毒感染	66			
			1967	睡梦中犯冠心病去世	71

不用说，儿子只是逐步打听到父亲生活上那些耸人听闻的消息。书里他告诉我们，是母亲把他是私生子的事实告诉了他妹妹，而妹妹后来又说与他听（说来也奇怪，他的外祖母也是私生女），至于他是婚前还是婚后打听到这个消息，却没有提及。但是，从表面上看，没有理由怀疑这一点。孩子们都姓阿克莱，甚至罗杰的买卖合伙人斯多克雷也承认这段婚姻是经过合法登记的。可是早先几年，他似乎不过是个“周末父亲”，归家的次数寥寥无几，直到 1903 年他才和他们一起买了房子，对两个孩子和母亲极尽殷勤，慷慨解囊。

至于他父亲的另一个小家，阿克莱先生只是从父亲死后留下的一封信里读到只字片语，信里父亲恳求儿子给予他们一笔经济援助。对穆里尔的孩子他没有表现出太多的父爱。

> 双胞胎出生时他借情人的名字给她们登记上户口，而最小的那个女儿根本就没有上户口。她们都被偷偷藏在巴恩斯公共区[1]一所房子里，由一个叫库茨小姐的人照看。库茨对饮食方面一无所知，又为了给主人省钱，给孩子们喂的食物少得可怜，而且从不精挑细选，所以她们都患上了软骨病。父母没有照顾好她们，她们

1. 伦敦的贫民区，治安很差。

没有家庭生活，也没有朋友。她们不爱甚至不喜欢自己的母亲，因为她不在乎她们，她眼里只有职业发展与个人声誉，也几乎不会现身，最小的女儿记得差不多长到十岁才第一次与母亲见面。可是每年总有那么三四次，有个叫伯杰叔叔的亲戚会带着大包小包探望她们，他开玩笑地称自己为“全世界人民的赡养者威廉姆·怀特雷”。这位先生大概是唯一会来探访她们的人，她们很喜欢他。他来的时候，乘坐的出租车里塞满了礼物（有时候带着一条名叫生姜的小狗，也许这是他每次来访的托辞：“我正遛狗呢。”因为这条狗是我们家的狗，如果它知道整件事情的话，也可以算作是父亲的同谋者之一。）

后来，甚至从房东亚瑟·尼达姆那儿打听到德加勒廷伯爵是何等古怪的角色，又是如何在皇家卫兵中间肆无忌惮地拈花惹草，他也不曾在父亲去世之前怀疑他们的友情，以及二人又是如何翻脸的。一旦意识到这一点，事情一定显得很离奇，就好像有什么时间机器搅乱了时间跨度，三十岁的乔在酒吧里勾搭上二十岁的罗杰，不一会儿就坚信自己找到了理想的男友。

水果生意一帆风顺，于是家里日子过得十分宽裕，雇了一个管家，一个园丁，当然，美食佳肴更是随手可得。老阿克莱在饮食方面还保有爱德华时期的胃口习惯，全然不顾那是否有害健康。就像大肚皮国王[1]一样，他每年都得去巴德嘎斯坦[2]作矿泉疗养。

---

1. King Tum-Tum，指爱德华七世，因为爱吃，所以有了这个诨名。
2. 奥地利小镇。

他喜欢讲下流故事,十分烦人,但在生意场上同事之间都有这样的传统,所以情有可原,除此之外,他似乎保持着天底下儿子所能期望的最好的父亲形象。首先,他脾气好。

> 即使家里起了纷争,他也很少搅和,不偏袒任何一方,不让任何人放肆无理。无论他的想法是什么,(当然很容易看穿他的想法,因为很容易就能找到漏洞。)他都能秘而不宣,直到后来他才插上两句,私底下和我聊起来,一副追悔莫及的样子。

头脑愚笨的生意人发现自己的儿子竟有成为作家的愿望,往往会生出许多疑惑与不满,但是他却给了自己儿子一大笔钱,从不妄想逼他接手家族企业,甚至也不迫使他找个正经工作。

如此一来,他就遇事不惊了。1912 年,他告诉两个儿子:

> 在性事方面他已是无所不能、无所不通,什么大风小浪都经历过。

而且,他从不爱管闲事,这在我看来是他最伟大的美德。比如说,显而易见他很清楚自己儿子的性取向。想想他带回家的那些个人物,他不可能蒙在鼓中。

> 有一次,吃晚餐时一个年轻演员问了我父亲一个问题,弄得他一时语塞:“阿克莱先生,您觉得我的哪边侧脸最美?”——说话

间还摇了摇头——“这边,还是这边?”还有一次,来了个爱尔兰人,两撇胡子小心翼翼卷出柱形的须边,下眼睑画上了黑色眼影,他穿着皮夹克,豹纹衣领,脚上蹬了一双紫色的山羊皮尖头皮鞋;还来过一个脑子灵活的警察。“这家伙挺有意思,”我父亲后来提了一句,“这可是我头一次招待警察吃饭。”

我想阿克莱先生并不完全欣赏他父亲性格里的这一方面。就我自己而言,我要说,在父母与成年子女之间,最融洽的相处一方面需要相互关爱信任,另一方面需要相互寡言少语,不能什么知心话都说,出言不慎。下面的对话里,毋庸置疑,父亲一方表现出更多的智慧与常识。

“我有话跟你说,爸爸。我说谎了。我根本没有去过慧桥。”

“我知道,好小子,问你洪水怎么一回事时我就知道你在撒谎。”

“我去的是都灵。”

“都灵,哦? 好远的地方。很抱歉打乱了你的计划。”

“我也很抱歉对你说谎了。如果你不问起我和我那些服务员朋友的事,我是不会说谎的。但是我可以跟你直说,我去见了一个当海员的朋友。”

“没事的,好小子。我还是不知道的好。只要你自己开心,那个最重要。”

阿克莱先生和我们所有人一样，也有他自己要背负的十字架，但我根本不相信他竟会那么不快乐，就像他习惯了灰心丧气，把自己想象得极不快乐一样。多少人能拥有这么开明的父亲？多少人能拥有像郁金香那样的伙伴？多少人能写出四部(现在是五部)优秀的书籍？又有多少人能赢得年轻一代文人诚挚的感激之情？他不是不快乐，他是个幸运儿。

物种夫人的公正性*[1]

每每读博物学家的作品,无论是书还是文章,我都有这样的感觉:作者一定是个大好人,是人类不可多得的优秀楷模。我眼中的博物学家,是在自然栖息地研究生物行为方式的研究人员,如果他打乱了生物的自然秩序,那么这种打乱也只限于与那些生物建立某种个人关系。动物心理学教授和行为学专家又是另一回事了。我的意思是说,他们将动物置于个人设计的各种反常情境之下,通常都令人不悦,要么让它们拥挤在狭窄的空间内,给它们找一些机械母亲替身,要么对它们施以电击,切除它们部分大脑,如此等等——换句话说,那些人在动物身上做的实验,从来没有想过会在自己身上或自己的孩子身上重复一遍。即使他们的研究结果令人吃惊、引人注目,通常拥有最基本的常识就可以预见他们的那些发现,读到他们写的文章时,我觉得连与他们一同就座用餐都很难做到。他们的工作可能很有必要、很有价值,但是我不想与他们有任何社会交往,相比之下,我倒更愿意结识刽子手这样的人物。

谢天谢地,米尔恩先生与太太是我口中的博物学家,动物是他们的兴趣所在,但他们研究动物是为了动物本身。通过研究动物行为、解剖或者生理学获得的知识如果能在人类生活中有实际用途,那他们会备感欣慰,这也是我们所有人应有的态度。但是人类的欲望与野心绝不是他们调查研究的主要动机。《动物与人类的感官》一书给读者带来各种欢乐。首先，书里到处都是古怪的事实。“小测验”里的知识也算不上高等的学问，但知道一些何乐而不为？我就觉得一些知识很有意思，比如，每秒500到550次的振动频率最能吸引雄性黄热病蚊子，冬鹪鹩的叫声有130个音符，绿头苍蝇的前足对一些糖类的敏感度是嘴巴的五倍，乌贼和章鱼喷出的“墨汁”不仅仅是种障眼法，还可以用作麻醉潜在捕食者感官的麻醉剂，雄性与雌性月形天蚕蛾在我们肉眼看来都是绿色，但其实它们自身分别是深褐色和金色。

当然，更重要的是，这些关于单个物种的事实积累得越来越多，就会开始得出一些总体印象和初步结论。基于任何特定生命物种也许会成为唯一存在的生命样式这样的假设，某种新达尔文主义的噩梦出现了，在科幻小说作者的脑际盘桓不去。在这样的科幻小说噩梦里，一些物种，比如说某种菌类，经过突变获得超强的生长力，甚至具有了智能。很快，地球就有遭受大灾难的可能，因为除非科幻英雄能够发现如何及时消灭这个物种，它会毁掉地球上所有其他的生命样式。（毁灭之后它如何生存，这一点倒没有解释。）

凡读过米尔恩夫妻的书的读者，都会意识到这种可怕后果是种

---

* 本文于1962年仲夏发表于《世纪中期》杂志，系作者为博物学家罗利斯·J.米尔恩与玛杰丽·米尔恩夫妇(Loris J. and Margery Milne)的著作《动物与人的感官》(*The Senses of Animals and Men*)撰写的书评。

1. 标题中的“物种夫人”一词译自“Dame Kind”，意指“自然”。

虚构。像“生存竞争”、“适者生存”这样的表述只有在说到同物种成员间竞争时才有意义,尽管它们的适用范围很有限。某种生物是“合适的”,意味着它适应了它那个个别的世界,而有多少物种,就有多少个这样的世界。每一个世界都必须覆盖至少另一个世界,通常会有两个——也就是它所吞噬的那个世界,以及吞噬它的那个世界。但是大多数其他存在着的世界与它不会有任何交集。

自然最显著的特征之一就是她能采取特别周密的预防措施,以确保每一个物种的私密性都得到保护,这一点在这本书中一直提到。比如说,对一些物种,在视觉与听觉频谱中她分配给它们独有的频段,而只有在这些频段上它们才有“意义”,在其他频段上它们全无意义。在我们听来意味着“蟋蟀”的声音,对蟋蟀本身毫无意义,而我们也听不见它们耳中的超声,虽然那种超声也伴随着我们听到的声音。

她确保性活动的私密性、防止不同物种随机交配的方式尤其引人注目。迄今已知的昆虫种类大约为 70 万种,可是每一种都能进行纯种培育,因为交配双方只有在某些特定的振动敏感点媾和时才能相互配合,而不同的昆虫种类有不同的敏感区数量及模式。它们偶尔也会犯错:

> 栖息在叶尖的雌性萤火虫能在恰当的时刻间歇通过发光来吸引经过的雄性,那时雄性萤火虫已经通过亮光发出了求偶信息。偶尔也有不同种类的雄性萤火虫会飞到叶尖与雌性交配。她闪光的时机不是太早就是太迟了。通常热情的雄性萤火虫得为这个错

误付出生命的代价，因为无法成为交配者的话，他的下场就只有成为她的一餐美食。

生存的问题事关双方。只有一方面的强势与另一方面的弱势达成平衡，物种才能存活下来。比如说，如果老鹰有老鼠一样强大的繁殖力，它们就会遭到水尽粮绝后被活活饿死的命运。另外，生态平衡不断遭到破坏。起初，八目鳗是海洋生物，后来又成了淡水生物，比起海水，淡水更为浑浊，导电能力也更差，八目鳗的捕鱼能力大增。五大湖的渔民都很伤脑筋，因为八目鳗搞砸了他们的生意，可是，从长远来看，这种生态也会毁了八目鳗。

也许你会说，人类是唯一喜欢多管闲事的生物，他们不会遵循自然的游戏规则。人类一直能随心所欲发展自身，这已经是老生常谈，因为从身体构造来看，人类没有特定的功能，还是在学习掌握所有周边环境的孩童，这也正是因为他们并没有完全适应任何环境的缘故。读了米尔恩先生与太太书中关于人类感官的部分，我却感到很惊奇，因为我发觉我们生来拥有的感官性能实在很高。我们天生就无法在夜间活动，可是我们的夜视能力却出奇得好，我们手指能敏锐地分辨出不同的触感，比实际需求超出许多。甚至是在嗅觉与味觉方面，即使我们比一些动物明显处于劣势，但我们也能做出上好佳肴，相比之下，其他动物对于食物的品位显得简单粗鄙。因为疏忽大意或者过度刺激造成的感官天赋的滥用似乎是我们遭遇的头号麻烦，要找到解决方法就得在生活上做出改变，而这在经济上似乎又不可行。在任何一个现代都市，我们消耗大量的能量，却是为了不为所见、不为所闻、不为所动。纽约市民要是有了非洲土著那种敏锐的感官力，一定很快就会发疯。

至于将来，米尔恩先生和太太持乐观态度，他们认为，无论如何“对于神经机制的每一种新的认识都有可能再次拓展人类自己的世界范围”。但是他们是博物学家，所以是好人。我希望自己也能乐天一些，他们随口说出的一些话，我并没有太在意，似乎他们也没有太在意。

文明的声音与发展同步。震耳欲聋的声音如果强度加倍，就像最近的情况那样，也许我们都得戴上护耳塞，互相不再交谈。

> 也许所有这些被误解的感官的运转中介会是新近出现在大脑中的“快感中枢”，这个中枢是通过电子探针深入探测大脑较深部分才得以发现。直接刺激快感中枢似乎能替代食物、性以及友谊，为此发现这一中枢的科学家担心会给人类带来严重的后果，因为恐怕一些不讲道义的人竟会设法买卖能到达大脑这一区域的自我刺激器。

上帝保佑，不要把这般如赫胥黎、奥威尔描述过的噩梦降临在我们身上！目前，如果我们自己不能研究招潮蟹、蝙蝠、冢雉，我们还是可以在一些人的书里读到这些大自然的迷人的孩子，这些作者把自己的生命都奉献给了自然，其中就包括米尔恩先生和太太。

关于不可预知*

创造中既有肯定，又有否定，既有高峰，又有深渊，既有明晰之处，又有混沌之时，既有进步与延续，又有阻碍与限制……既有价值，又有毫无价值之处……造物与人类个体在很大不同程度上经历这些，这是事实，他们在多大程度上有这些体验取决于某种奇特的或者多半是隐蔽的公正性。可是，创造与造物都有好处，这一点无可辩驳，甚至考虑到所有存在物都在这些矛盾对照体里生存这一事实。

——卡尔·巴特，《教会教义学》

奇怪的是，头一次听说洛伦·艾斯利博士的名字时我人在牛津，并非在美国，那时一个学生给了我一本《永无尽头的旅程》，后来就一发不可收拾，但凡是他的书，只要能弄到手的，我都读得如饥似渴。显然在写作与思考上他受前辈梭罗、爱默生等人影响颇深，但是他的文字也让我想到拉斯金、理查德·杰弗里斯、W. H. 赫德逊[1]，他一定读过他们的作品，我还读出另外两位作家的味道，不过他也许没有看过德国人诺瓦利斯[2]和奥地利人阿达尔贝特·施蒂夫特的作品。可是我也不太肯定。他最近的作品《意想不到的宇宙》里有一些引言读来令人吃惊。我没料到一个美国科学家会去阅读那么冷门的文学作品，比如《沃鲁斯巴》[3]，詹姆斯·汤姆森[4]的《恐怖之夜的城市》(1874)，查尔斯·威廉姆斯[5]的剧本《克兰麦》等。

一开始我对他的文风颇有微词，不过很快我就适应了。他和拉斯金一样，时不时写几句我觉得“糊涂”的句子，那些句子过于依赖一些作者私人的象征，别人无法完全理解。比如说：

> 我们不愿意接受这样的说法，也就是说在以前的公众眼中，总的来说，毋庸置疑，我们也许就是一条有些松散了的危险的巨龙，原始的晨曦仍包裹着我们。[6]

我知道就这一点指责他曾做过压倒性的回应：

---

* 本文于1970年2月21日发表于《纽约客》，系作者为美国人类学家及自然科学作家洛伦·艾斯利(Loren Eiseley)的著作《意想不到的宇宙》(*The Unexpected Universe*)撰写的书评。

1. 赫德逊(W. H. Hudson, 1841—1922)，英国博物学家。

2. 诺瓦利斯(Novalis, 1772—1801)，德国浪漫主义诗人。他的抒情诗代表作有《夜之赞歌》(1800年)，《圣歌》(1799年)等。他还写过长篇小说《海因里希·冯·奥弗特丁根》，书中以兰花作为浪漫主义的憧憬的象征，非常著名。

3. 关于北欧创世传说及神话的《诗体埃达》中最古老也是最广为人知的一首。

4. 詹姆斯·汤姆森(James Thomson, 1834—1882)，维多利亚时期的苏格兰诗人，代表作为长诗《恐怖之夜的城市》，描述了冷漠荒凉，没有人性的都市生活。

5. 查尔斯·威廉姆斯(Charles Williams, 1886—1945)，英国诗人，小说家，神学家，文学批评家，是牛津文学社团吉光片羽社(Inklings)成员。他也是剧作家，代表剧作为《坎特伯雷的托马斯·克兰麦》，也即文中所指的《克兰麦》。

6. 此段原文为 We refuse to consider that in the old eye of the hurricane we may be, and doubtless are, in aggregate, a slightly more diffuse and dangerous dragon of the primal morning that still enfolds us。

> 有时候科学界的知识分子会提要求，而正是在这些时候梭罗说出了最具智慧的话语之一，即人必须先表述才能一直被理解。他说，“人生和毒菌的生长都不是这样听命的。”[1]

艾斯利博士恰巧是位考古学家，又是人类学家和博物学家，如果我能听明白他的话，他首先希望表明的是，要成为科学家、艺术家、医生、律师，或者诸如此类，我们首先必须成为人。其他任何物种都没有这样的“专长”。他在书中提到一个问题：“在物理学、天文学、生物学等学科方面的最新科学发现究竟如何改变了人类作为个体或集体对于自我的认知？”我觉得答案是：几乎没有任何改变。

用不着达尔文我们也能知道，在生理机能上，我们类似于其他动物。我们和它们一样呼吸、进食、消化、排泄、交配，是胎生动物，而且，关于“后世”无论我们持何种观点，我们都一定会承受身体死亡的痛苦。事实上，城市化带来的后果之一就是，不管我们目前对于自己的祖先知道多少，与原始部落人相比，我们与动物王国的关系疏远了很多，对动物我们也不再抱有感激之情，原始人都有自己的图腾崇拜，关于动物也有不少传说故事。

提及奥德赛被家里那条叫阿哥斯的狗认出的事，艾斯利博士说道：

> 在阿哥斯与奥德赛之间一闪而过的那种魔术不仅是对多样

---

1. 此句引自梭罗著《瓦尔登湖》的结束语部分，译文引自徐迟先生译本，上海译文出版社，2009 年。

> 性的认可，也是越过形式的幻觉后对于关爱的需要。这是一个无家可归、流浪远游而又贪求无厌的男人本性的呼唤："不要忘了你的兄弟，也不要忘记那片绿林，那是你的根源所在。这么做会招来灾祸……人只有在人眼之外的眼睛里发现自己的倒影时才会遇见自己。"

在笛卡儿之前，这样的警告无疑多此一举。另一方面，达尔文与遗传学家告诉我们的一切都无法改变这样的事实，即我们作为拥有自我意识的存在，会说话（意指我们能命名其他存在）祈祷、能哭能笑，我们作为历史与文化的创造者，在我们的生物演化过程结束之后继续改变着自我，我们在已知的所有生物中是独一无二的。所有基于前人类阶段的先祖，试图解释我们的行为的努力不过都是神话，通常是为了替卑鄙行为辩护而伪造的故事。正如卡尔·克劳斯所写：

> 如果人被当作畜生来对待，他会说："毕竟我是人。"如果他行为举止就像畜生一样，他会说："毕竟我只是人。"

不；就像艾斯利博士所说："把人降格为猿猴或者树鼩不可能是对人的定义或描述。确实，树鼩一度钳制过人类，但是如今格局已经改变。"或者，就像 G. K. 切斯特顿所说："如果没有神灵降临的话，那么我们只能说是某种动物彻底发狂了。"

现代科学彻底改变了我们关于非人世界的思维方式。原本我们一直以为人类不过是故事里的一些角色，我们或多或少知道故事里曾经发生过什么，至于未来的走向，我们却永远也无法预测；直到最近，我们才意识到整个宇宙也存在于类似的故事里。当然，在我们看来，宇宙的故事比我们的故事要神秘许多。当我们行动时，我们确实知道我们行为的动机，但是我们却几乎无法获知宇宙中出现新事物的原因。即便如此，我个人仍旧不相信有“随机”事件存在。“不可预知”是一种对于事实的描述；而我无法坦诚承认，“随机”一词带有一种哲学上的偏见，这种偏见在已经忘记如何祈祷的那些人身上常可以见到。虽然他的确曾经用过这个词，但我觉得艾斯利博士对随机事件也并不笃信：

> 地球的氧气仿佛是光合作用的产物，这种生物学上的发明[1]是太古代时期的另一个随机事件。单单是这个不起眼的“发明”就决定了这个星球上生命形态的所有性质。如今已经不可能称之为预先注定的。同样，偶然性以基因突变与重组的形式加快了它的控制，这是性机制的结果之一，这样的结果本该是不可预知的。

在此我必须开诚布公，说说我自己的偏见，我不相信偶然性：我相信天命与神迹。如果光合作用是偶然性发明的，那么我只能说我们太走运了。从生物学的角度来说，如果我，而不是其他上百万人活在这世上，这是一个“统计学上的不可能事件”的话，我就只能

1. 指光合作用。

把它当作奇迹，我必须好好活着，当得起这个奇迹。物竞天择作为负面力量情有可原。显而易见，环境的剧变，比如冰河时期，会毁灭大量曾适应温暖气候的物种。我无法理解的是“偶然”突变居然能够解释这样的事实，即生态位[1]不被占用之时，一些物种就会进化，以便占有这个位置，尤其想象一下有些生态位——比如说肝吸虫占据的生态位——是多么古怪。艾斯利博士引用乔治·盖洛德[2]的话来说明：

> 把异常的物理状态与进化危机联系在一起，这不可能是纯粹的巧合事件。生命与它所处的环境是相互依存、共同进化的。

关于适者生存这一迷思，艾斯利博士的论断非常精彩：

> 一些看似没有什么潜能、四处摸索的小动物突然落入一条裂缝，就像那个无助的小女孩爱丽丝掉进兔子洞里一样，来到某个乱七八糟的新王国，这大抵就是地球故事的梗概……第一条在陆地上行走的鱼以现代标准来看，只是笨拙无能的脊椎动物，打个比方，他只是水世界里的失败者，好不容易爬上岸，却发现那儿根本不是脊椎动物的世界。在危急关头，他摆脱了敌人……水生的鱼

1. 生态位(ecological niche)是指一个种群在生态系统中，在时间空间上所占据的位置及其与相关种群之间的功能关系与作用。
2. 乔治·盖洛德(George Gaylord，1902—1984)，美国古生物学家，最著名的进化论权威之一，也是新进化论理论的创始人。

> 在岸上吞吐着粗粝的空气、恒温哺乳动物在爬行动物迟缓麻木的夜里无拘无束地来回游荡、蜥蜴鸟投入不稳健的飞行，它们粉碎了所有纯粹的竞争性假设。这些非凡事件意味着逃离活动的屏障，人们只能回顾过去，认为正是那些“过度专门化”而且似乎“笨拙无能”的动物穿透了那些屏障，动物们被逼得走投无路。

《意想不到的宇宙》讨论的主题是人作为探险英雄的存在，他是流浪者、航海者、渴求冒险、知识、力量、意义与正义。探险活动危机重重（可能遭遇船难或者伏击），无法预知（接下来会发生什么，他永远不会知道）。这样的探险不是他自己选择的结果——身心俱疲之时，他常常希望自己从未踏上旅途——而是人类的天性使然：

> 就像在这个动物看来，世界不再是既定存在，而是需要去感知、去有意识地思考、去抽象出来细细考量的对象。人一旦这么做了，就意味着脱离了自然；诸多物体都有光环围绕，单单向人类发射出意义的光芒。

> 大多数时候动物都明白自己的角色，与之相反，人在面临这样的信息时似乎却会感到困惑，时常会有人提到，他不怎么记得……或者说他误解了……丧失本能之后，他必须不断地探寻意义……人类首先是读者，然后才是作者，用柯尔律治的话来说，人是宇宙这个大字母表的读者。

为了例证自己的论点，艾斯利博士首先以一次想象的航行举例——荷马的史诗《奥德赛》——接着是两次著名的历史航行，分别是决心号上的库克船长[1]，他在那次航行中并没有发现受托寻找的未知大陆——也就是南美洲以南以西那片适宜居住的富饶大陆——却发现了他称之为“恐怖至极的南极洲”，以及小猎犬号上的达尔文，基于那次航行中搜集的数据，他开始怀疑物种恒定学说。最后，艾斯利博士给我们讲了许多他自己在生活中经历的趣闻轶事，对我来说，这是整本书中最引人入胜的段落。他这样评价《奥德赛》：

> 奥德赛穿越海妖盛行的东地中海，这象征着西方理性传统之初，宇宙及其本性强加于渴望返乡之人身上的诸多磨难。如今气氛焦躁不安，奥德赛里所有的心理因素都超出承受范围：期许成功的驱动意志、以独眼巨人失明这种残酷方式昭示的灵巧技艺、对昏昏欲睡的食莲人岛强行放弃、人与人之间的激烈冲突。可是，意味深长的是，那位古代英雄在绝望中大声疾呼：“对人来说，再没有比颠沛流离更惨的了。”

书中大多数带有自传色彩的段落都是关于他的诸多邂逅的描述，或是充满喜悦，或是令人恐惧。读了之后，我得到的印象是，他

1. 库克船长(Captain Cook)，英国皇家海军军官、航海家、探险家和制图师，他曾经三度奉命出海前往太平洋，带领船员成为首批登陆澳洲东岸和夏威夷群岛的欧洲人，也创下首次有欧洲船只环绕新西兰航行的纪录。

就像一个流浪者，常常面临在“消沉”海岸发生船难的危险——有三次邂逅发生在墓地，这不是偶然事件——还像一个隐士，比起人类同胞，倒不如与动物呆在一起自在。除了童年时遇到的种种人物，那些带给他“寓意”的都是完完全全的陌生人——翻垃圾堆的人、把岸上的海星扔回大海的神秘人物、在瓶子里装上可怕寄生虫的流浪汉科学家，还有西部蛮荒地区有着尼安德特人[1]体貌特征的小女孩。可是，一般说来，他邂逅的有很多是非人的对象——蜘蛛，死章鱼的眼珠子、他自己的牧羊犬、一只饥肠辘辘的长耳大野兔、一只狐狸幼崽等。显而易见的是，他极富同情心，用他自己的话说：“关爱死难者，它们是世界的失败者。”只有他才会在重重摔了一跤之后恢复意识、发现自己大量出血时，对自己将要流失的血细胞——吞噬细胞或血小板——道歉，而且还不显得装腔作势：“哦，不要走。我很抱歉，我毁了你们。”更为重要的是，他显示出自己在祷告习惯上所受的严格训练，我的意思是倾听的习惯。祷告的请愿是其中最不紧要的方面，因为那是脱口而出的部分。我们不由自主就会祈求得偿所愿，可是也有太多人希望二加二能等于五，这样的愿望无法、也不应该实现。但是当我们完成请愿，要倾听我称之为圣灵的呼应时，祷告进入严肃庄重的环节，也有人把那叫作奥兹、或者梦想家或者良心的呼应，我不会争辩，只要他们不把它叫作超我的呼应，因为那个“实体”只能告诉我们已知的事物，而我提到的呼应则无一例外是关于新事物与不可预知之事的——要服从这个意料之外的要求，

---

1. 尼安德特人，也被译为尼安德塔人，常作为人类进化史中间阶段的代表性居群的通称。因发现于德国尼安德特河谷的人类化石而得名。

就要改变自我，无论付出的代价有多惨痛。

下笔至此，让我插一句题外话。去年九月，我参加了斯德哥尔摩举办的一个研讨会，会议的主题是“价值在事实世界的位置”。大多数与会者是科学家，一些人确实卓尔不群。令我大为震惊的是，他们一直强调现如今我们需要的是一套**道德公理**。我只能说，在我看来这个词简直莫名其妙。公理以陈述句表达给思维。从一套公理中会生成一种数学，另一套又会生成另一种数学，但是说其中一套比另一套“好”，简直一派胡言。所有道德论断的对象是意志，通常是勉强的意志，所以必须以祈使句来表达。“爱邻如己”和“两点之间最短的距离是直线”分属两个截然不同的话语范畴。

再回到艾斯利博士。通常，没有声音直接呼应他，而是有一些不明所以的报信者。在下面这个梦里，他却直接听到了呼应的声音：

> 梦里一个巨大的熊一般的模糊身影突然从雪中冒出，贴上了窗户，重重撞击在窗玻璃上，频频召唤我去森林。我意识到这一信息的紧迫性，这个谜一样的信息粗俗古朴，呈现出雪中传递信息的使者那般巨大的形态。在梦中我被强烈的恐惧感包围，我拼命抵抗那条信息进入我脑中，同样也奋力抵抗窗边那头冰霜笼罩的野兽发出的不耐烦的撞击声。
>
> 突然我拿起了床边的电话，从听筒里传来的消息与雪中那条信息一样神秘，可是起初听来要不可思议得多。因为我本能地知道在那个静悄悄下着雪的梦中，我听到的那个从远处传来的声音

是童年时我自己的声音。那声音纯粹甜美，极其优美，不是这世上的造物可比，可是却有些冷酷无情，无法停留太久，它也已经停止了信息的传达。“抱歉打扰你了，”孩子话中那些清晰微弱的音节还在。它们似乎穿过越来越细的电线，向远处延伸到我过去的岁月。“抱歉，抱歉打扰到你了。”直到那个声音退去，我才能开口说话。我醒了过来，在寒风中颤抖着。

我曾说过，我怀疑艾斯利博士患有忧郁症。他承认人是唯一能够像人一样说话、能够做事、也能够祈祷的生物，但是却从没公开表示过人是唯一能够发笑的生物。我们不要混淆真正的笑声与知识分子带有优越感的偷笑，虽然我们也常发出那样的笑声，唉：当我们真正发笑时，我们是在开怀大笑，同时也在嘲笑他人。我把真正的笑声(捧腹大笑)定义为狂欢节的精神所在。

再扯句题外话，这里狂欢节取中世纪时的含义，后来在少数地方仍有那样的狂欢节，比如罗马，歌德曾是目击者，他在 1788 年 2 月描述了一番活动内容。狂欢节庆祝的是作为必将面临死亡的人类的合一，我们来到世上，离开尘世，都未经我们自己同意，为了活着我们必须吃喝拉撒、打嗝放屁，为了让我们这个物种存活下去，我们必须生殖繁衍。关于这一点我们的认识模棱两可。作为个体，对于我们来说，狂欢节之所以让我们高兴，是因为它让我们明白了自己不是单个的存在，无论年龄、性别、层级或是才能，我们所有人都在同一艘船上(处境相同)。另一方面，作为独一无二的存在，我们所有人都很不满，因为对于我们来说没有例外。我们在两头摇摆，一方面希望自己是草率过活的动物,另一方面又希望自己是脱离实体的精神存在,因为不管是以上哪种情形,我们都不会给自己带来难题。狂欢节通过发笑解决了这一模棱两可的状况,因为笑声同时意味着抗议与接受。在狂欢节上,所有的社会性差别,甚至是性别差异,都被悬置了。年轻男子打扮成姑娘,女孩打扮成男孩。戴上面具就象征着摆脱了社会人格。动物性的人通过奇形怪状来表达自己的怪癖——假鼻子、巨大的肚子与臀部、以及对于分娩与交配的滑稽模仿。笑声的抗议因素以模拟侵略的形式体现:人们相互投掷无害的小物件,拔出纸板做的匕首,相互辱骂,就像歌德描述的那个向父亲叫嚷的男孩:"爸爸去死吧!"狂欢节意味着数日盛宴行乐,按照传统,大斋期[1]后立马就是狂欢节,而大斋期则是数日斋戒祈祷。中世纪的狂欢节上对教会仪式的戏仿比比皆是,刘易斯·卡罗尔关于文学戏仿的言论——"我们只能戏仿自己喜爱的诗歌"——其实也适用于所有戏仿行为。我们只能亵渎自己相信的东西。相比较日常劳作的世俗世界,笑声的世界与崇拜祷告的世界要相近得多,因为这后两个世界里人人平等,在笑声的世界里我们是平等的个体成员,在崇拜祷告的世界里我们则是平等的独一无二的存在。而在劳作的世界里,我们却不是平等的,也不可能平等,多样化与相互依赖是我们唯一的存在方式:我们每个人,无论是科学

1. 大斋期(天主教会称四旬期,旧称严斋期,基督新教信义宗称预苦期),是基督宗教的教会年历一个节期。英文写作 Lent,意即春天。大斋期由大斋首日(圣灰星期三/涂灰日)开始至复活节前日止,一共四十天(不计六个主日)。天主教徒以斋戒、施舍、克苦等方式补赎自己的罪恶,准备庆祝耶稣基督的由死刑复活的"逾越奥迹"。

家、艺术家、厨师、出租车司机还是从事别的职业,都得做好"分内事"。只要我们还是从多神论视角去理解自然,将它看作诸神的住所,我们这些劳作者就不可能提高效率,也不可能成功,因为我们伪装出谦卑态度,让自然承担了我们应该承担的责任。但是,根据"创世记"的说法,上帝把看管伊甸园的责任交给亚当,亚当成了他的代表,现在看起来似乎上帝希望我们能为整个自然世界负责,这就意味着我们这些劳作者必须把宇宙看成"即使上帝不存在"的存在:上帝一定已经隐藏起来,被他自己的造物所遮蔽。

令人满意的人生,无论是对个人还是集体来说,都只有在对这三个世界都报以尊重的前提下才可能实现。没有祷告与劳作,狂欢节的笑声显得丑陋无比,只不过是肮脏淫秽的下流笑话,或者模拟侵入真实的仇恨与残酷的世界。(在我看来,嬉皮士正试图恢复狂欢节的意义,我们这个时代明显太缺乏这一点了,不过只要他们不去劳作,就很难成功。)没有笑声与劳作,祷告就不过是诺斯替教派的呓语,站不住脚,傲慢伪善[1],而抛却笑声或祷告,光凭劳作活着的人,会变成渴望权力的疯子,他们是一群暴君,把自然当作奴役,只为了满足自己一时兴起的欲望——这种尝试最终只会以灾难结束,也即塞壬[2]岛上的船难。

1. 原文为法利赛人的(Pharisaic),法利赛人在基督徒的心目中是假冒伪善的代名词,其特点是以规条教训他人,而他们是只守规条内心却充满不义。

2. 塞壬女妖(Siren)用自己的歌喉使得过往的水手倾听失神,航船触礁沉没。奥德修斯率领船队经过墨西拿海峡的时候事先得知塞壬那令凡人无法抗拒的致命歌声。于是命令水手用蜡封住耳朵,并将自己用绳索绑在船只的桅杆上,方才安然渡过。

我想,艾斯利博士不会喜欢传统形式的狂欢节,我也不喜欢。我们俩都不喜欢人群与吵嚷声。可是,即使是内向的知识分子,一旦准备放下自尊,也会与他人分享自己的狂欢节体验。艾斯利博士就是在无意间遇到一只狐狸幼崽时写下了这段分享的话:

> 他还很年幼,独自在这沉闷的世界里。我双膝着地,在船首周围爬着,卧倒在他身边。这只小狐狸的窝在甲板下面,他抬头看着我。天晓得他的兄弟姐妹有什么遭遇。他的父母也一定出门狩猎就再没有回来。
>
> 他毫不知情,从乱糟糟的一堆碎垃圾里挑了根骨头,我看是根鸡骨头,然后朝我一晃,好像在邀请我。他整张脸上浮现出半开玩笑的幽默神情……这就是在那堆骨头中的小狐狸,大大的眼睛,天真无邪,邀请我一起玩耍,它的两只前爪搭在一起,似乎在恳求我,天生就充满善意,它的脑袋则假装晃动着。周围的世界衬托着它的脸,摇晃得有些怪异,这张脸太小了,以至于整个世界都笑了起来。
>
> 在这种时候,没有什么人类尊严可言,只需谨慎遵守星空后面写下的那些礼节。我严肃地把自己的前爪搭在一起,而那只小崽子带着掩藏不住的兴奋劲儿呜咽起来。我深吸了一口狐狸窝的味道。一时心血来潮,笨拙地捡起一根颜色更白晃晃的骨头,衔在嘴里晃动起来,我的两排牙还没有完全忘记它们最初的功用。我们滚来滚去,一圈又一圈,真是令人欣喜的一刻……我在狐狸窝前靠着后腿坐着,衔着鸡骨头滚来滚去,这样简单的权宜之计在那一

瞬间将世界牵制住了。这是我所实现的最严肃庄重、最富有意义的行动，可是，就像梭罗曾经评论他某次奇特的差事那样，把它上报给皇家学会一点用也没有。

尽管如此，真是谢天谢地，艾斯利博士把它说给我听了。我回答说："太棒了！"

偏头痛*

那儿窗帘遮住白日
刺眼的可恶阳光，
在她忧郁的床上
怒气总在叹息，
她腰疼头痛。

——蒲柏

毫无疑问，萨克斯博士[1]写这本书的首要目的是向医师同僚们说明一种疾病，关于这种疾病其他医生知之甚少。在前言里古迪博士[2]这么说道：

> 一般观点认为，偏头痛仅仅是主要由非功能性引发的头疼的一种表现形式，医生已是忙忙碌碌，这种头疼占据了医生许多时间，相比疾病本身却不怎么重要……医生会开些药片，加上一句现在常见的陈腔滥调："学会容忍"，听来不怎么高明，那位医生还希望下次同一个患者来问诊时不是他坐班……许多医生听说患者不顾死活离开医院去一些"江湖郎中"那里就医，简直再高兴不过，他们一方面希望患者花上大把大把的银子，另一方面又希望他们落

得不好的下场。

然而，我能确定的是，任何一个门外汉，只要对身心关系感兴趣，即使不明就里，也会觉得这本书引人入胜，我的感觉就是如此。

据估计有10%的人群患有偏头痛，真实的数据可能更高，因为可能只有那些深受其痛的患者才会就医。比如我自己，即使很走运没有得过偏头痛，却知道有亲朋好友曾经有过这种病痛，所以我们可以把他们的性格特征以及症状与萨克斯博士书中的细节描述内容比对一番。

偏头痛与传染病，比如血友病，或者遗传病，比如歇斯底里症，都不同，它是身心失调的典型病例，其中生理因素与心理因素有相同的影响。我们作为生理有机体大同小异，意思是说，我们身体储藏的症状很有限。所以才可能诊断出偏头痛，将它与比如说癫痫症或哮喘等病症区分开来。但是作为有意识的人，我们每个人是独一无二的。这就意味着没有两例相同的偏头痛，适用于一个患者的疗法可能在另一个患者身上就失效了。

> 偏头痛是生理疾病，但在最开始阶段，或者渐渐地就会变成情感或象征性的疾病。偏头痛既表达了生理需求，也表达了情感

---

* 本文于1971年6月3日发表于《纽约书评》，系作者为英国生物学家及脑神经学家奥利佛·萨克斯(Oliver Sacks)的著作《偏头痛》(*Migraine*)撰写的书评。

1. 奥利佛·萨克斯(1933—)根据他对病人的观察写了好几本畅销书。他侧重于跟随十九世纪传统的"临床轶事"文学风格式的非正式病历。

2. 威廉·古迪(William Gooddy)，英国神经学家，作家。

需求：它是生理及心理反应综合体的原型。所以要理解偏头痛必须同时基于神经学与精神病学两方面的思想汇聚……最后，不能将偏头痛理解为单单属于人的反应，必须将其视为生物反应的一种形式，只是特别符合人的需求及神经系统而已。

萨克斯博士新书的第一部分由一系列详细的临床观察组成。他区分了三类偏头痛：普通偏头痛，俗称“头痛病”；经典偏头痛，就像血友病一样，经常伴随视野的扭曲；以及偏头痛性神经痛，也称“群集性头痛”，因为成串发作。这些描述虽然有趣，我却觉得不适合用来讨论。

我会提到萨克斯博士两处有趣的观察。他告诉我们《伊厄兰斯》[1]中的《噩梦曲》里提到不下十二次偏头痛症状，而且那个中世纪修女宾根的希德格的幻觉明显是由经典偏头痛引起的视觉先兆。

书的第二部分探讨了以下问题：“什么样的情况会引发偏头痛？”“是否有偏头痛人格？”各种各样的迹象令人困惑。因此，虽然偏头痛在家庭成员中多发，萨克斯博士却认为这也许是家庭环境所致，而不是基因遗传的结果，因为许多患者并没有家族病史。

虽然经典偏头痛常见于年轻人，却不总是这样。普通偏头痛首次发作的年龄可能超过四十，比如绝经后的妇女。经典偏头痛与群集性头痛发作时往往间隔时间相同，从两个到十二个星期不等，对此我们不明所以；普通偏头痛似乎更依赖于外部情况与情感因素。

1.《伊厄兰斯》(*Iolanthe*)，亚瑟·沙利文(Arthur Sullivan)与W.S.吉伯特(W.S. Gilbert)于1882年合写的轻歌剧。

一些病例与过敏相似：强光、嘈杂声、臭气、恶劣天气、烈酒、苯异丙胺等都可能引发疾病。还有一些病例起初与激素相关：月经期的妇女中偏头痛患者并非罕见，但是孕妇很少有患偏头痛者。

这样形形色色的症状自然导致同样纷繁的理论，来解释偏头痛的根本起因。以身体为取向的医生会寻求化学或神经学疗法，精神病学家则会专门寻找心理学上的解答。萨克斯博士认为这两种做法都只对了一半。有两种心理学理论得到广泛赞同，分别由沃尔夫和弗洛姆-瑞茨曼于 1963 年、1937 年提出。

> 沃尔夫把偏头痛患者刻画成野心勃勃、成功圆满的完美主义者形象，他们古板有序、小心谨慎、不懂情感宣泄，所以一次又一次被迫以一种不直接的肉体形式突然情感迸发，或者情感崩溃。弗洛姆-瑞茨曼也能形成简洁明了的结论：她认为偏头痛是对意识中相爱、在无意识中却怀恨在心之人的生理表述。

基于从医经历萨克斯博士得出结论，他认为虽然根据沃尔夫的说法，一些偏头痛患者过度亢奋、沉迷其中，另一些却毫无生气、懒散邋遢，而根据弗洛姆-瑞茨曼的说法，大多数偏头痛是强烈情感，通常是愤怒的肉体表述，这也许是对已感知到的令人无法忍受的生活境遇的反动，又或许是一种自我惩罚行为。

> 在临床中我们发现突然**发怒**是最常见的突发状况，虽然**恐惧**（惊慌）在年轻患者身上也同样可能存在。突如其来的**喜悦**（比如

在胜利之时，或意外得了好运）也许有同样的效果……我们也无法肯定所有患有习惯性偏头痛的患者有“神经过敏”（除非世上所有人都有神经衰弱症），因为在很多病例中偏头痛可以取代神经过敏结构，成为神经官能性绝望与神经性缓和的替换物。

在书的第三部分，萨克斯博士讨论了偏头痛中的生理学、生物学和心理学因素。我发现关于偏头痛生物学基础的那部分理论尤其有意思，也极具启发性。在所有动物中存在着两种对于威胁或危险情况的反应：或战或逃的反应和停止不动的反应。他引用了达尔文对于第二种反应的描述：

> 消极恐惧在达尔文的描述中是一幅消极被动、平伏疲倦的图景，同时伴随着内脏和腺体活动（“……强烈的要打哈欠的倾向……脸色苍白，像死人一样……皮肤上冒出汗珠。身体上所有的肌肉都松松垮垮。肠子也受到感染。括约肌停止活动，不再保有身体的内容……”）通常患者表现出阿谀奉承、畏缩不前、情绪低落等态度。如果这种消极反应更加严重，也许会导致姿势性张力或者意识的突然丧失。

他认为尽管偏头痛与发怒之间有联系，偏头痛的生物学根源却正是这种符合人性的消极反应。在我看来这十分合理。在发明武器之前，原始人一定是最无防备力的生物之一，他们没有尖牙利爪，也没有硬蹄毒液之类，行动起来也相对较慢。所以似乎侵略行为与怒气不大可能是人类的基本生物学本能，它们反倒更像是食肉动物的属性。人类的侵略性一定是最初恐惧感与无助感的二次修改。正如柯尔律治所说："所有的困惑中都有一部分恐惧感，这种恐惧引导人们发怒。"

萨克斯博士在第三章末尾就偏头痛的心理学疗法下了结论，他认为身心二者或许有三种联系方式。

> ……首先，某些症状与效果之间有一种内在的生理学联系；其次，某些身体症状与心灵状态之间有特定的等同象征关联，类似于面部表情的使用；第三，一种任意的、与众不同的象征体制将身体症状与幻觉联结在一起，类似于对于歇斯底里症状的建构。

书的最后一部分与疗法有关。在所有功能性失调的病例中，医生与患者的私交极其重要。"每一种病都是音乐问题，"诺瓦利斯如是说："每一种疗法都是音乐疗法。"就像萨克斯博士说的，这意味着无论患者采取或被迫采取何种疗法，只有一条主要规则：

> ……我们必须要一直倾听患者。如果患者除了偏头痛外还有其他常见的合理诉求，那是因为医生没有倾听他们的话。望闻问切，开药收费，我们做到了这些，却没有去倾听。

萨克斯博士承认有些药物可以缓解急性发作时的头疼，特别是麦角胺和酒石酸盐，那时要拒绝用药对病患是件残忍无情的事情，除非患者的其他生理条件不允许使用此类药物。但是在博士眼中，这些药物多少只是治标不治本，不用根治疾病。

他告诉我们，他自己对心理疗法也有偏见，不过就此他并没有过激的言论。比如，他认为解决偏头痛的方法不仅限于深度分析，少有患者有时间和金钱花费在这种分析上。而且，他承认有些患者无法接受心理疗法。

> 深度患者应该每隔一段时间定期就诊——大约两到十周。早期问诊必须彻底，必须持续较长时间，这样才可以向患者和医生揭示病情概况及确切重点，为医者权威与医患关系打下基础。随后的问诊可以简短一些，更加缩小范围，主要集中于探讨患者近来遭遇的问题及这些问题在偏头痛症上的反映。草率确诊会带来灾难性后果，也是导致传闻中偏头痛“顽疾”的主要原因。

他还建议记录两份日历，一份偏头痛日历与一份日常生活日历，这也许会让一些未曾预料的情况浮出水面，它们才是刺激偏头痛发作的原因。

在他看来，“治疗”意味着给每一个特殊病人找到最好的**为他量身定做的权宜之计**。在某些病例中，这或许意味着允许患者置头痛于“不顾”。

> 疾病性质无关病理，而是心理上的歇斯底里人格所致，在试图去除这种剧烈的习惯性偏头痛时，也许需要逼迫患者直面强烈

> 的焦虑感与情感冲突，比起偏头痛，这些心理感觉甚至更难忍受。矛盾的是，身体症状相比它们同时隐藏与表征的这些心理冲突，也许来得更为温和。

这类患者会同意马克思的说法：“治疗精神折磨的唯一方法就是肉体痛苦。”

《黛博拉山》*

登山运动强烈吸引了知识分子、爱书一族、内向人群以及其他一些对传统运动，比如足球或棒球不感冒的人士，我很好奇精神学家能否解释这一现象。不管是什么原因，其带来的结果就是以登山为主题的书籍文学水平得到大幅提高。为了登山而登山（当然不像攀岩），关于这类运动的历史记载首次出现在彼特拉克[1]的著作中，十九世纪中叶，非娱乐性的攀岩活动开始流行，自那时至今，一系列关于远征探险的生动描述出版问世，最早可见于爱德华·温珀[2]对于攀爬马特洪峰的记载。大卫·罗伯茨的《我所畏惧的山》是部杰作，而在我看来，《黛博拉山[3]》则是更优秀的作品。

这本书讲述了罗伯茨在哈佛的两位朋友——下文我将用书中的名字称呼他们为戴夫与唐——在1964年夏天尝试攀登阿拉斯加山脉东侧的黛博拉山的经历。（1954年他们曾登上山脉西侧，难度要小一些。）在野外就他们俩单独相处，这次探险持续了六周时间。

整个叙事有两条线索。首先，书里以真实视角详细描述了所有登山者必须做的事与必须忍受的折磨，比如载重赶路、被暴风雨数日困在小帐篷里、始终担心可能发生雪崩或落入岩缝而因此丧命。下山路上，唐有两次落入裂缝，险些丧命：头一次花了四个小时才脱身，第二次他面部严重受伤。经历了这些，无论是哪个登山家都不禁感到疑惑，心里半是兴奋半是担忧："我们会成功吗？"他们二人最终没有成功。戴夫从一处高坳望向山峰，头一次近距离看见山脉的东侧。

"黄褐色的易碎岩石高耸着，平整光滑，比垂直线稍偏几度。薄薄的冰层上污渍斑斑，覆盖在岩石之上。岩石悬空的地方，数条冰锥垂下……而上面，可怕的黑色悬崖挡住了半边天，那正是我们在坎布里奇花了三天无忧无虑登上的六百英尺高的山墙。它的上边缘离我几乎有一千英尺的垂直距离，在上面盘旋着奇形怪状的冰块，就像城堡高墙上的大炮。我正瞧着，一块冰突然折断了，直直落下几乎六百英尺，没有遇到任何阻碍物，随后重重摔在我身旁左边的岩架上，碎冰弹出视线，落下悬崖。"

奇怪的是，他们并不像我们想象的那么失望。"我们当然会难过。但是一旦我们踏上返程的路，我们也就差不多放轻松了。这座山对我们是公平的，它对我们说'停下来'，从不含糊其辞，而不是……把走向失败的决定强加给我们……这座山让我们有了自豪感。"

在向上攀爬的过程中，戴夫和唐都备受焦虑的梦境折磨。（正如人们所想，他们的梦都与性无关。）戴夫的梦是这样的："我是晚宴

---

* 本文于1971年2月7日发表于《纽约时报书评》周刊，系作者为美国职业登山家及作家大卫·罗伯茨(David Roberts)的著作《黛博拉山》撰写的书评。

1. 彼特拉克(Petrarch，1304—1374)，意大利诗人，学者，欧洲文艺复兴运动的主要代表。

2. 爱德华·温珀(Edward Whymper，1840—1911)，英国插画家、登山家和探险家，他最为人熟知的是他第一个登上了阿尔卑斯山的马特洪峰。

3. Deborah，山名，位于阿拉斯加山脉东翼。

上的宾客，巨大的桌子上成堆堆放着你所能想到的所有美味佳肴。还会有成群的宾客到来……但是每当我开始进食，就会有人拿问题打断我。”在他们失败之后，这种焦虑消失了，如今他的梦里：“这一次我成了主人，接二连三的好友不断出现，对我准备的食物交口称赞。”

故事的第二条线索描述了两人的日常交往，最能引发心理学探索的兴趣。这两个年轻人对登山有共同的热爱，也同样有天赋，但是他们的脾性大相径庭，两人顶着巨大的压力朝夕相伴。

当然，我们只听了戴夫的一面之词，可是我想唐也不会反对他的说法。

早在他们决定爬黛博拉山之前（是唐建议把这次探险拍成一段二人秀），戴夫就开始反思他们二人的区别。戴夫动作敏捷，缺乏耐心，而唐动作迟缓，做事有条不紊。“我喜欢与人交谈，但是唐更愿意一个人思考问题。”于是他们在学术研究的态度上就有了对比。戴夫的专业是数学，考试对他来说驾轻就熟，而唐学哲学出身，对于前景预期惊慌失措，几乎到了精神崩溃的地步。

甚至他们对于共同的爱好——登山——这件事的态度也有所不同。戴夫把他们的远征看作“一次要去完成的费劲的冒险，一件要去征服的事情，为了好奇与美而去探访一个地方，一旦感觉劳累，就可以返回”。对唐来说，意义却完全相反，“这场要经历的冒险越久越好，这个要去的地方要让他安心放松。”

快到达大本营时，他们第一次激烈的争吵爆发了。“唐说了四五遍‘表现良好’来形容冰川的光滑度……我们越发暴躁，就‘表现良好’一词的价值争论起来。我猜真正引发争吵的是登山过程中的无聊厌倦心理。我开始注意到唐的一些矫揉造作，因为没有更有趣的事情，于是我便就其中一点挑起刺来，借此发泄自己的挫败感。这是我第一次发现自己的这一特点……事情如果长久以来都进展得太顺利，我就无法忍受，似乎我需要每隔一段时间就锻炼下我的敌意倾向。”

既然饮食习惯总是能反映一个人的性格，人有经常生气的理由就不足为奇了。“他那么小心翼翼地把谷物早餐舀一勺子，太令人生气了，因为这说明他做事太有条不紊，又进一步说明他头脑迟钝，所以他才厌恶反对我做事急躁。”有件恼人的事情戴夫负有完全的责任：他根本就不应该试着下棋，他的棋艺不错，而唐下得很臭。只有游戏双方旗鼓相当，玩起来才有乐趣。

为了避免相互反感，他们发现在分配物资（比如食品、分量）时必须遵从一些严格的规则。“磅作为单位不够好，我们在盎司之间争论不休……我们在控诉者（‘别逗了，这火炉毫无疑问有 2.5 磅重’）与殉道士（‘没关系，不管怎样我都会接受’）的角色上摇摆不定。”

这些事例孤立来看，似乎表明他们的远征是个彻底的失败，显然事实并非如此。戴夫心怀感激，承认有许多温暖愉悦、体现兄弟情谊的时刻。要写下这些时刻对于作家来说并非易事，因为似乎有这么一条语言定律，像善这一类的幸福感几乎不可能用语言表达，而像恶这一类的冲突要刻画起来则非常容易。

生活的厨房*

《饮食的艺术》一书中虽然有若干食谱，但这本书放在图书馆里更合适，而不是厨房架子上。如果单单是一本厨艺手册，我还无法评议一番，因为虽然我喜欢读食谱，但它们在我眼里仍旧如神奇的魔咒一般。和不会煮饭的大多数人一样，我很难想象把各种配料搅拌在一起会给菜肴带来什么样的味道。比如，在读到费舍尔太太的“梅子烤肉”食谱时，虽然我确信这道菜美味无比，却只能找个无人的角落尝尝梅子，为那美味颤抖一阵罢了。

为了那些有资格评判的厨师读者的缘故，我请一位信得过的权威朋友选择三个食谱来代表作者的品位与技艺。他选了“冬季罗宋热汤”，“古法咖喱鸡蛋”[1]和“牛里脊肉汉堡”[2]。这三个都是简单的菜品，人尽皆知。但比对一下她的版本与我们常见的做法，正好应了伯爵夫人莫菲那句至理名言：“家常菜肴不能交由普通厨师烹饪。”

烹饪是一门艺术，所以要欣赏烹饪也需要在鉴赏其他艺术门类时所应用的规则。那些长时间只浸淫于糟糕厨艺的人，即使有机会见识烹饪艺术，也无法辨识出。如今已经不再有人请得起优秀的职业厨师了，虽然有一些馆子质量不错，但是价格之高，恐怕只有那些吃公家饭的才消费得起。对于我们大多数人来说，是否吃得对胃口则全倚赖业余厨师的技巧与激情，而且，对于现今识点字的男男女女来说，学习烹饪技艺算是必不可少的任务。比方说，在牛津和剑桥，我希望在每一个本科生的房里都安上炉子，把学院餐厅改装成超市与酒铺。同时，我建议所有家长（包括教父教母）在孩子（无论男女）十六岁生日时送他们一本《饮食的艺术》。这书不能教会他们怎么烹饪，但我想不出有任何其他的阅读材料更能激发他们学习的欲望。

《饮食的艺术》一书与食物和人有关。费舍尔太太处理起这样的主题完全得心应手。首先，烹饪是她的副业而非主业。好几个有名的主厨都出版了他们的回忆录，可是，他们只会从食客的视角描述顾客，这是他们吃亏的地方。相反，费舍尔太太招待的不是丈夫好友，就是情人爱人，因此她能把他们享用美食的习惯与其他性格特征联系起来。另外，因为她的专业领域不是厨房，于是可以尽情下馆子吃饭，也在别人的餐宴上来去自由，同时不受同行职业厨师的排挤。

其次，虽然她只有业余水准，却一直在锻炼自己的厨艺，而不仅仅是某个美食美酒社团的成员。专业厨师与职业美食家的区别相当于艺术家与艺术鉴赏家的区别：因为鉴赏家不是通过劳作而是消费才得到快乐，他们能把快乐与热爱区别开来，也时常这么来做。

---

* 本文系作者为美国美食评论家费舍尔（M. F. K. Fisher）的著作《饮食的艺术》（*The Art of Eating*）（伦敦：费伯-费伯出版社，1963 年）撰写的导言。

1. 古法咖喱鸡蛋（Hindu Eggs），这个名称首次使用是在 1949 年，指咖喱鸡蛋。

2. 费舍尔太太给她的牛里脊肉汉堡起的名字，直译为“我自己样式的汉堡”（hamburgers a la mode de moi-meme），里面含牛里脊。

有一种美食家写起饮食来就像上了年纪的寻欢作乐者谈起性爱，对我来说他们的文字或话语效果是一样的——他们口中的快乐听起来令人恶心：说起1910年吃的那顿美味佳肴美食家滔滔不绝，听了之后，我觉得似乎往后都得靠药物胶囊过活了。

最后，同样重要的是，费舍尔太太在写作与烹饪这两方面都颇具天赋。事实上，我想不出当代能有写一手更漂亮文章的美国人。如果读者希望验证一下这种说法，不妨读读"给美食家的字母表"里"I代表天真无邪"那部分的前三页。

历史学家与小说家给予民族、世代民众及个人饮食习惯的关注太少，这一点真是不可思议。据我所知，还没有人曾经严肃地研究过烹饪史，而这段历史里包含许多有趣的议题。举个例子，土豆与意大利面都不是欧洲的原产物，所以第一次引进时一定是外来食品。他们怎么变成主食的呢？为什么北方民族喜欢吃土豆，而意大利人喜欢吃意大利面？如今的民族再也无法孤立存在，而且大众旅行已经不是难事，在这样的时代，那些问题都具有重大的政治意义。普通人的饮食习惯最能体现他保守的一面，与此同时，人所能给予他人最大的侮辱就是拒绝他提供的食物。现在美国人打算出国旅游时都会收到总统来信，提醒他们即使只是观光旅游，他们也是自己国家的特使。很遗憾信里没有提到食物。应该提醒每一个游客这一点，如果他拒绝食用旅行目的国的食物，比起偷食这是更能招致恶意的行为。

当然，要适应国外的饮食并非总是易事。林语堂曾写道："爱国主义只不过是热爱童年时所吃食物而已，岂有他哉？"此外，我们觉得某些菜肴美味的原因之一，就是因为童年时我们曾享用过它们，这也是事实。我在英格兰长大，我所在的阶级正是费舍尔太太恼火又可怜的对象，我们是一群每日两顿都想要吃土豆的人。刚开始读到她对“完美的晚餐”的描述时，我垂涎三尺，可是，现在我已经读到荤肉主菜的部分，配着荤食她又上了面条，我嘴里已没了口水。我可以吃面条或意大利面，甚至是米饭，但是这些食物对我毫无意义，而即使是煮过头的马铃薯在我看来也是美味上品。对于某些味道，那些童年时未曾尝过的人无法理解，他们也不能把口味纠正过来：比如说，除了英国人，谁还欣赏得了早餐里像石头一样冷冰冰、咬上去像皮革一样的烤肉？又有谁能体会“死人腿”[1]的神奇之处？

基督教的核心仪式，它的神爱的象征，那种自私的欲望、自我投射无法染指的爱的象征竟然是擘饼饮酒，这并非偶然。而性爱仪式永远不会成为这样的象征。首先，性以两种不同的性别为前提，所以在结合的同时它也起着分裂的作用。其次，从本质来讲，性不够自私。虽然它是人种存活的必要条件，但是性行为并非个体存活的必要条件，所以，甚至是最粗鲁的性行为也包含“给予”的因素。而另一方面，饮食则是纯粹的“索取”行为。只有绝对的必要性及绝对的利己主义才可以成为自己相对物的象征，也就是绝对的自愿与无私。观察某人的饮食方式，可以获知许多关于他如何爱自己的方式，也因此可以知道他爱憎邻居的可能方式。狼吞虎咽者会把盘子里最美味的部分首先吞咽下肚，而小鸡啄食者则把那些美食留待最

1. Dead Man’s Leg，英国某甜点名。

后才来享用，他们的饮食方式不同，在对待他人的方式上也不尽相同。

费舍尔太太给我们呈现了一整个画廊的肖像画。比亚奈特夫人就是其中的一幅：

> 她吃起东西来像着了魔一般，食物的碎屑从她嘴上掉下，她的双颊鼓鼓的，一双眼睛闪闪发亮，在盘子、杯子里四处搜寻，双手撕扯着肉块与面包外皮。偶尔她会停下来，花足够长的时间往她的小猎狐犬唐格湿漉漉的嫩嘴唇间塞上一丁点儿食物，而唐格每到餐点就会安安静静地坐在她的膝头……由于某些无可告人的原因，她只在四旬斋时才饮酒。那时候，她会在热辣辣的风磨红葡萄酒里泡上一种叫四旬斋甜点的油炸酥皮点心，几杯酒下肚，她就闹腾起来，到处示爱，最后痛哭流涕。那些油炸点心一浸入酒水就变软了，吃起来嘎吱作响，她很喜欢吃，那响声虽然很令她丈夫讨厌，却令她很满意，因为正应了她那不无辛酸意味的主张，即我们都是野兽。

下面是对一个美国年轻金发女郎的刻画，令人毛骨悚然：

> 整个进餐过程中她一直在抽烟，其他人都没抽。一次，她美丽的臂膀朝谢布尔的方向落去，手指张开，似乎在下什么命令，我瞧见他拿起香烟盒就朝她递过去，于是她又不得不再次提起手，挑了一根出来，我知道他恼怒极了，尽管他也算得上是个明理宽容

> 的人。
>
> 我们其他人正忙着拆分那些褐色的小鸟，拿手抓着吃，也只有在夏日夜间气氛融洽的房间里和朋友一起才能这么吃东西。但是那女孩从鸟胸脯一边切下一小片，从另一边又切下一小片，然后把鼓鼓囊囊的骨架推开，一副焦躁的样子。她从盘中蔬菜堆里挑出几粒夏末长的豌豆，又吃了点面包，接着就让谢布尔给她上咖啡了。

我对费舍尔太太的自画像十分感兴趣。从她自己的描述来看，她信奉男女平等，也是这么来实践的：她身上一点小女人的习气都没有。大老爷们根本吓唬不住她——似乎她自己也可以很爷们——她知道怎么和服务生打交道，可以一个人泰然自若地在饭店里用餐。

如果事实果真如此，这证明了我的一种看法：大多数热爱烹饪的女人，她们通常都有很强的阿尼姆斯[1]，也就是无意识中的男性一面，而有同样爱好的男人则拥有比常人更强的阿尼玛。也可以这么说：热爱厨艺的男人因为把这份激情归功于他是男人这个事实，

---

1. 阿尼姆斯(animus)与阿尼玛(anima)是荣格心理学中的两个概念，对应集体无意识中的两个原型。阿尼玛，拉丁文原来的意思是"魂"，男人的灵魂。阿尼玛是男性身上的女性特征，是男性无意识中的女性补偿因素，也是男性心目中一个集体的女性形象。阿尼姆斯，拉丁文原意也是"魂"，是指女性身上的男性特征。荣格认为，正如男性身上存在着无法消除的女性意象阿尼玛一样，在女性的身上也不可避免地保存着某种男性意象。这种雌雄同体的现象在任何人身上都存在着，只不过由于人格面具的作用，每个人身上的异性倾向潜藏在集体无意识之中而已。

而对于女性厨艺爱好者而言，这样的热情源于她不希望自己的身份只是厨娘。(相比其他从业人员，厨师中的谋杀现象更常见，希望心理学家能作出令人信服的解释。)

根据社会习俗，除非是那些有钱请得起专业大厨的富人家庭，所有人家中都是女人下厨，而不是男人，可是要说相比男人，女人更愿意把烹饪当成副业，这一点完全没有道理。要指出一个女人并不热爱烹饪本身，通常可以通过两个征兆。如果她为了自己心爱之人下厨，也许会做出美味佳肴，但是她几乎总是做出满满一桌子菜；相反，如果被迫给自己不喜欢的甚至感到恼火的人做菜，那么无论她的厨艺多么高明，她通常都煮不好菜。男人的社会承担里没有烹饪这一项，所以不喜欢煮菜的男人几乎从不做饭，除非是为了自己喜欢的女孩。厨艺差劲是男人的特点，这是因为男性想象中的自我中心倾向，他们往往把自己想象成女人，幻想什么样的饭菜能够诱惑自己，这是他们做饭的方法。

费舍尔太太参加过多次单身汉聚会[1]，做过一些敏锐的观察：

> 我发现大多数单身汉喜欢异域风情，至少用厨房里的术语来说：他们宁愿对着一张牛尾栗子的复杂食谱瞎忙一气，也不愿意看看那张叫炖牛尾的简单食谱，即使这两张都是从安德鲁·西蒙所著《简明美食百科全书》一书中抄来的……酒水不错。他从他的美食工作坊里忽地跳进跳出，他正在里面打量那些诡异的食谱，以

1. 单身汉聚会(Bachelor Dinners)，又称雄鹿会，是在婚礼前单身汉们举行的聚餐会，最早起源于斯巴达。

食物向她的道德防线发起攻击。她则压下天生的好奇心,如果她根本已经是这类战争中的好手,那么她完全知道接下来她会享用一顿丰盛美餐,那是他早在饭店里就订好的。通常情况下会有鸡肉,上面铺满了精美的装饰,从澳大利亚松子到房东太太的女儿种植的香料草,应有尽有。

在相反的境况下,也就是老处女——我们还是称她为风流寡妇?——请客吃饭时,男人们成了透明人,所以她也不会出什么差池。如果男人很害羞,选对酒的品种与数量也许很重要,可是食物不会影响他的意图。她可能会犯的唯一错误就是给那位迷人的客人上了一道碰巧他十分反感的菜,那种反感根植于童年的记忆。无论上菜的人多么有魅力,如果我不是深爱着对方,要我吞下牛奶冻布丁或是西米布丁,那简直是要我的命。但是作为女人,风流寡妇很少会犯这样的错误。更多时候她的问题是试图避免说“不”,如此一来就糟蹋了一个愉快的夜晚。如果她会烹饪,她只需按照费舍尔太太的食谱,保准不会把最最热情的求爱者变成迟缓笨拙、木讷倦惰的大个头男人。

我会给他倒许多马提尼酒,确切的说是三杯。接着等他的胃口在酒精的煽动下起来了,再给他上丰富的大份咸味意大利前菜:意大利熏火腿、冷藏腌制小虾、凤尾鱼塞橄榄、腌辣番茄——吃完这些,他会想要尝尝其他的菜。接下来出现的是他不再想吃却又欲罢不能的菜,比如蔬菜炖鹿肉或蘑菇野稻米塞墨鱼,再加上大量

> 的红酒。喝过鸡尾酒、吃过含大量盐分的开胃菜后喝这么多红酒无疑是件危险的事情。我不会在色拉上浪费时间,除非是一道多种配料、不常见的色拉,里面有危险的松露与当季的马铃薯。甜点要冷藏的,表面看上去新鲜诱人,但是充满危险气息,可以是一碗泡在樱桃酒里的冷藏无花果,上面盖着厚厚的奶油。还可以来一小瓶苏特恩白葡萄酒,绵滑冰爽,或者是慎重挑上一点香槟酒,接着来一小杯又黑又苦的咖啡,我那位受害者咽不下口,即使把它当作苦口的良药。

从对孩童的烹饪教育开始,在饮食的每一个社会层面,费舍尔太太都展示了自己的智慧和对常识的理解。

> 在以下情形中可以接触到精湛的厨艺:一个人在沙发上或山腰上独自用餐;两个人,无论性别年龄,在好餐馆里用餐;六个人,无论性别年龄,在氛围好的家中用餐……一个好的组合可以是温馨的夫妇俩,他们毫无压力;也可以是关系不那么紧密的男女二人,交谈间多了些拌嘴;也可以是无关性别的两个陌生人,其中更博学的那位可以磨炼他们质疑他人的能力。

我发现只有在谈到家庭聚餐这个主题时她的描述令人震惊。无论饭桌旁父亲角色的转变或者在家庭聚餐时供应不合传统的食物这些事会给心理学研究带来多大的利好,我还是觉得这些事大逆不道。为什么我们要假装把家庭成员看作普通人呢?

费舍尔太太是人类境遇的观察者，她的生活丰富多彩。她一定出生在一个幸福的家庭，也有自己的孩子。她在很多地方生活过，包括阿尔萨斯、第戎、瑞士、意大利和墨西哥，在那儿她遇到形形色色的人，有农夫，也有好莱坞的电影明星。她曾在旅馆里住过，也租住过公寓和房屋。她懂得贫困与相对富足的滋味。她曾有过几任丈夫，其中有一个患了绝症，而她明知如此，还是不得不接受了他注定要死的事实。

她经历过许多故事和奇闻轶事，其中一些令人捧腹，一些令人毛骨悚然，也有一些以悲剧收尾。如果这些经历大多是悲喜交加的故事，那么她就不会是虚情假意或尖酸刻薄之人。我想如果科莱特[1]还活着，她会爱上《饮食的艺术》这本书，也会希望自己会是它的作者。

1. 科莱特（Colette，1873—1954），法国二十世纪上半叶的女作家，其作品大部分是爱情小说。

依我们所见*

在自传第一卷的开头部分，伊夫林·沃先生写下了这样的句子：

> 人只有失去对于未来所有的好奇心，才到了写自传的年纪。

如果我把这句话看作沃先生的肺腑之言，我会替他感到十分难过，而且作为他的读者，就我自己而言，既然这句话意味着他不再打算写下去，那么他所希望的不过就是早日死去罢了。但我确信他的意思是，人只有足够确定自己的身份，明白从当下开始无论自己做过或写下什么，都不会在自己或其他人眼里留下出人意料的戏剧性印象，那么他才可以去写自传。六十一岁的沃先生明白无论上天再赐给他多少年月，他都不会做那些个荒唐事，比如和女佣私奔，加入普利茅斯兄弟会，或者写一首斯宾塞诗体的史诗。换句话说，只有他自己与他的亲朋好友才会操心他的余生，而除了可能问世的几本小说，没有什么生活内容会引起别人的兴趣。

自传与其他故事一样，要写得带劲，只是引导读者一直好奇接下来会发生什么是不够的。故事的主角也必须带有神秘感。莱昂纳德·伍尔夫先生对某位书评作家的评价说得不错：

> 他……一直以来的观点都是，因为一件事发生了，那么发生这件事是必然的，其他事情绝不会发生。因为德斯蒙德［麦卡锡］[1]从未写过小说，他就应该没有写过小说。这种想法简化了生活、历史、人等概念，如果确实如此，那么传记或自传写作或评论就显得没有必要了。

沃先生认为自传写作的主要动机是希望能理解刚刚过去的事情。我同意他的说法。因此，要读懂一本自传，理解书中对他来说已经熟悉的时代、国家或是社会阶层，就非要开始写自己的自传才行。要我来评论伍尔夫先生的《从头再来》和沃先生的《一知半解》，我只能说我读过这两本书，也就是说，我只是参与者而已。这么做的同时，我也为放纵自己找了正当理由：我不知道伍尔夫先生和沃先生是否见过面，但是我能想象，他们如果见面一定会不欢而散，一个反对上帝，另一个反对自由党—工党联盟。世界观不同，就很难进行对话。而我与他们两位虽不能说完全臭味相投，我觉得自己在神学观点上很接近沃先生，在政治观点上则是伍尔夫先生的同僚，我们都愿意扮演中间调解人的角色。

莱昂纳德·伍尔夫与伊夫林·沃二人鼎鼎大名，如雷贯耳。声

---

* 本文于 1965 年 4 月 3 日发表于《纽约客》，系作者为英国作家伊夫林·沃(Evelyn Waugh)的自传《一知半解》(*A Little Learning*)与英国政治理论家及出版商莱昂纳德·伍尔夫(Leonard Woolf)的自传《从头再来》(*Beginning Again*)撰写的书评。

1. 德斯蒙德·麦卡锡(Desmond MacCarthy，1877—1952)，英国文学批评家，记者，曾是剑桥使徒(Apostles)社团的成员。

名鹊起之人在大众眼里也有相应的传奇故事。一些故事夸大了里面的受害者，另一些则贬低了受害者。那些没有亲自和莱昂纳德·伍尔夫打过交道的人，听到这个名字，他们脑海中浮现的不是一个人，而是一个影子——“他”是弗吉尼亚·伍尔夫的丈夫、霍加斯出版社的合伙人、像《新政治家》[1]杂志那样的“类型”，也就是说，他必须像杂志首任编辑克利福德·夏普那样充满激情，投身于集体化与排水系统的事业。1908 年，他靠赌马赢了 690 镑，他告诉我们，正是这笔钱促成了他与弗吉尼亚靠赌马赢钱起家办霍加斯出版社的传奇故事。我读到这个故事的时候，版本已经变成弗吉尼亚是赌马赢家，这也正是他的传奇故事的特点所在。

另一方面，沃先生的传奇色彩言过其实、有目共睹，他就像是狄更斯小说里的人物——穿着乡绅流行的花呢衣裳，脾气暴躁，是个令人难以置信的势利眼，虽说是基督徒，却明显没有基督徒所有的宽厚仁慈。然而，如今他们二人都出版了自传，那么没有读者会再一次认真对待他们的传奇故事了。伍尔夫先生变成了有血有肉的人，不再是个集体主义者，而沃先生变得慷慨大方、正义凛然而又谦逊待人。在读这两部作品时，我发现只有两句话——一本里有一句——看来是他们不得不用传奇自我而非真实自我写下：

1. 英国《新政治家》(*New Statesman*)杂志是英国较有影响的一份杂志，创刊于1934 年，在伦敦出版，主要发表有关政治、社会问题、书刊、电影、戏剧等方面的评论，读者多为知识界人士。

> 二十世纪的头十年，为了争取自由平等（政治和社会两方面）以及文明而发起的运动红红火火。我至今还是认为，很难说这场运动已经兴盛到了势如破竹的程度。**运动的敌人看到了风险所在，结果1914年的战争爆发了；我们冒着风险想成为文明人，而他们把这一进程推迟了至少一百年。**

这种暗示恶毒阴谋有意为之的句子则是充满幻想的新政治家的偏执妄想。

> 现在大众报纸的记者（而不是文人）去采访作者，而不是评论他们的作品；电视成了万人迷；**国家培训出来的评论家满口尖酸刻薄的行话术语，品位狭隘。**

我与沃先生一样不喜欢他提到的那种评论家，但要说这些评论家都是下层社会出身，就不免自命不凡、胡言乱语了。

阅读近来发生的事情，其中一个引人入胜之处就在于观察时间不断地向前缩。1911年，伍尔夫先生动笔写第三卷，那时候沃先生和我都已来到世上，但他是三十岁的男人，而我们一个是八岁不到的小男孩，一个还是四岁的孩童，我们三人分居三个不同的世界。如今，沃先生和我成了同时代人，我们与八十四岁的伍尔夫先生之间的年龄差距比1919年时沃先生与我之间三岁半的年龄差距还要小，那时候沃先生快满十六岁了，而我是十二岁。再过一个世纪，没有人会知道或者在乎我们三人谁先出生谁后出生。

在我看来，除了把我们的诸多经历分门别类，以不同的方面区分，再没有其他比较它们的方法。因为求学经历对我们来说很重要，也许我应该在此提醒美国读者英国与美国在命名法上的差别，这一点很令人费解。英国的预备学校——或者说预校——相当于美国七岁到十四岁男孩上的男子私立学校，而英国的公立学校相当于美国的私立预科学校。

早期年谱

1880年。莱昂纳德·伍尔夫在伦敦肯辛顿出生。亚瑟·沃十四岁，在多塞特舍伯恩的公立学校读一年级。乔治·奥登八岁，在德比郡雷普顿的预备学校读一年级。

1885年。亚瑟·沃就读牛津大学新学院，学习古希腊语、拉丁语及古典历史和哲学著作。

1890年。乔治·奥登就读剑桥大学基督学院，学习自然科学作为医学预科。

1892年。莱昂纳德·伍尔夫的父亲西德尼·伍尔夫突然去世。

1892—1894年。莱昂纳德·伍尔夫就读布莱顿附近的阿灵顿寄宿学校。

1893年。亚瑟·沃与凯瑟琳·拉班结为夫妇。

1894—1899年。莱昂纳德·伍尔夫成为伦敦圣保罗学院的走读生。在此期间，乔治·奥登成为圣巴多罗买医院的实习医生。

1898年,亚历克·沃诞生。1899年,乔治·奥登与康斯坦丝·比克内尔结为夫妇,在约克开立诊所。

1899—1904年。莱昂纳德·伍尔夫就读剑桥大学圣三一学院,学习古典学,接着又多攻读一年,准备公务员考试。1900年,伯纳德·奥登诞生。1902年,亚瑟·沃成为查普曼和霍尔出版公司的总经理。1903年,伊夫林·沃在伦敦汉普斯特德出生。约翰·奥登诞生。

1904年。莱昂纳德·伍尔夫前往锡兰[1],随身带着九十卷本伏尔泰[2]著作和一条硬毛猎狐犬。

1904—1911年。莱昂纳德·伍尔夫担任锡兰民政官。1907年,亚瑟·沃在汉普斯特德北端造了房子(邮寄地址后来变成了戈尔德斯格林)。**W. H.** 奥登诞生。1908年,乔治·奥登放弃约克的诊所,成为伯明翰大学的校医。1910年,伊夫林·沃在汉普斯特德的西斯蒙特学校走读,写了第一部小说。

遗传继承

从人种上来说,伍尔夫先生是犹太人,沃先生和我是非犹太人(异教徒)——沃先生混杂了苏格兰、爱尔兰、威尔士、英格兰及胡格

1. 斯里兰卡旧称。
2. 伏尔泰(Voltaire,1694—1778),法国启蒙思想家、文学家、哲学家、史学家。伏尔泰是十八世纪法国资产阶级启蒙运动的旗手,被誉为"法兰西思想之王"、"法兰西最优秀的诗人"、"欧洲的良心"。

诺教派[1]的血统，而就我所知，我是纯正的北欧日耳曼人。无论是求学期间还是后来，伍尔夫先生从未提过任何因为他是犹太人而受到辱骂嘲弄的事情。但愿这意味着未曾有类似的事发生。在当时中产阶级的非犹太人中盛行着一种温和的、大多数时候有欠考虑的反犹主义思想。（尤其不幸的是，在英语这门缺少韵律的语言中，比起大多数其他单词，单数与复数的"犹太人"却有太多与其押韵的词汇，所以这为那些以种族为主题的英语廉价打油诗的写作提供了便利。）我可以很自豪地说，当希特勒的出现迫使我父母去思考现状时，他们立刻就接受了一连串德国难民。

从社会地位来说，我们三个都是职业中产阶级出身：伍尔夫先生的父亲是出庭律师，沃先生的父亲是出版人，而我父亲是位医生。伍尔夫家族最近才跻身中产阶级，因为伍尔夫先生的祖父母曾是成功的定制裁缝与钻石商人；而沃先生家族与我的家族已经有好几代人都是中产阶级出身。这一阶层的孩子熟知一个数数游戏，他们数着盘子里的李子果核，一边唱着"陆军、海军、法律、教会"。这是为了神化他们未来的职业。与沃先生的祖父母一样，我父亲也是医生，直到近十九世纪末期医生的社会地位才得以稳固。我母亲与我父亲 1898 年订婚，那时候，她那个嫁给牧师的姐姐告诉她说："如果你嫁给这个人，要知道以后就不会有人上门拜访你了。"这种典型的

1. 十六至十七世纪法国新教徒形成的一个派别。胡格诺派受到 1530 年代约翰·加尔文思想的影响，在政治上反对君主专制。1555 年至 1561 年期间，大批贵族和市民改宗胡格诺派。在此期间，天主教会首次用"胡格诺"称呼加尔文的信徒，而胡格诺派自称"改革者"。

职业中产阶级言论带着自命不凡的势利味道，体现了他们对商人，或者他们称之为“买卖人”的不屑一顾——奇怪的是，出版商倒不是买卖人——他们鄙夷的对象还有违抗英国国教者。罗马天主教徒在他们看来也许是稀奇古怪、甚至不道德的人，多亏了像诺福克家族[1]这样的传统天主教家族，天主教徒才不至于被当作社会底层人士。第三种势利想法虽然在道德意义上理应受到更少的谴责，却带来更严重的实际效果，那就是他们对于科学的鄙夷。他们坚信，无论是在中学还是大学，绅士的教育都应该是拉丁语与希腊语学习。沃先生用亲身经历向我们极好说明了这种态度：

> 查普曼和霍尔出版公司是美国一家技术出版公司在英国的代理，这是查普曼最赚钱的渠道之一。他（我父亲）却觉得这种关系有点见不得人，美国公司的代表在他看来还不如一个小诗人值得关注……这些能带来金钱的美国客人来访时，我父亲只会在办公室里与他们礼貌地寒暄几句，再无其他。要么就暂时屈尊，握握其中一位年轻人的手，在我父亲看来，那位受过科学教育的年轻人不是他的同事，只不过是一个下属罢了。他从来不会邀请这些不远万里给他带来商机的客人回家做客。
>
> 上中学的时候，我们鄙视厌恶那些“令人讨厌的学科”，我们这些古典学学生竟然每周要学习一到两次那些课程。科学家在我们

1. 诺福克公爵（Duke of Norfolk），英国贵族兼阿伦德尔伯爵（Earl of Arundel），因为诺福克公爵的封地在萨塞克斯的阿伦德尔城堡（Arundel Castle）。现任公爵是第十八代诺福克公爵爱德华·菲查伦-霍华德。历代公爵历来信奉罗马天主教。

看来是社会劣等种族，在科学课程的老师面前我们也是一副目中无人的样子……

数学家仍受尊重，但人们都觉得他们出界了，他们应该呆在剑桥。据说牛津基布尔学院附近某处有一个实验室，但是我从没见人涉足过那里。我上大学的时候，赫特福德学院没有人学习任何关于自然科学的内容。

幸运的是，至少我没有这种傲慢势利的态度。在我父亲的图书馆里，小说诗歌作品的旁边就摆放着科学书籍，我也从来没想过这其中哪本书比另一本书更“人道”或更不近“人情”。和伍尔夫先生、沃先生一样，我们头六年的学习内容主要是拉丁语和希腊语，对此我们都感到很满意，沃先生深信这些学习很有价值，我也完全赞同这一点：

现在我已经不会希腊语了。我学习拉丁语不是为了消遣，但如今要写几句简单的拉丁语墓志铭也不是简单的事了。可是学习古典语言，懂一点浅薄的相关知识，我并不后悔。我相信为它们的传统辩护是有效的，只有通过古典语言，孩子才会完全理解一个句子是一个逻辑结构的意义，也才会懂得词汇不可剥夺的基本含义，离开了基本含义就会使隐喻用法显得刻意，或者语言表达俗不可耐，不可饶恕。

另一方面，虽然我很快意识到自己没有成为科学家的天分，但是中学的最后两年只需学习化学、动物学和植物学这三门科目，我还是感到很开心。

研究宗谱是件好事，只要人们不会因为好奇而产生一些家族比另一些家族更古老的错觉。我希望伍尔夫先生已经给了我们足够多关于他家世出身的信息，也希望我和沃先生一样，对自己的先辈有深入的了解。有谁知道自己是英国皇家学会会员威廉·摩根（1750—1833）的后人时不会喜出望外？摩根先生虽然跛足，却是唯一神论者，又是雅各宾党人，还是数学家，是他首次把精算技术引进保险业。或者是托马斯·戈斯的后代也不错。他是位巡回肖像画家，在看见基督复活的异象后，“表明对自己的永恒救赎深信不疑，因此他对自己在世的荣华富贵毫无热情，以致后来对自己家族的繁荣昌盛也漠不关心”。比如，就拿我母亲那一支来说，我会希望更加了解那位令人尊敬的伯奇博士，他曾经一度是年轻的威尔士亲王、也就是后来的爱德华七世的老师——这份工作吃力不讨好，当维多利亚女王发现他有蒲赛主义[1]情怀时，就把他辞退了。我也愿意多了解了解比克内尔小姐，她辜负了她的父母，嫁给了乔治·奥登。事实上，我对先辈的了解也不过止于祖父母辈，可是我父母共有十二个兄弟姐妹，各有六个，他们帮我区分了我性格中的奥登-霍普金

1. 又称牛津运动（Oxford Movement），蒲赛是运动的领导者之一，这是一场十九世纪中期由英国牛津大学部分教授发动的宗教复兴运动。该运动主张恢复教会昔日的权威和早期的传统，保留罗马天主教的礼仪。运动领导者纽曼、凯布勒、蒲赛等人发表了一系列书册或论文，为这些主张作了理论说明或论证，反对他们的英国政界和国教会人士则斥之为罗马主义派（纽曼后来确实皈依了罗马天主教会）。该运动对英国国教会的保守倾向影响甚大。

斯和比克内尔-伯奇血统。我的祖父母都是英格兰教会的神职人员，他们都在刚步入中年时就死于心脏病。我外祖父明显是个虐待狂，就像沃先生的祖父，因为听到他去世的消息，几个儿子都围着桌子手舞足蹈起来。无论是伍尔夫先生还是沃先生似乎都没有遇到过这样的现象，在维多利亚时期的大家族里这一现象并不罕见：我的一个叔叔和一个姨妈都是智障，按现在委婉的说法就是"智力发展迟缓"。刘易斯叔叔由一位家庭主妇照料，黛西姨妈则托付给了英国圣公会的修女。

总体说来，我父亲那边的家庭成员性格冷静真诚、反应有点儿迟缓、容易变得吝啬，不过天生身体健康；而我母亲那边的亲戚反应迅速、脾气暴躁、出手大方，却容易生病，神经过敏，容易变得歇斯底里。除了身体状况，我和这些先辈都很相似。

父母与家庭生活

我们三人出生时都具备巨大的优势，因为我们都有温柔的父母，他们真心实意爱着我们，而且，成年之后，我们也得出相同的判断：无论父母有什么小怪癖或小过失，他们都是讨人喜欢、令人钦佩的人。

不知这是不是世上所有孩子的习惯，但凡是我询问过的人都和我有一样的想法，他们把父母分为两类人：一方代表稳定、常理与现实，而另一方代表惊奇、怪异与幻想。在我家中，父亲是前者，母亲是后者。伍尔夫先生十一岁时失怙，基于他对父母的描述，我不太清楚他怎么区分二位，可是我猜想他的分类与我的也别无二致：

> 当然，他睿智保守，反应敏捷，却也容易紧张激动。平时他是个好心肠的人，在遇到笨蛋、遭遇他们的愚蠢行径时，比起我认识的几乎所有人他都要宽容一些。虽然他不是正统的犹太人，在行为举止方面却有一套精妙绝伦的伦理准则。在我的记忆中，他对于正义不至于盲目追求，对于罪恶也不至于过分批判……
>
> （我母亲）活在一个梦幻的国度，那个世界以她自己和她的九个孩子为中心。那是所有可能存在的世界中最美好的一个，在那片梦幻国土上九个完美的孩子崇拜着他们的母亲。她给予他们一切。孩子们相亲相爱，怀着敬意将离世父亲的记忆深藏心底。无论现实中发生的一切多么黑暗、多么地与幻境不符，她都没有怀疑过那个世界的真实性与梦幻色彩。任何人，尤其是她的孩子们如果去怀疑那个世界或者对此表示疑虑，那将是在她一生中给她带来真正痛苦的事情。

在沃先生看来，这种分类再清楚不过。妈妈代表健全，爸爸代表古怪。

> 我母亲个头矮小，衣装整齐，寡言少语，一辈子一直到人生最后的十年，生活都很积极……她本来愿意住在乡下，我那种把城镇看成流放地的想法就是从她那学来的。她觉得倒霉蛋都聚到了城里，过着不健康不自然的日子，并以此谋生。她只好在汉普斯特德

遛遛狗，在公园里劳劳动，以此为乐。每天她都在公园里呆上几个小时，完全沉浸其中，不仅仅是掐去蔫死的花头，还要装盆、种植、浇水、除草……比起花朵，水果蔬菜更吸引她的关注……我觉得比起百合花，与她更有关联的是粗制水草手套、成筐的圆洋蓟和黑紫色的葡萄干……

[我父亲]在看手势猜字谜游戏中总是表现出色，这游戏已经成了我们家庭生活必不可少的一部分，尤其是圣诞节的时候。我觉得以业余水平看来，他在这方面真是颇具天赋，但是他的古怪行径在日常私生活中有最充分的展现。接待访客时他成了哈德卡斯尔先生[1]那样的老古板，控诉儿子不知感恩戴德时他又成了李尔王。在这两个极端的角色中间，看起来似乎他还一次次无意扮演着狄更斯笔下的诸多角色……他从来都不发脾气。他很多变，前一秒心情还是极度沮丧，一句笑话美言就足以让他缓过神来。甚至在咳嗽或者呼哧呼哧喘气时，虽然真的感觉痛苦，他也会用沙哑的嗓音表演，一阵咳嗽上来，他就穿插一些关于死亡的语录，以此获得解脱。如果他只会叹气懊恼，那叹气声应该在特鲁里街的美术馆后面都可以听见。

我和伍尔夫先生不同，他失去了肉身的父亲，而从某种程度上来说，我失去的是父亲的精神存在。我那时候七岁——正如沃先生所言，正是儿子开始认真看待父亲、对父亲有很多需求的年纪——

1. 哈德卡斯尔(Hardcastle)，十八世纪英国剧作家奥利弗·哥德史密斯的剧作《委曲求全》(*She Stoops to Conquer*)中的角色，人物性格守旧、古板。

我父亲加入皇家陆军军医队，直到十二岁半时我才再次见到他。我想这也许就是我们疏远的原因，即使我们关系很和睦（我只和母亲吵架），我们却从来没有真正了解过对方。他是我见过的最温顺最无私的人——以前我时常会想，他太过于温顺了，他是个惧内的丈夫。我很了解我母亲，她可能会变得十分古怪。八岁那年，她教我《特里斯坦》[1]里春药那一幕的唱段，我们还常常一起合唱。

沃先生与我一样，度过了无忧无虑的童年。相比之下，伍尔夫先生的童年似乎多了一些不愉快。父亲去世之后他一直郁郁寡欢，虽说母亲也不是不爱他，但是他觉得她更爱其他孩子。谈起他的第一次神秘体验，他说那两个栩栩如生的幻象充满了恐惧，与喜悦没有半点关系：

> 在头垢一般的一小片草地上，我独自站着，观察着蜘蛛。我还能记起泥土与常春藤酸腐的味道。突然我整个身心似乎沉入忧郁之中。我没有哭，但我想我眼含泪水……我不知道在那儿坐了多久。我感到很害怕。我抬起头，见到一片巨大的黑色雷雨云爬了上来，不一会儿就遮住了大半个天顶。它正要把太阳整个遮住，这时候，蝾螈急匆匆爬回洞中。太可怕了，当然我也吓坏了。但是我感受到某种比恐怖更有力量的东西。那种深刻而消极、广袤无边的绝望感又出现了，那是人类的忧郁之情，迫切想要得到美与幸福，而在充满恶意的宇宙面前却无能为力。

1. 此处应该指的是理查德·瓦格纳的歌剧《特里斯坦与伊索尔德》（*Tristan und Isolde*）。

沃先生的许多早期神秘体验都与房子有关，我也一样——他见到的是他三个未婚姑妈所在的房子，而我的则是外祖母家的房子。这两所房子散发出的气息与内部装饰都具有强烈的维多利亚中期的特点。沃先生说起令他着迷的地方：

> 我肯定很喜欢姑妈们住的房子，因为我本能地就受某种道德风气吸引。如今我才明白，那是维多利亚中期的民族风貌。我珍惜那时候的事物，也许心理学家会说，那是因为那些事物让我想起了我的姑妈，事实并非如此。

无论是他还是心理学家的解释都不能令我信服。确实，如果说有某个物件或某种氛围令我们着迷，那么在这个物件或氛围与我们之间一定存在着某种密切的心理关联，但我怀疑比起诸如此类的解释，是否童年时唯一行使优先顺序排序的机会更能说明问题。我认为事实上这就像鸟类的“铭印”行为，幼鸟孵化后会爱上见到的第一个大型对象，而无论那个对象是否适合它们。至少我可以确定的是，某件迷人的人工制品在孩子心中激起的感受——比如说我在观察煤气厂时的喜悦心情——与制造它的成年人心中的感受并没有什么共同之处。

无论是伍尔夫先生还是沃先生似乎都不会白日做梦，而我则完全沉迷于白日梦中，那对我的童年非常重要。从六岁一直到十二岁，我醒着的时候，有很大一部分时间都在构建并加工一个私有的神圣世界，其中的基本元素包括北方石灰石的风景和铅矿工厂。在构建的过程中我必须遵循两个幻想原则。其一，我可以随心所欲选择这个世界的组成要素，选择这个，拒绝那个，只要这两个都是真实的物件（比如说掘矿机械课本或制造商手册上的两种水力涡轮机）；其二，我不能虚构一个物件。在决定我的世界如何运行时，我面临两种可能性（耗尽矿藏的做法有两种，平坑或者用泵），但是必须选择实存的方式，不能使用魔法。毫无疑问，我的世界里没有人类，这一点具有心理学上的重要性。可是，虽然这个世界是为我自己而建，又是我一个人住在其中，在收集建筑原材料时我却需要其他人——尤其是父母——的帮助。其他人不得不为我弄来必要的课本、地图、目录、参考手册和照片等，一旦机会到来，他们就必须带我下到真正的矿井——他们永远都是那么耐心宽容，满足我的各种需求。如今听上去十分疯狂，但当时我玩得十分痛快，从来没有感觉到孤独无趣。

最后一点。沃先生是兄弟俩中的弟弟。我是家中三兄弟的老小，也是众多孙子辈中年纪最小的那个。这种家庭中的排位顺序对我造成很深的影响，我很好奇，不知是否他也深受影响。我有个根深蒂固的想法，而且一辈子都没有改变，无论我的同伴是谁，我是一群人中最年幼的那个——如今我已是五十八岁，通常情况下我都是在场人群中最年长的那个，可是那个想法几乎不受事实情况的任何影响。

战　争

1914 年 8 月 4 日，伍尔夫先生正站在苏塞克斯路易斯小镇的邮局门口等最新的消息;沃先生正在巴斯附近米德索莫诺顿的姑妈家中,他刚读完四年级;而我则在伯明翰附近国王诺顿村自己家里,下个月我就要离家上预备学校去了。1918 年 11 月 11 日,伍尔夫先生正在伦敦里士满的家中写作(为庆祝战争胜利弗吉尼亚看牙医去了);沃先生正在"一位无趣透顶的中学年级主任手下浑浑噩噩过着在古典学系中五班的日子";我则是在萨里一所疗养学校,自从染上西班牙流感后那还是我头一次下床走动。这两个日期相隔了四年左右,在这期间,伍尔夫先生的一个兄弟战死沙场,另一个身负重伤;沃先生唯一的兄弟在鲁登道夫[1]进攻战后一度传来"失踪"的消息;我父亲去了海外,先是中东,接着是法国,我的大哥也应征入伍,虽然战争结束时他还只是训练军。

对于伍尔夫先生来说,这场战争既残酷又真实。虽然因为遗传的抖手病他得以免服兵役,他却分明能想象出堑壕战的场景,也能读到伤亡名单。而且在政治方面他也受过充分的教育,明白 1914 年那场战争——不同于 1939 年那场——应该是可以避免的:

1914 年到 1918 年这四年的恐怖之处在于,除了法国那场不足挂齿、毫无用处的屠杀之外,日复一日,年复一年,似乎什么也没有发生。如果去阿萨姆[2]上面的山丘散一会儿步,人们经常能听到弗

1. 埃里希·冯·鲁登道夫(Erich Ludendorff,1865—1937),德国军队将领。毕业于士官学校。1908 年任陆军总参谋部处长,在总参谋长小毛奇领导下对修改施里芬计划曾起到重要作用。该计划的核心是:不惜破坏比利时的中立,从侧翼包抄法国,并一举击溃之。1913 年调任步兵团团长。1914 年第一次世界大战爆发后,调往东线任第八集团军参谋长,从此成为兴登堡将军的得力副手。
2. 推测为地名。

兰德斯前线接二连三的枪声。甚至在没听到枪声的情况下,好像战争自己也在人们脑中不断沉闷地砰砰作响,而里士满和苏塞克斯的居民落入无聊的生活氛围里,展望将来的时候,什么光景也见不着,除了永不停止的同样的无聊感。

除此之外,伍尔夫先生在私人生活方面还得承受巨大的折磨。1913 年夏天到 1914 年夏天,他的妻子患上精神分裂症,1915 年年前,疾病再次袭来。他没有在自哀自怜中沉沦,不过从他对于妻子病症的描述中,我们多少可以猜出当时他的处境:

> 在第一个阶段她饱受抑郁之苦,几乎无法进食谈话,都有了自杀倾向。到了第二阶段,她精神极度亢奋,陷入狂热的幸福感中,长时间停不了口说话。在第一个阶段她对护士非常反感,她们几乎无法让她配合做任何事情,她一直希望我呆在她身边……等到极度亢奋的第二阶段,她又对我充满了恶意,不愿与我交谈,也不许我进她的房间……
>
> 到了饭点,她一点也不关心摆放在她面前的盘子,如果护士要她进食,她就大发脾气。一般情况下,我可以骗她吃一点,但是整个过程真是糟透了。每顿饭都得花上一两个小时,我必须坐在她身旁,在她手里放把勺子或叉子,时不时悄悄让她吃一点,与此同时还要碰碰她的胳膊、手掌,每隔五分钟左右她自己会吃上一勺。

沃先生说几周后他就失去了关注战争的热情,只是把它看作生活的一种境况。对我来说，这场战争甚至算不上一种生活境况，它一点也不真实。战争的大部分时间里，幸运的是，我父亲并没有被派上前线。即使他参与了加利波利战役[1]，我也从未有过他也许会身处险境的念头。一天早上上学时，克里斯多福·伊舍伍德戴了条黑臂纱，我知道他父亲死了，可是"阵亡"这两个字在我脑海中仍旧留不下什么印象。

战争间接地改变了我的生活，似乎我的生活状况反倒变好了。我父亲参军时我们房子的租约正好到期，我母亲没有续约。快到放假时，她会带着我和几个哥哥弟弟租上几间带家具的房间，每次住所的位置都不相同，不过都是有意思的地方。我们唯一的"战时劳作"就是发现泥炭藓时把它们收集起来，还有就是晚上母亲给我们读书时编织一些围巾。上学时我们用木头来复枪进行军事训练，我们还有"野外演习日"，那时我们会躲在灌木丛后，扯着嗓门模仿机枪开火的声音。老老少少的助理教师来了又走，每一个都比先前的更古怪。最古怪的那个名副其实，叫雷金纳德·奥斯卡·加特塞德-巴格内尔队长。他曾经写过一个剧本，名为《海浪》，我后来发现，他是从《铃铛》[2]一剧抄袭来的，真是厚颜无耻，他还曾经当着他最喜爱的学生的面用亨利·欧文的声调大声朗读过同一剧本，那时候，那群学生是既充满敬畏又满怀惊奇。

---

1. 一战期间，英国军队于1915年4月25日在加利波利半岛实施登陆，遭到了土耳其军队的顽强抵抗，英军最终惨遭失败，同时参战的澳新军团也损失惨重。此战史称加利波利战役。
2. 三幕剧，作者为利奥波德·戴维斯·刘易斯(Leopold Davis Lewis)，亨利·欧文因在剧中扮演市镇长官一角而一举成名。

奇怪的是，沃先生仍能栩栩如生地记得学校食堂的食物如何分量不足、质量低下，我却早将那些抛诸脑后。有些菜我不爱吃，比如周五菜单上的煮鳕鱼。但是和平时期任何一所学校的菜单上都可能有类似的菜肴。我记得他提到“蜜糖”——据说用弱硫酸炮制土豆而成——可我觉得那个挺可口。我还记得，有一次得到允许我拿了第二片面包，涂上人造黄油，那时候有位老师说道：“我明白了，奥登希望匈奴人赢得战争。”

关于这段时间的美食我们有不同的记忆，究其原因，我想只能说那时我还只是个孩子，而沃先生已经是青少年了，他的口味是青年人的口味。

中　学

伍尔夫先生跟家教先生学了两年书，接着去预备学校住读两年，又去公立学校走读了五年；沃先生七年的预备学校时光都是走读，接下来在公立学校住读了五年；我十一年的中小学教育都是住读完成的。我不知道住读是好事还是坏事，不过我能肯定的是，如果一定要送男孩子去住读，那么尽早送出去比较好。七八岁的孩子似乎很快就能忘了念家这回事。真正受伤的是那些十一岁甚至更年长时才初尝尽失家庭生活之温暖庇护的孩子，沃先生就是其中之一。

伍尔夫先生描述他上的预备学校时用了“肮脏的妓院”一词，但是因为体育老师他很走运：

> 从伍利先生身上我学会了体育运动的严肃性、风格的重要性以及一旦投入比赛就要每一击都得全神贯注的责任感，正如艺术家在创作伟大的艺术作品时每一笔都得专注那样。自那时起，我几乎玩遍了每一项体育运动，从墙手球、保龄球、高尔夫球到橄榄球，在每一次运动时我都投入最大的乐趣。

如果没有伍利先生，没有伍尔夫先生自己的体育才能，像他这样的知识分子在锡兰这个殖民地会过着何种日子，真是不堪回首。

沃先生的预备学校生活非常愉快，他与其他男孩关系很好，可是从他的描述来看，学校的教育水平在学生的平均智力水准之下，换句话说，就是水平低下。我能遇到当时的校长，也是一件幸事。他教授拉丁语和希腊语，有时候他很残暴，但却是天生的好老师。如果他脾气上来了，可能当场就有学生因为句法错误而挨揍。我挨揍时，却从来没觉得受到不公正的待遇，因为我知道犯错是自己粗心所致，而非他的错误教导。

伍尔夫先生描述当时校园生活的风貌风气时，反反复复提到学生与教师两个群体对于任何种类的学术兴趣的厌恶——这种厌恶发展到了极致，以至于他在圣保罗念最后一年书时，也不曾敢于向任何人提起他的这种情绪。如果情况果真如此，那么在我和沃先生上学的年代，我必须说明，风气好了很多。体育运动仍旧是通往社会名望的一般途径，正因为此，沃先生观察到，体育变得没有那么有意思了：

我想那时候极少有人把体育与快乐联系在一起。对于擅长体育的人来说,运动带来了激烈竞争、焦虑和驳斥,而对于不擅长的人来说,它又意味着无趣与不安。

知识分子或者有些奇怪癖好的人,比如鸟类观察者,他们只占少数,在人类每一个社会中都是如此,可是在我受教育的那几所学校人们对他们宽容以待;我总能找到可以肆意谈话的伙伴,对于其他人,我也从未觉得自己有隐藏或者伪装某种癖好的必要。

沃先生把自己描述为"独行者"。如果果真如此,那么他如今已经大为改观,不再是《一知半解》中他描绘的小男孩或者年轻人。现在的他似乎比大多数人都需要他人的陪伴。学校时期最痛苦的回忆并非是受人欺凌,而是耶稣升天节学校放假那天自己独自呆着:

> 第一年我谁也不认识,哪也去不了。整个学校空荡荡的,好像遭了瘟疫一样。我打听了下,结果他们告诉我那天学校不提供晚餐。校监给了我几片面包,还有看上去恶心人的一点香肠肉。下雨了。每到周日校舍都会锁上,今天也不例外。我也进不去图书馆。我手里拿着湿漉漉的一包食物,漫无目的地走出学校,过了一会,在一个叫兰馨环林[1]的树林子里躲雨,吃上几口,然后哭了起来,这是多年来我第一次哭泣,也是最后一次。那天傍晚,我听到那些度假者熙熙攘攘返校的声音,才感到心安。

1. 苏塞克斯一个自然保护区名。

第一年在公立学校上学，我本该独享校园的安静时光，陶醉其中，听到同学返校的动静，本该感到沮丧的。

沃先生生来喜欢与他人交往，那时他不受人待见，从他的反应就可以看出这一点：

> 我才不羡慕其他男孩。我不想变得和他们一样。可是，矛盾的是，我希望成为他们的一员。我没有超越他人的抱负，更没有领导他人的渴望。我只是希望做自己，同时也被他们接受，成为那些令人讨厌的暴民的一员。

我从来没有过类似的期望，我想可能伍尔夫先生也没有。造成这种区别的原因，一部分是脾性使然，一部分与早期经历相关。沃先生曾说过：

> 憎恶感是个人问题，我对这种感觉也很陌生。有十三年之久，我只和那些对我有好感的人会面。

在家里我感受到的也只有温情，可是在与叔叔伯伯、姑母姨母还有表亲们相处时就又是另外一番情景了。他们大多把我看作——我肯定他们有自己的道理——一个早熟而又无礼的小怪物。而我觉得他们大多数人愚蠢可笑，也许这也是事实。我唯一喜欢的是哈利叔叔，他是个单身汉，是研究硫酸的专家。

从我记事起，我就发现对于身边大多数人来说，无论是长辈还是同龄人，他们对我最关注的事物没有丝毫兴趣。有些事我无法与任何人分享，比如我的铅矿开采王国。而有些事我只能与一小部分人分享，比如音乐与考古。我想我可以坦言，我从未把自己的曲高和寡看作高人一等。上学时，我对体育完全没有兴趣，也完全没有运动方面的才能，但我却没有因此鄙视运动员。相反，我很羡慕他们。只要有一技之长的人，我都会仰慕，可我不妒忌他们，因为我知道自己无论如何也学不会他们的本领。(可一旦说起我感兴趣的话题，如果有人发表了愚蠢的言论，我的优越感则会油然而生。)这样一来，我就从未有过非要与志趣不同者“合群”的想法。即使被孤立，我也不曾有过怨念。为什么他们一定要接纳我？我只需要各走各的阳关道、独木桥罢了。我中学第一年过得不快乐，虽然算不上遭人虐待，那是因为青春早期的男孩都很难放下彼此的缘故。我和伍尔夫先生、沃先生一样，都天资聪慧，往往是身形看起来最年幼的那个，所以几乎所有朋友都比我年长，到中学最后一年，他们都毕业了。那一年，我独自漫步，走了很长的路，一个人演奏风琴，除非是必要的情况，我几乎不与他人交谈，可是，我感到非常的快乐。

我读了许多他们关于学校的回忆，可以看出，至少有那么一位老师会让他们心怀喜悦与感激，要么这位老师激发了他们的思想，要么他在与他们交往时很人性化。在圣保罗读书时，伍尔夫先生发现了一位 A. M. 库克先生，在兰馨读书时沃先生发现了 J. F. 洛克斯堡先生，而我则是在格雷舍姆读书时找到了 W. 格雷特莱克斯先生，他是我的音乐老师。其他孩子的记忆里也都有类似的成年人角色，他不是校长，也不可能是某个亲戚，而是关心他们、教会他们课堂之外的本领的那位。这种关心背后通常有同性恋爱的因素作祟，当然这种要么是公然的同性恋，要么已经经过升华，变成高尚的理想。沃先生的自传中最出彩的章节莫过于对一位叫克里斯的书法老师的描述。我生活中也出现过类似的人物，那时我和他暗地里幽会——男舍监不允许我见他。这么做也并非毫无道理，因为那位先生是个地地道道的同性恋，而且我猜他还进过大牢。我也弄不清他怎么看上我的，当时的我相貌平平。他主动约我，我拒绝了，倒不是出于道德考量，而是因为我看不上他。可是他也不气馁，一直给我送书，写冗长的信件，信里评论我那些幼稚的诗作，充满了建设性的鼓励话语。

大　学

罗伯特·格雷夫斯[1]先生的历史小说《弥尔顿先生的太太》中，弥尔顿夫人的兄长在读完《酒神的假面舞会》[2]后说道："这书读起来一股剑桥的味道，剑桥人的喇叭总要吹得高调一些。"这评价很地道，也很公允，因为按照这样的说法，人们也可以反驳说："牛津人的喇叭总要吹得单调一些。"

1. 罗伯特·格雷夫斯(Robert Graves，1895—1985)，英国诗人，学者，小说家暨翻译家。专门从事古希腊和罗马作品的研究。在漫长的一生中，他创作了140余部作品。

2. 《酒神的假面舞会》(*The Masque Comus*)，弥尔顿的早期代表性诗剧作品，发表于1634年。

伍尔夫先生笔下世纪之交的剑桥与沃先生笔下二十年代的牛津，这两所大学不仅仅因为所处年代不同而显得不同。康普顿·麦肯锡先生在《真诚街》里描写过约莫与伍尔夫先生同时期的牛津大学，相比同时期东边那所竞争学校，那时候的牛津与二十五年后并没有多大差别。

虽然伍尔夫先生与同窗好友也像所有大学生一样，嬉笑怒骂，但在我看来，他们是一群极其认真严肃的年轻人，对于真与善的追求充满了清教徒般的激情。而且，无论是当时还是往后，也就是他们组成布卢姆斯伯里派[1]之时，他们看起来都像十足的同性恋团体，所有人的趣味信念都一致，我无法想象牛津学生会有类似的组织。正如伍尔夫先生和梅纳德·凯恩斯（在《两部回忆录》中）所说，这大抵是受了当时一位接近三十岁的中年人的影响，也就是哲学家乔治·爱德华·摩尔[2]。对他们所有人来说，摩尔承担了精神领袖的角色。伍尔夫先生曾写道：

> 摩尔不懂风趣；我好像从没听他说过有趣的事；在他的谈话与思想中没有火花闪烁。可是他学识渊博，思维清晰，在追求真理时，他有着斗牛犬般的坚韧与圣徒般的正直……表面看来他是个

1. 布卢姆斯伯里派（Bloomsbury Group）是从1904年至第二次世界大战期间，以英国伦敦布卢姆斯伯里地区为活动中心的文人团体。虽然这个团体主要以文学的头衔而著名（弗吉尼亚·伍尔夫是最广为人知的代表者），它的拥护者却活跃于几个不同的领域，包括艺术界、艺评界以及学术界。
2. 乔治·爱德华·摩尔（G. E. Moore，1873—1958），英国哲学家，属于分析哲学学派，主要贡献为伦理学。他认为和伦理相关的概念不可能用自然概念（例如：生存，功利等）来解释。

> 怕生保守的男人，等你熟悉他之后，却发现事实就是如此，无论何时、无论何人陪伴，他都有可能长时间陷入深沉的静默之中。我第一次认识他时，就见识到他在静默中也不乏对密友言行思想方面有着极高标准的要求，而你只有在确保所言之事值得交流又真实可靠时，才可以交谈，他的静默绝对能吞没彼此，如此种种体验都让那些期待见到他的人心中有了一丝焦虑。我明白站在他房门前、等待敲门进房的感觉，通常我都会深吸一口气，就像天凉时潜入碧波荡漾的冰冷海水中前人们的动作一样……
>
> 与他交谈之时，人们总是处于那个永恒问题的阴影之中，当然这问题并没有问出口："你到底是什么意思？"这是个胁迫性的问题，尤其当你明白含糊其辞、无法穷究自己到底是什么意思时，摩尔的双眼那时候会不自觉地流露出几乎是疼痛的感觉。

还有其他一些哲学家，比如维特根斯坦——顺便说一句，他也在剑桥——这些哲学家也吸引了众多门生，但他们都是专门研究哲学的学生。摩尔周围的年轻人中只有伯特兰·罗素[1]是职业哲学家，他们中的大多数，比如利顿·斯特雷奇[2]，索比·史蒂芬[3]，克莱

1. 伯特兰·罗素（Bertrand Russell，1872—1970），二十世纪英国哲学家、数学家、逻辑学家、历史学家，无神论或者不可知论者，也是二十世纪西方最著名、影响最大的学者与和平主义社会活动家之一。
2. 利顿·斯特雷奇（Lytton Strachey，1880—1932），英国著名传记作家、文学评论家。
3. 索比·史蒂芬（Thoby Stephen，1880—1906），布卢姆斯伯里派成员，二十六岁时死于伤寒症。

夫·贝尔[1],爱德华·摩根·福斯特,德斯蒙德·麦卡锡和莱昂纳德·伍尔夫本人等,他们主要感兴趣的领域是艺术人文。

总体说来,这一百年来牛津的思想氛围似乎不怎么鼓励精神领袖的诞生。不过倒是出了很多谈吐幽默、口才出色的老师,受到本科生推崇,成为他们竞相模仿的对象,但是他们的影响只是在集体或个人层面,称不上思想上的感染。牛津就没有出过利维斯博士[2]这样的人物。

根据摩尔的标准,二十年代的牛津事实上显得很浮躁。而在1903年的剑桥,快乐并非善的一种,伍尔夫先生如是说。而对我们来说那几乎是唯一的善。现在再来回顾,我发现那时的生活如此安全稳妥,真是令人不可思议。我们太年轻,不用服兵役,也就对战争没有什么印象,于是在想象中世界与1913年那时相比实质上没有什么变化,而且我们太过与世隔绝,陶醉于自我,无法感知、也不会关注大洋彼岸发生的战事。俄国革命、德奥通货膨胀、意大利的法西斯主义,无论诸如此类的事件在我们的先辈心里引起了多大的恐惧与期望,我们却对它们毫不理会。在1930年之前,我从未翻开一份报纸。

我来牛津时,沃先生才刚毕业一年,所以关于他对学校的描述,

1. 克莱夫·贝尔(Clive Bell,1881—1964),英国形式主义美学家,当代西方形式主义艺术的理论代言人。

2. F. R. 利维斯(F. R. Leavis, 1895—1978),二十世纪著名英国文学批评家。1936年至1962年任剑桥大学唐宁学院研究员,历任英国一些大学客座教授、美国艺术和科学学会名誉会员、《细绎》评论季刊(1932—1953)主要创办人和编辑。

我要补述的事已经不多。他的两个朋友,哈罗德·阿克顿先生[1]和汤姆·德雷伯格先生,留在牛津继续读书。汤姆把 T. S. 艾略特的诗歌介绍给我。那时候午宴仍未取消,乔治餐厅仍旧拥挤不堪。学生们仍旧喜欢浮华优雅的羽毛装饰。善于交友仍旧比学业更为重要得多,而我们还得假装兢兢业业于学习。沃先生说:"那是一个男人社区,本科生都生活在深闺中。"那时仍旧遵守这样的规矩,但我也知道一些例外。我在牛津时,有三四个女孩设法逃了出来,我们接纳了她们,就像白人盎格鲁-撒克逊新教社区象征性地接纳了犹太人一样。而且,也不是每次午宴都只允许男士参加,但是在混合午宴上女孩们总是摆出一副相同的面孔。

关于剑桥的饮酒风俗伍尔夫先生只字未提,可是他告诉我们,自己"对醉酒极其厌恶,醉汉极其可怕,他几乎不敢近身"。牛津则有个饮酒的团体,沃先生很快加入其中:

> 我们不加选择地酗酒——考虑到我们的年龄我用了"酗酒"一词。我们经常醉醺醺的,但其实我们当时纵酒狂欢时饮下的酒量远不及我现在小酌时的几杯小酒。几杯雪利酒、半瓶勃艮第或波尔多葡萄酒,或香槟,加上几杯波尔图葡萄酒下肚,我们就头晕目眩了。如果再喝上一两杯白兰地或威士忌,那就要到爪哇国了。

多年以后,同样是在牛津,我却很少饮酒,这是机遇问题(我的

1. 哈罗德·阿克顿(Harold Acton,1904—1994),英国艺术史家、作家、诗人。

朋友都不酗酒),也有经济上的原因(我花不起钱经常喝酒,也没钱买很多酒)。就品位和脾性来说,我幸好那时没有养成现在的酒量,因为我猜想如今我喝的酒与沃先生的也相当了。令我真正感到惊奇的是,当我把他的生活与我的生活进行比对时,我发现他太爱社交,有太多的社会活动了。几乎每时每刻他的身边都围满了人:

> 特伦斯和我成了"赫特福德"小圈子的核心人物……除非我们中有人举行午宴或赴宴,不然我们所有人都会聚到我房里。很快宾客盈门,我的大门也向其他学院的学生敞开,有时候甚至会来十二个人……我们灌下大杯的啤酒,大声喧闹。很少有人会唱歌,我们一起背诗。

除了相互宴请,他还加入了一个又一个俱乐部,从备受尊崇的卡尔顿俱乐部[1]到臭名昭著的伪君子俱乐部,一网打尽。他在牛津大学辩论社上发表演说,给《伊西斯》杂志和《查韦尔》报[2]供稿,替这些杂志设计无以计数的页首花饰和封面,还会设计一些藏书票,给牛津大学戏剧协会的戏剧节目设计舞台,还画讽刺漫画。如果要是我,这样的生活会把我逼疯。我那时候和现在一样,都更情愿每次只见一个朋友。我从没去过辩论社,只加入了一个基督教堂学院的散文俱乐部。虽然我在学业上和沃先生一样也是不求精进,但是

1. 著名的保守党俱乐部。

2. 这两份报刊均以泰晤士河流经牛津地区的河段命名。后者相当于牛津大学学报。

我还是花了很多时间自己找书来读。

沃先生的专业是历史，他和他的导师克鲁特维尔先生关系不好。而我拿着奖学金进了基督教堂学院，原来的专业是科学，后来转到了英文系。我不想把英语文学当作专业来读，但是我喜欢阅读，到了英文系，我就可以名正言顺地读书了。那时候的基督教堂学院太过目中无人，不屑招英语导师，所以我拜到埃克塞特学院的奈维尔·科克希尔先生门下，后来他成了我终生的朋友。他不像摩尔，不是精神领袖般的人物，我在敲他的门时从来没有深呼吸过。相反，他让我感到无拘无束，我觉得自己可以和他交流所有话题，无论显得多么愚蠢，无论是学业上的问题还是私人生活方面的问题，我都不担心他会嘲笑我或者责备我。

关于他在本科阶段的情感生活，伍尔夫先生这么写道：

> 我在剑桥呆了五年，从 1899 年到 1904 年，往后的日子再也没有那般快乐或痛苦过。那时候我整个人的状态是持续的激动，陷入强烈而深沉的情感之中……我们一直在走极端——要么快乐，要么痛苦；要么崇拜，要么鄙夷；要么爱，要么恨。

沃先生在这一点上没有明确说明，但是我想如果有人问他，他也不会回答说有强烈深沉的情感或者快乐痛苦的极端之类；我觉得他会说他的生活状态是一种持续性的温和的精神愉悦，他两耳不闻窗外事，却自得其乐。就我自己来说，在本科之前我曾有过热烈情感的生活状态，之后也曾经历过，但是大学时却不曾体验。即使那时候交友或者思考问题都曾带来过乐趣，但回想起来，我却不带半分留恋。因为在乐趣之下总有一种持久存在的无趣而又折磨人的焦虑感。首先，无所事事的学业生活让我感到愧疚。我可不像沃先生那样会相信 F.E. 史密斯说的鬼话，说什么“只要你能力够，就可以八个学期都无所事事，最后时刻喝上几杯黑咖啡，用上几周就能掌握所有的必修课程”。我很清楚自己会获得什么样的学位，也明白父母见到那样的学位证书心里会有多么失望。但是，比起愧疚，更多的原因是野心。我和沃先生不同，他似乎毕业之后才明白自己要以写小说为生——在牛津时他对视觉艺术更感兴趣——我从十五岁开始就很确信自己将来的职业。十九岁时，我就充满了自我批判精神，我明白当时自己写的诗歌只不过都是别人的衍生品，我还没有找到自己的声音，我很确信这种声音在牛津无法寻得，而且，只要我在牛津一天，我就只是个未成熟的孩子而已。

早先我曾说过，我们都是政治白痴，对政治话题也漠不关心。当然，个别本科生正是我们的反例——我亲眼见过的那些都是社会主义者——但他们是把政治当作未来的职业来经营，我们其他人都把他们对于政治的关切当作一种职业专长，并非我们所能共享。沃先生在牛津读书时错过了 1926 年英国大罢工，这件事值得一提，因为正是这件事彰显了我们在政治上的无知。马克思和其他社会剖析派都无法说明为什么几乎每一个在中产家庭中成长的男孩都幻想有朝一日能成为火车或汽车司机，他们也无法解释为什么这些男孩会喜欢做一些自己所处的社会阶层通常会禁止他们做的事情，比方说，在码头装船或指挥交通。响应政府号召的成百上千名本科学生并非出于马克思所谓的阶级意识才加入反对罢工的行列——他们谁也不憎恶罢工工人，无论是出于个人原因还是意识形态的原因——而只是因为突然出现了一个大好的机会，他们可以实现自己的幻想了。恰恰相反，我选择了与大多数朋友不同的做法，我并没有加入政府的志愿军，相反，我选择替总工会开车。这样的做法引起的分歧并没有在牛津爆发。一天，我开车送 R. H. 托尼[1]回梅克伦堡广场家中。碰巧我有个堂姐住在附近，她嫁了一个股票经纪人，所以我就去了她家。我们三个正要坐下吃午饭，突然她丈夫问我是不是去伦敦干临时警察的工作。我回答说："没有，我就是给总工会开车来着。"听罢，他突然把我撵走了，我大吃一惊。我从没想过会有人把大罢工这么当回事。

金　钱

小时候我们三个的家境既不算真正贫困，也算不上真正富有。伍尔夫家的经济状况最不稳定。伍尔夫先生的父亲是个成功的出庭律师，赚了大钱，可到临死之前却没存下半分。他四十七岁去世，只给老婆留下九个孩子抚养，就撒手人寰了：

> 她决心把所有钱都投资到九个孩子的教育上，希望钱花光时

1. R. H. 托尼(R. H. Towney，1880—1962)，英国著名的经济学家、历史学家、社会批评家、教育家。曾先后任教于格拉斯哥大学、牛津大学，并担任伦敦大学经济史教授。

他们能成才，养活她和自己。这是一次成功的赌博，但是也只有在四个孩子拿到圣保罗的奖学金、另三个拿到剑桥的奖学金后才奏效。从我十二岁到二十四岁这十二年，经济危机一直笼罩在我们所有人心头，我们花每一分钱都得小心翼翼。

我父亲在约克的工作获利颇丰，离职转投公共卫生部门，则意味着一大笔钱财的流失。我想沃先生的父亲应该是最富有的一位，但是战后他也开始捉襟见肘起来。

账单高堆时沃先生的父亲与弗吉尼亚·伍尔夫的父亲莱斯利·史蒂芬的反应有异曲同工之妙。伍尔夫先生写道：

> ……这家伙真幸运，几乎没有人能打他银行户头的主意。一提起钱他总是发愁，让他的孩子感到不安……每周一早上凡妮莎把家里的记账簿拿来给他过目，想要讨张支票支付上周的开销。过上十来分钟，他会长叹一口气，抱怨说开销太大，全家在食物、用人工钱、电煤上花了太多钱——如果再这么继续下去，眼看就要倾家荡产了，他们也很快就要搬去贫民窟……
>
> 他[亚瑟·沃]甚至从来没有一刻有过财务紧张的状况，可是他每签一张支票都不可避免地大叫："我到哪里去找这么多钱？他们真要毁了我。我真要成了乞丐而死去。"

我从来没听我父亲在钱的问题上抱怨过。只有到成年以后我才明白要做到这一点对他来说是多大的道德要求——按照天性，对于包括他家族里的其他人来说，花上一毛钱都是令人痛苦万分的事情。

我们三个上大学都拿了奖学金，但是没有父母的支持，光靠奖学金也无法在大学里生活。在剑桥时，伍尔夫先生每年都会收到 120 英镑，足够他不靠借债生活。在牛津时，我每年有 250 镑才够不借外债，当然每到假期我只能回家，毕业时，我欠布莱克威尔书店大约 50 英镑，有些书的钱还没付。我有几个朋友的孩子现在在牛津读书，听他们说，如果以我当年的生活方式，至少得开销 800 英镑。沃先生每年会收到 350 镑，加上写稿、设计封面的一些零碎收入，他却只能借债度日，毕业时他欠做买卖的 200 镑，还欠朋友 200 镑。

在伍尔夫先生口中，1912 年的英格兰是“中产阶级的财富乐园”。他们拥有布伦兹威克广场——地段很好——的宽敞房间，加上一流的烹调服务，每月他们的开支在 11 到 12 镑左右。伍尔夫先生娶弗吉尼亚·史蒂芬时，弗吉尼亚自己每年有接近 400 镑的收入，而伍尔夫先生除了在锡兰存下的 600 英镑，只是个身无分文的失业者。据他说，接下来的十年，他们夫妻为了收支平衡只能努力工作、节省开支。1917 年他们的家庭开销是 697 英镑，用这些钱他们在伦敦和苏塞克斯各租了一套房子，还雇了一个厨子、一个女仆，这两人的工钱加起来每年有 76 镑 1 先令 8 便士。也是在那一年，他们创办了霍加斯出版社，启动资金有 41 镑 15 先令 3 便士：

> 这笔钱包括用来购买一架小型印刷机的 38 英镑 8 先令 3 便

士,另外还有3镑7先令整是印刷出版第一本书的总成本。我们第一年第一次出版赚了6英镑7先令整,后来又把它"投入生产",于是到1917年,我们投入霍加斯出版社的总资金共计35镑。自那以后出版社就能靠自己的利润运作起来了,我们不用再"寻找投资"。

我希望沃先生在下一卷的自传中能聊聊他开始写小说后的收入状况。职业诗人的收入少得可怜,不足挂齿。当时我从柏林回来,需要找份工作,我也和沃先生一样成了预备学校的老师。但是也有不同的地方,我发现自己非常喜欢教书,这一点我自己也感到很惊讶,后来五年我都没有调换过工作。

宗　教

伍尔夫先生:祖父是东正犹太教徒,父母是归正宗教徒。1894年他宣称自己是无神论者,往后也都是如此。

沃先生:曾祖父在长老会家庭中长大,后来成了英格兰教会的神职人员,父母英国国教教徒。1914年那年他觉得自己偏好基督教会,到1921年又发现自己失去了信仰。1930年皈依罗马天主教。

W. H. 奥登:祖辈都是英格兰教会的神职人员,父母是英国国教教徒。1920年那年觉得自己偏好基督教会,1922年发现自己失去了信仰。1940年皈依圣公会。

伍尔夫先生虽然信奉无神论,却绝没有什么异教徒的冷漠轻浮态度。我觉得他和大多数布卢姆斯伯里派的朋友一样,对无神论也倾注了宗教信仰的激情。对他来说,信仰上帝,尤其是基督教的上帝,不仅仅是愚蠢的表现,还是道德思想邪恶的体现。(在伍尔夫的字典里,"罪恶"或"原罪"都是禁忌语汇,不过"邪恶"、"天生污秽"此类字眼倒可以随意使用。)我弄不明白他如何才能调和那种终生不懈的追求个人或社会正义的激情以及关于世界无意义——甚至也许是邪恶的——的信仰,作为无神论者他曾说过一番话,在我听来非常奇怪。谈起那位曾是他剑桥好友的神职人员时,他说:

> 我确信如果有一天我和他走在皮卡迪利大街,突然迎面遇到耶稣基督,那时候我应该立马会认出他来,而利奥波德如果真能注意到他,也只会把他当作相貌古怪的陌生人罢了。

可是,这不关我的事。谁知道审判日那天我们真正的排名会是什么?除非是以语言表达的清晰优雅为标准,那么沃先生一定名列前茅。

每个基督徒都必须经历童年时"我们还有信仰"到成年时"我又有信仰了"的转变。在任何时候这种转变都不容易做到,在我们这个年代似乎只有经历了一段没有信仰的阶段才能达到这种转变。回顾往事,我们不禁扪心自问:为什么会这样呢?我们可以避免没有信仰的那个阶段吗?或者至少缩短那个阶段?沃先生问道:如果他十八岁时读到一本关于基督教哲学的书或者遇到过着圣洁生活的圣徒,那么情况会有所不同吗?恐怕答案是否定的。神学和

"基督教哲学"是信徒所写,读者也是信徒——也就是说,它们的对象是已经接纳上帝为祷告主题的那群人,即使那只是下意识的行为。在祷告之外这些学问毫无意义,谈论上帝就像谈论天气和金银复本位一样,仅仅是提到名字而已。至于圣徒,沃先生倒是遇见一位——弗雷德里希·冯·休格尔的侄女格温普·朗克特-格林——他记下了对她的印象:

> 我二十一岁遇到她,那时,我也按照同时代人的做法,仅仅表现出了几分兴趣。

事件与行为

无论自传的主题是作者生活的哪个阶段,传记内容记载的大部分是降临在作者身上的偶然或必然事件。但凡事件皆可比较,只要我们读到某人身上发生的事情,就不禁会感同身受,拿自己生活中发生的事件相比较,并提出相同的一些问题。X 如果遇上 B 而不是 A,或者 X 爱上的是 M 而不是 N,那么他的生活会是另一番境况吗?比如说,伍尔夫先生如果没有碰巧遇见那位杰出女士,玛格瑞特·卢埃林·戴维斯[1],他还会热衷于合作社运动,还会借此继而

1. 玛格瑞特·卢埃林·戴维斯(Margret Llewelyn Davies,1861—1944),十九世纪女权运动积极分子,合作社妇女协会(Co-operative Women's Guild)秘书长,任期为 1899 年到 1921 年。合作社妇女协会是合作社运动(Co-operative Movement)的附属机构。

投身世界政府的事业吗？如果沃先生早先没有在芭芭拉·雅各布斯与她母亲身上体会到“进步”思想，那么他还会有现在的政治信仰吗？从他对母女二人的描述来看，她们似乎是出于善意，却显得非常愚蠢。至于我自己，我常常想，如果1922年3月的某一个周日，我的朋友罗伯特·麦德雷没有建议我写诗，那么我现如今的生活会是怎样的呢？罗伯特已经成了画家，而那时我从来没想过写诗这件事。

可是成年人的生活不仅仅只有事件，还包括个人行为——那些他们不计后果愿意去做并会为此负责的事情。行为与事件不同，它不可比较也不可重复，它展示的是一个独特的个体，从前不曾有完全类似的人出现，往后也没有。

伍尔夫先生记载的生活中第一次重大行为是他决定接受锡兰行政部门的工作。他的公务员考试结果比他预料的要差：

> 我想最好的结果就是进邮局或者税务局工作。去印度我已经超龄了。我想我不愿意在萨默赛特政府或是邮政局里度过余生，于是我决定去殖民地公职机构找个空缺，那时候还沿用东方军校的旧称。我申请了锡兰的职位，锡兰当时是英国的高级直辖殖民地。我的分数排名足以帮我获得那个职位。我觉得自己选择锡兰行政部门也是出乎意料的事，而且我必须承认，我有点沮丧。

与朋友相隔千里，想到这一点就不可能开心。但是，他选择锡兰而不是邮政局，这也表明他遵从了自己的信仰，拿今天的流行语

来说,即知识分子应该"忙碌有为"。一年前他写下一段话,真是言出必行:

> 哲学家如果坐在洞穴外面,那么他们的哲学就永远无法为政治家或民众认知,因此坦白地说,归根到底我的确希望摩尔能起草一份教育法案。

结果锡兰比他想象中要有意思得多,他的行政官工作也效率颇高。1911 年休假回英格兰时,他认为自己会升任高职,这也不无道理。可是,在殖民地公职机构的日子并非总是充满了欢乐。那时候他之所以不满更多的是审美而非道德上的原因:他未曾扪心自问,是否一个民族就一定要被异乡人统治,但是他很清楚自己不喜欢科伦坡[1]的白人社会。回英格兰后不久,他爱上了弗吉尼亚·史蒂芬,很快明白自己又会面临一个抉择:

> 1) 如果弗吉尼亚愿意嫁给我,我会辞掉锡兰的工作,尝试通过写作谋生;2) 如果弗吉尼亚不嫁给我,我也不愿意再回到锡兰,成为科伦坡一名成功的公务员,继而担任总督,甚至获得二等勋爵士[2],

---

1. 斯里兰卡首都。
2. K.C.M.G.,全称 Knight Commander (of the order of) St. Michael and St. George,是英国荣誉制度中的一种骑士勋章圣米迦勒及圣乔治勋章(the order of St. Michael and St. George)中的第二等。此勋章一般授予对英联邦或外交事务作出贡献的人士,不少前港督皆获此勋位。

> 这并非我愿。可是如果我能回到像汉班托特[1]的地方,埋头苦干度过余生……也许我会把那当作最后的隐退,最后的孤独,在那样的生活状态下,我会娶一个僧伽罗人[2],把自己的辖区或辖省治理成亚洲最有效率、最富足的地方。

幸运的是,弗吉尼亚接受了他的求婚,他辞职了,他们结为伉俪。这场婚姻将带给他巨大的伤痛,但是很明显他一点也不曾有过后悔。

1917年,他们二人创办了霍加斯出版社。伍尔夫先生这次行为的最初动机十分有趣,也很感人:

> 弗吉尼亚的难题在于,很难找到足够吸引她的把戏,能让她忘记手头的工作。我们俩都对印刷很感兴趣,也时常不经意间谈起是否去学习一下印刷。我发现如果弗吉尼亚手头有印刷的活,倒不失好事一桩,因为比如说,整个下午她会全然忘记自己的工作而专注于印刷。到1916年底,我们已经相当明确要学习印刷术。

这次冒险很成功,是经济回报和艺术成就上的双赢。他们借此摆脱了自结婚后就缠身的金钱困扰。

因为沃先生的自传内容与青年时代相关,自然他无心记下诸如

---

1. 斯里兰卡地名。
2. 南亚斯里兰卡人口占多数的民族。主要聚居在人口稠密、经济发达的西部、西南部和中部山区。使用僧伽罗语,属印欧语系印度语族。

此类对自己的将来有绝对重要意义的行为。但是他确实提到了两次行为，以及一次尝试性的自我启示行为。第一次发生在1921年：

> 我父亲希望我能像他一样去新学院读书。有几个其他学院与新学院属于同一个系统，其中一个就是赫特福德学院。到了填写申请表的时候，我发现赫特福德的高级奖学金相当丰厚。我父亲并不富裕——实际上与大多数周边人一样，比起十年前的状况，现在更贫困了。我明白……他知道那么一大笔钱的方便之处。我还明白自己拿不到新学院的奖学金……前半年我用功苦读，主要的目的就是希望尽早离开中学。这两方面的考虑也督促我采取了这样的行为，这将改变我的大学生涯。我填写了赫特福德的奖学金，作为我的第一选择。

第二次行为发生在1924年。他当时决定不再继续依赖父亲的津贴过活，准备在一家预备学校找教职。他发现自己不适合做老师，所以当他发现在比萨有一个私人秘书的职位时，他从学校离职了。可是刚一离职就遭受了两次打击。之前他给哈罗德·阿克顿先生寄去一篇小说的几个章节，读完回信中的评价，他把信烧了。接着又接到比萨的工作黄了的消息，穷途末路之时，他曾试过跳河自杀——因为一群水母，这次自杀未遂，对他自己以及对于英国文坛来说，真是万幸。

我所能记起的自己的第一次个人选择是，在我从牛津毕业后，我父亲愿意资助我出国一年，我决定去柏林。我不会说德语，也不懂德语文学，可我对法语文学没有好感，部分是天性使然，部分是因为对于我之前那一代知识分子的反感，他们都是坚定的亲法者。自从我做出这个决定以来我就心存感激。

我们大多数人都有在偶像或其他人面前自取其辱的经历，这是我们人生的低潮期。青少年时期最常见的偶像是流行力或社会影响力。沃先生成年后评价自己在兰馨最后两年记的日记：

> 如果我写的内容是对自己的真实描述，那么我就是一个极其自负、薄情寡义而又小心翼翼、恶贯满盈的人。我宁愿相信在这本私人日记中我只是在掩饰自己更慷慨的本性，我把愤世嫉俗和怨恨情绪当作成熟的标志，这是荒唐的想法。上帝保佑事实是这样。可是该死的证据就摆在眼前，页复一页，句复一句，到处都是卑鄙下流的言辞。我觉得自己和记日记的男孩判若两人。我认为自己曾经是个热心肠的孩子。我明白成年后的自己虽然情感比较狭隘，却很炙热，从一而终。而这些字里行间呈现出的男孩似乎却是一副冷漠虚伪的模样。

他继续描述这样的心理对于他外部行为的影响：

> 个人对于他人的影响力千变万化，这其中时常有些小小的变动，可是在学校[1]我和我的朋友们出于实际考虑会掌控流行的源

1. 此处的学校（House）从上下文推断应指沃曾工作过的预备学校——北威尔士的阿诺德学校（Arnold House）。

头,随意掐掉它们或任其发展。这些肮脏的手段背后隐藏着我内心的恐惧,我怕自己会随时失宠,变得和初来公立学校那一年一样,成为他人鄙夷的对象。

变 化

伍尔夫先生在剑桥的朋友包括备受尊崇的现代小说家托马斯·哈代、梅瑞狄斯、亨利·詹姆斯,还有令人景仰的诗人史文朋。再早一些的小说家朋友包括简·奥斯丁、皮考克[1],但狄更斯、萨克雷不在其列,丁尼生也不是伍尔夫先生的朋友。马克思和弗洛伊德就根本没在朋友圈里出现过。1903 年是重大之年,出版了《众生之路》[2]、《数学原理》[3]与《伦理学原理》[4]。好友们一直以姓氏相称。

1911 年和 1912 年的伦敦,艺术界发生了两件大事,分别是俄

---

1. 皮考克(Thomas Love Peacock,1785—1866),英国维多利亚时期作家和诗人。
2. 《众生之路》(*The Way of All Flesh*)是英国作家塞缪尔·巴特勒的代表作品。这是一部带有自传性质的长篇小说,语言幽默诙谐而又深刻犀利。作者通过英国传教士家庭中儿子和父母之间的矛盾,展现并攻击了那些已被旧传统教养得愚昧无知、思想僵化、伪善、顽固的一代人,极力要对下一代人如法炮制,力图使这种愚昧无知、伪善和顽固的形象传之万代而不衰。
3. 《数学原理》(*Principles of Mathematics*)是由英国哲学家伯特兰·罗素和其老师怀特海(Alfred North Whitehead)合著的一本于 1910—1913 年出版的关于哲学、数学和数理逻辑的三大卷皇皇巨著,该书对逻辑学、数学、集合论、语言学和分析哲学有着巨大影响。
4. 1903 年英国摩尔发表《伦理学原理》(*Principia Ethica*),宣告了另一种伦理学——元伦理学——的诞生。尔后半个多世纪,元伦理学在西方伦理学王国一直居于主导地位。

罗斯芭蕾舞团来访与后印象派画展。1914 年，伍尔夫先生给弗洛伊德的“日常生活的精神病理学”写了评论，后来成了他在英国的出版人。战争期间，布卢姆斯伯里派觉得有必要对萧伯纳、威尔斯、阿诺德·班内特[1]等著名文人口诛笔伐。他们倒是欣赏康拉德的非韵文风格，但也觉得他过于“受人尊崇”了。

T.S.艾略特于 1917 年发表《普鲁弗洛克及其他》，1919 年发表《诗集》，后者由霍加斯出版社出版，同样 1923 年霍加斯又出版了《荒原》。伍尔夫夫妇本打算出版《尤利西斯》，结果没能找到愿意为之排版的印刷工，当然他们自己也不太在意那本小说。弗吉尼亚·伍尔夫在日记中记下了哈丽雅特·韦弗小姐把手稿带给他们那时的情景：

> 淡紫色的套装整洁利索，十分贴身，一双灰手套捋直了摆在餐盘旁边，说明她家教品行端正，她也有很好的餐桌礼仪，很有涵养。我们没有交谈。也许这可怜的妇人觉得牛皮纸袋里装的东西和她的其他物品甚不相配，于是一言不发。但是她又怎么和乔伊斯等人接触上的呢？他们笔下污秽肮脏的文字为什么又要从她口中说出？天晓得。

我真希望沃先生能多告诉我们一些他所阅读的书目——他的好恶，他的文学前辈又都是谁。他只告诉我们七岁时他把《密

1. 阿诺德·班内特(Arnold Bennett，1867—1931)，英国作家，以小说创作闻名，亦活跃于新闻媒介圈子。

友》和《男孩之友》看作文学上的典范，十三岁时他最喜欢的书是《亚瑟之死》[1]和《真诚街》，十四岁时他被塞缪尔·巴特勒的《笔记本》所吸引，而在牛津读书时他很珍爱E. M.福斯特的《灯塔》[2]。

我对小说知之甚少，关于我那个时代本科生在小说方面的品位与风尚，我无法给出任何清晰的图景。如果我没记错，亨利·詹姆斯已经无人问津，只是到二十世纪四十年代才东山再起，获得瞩目。梅瑞狄斯的小说作品已束之高阁；另一方面，创作了《现代爱情》的诗人梅瑞狄斯，二十五年前还是默默无闻，那时却备受推崇。至于过去的诗人，我们也有新的排名，最惊人的变化在于我们重新发现了十七世纪的玄学派诗人。当然，现代新星诗人包括艾略特，早期晚期的叶芝，威尔弗雷德·欧文，我还想加上两位，虽然他们生活在十九世纪，可是他们的诗作直到最近才得以发表，那就是艾米莉·狄金森[3]和杰拉尔德·曼利·霍普金斯。我本人在读中学时对托

1.《亚瑟之死》(*Le Morte d'Arthur*)为托马斯·马洛礼集结一些英文及法文版本亚瑟王骑士文学而成的作品。此书包含了部分马洛礼的原创故事以及一些马洛礼以自己的观点重新诠释的旧故事。最初由威廉·卡斯顿(William Caxton)于1485年出版。亚瑟之死可算是以英语写作的亚瑟王传奇中至今最著名的作品。

2.《灯塔》(*Pharos and Pharillon*)是福斯特1923年出版的关于埃及亚历山大港的游记。

3. 艾米莉·狄金森(Emily Dickinson, 1830—1886)，美国传奇诗人，她深锁在盒子里的大量创作诗篇是她留给世人的最大礼物。在她有生之年，她的作品未能获得青睐，然而周遭众人对她的不解与误会却丝毫无法贬损她丰富的创作天分。根据统计，艾米莉惊人的创作力为世人留下了1 800多首诗，包括定本的1 775首与新近发现的25首。

马斯·哈代、罗伯特·弗罗斯特[1]、爱德华·托马斯[2]充满热忱，但我想没有朋友曾与我分享过这种热爱。

如我们所知，现在这个由汽车、飞机、留声机、收音机、电视以及社会道德创造的世界才刚开始成形——这个世界里没有茅坑、油灯、煤气灯，也没有马匹、家用钢琴、女佣、女家庭教师，这是一个喧闹的世界，而且看来很快露天空地也会消失。无论伍尔夫先生、沃先生和我多么各执己见，对于这样一个过分拥挤的世界，我们三个倒是有相同的反应：

> 正常人如今都不会从阿萨姆散步到皮斯哈文，因为一路上尽是外观丑陋的建筑物，星星点点矗立在可爱的小山丘上，而到了皮斯哈文，四周目力所及之处无不是一片无序丑陋、残次肮脏的景象。（莱昂纳德·伍尔夫）

> 我在前几页中已经不止一次提到英国乡村的消失……本世纪的英国正经历着全方位的可怕掠夺，而这只是其中的一部分而已。人们对于刚刚消失的过去的认识……一定是不完整的，除非他们已经接受这场对于美景的浩劫，把它当作生活的主要境况。

1. 罗伯特·弗罗斯特(Robert Frost，1874—1963)，二十世纪最受欢迎的美国诗人之一。他曾当过新英格兰的鞋匠、教师和农场主。他的诗歌从农村生活中汲取题材，与十九世纪的诗人有很多共同之处，相比之下，却较少具有现代派气息。

2. 爱德华·托马斯(Edward Thomas，1878—1917)，威尔士诗人，散文作家。虽然他只有为数不多的几首诗歌直接涉及战争经验，但通常他被认为是一位战争诗人。

（伊夫林·沃）

仍有一线希望，会发生一些事情——比如，科学也许可以获知如何给人类提供源源不断的合成食物的方法，思维与善意可以解决我们所有的经济与政治问题——但是没有一个人类机构有能力拓展地球表面的面积。正如实验证明，老鼠过多会带来不良影响，那么人类又如何呢？西德尼·史密斯曾在十七世纪四十年代说过这样一句话："每两个人就会射死第三个人。"现如今，要走到这种地步也称不上过于极端了。如果我们仍没有找到合乎道德又切实有效的解决办法，以减少并维系世界人口为目前的十分之一，那么在考虑不远的将来时，我们心中除了惶恐，还剩下什么呢？